弘教系列教材

历代经典诗文吟诵鉴赏读本

陈晓芸　马　宾　编著

复旦大学出版社

前言

中国古代几千年的文明史，流传给后世灿若星辰又浩如烟海的经典诗文，这些中华文化的瑰宝不仅需要我们这一代人的传承，更需要子孙后代的弘扬。在高校开设相关课程就是传承和弘扬中华传统文化的一个很好途径。全国高校汉语言文学专业、播音主持专业、编剧导演专业和小学教育专业、幼儿教育专业相应地开设了“中国古代文学”“中外经典文学作品赏析”“中国文学欣赏”和“文学作品诵读”等课程，目的在于引导学生运用科学、现代的立场、观点和方法，学习和研究古代经典诗文，帮助学生获得较为系统的中国文学发展史的知识，获得阅读、分析、鉴别、欣赏和吟诵古代经典文学作品的能力，从而提高思想修养、美学修养以及语言文学修养。通过经典作品的讲授，提高学生阅读古代经典名篇的能力，掌握古代作家遣词造句、修辞、谋篇等基本知识和技能。对所学到的艺术技巧和表现手法，能够做到举一反三，并运用到一般的阅读和写作实践中，从而不断提高学生的文学鉴赏水平、文字表达能力与诗文吟诵技巧。

然而因为专业不同，同类课程的授课方式应该有所变化，所突出的重点也应该有差异。因此，播主、编导、小教、幼教专业与汉语言文学专业所开设的“中国古代文学”及相关课程应该有所区别，本教材适用于播音主持、编剧导演、小学教育及幼儿教育等相关专业，突出它们的专业特点：重在语言表达、诗词吟诵、诗文鉴赏以及文学创作。

一、教材创新性

1. 内容精简

目前在高校播音主持、编剧导演、小学教育和幼儿教育专业开设的“历代作品选读”“经典作品赏析”和“文学作品诵读”等相关课程所用教材都是适合汉语言文学专业教学的，这些专业的授课时间远不及汉语言文学专业，因此现有教材内容显得过于庞杂。而本教材则精选了历代著名文人的经典代表作品，同时考虑到创作内容的多样性。且在选择诗文时尽量做到与中学所学有很好的衔接。

2. 专业性突出

播主、编导和小教、幼教专业都有其专业特性，在教授“经典作品赏析”和“文学作品诵读”等课程时，必须突出它们的专业特点，播主和小教、幼教专业重在语言表达、吟诵以及鉴赏，编导专业重在语言表达、诵读、鉴赏和创作。因此我们在选择诗文时侧重选入那些适合吟诵的篇目，同时也突出其鉴赏的内容，让学生在学习和吟诵古代经典作品的同时欣赏到古典诗文所带来的意境美和音韵美。

二、诗词吟诵技巧

诗歌诞生之初，就与音乐密不可分。诗歌的抒情性，除了文字，也与吟咏诗歌时的声韵关系密切。

《尚书·虞书·舜典》：“诗言志，歌永言，声依永，律和声。八音克谐，无相夺伦，神人以和。”

《礼记·乐记》：“诗言其志也，歌咏其声也，舞动其容也。”

《毛诗正义·卷一》:“情动于中而形于言,言之不足,故嗟叹之,嗟叹之不足,故永歌之,永歌之不足,不知手之舞之、足之蹈之也。”

因此,诗歌吟诵传统在我国历史悠久,是与古典诗词相伴而生的,在周代,诗歌吟诵已是官办学校的必修课程。我国最早的诗歌总集《诗经》中的每首诗都可入乐。《墨子·公孟》曰:“诵诗三百,弦诗三百,歌诗三百,舞诗三百。”意谓《诗》三百余篇,均可吟诵、用乐器演奏、歌唱、伴舞。汉代乐府也必有乐,诗才成其为“乐府诗”,所谓“汉乐府”顾名思义就是汉代入乐的诗歌。唐代诗人杜甫说:“陶冶性灵存底物,新诗改罢自长吟。”(《解闷》)可见古代诗人词家都熟谙音律,有些还是音乐家,比如王维。因此,这些诗人的作品音节优美,韵律悠扬,运用抑扬顿挫的节奏旋律吟诵古诗词,不知不觉地把人们带入美妙的意境中。

中国传统的吟诵音乐,是古代读书人特有的音乐——文人音乐。吟诗和弹古琴,是古代文人所擅长的,尤其是吟诗,它是古代文人音乐生活的一个重要组成部分。我国传统读书人,常用朗诵、吟诵和吟唱三种方法,去体味和欣赏古诗词。

古典诗词的有声表达,在现代依然有朗诵、吟诵和吟唱三种方法,它们各有特点:

“朗诵”指清清楚楚地高声诵读。就是把文学作品转化为有声语言的创作活动。朗即声音的清晰、响亮;诵即背诵。朗诵是用清晰、响亮的声音,结合各种语言手段来完善地表达作品思想感情的一种语言艺术。

“吟诵”是用抑扬顿挫的声调有节奏地读(或背),以便于更为生动真挚地将作品的感情表达出来。不合乐,偏于字的声韵调本身。吟诵的方法分两大类。有格律者(近体诗词曲、律赋、骈文、时文等)为一类,依格律而吟诵;无格律者(古体诗、古文等)为一类,多有上中下几个调,吟诵时每句或做微调,组合使用,以求体现诗情文气。

“吟唱”是吟咏歌唱,合乐,依据一定的曲调将诗或词唱出来。为了传承和弘扬中华传统文化,央视近期推出了诗词文化音乐节目《经典咏流传》,即为古典诗词谱上现代曲谱用以传唱。这种旧词新唱的方式也是一种吟唱,它延续着中华民族血脉里千年不变的情怀。

我们今天诵读经典，实际上是于字里行间呈现出对先祖、文化、价值的一种记忆和认同。这样的认同，在吟咏中表达出文化一脉相承的共同的情感，足以消弭时空的阻隔。

这里重点介绍诗词的吟诵方法。

> 吟：平声，音崟。咏也，呜也。诵：去声，音讼。读也，又言也。（《说文大字典》）
>
> 吟：延长气息和声音的发声方式。诵：读出声音来；念。（《现代汉语词典》）

古典诗词的吟诵，实际上是诗词音乐性进一步衍展的结果，其表演性更强，有着强烈的音乐美。一般都有谱可依，但是因为历经千年，保存不当，绝大部分的谱子都失传了。宋代词人姜夔的十七首自度曲旁边都缀上音谱，是流传至今唯一完整的宋代词乐的珍贵资料。但仅就这些资料我们并不能完全了解古人到底是如何吟诵的。所以目前古典诗词的吟诵没有理论，只有实践。因古调几乎已丧失，我们只能按作品的内容、情调、自谱曲来吟诵。学习者可以依谱演唱，融入自身特点，吟诵出不同风格的作品，这就形成了现在吟诵方法的百花齐放。但诗词的吟诵也有几个要素需要掌握。首先，吟诵重在吟而不在唱，吟诵的过程中要有一定的音乐性，但乐曲应简单而不可太过丰富。其次，吟诵者的腔调基本固定，但根据诗词所描述的意境可以有所不同。“古诗皆咏之，然后以声依咏以成曲，谓之‘协律’。其志安和，则以安和之声咏之；其志怨思，则以怨思之声咏之。”（宋·沈括《梦溪笔谈》）最后，吟诵者的语言可以根据自己的语言习惯而定，既可以是方言，也可以是普通话。当然需要特别注意的是在现代汉语中没有了入声，因此用普通话吟诵格律诗，要读出入声，以免失去平仄格律。对于吟诵者而言，辨别入声韵的简单方法就是仄声点的字，如果按现代汉语发平声，就可以发短促、类似去声的音。当然格律诗也有“拗救”，不合一般的平仄，这属于特殊现象。

总体而言，诗词的吟诵，可根据个人对诗词的理解，在“声情一致”的基本原则制约下遵循“平长仄短”的规律，相对自由地运用抑扬顿挫的发声技巧以抒发情感。所谓“声情一致”，即无论是用哪种腔调哪种方言来吟诵，都必须要求形式为内容服务，也就是以声情表达文情，使音乐语言与书面语言达到高度和谐的统一。只有这样才能吟出诗歌所蕴含的真实情感。

古诗词的吟诵有“平长仄短”之说，所谓“平长仄短”就是《康熙字典·等韵》中所载的《分四声法》的歌诀，说明“平、上、去、入”四声调的特点：“平声平道莫低昂，上声高呼猛烈强，去声分明哀远道，入声短促急收藏。”强调：平声字要拉长腔调吟唱，而仄声字因其声调的特点只能短促诵读。以杜甫的七律《登高》为例：

风急天高猿啸哀，渚清沙白鸟飞回。
无边落木萧萧下，不尽长江滚滚来。
万里悲秋常作客，百年多病独登台。
艰难苦恨繁霜鬓，潦倒新停浊酒杯。

这是一首七律，首句入韵，韵脚“哀”“回”“来”“台”“杯”，在唐代属一个韵部，平水韵的上平十灰部。如果按普通话吟诵，平仄格律如下：

风急天高猿啸哀，渚清沙白鸟飞回。
平平平平平仄平，仄平平平仄平平。
无边落木萧萧下，不尽长江滚滚来。
平平仄仄平平仄，平仄平平仄仄平。
万里悲秋常作客，百年多病独登台。
仄仄平平平仄仄，仄平平仄平平平。
艰难苦恨繁霜鬓，潦倒新停浊酒杯。
平平仄仄平平仄，平仄平平平仄平。

这就有些不合格律诗对平仄的要求了，而这首诗是公认的格律工稳的典范之作，被杨伦赞为："高浑一气，古今独步，当为杜集七言律诗第一。"（清·杨伦《杜诗镜铨》）胡应麟更认为"老杜'风急天高'乃唐七言律诗第一首"（明·胡应麟《诗薮》）。产生平仄不同的原因就在于现代汉语声调中的"入派四声"。格律诗的平仄讲究"一三五不论，二四六分明"，因此，在"二、四、六"位置上的字音如果不合平仄规律，那么多是因为古汉语的入声字在现代汉语中读为平声了。如"急""白""不""独""浊"就是古入声字，吟诵时宜发短促类似去声的音，"作客"也是入声，但现代汉语转为四声，算是仄声，对格律没有影响，可不计。当然格律诗也有有意违反格律的"拗救"，总是少数。

因此朗诵、吟诵这首《登高》时，具体的平长仄短的表达应该是：

风～急↘天～高～猿～啸↘哀～，渚↘清～沙～白↘鸟↘飞～回～。
平～仄↘平～平～平～仄↘平～，仄↘平～平～仄↘仄↘平～平～。
无～边～落↘木↘萧～萧～下↘，不↘尽↘长～江～滚↘滚↘来～。
平～平～仄↘仄↘平～平～仄↘，仄↘仄↘平～平～仄↘仄↘平～。
万↘里↘悲～秋～常～作↘客↘，百↘年～多～病↘独↘登～台～。
仄↘仄↘平～平～平～仄↘仄↘，仄↘平～平～仄↘仄↘平～平～。
艰～难～苦↘恨↘繁～霜～鬓↘，潦～倒↘新～停～浊↘酒↘杯～。
平～平～仄↘仄↘平～平～仄↘，仄↘～仄↘平～平～仄↘仄↘平～。

（～代表长音，↘代表短音）

诗歌每句停顿的节点即音步，在四言、五言和七言诗中相对统一，为两字一顿，四言诗因此多形成四言二拍的节奏，五言诗多为上二下三的节奏，七言诗多为上四（或二、二）下三的节奏。

其实诗词吟诵没有一个绝对正确的方法，无论曲谱如何都得要吟诵者自己去领会诗词的内涵和意境。只有把自己融入诗词当中，与作品产生共鸣，才能唱出韵味，吟出感情。同时诗词吟诵也是学术研究、文学鉴赏和艺术创作三者有机的结合体和统一体。

《历代经典诗文吟诵鉴赏读本》精选了上古至明清时期几千年来广为流传的著名作家们适合吟诵的经典代表作品二百余篇,对每一篇入选诗词文均作详细的解读,有作家简介、作品的创作背景分析、诗词疑难点注释以及诗词意境鉴赏等内容。全书包含:先秦部分、秦汉部分、魏晋南北朝部分、隋唐五代部分、宋金部分、元代部分、明代部分和清代部分共八项内容。其中先秦部分、秦汉部分以及魏晋南北朝部分由马宾副教授编著,隋唐五代部分、宋金部分、元代部分、明代部分以及清代部分由陈晓芸教授编著,李荣同学参与本教材的校对工作。

本书在编著的过程中,参考了国内外出版的多种作品选以及诗词鉴赏集,吸纳和借鉴了众多学者的研究成果。由于篇幅所限,未曾一一标注,在此一并致谢。由于种种原因,书中若有不当之处,恳请专家学者给予批评指正。

陈晓芸

2018 年 4 月 20 日

目录

第一编

先秦部分

诗歌

诗　　经

《诗经》是我国第一部诗歌总集，代表中国文学史上第一次诗歌艺术的高潮。

《诗经》原名“诗”或“诗三百”。《诗经》的篇数为三百零五篇，不包括有目无辞的六篇“笙诗”，它是一部配乐演唱的诗歌总集。全书主要收集了周初至春秋中叶五百多年间的作品，约于公元前六世纪编定成书，产生于今天的陕西、山西、河南、河北、山东及湖北北部一带，作者不可考。《诗经》作品的来源，有采诗说、献诗说和作诗说：采诗说认为西周王朝依古制每年春秋两季派出采诗官员到各地去采集民歌，以了解民情，“观风俗，知得失”；献诗说认为是天子为“听政”和“考其俗尚之美恶”而命诸侯百官献诗；作诗说认为是百工庶人贵族有所感发而作诗。

《诗经》六义即“风、雅、颂”三种诗歌艺术形式与“赋、比、兴”三种艺术表现手法。

风、雅、颂，是依据诗歌的音乐风格来分类的。

“风”也称“国风”，指地域或是地方民间音乐曲调，共一百六十篇。

“雅”，正也，即标准音，是王畿附近的乐曲名称，包括“小雅”和“大雅”两部分。“小雅”七十四篇，“大雅”三十一篇，共一百零五篇。

“颂”是宗庙祭祀的乐歌，其中“周颂”三十一篇，“鲁颂”四篇，“商颂”五篇(内容分为祭祀与祝颂)，共四十篇。

赋、比、兴，则是《诗经》的三种主要艺术表现手法。

“赋”，就是铺陈直叙，不用比、兴，直截了当地铺叙、抒情、描绘，把要表达的思想内容有层次地说出来。

“比”就是比喻，打比方。

“兴”就是借助其他事物作为一首诗或一章诗的开头，通过联想以触发诗人思想感情勃发的表现方法。

《诗经》最初主要用于典礼、讽谏和娱乐，是周代礼乐制度的产物，是周代礼乐文化的重要组成部分，是施行教化的重要工具。编辑成书后，广泛流行于诸侯各国，运用于祭祀、朝聘、宴饮等各种场合，在当时的政治外交活动中发挥了重要作用。

《诗经》以四言为主，节奏多为每句四言二拍，两字一拍，舒缓而稳健，而时有杂言，则又灵动多变。

周南·关雎

关关雎鸠〔1〕，在河之洲〔2〕。窈窕淑〔3〕女，君子好逑〔4〕。

参差荇菜〔5〕，左右流之〔6〕。窈窕淑女，寤寐〔7〕求之。求之不得，寤寐思服〔8〕。悠〔9〕哉悠哉，辗转反侧〔10〕。

参差荇菜，左右采之。窈窕淑女，琴瑟友之〔11〕。参差荇菜，左右芼之〔12〕。窈窕淑女，钟鼓乐之〔13〕。

【注释】

〔1〕 关关雎鸠：雎鸠鸟不停地鸣叫。关：拟声词，雌雄水鸟相对和鸣声。雎鸠(jū jiū)：水鸟，一般认为是鱼鹰，也有学者认为是天鹅。

〔2〕 在河之洲：(雌雄雎鸠)在河中陆地上栖息着。洲：水中的陆地。

〔3〕 窈窕(yǎo tiǎo)：娴静美好的样子。淑：善，好。

〔4〕 好逑(hǎo qiú)：好的配偶。逑：配偶。

〔5〕 参差：长短不齐。荇(xìng)菜：多年生浅水性植物，叶片形似睡莲，夏天开黄色花，嫩叶可食。

〔6〕 左右流之：在船的左右两边捞。流：顺水势采摘。

〔7〕 寤寐：这里的意思是日日夜夜。寤(wù)：睡醒。寐(mèi)：睡着。

〔8〕 思服：思念。思：语气助词。服：思念、牵挂。

〔9〕 悠：长久。

〔10〕 辗(zhǎn)转：半转。反侧：翻来覆去。

〔11〕 琴瑟友之：弹琴鼓瑟表示亲近。友：交好。

〔12〕 芼(mào)：选择，采摘。

〔13〕 钟鼓乐之：敲击钟鼓使她快乐。乐：使……快乐。

【鉴赏】

"诗"有"四始"。四始的意义有多种解释。最清晰的是司马迁的说法。《史记·孔子世家》："《关雎》之乱，以为《风》始，《鹿鸣》为《小雅》始，《文王》为《大雅》始，《清庙》为《颂》始。"历代都将《诗经》作为王道教化的工具，每类诗的第一篇，就具有特殊的意义。

《国风·周南·关雎》这首短小的诗篇，是《诗经》的第一篇，具有深刻含义。汉儒的《毛诗序》说："《风》之始也，所以风天下而正夫妇也。故用之乡人焉，用之邦国焉。"这里其实表达了中国古代伦理思想：在古人看来，夫妇为人伦之始，天下一切道德的完善，都必须以夫妇之德为基础。代表着周代人对理想婚姻模式的理解，也影响了整个中国古代的婚姻观念：君子淑女，琴瑟和鸣。

这首诗可以被当作表现夫妇之德的典范，主要是由于具有这些特点：首先，它所写的爱情，一开始就有明确的婚姻目的，最终又归结于婚姻的美满，不是青年男女之间短暂的邂逅、一时的激情。这种明确指向婚姻、表示负责任的爱情，更为社会所赞同。其次，它所写的男女双方，乃是"君子"和"淑女"，表明这是一种与美德相联系的结合。"君子"兼有地位和德行双重意义，而"窈窕淑女"，也是兼说体貌之美和德行之善。这里"君子"与"淑女"的结合，代表了一种婚姻理想。再次，诗歌所写恋爱行为具有节制性。细读可以注意到，这诗虽是写男方对女方的追求，但丝毫没有涉及双方的直接接触。"淑女"固然没有什么动作表现出来，"君子"的相思，也只是独自在那里"辗转反侧"，爱得很守规矩，真正是"发乎情，止乎礼义"。这样一种恋爱，既有真实的颇为深厚的感情(这对情诗而言是很重要的)，又表露得平和而有分寸，读者所产生的感动，也不致过于激烈。

这首诗从内容和风格上来看合乎"温柔敦厚""乐而不淫"的诗教风范，既喜气洋洋，又雍容端庄。历来被视为周代贵族婚礼上用的贺婚诗。

《关雎》以水边相向和鸣的雎鸠起兴，表达了对于和谐美好婚姻的渴望，又借助水边随水而动的荇菜，衬托出求偶时的惶恐和迷茫，是十分典型的“兴”的艺术表现手法。而起兴的景物都在水边，则又隐含着古老而神秘的与水有关的原始婚恋崇拜。

周南·芣苢

采采芣苢〔1〕，薄言〔2〕采之。采采芣苢，薄言有〔3〕之。

采采芣苢，薄言掇〔4〕之。采采芣苢，薄言捋〔5〕之。

采采芣苢，薄言袺〔6〕之。采采芣苢，薄言襭〔7〕之。

【注释】

〔1〕 采采：采而又采。芣苢(fú yǐ)：植物名，即车前草，其叶和种子都可以入药，有明显的利尿作用，并且其穗状花序结籽特别多，可能与当时的多子信仰有关。

〔2〕 薄言：发语词，无义。这里主要起补充音节的作用。

〔3〕 有：取得。

〔4〕 掇(duō)：拾取，伸长了手去采。

〔5〕 捋(luō)：顺着茎滑动成把地采取。

〔6〕 袺(jié)：一手提着衣襟兜着。

〔7〕 襭(xié)：把衣摆扎在衣带上，再把东西往衣摆里面塞裹。

【鉴赏】

这首诗通篇用“赋”，手法轻灵而不铺陈。

重章叠句是《诗经》最为典型的结构形式，但像《芣苢》这篇重叠得如此有特色却也是绝无仅有的。第一章：“采采”二字，可以解释为“采而又采”，到了第二句，“薄言”是无意义的语助词，“采之”在意义上与前句无大变化。第三句重复第一句，第四句又重复第二句，只改动一个字。所以整个第一章，其实只说了两句话：采芣苢，采到了。第二章、第三章仍是第一章的重复，只改动每章第二、四句中的动词。全诗三章十二句，只有六个动词“采、有、掇、捋、袺、襭”是不断变化的，其余全是重叠，而这六个动词却又将采芣苢的整个过程完整地描绘出来：呼朋引伴去采芣苢，各种手法采摘芣苢，牵衣扯襟兜满芣苢。

这种看起来很单调的重叠，却又有它特殊的效果。在不断重叠中，产生了简单明快、往复回环的音乐感。同时，在六个动词的变化中，又表现了越采越多直到满载而归的喜悦满足的心情。清方玉润在《诗经原始》中评价鉴赏这首诗说："读者试平心静气涵咏此诗，恍听田家妇女，三三五五，于平原旷野、风和日丽中，群歌互答，余音袅袅，若远若近，忽断忽续，不知其情之何以移，而神之何以旷。"方玉润的鉴赏，引导我们想象这首简单的《芣苢》所描绘的不简单的画面和宁静祥和的简单的快乐。

邶风·绿衣

绿兮衣兮，绿衣黄里〔1〕。心之忧矣，曷维其已〔2〕？
绿兮衣兮，绿衣黄裳〔3〕。心之忧矣，曷维其亡〔4〕？
绿兮丝兮，女所治〔5〕兮。我思古人〔6〕，俾无訧〔7〕兮。
絺兮绤〔8〕兮，凄其以〔9〕风。我思古人，实获〔10〕我心。

【注释】

〔1〕 里：上衣的衬里。
〔2〕 曷(hé)：何时。维：语气助同，没有实义。已：止息，停止。
〔3〕 裳(cháng)：下衣，形状像现在的裙子。
〔4〕 亡：止。停止，消失。
〔5〕 女(rǔ)：同"汝"，你。治：纺织。
〔6〕 古人：故人，古通"故"，这里指作者亡故的妻子。
〔7〕 俾(bǐ)：使。訧(yóu)：古同"尤"，过失，罪过。
〔8〕 絺(chī)：细葛布。绤(xì)：粗葛布。
〔9〕 凄：凉而有寒意。凄其：同"凄凄"。以：因。一说通"似"，像。
〔10〕 获：得。

【鉴赏】

这首诗被尊为悼亡诗之祖。通篇用赋，通过细节描写，睹物思人，表达丈夫悼念亡妻的深沉感情。

第一章第二章说："绿兮衣兮，绿衣黄里"，"绿兮衣兮，绿衣黄裳"，表明抒情主人公把故妻所做的衣服拿起来里里外外地看,借着亡妻留下的衣物,睹物思人,将思念落在实处。第三章写抒情主人公细心看着衣服上的一针一线想着这件衣服从纺丝开始到成衣,都是亡妻亲手所做。这既让他想起亡妻有条有理的治家才能,又由此想到亡妻与他的感情从新婚之初慢慢累积,而至于一往情深。第四章说到天气寒冷之时,还穿着夏天的衣服,直到忍受不住萧瑟秋风的侵袭,才自己寻找衣服,看着合身的衣服,品着细密的针线,使他深深觉得妻子事事合于自己的心意,而他对妻子的思念,他失去妻子的悲恸,都将是无穷尽的。

这首诗构思巧妙,由外衣到内里,由外入里,由身而心;由成衣追溯治丝,由治丝条理,联想办事的条理,惋惜亡妻治家的能干,想到亡妻的贤德,由本溯源,层层生发,因而,抒发"我思古人,俾无訧兮"就显得真实而深切。最后,通过粗葛布、细葛布带来的皮肤触感的微凉,衬托丧偶后内心的悲伤,再说"实获我心",描写细腻,深入到身心内部情感深处,若断若续,含蓄委婉,缠绵悱恻。

这首诗有四章,也采用了重章叠句的手法。鉴赏之时,要四章结合起来看,才能体味到包含在诗中的深厚感情。

邶风·击鼓

击鼓其镗〔1〕,踊跃用兵〔2〕。土国城漕〔3〕,我独南行。
从孙子仲〔4〕,平陈与宋〔5〕。不我以归〔6〕,忧心有忡〔7〕。
爰居爰处?爰丧其马〔8〕?于以〔9〕求之?于林之下。
死生契阔〔10〕,与子成说〔11〕。执子之手,与子偕老。
于嗟〔12〕阔兮,不我活〔13〕兮。于嗟洵〔14〕兮,不我信〔15〕兮。

【注释】

〔1〕 镗:鼓声。其镗:即"镗镗"。

〔2〕 踊跃:双声联绵词,犹言鼓舞。兵:武器,刀枪之类。

〔3〕 土国:为国兴土功。城:作动词,筑城。漕:地名。

〔4〕 孙子仲:即公孙文仲,字子仲,邶国将领。

〔5〕 平:和好,据《春秋传》,这次战争是公孙文仲带领卫、陈和宋等诸侯国共同伐郑。

所以称“平”陈、宋。

〔6〕 不我以归：即不以我归，有家不让回。

〔7〕 有忡(chōng)：忡忡，忧愁状。

〔8〕 爰居爰处？爰丧其马：有不还者，有亡其马者。爰(yuán)：本发声词，犹言“于何”，在哪里。丧：丧失，此处言跑失。

〔9〕 于以：于何。

〔10〕 契阔：聚散。契：合。阔：离。

〔11〕 成说：成言也，犹言誓约。

〔12〕 于嗟：即“吁嗟”。

〔13〕 活：借为“佸”，相会，到来。

〔14〕 洵：信用。

〔15〕 信：一说古伸字，志不得伸。一说誓约有信。

【鉴赏】

这是一首典型的战争诗。

第一章是全诗的线索和基调。诗的第三句言“土国城漕”者，《鄘风·定之方中》毛诗序云：“卫为狄所灭，东徙渡河，野居漕邑，齐桓公攘夷狄而封之。文公徙居楚丘，始建城市而营宫室。”文公营造楚丘，这就是诗所谓“土国”，到了穆公，又为漕邑筑城，故诗又曰“城漕”。“土国城漕”虽然也是劳役，犹在国境以内，南行伐郑，其艰苦就更甚了。第二章“从孙子仲，平陈与宋”，承“我独南行”为说，诗之末两句云“不我以归，忧心有忡”，叙事更向前推进。久久征戍不能返乡，越想越令人悲酸。第三章写抒情主人公看着身边因战争带来的悲惨状况，写自己无家可归的茫然。走失的马能找到，可是亡故的战友再也回不来。为后文作铺垫。

要解释第四章全章诗义，可以试着调整语序。本来“死生契阔，与子偕老”是“成说”的内容，是分手时的信誓。诗为了以“阔”与“说”叶韵，“手”与“老”叶韵，把语句改为这一次序，使得韵脚更为紧凑，诗情更为激烈。而这样改变词序，突出了“生死契阔，与子偕老”誓言的真挚，造成独特的诗歌表现力。唐杜甫《秋兴八首》之八有“香稻啄余鹦鹉粒，碧梧栖老凤凰枝”之句，也是改变了词序，既押韵，又能凸显长安的独特和对长安的怀念。

第五章则是换了说法，其实还是反复重申第四章之义，感慨本有“生死契阔”成说誓言的人,却再也无法执手,无法践约,成为失信之人。第三、四、五三章互相紧扣,一丝不漏,结构紧密。

“怨”是《击鼓》一诗的总体格调与思想倾向。从正面言,诗人怨战争的降临,怨征役无归期,怨战争中与己息息相关的幸福的缺失,甚至整个生命的丢失。从反面言,诗作在个体心理、行为与集体要求的不断背离中,在个体生命存在与国家战事的不断抗衡中,在战争的残酷对小我的真实幸福的不断颠覆中,流显出一份从心底而来的厌战情绪。这种来自心灵深处真实而朴素的歌唱,是对人之存在的最具人文关怀的阐释,是先民们为后世的文学作品树立起的一座人性高标。

邶风·式微

式微〔1〕式微,胡不归?微君〔2〕之故,胡为乎中露〔3〕!
式微式微,胡不归?微君之躬〔4〕,胡为乎泥中!

【注释】

〔1〕式:作语助词。微:日月亏缺不明。在这里指黄昏。

〔2〕微:非。不是。微君:不是(为)君主。

〔3〕中露:露中。倒文以叶韵。

〔4〕躬:身体。

【鉴赏】

这是一首征役诗。余冠英认为“这是苦于劳役的人所发的怨声”。

全诗共二章,都以“式微,式微,胡不归”起调:天黑了,天黑了,为什么还不回家?诗人紧接着便交代了原因:“微君之故,胡为乎中露”;“微君之躬,胡为乎泥中”。意思是说,为了君主的事情,为了养活他们的贵体,才不得不终年累月、昼夜不辍地在露水和泥浆中奔波劳作。短短二章,寥寥几句,受奴役者的非人处境以及他们对统治者的满腔愤懑,给读者留下极其深刻的印象。《诗经原始》评此诗云:“语浅意深,中藏无限义理,未许粗心人卤莽读过。”

在艺术表现特点上,第一,这首诗采用了“设问”的修辞手法。诗人遭受统治者的压迫，夜以继日地在野外服役，有家不能回，苦不堪言，自然要倾吐心中的牢骚不平，但如果是正言直述，则易于穷尽，采用这种虽无疑而故作有疑的设问形式，使诗篇显得宛转而有情致，所谓不言怨而怨自深矣。第二，独特的用韵方式造成声韵流宕以烘托情感。全诗共二章八句，句句用韵，又非一韵到底。每章一二句叠词起句，诗句复沓，并且每句押韵。三四句换韵，两句相压，而两章又换韵。故而全诗每章前两句感觉气息悠长，如欲叹尽胸中不绝的怨愤；后两句词气紧凑，节奏短促，情调急迫，充分表达出了服劳役者的苦痛绝望心情。

由于《毛诗》将此诗解说成劝归，历代学《诗》者又都以毛说为主，所以“式微”一词竟逐渐衍为中国古典诗歌中的“归隐”意象，如王维“即此羡闲逸，怅然吟式微”（《渭川田家》）；孟浩然“因君故乡去，遥寄式微吟”（《都下送辛大夫之鄂》）；贯休“东风来兮歌式微，深云道人召来归”（《别杜将军》）等，由此也可见此诗对后世的影响。

王风·黍离

彼黍离离[1]，彼稷[2]之苗。行迈靡靡[3]，中心摇摇[4]。知我者，谓我心忧；不知我者，谓我何求。悠悠[5]苍天，此何人哉？

彼黍离离，彼稷之穗。行迈靡靡，中心如醉。知我者，谓我心忧；不知我者，谓我何求。悠悠苍天，此何人哉？

彼黍离离，彼稷之实。行迈靡靡，中心如噎[6]。知我者，谓我心忧；不知我者，谓我何求。悠悠苍天，此何人哉？

【注释】

〔1〕 黍(shǔ)：北方的一种农作物，形似小米，有黏性。离离：行列貌。

〔2〕 稷(jì)：高粱。

〔3〕 行迈：行走。靡(mǐ)靡：行步迟缓貌。

〔4〕 中心：心中。摇摇：心神不定的样子。

〔5〕 悠悠：遥远的样子。

〔6〕 噎(yē)：堵塞。此处以食物卡在食管，比喻忧伤积郁难以呼吸。

【鉴赏】

《王风·黍离》的作者，应该是一位贵族大夫。诗中所表现的典型情境应该是：平王东迁不久，朝中一位大夫行役至西周都城镐京，即所谓宗周，但满目所见，一个曾经是国家权力最集中的所在地，代表西周王朝最高文化的宫殿，不复巍峨轩昂，不再富丽堂皇，不仅未剩断壁残垣，甚至夷为平地，只有一片郁茂的黍苗在废墟上尽情地生长。此情此景，令诗人不禁悲从中来，涕泪满衫。这种悲痛，虽然看起来是如此的平和，却远胜于杜甫的“国破山河在”，国都被攻破了，但山河依旧，城池依旧。而《黍离》这首诗中，城池不再、万千宫殿皆变成了田地之后，长出绿油油的麦苗。麦苗是无知无识无感的，可是人却知道这里曾经的繁华兴盛。于是在这无感的庄稼面前，诗人的感情显得更加沉重。而黍由“苗”而“穗”而“实”，也暗示着时间的漫长，悲痛的深远。这痛苦的深长，通过“摇、醉、噎”这三个形容心情的、一个比一个更强烈更刻骨却也更无法言说的动词表现出来。“知我者，谓我心忧；不知我者，谓我何求”的反复咏叹所表现出的知音难觅的孤独沧桑感和因时世变迁所引起的忧思，凝固成“黍离之悲”这个成语。

《诗经原始》对《黍离》的这个特点作出非常高的评价：“三章只换六个字，而一往情深，低徊无限。”“观其呼天上诉，一叹不已，再三反复而咏叹之，则其情亦可见矣。”“专以描摹虚神擅长，是凭吊诗中之绝唱也。”

王风·君子于役

君子于役〔1〕，不知其期〔2〕，曷至〔3〕哉？鸡栖于埘〔4〕，日之夕矣，羊牛下来。君子于役，如之何勿思〔5〕！

君子于役，不日不月〔6〕，曷其有佸〔7〕？鸡栖于桀〔8〕，日之夕矣，羊牛下括〔9〕。君子于役，苟〔10〕无饥渴！

【注释】

〔1〕 于役：到外面服役。于：往。役：服劳役。

〔2〕 期：指服役的期限。

〔3〕 曷(hé)：何时。至：归家。

〔4〕 埘(shí)：鸡舍。墙壁上挖洞做成。

〔5〕 如之何勿思：如何不思。如之：犹说“对此”。

〔6〕 不日不月：没法用日月来计算时间。

〔7〕 有佸(huó)：相会，来到。

〔8〕 桀(jié)：鸡栖木。一说指用木头搭成的鸡窝。

〔9〕 括：来到。音、义同“佸”。

〔10〕 苟：诚，犹如实。

【鉴赏】

这是一首通篇用赋的手法写成的诗。两章相重，只有很少的变化。

每章开头，是女主人公用简单的语言说出的内心独白。稍可注意的是“不知其期”这一句(第二章的“不日不月”也是同样意思，有不少人将它解释为时间漫长，是不确切的)。等待亲人归来，最令人心烦的就是这种归期不定的情形，好像每天都有希望，结果每天都是失望。这首诗选择的时间是黄昏，这个时间，不见丈夫归来，那就意味着一天的希望又将归于失望，等待她的将是又一个孤枕难眠的耿耿长夜。正是在这样期待复归于失望的心理中，女主人公带着叹息地问出了“曷至哉”：到底什么时候才能回来呢？

诗人笔锋宕开，不再正面写妻子思念丈夫的哀愁乃至愤怨，而是用白描的手法淡淡地描绘出一幅乡村晚景的画面：在夕阳余晖下，鸡儿归了窠，牛羊从村落外的山坡上缓缓地走下来。然而这画面却很动人，因为它是真实真切而有情绪的。读者好像能看到那凝视着鸡儿、牛儿、羊儿，凝视着村落外蜿蜒延伸、通向远方的道路的妇人，感受到她在邻家团聚热闹中的孤寂失落。这之后再接上“君子于役，如之何勿思”，女主人公的愁思浓重了许多。

这诗的两章几乎完全是重复的，这是歌谣最常用的手段——以重叠的章句来推进抒情的感动。但第二章的末句也是全诗的末句，却是完全变化了的。它把妻子的期盼等待转变为对丈夫的牵挂和祝愿：不归来也就罢了，但愿他在外不要忍饥受渴吧。这也是最平常的话，但其中包含的感情却又是那样善良和深挚。

这首诗被推崇为闺怨诗之祖，也首开“因暝色起思愁”的艺术先河。

秦风·黄鸟

交交黄鸟〔1〕，止于棘〔2〕。谁从穆公〔3〕？子车奄息〔4〕。维此奄息，百夫之特[5]。临其穴,惴惴其栗[6]。彼苍者天[7],歼我良人[8]!如可赎兮,人百其身[9]!

交交黄鸟,止于桑[10]。谁从穆公?子车仲行。维此仲行,百夫之防[11]。临其穴,惴惴其栗。彼苍者天,歼我良人!如可赎兮,人百其身!

交交黄鸟,止于楚[12]。谁从穆公?子车鍼虎。维此鍼虎,百夫之御。临其穴,惴惴其栗。彼苍者天,歼我良人!如可赎兮,人百其身!

【注释】

〔1〕 交交:鸟鸣声。马瑞辰《毛诗传笺通释》:"交交,通作'咬咬',鸟声也。"黄鸟:黄雀。

〔2〕 棘:酸枣树。一种落叶乔木。枝上多刺,果小味酸。棘之言"急",双关语。

〔3〕 从:从死,即殉葬。穆公:春秋时秦国国君,姓嬴,名任好。

〔4〕 子车:复姓。奄息:字奄,名息。下文子车仲行、子车鍼虎同此,这三人是当时秦国有名的贤臣。

〔5〕 特:杰出的人材。

〔6〕 "临其穴"二句:《郑笺》:"谓秦人哀伤其死,临视其圹,皆为之悼栗。"

〔7〕 彼苍者天:悲哀至极的呼号之语,犹今语"老天爷哪"。

〔8〕 良人:好人。

〔9〕 人百其身:犹言用一百人赎其一命。

〔10〕 桑:桑树。桑之言"丧",双关语。

〔11〕 防:抵挡。《郑笺》:"防,犹当也。言此一人当百夫。"

〔12〕 楚:荆树。楚之言"痛楚"。亦为双关。

【鉴赏】

诗分三章。第一章悼惜奄息,分为三层来写。首二句是第一层,用"交交黄鸟,止于棘"起兴,以黄鸟的悲鸣兴起子车奄息被殉之事。据马瑞辰《毛诗传笺通释》的解释,"棘"之言"急",是语音相谐的双关语,给此诗渲染出一种紧迫、悲哀、凄苦的氛围,为全诗的主旨定下了哀伤的基调。中间四句是第二层,点明要以子车奄息殉葬穆公之事,并指出当权者所殉的是一位才智超群的"百夫之特",从而表现秦人对奄息遭殉的无比悼惜。后六句为第三层,写秦人为奄息临穴送殉的悲惨惶恐的情状。“惴惴其栗”一语，就充分描写了秦人目睹活埋惨象的惶恐情景。这惨绝人寰的景象，灭绝人性的行为，使目睹者发出愤怒的呼号，质问苍天为什么要“歼我良人”。这是对当权者的谴责，也是对时代的质询。“如果可以赎回奄息的性命，即使用百人相代也是甘心情愿的啊！”由此可见秦人对“百夫之特”的奄息的悼惜之情了。第二章悼惜仲行，第三章悼惜鍼虎，重章叠句，结构与首章一样，只是更改数字而已。

殉葬的恶习，春秋时代各国都有，相沿成习，不以为非。为秦穆公殉葬一百七十七人，而作者只痛悼“三良”，那一百七十四个奴隶之死却只字未提。尽管此诗作者仅为“三良”遭遇大鸣不平，但仍然是历史的一大进步。说明人们已清醒地认识到人殉制度是一种极不人道的残暴行为。

这首诗被推崇为挽歌诗之祖。

豳风·东山

我徂东山〔1〕，慆慆不归〔2〕。我来自东，零雨其濛。我东曰归，我心西悲。制彼裳衣，勿士行枚〔3〕。蜎蜎者蠋〔4〕，烝〔5〕在桑野。敦〔6〕彼独宿，亦在车下。

我徂东山，慆慆不归。我来自东，零雨其濛。果臝〔7〕之实，亦施〔8〕于宇。伊威〔9〕在室，蟏蛸〔10〕在户。町畽〔11〕鹿场，熠耀宵行〔12〕。不可畏也，伊可怀也。

我徂东山，慆慆不归。我来自东，零雨其濛。鹳鸣于垤〔13〕，妇叹于室。洒扫穹窒，我征聿〔14〕至。有敦瓜苦〔15〕，烝在栗薪〔16〕。自我不见，于今三年。

我徂东山，慆慆不归。我来自东，零雨其濛。仓庚于飞，熠耀其羽。之子于归，皇驳〔17〕其马。亲结其缡〔18〕，九十〔19〕其仪。其新孔嘉〔20〕，其旧〔21〕如之何！

【注释】

〔1〕 徂(cú 殂)：往。东山：在今山东境内，周公伐奄驻军之地。

〔2〕 慆(tāo)慆：久。

〔3〕 士：通“事”。行枚：行军时衔在口中以保证不出声的竹棍。

〔4〕 蜎(yuān)蜎：幼虫蜷曲的样子。蠋(zhú)：一种野蚕。

〔5〕 烝(zhēng)：久。

〔6〕 敦(duī)：团状。

〔7〕 果臝(luǒ)：葫芦科植物，一名栝楼。臝，裸的异体字。

〔8〕 施(yì)：蔓延。

〔9〕 伊威：一种小虫，俗称土虱。

〔10〕 蟏蛸(xiāo shāo)：一种蜘蛛。

〔11〕 町疃(tǐng tuǎn)：野外。

〔12〕 熠耀：光明的样子。宵行：磷火。

〔13〕 垤(dié)：小土丘。

〔14〕 聿：语气助词，有将要的意思。

〔15〕 瓜苦：犹言瓜瓠，瓠瓜，一种葫芦。古俗在婚礼上剖瓠瓜成两张瓢，夫妇各执一瓢盛酒漱口。

〔16〕 栗薪：犹言蓼薪，束薪。

〔17〕 皇驳：马毛淡黄的叫皇，淡红的叫驳。

〔18〕 亲：此指女方的母亲。结缡：将佩巾结在带子上，古代婚仪。

〔19〕 九十：九或十，言其多。

〔20〕 新：指新婚者。孔嘉：极好。

〔21〕 旧：指已婚者。

【鉴赏】

《东山》以周公东征为历史背景，从一位普通战士的视角，叙述东征后归家前复杂细致的内心感受，来发出对战争的思考和对人民的同情。重章叠唱回环往复地吟诵，不只是音节的简单重复，更是情节与情感的推进。

诗的开篇，以开门见山、直赋其事的手法，简明直接地表明故事的背景和缘由。“慆慆不归”，既是对离家久战的直接表述，也是离人思乡情绪的间接流露。“我来自东，零雨其濛”，在叙事之中，插入景物描写，既点出了当时的天气，属细节描写，使人更能如临其境，感受故事；又为全诗定下一个凄美感人的基调，更能够表现抒情主人公的心理活动。这是这首诗的一个创举。这种情景交融的写作手法，为后世文人所祖并发扬光大。接着直抒胸臆“我心西悲”：从九死一生的沙场幸存下来了，战火和血腥的战争渐渐被抛在身后，归家指日可待时，思乡之情就会一涌而起，萦绕心头，挥之不去。“制彼衣裳，勿士行枚”，这句话将抒情主人公解脱了征役之苦的侥幸、后怕之情表达得淋漓尽致。

下面就是抒情主人公对三年军旅生活的回忆。作者用“比、兴”的手法，真实地描绘了军人风餐露宿、枕戈待旦的军旅生活。“独”字则揭示抒情主人公内心的情感，叙事与抒情融为一体，天衣无缝。

第二段是抒情主人公对家乡的变化与前途的猜测。“果臝之实……熠燿宵行”，这六句，是主人公在归乡途中对家的状况的想象，基于沿途看到的房屋破败、田园荒芜、鬼火飘忽的现实，更是主人公内心挥之不去的担忧，以及对战争无情的控诉。

第三段抒情主人公遥想家中的妻子。他们新婚不久就被迫分开，通过设想妻子对丈夫的思念，更加突出了丈夫对妻子的怀念。两者感情交相辉映，而更加凸显诗的悲剧色彩，从而深深扣动读者的心弦。

第四段是抒情主人公继续沉湎于对往事的甜蜜回忆。“其新孔嘉，其旧如之何”：新婚的甜美幸福还萦绕心头，而重逢的喜悦又将如何的强烈！

这首诗成为中国传统诗歌中反对战争最具代表性的著名诗篇。《东山》控诉战争的视角独特。从诗歌中回忆的婚礼场景分析，《东山》的主人公是一位参战的贵族，参加的是被人认为是正义的战争的周公东征，并且以胜利一方的身份凯旋。可是诗中没有雄赳赳的胜利者的姿态，而是以一位历经艰辛的受难者的身份出现。胜利没能使他逃脱战争的厄运，更说明了战争对于双方来说，都是灾难性的。从而给我们一个思考战争的新角度。

小雅·鹿鸣

呦呦[1]鹿鸣，食野之苹[2]。我有嘉宾，鼓瑟吹笙。吹笙鼓簧[3]，承筐是将[4]。人之好我，示我周行[5]。

呦呦鹿鸣，食野之蒿[6]。我有嘉宾，德音孔[7]昭。视民不恌[8]，君子是则[9]是效。我有旨[10]酒，嘉宾式燕以敖[11]。

呦呦鹿鸣，食野之芩[12]。我有嘉宾，鼓瑟鼓琴。鼓瑟鼓琴，和乐且湛[13]。我有旨酒，以燕[14]乐嘉宾之心。

【注释】

〔1〕 呦(yōu)呦：鹿的叫声。朱熹《诗集传》："呦呦，声之和也。"

〔2〕 苹：艾蒿。

〔3〕 簧：笙上的簧片。笙是用几根有簧片的竹管、一根吹气管装在斗子上做成的。

〔4〕 承筐：指奉上礼品。《毛传》："筐，篚属，所以行币帛也。"将：送，献。

〔5〕 周行(háng)：大道，引申为大道理。

〔6〕 蒿：又叫青蒿、香蒿，菊科植物。

〔7〕 德音：美好的品德声誉。孔：很。

〔8〕 视：同"示"。恌(tiāo)：同"佻"，轻佻。

〔9〕 则：法则，楷模，此作动词。

〔10〕 旨：甘美。

〔11〕 式：语助词。燕：同"宴"。敖：同"遨"，嬉游。

〔12〕 芩(qín)：草名，蒿类植物。

〔13〕 湛(dān)：通"耽"，喜乐。《毛传》："湛，乐之久。"

〔14〕 燕：安。

【鉴赏】

《鹿鸣》是《诗经·小雅》之始，是古人在宴会上所唱的歌。据朱熹《诗集传》的说法，此诗原是君王宴请群臣时所唱，后来逐渐推广到民间，在乡人的宴会上也可唱。朱熹这一推测该是符合事实的，直到东汉末年曹操作《短歌行》，还引用了此诗首章前四句，表示了渴求贤才的愿望，说明千余年后此诗还有一定的影响。

诗共三章，每章八句，开头皆以鹿鸣起兴。在空旷的原野上，一群麋鹿悠闲地吃着野草，不时发出呦呦的鸣声，此起彼应，十分和谐悦耳。君臣之间限于一定的礼数，等级森严，形成思想上的隔阂。通过宴会，可以沟通感情，使君王能够听到群臣的心里话。诗以鹿鸣起兴，奠定了和谐愉悦的基调，营造了一个热烈而又和谐的氛围，使得臣下原有的拘谨和紧张，很快宽松下来。

此诗自始至终洋溢着欢快的气氛，它把读者从"呦呦鹿鸣"的意境带进"鼓瑟吹笙”的音乐伴奏声中。

诗之首章写热烈欢快的音乐声中主人或专职的傧相“承筐是将”，献上竹筐所盛的礼物。然后主人又向嘉宾致辞：“人之好我，示我周行。”诗之二章，则由主人（主要是君王）进一步表示祝辞，其大意则如《诗集传》所云：“言嘉宾之德音甚明，足以示民使不偷薄，而君子所当则效。”祝酒之际要说出这样的话的原因，分明是君主要求臣下做一个清正廉明的好官，以矫正偷薄的民风。三章大部分与首章重复，唯最后几句将欢乐气氛推向高潮。末句“燕乐嘉宾之心”，则是卒章见志，将诗之主题深化。也就是说这次宴会，“非止养其体、娱其外而已”，它不是一般的吃吃喝喝，满足口腹的需要，而是为了“安乐其心”，使得参与宴会的群臣心悦诚服，自觉地为君王的统治服务。

小雅·采薇

采薇〔1〕采薇，薇亦作止〔2〕。曰〔3〕归曰归，岁亦莫〔4〕止。靡室靡家〔5〕，猃允〔6〕之故。不遑启居〔7〕，猃允之故。

采薇采薇，薇亦柔〔8〕止。曰归曰归，心亦忧止。忧心烈烈〔9〕，载饥载渴〔10〕。我戍〔11〕未定，靡使归聘〔12〕。

采薇采薇，薇亦刚〔13〕止。曰归曰归，岁亦阳〔14〕止。王事靡盬〔15〕，不遑启处〔16〕。忧心孔疚〔17〕，我行不来〔18〕！

彼尔维何？维常〔19〕之华。彼路斯何〔20〕？君子〔21〕之车。戎〔22〕车既驾，四牡业业〔23〕。岂敢定居〔24〕？一月三捷〔25〕。

驾彼四牡，四牡骙骙〔26〕。君子所依，小人所腓〔27〕。四牡翼翼〔28〕，象弭鱼服〔29〕。岂不日戒〔30〕？猃允孔棘〔31〕！

昔我往〔32〕矣，杨柳依依〔33〕。今我来思〔34〕，雨雪霏霏〔35〕。行道迟迟〔36〕，载渴载饥。我心伤悲，莫知我哀！

【注释】

〔1〕 薇：野豌豆，又叫大巢菜，种子、茎、叶均可食用。《史记·伯夷列传》记载：“武王已

平殷乱，天下宗周，而伯夷、叔齐耻之，义不食周粟，隐于首阳山，采薇而食之。”说的是伯夷、叔齐隐居山野，义不仕周的故事。《史记·周本纪》记载：“懿王之时，王室遂衰，诗人作刺。”刺就是指《采薇》。《汉书·匈奴传》记载：“至穆王之孙懿王时，王室遂衰，戎狄交侵，暴虐中国。中国被其苦，诗人始作，疾而歌之，曰：‘靡室靡家，猃允之故’，‘岂不日戒，猃允孔棘’。”

〔2〕 作：指薇菜冒出地面。止：句末助词，无实意。

〔3〕 曰：句首、句中助词，无实意。

〔4〕 莫：通“暮”，也读作“暮”。本文指年末。

〔5〕 靡(mǐ)室靡家：没有正常的家庭生活。靡，无。室，与“家”义同。

〔6〕 猃允(xiǎn yǔn)：中国古代少数民族名。

〔7〕 不遑(huáng)：不暇。遑：闲暇。启居：跪、坐，指休息、休整。启：跪、跪坐。居：安坐、安居。古人席地而坐，两膝着席，危坐时腰部伸直，臀部与足离开；安坐时臀部贴在足跟上。

〔8〕 柔：柔嫩。“柔”比“作”更进一步生长，指刚长出来的薇菜柔嫩的样子。

〔9〕 烈烈：炽烈，形容忧心如焚。

〔10〕 载(zài)饥载渴：则饥则渴、又饥又渴。载……载……：又……又……。

〔11〕 戍(shù)：防守，这里指防守的地点。

〔12〕 聘(pìn)：问候的音信。

〔13〕 刚：坚硬。

〔14〕 阳：农历十月，小阳春季节。今犹言“十月小阳春”。

〔15〕 盬(gǔ)：止息，了结。

〔16〕 启处：休整，休息。

〔17〕 孔：甚，很。疚：病，苦痛。

〔18〕 我行不来：我不能回家。来，回家。(一说，我从军出发后，还没有人来慰问过。)

〔19〕 常：常棣，即郁李，植物名。《毛诗》作“棠棣”。

〔20〕 路：高大的战车。斯何：犹言维何。斯：语气助词，无实义。

〔21〕 君子：指将帅。

〔22〕 戎：车，兵车。

〔23〕 牡(mǔ)：雄马。业业：高大的样子。

〔24〕 定居：犹言安居。

〔25〕 捷：胜利。谓接战、交战。一说，捷，邪出，指改道行军。此句意谓，一月多次行军。

〔26〕 骙(kuí)：雄强，威武。这里的“骙骙”是指马强壮的意思。

〔27〕 小人：指士兵。腓(féi)：庇护，掩护。

〔28〕 翼翼：整齐的样子。谓马训练有素。

〔29〕 象弭：以象牙装饰弓端的弭。弭(mǐ)：弓的一种，其两端饰以骨角。一说弓两头的弯曲处。鱼服：鲨鱼鱼皮制的箭袋。

〔30〕 日戒：日日警惕戒备。

〔31〕 孔棘：很紧急。棘(jí)：急。

〔32〕 昔：从前，文中指出征时。往：指当初去从军。

〔33〕 依依：形容柳丝轻柔、随风摇曳的样子。

〔34〕 思：用在句末，没有实在意义。

〔35〕 雨(yù)：动词，“下雨”的意思。霏(fēi)霏：雪花纷落的样子。

〔36〕 迟迟：迟缓的样子。

【鉴赏】

全诗六章，可分三层。与《东山》诗一样，这首诗也是一位久戍的战士在归乡途中按捺不住思乡之情而咏唱的歌。《诗经》以采集植物起兴的诗，往往与思念有关，成为一种套语。本诗首句以采薇起兴，“薇亦作止”“柔止”“刚止”，循序渐进，形象地刻画了薇菜从破土发芽，到幼苗柔嫩，再到茎叶老硬的生长过程，应句“曰归曰归，岁亦莫止”“阳止”，喻示了时间的流逝和戍役的漫长，点出士卒对家乡亲人的思念和归乡的渴盼。

与前《东山》诗不同的是，造成这首诗中的战士陷入战火的原因，是猃允的入侵，抵御外掳、保卫家国的使命感还激荡在他心间，他追忆行军作战的紧张生活，军容之壮，戒备之严，高昂的士气和频繁的战斗；紧接着具体描写了在战车的掩护和将帅的指挥下，士卒们紧随战车冲锋陷阵的场面。最后，由战斗场面又写到战马强壮而训练有素、武器精良而战无不胜。

追昔抚今，痛定思痛，不能不令“我心伤悲”。“昔我往矣，杨柳依依。今我来思，雨雪霏霏。”这是写景记事，更是抒情伤怀。个体生命在时间中存在，而在“今”与“昔”、“来”与“往”、“雨雪霏霏”与“杨柳依依”的情境变化中，戍卒深切体验到了生活的虚耗、生命的流逝及战争对生活价值的否定。种种忧伤在这雨雪霏霏的旷野中，无人知道更无人安慰；“我心伤悲，莫知我哀”，全诗在这孤独无助的悲叹中结束。

《采薇》将王朝与蛮族的战争冲突退隐为背景，将从属于国家军事行动的个人从战场上分离出来，通过归途的追述集中表现戍卒们久戍难归、忧心如焚的内心世界，从而表现周人对战争的厌恶和反感。《采薇》与《东山》，可称为千古厌战诗之祖。

在艺术上，“昔我往矣，杨柳依依。今我来思，雨雪霏霏”，被称为《三百篇》中最佳诗句之一。自南朝谢玄以来，对它的评析已绵延成一部一千五百多年的阐释史。清王夫之《姜斋诗话》的“以乐景写哀，以哀景写乐，一倍增其哀乐”和清刘熙载《艺概》的“雅人深致，正在借景言情”，已成为诗家口头禅。而“昔往”“今来”对举的句式，则屡为诗人追摹，如曹植的“始出严霜结，今来白露晞”（《情诗》），颜延之的“昔辞秋未素，今也岁载华”（《秋胡诗》之五），等等。

大雅·生民

厥初〔1〕生民，时维姜嫄〔2〕。生民如何？克禋〔3〕克祀，以弗无〔4〕子。履帝武敏歆〔5〕，攸介攸止〔6〕，载震载夙〔7〕。载生载育，时维后稷。

诞弥〔8〕厥月，先生如达〔9〕。不坼不副〔10〕，无菑〔11〕无害，以赫厥灵。上帝不宁〔12〕，不康〔13〕禋祀，居然生子。

诞寘〔14〕之隘巷，牛羊腓字〔15〕之。诞寘之平林〔16〕，会〔17〕伐平林。诞寘之寒冰，鸟覆翼之〔18〕。鸟乃去矣，后稷呱〔19〕矣。实覃实訏〔20〕，厥声载〔21〕路。

诞实匍匐〔22〕，克岐克嶷〔23〕，以就口食〔24〕。蓺之荏菽〔25〕，荏菽旆旆〔26〕。禾役穟穟〔27〕，麻麦幪幪〔28〕，瓜瓞唪唪〔29〕。

诞后稷之穑〔30〕，有相之道〔31〕。茀〔32〕厥丰草，种之黄茂〔33〕。实方实苞〔34〕，实种实褎〔35〕。实发实秀〔36〕，实坚〔37〕实好。实颖实栗〔38〕，即有邰家室〔39〕。

诞降〔40〕嘉种，维秬维秠〔41〕，维穈维芑〔42〕。恒〔43〕之秬秠，是获是亩〔44〕。恒之穈芑，是任是负〔45〕，以归肇祀〔46〕。

诞我祀如何？或舂或揄〔47〕，或簸或蹂〔48〕。释之叟叟〔49〕，烝之浮浮〔50〕。载谋载惟〔51〕，取萧祭脂〔52〕。取羝以軷〔53〕，载燔载烈〔54〕，以兴嗣岁〔55〕。

卬盛于豆[56]，于豆于登[57]，其香始升。上帝居歆[58]，胡臭亶时[59]。后稷肇祀，庶无罪悔，以迄于今。

【注释】

〔1〕 厥：其。初：始。

〔2〕 时：是，此。维：为。姜嫄(yuán)：传说中有邰(tái)氏之女，周始祖后稷之母。头两句是说那当初生育周民的，就是姜嫄。

〔3〕 克：能。禋(yīn)：祭天的一种礼仪，先烧柴升烟，再加牲体及玉帛于柴上焚烧。

〔4〕 弗："祓"的假借，除灾求福的祭祀，一种祭祀的典礼。一说"以弗无"是以避免没有之意。

〔5〕 履：践踏。帝：天帝。武：足迹。敏：大拇趾。歆：动，心有所感而体动。

〔6〕 攸：语助词，所。介：通"祄"，神保佑。止：通"祉"，神降福。

〔7〕 载震载夙(sù)：则娠则肃，指十月怀胎生活严肃。震，读为"娠"。

〔8〕 诞：时间介词，尤当、方。弥：满。

〔9〕 先生：头生，第一胎。达：《郑笺》："达，羊子也。"赞美姜嫄生头胎如生羊羔一样容易。

〔10〕 坼(chè)：裂开。副(pì)：破裂。指生育容易。

〔11〕 菑(zāi)：同"灾"。

〔12〕 不宁：丕宁，大宁。不：通"丕"，大。

〔13〕 不康：丕康。丕，大。

〔14〕 寘(zhì)：弃置。

〔15〕 腓(féi)：庇护。字：哺育。

〔16〕 平林：大林，森林。

〔17〕 会：恰好。

〔18〕 鸟覆翼之：大鸟张翼覆盖他。

〔19〕 呱(gū)：小儿啼哭声。

〔20〕 实：是。覃(tán)：长。讦(xū)：大。

〔21〕 载：充满。

〔22〕 匍匐：伏地爬行。

〔23〕 岐：知意。嶷(yí)：识。

〔24〕 就：趋往。口食：犹言吃食。

〔25〕 蓺(yì)：同“艺”，种植。荏菽：大豆。

〔26〕 旆(pèi)旆：草木茂盛。

〔27〕 役：通“颖”。颖，禾苗之末。穟(suì)穟：禾穗丰硬下垂的样子。

〔28〕 幪(méng)幪：茂密的样子。

〔29〕 瓞(dié)：小瓜。唪(fěng)唪：果实累累的样子。

〔30〕 穑：耕种。

〔31〕 有相之道：有相土之宜的能力，即观察土地是否适宜稼穑。

〔32〕 茀(fú)：拂，拔除。

〔33〕 黄茂：嘉谷，指优良品种，即黍、稷。《孔颖达疏》：“谷之黄色者，惟黍、稷耳。黍、稷，谷之善者，故云黄嘉谷也。”

〔34〕 实：是。方：同“放”。萌芽始出地面。苞：苗丛生。

〔35〕 种(zhòng)：禾芽始出。褎(xiù)：禾苗渐渐长高。

〔36〕 发：发茎。秀：成穗。

〔37〕 坚：谷粒灌浆饱满。

〔38〕 颖：禾穗末梢下垂。栗：栗栗，形容收获众多貌。

〔39〕 即有邰家室：去有邰成家立业。邰(tái)：后稷封地，在今陕西省武功县西南二十五里。

〔40〕 降：赐予。

〔41〕 秬(jù)：黑黍。秠(pǐ)：黍的一种，一个黍壳中含有两粒黍米。

〔42〕 穈(mén，一作 méi)：赤苗，红米。芑(qǐ)：白苗，白米。

〔43〕 恒：遍。

〔44〕 亩：堆在田里。

〔45〕 任：挑起。负：背起。

〔46〕 肇：开始。祀：祭祀。

〔47〕 揄(yóu，一作 yǎo)：舀，从臼中取出舂好之米。

〔48〕 簸：扬米去糠。蹂：以手搓余剩的谷皮。

〔49〕 释：淘米。叟叟：淘米的声音。

〔50〕 烝：同“蒸”。浮浮：热气上升貌。

〔51〕 惟：考虑。

〔52〕 萧：香蒿。脂：牛油。

〔53〕 羝(dī)：公羊。軷(bá)：即剥去羊皮。

〔54〕 燔(fán)：将肉放在火里烧炙。烈：将肉贯穿起来架在火上烤。

〔55〕 嗣岁：来年。

〔56〕 卬(ánɡ)：我。豆：古代一种高脚容器。

〔57〕 登：瓦制容器。

〔58〕 居歆：为歆，应该前来享受。

〔59〕 胡臭亶时：浓烈的香气诚然如此美好。胡臭(xiù)：胡，大；臭，这里指芳香气味。胡臭，这里意指浓烈的香气。亶(dǎn)：诚。时：善。

【鉴赏】

中国诗歌传统源远流长，但偏重抒情，以叙事为主的诗尤其史诗发育较为迟缓，《诗经》中公认为周部族史诗的只有五篇，即《大雅》中的《生民》《公刘》《绵》《皇矣》《大明》。《大雅·生民》描述了周部族的始祖后稷神奇诞生的传说及其对农业的贡献，反映出当时农业已同畜牧业分离而完成了第一次社会大分工的事实。

诗共八章，每章或十句或八句，按十字句章与八字句章前后交替的方式构成全篇，除首尾两章外，各章皆以“诞”字领起，格式严谨。从表现手法上看，它纯用赋法，不假比兴，叙述生动详明，纪实性很强。然而从它的内容看，尽管后面几章写后稷从事农业生产富有浓郁的生活气息，却仍不能脱去前面几章写后稷的身世所显出的神奇荒幻气氛，这无形中也使其艺术魅力大大增强。

诗的第一章写姜嫄神奇的受孕。现代学者闻一多对这一问题写有《姜嫄履大人迹考》专文，认为这则神话反映的事实真相，“只是耕时与人野合而有身，后人讳言野合，则曰履人之迹，更欲神异其事，乃曰履帝迹耳”。还有观点认为：第一，这仅仅是一个幻想的故事，足迹无非是种象征，因此力图在虚幻与事实之间架桥似乎是徒劳的，没有必要深究；第二，这则神话中“履帝武敏歆”极有可能仅仅是一个祭祀神明的仪式，象征的意义是通过仪式的摹仿来完成的，舞蹈之类都是摹仿仪式，而语言本身也可以完成象征的意义，如最初起源于祭仪的颂诗。正是由于语言的这种表现能力的扩张，神话才超越了现实，诗歌乃具有神奇的魅力。

诗的第二章、第三章写后稷的诞生与屡弃不死的灵异。后稷名弃，据《史记·周本纪》的解释，正是因为他在婴幼时曾屡遭遗弃，才得此名。弃子传说在许多民族的传说中都有存在，弃子神话正是为了说明一个民族的建国始祖的神圣性而创造的，诞生是担负神圣使命的英雄(具有神性)最初所必经的通过仪式，他必须在生命开始时便接受这一考验。而所有的弃子神话传说都有这么一个原型模式：第一，婴幼期被遗弃；第二，被援救并成长为杰出人物；第三，被弃和获救都有神奇灵异性。此诗第三章中的弃子故事，自然也不例外。这一章除了叙事神奇外，笔法也可圈可点，对此前人也有所会心，孙矿说："不说人收，却只说鸟去，固蕴藉有致。"俞樾说："初不言其弃之由，而卒曰后稷呱矣。盖设其文于前，而著其义于后，此正古人文字之奇。"（均见陈子展《诗经直解》引）

诗的第四至第六章写后稷有开发农业生产技术的特殊禀赋，他自幼就表现出这种超卓不凡的才能，他因有功于农业而受封于邰，他种的农作物品种多、产量高、质量好，丰收之后便创立祀典。这几章修辞手法的多样化，使本来容易显得枯燥乏味的内容也变得跌宕有致，不流于率易。修辞格有叠字、排比等，以高密度的使用率见其特色，尤以"实……实……"格式的五句连用，最富表现力。

诗的最后两章，承第五章末句"以归肇祀"而来，写后稷祭祀天神，祈求上天永远赐福，而上帝感念其德行业绩，不断保佑他并将福泽延及到他的子子孙孙。全诗末尾的感叹之词，是称道后稷开创祭祀之仪得使天帝永远佑护周部族，正因后稷创业成功才使他有丰硕的成果可以作为祭享的供品，实际赞颂的对象仍落实在后稷身上，而他确也是当之无愧的。

周颂·清庙

於穆清庙〔1〕，肃雍显相〔2〕。济济多士〔3〕，秉文之德〔4〕。对越在天〔5〕，骏〔6〕奔走在庙。不显不承〔7〕，无射于人斯〔8〕！

【注释】

〔1〕 於(wū)：赞叹词，犹如现代汉语的"啊"。穆：庄严、壮美。清庙：清静的宗庙。

〔2〕 肃雍：庄重而和顺的样子。显：高贵显赫。相：助祭的人，此指助祭的公卿诸侯。

〔3〕 济济：众多。多士：指祭祀时承担各种职事的官吏。

〔4〕 秉：秉承，操持。文之德：周文王的德行。

〔5〕 对越：犹"对扬"，对是报答，扬是颂扬。在天：指周文王的在天之灵。

〔6〕 骏：敏捷、迅速。

〔7〕 不(pī)：通"丕"，大。承(zhēng)：借为"烝"，美盛。

〔8〕 射(yì)：借为"斁"，厌弃。斯：语气词。

【鉴赏】

《清庙》为“颂”之始。《毛诗序》说：“颂者，美盛德之形容，以其成功告于神明者也。”有说这首诗赞“文王之道”、颂“文王之德”。周文王姬昌，在殷商末期为西伯，在位五十年，“遵后稷、公刘之业，则古公、公季之法，笃仁、敬老、慈少”，“阴行善”，招贤纳士，致使吕尚、鬻熊、辛甲等贤士来归，并先后伐犬戎、密须、黎国、邘(yú)及崇侯虎，自岐下徙都于丰，作丰邑，奠定了周部族进一步壮大的雄厚的基础(见《史记·周本纪》)。他在世时，虽然没有实现灭殷立周、统一中原的宏愿，但他的“善理国政”，却使周部族向外显示了信誉和声威，为他儿子周武王姬发的伐纣兴国铺平了道路。所以，在周人心目中，他始终是一位威德普被、神圣而不可超越的开国贤君。

这首诗通过清庙之庄严肃穆，高贵显赫的王公大臣们参与祭祀时的尊敬恭顺，衬托出文王的贤德威仪，颂扬他所立下的万世不朽之美名，感激他奠定了周部族兴旺壮大之基础的劳苦功勋。全诗雍容肃穆，舒缓悠扬，赞美崇敬之情溢于言表。

周颂·丰年

丰年[1]多黍多稌[2]，亦有高廪[3]，万亿及秭[4]。为酒为醴[5]，烝畀祖妣[6]。以洽百礼[7]，降福孔皆[8]。

【注释】

〔1〕丰年：丰收之年。

〔2〕黍(shǔ)：小米。稌(dù)：稻子。

〔3〕高廪(lǐn)：高大的粮仓。

〔4〕万亿及秭(zǐ)：周代以十千为万，十万为亿，十亿为秭。

〔5〕醴(lǐ)：甜酒。此处是指用收获的稻黍酿造成清酒和甜酒。

〔6〕烝(zhēng)：献。畀(bì)：给予。祖妣(bǐ)：指男女祖先。

〔7〕洽：配合。百礼：指各种祭祀礼仪。

〔8〕孔：很，甚。皆：普遍。

【鉴赏】

此诗的开头很有特色。它描写了丰硕得难以计数的收成堆叠而成的一片壮观的丰收景象，隐喻着农人的辛勤劳作，昭示出西周王朝国势的强盛。寓动于静之中，在丰收的稻谷、高大的仓廪的画面之外，又以美酒的醇香甜美，引发读者无限的想象空间。在靠天吃饭的农耕时代，丰收除了农夫们的辛勤劳作，更多靠自然的风调雨顺，而这就要靠上天神明的恩赐和祖先魂灵的庇佑。所以诗的后半部分就是感谢上天。

因丰收而致谢，以丰收的果实祭祀最为恰当，也由于丰收，祭品丰盛，能够“以洽百礼”，面面俱到。“降福孔皆”既是对神灵已赐恩泽的赞颂，也是对神灵进一步普遍赐福的祈求。身处难以驾驭大自然、难以主宰自己命运的时代，人们祈求神灵保佑的愿望尤其强烈，《周颂·丰年》既着眼于现在，更着眼于未来，与其说是周人善于深谋远虑，不如说是他们深感丰年的难逢和缺乏主宰自己命运能力的无奈。

楚辞

屈　原

屈原(约前340—约前278),姓芈,氏屈,名平,字原,出生于楚国秭归(今湖北省宜昌市)。早年由于其出身和才能,深得楚怀王信任,曾任左徒(其职位仅次于楚国最高行政长官令尹),“入则与王图议国事,以出号令;出则接遇宾客,应对诸侯”(《史记·屈原贾生列传》)。后因奸佞小人的妒忌、谗言、排挤和打击,被怀王疏远,由左徒贬至三闾大夫,继而两次被放逐。第一次在楚怀王时,被流放到汉北;第二次在顷襄王时,被流放到江南,历经长江、洞庭湖、沅水、湘水等处。长期的流放生活,屈原积聚了深厚的悲痛和绝望之情,最后在郢都被破后,自沉汨罗江而死。屈原绝笔《怀沙》开头有“滔滔孟夏兮,草木莽莽”句,可见赴水是在农历五月,民间传说是在五月初五。屈原的政治主张:在内政上,他主张举贤授能,修明法度;在外交上,他主张联齐抗秦,坚持合纵联盟。

《汉书·艺文志》记载屈原赋二十五篇,东汉王逸作《楚辞章句》,认为屈原所作有《离骚》《九歌》(十一篇)、《天问》《九章》(九篇)、《远游》《卜居》共二十四篇。至于《渔父》《大招》,王逸“疑不能明”。在楚辞研究史上,除《离骚》《天问》《九章》的部分篇章之外,其他诸篇的作者问题都引起过争论。目前,学术界基本认定,《离骚》《九歌》《天问》《九章》《招魂》,基本上都是屈原的作品,共计二十三篇。

“楚辞”有两种含义,一是诗体名称。是指战国后期屈原等人创作的具有浓厚地方色彩的新诗体的专用名称。宋黄伯思《东观余论·校定楚辞序》云:“屈宋诸骚,皆书楚语,作楚声,纪楚地,名楚物,故可谓之‘楚辞’。”指出了楚辞的特点;二是总集名称。西汉时,刘向辑录屈原、宋玉等人的作品,编成《楚辞》一书,于是《楚辞》又成为诗歌总集的名称。

湘　君

君不行兮夷犹[1],蹇谁留兮中洲?美要眇兮宜修[2],沛吾乘兮桂舟。令沅湘[3]兮无波,使江水[4]兮安流。望夫君兮未来,吹参差兮谁思[5]?

驾飞龙[6]兮北征,邅[7]吾道兮洞庭。薜荔柏兮蕙绸[8],荪桡兮兰旌[9]。望涔阳兮极浦[10],横大江兮扬灵[11]。扬灵兮未极[12],女婵媛[13]兮为余太息。横流涕兮潺湲[14],隐思君兮陫侧[15]。

桂棹兮兰枻[16],斫冰兮积雪。采[17]薜荔兮水中,搴[18]芙蓉兮木末。心不同兮媒劳[19],恩不甚兮轻绝。石濑兮浅浅[20],飞龙兮翩翩[21]。交不忠兮怨长[22],期不信[23]兮告余以不闲。

鼂骋骛兮江皋[24],夕弭节兮北渚[25]。鸟次[26]兮屋上,水周[27]兮堂下。捐余玦[28]兮江中,遗余佩兮醴浦[29]。采芳洲兮杜若[30],将以遗兮下女[31]。时不可兮再得,聊逍遥兮容与[32]。

【注释】

〔1〕 夷犹:犹豫不前的样子。

〔2〕 要眇(yāo miǎo):美好的样子。宜修:修饰得恰到好处。

〔3〕 沅湘:沅江、湘江。

〔4〕 江水:指长江。

〔5〕 参差(cēn cī):即排箫,相传为舜所造,其状如凤翼之参差不齐,故名参差。谁思:谁会知道。

〔6〕 飞龙:指水神所乘之快舟,故称飞龙。

〔7〕 邅(zhān):楚方言,转弯,改变方向。

〔8〕 薜荔(bì lì):一种蔓生的常绿灌木。柏:帘子,船屋的门窗上所挂。蕙绸:以蕙草织为帷帐。

〔9〕 荪桡(sūn ráo)：缠绕以荪草的船桨。兰旌(jīng)：以兰草为旌旗。

〔10〕 涔(cén)阳：地名，在涔水北岸，今湖南省醴县有涔阳浦。极浦：遥远的水滨。

〔11〕 扬灵：划船前进。灵：一种有舱有窗的船。

〔12〕 极：终极，引申为到达。

〔13〕 女：湘夫人的侍女。婵媛(chán yuán)：忧愁悲怨。

〔14〕 潺湲(chán yuán)：水不停流动的样子，这里形容流泪之貌。

〔15〕 陫侧：同“悱恻”

〔16〕 棹(zhào)：长的船桨。枻(yì)：短的船桨。

〔17〕 采：摘。

〔18〕 搴(qiān)：拔。

〔19〕 心不同：指男女双方心里想的不一样。媒劳：媒人徒劳无用。

〔20〕 石濑(lài)：沙石间的流水。浅(jiān)浅：水快速流动的样子。

〔21〕 翩翩：轻快飞行的样子。

〔22〕 交不忠：交朋友却不忠诚。怨长：产生的怨恨多。

〔23〕 期：约会。不信：不守信用，不赴约。

〔24〕 鼂(zhāo)：同“朝”，早晨。骋骛(chěng wù)：急速奔走。江皋：江岸，江边高地。

〔25〕 弭(mǐ)节：停船。渚(zhǔ)：水涯。

〔26〕 次：栖宿。

〔27〕 周：环绕。

〔28〕 捐：抛弃。玦(jué)：圆形而有缺口的佩玉。玦与“决”同音，有表示决断、决绝之义。

〔29〕 遗：留下。醴(lǐ)浦：澧水之滨。醴：同澧，即澧水。

〔30〕 芳洲：生长芳草的水洲。杜若：香草名，又名山姜。古人谓服之“令人不忘”。

〔31〕 遗(wèi)：赠送。下女：下界之女。

〔32〕 聊：姑且。逍遥：徘徊。容与：舒闲貌。

【赏析】

《湘君》与下篇《湘夫人》选自《九歌》，各是祭祀湘水男女神所用的乐歌。古人认为万物有灵，神明主宰着自然，并且与人类一样都有着悲欢离合的感情纠葛。湘君、湘夫人这对神祇反映了原始初民崇拜自然神灵的一种意识形态和“神人恋爱”的构想。传说湘君指舜，湘夫人指舜之二妃娥皇、女英。舜帝南巡，死葬苍梧(湘水发源地），即湘君；二妃追至洞庭，南望哭泣，泪洒竹上，斑斑成痕，绝望中投水而死，成为湘水女神湘夫人。当远古人们把湘水神明寄托于人类的君主时，就将对自然的崇拜与对先祖的崇敬融为一体而使神明形象具有了现实的丰满血肉与情感，也使得神话传说更具有亲切感。

楚国祭祀载歌载舞，以歌舞娱神，祭坛实际上就是“剧坛”或“文坛”。以《湘君》和《湘夫人》为例：人们在祭湘君时，以女性的歌者或祭者扮演角色迎接湘君；祭湘夫人时，以男性的歌者或祭者扮演角色迎接湘夫人，各致以爱慕之深情。

本篇以湘夫人的口气表现湘水女神对湘君的怀恋，对爱情的大胆追求。第一节写湘夫人对湘君的思念，她们打扮得宜、乘着精美轻快的桂舟，沿着安静无波的沅、湘、江水，去迎接湘君；第二节写湘夫人想象湘君必然也乘华美的快船前来相会，但久未到达，借湘夫人身边的侍女的流泪潺湲烘托湘夫人心中的失望与哀怨；第三节以冰雪比喻洞庭湖水的澄澈，其实也暗指失望的湘夫人内心的悲凉，且薜荔缘木而生，芙蓉盛开于水中，可却到树上拔芙蓉、到水里采薜荔，正是反衬出湘夫人想与湘君相会却不能实现的无奈；进而对湘君产生怨恨，对他们之间的爱情产生怀疑；第四节写湘夫人内心矛盾与挣扎，她独自来到约会的地点，只看到鸟栖宿于屋、水环绕于堂的凄凉寂静场景，于绝望之下产生了决绝之情，但情深婉转又如何能一绝了之，心中痛苦，柔情寸断。全诗善于运用比兴手法和景物描写表现女主人公复杂的心理活动，使湘夫人的性格得到完满的表现。文笔细腻，情韵悠长。

湘 夫 人

帝子[1]降兮北渚，目眇眇兮愁予[2]。嫋嫋[3]兮秋风，洞庭波兮木叶下[4]。白薠兮骋望[5]，与佳期兮夕张[6]。鸟何萃[7]兮苹中，罾[8]何为兮木上？

沅有茝兮醴[9]有兰，思公子[10]兮未敢言。荒忽[11]兮远望，观流水兮潺湲[12]。

麋[13]何食兮庭中？蛟何为兮水裔[14]？朝驰余马兮江皋[15]，夕济兮西澨[16]。闻佳人[17]兮召予，将腾驾兮偕逝。

筑室兮水中，葺之兮荷盖[18]。荪壁兮紫坛[19]，匊芳椒[20]兮成堂。桂栋兮兰橑[21],辛夷楣兮药[22]房。罔薜荔兮为帷[23],擗蕙櫋[24]兮既张。白玉兮为镇[25],疏石兰[26]兮为芳。芷葺兮荷屋,缭之兮杜衡[27]。合百草兮实[28]庭,建芳馨兮庑[29]门。九嶷缤[30]兮并迎,灵之来兮如云[31]。

捐余袂[32]兮江中,遗余褋[33]兮醴浦。搴汀[34]洲兮杜若,将以遗兮远者[35]。时不可兮骤得[36],聊逍遥兮容与!

【注释】

〔1〕 帝子：指湘夫人。舜妃为帝尧之女,故称帝子。古代帝子与公子一样,不限于男性。

〔2〕 眇(miǎo)眇：极目远视、望而不见的样子。愁予：使我忧愁。

〔3〕 嫋(niǎo)嫋：绵长不绝的样子。这里指吹拂貌。又作袅袅。

〔4〕 波：生波。下：落。

〔5〕 薠(fán)：一种近水生的秋草。骋望：纵目而望。

〔6〕 与：数、计算。佳期：约好的会面时间。张：陈设。

〔7〕 萃：集。鸟本当集在木上,反说在水草中。

〔8〕 罾(zēng)：捕鱼的网。罾原当在水中,反说在木上,比喻所愿不得,失其应处之所。

〔9〕 沅：即沅水,在今湖南省。茝(chǎi)：白芷,一种香草。醴(lǐ)：即澧水,在今湖南省,流入洞庭湖。

〔10〕 公子：指湘夫人。古代贵族称公族,贵族子女不分性别,都可称"公子"。

〔11〕 荒忽：不分明的样子。

〔12〕 潺湲：水流的样子。

〔13〕 麋：兽名,似鹿。这里是湘君称呼湘夫人。

〔14〕 水裔：水边。此名意谓蛟本当在深渊而在水边。比喻所处失常。

〔15〕 皋：水边高地。

〔16〕 澨(shì)：水边。

〔17〕 佳人：美人,古代合乎理想的人都可称佳人,不限男女。此处湘君称呼湘夫人。腾驾：驾着马车奔腾飞驰。偕逝：同往。

〔18〕 葺：编草盖房子。盖：指屋顶。

〔19〕 荪(sūn)壁：用荪草饰壁。荪：一种香草。紫：紫贝，水产的宝物。坛：中庭。

〔20〕 匊：古“播”字。作布解。椒：即花椒，芸香科植物，落叶灌木或小乔木。

〔21〕 栋：屋栋，屋脊柱。橑(lǎo)：屋椽(chuán)。

〔22〕 辛夷：木名，初春开花。楣：门上横梁。药：白芷。

〔23〕 罔：通“网”，作结解。薜荔：一种香草，缘木而生。帷：帷帐。

〔24〕 擗(pǐ)：掰开。蕙：一种香草。櫋(mián)：隔扇。

〔25〕 镇：镇压座席之物。

〔26〕 疏：分疏，分陈。石兰：一种香草。

〔27〕 缭：缠绕。杜衡：一种香草。

〔28〕 合：合聚。百草：指众芳草。实：充实。

〔29〕 馨：能够远闻的香。庑(wǔ)：走廊。

〔30〕 九嶷(yí)：山名，传说中舜的葬地，在湘水南。这里指九嶷山神。缤：盛多的样子。

〔31〕 灵：神。如云：形容众多。

〔32〕 袂(mèi)：衣袖。

〔33〕 褋(dié)：《方言》：禅衣，江淮南楚之间谓之“褋”。禅衣即女子内衣，是湘夫人送给湘君的信物。这是古时女子爱情生活的习惯。

〔34〕 汀：水中或水边的平地。

〔35〕 远者：指湘夫人。

〔36〕 骤得：数得，屡得。

【鉴赏】

《湘夫人》是由男性祭师主唱、表达湘君对湘夫人的思念之情的乐歌。与《湘君》在内容上、结构上有相同，也有变化。

《湘夫人》同样以候人不来为线索，在怅惘中向对方表示深长的怨望和不渝的情感。而洞庭湖畔烟波杳渺、竹林幽翳，更烘托出神话传说的凄美哀婉。

这首诗内容分为三个层次，第一层写未能与湘夫人会面的失望与惆怅。“鸟何萃兮苹中，罾何为兮木上？”与前首的“采薜荔兮水中，搴芙蓉兮木末”有异曲同工之妙，都是不能如愿的特殊表达，突出了充溢于人物内心的失望和困惑，大有所求不得、徒劳无益的意味。而“思公子兮未敢言”与前首的“隐思君兮陫侧”相呼应，表达出两人同样热烈而深挚却难以宣之于口的爱情。其中“嫋嫋兮秋风，洞庭波兮木叶下”更是写景的名句，对渲染气氛和摹写心境都极有效果，因而深得后代诗人的赏识。第二层进一步深化湘君的渴望之情。以水边泽畔的香草兴起对伊人的默默思念，又以湘水的缓缓而流暗示远望中时光的流逝，人、物相感，情、景合一，具有很强的感染力。第三层与《湘君》中湘夫人久候不至而担心猜疑不同的是，湘君想象与湘夫人会面后要为两人共同生活而精心装扮华美芬芳的居所，对未来充满美好的憧憬，同时又反衬出湘夫人独自等待时环境的凄凉，更让读者平添两人未能如愿见面的深深遗憾。最后一段与《湘君》的结尾不仅句数相同，而且句式也完全一样。湘君在绝望之余，也像湘夫人那样情绪激动，向江中和岸边抛弃了对方的赠礼，但表面的决绝却无法抑制内心的相恋。他最终同样恢复了平静，打算在耐心的等待和期盼中，走完相恋相思这段好事多磨的心理历程。他在汀洲上采来芳香的杜若，准备把它赠送给远来的湘夫人。

这两篇作品一写女子的爱慕，一写男子的相思，所取角度不同，所抒情意却同样缠绵悱恻；加之作品对民间情歌直白的抒情方式的吸取和对传统比兴手法的运用，更加强了它们的艺术感染力。因此尽管这种热烈大胆、真诚执着的爱情被包裹在宗教仪式的外壳中，但它本身所具有的强大生命内核，却经久不息地释放出无限的能量，让历代的读者和作者都能从中不断获取不畏艰难、不息地追求理想和爱情的巨大动力。这可以从无数篇后代作品都深受其影响的历史中，得到最好的印证。

上古神话

上古神话是原始初民以不自觉的艺术方式口头创作的神异故事，是对自然现象和社会生活的曲折反映和超现实的形象描述，表现了初民的原始想象力，是借助想象以征服自然力并使之形象化的艺术。

中国的上古神话主要指保存于先秦和汉代典籍中的、远古以来的各种神话传说，是了解中华民族产生历史和文化特点的重要史料来源，也是中国浪漫主义文学的源头。

中国上古神话的内容包括自然神话、创世神话、英雄神话和传奇神话。自然神话以自然力、自然物为中心，反映原始初民对自然从敬畏到试图探索了解的心理历程；创世神话试图解释世界和人类的起源；英雄神话则是半神半人的先祖神，或者带领人民战胜自然，或者带领部族战争，都具有极大的能力和能量；而传奇神话则是关于异域奇闻、怪人神物的神奇传说，反映远古人民企图突破种种自然条件的限制、改造自身生存环境的愿望，表现出惊人的超现实、超自然的想象力。

上古神话数量众多，内容丰富，但是较为零散，不成体系，在文化发展过程中被加以历史化、宗教化和文学化改造，保留的原始面貌较少。保存上古神话较多的先秦典籍有《山海经》《庄子》《楚辞》《诗经》以及汉代的《淮南子》《列子》等。

山　海　经

北山经·精卫填海

发鸠之山[1]，其上多柘木[2]，有鸟焉，其状如乌[3]，文首[4]、白喙[5]、赤足，名曰“精卫”，其鸣自詨[6]。是炎帝之少女[7]，名曰女娃。女娃游于东海，溺而不返，故[8]为精卫。常衔西山之木石，以堙[9]于东海。

【注释】

〔1〕 发鸠之山：古代传说中的山名。

〔2〕 柘(zhè)木：柘树，桑树的一种。

〔3〕 状：形状。乌：乌鸦。

〔4〕 文首：头上有花纹。文，同“纹”，花纹。

〔5〕 喙(huì)：鸟嘴。

〔6〕 其鸣自詨(xiāo)：它的叫声是在呼唤自己的名字“精卫”。詨：呼叫。

〔7〕 是：这。炎帝之少女：炎帝(神农氏)的小女儿。

〔8〕 故：所以。

〔9〕 湮(yīn)：填塞。

【鉴赏】

精卫，鸟名，又名誓鸟、冤禽、志鸟，俗称帝女雀。这则神话，属自然神话，反映了上古时期恶劣的自然环境和先民们与自然抗争的勇气。故事采用倒叙的手法，先描绘了精卫鸟的形状特点，再介绍这鸟儿的不凡而令人悲伤的来历和故事，精卫鸟以小小身躯，衔石子与树枝投入大海，试图填平大海，为自己复仇，也为了不再有溺于东海的悲剧发生。故事以浩瀚的海洋为背景烘托出弱小然而伟岸的精卫鸟的形象，成为中华民族坚强勇敢、坚忍不拔精神的化身。语言精炼，结构完整，情节曲折，奠定了中国叙事艺术的良好传统。

海内经·鲧禹治水

洪水滔天，鲧[1]窃帝之息壤[2]以堙洪水，不待帝命。帝命祝融杀鲧于羽郊[3]。鲧复生禹，帝乃命禹卒布土以定九州[4]。

【注释】

〔1〕 鲧(gǔn)：人名，禹的父亲。

〔2〕 帝：指天帝。息壤：一种传说中的会不停生长的神土。息：有生长的意义。

〔3〕 祝融：火神之名。羽郊：羽山的近郊。

〔4〕 卒：最后，最终。布：同“敷”，铺陈。九州：古时分中国为九州，这里泛指全国的土地。

【鉴赏】

这则神话反映了上古尧舜时期的洪水泛滥。它所包含的叙述元素有治水的智慧：由堵而疏；有上古帝王之间的权力斗争：鲧作为舜的臣下，行事不待帝命，且窃帝之息壤，事败，被舜帝所杀；鲧复生禹，终于治水定九州：这里所包含的信息量更大。有父子相继与恶劣自然搏斗终于胜利；有善于总结经验教训，从失败中找到成功的方法。从这则神话中还可以寻绎上古巫术的痕迹。禹的诞生，有典籍如《史记》《吴越春秋》《竹书纪年》等认为是由大禹的母亲女嬉孕育所生。另一说则认为大禹生于父亲鲧之腹，“复”通假为“腹”。“鲧殛死，三岁不腐，剖之以吴刀，是用出禹。”(《路史后纪》，注引《归藏·启噬》)

神话传说通常不会是凭空产生的，它总是与某种社会风俗或宗教仪式相联系。鲧复生禹的传说，有学者认为可能与几代禹王的传说有关；有学者则认为这可能是母系氏族向父系氏族过渡时期出现的“产翁制”的表现；还有学者认为这是原始交感巫术思维的体现：通过杀死神王或人从而获得该神或该人的能力。

故事线索清晰，情节曲折，想象奇特，语言精炼，叙述生动，表现出先民们超凡的叙事能力。

淮　南　子

览冥训·女娲补天

往古之时，四极废[1]，九州裂，天不兼覆，地不周载。火爁炎[2]而不灭，水浩洋而不息。猛兽食颛民[3]，鸷鸟攫[4]老弱。于是女娲炼五色石以补苍天，断鳌[5]足以立四极，杀黑龙以济冀州[6]，积芦灰以止淫水[7]。苍天补，四极正，淫水涸，冀州平，狡虫[8]死，颛民生。

【注释】

〔1〕 四极：天的四边。废：坏，指四极折断，天塌下来。

〔2〕 爁(lǎn)焱：大火延绵貌。

〔3〕 颛(zhuān)：善。颛民，善良的人民。

〔4〕 鸷鸟：凶猛的鸟。攫(jué)：以爪抓取。

〔5〕 鳌(áo)：大龟。

〔6〕 黑龙：传说水中精怪。冀州：古九州之一，黄河流域中原地带。

〔7〕 淫水：泛滥的洪水。

〔8〕 狡虫：凶猛的怪兽。

【鉴赏】

女娲，女神名。传说人头蛇身，化育万物，是始祖神。这则神话应该产生于母系氏族时代，歌颂的是无所不能、经天纬地的女性英雄——女娲，反映了母系氏族时代对女性力量与智慧的崇拜。《山海经》中多次提到女娲神，女娲原型是"蛙"，以一夜春雨蝌蚪遍地，象征着原始人渴盼的繁殖能力，是原始时期生殖崇拜的体现。故而《山海经》说她"一日七十化"，即是对女娲作为母神化育万民的崇拜。只是在父系氏族兴起之后，女娲神被描述为人首蛇身，成为伏羲氏的妹妹，辅助伏羲氏，兄妹成婚共同繁衍人类。传说女娲死后成为最早的高禖神之一，民间尊为"送子娘娘"。

补天的五色石，五色，大概源于对天上云彩、霞光、彩虹等的联想，以石补天，则多少反映了原始人的灵石崇拜，可能还因为看过天上落下的陨石，所以他们想象补天的材料是灵石。

这则神话使用了对仗的修辞手法，句式整饬，朗朗上口。

本经训·后羿射日

逮至尧之时，十日并出，焦禾稼，杀草木，而民无所食。猰貐〔1〕、凿齿〔2〕、九婴〔3〕、大风〔4〕、封豨〔5〕、修蛇〔6〕，皆为民害。尧乃使羿诛凿齿于畴华〔7〕之野，杀九婴于凶水〔8〕之上，缴大风于青丘〔9〕之泽，上射十日而下杀猰貐，断修蛇于洞庭〔10〕，禽封豨于桑林〔11〕，万民皆喜，置尧以为天子。

【注释】

〔1〕 猰貐(yà yǔ):怪兽名,传说状如龙首,或谓似狸,行走极快,能吃人。叫声似婴儿啼哭。

〔2〕 凿齿:怪兽名,传说齿长三尺,形状像凿子,露在下巴外面,能操持戈矛等武器。

〔3〕 九婴:传说是一种长着九个头的怪兽,能喷水吐火。

〔4〕 大风:传说中的凶猛的大鸟,它一飞过,就伴有大风,能毁坏住房。

〔5〕 封豨(xī):大野猪。

〔6〕 修蛇:长而大的蟒蛇。这些都是上古传说中的怪物。

〔7〕 畴华:南方水泽名。

〔8〕 凶水:北方水名。

〔9〕 青丘:水泽名,在东方。

〔10〕 洞庭:即今之洞庭湖。

〔11〕 禽:同“擒”。桑林:地名,大概在中原一带,传说商汤曾在此求雨。

【鉴赏】

羿是上古东夷地区一善射的氏族。不同神话中所指的后羿,是这一氏族不同时代的首领。此处后羿即尧时羿。关于羿的传说极多,整合各种传说,基本可以认为羿是上古东夷的一个善于射箭、勇敢善战的部族,最早的记载见于《山海经·海内经》“帝俊赐羿彤弓素矰,以扶下国”。弓箭的发明扩大了原始人的生活范围,保证了食物来源,是人类技术进步的显著标志,神话中包含了对弓箭的崇拜和对善于使用弓箭的英雄的崇敬。考古发现证实中国在二万八千年前就已经使用弓箭了,是世界最早制造弓箭的。也有学者认为“羿射十日”是古代历法调整的影射说法。

这则神话在长期的流传中被润色,相对于《山海经》中的神话而言,它的语言更丰富,句式整饬,使用了对仗的修辞手法,带有韵文朗朗上口的特点。

第二编

秦汉部分

诗歌

班　婕　好

班婕妤(前 48—2),西汉女辞赋家,是中国文学史上以辞赋见长的女作家之一。祖籍楼烦(今山西省朔县),是汉成帝的妃子,善诗赋,有美德。初为少使,立为婕妤。《汉书 · 外戚传》中有她的传记。她的作品很多,但大部分已佚失。现存作品仅三篇,即《自伤赋》《捣素赋》和一首五言诗《怨歌行》(亦称《团扇歌》)。

怨歌行 · 团扇歌

新裂齐纨素〔1〕,皎洁〔2〕如霜雪。裁为合欢扇〔3〕,团团〔4〕似明月。出入君怀袖〔5〕,动摇〔6〕微风发。常恐秋节〔7〕至,凉飙〔8〕夺炎热。弃捐箧笥〔9〕中,恩情中道绝〔10〕。

【注释】

〔1〕 新裂:指刚从织机上扯下来。裂,截断。齐纨(wán)素:齐地(今山东省泰山以北及胶东半岛地区)出产的精细丝绢。纨、素都是细绢,纨比素更精致。素为白色的生绢。这里素应是指“白色”,与下句“霜雪”对应。

〔2〕 皎洁:一作“鲜洁”,洁白无瑕。

〔3〕 合欢扇:绘有或绣有合欢图案的团扇。合欢图案象征和合欢乐。

〔4〕 团团:圆圆的样子。圆月象征团圆。

〔5〕 君:指意中人。怀袖:胸口和袖口,犹言身边,这里是说随身携带合欢扇。

〔6〕 动摇：摇动。

〔7〕 秋节：秋季。节：节令。

〔8〕 凉飙(biāo)：凉风。飙：疾风。

〔9〕 捐：抛弃。箧(qiè)笥(sì)：盛物的竹箱。

〔10〕 恩情：恩爱之情。中道绝：中途断绝。

【鉴赏】

此诗属乐府《相和歌·楚调曲》。该诗又题为《团扇诗》《纨扇诗》《怨诗》，是一首著名的宫怨诗。

诗歌通篇用比。前六句是第一层意思，渲染纨扇素质之美。齐地名产、精美的质地、皎洁无瑕的颜色、合欢的图案圆圆的仿佛天上一轮圆圆的月亮。后四句为第二层意思，新的、精美的扇子，曾陪伴"君"袖里怀间带来惬意的扇子，却将在秋风乍起时被无情地抛弃一旁不复相顾。

团扇比喻出身名门、德容皆美的女子，新婚时带着对爱情的憧憬，与"君"也曾有过如胶似漆的甜蜜融洽的生活，可惜面对喜新厌旧的男子尤其是君王，却必然落到秋凉见弃的境地。而且团扇越精美，被弃的结果越令人痛心，扇尤如此，人何以堪！这种欲抑先扬的强烈对比，更写出被弃女性心中的绝望悲凉，并超越其个人的结局而写出男权皇权制度下女性普遍的必然的悲剧结局。在后代诗词中，团扇几乎成为红颜薄命、佳人失时的象征，就是明证。

班婕妤也曾一度受宠，但她品质高洁，常对汉成帝进行规劝，终招致成帝的厌弃，在赵飞燕姐妹入宫受宠后，不得不申请陪伴太后以求自保。此诗是班婕妤失宠后所作，而这里用失宠前语气说"常恐"，更显得她早知此事已属必然之势，正不待被夺宠之后，方始恍然醒悟。诗人用语之隐微、怨怒之幽深、想象之奇特、立意之奇警，千载之下，犹不得不令人惊叹其才情绮丽，感慨其遭逢不幸。

张　衡

张衡(78—139)，字平子。南阳西鄂(今河南省南阳市石桥镇)人，南阳五圣之一，与司马相如、扬雄、班固并称汉赋四大家。中国东汉时期伟大的天文学家、数学家、发明家、地理学家、文学家，在东汉历任郎中、太史令、侍中、河间相等职。晚年因病入朝任尚书，于永和四年(139年)逝世，享年六十二岁。北宋时被追封为西鄂伯。

张衡的文学作品以《二京赋》《思玄赋》《归田赋》《四愁诗》等为代表。他的赋突破了散体大赋"劝百讽一"的结构模式，深刻全面地反映现实，语言清新流丽，代表抒情小赋的发展倾向。他的诗歌《四愁诗》《同声歌》等同样感怀现实、抒情写志。

《隋书·经籍志》有《张衡集》十四卷，久佚。明人张溥编有《张河间集》，收入《汉魏六朝百三家集》。

四　愁　诗

我所思兮在太山〔1〕。欲往从之梁父艰〔2〕，侧身东望涕沾翰〔3〕。美人赠我金错刀〔4〕，何以报之英琼瑶〔5〕。路远莫致倚逍遥〔6〕，何为怀忧心烦劳〔7〕。

我所思兮在桂林〔8〕。欲往从之湘水〔9〕深，侧身南望涕沾襟。美人赠我琴琅玕〔10〕，何以报之双玉盘。路远莫致倚惆怅，何为怀忧心烦快〔11〕。

我所思兮在汉阳〔12〕。欲往从之陇阪〔13〕长，侧身西望涕沾裳。美人赠我貂襜褕〔14〕，何以报之明月珠〔15〕。路远莫致倚踟蹰〔16〕，何为怀忧心烦纡〔17〕。

我所思兮在雁门〔18〕。欲往从之雪纷纷〔19〕，侧身北望涕沾巾。美人赠我锦绣段〔20〕，何以报之青玉案〔21〕。路远莫致倚增叹〔22〕，何为怀忧心烦惋〔23〕。

【注释】

〔1〕太山：即泰山，在今山东省泰安市境内。

〔2〕梁父：泰山下小山名。艰：艰险。这里以泰山比君王，以梁父比小人。

〔3〕 襜：借指衣襟。

〔4〕 美人：指君王。金错刀：黄金装饰的宝刀，一说是钱币。

〔5〕 英："瑛"的借字，美石似玉者。琼瑶：两种美玉。

〔6〕 致：到达。倚：通"猗"，语助词，无意义。逍遥：彷徨。

〔7〕 劳：忧伤。

〔8〕 桂林：汉郡名，今广西省桂林市。

〔9〕 湘水：湖南省最大河流，源出广西省兴安县海洋山，入洞庭湖。

〔10〕 琴琅玕(láng gān)：琴上用琅玕装饰。琅玕是一种似玉的美石。

〔11〕 怏(yàng)：心情不畅快。

〔12〕 汉阳：郡名，前汉称天水郡，后汉改为汉阳郡，今甘肃省天水市甘谷县南。

〔13〕 陇阪：山坡为"阪"。陇山的大阪，名陇阪，在今甘肃省天水市。

〔14〕 襜褕(chān yú)：直襟的单衣。

〔15〕 明月珠：宝珠名。

〔16〕 踟蹰(chí chú)：徘徊。

〔17〕 纡(yū)：迂曲，这里形容心情纷乱。

〔18〕 雁门：郡名，今山西省西北部。

〔19〕 纷纷：雪盛貌。

〔20〕 锦绣段：成段的锦绣。

〔21〕 案：小几，形如有脚的托盘，一般用来安放食物。

〔22〕 增叹：一再叹息。

〔23〕 惋：怨也。

【鉴赏】

《文选》收入此诗附有后人之序说张衡"依屈原以美人为君子，以珍宝为仁义，以水深雪雰为小人，思以道术相报，贻于时君，而惧谗邪不得以通"。第一章地点是泰山，古人认为"王者有德功成则东封泰山，故思之"。汉武帝曾登封泰山，东汉安帝在公元124年(延光三年)亦登泰山祭告岱宗。可见诗人是寄希望于君王，希望他振作有为，诗人愿以道术报君，使天下大治。但外戚宦官这些小人的阻挡，使诗人的政治理想无法实现，只能徘徊忧伤。第二章地点在桂林郡。据史载，东汉安帝、顺帝时，这一带民族矛盾尖锐，顺帝为此极为忧虑。第三章所思之处在"汉阳"，史载安帝、顺帝时这一带羌人时时入侵，大将不能守边。第四章诗人所思之处在雁门，即今山西北部雁门关，为汉之北疆。据史载，安帝时，鲜卑人常来攻略，掳掠人马，诗人以此为忧。

这四处正是关系国家安危之所在，表现了诗人对国事的关怀和忧虑。这四方遥远的地名也体现了诗人为理想而上下四方不倦探索追寻的精神，但处处都有难以逾越的障碍，追寻思念而不可得，故而忧伤。这从侧面曲折反映了现实社会的污浊黑暗。

除了“美人香草”的比兴手法而外，这首诗还运用了《诗经》民歌中回环重叠、反复咏叹的艺术手法。这四章意思相同，结构相同，句式相同，形式上非常整齐，但每章又换词押韵，在整齐中显出变化。

《四愁诗》是中国古诗中产生年代较早的一首七言诗。除了每章首句以外，其余句子与后世七言诗已全无二致，显得整饬一新、灿然可观。虽然尚有不少《诗经》的痕迹如重章叠句、每章句子为奇数，以及《楚辞》的痕迹如“兮”的使用；但是，它的上四下三的句式，却早在大半个世纪以前已达到了《燕歌行》的水准，同时这种句式在抒情上的优势——即节奏上的前长后短（异于四言诗及《垓下歌》之类七言的并列，和五言的前短后长），使听觉上有先长声曼吟、而复悄然低语的感受，而节奏短的三字节落在句后，听来又有渐趋深沉之感，如此一句循环往复，全诗遂有思绪纷错起伏、情致缠绵跌宕之趣。

清沈德潜在《古诗源》中评此诗说：“心烦纡郁、低徊情深，风骚之变格也。”又说：“五噫四愁，如何拟得？后人拟者，画西施之貌耳。”

汉乐府民歌

汉武帝刘彻在定郊祭礼乐时重建乐府，它的职责是采集民间歌谣或文人的诗来配乐，以备朝廷祭祀或宴会时演奏之用。它搜集整理的诗歌，后世就叫“汉乐府诗”，或简称“汉乐府”。乐府是继《诗经》《楚辞》而起的一种新诗体。

汉乐府是继《诗经》之后，古代民歌的又一次大汇集，它继承了《诗经》“劳者歌其事，饥者歌其食”的现实主义传统，“缘事而发”，真实地记录了汉代人民的生活，情感真切、语言质朴。汉乐府民歌中女性题材作品占重要位置，它用通俗的语言,构造贴近生活的作品,由杂言渐趋向五言,采用叙事写法,刻画人物细致入微,塑造人物性格鲜明,故事情节较为完整,而且能突出思想内涵,着重描绘典型细节,开拓叙事诗发展成熟的新阶段,是中国诗史上五言诗体发展的一个重要阶段。汉乐府在文学史上有极高的地位。

唐代白居易等人模仿汉乐府,创作了大量反映现实民生的乐府诗,史称“新乐府运动”。

战 城 南

战城南,死郭〔1〕北,野死不葬乌〔2〕可食。为我谓乌:且为客豪〔3〕!野死谅〔4〕不葬,腐肉安能去子〔5〕逃?水深激激〔6〕,蒲苇冥冥〔7〕;枭骑〔8〕战斗死,驽马〔9〕徘徊鸣。梁〔10〕筑室,何以南?何以北?禾黍不获君何食?愿为忠臣安可得?思子良臣〔11〕,良臣诚〔12〕可思:朝行出攻,暮不夜归!

【注释】

〔1〕 郭:外城。这里用了“互文”的修辞手法。城外南北都是战场,死者遍野。

〔2〕 野死:死于野外。乌:乌鸦。宋以前乌鸦被视为“祥鸟”“报喜鸟”。

〔3〕 客:指战死者,死者多为外乡人故称之为“客”。豪:同“嚎”,也即“号”。古代为新死者招魂,边哭边说,就是“号”。

〔4〕 谅:作“信”解,揣度之辞,犹如“想必”。

〔5〕 安:怎么。子:指乌鸦。

〔6〕 激激:水清澈的样子。

〔7〕 冥冥:深暗的样子。

〔8〕 枭(xiāo)骑:通“骁”,作“勇”解,指善战的骏马。

〔9〕 驽(nú)马:劣马,此诗中指疲惫的马。

〔10〕 梁:桥梁。在桥上盖房子。一说,在桥上构筑营垒。

〔11〕 良臣:指忠心为国的战士。

〔12〕 诚:确实。

【鉴赏】

《战城南》与下面《有所思》《上邪》两篇在《乐府诗集》中属《鼓吹曲辞·汉铙歌十八曲》。铙歌即军中乐歌，传为黄帝、岐伯所作。鼓吹曲，马上奏，用以激励士气，也用于大驾出行和宴享功臣以及奏凯班师。铙歌本为“建威扬德，劝士讽敌”的军乐，然今传十八曲中内容庞杂，叙战阵、记祥瑞、表武功、写爱情者皆有。清人庄述祖云：“短箫铙歌之为军乐，特其声耳；其辞不必皆序战阵之事。”

《战城南》是为在战场上的阵亡者而作。汉朝长期处于各种战乱当中，有与匈奴的长期边战、有军阀豪强割据争夺地盘的内战，不免使战士产生怨恨之情。此诗即是反战情绪的反映。

诗歌开头三句，就以互文见义的修辞手法跳过士卒互相厮杀的悲壮，直接描绘出一个城南城北尸横遍野、乌鸦争相啄食的人间修罗场。而这遍野的尸骨，却不再分是敌是我，都成了孤魂野鬼，都只是乌鸦口中之食。面对这样的惨状，谁都不能不惊心动魄。

紧接着四句，充满悲凉而浪漫的色彩：诗人或者死去将士的亡魂恳请乌鸦在啄食之前，先为这些惨死的战士恸哭、悲鸣，替这些没有亲人为他们哭泣的客死异乡的人招魂！汉董仲舒在《春秋繁露·同类相动》中引《尚书传》云：“周将兴之时，有大赤乌衔谷之种而集王屋之上者，武王喜，诸大夫皆喜。”故有“乌鸦报喜，始有周兴”的传说。《左传》《史记》等古籍均记载乌鸦在古代是被人们当成喜鸟对待的。托报喜的乌鸦为客死异乡的将士招魂，则无疑有以乐写哀的意味，寄寓着诗人对将士们深切的同情和怜悯。

接下来四句，通过景物描写，进一步渲染战场荒凉悲惨的气氛。清凉的河水流淌着，茫茫的蒲苇瑟瑟着，战场的死寂中，只有疲惫的失去主人的战马悲鸣着！表面上，是对战场上的景物作客观叙写，但这些景物，却是经过诗人严格挑选了的典型画面，无一不寄托着诗人深沉的感情。

结尾诗人以一连四个反问句，铿锵有力地控诉了战争的罪恶：战争不仅把无数的兵士推向了死亡的深渊，而且破坏了整个社会生产，给人民的生活带来了深重的灾难。因此最后诗人抒发了对死难士卒的哀悼之情，“朝行出攻，暮不夜归”，感叹战士一去不复返，语句极其沉痛，发自内心，直抒胸臆。结尾两句同开头勇士战死遥相呼应，使全诗充满了浓重的悲剧气氛。

这首诗感情深切、语言质朴，寓情于景，情景交融。在现实主义的叙事中掺杂了浪漫主义的想象,有着极高的艺术价值和艺术感染力。它继承了《诗经》中《东山》《采薇》《击鼓》等反战诗歌对于战争性质和意义的思考,把目光直接投向了阵亡的将士:在宛如修罗场一般的战场上,谁是敌?谁是我?谁是谁的忠臣?谁不是别人的儿子、丈夫、兄弟!可是泯灭了身份,都一样不过是一块腐肉,都一样是乌鸦口中之食。这思考,将个体生命本身推到前台,看重的是"人"这一本体的存在。它的意义更为深刻,也正是汉代人性觉醒的反映。

有所思

有所思〔1〕,乃在大海南。何用问遗〔2〕君,双珠玳瑁簪〔3〕。用玉绍缭〔4〕之。闻君有他心,拉杂摧烧〔5〕之。摧烧之,当风扬其灰!从今以往,勿复〔6〕相思,相思与君绝!鸡鸣狗吠〔7〕,兄嫂当知之。妃呼狶〔8〕!秋风肃肃晨风飔〔9〕,东方须臾高〔10〕知之!

【注释】

〔1〕 有所思:指她所思念的那个人。

〔2〕 何用:何以。问遗(wèi):"问""遗"二字同义,作"赠与"解,是汉代习用的联语。

〔3〕 玳瑁(dài mèi):即玳瑁,今音 dài mào,是一种龟类动物,其甲壳光滑而多文采,可制装饰品。簪:古人用以连接发髻和冠的首饰,簪身横穿髻上,两端露出冠外,下缀白珠。

〔4〕 绍缭:犹"缭绕",缠绕。

〔5〕 拉杂:折断、打碎。摧烧:折损、烧毁。

〔6〕 勿复:不再。

〔7〕 鸡鸣狗吠:即"惊动鸡狗"。古诗中常以"鸡鸣狗吠"借指男女幽会。

〔8〕 妃呼狶:一般认为这是配合音乐的语气词,表达感慨忧伤意思,没有实际意义。闻一多认为,可以根据诗的内容,将"妃呼狶"的"妃",训为"悲","呼狶",训为"歔欷(xū xī)",作为实词理解。

〔9〕 肃肃:飕飕,风声。晨风飔(sī):据闻一多《乐府诗笺》说,晨风,就是雄鸡,雉鸡常晨鸣求偶。飔当为"思",是"恋慕"的意思,暗指求偶失败。一说,"晨风飔",晨风凉。

〔10〕 须臾:不一会儿。高(hào):同"皜",白。"东方高"即日出东方亮。

【鉴赏】

这首诗开篇即写“有所思”，直白表达对情人的思念。精心准备了精美礼品：本身就有着美丽花纹的珍贵的玳瑁为簪，装饰上成双成对的珍珠，再以代表坚贞的美玉缠绕。这精美繁复的双珠玳瑁簪，寄托着女子的满腔柔情蜜意和对情人的深切思念，将作为给情人的信物。可是没等礼物送出却听到情人变心的消息。爱之深恨之切，“拉、摧、烧、扬”，摧毁烧掉仍不能泄其愤，消其怒，复又迎风扬掉其灰烬，一连串动作，如快刀斩乱麻，干脆利落，何等愤激又是何等的决绝！这是一个转折。

但是人的思想情感又是何其的复杂。通过“妃呼狶”这声悲叹，女子转而又回忆当初幽会的甜蜜，欲断不能、痛苦纠结、心乱如麻，正是她心情的写照。诗到此再一转，反倒使这位女子的形象和情感刻画更为真实深刻。抽刀断水水更流，热恋时越甜蜜深挚，失恋时越肝肠寸断痛心疾首，而激愤过后冷静下来，对曾经的深情缱绻越难以释怀。

此诗的结构，以“双珠瑇瑁簪”这一爱情信物为线索，通过“赠”与“毁”及毁后三个阶段，来表现主人公的爱与恨，决绝与不忍的感情波折，由大起大落到余波不竭。中间又以“摧烧之”“相思与君绝”两个顶真句，作为爱憎感情递增与递减的关纽；再以“妃呼豨”的长叹，来连缀贯通昔与今、疑与断的意脉，从而构成了描写女子热恋、失恋、眷恋的心理三部曲。层次清晰而又错综，感情跌宕而有韵致。这首诗通过典型的行动细节描写：选赠礼物的精心装饰，摧毁礼物的连贯动作，“鸡鸣狗吠”及末尾二句景物的比兴烘托，来刻画人物的细微心曲，也是相当成功的。

上　邪

上邪〔1〕！我欲与君相知〔2〕，长命无绝衰〔3〕。山无陵〔4〕，江水为竭，冬雷震震〔5〕，夏雨雪〔6〕，天地合〔7〕，乃敢〔8〕与君绝。

【注释】

〔1〕 上邪(yé)：天啊。上：指天。邪：语气助词，表示感叹。

〔2〕 相知：相爱。

〔3〕 命：古与“令”字通，使。衰：在这里作衰减、减少之意，古音 cuī。这两句是说，我

愿与你相爱,让我们的爱情永不衰绝。

〔4〕 陵(líng):大土山,这里指山峰。

〔5〕 震震:形容雷声。

〔6〕 雨(yù)雪:降雪。雨:名词活用作动词。

〔7〕 天地合:天与地合二为一。

〔8〕 乃敢:才敢,"敢"字是委婉的用语。

【鉴赏】

《上邪》是女子表达爱情忠贞、矢志不渝的铮铮誓言。接连列举五种自然界不可能出现的变异,"山无陵,江水为竭,冬雷震震,夏雨雪,天地合",一件比一件想得离奇,一桩比一桩令人难以思议,一宗比一宗意象境界更宏大,到"天地合"时,她的想象已经失去控制,漫无边际地想到人类赖以生存的一切环境都不复存在了。而这些根本不可能实现的自然现象都被抒情女主人公当作"与君绝"的条件,无异于说"与君绝"是绝对不可能的。

诗中女主人公以誓言的形式剖白内心,以不可能实现的自然现象反证自己对爱情的忠贞,全诗写情不加点缀铺排,笔势突兀,气势不凡,激情奔放,音节短促缓急,字句跌宕起伏。诗短情长,撼人心魄。

《上邪》对后世的影响很大。敦煌曲子词中的《菩萨蛮》在思想内容和艺术表现手法上明显地受到它的启发:"枕前发尽千般愿,要休且待青山烂。水面上秤锤浮,直待黄河彻底枯。白日参辰现,北斗回南面,休即未能休,且待三更见日头。"不仅对坚贞专一的爱情幸福的追求是如出一辙的,并且连续用多种不可能来说明一种不可能的艺术构思也是完全相同的。但是《菩萨蛮》的发誓意象排列带有随意性,又不如《上邪》的整饬条理了。

清王先谦《汉铙歌释文笺证》说:"五者皆必无之事,则我之不能绝君明矣。"

清张玉谷《古诗赏析》卷五评此诗说:"首三,正说,意言已尽,后五,反面竭力申说。如此,然后敢绝,是终不可绝也。叠用五事,两就地维说,两就天时说,直说到天地混合,一气赶落,不见堆垛,局奇笔横。"

清胡应麟《诗薮》评价说:"上邪言情,……短篇中神品!"

十五从军征

十五从军征，八十始得归[1]。道逢[2]乡里人："家中有阿[3]谁？""遥看是君[4]家，松柏冢累累[5]。"兔从狗窦[6]入，雉[7]从梁上飞。中庭生旅[8]谷，井上生旅葵[9]。舂[10]谷持作饭，采葵持作羹[11]。羹饭一时[12]熟，不知贻[13]阿谁？出门东向看[14]，泪落沾[15]我衣。

【注释】

〔1〕 始：才。归：回家。

〔2〕 道逢：在路上遇到。道：路途上。

〔3〕 阿(ā)：词头，加在亲属称呼或小名之前。

〔4〕 遥看：远远地望去。"遥看"一作："遥望"。君：你，表示尊敬的称呼。

〔5〕 冢累累：坟墓一个连着一个。冢(zhǒng)：坟墓、高坟。累(léi)累：与"垒垒"通，连续不断的样子。

〔6〕 狗窦：给狗出入的墙洞。窦(dòu)：洞穴。

〔7〕 雉(zhì)：野鸡。

〔8〕 中庭：屋前的院子。旅：旅生，植物未经播种而野生。

〔9〕 葵(kuí)：葵菜，又名"冬葵"，嫩叶可以吃。

〔10〕 舂(chōng)：把东西放在石臼或乳钵里捣掉谷子的皮壳或捣碎。

〔11〕 羹(gēng)：用菜叶做的汤。

〔12〕 一时：一会儿就。

〔13〕 贻(yí)：送，赠送。

〔14〕 看：一说为"望"。

〔15〕 沾：渗入。

【鉴赏】

《十五从军征》属《乐府诗集·横吹曲辞·梁鼓角横吹曲》，通过一位战士从十五岁的少年时期从军，六十五年后以八十高龄返回故里时家破人亡的情景，揭露汉代末年黑暗的不合理的兵役制度，及其给劳动人民带来的不平和痛苦，以及作者的反战情绪。

这首诗不落俗套，没有写主人公六十五年沙场征战的惨烈、军旅生涯的艰辛。六十五年的时光一句带过，只说他对家乡的牵挂。一句“家中有阿谁”的追问，推出了作品的聚光点——家。这是支持主人公历经艰辛挣扎求生的力量源泉，是他心中的圣地。可是迫切地追问下，回答却使他陷入绝望：“遥看是君家，松柏冢累累。”近看更添凄凉：“兔从狗窦入，雉从梁上飞。中庭生旅谷，井上生旅葵。”作者没说室空无人，只说家已经成为野兔野鸡的安乐窝；作者没有直书庭园荒芜杂乱，只摄取了井边、中庭随意生长的葵菜和谷物两个“镜头”，人去屋空，人亡园荒，更其形象，倍伤人心神。一个风尘仆仆的老人，站在曾经炊火融融、庭园整洁的“家”的面前，站在盼望了六十五年可又无一亲人相迎的家的面前，竟然比想象的不堪十倍、百倍。《东山》中写了一位军人在归乡途中对于家的想象，对于与新婚就分别的妻子的相聚的甜蜜而忐忑的期盼，在这首诗中，却明明白白地将那位军人的幻想戳破，写出了他也极有可能遇到的悲惨结局。

主人公和他家的相互映衬的叙写，把作品的主题和艺术水平都推向了一个新的高度：服了整整六十五年兵役的人，竟然还是全家唯一的幸存者，那些没有服兵役的亲人们，坟上松柏都已葱葱郁郁；作品具体写的是这一个战士，又不仅仅是这一个战士为国征战六十五载却有家归不得，等到归时却又无家可归的不幸遭遇和惨痛心情，折射出比个人不幸更深广的全体人民的不幸和社会的凋敝、时代的动乱。

东 门 行

出东门〔1〕，不顾归〔2〕。来入门〔3〕，怅〔4〕欲悲。盎〔5〕中无斗米储，还视架〔6〕上无悬衣。拔剑东门去〔7〕，舍中儿母〔8〕牵衣啼：“他家〔9〕但愿富贵，贱妾与君共哺糜〔10〕。上用仓浪天〔11〕故，下当用此黄口儿〔12〕。今非〔13〕！”“咄〔14〕！行〔15〕！吾去为迟〔16〕！白发时下难久居〔17〕。”

【注释】

〔1〕 东门：主人公所居之处的东城门。

〔2〕 不顾归：决然前往，不考虑归来不归来的问题。顾：念。不顾归：一作“不愿归”。

〔3〕 来入门：去而复返，回转家门。

〔4〕 怅：惆怅失意。

〔5〕 盎(àng)：大腹小口的陶器。

〔6〕 还视：回头看。架：衣架。

〔7〕 “拔剑”句：主人公看到家中无衣无食，拔剑再去东门。

〔8〕 儿母：孩子的母亲，主人公的妻子。

〔9〕 他家：别人家。

〔10〕 哺糜(bǔ mí)：吃粥。

〔11〕 用：为了。仓浪天：即苍天、青天。仓浪：青色。

〔12〕 黄口儿：指幼儿。

〔13〕 今非：现在的这种冒险行为不对头。

〔14〕 咄(duō)：拒绝妻子的劝告而发出的呵叱声。

〔15〕 行：走啦。

〔16〕 吾去为迟：我已经去晚了！

〔17〕 下：脱落。这句意思说：我头上常脱落白发，这苦日子难以久挨下去。

【鉴赏】

《东门行》属《乐府诗集·相和歌辞·瑟调曲》。乐府中有两篇《东门行》歌辞，这里用的是本辞。东汉末年，朝政腐败，宦官当权，战火频仍，民不聊生，饥荒年头甚至发生人吃人的惨剧，许多人沦为奴隶，时有暴动发生。《东门行》里的故事正是在这样的背景之下发生的。《东门行》描绘了一幅普通民众生活无着不得不拔剑而起铤而走险的痛苦矛盾、凄凉而悲壮的画面。主人公应该是知道有人打算揭竿而起，他也走出城门想去参与，不想回家，态度何其坚决。下一句“来入门”却是反转写他回到家中，这个过程中主人公的犹豫、踟蹰、对妻子儿女难以割舍的牵挂，就留给我们想象了。可一进家门，看到家徒四壁，盎中无米，又使他清醒地意识到：除了那一条路，别无他路可寻。“怅欲悲”的“怅”字，写出主人公面对残酷现实的绝望。要么冻馁待毙，要么拼却一腔热血，同命运作最后的决斗。反复斟酌的主人公下定决心拔剑出门，妻子生怕出事，一边哭泣一边劝阻，真实地刻画了一个深爱丈夫、胆小怕事、为了家人平安而甘心吃苦的柔弱而坚强的女性形象。“咄！行！吾去为迟！”两个单字句，一个四字句，短促有力，声情毕肖地表现了主人公的决定难以回转，终于提剑而去。诗中入情入理地写出此君之所以走上这样一条可怕的道路，乃是为贫穷所逼。诗的主题建立在这样一个现实基础之上,就不致使人产生伦理上的厌恶之感。这便是此诗的不可动摇的美学价值。

这篇诗歌虽然采取了杂言形式,但是由于用字简练,句子长短相济,读来有顿挫流丽之感。

上山采蘼芜

上山采蘼芜[1],下山逢故夫。长跪问故夫,新人复何如?新人虽言好,未若故人姝[2]。颜色类相似,手爪[3]不相如。新人从门入,故人从閤[4]去。新人工织缣[5],故人工织素[6]。织缣日一匹[7],织素五丈余。将缣来比素,新人不如故。

【注释】

〔1〕 蘼芜(mí wú):一种香草,叶子风干可以做香料。古人相信蘼芜可使妇人多子。

〔2〕 姝:好。不仅指容貌。

〔3〕 手爪:指纺织等技巧。

〔4〕 閤(gé):旁门,小门。新妇从正面大门被迎进来,故妻从旁边小门被送出去。一荣一辱,一喜一悲,尖锐对照。这两句是弃妇的话,当故夫对她流露出一些念旧之情的时候,她忍不住重提旧事,诉一诉当时所受委屈。

〔5〕 工:擅长、善于。缣(jiān):绢。

〔6〕 素:绢。与缣相比,素色洁白,缣色带黄,素贵缣贱。

〔7〕 一匹:长四丈,宽二尺二寸。

【鉴赏】

《上山采蘼芜》最早见于徐陵的《玉台新咏》。作为一首著名的弃妇诗,这首诗所选取的视角和场景都颇为独特。而且虽无一字艰深造作,纯用俗语,但造意至深至巧。开头:"上山采蘼芜,下山逢故夫。"古人相信靡芜可使妇人多子,因而在古诗词中蘼芜一词多与夫妻分离或闺怨有关。从"故夫"一词,可以知道"采蘼芜"者是位弃妇。"长跪问故夫"一语,表明弃妇是位性格柔顺恪守礼仪之人。"复何如",犹言又怎样,话中不无谴责之意。这种问法也是这位弃妇所能委婉表达的怨恨情绪了。“故夫”的回答“新人虽言好，未若故人姝”，懊悔之情如见。当“新人”入门渐成旧人，转觉曾经的旧人反倒更具魅力，最重要的是持家能力，从“手爪不相如”一句，知“新人”亦已招厌。“新人从门入”两句，余冠英《乐府诗选》有精辟的分析：“两句必须作为弃妇的话才有味，因为故夫说新不如故，是含有念旧的感情的，使她听了立刻觉得要诉诉当初的委屈，同时她不能即刻相信故夫的话是真话，她还要试探试探。这两句话等于说：既然故人比新人好，你还记得当初怎样对待故人吗？也等于说：你说新人不如故人，我还不信呢，要真是这样，你就不会那样对待我了。这么一来就逼出男人说出一番具体比较。”这段分析，从语言环境和人物心理两方面揭示了文字之外丰富的潜台词，因而是耐人寻味的。

“新人工织缣”以下六句是故夫从新妇的女工技巧不及前妻，怨“新人不如故”。这六句具体比较，是全诗的画龙点睛之笔。呼应开头的面对“故夫”尤能“长跪”，可知这位弃妇该是多么无辜而又不幸：她恪守礼仪、性格柔顺、容貌美丽、女工出众、勤劳俭朴、善于持家，可以说完全符合对妻子的完美要求。但因男子的负心薄幸却惨遭抛弃；而男子对“新人”的厌弃之语，可以预见“新妇”的不幸结局不会太远。这不是一两位女性的悲剧，是一个时代、一种制度之下所有女性的悲剧。这首诗因而就有了超越时空的浓缩性，这位弃妇成为千百年人们同情怜惜的对象，而这位“故夫”则成为天下古往今来负心薄幸之人的典型而遭唾弃。

这首诗叙事选材精妙，通过人物的动作、表情和语言，不但简要地叙述了事件的经过，同时将人物的心理活动与情感描摹得惟妙惟肖，同时声韵协和，融叙事与抒情为一体，流露出非凡的心理洞察力以及对艺术表达的深切会心。

古诗十九首

东汉末年，社会动荡，政治混乱，在这样的社会大背景下，文人们报国无门，仕进无路，备尝世态炎凉、知音难觅，便远离了政治。处于人命如草芥的乱世，因而他们将感情投注于生命本身，以期对自己的生命、意义、命运重新进行思索、把握和追求，这是他们生命意识觉醒的表现。《古诗十九首》就是这样一组展现生命意识的诗歌。既然是展现生命，那就离不开对于生死和爱情这两个永恒的文学主题的表现。纵观十九首诗歌,除了游子之歌,便是思妇之词,基本内容就是抒发游子的羁旅情怀和思妇闺愁。而按照鲍鹏山在《中国文学史品读》中的表述,则将其总括为“爱与死”。正是这样一种生命意识的展现,使得《古诗十九首》获得了常读常新的持久生命。清陈祚明《采菽堂古诗选》对此有一段非常准确的评价说:“《十九首》所以为千古至文者,以能言人同有之情也。人情莫不思得志,而得志者有几?虽处富贵,慊慊犹有不足,况贫贱乎?志不可得而年命如流,谁不感慨?人情于所爱,莫不欲终身相守,然谁不有别离?以我之怀思,猜彼之见弃,亦其常也。夫终身相守者,不知有愁,亦复不知其乐,乍一别离,则此愁难已。逐臣弃妻与朋友阔绝,皆同此旨。故《十九首》唯此二意,而低回反复,人人读之皆若伤我心者,此诗所以为性情之物。而同有之情,人人各具,则人人本自有诗也。但人有情而不能言,即能言而言不能尽,故特推《十九首》以为至极。”这段话指出了《古诗十九首》所表达的情感,是人生来共有的体验和感受。是对人生目的意义之初步的、朦胧的哲理思考,是关于诗歌之文学本质的初步的、朦胧的觉醒。这两个“初步”,也许就是此诗乃至《古诗十九首》整组诗歌那永久的艺术魅力之所在,正因如此,《古诗十九首》才能够打动千年后的今人,获得它在文学史上熠熠发光的地位,被尊为“五言之冠冕”。

回车驾言迈

回车驾言迈〔1〕,悠悠涉长道〔2〕。四顾何茫茫〔3〕,东风摇〔4〕百草。所遇无故〔5〕物,焉得不速老〔6〕?盛衰各有时〔7〕,立身苦不早〔8〕。人生非金石〔9〕,岂能长寿考〔10〕?奄忽随物化〔11〕,荣名〔12〕以为宝。

【注释】

〔1〕 回:转。言:语助词,无意义。迈:远行。

〔2〕 悠悠:远而未至之貌。涉:经历。涉本义是徒步过水。引申之,凡渡水都叫“涉”。再引申之,则不限于涉水。这里“涉长道”,犹言“历长道”。

〔3〕 茫茫:广大而无边际的样子。这里用以形容“东风摇百草”的客观景象,并承上“悠悠涉长道”而抒写空虚无着落的远客心情。

〔4〕 东风：指春风。摇：吹动。

〔5〕 故：旧。

〔6〕 焉得：怎能。“所遇无故物，焉得不速老”是指一路看不到过去旧事物，一切都在迅速变化。

〔7〕 各有时：犹言“各有其时”，是兼指百草和人生而说的。“时”的短长虽各有不同，但在这一定时期内，有盛必有衰，而且是由盛而衰的；既然如此，“立身”就必须早了。

〔8〕 立身：建功立业。早：指盛时。

〔9〕 金石：形容坚固之物。

〔10〕 长寿考：即长寿。考：老。

〔11〕 奄忽：急遽。随物化：犹言“随物而化”，指死亡。

〔12〕 荣名：光荣的名声。

【赏析】

这是一首抒发游子生命之思的哲理诗。以景物起兴，抒人生感喟，读来却非但不觉枯索，反而感到自然可亲，富于情韵。回车远行，长路漫漫，回望但见旷野茫茫，阵阵东风吹动百草。“所遇”二句由景入情，是全篇枢纽。冬去春来，只见新芽吐蕊、芳草萋萋，不复见去岁的旧芽绿叶，新旧交替如此无情，便感慨匆匆向老、时光易逝之无情。这是第一层感触。草木如此，人事无有不同，自然生出人生苦短之痛。“盛衰各有时，立身苦不早。”“立身”，应上句“盛衰”观之，其义甚广，当指生计、名位、道德、事业，一切卓然自立的凭借而言。在短促的人生途中，应不失时机地立身显荣。这是诗人的进一层思考。但是转而又想，“人生非金石，岂能长寿考”，即使及早立身，也不能如金石之永固，立身云云，也属虚妄。这是诗人的第三层意思。可是纵然生命短暂，当人的身躯归化于自然之时，如果能留下一点美名为人们所怀念，那么也许就不虚此生了吧。这是第四层的结论。在四个层次的思索中，能感到诗人由抑而扬，由扬又再抑，再抑而再扬的感情节奏变化。也许更重要的是，这位诗人已开始自觉不自觉地接触到了诗歌之境主于美的道理，在景物的营构、情景的交融上，达到了前人所未有的新境地。

在诗歌语言上，开头四句“迈”“悠悠”“茫茫”“摇”，叠词与单字交叠使用，渲染了苍茫凄清的气氛，不但音声跌宕，且由一点——“车”，衍为一线——“长道”，更衍为整个的面——“四顾”旷野。然后再由苍茫旷远之景中落到一物“草”上，一个“摇”

字，不仅生动地状现了风动百草之形，且传达了风中春草之神，而细味之，更蕴含了诗人那思神摇曳的心态。唐皎然《诗式》云："《十九首》辞义精炳，婉而成章，始见作用之功。"（作用即艺术构思），可称慧眼别具；而此诗，对于读者理解皎然这一诗史论析，正是一个好例。

客从远方来

客从远方来，遗我一端绮〔1〕。相去万余里，故人心尚尔〔2〕！文彩双鸳鸯〔3〕，裁为合欢被〔4〕。著以长相思〔5〕，缘以结不解〔6〕。以胶投漆中，谁能别离此〔7〕？

【注释】

〔1〕 遗(wèi)：赠送。端：犹"匹"。古人以二丈为一"端"，二端为一"匹"。绮：有花纹的绫。

〔2〕 故人：古时习用于朋友，此指久别的"丈夫"。尔：如此。这两句是说尽管相隔万里，丈夫的心仍然一如既往。

〔3〕 鸳鸯：古人认为这是终身成双的水鸟，常用以比夫妇。这句是说绮上织有成双的鸳鸯图案。

〔4〕 合欢被：被上绣有合欢的图案。合欢被取"同欢"的意思。

〔5〕 著：往衣被中填装丝绵叫"著"，绵为"长丝"，"丝"谐音"思"，双关"长思""常思"。

〔6〕 缘：饰边，镶边。这句意思是说被的四边缀以丝缕，使连而不解。缘与"姻缘"的"缘"双关，故云"缘以结不解"。

〔7〕 别离：分开。这两句意思是说，我们的爱情犹如胶和漆粘在一起，任谁也无法将我们拆散。

【赏析】

《客从远方来》是首思妇诗。描写寒冬长夜里深闺思妇的别恨离愁，表现其坚定不移的情爱。

客人风尘仆仆，从远方送来了一"端"（二丈）织有文彩的素缎，是她夫君特意从远方托他捎来的。异地相隔，日久天长而且绝少有音讯往还，在近乎绝望的等待中，在被遗弃的疑惧中，竟意外地得到夫君特意选择的织就彩织鸳鸯的绮，喜悦安心之下，女主人公便幻想将它裁作被面，做条温暖的合欢被。这床被以丝绵充实其内，以丝缕点缀缘边。丝绵象征夫妇相思的绵长无尽，缘结暗示夫妻之情永结同心。可是进而一想丝绵再长，终究有穷尽之时，缘结不解，终究有松散之日。惟有胶之与漆，粘合固结，再难分离。诗末的"谁能"一语，带来令人绝望的清醒：这不过是女子的幻想，幻想丈夫万里之外托人捎来鸳鸯文绮，幻想丈夫与她夫妻同心，恩爱备至，幻想这对爱的坚贞固守，不再是她的独守空闺的凄苦，而是夫妻双双对苦难无奈人生的忍耐、对团聚甜美的向往。倘若真能与夫君"合欢"，她就不必要在被中"著"以长相之思、缘以不解之结了。此诗所描述的意外喜悦，实蕴含着夫妇别离的不尽凄楚；痴情的奇思，正伴随着苦苦相思的无声咽泣。

在结构上，适应着这一情感表现特点，此诗开篇也一改《古诗十九首》常从写景入手的惯例，而采用了突兀而起、直叙其事的方式。恐怕正是为了造成一种绝望中的"意外"之境，便于更强烈地展示女主人公那交织着凄苦、哀伤、惊喜、慰藉的"感切"之情——幻想越真实越具体，梦醒之后越凄凉越绝望。这就是开篇的妙处。

诗歌语言色彩明朗，特别是"文彩双鸳鸯"以下，更是奇思、奇语，把诗情推向了如火似锦的境界。但读者应注意到：当女主人公欢喜地念叨着"以胶投漆中，谁能别离此"的时候，她恰恰正陷于与夫君"万里"相隔的"别离"之中。以此反观全诗，则它所描述的一切，其实都不过是女主人公的幻想或虚境罢了。根本不曾有远客之"来"，也不曾有彩"绮"之赠。清朱筠《〈古诗十九首〉说》评此诗："于不合欢时作'合欢'想，口里是喜，心里是悲。更'着以长相思，缘以结不解'，无中生有，奇绝幻绝！说至此，一似方成鸾交、未曾离者。结曰'谁能'，形神俱忘矣。又谁知不能'别离'者现已别离，'一端绮'是悬想，'合欢被'用乌有也？"

散文

史　　记

司马迁(前145—约前87),字子长,夏阳(今陕西省韩城市)人,一说龙门(今山西省河津市)人。西汉史学家、散文家。司马谈之子,任太史令,因替李陵败降之事辩解而受宫刑,后任中书令。发奋继续完成所著史籍,被后世尊称为史迁、太史公、历史之父。他以其"究天人之际,通古今之变,成一家之言"的史识创作了中国第一部纪传体通史《史记》(原名《太史公书》)。《史记》记载了上自上古传说中的黄帝时代,下至汉武帝元狩元年间共三千多年的历史(包括哲学、政治、经济、军事、文化等)。《史记》与后来的《汉书》(班固)、《后汉书》(范晔、司马彪)、《三国志》(陈寿)合称"前四史"。刘向等人认为此书"善序事理,辩而不华,质而不俚"。与司马光的《资治通鉴》并称"史学双璧",是"二十五史"之首,被鲁迅誉为"史家之绝唱,无韵之离骚"。

《史记》开创了纪传体的史书体例,在传记文学上作出新贡献。这主要表现在传记中一是增加了故事情节,让情节更为曲折生动扣人心弦;二是增加了戏剧冲突,让人物在紧张激烈的矛盾冲突中形象更为鲜活灵动;三是写进了生活细节,使得人物形象更为真实可信。《史记》中的优秀传记极多,如《鸿门宴》《屈原贾生列传》等,无一不是脍炙人口的佳作。

范睢列传(节选)

范睢者,魏人也,字叔。游说诸侯,欲事魏王,家贫无以自资,乃先事魏中大夫[1]须贾。

须贾为魏昭王[2]使于齐，范雎从。留数月，未得报。齐襄王闻雎辩口[3]，乃使人赐雎金十斤及牛酒[4]，雎辞谢不敢受。须贾知之，大怒，以为雎持魏国阴事告齐，故得此馈[5]，令雎受其牛酒，还其金。既归，心怒雎，以告魏相。魏相，魏之诸公子[6]，曰魏齐。魏齐大怒，使舍人笞击[7]雎，折胁摺齿[8]。雎详[9]死，即卷以箦[10]，置厕中。宾客饮者醉，更溺[11]雎，故僇辱[12]以惩后，令无妄言者。雎从箦中谓守者曰："公能出我，我必厚谢公。"守者乃请出弃箦中死人。魏齐醉，曰："可矣。"范雎得出。后魏齐悔，复召求之。魏人郑安平闻之，乃遂操[13]范雎亡，伏匿[14]，更名姓曰张禄。

当此时，秦昭王使谒者[15]王稽于魏。郑安平诈为卒，侍王稽。王稽问："魏有贤人可与俱西游者乎？"郑安平曰："臣里中有张禄先生，欲见君，言天下事。其人有仇，不敢昼见。"王稽曰："夜与俱来。"郑安平夜与张禄见王稽。语未究[16]，王稽知范雎贤，谓曰："先生待我于三亭之南[17]。"与私约而去。

王稽辞魏去，过载范雎入秦。至湖[18]，望见车骑从西来。范雎曰："彼来者为谁？"王稽曰："秦相穰侯东行[19]县邑。"范雎曰："吾闻穰侯专秦权，恶内[20]诸侯客，此恐辱我，我宁且[21]匿车中。"有顷，穰侯果至，劳王稽，因立车而语曰："关东有何变？"曰："无有。"又谓王稽曰："谒君得无与诸侯客子[22]俱来乎？无益，徒乱人国耳。"王稽曰："不敢。"即别去。范雎曰："吾闻穰侯智士也，其见事迟[23]，乡者[24]疑车中有人，忘索[25]之。"于是范雎下车走，曰："此必悔之。"行十余里，果使骑还索车中，无客，乃已。王稽遂与范雎入咸阳。

……

范雎既相秦，秦号曰张禄，而魏不知，以为范雎已死久矣。魏闻秦且东伐韩、魏，魏使须贾于秦。范雎闻之，为微行[26]，敝衣间步之邸[27]，见须贾。须贾见之而惊曰："范叔固无恙[28]乎！"范雎曰："然。"

须贾笑曰:“范叔有说于秦邪?”曰:“不也。睢前日得过于魏相,故亡逃至此,安敢说乎!”须贾曰:“今叔何事?”范睢曰:“臣为人庸赁[29]。”须贾意哀之,留与坐饮食,曰:“范叔一寒[30]如此哉!”乃取其一绨袍[31]以赐之。须贾因问曰:“秦相张君,公知之乎?吾闻幸于王,天下之事皆决于相君。今吾事之去留[32]在张君。孺子岂有客习[33]于相君者哉?”范睢曰:“主人翁[34]习知之,唯睢亦得谒[35],睢请为见[36]君于张君。”须贾曰:“吾马病,车轴折,非大车驷马,吾固不出。”范睢曰:“愿为君借大车驷马于主人翁。”

范睢归取大车驷马,为须贾御之,入秦相府。府中望见,有识者皆避匿。须贾怪之。至相舍门,谓须贾曰:“待我,我为君先入通于相君。”须贾待门下,持车良久,问门下曰:“范叔不出,何也?”门下曰:“无范叔。”须贾曰:“乡者与我载而入者。”门下曰:“乃吾相张君也。”须贾大惊,自知见卖[37],乃肉袒郄行,因门下人谢罪。于是范睢盛帷帐,侍者甚众,见之。须贾顿首言死罪,曰:“贾不意君能自致于青云之上[38],贾不敢复读天下之书,不敢复与天下之事。贾有汤镬[39]之罪,请自屏于胡貉[40]之地,唯君死生之[41]!”范睢曰:“汝罪有几?”曰:“擢贾之发以续[42]贾之罪,尚未足。”范睢曰:“汝罪有三耳。昔者楚昭王时而申包胥为楚却[43]吴军,楚王封之以荆[44]五千户,包胥辞不受,为丘墓[45]之寄于荆也。今睢之先人丘墓亦在魏,公前以睢为有外心于齐而恶[46]睢于魏齐,公之罪一也。当魏齐辱我于厕中,公不止,罪二也。更醉而溺我,公其何忍乎?罪三矣。然公之所以得无死者,以绨袍恋恋[47],有故人之意,故释公。”乃谢罢。入言之昭王,罢归[48]须贾。

须贾辞于范睢,范睢大供具[49],尽请诸侯使,与坐[50]堂上,食饮甚设[51]。而坐须贾于堂下,置莝豆[52]其前,令两黥徒夹而马食[53]之。数[54]曰:“为我告魏王,急持魏齐头来!不然者,我且屠大梁。”须贾归,以告魏齐。魏齐恐,亡[55]走赵,匿平原君所。

【注释】

〔1〕 中大夫：官职名。当时大夫分上、中、下三级。

〔2〕 魏昭王：魏国国君，名遬，襄王之子。公元前295—前277年在位。

〔3〕 齐襄王：齐国国君，名法章，公元前283—前265年在位。辩口：有口才，善论辩。

〔4〕 牛酒：牛和酒。古时馈赠、犒劳、祭祀多用牛酒。

〔5〕 馈：馈赠的东西。

〔6〕 诸公子：除太子以外的诸侯国君的其他儿子。

〔7〕 笞(chī)击：用竹板荆条抽打。

〔8〕 折胁(xié)摺(lā)齿：打折肋骨，打落牙齿。胁，本指胸部两侧，此指肋条骨。摺，折断，古音lā。

〔9〕 详：通"佯"。

〔10〕 箦(zé)：苇或竹席，古代常用于裹尸。

〔11〕 更溺：交替撒尿。溺，古"尿"字，读为niào。

〔12〕 僇(lù)辱：侮辱，糟蹋。

〔13〕 操：领，带。

〔14〕 伏匿：躲藏起来。

〔15〕 秦昭王：即秦昭襄王，秦国国君，名则，一名稷。公元前306—前251年在位。谒者：官名，接待宾客的近侍。

〔16〕 究：尽，完。

〔17〕 三亭：地名，在今河南尉氏县西南。南：《史记正义》引《括地志》云："三亭冈在汴州尉氏县西南三十七里。"按：三亭冈在山部中名也，盖"冈"字误为"南"。一说：三亭，古魏国送别之处，三亭之南，是指送别后无人之处。

〔18〕 湖：秦邑名，在今河南灵宝县西。《史记索隐》按：《地理志》记载京兆有湖县，本名胡，武帝更名湖，即今河南省湖城县也。

〔19〕 穰(rǎng)侯：名魏冉，秦昭王之舅父。因地封于穰(今河南邓县)而名。行：巡视，察看。

〔20〕 恶(wù)：讨厌。内：同"纳"，接纳。

〔21〕 宁(nìng)：宁可。且：暂且。

〔22〕 得无：莫非，该不会。客子：对诸侯客蔑视之称呼。

〔23〕 见事迟：遇到事情反应迟钝。

〔24〕 乡者：刚才，乡，通"向"。

〔25〕 索：搜查。

〔26〕 微行：隐瞒自己的身份改装出行。

〔27〕 敝衣：破败之衣。间步：悄悄地行走。邸(dǐ)：招待外交人员的馆舍。

〔28〕 固：原来。无恙：没有灾病。

〔29〕 庸赁：被人雇佣做工。

〔30〕 一：乃，竟。寒：贫寒。

〔31〕 绨(tí)袍：质地粗厚的衣袍。后成为念旧的典故，有词“绨袍之义”。绨，质地粗厚光滑的丝织品。

〔32〕 去留：成败。

〔33〕 孺子：犹言小伙子，年轻人。习：熟悉，相好。

〔34〕 主人翁：主人。

〔35〕 唯：虽，即使。谒：求见。

〔36〕 见：引见。

〔37〕 见卖：被欺骗上当。

〔38〕 青云之上：此喻在高位。后世谓登科，有平步青云之语。

〔39〕 汤镬(huò)：古代酷刑名，把人扔到煮沸的锅里煮死。

〔40〕 屏(bìng)：排斥，排除。此指放逐，流放。胡貉(mò)：古代对北方一带部族的蔑称。貉，通“貊(mò)”。

〔41〕 死生之：死生，名词作动词用，决定我的生死。

〔42〕 擢：拔。续：数(shǔ)。一说，续，连续。

〔43〕 楚昭王：楚国国君，公元前516—前489年在位。申包胥：楚大夫。却：抗击。

〔44〕 荆：楚。

〔45〕 丘墓：坟墓。日本汉学家泷川资言《史记会注考证》记申包胥言：“却吴军者，本为己之先人丘墓寄于荆也，不必为楚，故不以为功。”范雎借此典故说明自己帮助魏国的原因同申包胥一样，不为个人功名。

〔46〕 恶(wù)：使动用法，使……厌恶。

〔47〕 恋恋：留恋、顾恋。

〔48〕 归：指让须贾回国。

〔49〕 大供具：大摆宴席。供：供设。具：准备，备办。

〔50〕 坐：让……坐。

〔51〕 甚设：备办得极其丰盛。

〔52〕 莝豆：拌有豆子的草料。莝(cuò)：铡碎的草。

〔53〕 黥(qíng)徒：脸上刻了字的罪人。黥：墨刑，以刀在面额上刻字并涂墨。马食：像喂马一样。

〔54〕 数(shǔ)：责备，列举罪状。

〔55〕 亡：逃跑。

【鉴赏】

在《范雎列传》中，司马迁通过细节描写，刻画了一个足智多谋、忍辱负重的谋士范雎形象。范雎入秦的过程被司马迁写得一波三折而扣人心弦。他与须贾出使齐国，因受齐王厚爱而遭须贾嫉恨陷害，被魏相魏齐鞭笞近死，被弃于茅厕受宾客便溺羞辱。假死出逃，魏齐后悔追索，在友人帮助下改名藏匿。紧急中恰遇秦国使者王稽来魏，得以离开。可是刚一进秦国国境，就遇上反感游说之士的穰侯出巡，躲在车中避过穰侯的第一次检查后，又机智下车躲避，逃过穰侯第二次搜查，才顺利入秦。而这段过程，在《战国策》中只有"因王稽入秦"几字而已。司马迁增加了情节，使得故事曲折生动。后范雎以张禄之名得宠于秦昭襄王，官至秦相，位高权重。他戏弄须贾、逼迫魏齐出逃赵国，也是写得妙趣横生。范雎恩怨分明、睚眦必报的性格特点，跃然纸上，栩栩如生。

一直以来，对《范雎列传》的研究和对范雎的评价多集中于范雎为秦王收回被宣太后和权臣架空的权力、定下的"远交近攻"之谋略。实际上《范雎列传》同《廉颇蔺相如列传》《屈原贾生列传》等其他著名篇目一样，都代表了司马迁人物传记描写的新成就。

赋

汉赋是战国后期在楚辞影响下萌芽的、在汉代发展成熟的一种有韵的散文，它的特点是散韵结合，专事铺叙。从赋的形式上看，在于“铺采摛文”，注重铺叙，辞采华美，多用排比、对偶等修辞手法，极尽铺排夸张渲染之能事；从赋的内容上说，侧重“体物写志”，通过摹写事物来抒发情志，寄托讽喻之意；结构上体制宏大、设主客问答、曲终奏雅。汉赋的内容可分为五类：一是渲染宫殿城市；二是描写帝王游猎；三是叙述旅行经历；四是抒发不遇之情；五是杂谈禽兽草木。而以前二者为汉赋之代表。

赋是汉代最流行的文体。在两汉四百余年间，一般文人多致力于这种文体的写作，因而盛极一时，后世往往把它看成是汉代文学的代表。

东汉后期赋的发展进入新的阶段，虽然保留了赋体散文韵散结合、多用排比对偶的修辞手法、辞藻华美的特点，但篇幅大幅度缩小，而且更重抒情写志，情真意切，更具有艺术感染力。张衡的《归田赋》和赵壹的《刺世疾邪赋》成为抒情小赋的代表。

张　衡

归　田　赋

游都邑以永久[1]，无明略[2]以佐时。徒临川以羡[3]鱼，俟河清乎未期[4]。感蔡子之慷慨[5]，从唐生以决疑[6]。谅天道之微昧[7]，追渔父以同嬉[8]。超埃尘以遐逝[9]，与世事乎长辞[10]。

于是仲春令月[11],时和气清;原隰郁茂[12],百草滋荣。王雎[13]鼓翼,仓庚[14]哀鸣;交颈颉颃[15],关关嘤嘤。于焉逍遥[16],聊以娱情。

尔乃龙吟方泽[17],虎啸山丘。仰飞纤缴[18],俯钓长流。触矢而毙,贪饵吞钩。落云间之逸禽[19],悬渊沉之魦鰡[20]。

于时曜灵俄景[21],继以望舒[22]。极般游[23]之至乐,虽日夕而忘劬[24]。感老氏之遗诫[25],将回驾乎蓬庐。弹五弦之妙指[26],咏周孔之图书[27]。挥翰墨以奋藻[28],陈三皇之轨模[29]。苟纵心于物外,安知荣辱之所如[30]。

【注释】

〔1〕 都邑:指东汉京都洛阳。永:长。久:滞。言久滞留于京都。

〔2〕 明略:明智的谋略。这句意思说自己无明略以匡佐君主。

〔3〕 徒:空,徒然。羡:愿。《淮南子·说林训》曰:“临川流而羡鱼,不如归家织网。”表明自己空有佐时的愿望。

〔4〕 俟:等待。河清:黄河水清,古人认为这是政治清明的标志。此句意思为等待政治清明未可预期。

〔5〕 蔡子:指战国时燕人蔡泽,《史记》有传。慷慨:悲叹。

〔6〕 唐生:即唐举,战国时梁人。决疑:请人看相以纾解对前途命运的疑惑。蔡泽游学诸侯,未发迹时,曾请唐举看相,后入秦,代范雎为秦相。

〔7〕 谅:实在是。微昧:幽隐。

〔8〕 渔父:王逸《楚辞·渔父章句序》:“渔父避世隐身,钓鱼江滨,欣然自乐。”嬉:乐。此句表明自己将与渔父同乐于川泽。

〔9〕 超尘埃:即游于尘埃之外。尘埃:比喻纷浊的世俗。遐逝:远去。

〔10〕 长辞:永别。由于政治昏乱,世路艰难,自己与时代不合,产生了归田隐居的念头。

〔11〕 仲春令月:春季的第二个月,即农历二月。令:善;令月:美好的月份。

〔12〕 原:宽阔平坦之地。隰(xí):低湿之地。郁茂:草木繁盛。

〔13〕 王雎:鸟名。即雎鸠。

〔14〕 仓庚(cāng gēng):鸟名,即黄莺。

〔15〕 颉颃(jié háng)：鸟飞而上叫颉，飞而下叫颃。

〔16〕 于焉：于是乎。逍遥：安闲自得。

〔17〕 尔乃：于是。方泽：大泽。这两句言自己从容吟啸于山泽间，类乎龙虎。

〔18〕 纤：细。缴(zhuó)：生丝缕，系在箭的尾部，用以弋射禽鸟。

〔19〕 逸禽：云间高飞的鸟。

〔20〕 魦鰡(shā liú)：一种小鱼，常伏在水底沙上。

〔21〕 曜灵：日。俄：斜。景：同"影"。

〔22〕 望舒：神话传说中为月亮驾车的仙人，这里代指月亮。

〔23〕 般(pán)游：游乐。

〔24〕 虽：虽然。劬(qú)：劳苦。

〔25〕 感老氏之遗诫：指老子《道德经》十二章所说"驰骋田猎，令人心发狂"语。

〔26〕 五弦：五弦琴。指：通"旨"，意趣。

〔27〕 周孔之图书：周公、孔子著述的典籍。此句写其读书自娱。

〔28〕 翰：笔。藻：辞藻。此句写其挥翰遗情。

〔29〕 陈：陈述。轨模：法则。

〔30〕 如：往，归。以上两句说自己纵情物外，脱略形迹，不在乎荣辱得失所带来的结果。

【鉴赏】

在《归田赋》中，张衡首先以典故含蓄委婉地道出自己遗世的心愿，再以寥寥几笔，勾勒出春光明媚，鸟语花香，一派欣欣向荣的自然风貌，想象归隐后弋射飞鸿、悬钓魦鰡的悠闲自在的生活，表达了对田园生活的向往，也暗示他对汉末外戚与宦官专权、争权夺利的黑暗现实的失望乃至厌弃。语言清新，优美生动，音韵流宕，读来令人齿颊留香。

多用典故是赋的一大特色。本篇亦是如此。如"徒临川以羡鱼，俟河清乎未期"，分别引用《淮南子·说林训》和《左传·襄公八年》的典故；"感蔡子之慷慨，从唐生以决疑"，事见《史记·范雎蔡泽列传》；"追渔父以同嬉。超埃尘以遐逝"，也是从《楚辞·渔父》中"渔父莞尔而笑，鼓枻而去"及"安能以皓皓之白，而蒙世俗之尘埃乎"化来的。张衡充分利用了历史典故词句短小、内涵量大的优点，于文辞之外又平添了更加丰富的内容，因而《归田赋》并未因为篇幅短小而显干瘪。同时，《归田赋》所选用的多是为人们所熟悉的典故，并不晦涩难懂。所以这篇小赋以其雅致精炼、平易清新的语句，包容了内涵丰富的史实，并赋之以新意。

此外，《归田赋》还用了一些叠韵、重复、双关等修辞方法，如“关关嘤嘤”“交颈颉颃”，形象地描绘了田园山林那种和谐欢快、神和气清的景色；而“仰飞纤缴，俯钓长流。触矢而毙，贪饵吞钩”，既反映了作者畅游山林，悠闲自得的心情，又颇含自戒之意。

《归田赋》以精彩的艺术手法与超尘高蹈的思想情感，无愧于迄今最成功的抒情小赋之名，它代表了自西汉末叶以来赋体革新转变的最高成就，基本结束了大赋为主流的创作时代，而开辟了灵巧自如的小赋的新时期，使赋这种文学形式得以继续活跃发展。风格上也不再追求气势的张扬、叙写的铺排、辞藻的堆砌，而类似于四六句骈文，开了骈赋的先河，并且也是文学史上首个以“归田”名篇、描写田园归隐乐趣的赋，在我国文学史上占有重要的地位。

第三编

魏晋南北朝部分

诗歌

曹　操

曹操(155—220),字孟德,一名吉利,小字阿瞒,沛国谯县(今安徽省亳州市)人。历任洛阳北部尉、顿丘令、济南相、典军校尉、奋武将军、录尚书事、车骑将军、冀州牧、丞相等职,封魏公、魏王,曹丕称帝后谥为“武帝”,庙号太祖。

曹操是东汉末年杰出的政治家、军事家、文学家、书法家,三国中曹魏政权的奠基人。

曹操军事上精通兵法,政治上重贤爱才,为此不惜一切代价将看中的才识之士收于麾下。文学上擅长四言诗,抒发自己的政治抱负,反映汉末人民的苦难生活,气魄雄伟,慷慨悲凉;散文亦清峻整洁,开启并繁荣了建安文学,给后人留下了宝贵的精神财富,鲁迅《魏晋风度及文章与药及酒的关系》评价其为“改造文章的祖师”。同时曹操也擅长书法,唐朝张怀瓘《书断》将曹操的章草评为“妙品”。

步出夏门行·观沧海

东临碣石[1],以观沧海[2]。水何澹澹[3],山岛竦峙[4]。树木丛生,百草丰茂。秋风萧瑟[5],洪波[6]涌起。日月之行,若[7]出其中;星汉[8]灿烂,若出其里。幸甚至哉[9],歌以咏志。

【注释】

〔1〕 临：登上，有游览的意思。碣(jié)石：山名。碣石山，在今河北省秦皇岛市昌黎县。207年秋天，曹操征乌桓得胜回师时经过此地。

〔2〕 沧：通"苍"，青绿色。海：渤海。

〔3〕 何：多么。澹(dàn)澹：水波摇动的样子。

〔4〕 竦峙(sǒng zhì)：耸立。竦：通"耸"，高。峙：挺立。

〔5〕 萧瑟：树木被秋风吹的声音。

〔6〕 洪波：汹涌澎湃的波浪。

〔7〕 若：如同，好像是。

〔8〕 星汉：银河，天河。

〔9〕 幸：庆幸。甚：极点。至：非常。幸甚至哉，歌以咏志：太值得庆幸了！就用诗歌来表达心志吧。最后两句是合乐时所加，每章都有，与本诗正文的内容没有直接关系。

【鉴赏】

这是曹操《步出夏门行》四首中的第一首。

建安十二年(207年)曹操北征乌桓，取得了决定性的胜利。这次胜利巩固了曹操的后方，奠定了次年挥戈南下，以期实现统一中国的宏愿的基础。得胜回师途中经过碣石山，登上当年秦皇、汉武也曾登过的碣石，正当踌躇满志、情绪激昂，又当秋风萧瑟、海波动荡之际，于是曹操将自己宏伟的抱负、阔大的胸襟融汇到诗歌里，借着大海的形象表现出来，留下这首传世名篇。

首二句"东临碣石，以观沧海"点明"观沧海"的位置：诗人登上碣石山顶，居高临海，视野寥廓，大海的壮阔景象尽收眼底。以下十句描写，概由此拓展而来。"观"字起到统领全篇的作用，体现了这首诗意境开阔、气势雄浑的特点。接下来六句描写沧海景象，有动有静，有特写的精准，有全景的宏大。"秋风萧瑟，洪波涌起"与"水何澹澹"写的是动景，是全景。"树木丛生，百草丰茂"与"山岛竦峙"写的是静景，是特写。准确生动地描绘出海洋的形象，单纯而又饱满，丰富而不琐细，好像一幅粗线条的炭笔画一样。再下四句"日月之行，若出其中；星汉灿烂，若出其里"尤其可贵，不仅仅反映了海洋的形象，同时也赋予它以性格，将大海的气势和威力、博大与开阔凸显在读者面前。句句写景，又是句句抒情，既表现了大海的波澜壮阔，也表现了诗人自己的壮志情怀。

《观沧海》是借景抒情，把眼前的海上景色和自己的雄心壮志很巧妙地融合在一起。《观沧海》的高潮放在诗的末尾，它的感情非常奔放，思想却很含蓄。不但做到了情景交融，而且做到了情理结合、寓情于景。因为它含蓄，所以更有启发性，更能激发我们的想象，更耐人寻味。过去人们称赞曹操的诗深沉饱满、雄健有力，"如幽燕老将，气韵沉雄"，从这里可以得到印证。全诗的基调苍凉慷慨，是建安风骨的代表作。

蒿　里　行

关东有义士〔1〕，兴兵讨群凶〔2〕。初期会盟津〔3〕，乃心在咸阳〔4〕。军合力不齐〔5〕，踌躇而雁行〔6〕。势利使人争，嗣还自相戕〔7〕。淮南弟称号〔8〕，刻玺于北方〔9〕。铠甲生虮虱〔10〕，万姓以〔11〕死亡。白骨露於野，千里无鸡鸣。生民百遗〔12〕一，念之断人肠。

【注释】

〔1〕 关东：函谷关(今河南省灵宝市西南)以东。义士：指起兵讨伐董卓的诸州郡将领。

〔2〕 讨群凶：指讨伐董卓及其党羽。

〔3〕 初期：本来期望。盟津：即孟津(今河南省孟县西南)。相传周武王伐纣时曾在此大会八百诸侯，此处借指本来期望关东诸将也能像武王伐纣会合的八百诸侯那样同心协力，攻入洛阳。

〔4〕 乃心：其心，指上文"义士"之心。咸阳：秦时的都城，此借指长安，当时献帝被挟持到长安。

〔5〕 力不齐：指讨伐董卓的诸州郡将领各有打算，力量不集中。齐：一致。

〔6〕 踌躇：犹豫不前。雁行(háng)：飞雁的行列，形容诸军列阵后观望不前的样子。此句倒装，正常语序当为"雁行而踌躇"。

〔7〕 嗣：后来。还：同"旋"，不久。自相戕(qiāng)：自相残杀。当时盟军中的袁绍、公孙瓒等发生了内部的攻杀。

〔8〕 淮南弟称号：指袁绍的异母弟袁术于197年(建安二年)在淮南寿春(今安徽省淮南市寿县)自立为帝。

〔9〕 刻玺(xǐ)于北方：指初平二年(191年)袁绍谋废献帝，想立幽州牧刘虞为皇帝，并

刻制印玺。玺：印，秦以后专指皇帝用的印章。

〔10〕 铠(kǎi)甲生虮虱：由于长年战争，战士们不脱战服，铠甲上都生了虱子。铠甲：古代的护身战服，金属制的为铠，皮革制的就是甲。虮(jǐ)：虱卵。

〔11〕 万姓：百姓。以：因此。

〔12〕 生民：百姓。遗：剩下。

【鉴赏】

《蒿里行》是曹操借用乐府古题写时事的一首五言诗。《蒿里》古题属乐府《相和歌·相和曲》，崔豹《古今注》中就说过："《薤露》送王公贵人，《蒿里》送士大夫庶人，使挽柩者歌之，世亦呼为挽歌。"曹操以为题，真实描写诸军阀之间争权夺利、酿成丧乱的历史事实。

东汉中平六年(189年)，汉灵帝死，少帝刘辩即位，朝臣与宦官争权，朝廷大乱；董卓趁机另立刘协为帝(献帝)，自己把持了政权。初平元年(190年)，东方各路军阀同时起兵，推袁绍为盟主，曹操为奋武将军，联兵西向讨董卓。然而这支联军中的众将各怀私心，都想借机扩充自己的力量，惟恐损失了自己的军事力量，故不能齐心合力，一致对付董卓。不久，讨伐董卓的联军由于各自的争势夺利，四分五裂，互相残杀，从此开始了汉末的军阀混战，造成人民大量死亡和社会经济极大破坏。

此诗前十句用极凝练的语言勾勒了以袁绍为盟主的关东各郡豪强虽然大军云集，但却互相观望，裹足不前，甚至各怀鬼胎，为了争夺霸权，图谋私利，竟至互相残杀的真实历史画卷。诗人对袁绍兄弟阴谋称帝、铸印刻玺，借讨董卓匡扶汉室之名，行争霸天下称孤道寡之实给予无情的揭露，并对因此造成的战乱感到悲愤。然而，曹操此诗的成功与价值还不仅在此，自"铠甲生虮虱"以下，诗人将笔墨从记录军阀纷争的事实转向描写战争带给人民的灾难，在揭露军阀祸国殃民的同时，表现出对人民的无限同情和对国事的关注和担忧，这就令诗意超越了一般的记事，而反映了诗人的忧国忧民、悲天悯人的情怀。明钟惺、谭元春《古诗归》称为"汉末实录，真诗史也"，还称曹操"此公诗歌中有霸气而不必其王；有菩萨气而不必其佛"。

曹操的诗语言明畅，直出胸臆，无一丝造作之意，可视为诗人心声的自然表露。

刘勰《文心雕龙·乐府》评曹氏父子的诗曾说："志不出于滔荡，辞不离于哀思。"钟嵘《诗品·卷下》评曹操的诗也说："曹公古直，甚有悲凉之句。"都指出了曹操的诗歌感情沉郁悲怆的特点。惟其有情，故曹操的诗读来有感人的力量；惟其悲怆，故造成了其诗沉郁顿挫、格高调响的悲壮气势。

曹　丕

曹丕(187—226)，字子桓，沛国谯县(今安徽省亳州市)人。曹魏的开国皇帝，庙号高祖，谥号“文”，220—226年在位。三国时期著名的政治家、文学家。他在位期间，平定边患，击退鲜卑，和匈奴、氐、羌等外夷修好，恢复汉朝在西域的设置。除军政以外，曹丕自幼好文学，于诗、赋、文学皆有成就，与其父曹操和弟曹植，并称“三曹”，今存《魏文帝集》二卷。另外，曹丕著有《典论》，当中的《论文》是中国文学史上第一篇系统的文学批评专论。曹丕尤擅长于五言诗，留下了文学史上现存最早最完整的七言诗《燕歌行》。

曹丕的诗歌具有明显文人化倾向，体现在他能敏锐感受到个人的喜怒哀乐、社会人生的生离死别、自然界的春秋代序，将自己极敏感细腻、多情又钟情、隐秘曲折的内心世界裸陈于诗歌中，“乐极哀情来，寥亮摧心肝”“高山有崖，林木有枝，忧来无方，人莫之知”(《善哉行》)。曹丕尤擅代人抒情，有《清河见挽船士新婚与妻别作》《见挽船士兄弟辞别诗》《寡妇诗》等，创代言体。他的言事抒情又常常以女性的口吻，凄苦哀怨，因此明钟惺、谭元春《古诗归》说他的诗“婉娈细秀，有公子气，有文人气”。清陈祚明《采菽堂古诗选》说他的诗“如西子捧心，俯首不言，而回眸动盼无非可怜之绪”。

曹丕在诗歌文人化上作出突破性的探索，为五言诗由民歌转向文人诗做出重要贡献。魏晋时代正是文人五言诗发展成熟并正式登上历史舞台的时代。

五言诗起源于民间。五言诗的萌芽可上溯到《诗经》中的一些五言句式，如《召南·行露》“谁谓雀无角？何以穿我屋？谁谓女无家？何以速我狱？”等。但完整的五言诗则首先是在汉代民歌中出现的。如武帝时民谣“何以孝弟为”、成帝时民谣“邪径败良田”、乐府民歌《江南》《十五从军征》《陌上桑》等。在民谣俗谚和乐府民歌的巨大影响下，文人开始模仿和学习写作五言诗。

五言诗一经出现和形成，便很快取代了四言诗的地位。因为五言诗既可容纳双音节词、单音节词，还可容纳三音节词，其二、三结构奇偶相配，富于变化，因而比四言诗内容更丰富，节奏变化更灵活，伸缩性更大。正如南北朝诗论家钟嵘在他所著的《诗品·总论》中所说："（四言）每苦文繁而意少，故世罕习焉。五言居文词之要，是众作之有滋味者也，故云会于流俗。岂不以指事造形，穷情写物，最为详切者耶！"

燕 歌 行

秋风萧瑟天气凉，草木摇落[1]露为霜。群燕辞归雁南翔[2]，念君客游思断肠。慊慊[3]思归恋故乡，何为淹留[4]寄他方？贱妾茕茕[5]守空房，忧来思君不敢忘，不觉泪下沾衣裳。援琴鸣弦发清商[6]，短歌微吟不能长。明月皎皎照我床，星汉西流夜未央[7]。牵牛织女遥相望，尔独何辜限河梁[8]。

【注释】

〔1〕 摇落：凋残。

〔2〕 雁南翔：一作"鹄南翔"。鹄：天鹅。语出宋玉《九辩》："悲哉！秋之为气也！萧瑟兮草木摇落而变衰。"

〔3〕 慊慊（qiàn）：不满足，遗憾。

〔4〕 何为，一作"君何"。淹留：久留。

〔5〕 茕茕（qióng）：孤独无依的样子。语出屈原《楚辞·九章·思美人》："独茕茕而南行兮，思彭咸之故也。"

〔6〕 援：执，持。清商：乐名。曲调哀婉凄清，音节短促，所以下句说"短歌微吟不能长"。

〔7〕 夜未央：夜已深而未尽的时候。古人用观察星象的方法测定时间，这首诗所描写的景色是初秋的夜间，牛郎星、织女星在银河两旁，初秋傍晚时正见于天顶，这时银河应该西南指，现在说"星汉西流"，就是银河转向西，表示夜已很深了。

〔8〕 尔：指牵牛、织女。河梁：河上的桥。传说牵牛和织女隔着天河，只能在每年七月七日相见，乌鹊为他们搭桥。

【鉴赏】

这是曹丕《燕（yān）歌行》二首中的第一首。《燕歌行》属于《相和歌》中的《平调曲》,不见古辞,这个曲调可能就创始于曹丕。燕是西周以至春秋战国时期的诸侯国名,辖地约当今北京市以及河北北部、辽宁西南部等一带地区。这里是汉族和北部少数民族接界的地带,秦汉以来经常发生战争,因此历年统治者都要派重兵到这里戍守,当然那些与此相应的筑城、转输等各种徭役也就特别多。曹丕的《燕歌行》从思想内容上说,反映的是秦汉以来四百年间的历史现象,同时也是他所亲处的建安时期的社会现实,表现了作者对下层人民疾苦的关心与同情。宋郭茂倩《乐府诗集》引《乐府解题》说:"魏文帝'秋风''别日'二曲言时序迁换,行役不归,妇人怨旷无所诉也。"又引《乐府广题》说:"燕,地名也。言良人从役于燕,而为此曲。"

"秋风萧瑟天气凉,草木摇落露为霜。群燕辞归雁南翔",开头三句写出了一片深秋的肃杀情景,给人一种空旷、寂寞、衰落的感受。

"念君客游思断肠。慊慊思归恋故乡,何为淹留寄他方?"其中"慊慊思归恋故乡"是女主人公在想象她的丈夫在外面思念故乡的情景。这种写法是巧妙、具体、细致的,也是古典文学中常用的抒情写法。当相爱的人分隔两地,两心相知,想象我之思念,必也是对方之思念。屈原的《山鬼》中那位美丽的山中精灵苦苦等待她的公子时,就哀婉地想象公子必然也在思念自己却有不能赴约的不得已("怨公子兮怅忘归,君思我兮不得闲"《九歌·山鬼》)。这种写法的好处是推进一层,使人更加感到曲折、细腻、真实,突出两情相知的深挚。

"贱妾茕茕守空房,忧来思君不敢忘,不觉泪下沾衣裳。"这三句一方面描写了女主人公在家中生活上的孤苦无依和精神上的寂寞无聊;另一方面又表现了女主人公对她丈夫的无限忠诚与热爱。而且"不敢忘",这里有不会、不能、不舍,更有对夫妇尊卑的恪守。从某种意义上来说,毕竟此诗出自男性之手,于漫不经心的细微处也能见男权的高高在上。

"援琴鸣弦发清商,短歌微吟不能长。"汉乐府有《长歌行》《短歌行》,是根据"歌声有长短"(《乐府诗集》语)来区分的,大概是长歌多表现慷慨激昂的情怀,短歌多表现低回哀伤的思绪。女主人公在这秋月秋风的夜晚,愁怀难释,寂寞忧伤到了极点,也只能是"短歌微吟不能长"了。

"明月皎皎照我床,星汉西流夜未央。牵牛织女遥相望,尔独何辜限河梁。"月光透过帘栊照在她的床上,她床上没有丈夫,而空濛的月色,更映照出空荡荡的床,空荡荡的屋,空荡荡的心。"夜未央",在这里有两层含意:一层是说夜正深沉,女主人公何时才能捱过这凄凉的漫漫长夜;一层是象征的,是说战争和徭役无穷无尽,女主人公的这种人生苦难，就如同这漫漫黑夜，难以看到尽头。这两句如愤如怨，如惑如痴的话，既是对天上双星说的，是对自己说的，同时也是对和自己命运相同的千百万被迫分离、不能团聚的男男女女们说的。结尾语涉双关，低回而又响亮，言有尽而意无穷，展现了曹丕高超的抒情技巧。

在这首诗里曹丕将景物描写、心理描写、女主人公的语言描写，巧妙地融为一体，构成了一种千回百转、凄凉哀怨的风格。它的辞藻华美，不带任何雕琢的痕迹，有文人诗的细腻委婉，有民歌的自然流畅，可以说是最能代表曹丕思想和艺术风格特征的作品。前人对这首诗的评价是很高的，清吴淇《六朝选诗定论》评价它："风调极其苍凉，百十二字，首尾一笔不断，中间却具千曲百折，真杰构也。"王夫之《姜斋诗话》盛赞它："倾情倾度，倾色倾声，古今无两。"

曹 植

曹植(192—232)，字子建，沛国谯县(今安徽省亳州市)人，生于山东武阳(今山东省聊城市莘县)，是三国时期著名的文学家，曹操与武宣卞皇后所生第三子，生前曾为陈王，去世后谥号"思"，史称陈思王。

曹植的生活和创作都可以曹丕当皇帝为界，分为前后两个阶段。二十九岁以前是前期，性格豪放自任，不能节制自己，数次醉酒犯下大错，失去曹操的欢心。后期过着"名为王侯，实为囚徒"的生活。(曹植虽出生于乱世，但随着曹操地位的稳固，他童年时起基本没有经历颠沛流离，一直过着相对安稳富贵的生活，这使得从小聪颖、深得曹操喜爱的曹植养成了高洁的志向，同时也养出了天真纯粹、率性而为的性格，这是导致他后期失去曹操宠爱，在曹丕称帝后被曹丕排斥、打击的个人原因。)因而创作风格和内容上前后期差异明显。

曹植代表作有《洛神赋》《白马篇》《七哀诗》等。后人因其文学上的造诣而将他与曹操、曹丕合称为"三曹"。其作品以笔力雄健和词采华美见长，钟嵘《诗品》称他为"建安之杰"，评价他"骨气奇高，词采华茂，情兼雅怨，体被文质，粲溢今古，卓尔不群"。他的作品充分展示一个失意者之内心世界，使建安诗歌在刻画人物内心世界上大大进了一步。

作为建安文学的代表人物之一与集大成者，曹植早年被时人尊为“绣虎”，在两晋南北朝时期，被推尊到文章典范的地位，谢灵运称他“才高八斗”，钟嵘《诗品》把他列为品第最高的诗人。王士祯尝论汉魏以来二千年间诗家堪称“仙才”者，曹植、李白、苏轼三人耳。

留有文集三十卷，已佚，今存《曹子建集》为宋人所编。

白 马 篇

白马饰金羁〔1〕，连翩〔2〕西北驰。借问谁家子，幽并游侠儿〔3〕。少小去乡邑〔4〕，扬声沙漠垂〔5〕。宿昔秉〔6〕良弓，楛矢何〔7〕参差。控弦破左的〔8〕，右发摧月支〔9〕。仰手接飞猱〔10〕，俯身散马蹄〔11〕。狡捷〔12〕过猴猿，勇剽若豹螭〔13〕。边城多警急，虏骑数迁移〔14〕。羽檄〔15〕从北来，厉马〔16〕登高堤。长驱蹈〔17〕匈奴，左顾凌鲜卑〔18〕。弃身〔19〕锋刃端，性命安可怀〔20〕？父母且不顾，何言子与妻！名在壮士籍〔21〕，不得中顾私〔22〕。捐躯赴〔23〕国难，视死忽如归！

【注释】

〔1〕 金羁(jī)：金饰的马笼头。

〔2〕 连翩(piān)：连续不断，原指鸟飞的样子，这里用来形容白马奔驰的俊逸形象。

〔3〕 幽并：幽州和并州。在今河北、山西、陕西一带。游侠儿：武艺高强、重义轻生之人。

〔4〕 去乡邑：离开家乡。

〔5〕 扬声：扬名。垂：同“陲”，边境。

〔6〕 宿昔：早晚。秉：执、持。

〔7〕 楛(hù)矢：用楛木做成的箭。何：多么。

〔8〕 控弦：开弓。破：这里指射中。的：箭靶。

〔9〕 摧：毁坏。月支：箭靶的名称。左、右是互文见义。

〔10〕 接：迎射。飞猱(náo)：飞奔的猿猴。猱：猿的一种，行动轻捷，攀缘树木，上下如飞。

〔11〕 散：射碎，摧裂。马蹄：箭靶的名称。

〔12〕 狡捷：灵活敏捷。

〔13〕 勇剽(piāo)：勇敢剽悍。螭(chī)：传说中形状如龙的黄色猛兽。

〔14〕 虏骑(jì)：指匈奴、鲜卑的骑兵。数(shuò)迁移：指经常进兵入侵。数：多次。

〔15〕 羽檄(xí)：军事文书，插鸟羽以示紧急，必须迅速传递。

〔16〕 厉马：扬鞭策马。

〔17〕 长驱：向前奔驰不止。蹈：践踏。

〔18〕 顾：看。凌：压制。鲜卑：中国东北方的少数民族，东汉末成为北方强族。

〔19〕 弃身：舍身。

〔20〕 怀：顾惜，爱惜。

〔21〕 籍：名册。这句一作“名编壮士籍”。

〔22〕 中顾私：心里想着个人的私事。中：内心。

〔23〕 捐躯：献身。赴：奔赴。

【鉴赏】

《白马篇》又名《游侠篇》。是曹植创作的乐府新题，属《杂曲歌·齐瑟行》，以开头二字名篇。

曹植生于乱世，受位高权重、南征北讨的曹操那“烈士暮年，壮心不已”的豪情壮志的熏陶，培养了“戮力上国，流惠下民”的理想，铸成了他心中的武艺高强、品德高尚的少年英雄形象。金元好问在《论诗绝句》中说过，真实的诗篇应该是诗人的“心画心声”。可以说，《白马篇》就是曹植的“心画心声”，寄托了诗人建功立业的渴望和憧憬。

全诗共二十八句，可以把它分为四层来理解。第一层，从开头至“幽并游侠儿”，概写主人公游侠儿英俊豪迈的气概；第二层，从“少小去乡邑”到“勇剽若豹螭”，补叙游侠儿的来历和他超群的武艺；第三层，从“边城多警急”到“左顾凌鲜卑”，写游侠儿在战场上冲锋陷阵、奋勇杀敌的英雄事迹；第四层，从“弃身锋刃端”至结束，写游侠儿弃身报国、视死如归的崇高思想境界。

作品运用了铺陈的叙事笔法，这正是乐府诗突出的艺术特点。如诗中写游侠儿的武艺：“控弦破左的，右发摧月支。仰手接飞猱，俯身散马蹄。”“左的”“月支”“马蹄”，都是练习射箭的靶子，作者这样铺陈地写，就从左、右、上、下不同的方位都能射箭中的，表现了他高强的射箭本领。再如写他的战功："羽檄从北来，厉马登高堤。长驱蹈匈奴，左顾凌鲜卑。""羽檄"就是命令，他闻风而动，立即投入浴血的战斗当中。他平定了边乱，保住了四境的安全。这种铺陈的写法，前后句文意互应，渲染了气氛，给读者留下鲜明深刻的印象。特别是最后四句，反复咏叹，在层层的铺陈描述中，诗人心中的激情步步高涨，到最后已是汹涌澎湃，"情动于中而形于言"，不得不一吐为快。这既是诗篇中主人公的内心独白，又是诗人对英雄崇高精神世界的揭示和礼赞，也是借诗抒怀，借写游侠儿，来表达曹植自己为国建功立业的豪迈情怀。句句真切，震撼心灵。

诗歌人物形象鲜明，辞藻华美，色彩明快，情感饱满，是曹植早期诗歌的代表作。

野田黄雀行

高树多悲风〔1〕，海水扬其波〔2〕。利剑〔3〕不在掌，结友何须〔4〕多？不见篱间雀，见鹞自投罗〔5〕。罗家〔6〕得雀喜，少年见雀悲。拔剑捎〔7〕罗网，黄雀得飞飞〔8〕。飞飞摩苍天〔9〕，来下谢少年。

【注释】

〔1〕 悲风：凄厉的寒风。比喻危险的处境。

〔2〕 扬其波：掀起波浪。比喻环境凶险。

〔3〕 利剑：锋利的剑。这里比喻权势。

〔4〕 结友：交朋友。何须：何必，何用。

〔5〕 鹞(yào)：一种非常凶狠的鸟类，鹰的一种，似鹰而小。罗：捕鸟用的网。

〔6〕 罗家：设罗网捕雀的人。

〔7〕 捎(xiāo)：除去。一作"削"。

〔8〕 飞飞：自由飞行貌。

〔9〕 摩：接近、迫近。摩苍天：形容黄雀飞得很高。

【鉴赏】

《野田黄雀行》，宋郭茂倩《乐府诗集》收于《相和歌・瑟调曲》，是曹植后期的作品。史载，建安二十四年(219年)，曹操借故杀了曹植亲信杨修，次年曹丕继位，又杀了曹植知友丁氏兄弟。曹植身处动辄得咎的逆境，无力救助友人，深感愤忿，内心十分痛苦，只能写诗寄意。他苦于手中无权柄，故而在诗中塑造了一位“拔剑捎罗网”、拯救无辜者的少年侠士形象，借以表达自己的心曲。

全诗可分两段。前四句为一段。清沈德潜《古诗源》说“陈思最工起调”，这首诗正是以“高树多悲风，海水扬其波”两句以比兴发端，出语惊人。高树之风，其摧折破坏之力可想而知。“风”前又着一“悲”字，更加强了这客观景物所具的主观感情色彩。这险恶的自然环境，实际是现实政治气候的象征，曲折地反映了宦海的险恶风涛和政治上的挫折所引起的作者内心的悲愤与忧惧。正是在这样一种政治环境里，在这样一种心情支配下，作者痛定思痛，在百转千回之后，满怀悲愤喊出了“利剑不在掌，结友何须多”这一在权力斗争漩涡中以自身痛苦经历所得出的结论。现实的残酷，亲情友情在邪恶的权势下不堪一击的真实悲剧，更加深刻地反映了作者内心的悲苦激烈、创巨痛深。

“不见篱间雀”以下为全诗第二段。采用寓言手法，用“不见”二字引出了持剑少年救雀的故事。这个故事从表面看，是从反面来论证“利剑不在掌，结友何须多”这一不易为人接受的观点，而实际上却是紧承上段，进一步抒写自己内心的悲愤情绪。作者对掌权者的痛恨，对无辜被害的弱小者的同情，均不难于词句外得之。作者又进而想象有一手仗利剑的少年，抉开罗网，放走黄雀。黄雀死里逃生，直飞云霄，却又从天空俯冲而下，绕少年盘旋飞鸣，感谢其救命之恩。显然，“拔剑捎罗网”的英俊少年实际是作者想象之中自我形象的化身；黄雀“飞飞摩苍天”所表现的轻快、愉悦，实际是作者在想象中解救了朋友急难之后所感到的轻快和愉悦。诚然，这只是作者的幻想而已。在现实中无能为力，只好在幻想的虚境中求得心灵的解脱，其情亦可悲矣。

这首诗的创作时间大约是曹植二十七八岁，介于前后期之间，从主人公为“少年”形象和诗中按捺不住的悲愤情绪，及幻想能有少年手掌利剑削除罗网来看，曹植还没有完全失去天真和希望，但他已经敏锐感觉到“名为藩王实为囚徒”的未来处境，对这一结局却无力、无奈，读来令人痛心扼腕。

蔡　琰

蔡琰(生卒年不详)，字昭姬，又字文姬。东汉陈留郡圉县(今河南省开封市杞县)人,东汉大文学家蔡邕的女儿。初嫁于卫仲道,新婚不到一年丈夫因病去世,她回到自己家里。后因董卓之乱,蔡琰被匈奴掳走,流落于南匈奴,嫁给匈奴人(有说嫁与匈奴左贤王),并生育了两个孩子。十二年后,曹操统一北方,用重金将蔡琰赎回,并将其嫁给董祀。

蔡琰同时擅长文学、音乐、书法。《隋书·经籍志》著录有《蔡文姬集》一卷,但已经失传。现在能看到的蔡文姬作品只有《悲愤诗》二首和《胡笳十八拍》。

《悲愤诗》一首为五言体,一首为骚体。其中五言《悲愤诗》侧重于"感伤乱离",是一首以情纬事的叙事诗,是中国诗歌史上第一首文人创作的自传体长篇叙事诗。曹植和杜甫的五言叙事诗也是受到了蔡琰的影响。骚体《悲愤诗》旨在抒情,大篇幅自然风景用以渲染蔡琰离乡背井的悲痛心情。《胡笳十八拍》是中国古乐府琴曲歌辞,长达一千二百九十七字,是一组由十八首歌曲组合的套曲,感情悲怆而激烈。明陆时雍《诗镜总论》评论:"东京风格颓下,蔡文姬才气英英。读《胡笳吟》,可令惊蓬坐振,沙砾自飞,真是激烈人怀抱。"

悲　愤　诗

汉季失权柄〔1〕,董卓乱天常〔2〕。志欲图篡弑〔3〕,先害诸贤良〔4〕。逼迫迁旧邦〔5〕,拥主以自强〔6〕。海内兴义师〔7〕,欲共讨不祥〔8〕。卓众〔9〕来东下,金甲耀日光。平土〔10〕人脆弱,来兵皆胡羌〔11〕。猎野〔12〕围城邑,所向悉破亡。斩截无孑遗〔13〕,尸骸相掌拒〔14〕。马边悬男头,马后载妇女。长驱西入关〔15〕,迥路险且阻〔16〕。还顾邈冥冥〔17〕,肝脾为烂腐。所略〔18〕有万计,不得令屯聚〔19〕。或有骨肉俱〔20〕,欲言不敢语。失意机微〔21〕间,辄言毙降虏〔22〕。"要当以亭刃〔23〕,我曹〔24〕不活汝。"岂复惜性命,不堪其詈〔25〕骂。或便加棰杖,毒痛参并下〔26〕。旦则号泣行,夜则悲吟坐。欲死不能得,欲生无一可。彼苍者何辜〔27〕,乃遭此厄祸。

边荒〔28〕与华异,人俗少义理〔29〕。处所多霜雪,胡风春夏起。翩翩〔30〕吹我衣,肃肃〔31〕入我耳。感时念父母,哀叹无穷已。有客从外来,闻之常欢喜。迎问其消息,辄复非乡里。邂逅徼时愿[32],骨肉[33]来迎己。己得自解免[34],当复弃儿子。天属缀[35]人心,念别无会期。存亡永乖隔[36],不忍与之辞。儿前抱我颈,问母欲何之:“人言母当去,岂复有还时。阿母常仁恻[37],今何更不慈。我尚未成人,奈何不顾思。”见此崩五内[38],恍惚生狂痴[39]。号泣手抚摩,当发复回疑。兼有同时辈[40],相送告离别。慕我独得归,哀叫声摧裂[41]。马为立踟蹰,车为不转辙。观者皆嘘唏[42],行路[43]亦呜咽。

去去割情恋[44],遄征日遐迈[45]。悠悠三千里,何时复交会。念我出腹子,胸臆为摧败。既至家人尽,又复无中外[46]。城郭为山林,庭宇生荆艾。白骨不知谁,纵横莫覆盖。出门无人声,豺狼号且吠。茕茕对孤景[47],怛咤糜[48]肝肺。登高远眺望,魂神忽飞逝。奄若[49]寿命尽,旁人相宽大[50]。为复强视息[51],虽生何聊赖[52]。托命于新人[53],竭心自勖励[54]。流离成鄙贱,常恐复捐废[55]。人生几何时,怀忧终年岁[56]。

【注释】

〔1〕 汉季:汉末。权柄:指汉室皇权旁落,朝政落于宦官权臣之手。

〔2〕 天常:天之常道,即三纲五常。乱天常:悖天理。

〔3〕 篡弑:言杀君夺位。

〔4〕 诸贤良:指被董卓杀害的各位大臣。

〔5〕 旧邦:指长安。公元190年董卓焚烧洛阳,强迫君臣百姓西迁长安。

〔6〕 拥主以自强:指董卓挟持天子以自壮声势。

〔7〕 兴义师:指初平元年(190年)关东州郡以袁绍为盟主起兵讨董卓。蔡琰于此时被掳。

〔8〕 祥:善。不祥:指董卓。

〔9〕 卓众:指董卓部下李榷(què)、郭汜等所带的军队。初平三年(192年)李、郭等出兵关东,大掠陈留、颍川诸县。

〔10〕 平土:平原。

〔11〕 胡羌:指董卓军中的羌人胡人。见《后汉书·董卓传》《后汉纪·献帝纪》。

〔12〕 猎野：本指郊外打猎。这里指羌胡对中原农村的劫掠。

〔13〕 截：斩断。孑：独。这句意思是说杀得不剩一个。

〔14〕 相掌拒：互相支拄。这句意思是说尸体众多堆积杂乱。掌：同“撑”。

〔15〕 西入关：指入函谷关。卓众本从关内东下，大掠后还入关。

〔16〕 迥：遥远。阻：艰难。

〔17〕 邈冥冥：渺远迷茫貌。

〔18〕 略：同“掠”。

〔19〕 屯聚：聚集在一起。

〔20〕 骨肉俱：指家人全都被掳掠来。

〔21〕 机微：稍稍。

〔22〕 辄言：就说。毙：詈骂之词。毙降虏：死囚。

〔23〕 亭刃：加刃。亭：古通“停”。

〔24〕 我曹：犹我辈，兵士自称。

〔25〕 詈(lì)：骂。

〔26〕 毒：恨。参：兼。这句意思是说毒恨和痛苦交并。

〔27〕 彼苍者：指天。这句意思是呼天而问，问这些被难者犯了什么罪。

〔28〕 边荒：边远之地，指南匈奴，其地在河东平阳(今山西省临汾市附近)。

〔29〕 少义理：言其地风俗野蛮。这句隐括自己被蹂躏被侮辱的种种遭遇。

〔30〕 翩翩：风吹衣袂飘飞的样子。

〔31〕 肃肃：风声。

〔32〕 邂逅：不期而遇。徼：侥幸。这句意思是说平时所觊望的事情意外地实现了。

〔33〕 骨肉：喻至亲。作者苦念故乡，见使者来迎，如见亲人，所以称之为骨肉。或谓曹操遣使赎蔡琰或许假托其亲属的名义，所以诗中说“骨肉来迎”。

〔34〕 解免：解脱。

〔35〕 天属：天然的亲属，如父母、儿女、兄弟、姐妹等。缀：系。

〔36〕 存亡：这里指生死之别。乖隔：分隔。

〔37〕 仁恻(cè)：仁慈恻隐。

〔38〕 五内：五脏。

〔39〕 恍惚：精神迷糊。生狂痴：发狂。

〔40〕 同时辈：同时被掳掠去的人。

〔41〕 摧裂：指裂人肺腑，极言伤心痛苦。

〔42〕 嘘唏(xū xī)：悲泣抽噎。

〔43〕 行路：这里指过路的人。

〔44〕 情恋：这里指母子之间的依恋情感。

〔45〕 遄(chuán)征：疾速行走。日遐迈：一天一天地走远了。

〔46〕 中外：犹中表，"中"指舅父的子女，为内兄弟，"外"指姑母的子女，为外兄弟。以上二句意思是说到家后才知道家属已死尽，又无中表近亲。

〔47〕 茕(qióng)茕：孤独貌。景：同"影"。

〔48〕 怛咤(dá zhà)：惊痛而发声。糜：碎烂。

〔49〕 奄(yǎn)若：忽然好像。

〔50〕 宽大：劝慰、宽解。

〔51〕 强(qiǎng)视息：这句意思是说又勉强活下去。息：指呼吸，气息。

〔52〕 何聊赖：言无聊赖，就是无依靠，无乐趣。

〔53〕 新人：指作者重嫁的丈夫董祀。

〔54〕 勖(xù)励：勉励。这里指小心谨慎。

〔55〕 捐废：弃置不顾。以上二句是说自己经过一番流离，成为被人轻视的女人，常常怕被新人抛弃。

〔56〕 终年岁：指终身，一辈子。

【鉴赏】

《悲愤诗》二首见载于《后汉书》蔡琰本传中，一般人相信这两首诗是蔡琰所作，其中五言的一首艺术成就远远超过骚体的一首，历代选家多选其五言而遗其骚体，是不为无见的。

全诗可分三大段，前四十句为第一大段，它概括了中平六年(189年)至初平三年(192年)这三四年的动乱情况，是这场浩劫的实录。

"边荒与华异"以下四十句为第二大段，主要描写在边地诗人被掳失身的屈辱生活、思念骨肉至亲的痛苦及迎归别子时不忍弃子、去留两难的悲愤。诗人通过居处环境的描写，以景衬情，以无穷无尽的"霜雪"和四季不停的"胡风"，来烘托出无穷已的哀叹，增强了酸楚的悲剧气氛。"别子"的一段艺术描写，感情真挚，而且挖掘得深而婉，最为动人。儿子劝母亲留下的几句话，句句刺痛了母亲的心。这段最后写不得不离别的场面，马不肯行，车不转辙，连观者和路人目睹此情此景无不欷歔流涕。此种衬托手法，更加突出了诗人悲痛欲绝的心境。

"去去割情恋"以下二十八句为第三大段，叙述归途及归后的遭遇。先叙述归后孤苦无依，接叙乱后荒凉，“登高远眺望”两句，又以念子暗收，遥应“念我出腹子”两句，把念子之情表现得回环往复。最后四句，叙述诗人在百忧煎熬之下，明白自己的悲剧生涯已无法解脱，悲愤无时无往不在，没有终极。张玉谷《古诗赏析》评“虽顶末段，却是总束通章，是悲愤大结穴处”。

通观全诗，《悲愤诗》在艺术上有几点突出的成就。

诗人善于挖掘自己的感情，将叙事与抒情紧密地结合在一起。虽为叙事诗，但情系乎辞，情事相称，叙事不板不枯，不碎不乱。它长于细节的描绘，当详之处极力铺写，如俘虏营中的生活和别子的场面，描写细腻，如同电影中的特写镜头；当略之处，一笔带过，如“边荒与华异，人俗少义理”两句，就是高度的艺术概括。叙事抒情，局阵恢张，波澜层叠。它的叙事，以时间先后为序，以自己遭遇为主线；言情以悲愤为旨归。在表现悲愤的感情上，纵横交错，多层次，多侧面。她的伤心事太多了：被掠、杖骂、受侮辱、念父母、别子、悲叹亲人丧尽、重嫁后的怀忧，诗中可数者大约有七八种之多，但是最使她痛心的是别子。作者为突出这一重点，用回环往复的手法，前后有三四次念子的艺术描写。别子之前，略述边地之苦，引出“感时念父母”，为念子作铺垫；正面描写别子的场面，写得声泪俱下；同辈送别的哀痛，又为别子的哀痛作了衬托；赎归上路后，又翻出“念我出腹子，胸臆为摧败”一层，难以割舍的情恋，是因别子而发；至“登高远眺望，神魂忽飞逝”，又暗收念子。从这里可以看出别子是诗人最强烈、最集中、最突出的悲痛，从中可以看到一颗伟大的母亲的心在跳动。诗人的情感在这方面挖掘得最深，因此也最为动人，这是令人叹为观止的艺术匠心之所在。

《悲愤诗》的真实感极强，诗中关于俘虏生活的具体描写和别子时进退两难的复杂矛盾心情，非亲身经历是难以道出的。诚如近代学者吴闿生所说：“吾以谓(《悲愤诗》)决非伪者，因其为文姬肺腑中言，非他人所能代也。”(《古今诗范》)清沈德潜《古诗源》说《悲愤诗》的成功“由情真，亦由情深也”。足见它的真实感是有目共睹的。

《悲愤诗》语言浑朴，“真情穷切，自然成文”，它具有明白晓畅的特点，无雕琢斧凿之迹。某些人物的语言，逼真传神，具有个性化的特点。如贼兵骂俘虏的几句恶言恶语，与人物身份吻合，如闻其声，如见其人，形象鲜明生动。文姬别子时，儿子说的几句话，酷似儿童的语气，似乎可以看到儿童抱着母亲的颈项说话的神态，看出小儿嘟努着小嘴的样子，孩子的天真、幼稚和对母亲的依恋，跃然纸上，这在此前的诗歌中是罕见的。

《悲愤诗》激昂酸楚，在建安诗歌中别构一体，它深受汉乐府叙事诗的影响，如《十五从军征》《孤儿行》等，都是自叙身世的民间叙事诗，《悲愤诗》一方面取法于它们，另一方面又糅进了文人抒情诗的写法。前人指出它对杜甫的《北征》《奉先咏怀》均有影响，不为无据。它与《古诗为焦仲卿妻作》堪称建安时期叙事诗的双璧。

阮　籍

阮籍(210—263)，字嗣宗，陈留尉氏(今河南省开封市尉氏县)人。三国魏诗人，竹林七贤之一，是建安七子之一阮瑀的儿子。曾任步兵校尉，世称阮步兵。崇奉老庄之学，行为放荡。《晋书·阮籍传》载："籍本有济世之志，属魏、晋之际，天下多故，名士少有全者，籍由是不与世名，遂酣饮为常。"《魏氏春秋》记载："阮籍时率意独驾，不由径路，车迹所穷，辄恸哭而反。尝登广武，观楚、汉战处，乃叹曰：'时无英才，使竖子成名乎？'"政治上则采取谨慎避祸的态度。

阮籍的八十二首《咏怀诗》通过不同的写作技巧如比兴、象征、寄托、借古讽今、借景抒情和形象塑造等，形成了一种"悲愤哀怨，隐晦曲折"的诗风。注重炼字，看似语言朴素，不事雕琢，其实意旨幽深旷远，用词贴切。

阮籍的论说文，比较全面地反映了他的玄学思想，如《通老论》《达庄论》《通易论》《乐论》等。这些论说文，都是采用"答客问"的辩难式写法，文章注重结构上的逻辑层次，一般都首尾照应，论证逐层深入，善于作抽象的、本质的分析，体现了魏晋时期思辨方式的进步。阮籍论说文的语言风格比较朴素凝重，不尚华饰，稍有骈化的痕迹。

阮籍是"正始之音"的代表，有《阮步兵集》一卷。

咏怀·夜中不能寐

夜中不能寐，起坐弹鸣琴。薄帷鉴[1]明月，清风吹我襟。孤鸿号[2]外野，翔鸟[3]鸣北林。徘徊将何见？忧思独伤心。

【注释】

〔1〕 鉴：照。

〔2〕 孤鸿：失群单飞的鸿雁。号：鸣叫。

〔3〕 翔鸟：夜晚该安宿的鸟儿趁月明而飞，隐写失所之意。

【鉴赏】

阮籍是建安以来第一个全力创作五言诗的人，其《咏怀诗》把八十二首五言诗连在一起，编成一部庞大的组诗，或隐晦寓意，或直抒心迹，表现了诗人深沉的人生悲哀，充满浓郁的哀伤情调和生命意识，形象地展现了魏晋之际一代知识分子苦闷、抗争、绝望的心路历程，具有深刻的思想意义和认识价值。

《夜中不能寐》是《咏怀诗》第一首，有序诗的作用，所以清方东树《昭昧詹言》说："此是八十一首发端，不过总言所以咏怀不能已于言之故。"这是有道理的。

"夜中不能寐，起坐弹鸣琴。"这两句出自王粲《七哀三首》(其二)："独夜不能寐，摄衣起抚琴。"王粲夜不能寐，起而弹琴，是为了抒发自己的忧思。阮籍也是夜不能寐，起而弹琴，也是为了抒发忧思，而他的忧思比王粲深刻得多。王粲的忧思不过是怀乡引起的，阮籍的忧思却是在险恶的政治环境中产生的"忧生之嗟"。唐李善为《昭明文选》作注解时引用颜延之的话说："嗣宗身仕乱朝，常恐罹谤遇祸，因兹发咏，故每有忧生之嗟。虽志在刺讥，而又多隐避。"

诗人没有直接点明诗中所抒发的"忧思"，却描写清澈如水的月光照在薄薄的帐幔上，带有几分凉意的清风吹拂在诗人的衣襟上，造成一种凄清的气氛。明为写景，而景中有人。这样写，比直接写人更富有艺术效果，使人感到含蓄不尽，意味无穷。

"孤鸿号外野，翔鸟鸣北林。"描写失群的孤鸿、失所的夜鸟的徘徊悲鸣。以动写静，鸟鸣写出夜的寂静凄清，又互文见义，映衬诗人孤独苦闷的心情。景中有情，情景交融。

"徘徊将何见？忧思独伤心。"在月光下，清风徐来，诗人在徘徊，孤鸿、翔鸟也在空中徘徊，"将何见"是问，也是答，无非"忧思独伤心"。一个"独"字写尽了诗人的孤独、失望、愁闷的痛苦心情，也为五言《咏怀诗》八十二首定下了基调。

南朝刘勰《文心雕龙·明诗》说："阮旨遥深。"南朝钟嵘《诗品·卷上》说："厥旨渊放，归趣难求。"唐李善《〈文选〉注》说："文多隐避，百代之下，难以情测。"这些评论都说明阮籍诗隐晦难解。阮诗隐晦难解的原因，主要是由于多用比兴寄托手法，而这是特定的时代和险恶的政治环境及诗人独特的遭遇造成的。

左　思

左思(250? —305),字太冲,一说字泰冲,齐国临淄(今山东省淄博市)人,曾任秘书郎,晋惠帝时,依附权贵贾谧,为文人集团“二十四友”的重要成员。著名文学家,作品今有《三都赋》和诗十四首,《三都赋》包括《蜀都赋》《吴都赋》《魏都赋》,它的体制是模仿班固的《两都赋》和张衡的《二京赋》,所不同的是注意讲究实际,故有较高的史料价值,颇被当时称颂,争相传抄,一时“洛阳纸贵”。

左思的《咏史》诗,揭露了门阀制度的腐朽,表现了强烈的反抗精神。钟嵘《诗品》评价左思的《咏史八首》“文典以怨,颇为精切,得讽喻之致”。并且称赞左思创造了一种独特的“左思风力”。

东汉班固的《咏史》叙述了缇萦救父的故事,首开咏史先河。可惜有点就事论事,缺乏感发抒情。左思的《咏史》则将咏史与咏怀相结合,开创了咏史诗的新阶段。

后人辑有《左太冲集》。

咏史·皓天舒白日

皓天舒〔1〕白日,灵景〔2〕耀神州。列宅紫宫〔3〕里,飞宇〔4〕若云浮。峨峨〔5〕高门内,蔼蔼〔6〕皆王侯。自非攀龙客〔7〕,何为欻〔8〕来游。被褐出阊阖〔9〕,高步追许由〔10〕。振衣千仞〔11〕冈,濯足〔12〕万里流。

【注释】

〔1〕 皓天:明亮的天空。舒:展现。

〔2〕 灵景:日光。景:阳光。

〔3〕 紫宫:星垣(yuán)名。喻皇都。

〔4〕 宇:屋檐。古代宫殿的屋檐像飞翔的鸟翼,故称飞宇或飞檐。

〔5〕 峨峨：形容很高的样子。

〔6〕 蔼蔼：众多貌。

〔7〕 攀龙客：追随帝王以求仕进的人。

〔8〕 欻(xū)：忽然。

〔9〕 被(pī)：披在肩上或穿在身上。褐(hè)：粗布衣。阊阖：神话中的天门。代指皇宫门。一说，洛阳城有阊阖门。

〔10〕 许由：尧时隐士，传说尧让帝位给他，他不接受，逃避到箕山隐居躬耕。

〔11〕 振衣：扬去衣上灰尘。仞：古代八尺为仞。

〔12〕 濯(zhúo)足：洗脚。

【鉴赏】

奠定了左思在中国文学史上地位的八首五言咏史诗，为历代传诵的名篇佳作，也成了左思平生思想、节操的写照，是研究左思的重要资料。《咏史八首》的具体写作时间难以断定。仅从诗提供的情况看，大体可以说写在左思入洛阳不久，晋灭吴之前。左思来到洛阳，主要是想展示自己的满腹经纶，以期取得仕途上的畅达，为实现自己的政治理想铺平道路，结果却是不尽如人意，他的美好愿望遭到了士族制度的压抑和摧残。从曹丕推行“九品中正制”以来，魏晋门阀制度形成，高门士族(或称世族)为维护自己的利益而垄断了社会资源，割裂了社会阶层，从而造成了“上品无寒门，下品无世族”的局面。更有甚者，一些门第观念很强的士族，对于文章的品评也是以作者门第的高低来决定弃取的态度。左思从谋求仕途所遭遇的种种坎坷、艰难，了解到西晋的政治腐败，因而，对黑暗腐朽的政治环境、对不合理的门阀制度，进行了反思和批判，在这首“皓天舒白日”中表达了自己将远离尘浊、高蹈避世的愿望。

“皓天舒白日”是《咏史》诗的第五首。第一、二句写明亮的天空、阳光下灿烂的大地，描绘的是一个美好恢弘阔大的天地，有着令人向往的自由，这为后来的出世思想的表达进行了铺垫。接下来四句，描写洛阳的富贵繁华，可是这富丽堂皇的外表掩盖不了它腐朽黑暗、令人窒息的现实。于是接下来左思悔恨自己本身并非追逐名利之人，不该混迹于这肮脏的名利场。最后四句，左思以历史上不慕名利、躬耕隐居的许由为榜样，追寻着这些遗世高人的脚步，在高高的山峰之上振衣，在清澈的长河里洗脚，要洗去在这龌龊的富贵窝里沾染的污秽，洁身自好，决不与世同流合污。

《咏史八首》是一个整体，左思从现实生活出发，精心选择史实，巧妙地融汇进自己的思想、情感，借咏史以抒情，借抒情以讥世。艺术上从华丽之中求朴拙，于浮泛之外求深蕴，质朴自然，奔放沉郁，绝少雕镂的痕迹。全诗的思想情感似滔滔江水，奔泻翻腾；又似九曲黄河，曲折回环，一咏三叹，反复宛转。慷慨悲壮之中，有细腻旖旎；低音纤气之内，又挟滚滚沉雷。左思把丰富多变的思想感情，分别写在各首之中，恰似一个巨手巧匠把颗颗散珠组成一个完整精美的珠环，因而明胡应麟《诗薮》盛赞《咏史八首》“遂为古今绝唱”。

陆　机

陆机(261—303)，字士衡，吴郡吴县(今江苏省苏州市)人，历任平原内史、祭酒、著作郎，世称“陆平原”。西晋文学家、书法家，孙吴丞相陆逊之孙、大司马陆抗之子，与其弟陆云合称“二陆”。

两晋诗坛上承建安、正始，下启南朝，呈现出一种过渡的状态。西晋诗坛以陆机、潘岳为代表，讲究形式，描写繁复，辞采华丽，诗风繁缛，以“繁缛”为特征的太康诗风就是指以陆、潘为代表的西晋诗风。陆机天才秀逸，辞藻宏达佳丽，被誉为“太康之英”。

陆机作文音律谐美，讲求对偶，用典很多，开创了骈文的先河。陆、潘诸人为了加强诗歌铺陈排比的描写功能，将辞赋的句式用于诗歌，丰富了诗歌的表现手法。他们诗中山水描写的成分大量增加，排偶之句主要用于描写山姿水态，对南朝山水诗的发展及声律、对仗技巧的成熟，有促进的作用。

陆机流传下来的诗，共一百零五首，大多为乐府诗和拟古诗。代表作有《赴洛道中作》等。刘勰《文心雕龙·乐府篇》称：“子建士衡，咸有佳篇。”陆机赋今存二十七篇，较出色的有《文赋》等。散文代表作有《辨亡论》《吊魏武帝文》等。

陆机的《文赋》是中国最早系统地探讨文学创作问题的专著，以骈文形式写成。《文赋》生动地描述和分析了创作的心理特征和过程，表达了他的美学美育思想。《文赋》将文体区分为十种，简明概述了各体的特征。在文中陆机提出“诗缘情而绮靡，赋体物而浏亮”，是最早正式提出“诗言情”问题的人。

陆机善书法，其章草作品《平复帖》是中国古代存世最早的名人书法真迹，也是历史上第一件流传有序的法帖墨迹，有“法帖之祖”的美誉，被评为九大“镇国之宝”。

现有《陆机集》，1982 年出版，收集了他所有现存作品。

赴洛道中作・远游越山川

远游越山川，山川修〔1〕且广。振策陟崇丘〔2〕，安辔遵平莽〔3〕。夕息抱影寐〔4〕，朝徂衔思〔5〕往。顿辔倚嵩岩〔6〕，侧听悲风响。清露坠素辉〔7〕，明月一何朗〔8〕。抚枕不能寐，振衣〔9〕独长想。

【注释】

〔1〕 修：长。

〔2〕 振策：挥动马鞭。陟(zhì)：登上。崇丘：高丘、高山。

〔3〕 安：一作“案”，同“按”，按辔，谓扣紧马缰使马缓行或停止。遵：沿着。平莽：平坦广阔的草原。

〔4〕 夕：傍晚。抱影：守着影子。寐：入睡。

〔5〕 徂(cú)：往，行走。衔思：心怀思绪。

〔6〕 顿辔：拉住马缰使马停下。倚：斜靠。嵩岩：即指岩石。嵩：泛指高山。

〔7〕 清露：洁净的露水。素辉：白色的亮光。

〔8〕 一何：多么。朗：明亮。

〔9〕 振衣：振衣去尘，即指披衣而起。

【鉴赏】

太康元年(280 年)，陆机二十岁时孙吴灭亡，他于是退居家乡，闭门勤学。太康十年(289 年)，陆机与弟弟陆云一同来到京师洛阳。此诗便是此次赴洛途中描写他对未来忐忑、迷惘的心理，抒发孤独、沉郁之情之作。

诗开头四句写跋山涉水一路走来的艰辛。修且广的山川，沿路途径的崇丘，莽莽的原野，景中有情，渲染了陆机对前途感觉到的险恶与迷惘。“夕息抱影寐，朝徂衔思往”写出诗人的孤独、寂寞和忧伤。这些复杂感情的产生，固然是由于诗人思念亲人，留恋故乡，可他虽是江南名士，到底是亡国之臣，所以其中大概也掺杂了他对前途的忧虑。这两句诗不仅对仗工整，而且动词“抱”“衔”的使用皆备极精巧，既生动刻画了真实的形象，又借此点明他内心的孤独与彷徨。

“顿辔倚嵩岩，侧听悲风响”进一步写诗人旅途的孤独和艰辛。倚岩休息，竟无人与语，只能侧身倾听悲风，可见其孤独。称秋风为“悲风”，使秋风涂上诗人主观感情之色彩，又可见其心情之忧郁。正是对上联孤独彷徨心情的进一步描写与渲染。

“清露坠素辉，明月一何朗。抚枕不能寐，振衣独长想”中“清露”二句，写得幽雅净爽，清丽简远，受到前人的赞赏。一个“坠”字，也暗喻陆机之所以看着露水凝结而坠落，正是因为他彻夜难眠、孤寂无赖。结尾“抚枕”二句，表现诗人不平静的心情，饶有余味。陆机是吴国将相名门之后，素有雄心壮志。他的《百年歌》中说：“三十时，行成名立有令闻，力可扛鼎志干云。”《晋书·陆机传》说他“负其才望，而志匡世难”。可是这次他和弟弟陆云被迫入洛，其前途是吉是凶，难以逆料，所以他的内心忐忑不安，很不平静。

全诗寓情于景，曲折委婉，文词华美，对偶工稳，用词造句，刻练求工，语句精炼而流畅，格调清丽凄雅，形象鲜明，意蕴深远，悲楚动人，富有韵味。

陶渊明

陶渊明(365? —427)，字元亮，一说名潜，字渊明。号五柳先生，友朋私谥“靖节”。东晋浔阳柴桑(今江西省九江市)人。历任江州祭酒、镇军参军、彭泽令等小官，后因厌倦官场污浊辞官回家，从此隐居。东晋末南朝宋初诗人、文学家、辞赋家、散文家。

陶渊明诗有《饮酒》《归园田居》、杂诗等一百二十余首，内容分为咏史咏怀诗、哲理诗和田园诗，其中艺术成就最高也最为后人所称道的是他的田园诗，开辟了文学史上的田园诗派。陶渊明的诗歌内容真切，感情深厚，语言清丽淡雅，含蓄隽永，苏东坡评为“质而实绮，癯而实腴”。散文有《桃花源记》《五柳先生传》《归去来兮辞》等，风格疏朗畅达，他的《闲情赋》语言华美，想象丰富，感情细腻。

后人编有《陶渊明集》。

归园田居·种豆南山下

种豆南山[1]下，草盛豆苗稀[2]。晨兴理荒秽[3]，带月荷[4]锄归。道狭草木长[5]，夕露沾[6]我衣。衣沾不足[7]惜，但使愿无违[8]。

【注释】

〔1〕 南山：指庐山。

〔2〕 稀：稀少。

〔3〕 兴：起床。理：整顿，这里指农事劳作。荒秽：形容词作名词，荒芜。指豆苗里的杂草。秽：肮脏。这里指田中杂草。

〔4〕 荷：扛着。

〔5〕 狭：狭窄。草木长：草木丛生。长：生长。

〔6〕 夕露：傍晚的露水。沾：(露水)打湿。

〔7〕 足：值得。

〔8〕 但：只。愿：指向往田园生活，不愿与世俗同流合污的意愿。违：违背。

【鉴赏】

陶渊明的诗以理为骨，真率旷达，哲理渊深朴茂，语言质朴无华，能于农耕鄙事中发掘乐趣天然。宋苏轼正是因为也曾躬耕于东坡，最能体会陶渊明诗的高妙。他评陶诗“外枯中膏，似澹实美”，精辟地指出陶诗的精髓所在。

陶渊明的田园诗内容可分三方面：一方面表现了农村的恬美静穆和他自己悠然自得的心情；另一方面以极大的热情歌咏了农业劳动以及在劳动中与农民建立起来的友谊；还有一方面表现了农村的凋敝和自己的穷困生活，表达了自己安贫乐道的志趣，并在其中寄托了自己的人生理想。这些诗充分表现了诗人鄙夷功名利禄的高远志趣和守志不阿的高尚节操，对黑暗官场的极端憎恶和彻底决裂，对淳朴的田园生活的热爱，对劳动的认识和对劳动人民的友好感情，对理想世界的追求和向往。也反映他逃避现实、乐天安命的消极思想。

这首《种豆南山下》就是陶渊明田园诗中的名篇之一。八句短章，在普普通通、平平常常四十个字的小空间里，表达出了深刻的思想内容，描写了诗人隐居之后躬耕劳动的情景。

“种豆南山下，草盛豆苗稀。”十个寻常字，交代了耕作的植物和地点，将事情叙说得非常清楚。诗人虽是庶族，出身寒微，但毕竟是“少学琴书”，躬耕田亩缺乏经验，自嘲“草盛豆苗稀”的劳动成果，也就不足为怪了。“晨兴理荒秽，带月荷锄归。”这两句写出了他勤勤恳恳，乐此不疲地从清早到夜晚，躬身垄亩铲锄荒草的状貌，也是表明他躬耕陇亩的实际行动。

“道狭草木长，夕露沾我衣。”通过道窄草深，夕露沾衣的具体细节描绘，显示出了从事农业劳动的艰苦。“衣沾不足惜，但使愿无违。”对于诗人来说，人生的道路只有两条任他选择：一条是出仕做官，有俸禄保证其生活，可是必须违心地与世俗奸佞小人交往；另一条是归隐田园，不受拘束，任性存真坚持操守，但是要靠躬耕农作才能维持生存。为了保持精神的独立自由，他坚决走上了归隐之路，那么农活再苦再累又有何惧？与此相较，“夕露沾衣”就更不足为“惜”了。本诗结尾两句，可谓全篇的诗眼，一经它的点化，篇中醇厚的旨意便合盘现出。

在门阀制度依然势力极强的时代，陶渊明身为士人，即使是寒门庶族，相对于底层农民而言，也还算是高高在上的。但他却坚定地拿起锄头，甘愿干起传统观念中的“鄙事”，辛勤地躬耕陇亩，并且将这种生活描写得诗意而美好，陶渊明堪称伟大。

移居·春秋多佳日

春秋多佳日〔1〕，登高赋新诗。过门更相呼，有酒斟酌〔2〕之。农务〔3〕各自归，闲暇辄相思〔4〕。相思则披衣〔5〕，言笑无厌〔6〕时。此理将不胜〔7〕？无为忽去兹〔8〕。衣食当须纪〔9〕，力耕不吾欺〔10〕。

【注释】

〔1〕 佳日：美好的日子。

〔2〕 斟：盛酒于勺。酌：盛酒于觞。斟酌：倒酒而饮，劝人饮酒的意思。

〔3〕 农务：农活儿。

〔4〕 辄(zhé)：就。相思：互相想念。

〔5〕 披衣：披上衣服，指去找人谈心。

〔6〕 厌：满足。

〔7〕 此理：指与邻里过从畅谈欢饮之乐。理：意蕴。将不胜：岂不美。将：岂。

〔8〕 兹：这些，指上句"此理"。这两句是说，这种邻里之间过从之乐岂不比什么都美？不要忽然抛弃这种做法。

〔9〕 纪：经营。

〔10〕 这两句语意一转，认为与友人谈心固然好，但还是应当自食其力，努力耕作必有收获。

【鉴赏】

柴桑火灾之后，陶渊明新迁南村，作《移居》二首。

全诗以自在之笔写自得之乐，将日常生活中邻里过从的琐碎情事串成一片行云流水。首二句"春秋多佳日，登高赋新诗"，以"春秋"二字发端，概括全篇，说明诗中所叙是一年四季生活中常有的乐趣，还必须是在农闲之日。士大夫常有的雅兴和贵族交往的礼节所缺失的人与人之间的真诚而率性任真的情感交流，在忙里偷闲时，在普通邻里农人的招饮言笑中，获得了极大的满足，语气粗朴，反见情意的真率。而诗人之神情超旷，也如在眼前。"相思则披衣"又有意用民歌常见的顶针格，使笔意由于音节的复沓而更加流畅自如。此处还不是简单的重复，而是诗意的深化。

此诗以乐发端，以勤收尾，中间又穿插以农务，虽是以写乐为主，而终以勤为根本，章法与诗意相得益彰，但见笔力矫捷多变而不见斧凿之迹。全篇罗列日常交往的琐碎散漫之事，以任情适意的自然之乐贯穿一气，言情切事，若离若合，起落无迹，断续无端，文气畅达自如而用意宛转深厚，所以看似平淡散缓而实极天然浑成。以情化理，理入于情，不言理亦自有理趣在笔墨之外，明言理而又有真情融于意象之中。这种从容自然的境界，为后人树立了很高的艺术标准。

读山海经·精卫衔微木

精卫衔微木〔1〕，将以填沧海。刑天舞干戚〔2〕，猛志〔3〕固常在。同物〔4〕既无虑，化去〔5〕不复悔。徒设在昔心〔6〕，良辰讵可待〔7〕。

【注释】

〔1〕 精卫：古代神话中鸟名。见前《精卫填海》。衔：用嘴含。微木：细木。

〔2〕 刑天：神话人物，因和天帝争权，失败后被砍去了头，但他不甘屈服，以两乳为目，

以肚脐当嘴，仍然挥舞着盾牌和大斧，故事见《山海经·海外西经》。干：盾牌。戚：大斧。

〔3〕 猛志：勇猛的斗志。

〔4〕 同物：精卫既然淹死而化为鸟，就和其他的物体相同，即使再死也不过从鸟化为另一种物，所以没有什么忧虑。

〔5〕 化去：刑天已被杀死，化为异物，但他对以往和天帝争神之事并不悔恨。

〔6〕 徒：徒然、白白地。在昔心：过去的壮志雄心。

〔7〕 良辰：实现壮志的好日子。讵：表示反问，岂。这两句是说精卫和刑天徒然存在昔日的猛志，但实现他们理想的好日子岂是能等待得到！

【鉴赏】

《读山海经》十三首为一组联章诗，第一首咏隐居耕读之乐，第二首至第十二首咏《山海经》《穆天子传》所记神异事物，末首则咏齐桓公不听管仲遗言，任用佞臣，贻害已身的史事。此组诗当系作于刘裕篡晋之后，本诗原列第十。

“精卫衔微木，将以填沧海。”起首二句，概括了精卫填海的神话故事，极为简练、传神。精卫为复溺死之仇，竟口衔微木，要填平东海。精卫身躯之弱小，口中所衔木枝之细微，与那莽苍壮阔之东海，形成强烈对照。越突出精卫复仇之艰难、不易，便越突显其决心之大，直可盖过沧海。

“刑天舞干戚，猛志固常在。”此二句，概括了刑天的神话故事，亦极为简练、传神。刑天为复断首之仇，挥舞斧盾，其勇猛凌厉之志，本是始终存在而不可磨灭的。“猛志固常在”，不仅仅对刑天而言，这是对精卫、刑天精神之高度概括，也可以说是诗人借托精卫、刑天，自道晚年怀抱。

“同物既无虑，化去不复悔。”精卫、刑天生而同为有生命之神，死而化为异物。“既无虑”实与“不复悔”对举。此二句，上句言其生时，下句言其死后，精卫、刑天生前既无所惧，死后亦无所悔也，正是“猛志固常在”之充分发挥。渊明诗意绵密如此。

“徒设在昔心，良辰讵可待。”结尾二句，叹惋精卫、刑天徒存昔日之猛志，然复仇雪恨之时机，终未能等待得到。诗情之波澜，至此由豪情万丈转为悲慨深沉，使渊明此诗，获得了深切的悲剧美特质。

拟挽歌辞（其三）

荒草何茫茫〔1〕，白杨亦萧萧〔2〕。严霜〔3〕九月中，送我出远郊〔4〕。

四面无人居[5],高坟正嶕峣[6]。马[7]为仰天鸣,风为自萧条。幽室[8]一已闭,千年不复朝[9]。千年不复朝,贤达无奈何[10]。向[11]来相送人,各自还其家[12]。亲戚或余悲,他人亦已歌。死去何所道[13],托体同山阿[14]。

【注释】

〔1〕 何:何其,多么。茫茫:无边无际的样子。

〔2〕 萧萧:风吹树木声。

〔3〕 严霜:寒霜,浓霜。

〔4〕 送我出远郊:指出殡送葬。

〔5〕 无人居:指荒无人烟。

〔6〕 嶕峣(jiāo yáo):高耸的样子。

〔7〕 马:这里指拉灵车的马。

〔8〕 幽室:指墓穴。

〔9〕 朝(zhāo):早晨,天亮。

〔10〕 贤达:古时指有道德学问的人。这句是指无论谁都不免此运。

〔11〕 向:先时,刚才。

〔12〕 各自还其家:《文选》作"各已归其家",兹从逯本。

〔13〕 何所道:还有什么可说的呢。

〔14〕 托体:寄身。山阿(ē):山陵。

【鉴赏】

挽歌,古代送葬时所唱的歌。春秋战国时期,挽歌就已经产生了。汉魏以后,唱挽歌成为朝廷规定的丧葬礼俗之一。与此同时,挽歌开始冲破送死悼亡的樊篱,有了更广的应用范围,许多士林名流耽爱挽歌。至六朝时代,唱挽歌成为一时之风尚,许多名士借此显示其蔑视礼法、潇洒不羁的风度。挽歌独特的悲哀情调和凄丽的美学风格表达了士人以悲为美的美学观念,也是他们独具风神的生存哲学的诗意显现:面临死亡才最大地发现存在的意义,通过对死的情感思索而验证生的存在。挽歌与挽歌诗的真正价值也就在于此。

这组《拟挽歌辞》具体写作时间不详,但应是作于晚年。这三首《拟挽歌辞》内容相承,表达陶渊明勘破生死的达观思想,以第三首艺术成就最高。此首通篇写送殡下葬过程,“荒草”二句既承前篇,又写出墓地背景,为下文烘托出凄惨气氛。“严霜”句点明季节,“送我”句直写送葬情状。“四面”二句写墓地实况——从此只能与鬼为邻了。然后一句写“马”,一句写“风”,把送葬沿途景物都描绘出来,虽仅点到而止,却历历如画。然后以“幽室”二句作一小结,说明圹坑一闭,人鬼殊途,正与第二首末句相呼应。但以上只是写殡葬时种种现象,作者还没有把真正的生死观表现得透彻充分,于是把“千年”句重复了一次,接着正面点出“贤达无奈何”这一层意思。盖不论贤士达人,对有生必有死的自然规律总是无能为力的。这并非消极,而实是因看得破看得透而总结出来的。而一篇最精彩处,全在最后六句。“向来”犹言“刚才”。刚才来送殡的人,一俟棺入穴中,幽室永闭,便自然而然地纷纷散去,各自回家。这与上文写死者从此永不能回家又遥相对照。“亲戚”二句,是识透人生真谛之后提炼出来的话。《论语·述而篇》:“子于是日哭,则不歌。”他反用《论语》之意,爽性直截了当地把一般人送葬后的表现从思想到行动都如实地写了出来。“死去何所道,托体同山阿”的达观而毫无矫饰,是陶渊明思想受到老庄哲学和玄学影响的体现。

这组《拟挽歌辞》的艺术魅力,还表现在诗人从死者本身的角度来设想离开人世之后有哪些主客观方面的情状发生,并且把它们一一用形象化的语言写成了诗。其创新的程度可以说是前无古人,有现实主义的描写和浪漫主义的想象与乐观豁达的精神,引领人们深刻思考生与死的意义。

谢灵运

谢灵运(385—433),一说原名公义,字灵运。东晋陈郡阳夏(今河南省太康市)人,出生于会稽始宁(今浙江省上虞市),原为陈郡谢氏士族。东晋名将谢玄之孙,小名“客儿”,人称谢客。又以袭封康乐公,称谢康公、谢康乐。历任太尉参军、秘书郎、永嘉太守等职。谢灵运大量创作山水诗,描写永嘉、会稽山水,是中国文学史上山水诗派的开创者。谢灵运的山水诗打破东晋玄言诗的统治,扩大了诗歌的题材领域,对我国诗歌发展有一定的推动作用。如《石壁精舍还湖中作》，很像一首清丽的山水游记，语言精雕细刻而能出于自然。

谢灵运一生都不能忘怀政治权势，可在政治生活上又没有高尚的理想和踏实的才干，所谓“山水不足以娱其情，名理不足以解其忧”，因此他的山水诗能描绘一些外界景物，却难见出内心思想感情，只是以玄言佛理来装点门面，这也是其诗缺点所在。谢灵运的山水诗玄言词句多，辞藻堆砌多，往往有句无篇；结构多半用“叙事—写景—说理”这一章法，读来难免让人感到单调。

他的山水诗给人印象最深的还是那些散见于各篇中的“名章迥句”，如“野旷沙岸净，天高秋月明”“池塘生春草，园柳变鸣禽”。谢灵运还有少数非山水诗，如《拟魏太子邺中集诗八首》等，拟古的成就在陆机之上。

谢灵运散文最著名的是《山居赋》，他也是见诸史册的第一位大旅行家。谢灵运还兼通史学，工于书法，翻译佛经，曾奉诏撰《晋书》。

《隋书・经籍志》《晋书》录有《谢灵运集》等十四种。

登池上楼

潜虬媚幽姿〔1〕，飞鸿响远音〔2〕。薄霄〔3〕愧云浮，栖川怍〔4〕渊沉。进德〔5〕智所拙，退耕力不任〔6〕。徇禄反穷海〔7〕，卧疴对空林〔8〕。衾枕昧〔9〕节候，褰开暂窥临〔10〕。倾耳聆波澜，举目眺岖嵚〔11〕。初景革绪风〔12〕，新阳改故阴〔13〕。池塘〔14〕生春草，园柳变〔15〕鸣禽。祁祁伤豳歌〔16〕，萋萋感楚吟〔17〕。索居易永久〔18〕，离群难处心〔19〕。持操〔20〕岂独古，无闷征〔21〕在今。

【注释】

〔1〕 虬(qiú)：传说中有两角的龙子。媚：自我怜惜之意。幽姿：潜隐的姿态。

〔2〕 鸿：鸿雁。响远音：因飞得高，鸣叫声听起来很远。

〔3〕 薄：迫近。薄霄：指高飞迫近云霄的鸿。

〔4〕 栖川：指深渊中的潜龙。怍：内心不安，惭愧。

〔5〕 进德：增进道德，这里指仕途上的进取。

〔6〕 力不任：体力担当不了。

〔7〕 徇禄：追求禄位。穷海：荒凉的海边。这里指永嘉。

〔8〕 疴(ē)：病。空林：指冬天落光叶子只剩光秃枝干的树林。渲染凄凉的氛围。

〔9〕 衾：大被。昧：昏暗。

〔10〕 褰(qiān)：揭开，拉开。窥临：临窗眺望。

〔11〕 岖嵚(qū qīn)：山势险峻的样子。

〔12〕 初景：初春的阳光。革：消除。绪风：余风，指冬季残留下来的寒风。

〔13〕 新阳：指春。故阴：指冬。

〔14〕 塘：堤岸。

〔15〕 变：指禽鸟的种类有了变化。

〔16〕 祁祁：众多的样子。豳歌：指《诗经·豳风·七月》："春日迟迟，采蘩祁祁。女心伤悲，殆及公子同归。"

〔17〕 萋萋感楚吟：萋萋，茂盛的样子。楚吟，指《楚辞·招隐士》中"王孙游兮不归，春草生兮萋萋"的句子。意思是"春草生兮萋萋"这首楚歌使我感伤。

〔18〕 索居：独居。易永久：容易感到日长而无聊。

〔19〕 群：朋友。处心：安心。

〔20〕 持操：保持节操。

〔21〕 无闷：没有烦闷。出自《易经·乾卦》："遁世无闷。"意为贤人能避世而没有烦恼。征：验证，证明。

【鉴赏】

420年，谢玄旧部刘裕代晋自立。422年谢灵运被排挤出任永嘉太守。到任不久就因心情抑郁而大病一场。这首诗作于大病初愈时，表现了谢灵运不得志的感伤情绪。

全诗可分为三个层次。前八句为第一层，主要写官场失意后的不满与当时矛盾的进退失据的处境。自"衾枕"以下八句为第二层，写他在病中登楼临窗远眺所见满目春色、盎然春意与蓬勃生机。从全诗来看，写到这里，诗人的情绪渐渐转向开朗欣喜的暖色调。最后六句为第三层，表达了诗人学习古人、坚持节操的决心。这样，诗的情绪便从进退维谷的困境中解脱出来，以高亢的声调收结全篇。

在这首诗中，诗人以登池上楼为中心，用各种方式抒发了种种复杂的情绪和自己内心的郁闷：或是比兴，用虬和鸿的进退得所来说明自己进退失据；或是直抒胸臆，诉说独居异乡的孤苦；或是以景写情，用生趣盎然的江南春景，来衬托诗人内心的抑郁。诗里有孤芳自赏的情调,政治失意的牢骚,进退不得的苦闷,对政敌含而不露的怨愤,归隐的志趣,等等,虽然语言颇觉隐晦,却是真实地表现了诗人内心活动的过程。诗中写景,有声有色,远近交错,充满了蓬勃生机,与抒情结合得相当密切,并且成为诗中情绪变化的枢纽。"池塘生春草,园柳变鸣禽"是谢诗中最著名的诗句之一,曾引起很多人的赞赏,它的妙处就在于自然清新,不假绳削。对景物的描绘,也体现出诗人对自然的喜爱和敏感,而这正是他能够开创山水诗一派的条件。只是,全诗语言过于深奥、句式缺少变化,因求对仗而造成某些重复,也是显著的弱点。

鲍　照

鲍照(414—466),字明远,东海郡(今山东省临沂市兰陵县)人。曾任临海王刘子顼前军参军。南朝宋文学家,与颜延之、谢灵运合称"元嘉三大家"。

鲍照生前由于"身地孤贱",又曾从事农耕,于是被人轻视,有才华无法施展,一生受压抑打击,仕途不得志,所以他对腐朽的门阀制度极为不满。他在文章中叹息:"才之多少,不如势之多少远矣。"鲍照诗歌、散文的主要内容是反映贫贱者的悲哀;反映地主阶级中下层知识分子怀才不遇的感情;对黑暗腐朽的现实不满,有较深刻的揭露;对人民所遭受的压迫也有所反映。

鲍照文学上的主要成就是诗歌,最有现实意义的是八十余首乐府诗。他继承和发展了汉乐府和建安诗歌优秀的现实主义传统,骨力强劲,文辞华美,情感充沛,形象鲜明,像曹子建的诗,而不同于当时形式主义诗风。其中十八首《拟行路难》又是其乐府诗中的精华。

鲍照七言诗隔句押韵。他的乐府诗向民间学习等特点对后代诗人也有很大影响,为七言诗发展开辟了道路,树立了榜样,在他以后,七言诗慢慢多起来,为唐代七言诗奠定了很好的基础。杜甫《春日忆李白》将他与李白、庾信一起评价说:"白也诗无敌,飘然思不群。清新庾开府,俊逸鲍参军。"

鲍照的骈文《芜城赋》,借广陵在汉代的繁荣和今时的荒凉对比来抒发怀古之幽情,被视为六朝抒情小赋代表作之一。《登大雷岸与妹书》以生动的笔触、夸张的语言，描写鲍照登大雷岸远眺四方时所见的景物，高山大川，风云鱼鸟，都被他绘声绘色地表现出来，绘成一幅风格雄伟奇崛而又秀美幽洁的图画。同时作者也写了自己离家远客的旅思和路上劳顿的情形，感情与景物交融，使文章充满了抒情气息。文气跌宕，辞藻绚丽，兼有骈散之长。

诗现存二百余首，赋十篇，散文二十余篇，有《鲍参军集》。

拟行路难

泻[1]水置平地，各自东西南北流。人生亦有命，安能行叹复坐愁？酌酒以自宽[2]，举杯断绝[3]歌路难。心非木石岂无感？吞声踯躅[4]不敢言。

【注释】

〔1〕 泻：倾，倒。

〔2〕 宽：开解，宽慰。

〔3〕 断绝：停止。

〔4〕 吞声：声将发又止。踯躅(zhí zhú)：徘徊不前。从“吞声”“踯躅”“不敢”见出所忧不是细微的事。

【鉴赏】

这首《泻水置平地》是鲍照《拟行路难》中的第四篇，抒写诗人在门阀制度重压下，深感世路艰难激发起的愤慨不平之情，其思想内容与原题妙合无垠。

诗歌起笔陡然，入手便写水泻地面，四方流淌的现象。运用的是以“水”喻人的比兴手法，“水”的流向，是地势造成的；人的处境，是门第决定的，形象地描绘出人生的无可奈何，揭示出了现实社会里门阀制度的不合理性。诗人借水“泻”和“流”的动态描绘，造成了一种令读者惊疑的气势。正如清沈德潜《古诗源》所说：“起手万端下，如黄河落天走东海也。”这种笔法，曲折地表达了诗人由于激愤不平而一泻无余的悲愤抑郁心情。

接下四句，诗人转向自己的心态剖白，力图于怅惘中求得解脱，在烦忧中获得宽慰。这种口吻和笔调,愈加透露出作者深沉浓重、愁苦悲愤的情感,造成了一种含蓄不露、蕴藉深厚的艺术效果。

诗的结尾,诗人心中的愤懑,已郁积到最大的密度,达到了随时都可能喷涌的程度。可到了嘴边的呼喊,却突然"吞声"强忍,"踯躅"克制住了,欲抑先扬。出身寒微的人,在这黑如墨、硬如铁的现实面前,只能默默地把愤怒和痛苦强咽到肚里,这正是人间极大的不幸。所以,前文中"人生亦有命"的话题,也只是诗人在忍气吞声和无可奈何之下所倾吐的愤激之词。

这首诗托物寓意,比兴遥深,迂曲婉转,蕴藉深厚,伴随感情曲折婉转的流露,五言、七言诗句错落有致地相互搭配,韵脚由"流""愁"到"难""言"的灵活变换,这一切,便自然形成了全诗起伏跌宕的气势格调,达到了发人深省的艺术境界。明王夫之《姜斋诗话》评论此诗说:"先破除,后申理,一俯一仰,神情无限。"明钟惺、谭元春《古诗归》评论说:"不曾言其所以,不曾指其所在,自唱自愁,读之老人。"清沈德潜《古诗源》评价说:"妙在不曾说破,读之自然生愁。"都准确地指明了这首诗的艺术特点。

代出自蓟北门行

羽檄起边亭〔1〕,烽火入咸阳〔2〕。征师屯广武〔3〕,分兵救朔方〔4〕。严秋筋竿劲〔5〕,虏阵〔6〕精且强。天子按剑怒,使者遥相望〔7〕。雁行缘〔8〕石径,鱼贯度飞梁〔9〕。箫鼓流汉思〔10〕,旌甲〔11〕被胡霜。疾风冲塞起,沙砾〔12〕自飘扬。马毛缩如蝟〔13〕,角弓〔14〕不可张。时危见臣节,世乱识忠良。投躯〔15〕报明主,身死为国殇〔16〕。

【注释】

〔1〕 羽檄:古代的紧急军事公文。边亭:边境上的瞭望哨。

〔2〕 烽火:边防告警的烟火,古代边防发现敌情,便在高台上燃起烽火报警。咸阳:城名,秦曾建都于此,借指京城。

〔3〕 征师:征发的部队。一作"征骑"。屯:驻兵防守。广武:地名,今山西省代县西。

〔4〕 朔方:汉郡名,在今内蒙古自治区河套西北部及后套地区。

〔5〕 严秋:肃杀的秋天。筋:指弓弦。竿:指箭竿。这句的意思是弓弦与箭杆都因深

秋的干燥变得强劲有力。

〔6〕 虏阵：指敌方的阵容。虏，古代对北方入侵民族的恶称。

〔7〕 遥相望：络绎不绝，遥相望见。形容使者之多。

〔8〕 雁行：形容军队排列整齐而有次序。缘：沿着。

〔9〕 鱼贯：游鱼先后接续。飞梁：凌空飞架的桥梁。

〔10〕 箫鼓：两种乐器，此指军乐。流汉思：流露出对家国的思念。一说“思”同“飔”，凉风。意指箫鼓声流播于汉地的凉风中。

〔11〕 旌(jīng)甲：旗帜、盔甲。

〔12〕 砾(lì)：碎石。

〔13〕 缩：蜷缩。蝟：刺猬。

〔14〕 角弓：以牛角做的硬弓。

〔15〕 投躯：舍身，献身。

〔16〕 国殇(shāng)：为国牺牲的人。

【鉴赏】

全诗可分为两个层次。

前十二句为第一层。起首二句表现了边庭告警的紧急情况，“羽檄”“烽火”用互文见义法，强化了军情的危急，紧接着两句为一触即发的生死搏斗埋下了伏笔；进而表现了胡焰嚣张，天子震怒的严重局势；接着用两联工整对句极写汉军准备投入战斗的壮阔场面，颇有先声夺人气势：用“雁行”“鱼贯”两个比喻刻画汉军跋涉辛苦，纪律严明的英雄风貌，紧接着突出将士们战胜恶劣环境的大无畏精神。“缘”“度”“流”“被”四字，起到了传神点睛作用。

第二层的前四句着重描写进入实战状态时气候剧变的特殊情况，把边塞风光与战地生活紧紧衔联，很自然地为英勇顽强的壮士安排好一个典型环境，使他们在艰苦条件下表现的可贵战斗精神有效地得到彰显。最后四句是全诗的精华。诗人用《九歌・国殇》礼赞勇武刚强、死于国事的“鬼雄”的辞语，颂扬为国捐躯的壮士，寄托了他对英烈的无比崇敬之情。这两联流传万口，几乎成了封建时代衡量忠良行为的准则，产生了鼓舞人心的力量。

紧凑曲折的故事情节、不断变化的边塞战场画面和鲜明突出的将士们的英雄群像在诗里得到了有机的结合。尤其是疾风起，沙砾扬，马瑟缩，弓冻凝的边塞风光画面,更为此诗增添了艺术光彩,是鲍照表现边塞生活的重要艺术标志。而将士们在时危世乱之际表现的忠节,更突出地闪现了英烈们为国献身的思想光芒。

鲍照是边塞诗派的开创者,他将正面描绘的边地的自然风光与战士们的英勇、渴望建功立业的抱负融为一体。其实鲍照没有边塞生活的直接经验,却写出了成功的边塞作品,很可能是因为他善于把自己积累的北方边塞生活的间接知识和前辈作家的创作经验艺术地结合起来,自出心裁,自显身手,为南朝诗坛开出一朵奇葩。

谢 朓

谢朓(464—499),字玄晖。陈郡阳夏(今河南省太康县)人。历任竟陵王萧子良功曹、文学,宣城太守,尚书吏部郎,故又称谢宣城、谢吏部。谢朓与谢灵运同族,世称“小谢”。南朝齐时著名的山水诗人,今存诗二百余首,多描写自然景物,间亦直抒怀抱,诗风清新秀丽,圆美流转,善于发端,时有佳句;又平仄协调,对偶工整,开启唐代律绝之先河。谢朓诗、书、文俱佳,尤擅五言山水诗,有山水诗祖之称,李白对其推崇备至,曾明确表示死后要与谢朓结为“异代芳邻”,留下了文坛千古佳话。谢朓诗歌的缺点是不能做到全篇尽善尽美,与篇首相比,结尾显得比较平踬。

谢朓是永明体的代表作家之一。永明体是中国南朝齐武帝永明年间出现的诗风。又称新体诗,以讲究四声、避免八病、强调声韵格律为其主要特征。从齐永明至梁陈一百余年间,包括吴均、何逊、阴铿、徐陵、庾信等人在内的九十余人对新体诗进行过有益的尝试,从而为唐代格律诗的产生和发展奠定了基础。

晚登三山还望京邑

灞涘望长安〔1〕,河阳视京县〔2〕。白日丽飞甍〔3〕,参差皆可见。余霞散成绮〔4〕,澄江静如练〔5〕。喧鸟覆〔6〕春洲,杂英满芳甸〔7〕。去矣方滞淫〔8〕,怀哉罢欢宴。佳期怅何许〔9〕,泪下如流霰〔10〕。有情知望乡,谁能鬒不变〔11〕?

【注释】

〔1〕 灞涘望长安：借用汉末王粲《七哀诗》"南登霸陵岸，回首望长安"诗意。灞，水名，源出陕西蓝田，流经长安城东。

〔2〕 河阳视京县：借用西晋诗人潘岳《河阳县诗》"引领望京室"诗意。河阳：故城在今河南梦县西。京县：指西晋都城洛阳。

〔3〕 丽：使动用法，这里有"使……色彩绚丽"的意思。飞甍：上翘如飞翼的屋脊。甍：屋脊。

〔4〕 绮：有花纹的丝织品，锦缎。

〔5〕 澄江：清澈的江水。练：洁白的绸子。

〔6〕 喧鸟：形容鸟儿众多。覆：盖。

〔7〕 杂英：各色的花。甸：郊野。

〔8〕 方：将。滞淫：久留，淹留。

〔9〕 佳期：指归来的日期。怅：惆怅。何许：多久，何时。

〔10〕 霰：雪珠。

〔11〕 鬒：黑发。变：这里指变白。

【鉴赏】

《晚登三山还望京邑》作于齐明帝建武二年(495年)，谢朓出为宣城太守时，登上三山回头遥望京城建康(今江苏省南京市)和绕城的长江美景引起的思乡之情。三山当是谢朓从建康到宣城的必经之地。三山因上有三峰、南北相接而得名，位于建康西南长江南岸，附近有渡口，离建康不远，相当于从灞桥到长安的距离。

此诗开头二句领起望乡之意，借用王粲和潘岳的典故暗示自己此去宣城为郡守，遥望京邑建康，正如王粲和潘岳一样，所抒发的不仅是眷恋京城的乡情，更有向往明王贤伯、重建清平之治的愿望，以及对时势的隐忧。以下六句写景，诗人扣住题意，选取富有特征性的景物，将登临所见层次清楚地概括在六句诗里：满城的繁华景象和京都的壮丽气派；从"白日"变为"余霞"的景色转换中自然显示出时辰的推移；绮丽的晚霞，素净的江水，色彩对比绚丽悦目，渲染、烘托出空灵柔静的直觉感受。"喧鸟覆春洲，杂英满芳甸"两句则是以细笔点染江洲的佳趣。群鸟的喧嚷越发衬出傍晚江面的宁静，遍地繁花恰似与满天落霞争美斗艳。正与上文形成动静的映衬。再下六句抒情，"怀"字一语双关，既抒发了将要久客在外的离愁和对旧日欢宴生活的怀念，又写出了诗人已去而复又半途迟留、因怀乡而罢却欢宴的情态。“去矣”“怀哉”用虚词对仗，造成散文式的感叹语气，增强了声情摇曳的节奏感。至此登临之意已经写尽，诗人却由自己的离乡之苦，推及一般人的思乡之情：人生有情，终知望乡，长此以往，谁也不能担保黑发不会变白。结尾虽写远忧，而实与开头呼应，仍然归到还望的本意，而诗人的情绪也在抒发人生感慨之时跌落到最低点。

这首诗写景色调绚烂纷繁、满目彩绘，写情单纯柔和，轻清温婉，全诗结构完整对称。谢朓山水诗仍然沿袭谢灵运前半篇写景、后半篇抒情的程式。由于思想感情贫乏，没有远大的理想和志趣，后半篇的抒情大多缺乏健举的风力，加之又“专用赋体”，直陈其意，不像写景那样凝炼形象，更觉意弱而文散。钟嵘《诗品》说他诗作往往“篇末多踬”。此篇结尾情绪柔弱消沉，便与前面所写的壮丽开阔的景色稍觉不称。但尽管如此，他在景物剪裁方面的功力，以及诗风的清丽和情韵的自然，却标志着山水诗在艺术上的成熟，对唐人有很大的影响。

庾　信

庾信(513—581)，字子山，小字兰成，北周南阳新野(今河南省南阳市新野县)人。历任萧纲的东宫学士、右卫将军、封武康县侯，后出使西魏而滞留，官至车骑大将军、开府仪同三司，后世又称其“庾开府”。其家族“七世举秀才”“五代有文集”，他的父亲庾肩吾为南梁中书令，亦是著名文学家。庾信“幼而俊迈，聪敏绝伦”，自幼随父亲出入于萧纲的宫廷，他们的文学风格，与徐摛、徐陵接近，被称为“徐庾体”，成为宫体文学的代表作家。

庾信是由南入北最著名的诗人，他的文学创作，以他四十二岁时出使西魏为界，可以分为前后两个时期。他前期生活于南朝，出入于宫廷，锤炼出高超精妙的修辞技巧和深厚的文学功底，早期的诗赋，多为宫体性质，作品轻艳流荡，语言华艳，注重音节之美，但反映的生活面过于狭窄，缺乏壮阔的激情。后期留寓北朝，一方面身居显贵，被尊为文坛宗师，受皇帝礼遇，与诸王结布衣之交，一方面又深切思念故国乡土，为自己身仕敌国而羞愧，因不得自由而怨愤，饱尝分裂时代特有的人生辛酸。诗赋大量抒发了自己怀念故国乡土的情绪，以及对身

世的感伤,风格也转变为苍劲、悲凉。所以杜甫说:“庾信文章老更成,凌云健笔意纵横。”(《戏为六绝句》)

庾信在辞赋方面的成就并不亚于诗歌,他的抒情小赋如《枯树赋》《竹杖赋》《小园赋》和《伤心赋》等,都是传诵的名作,著名的《哀江南赋》是其代表作。庾信又是南北朝骈文大家,他的文风以讲究对仗和几乎处处用典为特征,其文章多为应用文,但常有抒情性和文学意味。

庾信的文学成就,昭示着南北文风融合的前景,他本人成为南北文学最高成就的集大成者,被誉为“穷南北之胜”。

有《庾子山集》传世,明人张溥辑有《庾开府集》。

拟咏怀·摇落秋为气

摇落秋为气〔1〕,凄凉多怨情。啼枯湘水竹〔2〕,哭坏杞梁城〔3〕。天亡〔4〕遭愤战,日蹙值〔5〕愁兵。直虹〔6〕朝映垒,长星〔7〕夜落营。楚歌饶〔8〕恨曲,南风〔9〕多死声。眼前一杯酒,谁论身后名〔10〕!

【注释】

〔1〕 摇落:出自宋玉《九辩》:“悲哉!秋之为气也!草木摇落而变衰。”气:节气。

〔2〕 啼枯湘水竹:用舜与二妃的典故。相传舜出巡死于苍梧,他的二妃娥皇和女英追到湘江边,望苍梧山而哭泣,泪洒竹上,斑斑成痕。

〔3〕 哭坏杞梁城:用杞梁妻的典故。相传春秋齐国大夫杞梁战死,其妻悲伤无依,放声号哭,杞城为之崩坏。

〔4〕 天亡:用项羽典故,出自《史记·项羽本纪》。项羽被困乌江,对乌江亭长说:“天之亡我,我何渡为?”此处指梁元帝承圣三年被西魏兵所杀的事情。

〔5〕 蹙(cù):迫促。语出《诗经·大雅·召旻》:“今也日蹙国百里。”意指国土日渐减少。值:遇到。

〔6〕 直虹:古代认为长虹映照军垒为败军之像。

〔7〕 长星:长星赤而芒角,据说是主将死亡的先兆。用诸葛亮的典故,传说诸葛亮死前最后一次用兵,驻军五丈原,就有长星流落营中。

〔8〕 楚歌:用项羽的典故,项羽被困垓下,闻四面楚歌,军心涣散而败。后用“四面楚

歌”形容危困处境。饶：多。

〔9〕 南风：语出《左传・襄公十八年》：“晋人闻有楚师。师旷曰：‘不害。吾骤歌北风，又歌南风，南风不竞，多死声，楚必无功矣。’”借指梁朝的覆亡。

〔10〕 “眼前”两句：语出《世说新语・任诞》：“张季鹰纵任不拘，时人号为江东步兵。或谓之曰：‘卿乃可纵适一时，独不为身后名邪？’答曰：‘使我有身后名，不如即时一杯酒！’”借此庾信表示自己只能借酒浇愁的无可奈何。

【鉴赏】

庾信的性格，既非果敢决毅，又不善于自我解脱，亡国之哀、羁旅之愁、道德上的自责，时刻纠缠于心，却又不能找到任何出路，往往只是在无可慰解中强自慰解，结果却是愈陷愈深。所谓“情纠纷而繁会，意杂集以无端”（清陈祚明《采菽堂古诗选》），使得诗中的情绪显得沉重无比。《拟咏怀》二十七首，就是这一类诗的代表。杜甫《咏怀古迹》第一首说“庾信平生最萧瑟，暮年诗赋动江关”，最能说明庾信晚年的风格。庾信后期创作中，最受重视的，也是这些自抒胸怀与怀念故国之作。

《拟咏怀・摇落秋为气》为其中第十一首，内容为感伤梁朝兵败覆灭的悲剧。全诗句句用典，借古人故事，渲染秋来的萧瑟悲凉和梁兵败覆亡造成的国家和人民的巨大伤痛；反思梁朝覆亡的征兆；谴责梁朝帝王的昏聩、淫逸骄奢；自愧个人的无能为力。

这首诗语言典丽蕴藉，用典精当，风格激愤而悲凉，展示出庾信深厚的文学素养和精湛的修辞技巧。

寄　王　琳

玉关道路远〔1〕，金陵信使疏〔2〕。独下千行泪〔3〕，开君万里书〔4〕。

【注释】

〔1〕 玉关：玉门关，在今甘肃省敦煌市西。《后汉书・班超传》载，班超于永平十六年（73年）率军赴西域，至永元十二年（100年），“自以久在绝域，年老思乡”，遂上疏请归，疏中说：“臣不敢望到酒泉郡，但愿生入玉门关。”庾信在这里暗用其事，以自己羁旅长安比班超“久在绝域”，所以说“玉关道路远”。

〔2〕 金陵：梁朝国都建康，今江苏省南京市。信使：指使者。疏：稀少。

〔3〕 千行泪：出自梁王僧孺《中川长望》："故乡相思者，当春爱颜色。独写千行泪，谁同万里忆。"

〔4〕 君：指王琳。万里书：从远方寄来的信。时王琳在郢城练兵，志在为梁雪耻，他寄给庾信的书信中不乏报仇雪耻之意，所以庾信为之泣下。

【鉴赏】

诗的首二句"玉关道路远，金陵信使疏"，言诗人与王琳一仕北朝、一仕南国，相隔遥远，音讯难通。"金陵""玉关"二地名相对，"道路远"又与"信使疏"相对；"远"字表示空间的距离，"疏"表示时间的久隔，这两句对仗工整，为下句起到铺垫的作用。

后二句"独下千行泪，开君万里书"意为接到王琳来自远方的书信，不禁潸然泪下，未曾见到信上的文字，却已经泪洒千行了。这一流泪启信的细节描写，比开君万里书，读罢千行泪更为感人，生动地表现出作者悲喜交集，感慨万端的复杂心情。尤其是一个"独"字，蕴意极深。在复杂的政治环境下，他的乡关之思和南归之意是不能直率表露的，只能通过诗文曲折婉转地表现。用一个"独"字，既写出了暗中有所希冀，也写出了作者身在异邦，孤独苦闷的环境和感受。"万里书"与"千行泪"相对，皆用夸张的手法，描写此信得来不易，又与上二句"道路远""信使疏"相照应，针线绵密，构思巧妙。仅仅二十个字，却抵得过千言万语，包孕着作者十分复杂的情感，深沉含蓄，催人泪下。

重别周尚书

阳关万里〔1〕道，不见一人〔2〕归。惟有河〔3〕边雁，秋来南向〔4〕飞。

【注释】

〔1〕 阳关：在今甘肃省敦煌市西，汉朝时地属边陲，这里代指长安。万里：指长安与南朝相去甚远。

〔2〕 一人：庾信自指。

〔3〕 河：指黄河。

〔4〕 南向：向着南方。

【鉴赏】

周尚书，即周弘正(496—574)，字思行，汝南安城(今河南省平舆县)人，周颚之孙。梁元帝时为左户尚书，魏平江陵，逃归建业(即建康)。

诗的首二句写自己独留长安不得南返的悲哀，诗中的“阳关万里道”是喻指长安与金陵之间的交通要道。下句“不见一人归”的“一人”指庾信自己，这二句说在长安至金陵的阳关大道上，有多少南北流离之士已经归还故国了。只有我一人不能归故土，这是令人伤心的事。

“惟有河边雁，秋来南向飞”两句，“河边雁”喻指友人周弘正，这两句诗有两层含义：一是把周弘正的返陈比作南归之雁，大有羡慕弘正回南之意；二是鸿雁秋去春来，来去自由，而自己却丧失了这种自由，以见自己不如鸿雁。清沈德潜评这首诗说“从子山时势地位想之，愈见可悲”(《古诗源》)。

南朝乐府

南朝乐府一般指东晋至陈末的乐曲歌辞，包括民歌和文人作品两类。东晋渡江以来，长江流域的经济得到开发，农业、手工业的发展促使商业、交通和城市经济有了相应的发展，作为娱乐的歌舞也随之在贵族官僚和一般平民中空前盛行。歌舞既已成为社会上广泛的需要，新的乐曲和歌辞乃不断在民间产生以代替陈旧的雅乐，并为乐府官署所采集和加工。

今天所能见到的南朝乐府民歌约近五百首，全部录存在宋郭茂倩所编《乐府诗集》中，其中绝大多数归入“清商曲辞”，仅《西洲曲》《东飞伯劳歌》《苏小小歌》等不足十首(不计民谣)分别归入“杂曲歌辞”和“杂歌谣辞”中。“清商曲辞”中所收主要为“吴歌曲辞”和“西曲歌”两类。《宋书·乐志》：“吴歌杂曲，并出江东。晋、宋以来，稍有增广。”《乐府诗集》引《古今乐录》：“西曲出于荆、郢、樊、邓之间，而其声、节、送、和与吴歌亦异。”可见吴声歌曲是以建业为中心的长江下游地区的民歌，西曲歌则是长江中游和汉水流域的民歌。前者的歌辞比较集中，尤以《子夜歌》《子夜四时歌》《华山畿》《读(tú)曲歌》等为多；后者则曲调较多而歌辞不很集中。

思想内容方面,南朝乐府民歌十之八九属于女子所唱的情歌。一般说来,歌辞中所表现的爱情是坦率而健康的,其中最能见出民歌特色的是那些痴情和天真的描写,感情细腻缠绵,音节悠扬摇曳。

"清商曲辞"中还有《神弦歌》十八首,这些都是江南人民娱神的乐歌。所祀之神不尽可考,大多是地方性的"杂鬼"。这些歌辞有些描写祠庙和环境,有的描写祭祀场面,有的描写想象中神的生活。其中最有情致的如《白石郎》,其一写道:"白石郎,临江居,前导江伯后从鱼。"其二写道:"积石如玉,列松如翠,郎艳独绝,世无其二。"白石是建业附近的山名,白石郎可能就是此山之神。又如《青溪小姑》:"开门白水,侧近桥梁。小姑所居,独处无郎。"青溪小姑传说是三国时吴将蒋子文第三妹。这两首歌辞都通过对神的赞美,流露出爱悦之意,颇有《楚辞·九歌》的余韵。

除了情歌和娱神歌两类之外,还有一些民歌反映了当时的经济状况以及江南水乡的明媚风光和生活情调。如"清商曲辞"中的《采桑度》描写采桑和养蚕;《懊侬歌》中的《江陵去扬州》和《黄督》中的《乔客他乡人》写行旅,可见出当时水运交通的发达。此外,"杂歌谣辞"中还有一些反映政治、民情的歌谣,如《吴孙皓初童谣》等。这些作品虽然数量不多,混杂在大量情歌中还是很有特色的。

南朝乐府民歌的艺术风格以清新婉转、本色自然见称,格调清新明快,不但再现了南方的自然风光之美,也表现出南朝女子的浪漫情怀。语言清新流丽,多用双关比喻,展现出来自南方女子特有的俏巧聪慧。行制多五言四句,语短情长,"慷慨吐清音,明转出天然"是对南朝乐府民歌艺术特色的形象概括。这种特色的形成,和当时的经济生活、社会习俗、文学风尚乃至地理条件都是息息相关的。在艺术手法上,最明显的特点是谐音双关隐语的运用。例如苦味的黄蘖树心,又指人心,"丝"谐"思","莲"谐"怜","篱"谐"离"等。这种隐语也常见于当时文人诗歌里,这无疑是文人向民间文学学习的结果。

子夜四时歌

自从别欢[1]后,叹音不绝响。黄蘗[2]向春生,苦心随日长。

——春歌

田蚕事已毕，思妇犹苦身。当暑理絺[3]服，持寄与行人。

——夏歌

秋风入窗里，罗帐[4]起飘扬。仰头看明月，寄情千里光[5]。

——秋歌

渊冰[6]厚三尺，素雪覆千里。我心如松柏，君[7]情复何似？

——冬歌

【注释】

〔1〕 欢：称呼情郎。

〔2〕 黄檗(bò)：落叶乔木，树皮入药，味道很苦。春天到来，黄檗树蓬勃生长，它的苦心也随着逐日长大。

〔3〕 絺(chī)：细葛布。

〔4〕 罗帐：闺房中卧榻前挂着的绸缎幔帐，这里指的是窗帘。

〔5〕 寄情千里光：让皎洁的月光把相思之情寄给远在千里之外的人。

〔6〕 渊冰：深水潭里的冰。

〔7〕 君：您。指她的爱人。

【鉴赏】

《子夜歌》被《唐书·乐志》认为是晋代名叫子夜的女子所首创，归入《清商曲·吴声歌曲》，现存四十二首。

《子夜四时歌》又称《吴声四时歌》，是《子夜歌》的变体，按四季的特点抒写男女之间的爱情。其中春歌、夏歌各二十首，秋歌十八首，冬歌十七首。这里选择春夏秋冬各一首。

第一首春歌，以黄檗树的苦心比喻思念爱人的苦心，以黄檗树心随日长大，比喻自己的苦心与日俱增，比喻形象贴切，表现出民歌的特色。

第二首夏歌则是写实，忙完田桑事的思妇，惦记远行在外的丈夫，还得冒着酷暑打理夏天穿的细葛布的衣服，托人带给丈夫。这是以生活细节、于平淡踏实中见出思妇对丈夫的思念。

第三首秋歌以朴素本色的口语，写出日常生活极为平常的景象。“秋风”带着萧瑟寒凉之气入了室内,弥漫于整个闺房。象征着双方深情蜜意、鱼水和谐的罗帐随风飘扬,却凸显室内分外空寂。这就自然引出了三、四二句。“仰头看明月,寄情千里光。”明月光照千里,分隔两地的离人皆可看到它,因而在音信难通的古代,月亮就常常成为传递相思的凭藉。既然彼此同在一轮明月的光照之下,想必也能托此“千里光”将自己的相思之情寄给千里之外的远人吧!这个想象极为新奇,也极自然而优美。引起思绪的外物(明月),在女主人公感情的酿化之下,此刻竟成了寄情的载体。由于明月的光波柔和清亮似水,在形态、质感上与女子相思怀远的柔情有着相似之处,因而把它化为“寄情”的载体,实在是再自然不过的了。李白的《静夜思》明显是受到这首诗的影响的,不过将相思的主人公由女性转为男性,将爱情转为思乡之情了。

第四首冬歌开头二句以冰雪来衬托抒情主人公感情的深厚。借助于冰雪所带来的极度的寒冷衬托松柏在冰雪之中坚贞不屈的高贵品格,那才是象征抒情主人公爱情忠贞不渝之所在。最后的“君情复何似”则多少可以体会少女对于爱人情感态度的不确定甚至可能是谴责。全诗仅四句,却连着翻进了两层意思,显得波浪迭出,诗意绝不平浅。

《子夜四时歌》以四季的景物作为传情达意的媒介或内心情感的映射外化,巧用比兴,清丽柔美,语言虽浅近,情志则幽婉深挚,情景交融,表现出了强烈的艺术感染力。

华山畿·君既为侬死

华山畿[1],华山畿,君既为侬[2]死,独生为谁施[3]?欢若见怜时,棺木为侬开。

【注释】

〔1〕 华山:在今江苏句容市北。畿:山边。

〔2〕 侬:我,吴地方言。

〔3〕 为谁施:为谁而活下去。施:施用。

【鉴赏】

《华山畿》现存二十五首,属“清商曲辞·吴声歌曲”。这里所选的为第一首,宋郭茂倩《乐府诗集》据《古今乐录》加以转引，是宋少帝时客舍女子殉情时所唱之歌。后来用它作为歌调的名称。

故事发生地当是南徐州治（今江苏省镇江市）至云阳（今江苏省丹阳市）的华山，就是今距镇江主城区三十多公里的姚桥镇华山村，此村位于镇江—丹阳的陆路要道中点，也是丹徒、丹阳两县交界处。当地不仅有神女冢（当地叫“玉女墩”）遗址、南朝银杏树，而且风俗、口碑资料尚存，历代诗家吟诵不绝。2006 年 7 月，该村又发现六朝古墓群，证明当地确为六朝古村。

传说宋少帝时，南徐一士子从华山往云阳，在旅店见一美貌女子，爱慕相思成疾而死。临终时，嘱其母车载棺木从华山经过。至女门前时，牛不肯向前，女歌这曲“华山畿”，突然棺开，女遂入棺，两人合葬。

明朱孟震《浣水续谈》里说“事与祝英台同”，可能是目前可见资料中最早提及此曲与“梁祝”故事关系的，虽然此曲结尾仅有“合冢”而无“化蝶”。其实，宋以前有关“梁祝”的记载中，均没有“化蝶”一节。“梁祝”故事正是在不断流传过程中，情节逐渐生动丰富起来的。

明汤显祖在《牡丹亭》里说，“情不知所起，一往而深”，虽然是说杜丽娘，又何尝不是此曲中两位为情而死的男女的写照。这位男子只看了女子一眼便痴恋上她，甚至为情而死。而女子则仅仅感动于男子的痴情，便也甘愿与他共同赴死。求其开棺，是“见怜”，将与他合棺而葬视为乐事。

这首诗带有南朝乐府民歌少见的质朴直白，感情深挚，态度坚决勇敢，而语言不失柔婉，更见震撼人心。

西　洲　曲

忆梅下西洲〔1〕，折梅寄江北〔2〕。单衫杏子红，双鬓鸦雏色〔3〕。西洲在何处？两桨桥头渡。日暮伯劳〔4〕飞，风吹乌臼〔5〕树。树下即门前，门中露翠钿〔6〕。开门郎不至，出门采红莲。采莲南塘秋，莲花过人头。低头弄莲子〔7〕，莲子青如水〔8〕。置莲怀袖中，莲心〔9〕彻底红。忆郎郎不至，仰首望飞鸿〔10〕。鸿飞满西洲，望郎上青楼〔11〕。楼高望不见，尽日〔12〕栏杆头。栏杆十二曲，垂手明如玉。卷帘天自高，海水摇空绿。海水梦悠悠,君愁我亦愁。南风知我意,吹梦到西洲。

【注释】

〔1〕 下:往。西洲,当是在女子住处附近。

〔2〕 江北:指男子所在的地方。

〔3〕 鸦雏色:像小乌鸦一样的颜色。形容女子的头发乌黑发亮。

〔4〕 伯劳:鸟名,仲夏始鸣,喜欢单栖。

〔5〕 乌臼:亦作"乌桕"。高大落叶乔木,夏日开花,种子富含脂肪,常用来做肥皂和蜡烛。

〔6〕 翠钿:用翠玉做成或镶嵌的首饰。

〔7〕 莲子:和"怜子"谐音双关。

〔8〕 青如水:和"清如水"谐音,隐喻爱情的纯洁。

〔9〕 莲心:和"怜心"谐音,即爱情之心。

〔10〕 望飞鸿:这里暗含有望书信的意思。因为古代有鸿雁传书的传说。

〔11〕 青楼:油漆成青色的楼。唐朝以前的诗中一般用来指女子的住处。

〔12〕 尽日:整天。

【鉴赏】

《西洲曲》最早著录于徐陵所编《玉台新咏》,也是南朝乐府民歌中最长的抒情诗篇,历来被视为南朝乐府民歌的代表作。属《乐府诗集·杂曲歌辞》。五言三十二句,全诗感情十分细腻,是这一时期民歌中最成熟最精致的代表作之一。

首句由"梅"而唤起女子对昔日与情人在西洲游乐的美好回忆以及对情人的思念。自此,纵然时空流转,然而思念却从未停歇。接下来是几幅场景的描写:西洲游乐,女子杏红的衣衫与乌黑的鬓发相映生辉、光彩照人;开门迎郎,满怀希望继而失望,心情跌宕;出门采莲,借采莲来表达对情人的爱慕与思念;登楼望郎,凭栏苦候,寄情南风与幽梦,盼望与情人相聚。在叙述中通过服装、动植物和场景的变换,巧妙地暗示时间的流宕:由早至晚、由春至冬,这其中时空变化,心情也多变,时而焦虑,时而温情,时而甜蜜,时而惆怅,全篇无论是文字还是情感都流动缠绵。

"卷帘天自高,海水摇空绿"两句的"自""空"深深道出了相思女子的无奈之情。杜甫也化用这两句,作"映阶碧草自春色,隔叶黄鹂空好音"(《蜀相》)。

《西洲曲》在艺术上的独特之处,第一是善于在动态中表达人物的思想感情。

比如“门中露翠钿”一句，生动形象地通过动作表达出了人物的心情，而“采莲南塘秋”六句，是全篇的精华所在，它集中笔墨描写主人公的含情姿态，借物抒情，通过“采莲”“弄莲”“置莲”三个动作，极有层次地写出人物感情的变化，动作心理描写细致入微，真情感人。第二是叠字和顶针的运用。“开门迎郎”场景中，四个“门”字的叠用，强化了女子急切盼望心上人的到来而不时从门缝向外张望的焦虑心情。“出门采莲”场景中，又连用七个“莲”字，着意渲染女子缠绵的情思。而顶针的运用使得句子灵活生动，朗朗上口。第三是双关隐语的运用。双关隐语，是南朝乐府民歌中一个明显的特征，它在诗经时代的民歌和汉魏乐府民歌中很少见。“莲”与“怜”字谐音双关，而“怜”又是“爱”的意思，隐语极言女子对情人的爱恋。同时，“莲子清如水”暗示感情的纯洁，而“莲心彻底红”是说感情的浓烈，这些双关隐语的运用使诗歌显得含蓄多情。

从声韵上看，这首诗四句一换韵，连珠顶针，形成回环婉转的旋律，这种声韵上的似断似续又同续续相生的情景结合在一起，声情摇曳，余味无穷。清沈德潜赞美称其“续续相生，连跗接萼，摇曳无穷，情味愈出”(《古诗源》)，清陈祚明则谓之“言情之绝唱”(《采菽堂古诗选》)。

北朝乐府

北朝乐府民歌今存七十余首，大部分保存在郭茂倩《乐府诗集·横吹曲辞》的《梁鼓角横吹曲》里。多数是北魏、北齐、北周时期的作品，传入南朝，被梁代的乐府机关保留下来。

北朝乐府民歌产生于长期处于混战状态的北方的各个民族，因此反映现实生活的意义比南朝乐府民歌要远为深广。其中以反映战争、徭役和人民流离失所的诗篇最多；其次是反映北方民族的尚武精神，表现壮烈牺牲，歌颂战斗英雄的，如《木兰诗》；还有少数诗篇写婚姻恋爱和北国风光的，如《敕勒歌》。可见，北朝民歌数量虽然比南朝民歌少，但题材广泛，内容丰富，是南朝民歌所不能比的。北朝民歌语言朴素，感情直率，就是情歌也大多大胆泼辣，这就形成了北朝民歌刚健豪放的风格，与南朝民歌的艳丽柔弱迥然不同。

企喻歌辞·放马大泽中

放马大泽[1]中,草好马著膘[2]。牌子铁裲裆[3],铉鉾鸐[4]尾条。

【注释】

〔1〕 大泽:水草所聚之处。

〔2〕 著(zhúo):附着。膘:脂膘。著膘:指马儿肥壮。

〔3〕 牌子:盾牌。裲(liǎng)裆:犹今之背心。

〔4〕 铉:同"弦",指弓弦。鉾(móu):剑端。鸐(dí):同"翟",一种尾巴很长的雉。

【鉴赏】

《企喻歌辞四首》是一组北朝民歌,是表现战争与尚武主题的歌,本诗是第二首。开头两句写牧马,先写牧场好,再写马肥壮。"大泽"为无边无际之沼泽,有水有草,是放马的最好牧场;"草好"为以偏领全的修辞手法,实为水草皆好。在这样水好草亦好的大泽中放马,当然会使"马著膘"。这两句没有写景,却令读者自然感觉身处天高云淡、寥廓无垠的大草原,开阔、雄浑之气扑面而来。三、四两句,明写健儿所佩铠甲,暗写骑马的健儿伟岸强健的威武英姿。

其实《企喻歌辞四首》是一整体,其一描绘"男儿欲作健"的生动形象;其二写北方民族的英雄气概和尚武精神,表现的是一种自豪的感情;其三描绘男儿骑马驰骋的英勇气概;其四则揭露了战争给人民带来的灾难,表现的是一种沉痛的感情。通观这四首诗,看似没有联系,实则脉络鱼贯,前三首以描绘北方民族尚武精神为基调,最后一首,则写出这种尚武精神招致的悲惨结果。前后对照,不难看出这是一组反战的民歌,表达了北方各族人民对"永嘉之乱"以来统治阶级连年发动战争的血泪控诉。

隔谷歌·兄在城中弟在外

兄在城中弟在外,弓无弦[1],箭无栝[2]。食粮乏尽若为活[3]?救我来！救我来！

【注释】

〔1〕 无弦：指弓弦断。

〔2〕 栝(guā)：箭末端扣弦处。一作“括”。无栝，则箭就无法扣上弓弦发射。有矢尽弓折之意。

〔3〕 若为活：怎么能活下去，即怎么能守住城池。

【鉴赏】

《隔谷歌》收入《乐府诗集·横吹曲辞·梁鼓角横吹曲》，共二首。写战争年代兄弟俩的不同境遇及手足之情的寡薄。本诗是第一首。

这首诗写被困危城的哥哥盼望弟弟来救援。危城破在旦夕，哥哥的唯一希望就是“弟在外”。首句颇突兀，用倒叙笔法。城外的弟弟是被围城中陷入弓尽箭折食粮乏绝的绝境的哥哥获救的唯一希望，从围城中人的心理状态去理解，就顺理成章。接着三句写形势之危急，弦断箭折，粮食乏尽，这正是兵家之大忌；“若为活”绝望之情，见于言表，也呼应首句呼喊弟弟的原因和表达对生存的渴盼。“救我来”三字重叠，泣血之呼，动人心魄。反战厌战的情绪，充溢胸臆。

散文

陶　渊　明

五柳先生传

先生不知何许人〔1〕也,亦不详其姓字〔2〕,宅边有五柳树,因以为号焉。闲静少言,不慕荣利。好读书,不求甚解〔3〕;每有会意〔4〕,便欣然〔5〕忘食。性嗜〔6〕酒,家贫不能常得。亲旧知其如此,或置酒而招之;造饮辄〔7〕尽,期在必醉。既醉而退,曾不吝情〔8〕去留。环堵萧然〔9〕,不蔽风日;短褐穿结〔10〕,箪瓢屡空〔11〕,晏如〔12〕也。常著文章自娱,颇示己志。忘怀得失,以此自终〔13〕。

赞〔14〕曰:黔娄〔15〕之妻有言:"不戚戚〔16〕于贫贱,不汲汲〔17〕于富贵。"其言兹若人之俦〔18〕乎?酣觞〔19〕赋诗,以乐其志〔20〕,无怀氏〔21〕之民欤?葛天氏之民欤?

【注释】

〔1〕何许人:何处人。也可解作哪里人。许:处所。

〔2〕详:知道。姓字:姓名。古代男子二十而冠,冠后另立别名称字。

〔3〕不求甚解:这里指读书只求领会要旨,不在一字一句的解释上过分探究。

〔4〕会意:指对书中的思想意蕴有所体会。会:体会、领会。

〔5〕欣然:高兴的样子。

〔6〕嗜:喜好。

〔7〕 造：往，到。辄：就。

〔8〕 曾(zēng)：竟。吝情：舍不得。

〔9〕 堵：墙壁。萧然：空寂的样子。

〔10〕 短褐：粗布短衣。穿结：指衣服破烂。

〔11〕 箪瓢屡空：形容贫困，难以吃饱。箪：盛饭的圆形竹器。瓢：饮水用具。屡：经常。

〔12〕 晏如：安然自若的样子。

〔13〕 自终：过完自己的一生。

〔14〕 赞：传记结尾的评论性文字。

〔15〕 黔娄：战国时期齐稷下先生，齐国有名的隐士和著名的道家学者，无意仕进，屡次辞去诸侯聘请。他死后，曾子前去吊丧，黔娄的妻子称赞黔娄"甘天下之淡味，安天下之卑位，不戚戚于贫贱，不汲汲于富贵。求仁而得仁，求义而得义"。

〔16〕 戚戚：忧愁的样子。

〔17〕 汲汲：极力营求的样子、心情急切的样子。

〔18〕 兹：这。若人：此人，指五柳先生。俦：辈，同类。

〔19〕 觞(shāng)：酒杯。

〔20〕 以乐其志：为自己抱定的志向感到快乐。以：用来。

〔21〕 无怀氏：与下面的"葛天氏"都是传说中的上古帝王。据说在那个时代，人民生活安乐，恬淡自足，社会风气淳厚朴实。

【鉴赏】

《五柳先生传》创作年代不详，有学者认为作于归隐后，或晚年，有自传的性质。在文中作者表明其三大志趣，一是读书，二是饮酒，三是写文章，塑造了一个真实的自我，表现了卓然不群的高尚品格，透露出强烈的人格个性之美。文章立意新奇，剪裁得当；采用白描手法，塑造了生动的艺术形象；行文简洁，绝无虚词矜誉。

这篇文章可分为两部分。第一部分是正文。第二部分是赞语。

正文部分作者塑造的五柳先生是一位隐士。首先写他的生活环境：不知门第，甚至不留姓名，家无余物，环堵萧然，没有秾桃艳李，只有柳树为伴，清静、淡雅、简朴。

五柳先生的禀性志趣是高洁洒落的。"闲静少言，不慕荣利"，"好读书，不求甚解"，只追求求知的满足，精神的享受，所以"每有会意，便欣然忘食"。"性嗜酒"至"不吝情去留"，写"五柳先生"的坦率与认真，并没有当时所谓名士的虚伪与矫情。

最后以五柳先生的安贫乐道、著文自娱、忘怀得失结束。是五柳先生的理想，也是他的生活。与前文相照应，又收束了全篇。

对五柳先生的生活、志趣作了叙述以后，第二部分文章结尾也仿史家笔法，加个赞语。这个赞语是对五柳先生最大的特点和优点的肯定。陶渊明正是通过五柳先生"颇示己志"，表达自己的思想感情。文章最后有两句设问的话："无怀氏之民欤？葛天氏之民欤？"既表达了他对上古社会淳朴风尚的向往之情，又说明他是一位有着美好思想的隐士。

丘　迟

丘迟(464—508)，字希范，吴兴乌程(今浙江省湖州市)人。历任殿中郎、车骑录事参军、永嘉太守、中书郎、司徒从事中郎。南朝文学家，父丘灵鞠，南齐太中大夫，亦为当时知名文人。

丘迟诗文辞采逸丽，亦擅诗，钟嵘评："范(范云)诗清便宛转，如流风回雪。丘诗点缀映媚，似落花依草。故当浅于江淹，而秀于任昉。"惜传世者不多。其代表作即为《与陈伯之书》，情理兼备，是当时骈文中的优秀之作。

明朝张溥辑有《丘司空集》。

骈文又称骈体文、骈俪文或骈偶文，中国古代以字句两两相对而成篇章的文体。因其常用四字句、六字句，故也称"四六文"或"骈四俪六"。全篇以双句(俪句、偶句)为主，讲究对仗的工整和声律的铿锵。形式上注重裁对的均衡对称美、句式的整齐建筑美、隶事的典雅含蓄美、藻饰的华丽色彩美、调声的和谐音乐美。骈文的结构形式具有起、铺、结的结构体制和领、衬、夹的游离构形；骈文的句式也有构造上的模式特点，如骚体句、诗体句、叠字句等；而骈文的句型则具有强烈的结构模式，如齐言单联型、齐言复联型、杂言复联型等。是文学史上最精美的文体，对后代文章风格影响深远。

与陈伯之书

迟顿首陈将军足下〔1〕：无恙〔2〕，幸甚幸甚！将军勇冠三军〔3〕，才为世出[4]，弃燕雀之小志[5]，慕鸿鹄以高翔。昔因机变化[6]，遭遇明主，立功立事[7]，开国称孤[8]。朱轮华毂[9]，拥旄[10]万里，何其壮也！如何一旦为奔亡之虏，闻鸣镝而股战[11]，对穹庐[12]以屈膝，又何劣邪！寻君去就[13]之际，非有他故，直以不能内审诸[14]己，外受流言，沈迷猖蹶，以至于此。

圣朝赦罪责功[15]，弃瑕[16]录用，推赤心于天下[17]，安反侧于万物。此将军之所知，不假[18]仆一二谈也。朱鲔涉血于友于[19]，张绣剚刃于爱子[20]，汉主不以为疑，魏君待之若旧。况将军无昔人之罪，而勋重于当世！夫迷途知返，往哲是与[21]，不远而复[22]，先典攸高[23]。主上屈法申恩[24]，吞舟是漏；将军松柏不翦[25]，亲戚安居，高台未倾[26]，爱妾尚在；悠悠尔心，亦何可言！今功臣名将，雁行[27]有序，佩紫怀黄[28]，赞帷幄[29]之谋，乘轺建节[30]，奉疆埸[31]之任，并刑马[32]作誓，传之子孙[33]。将军独靦颜借命[34]，驱驰毡裘之长[35]，宁不哀哉！

夫以慕容超[36]之强，身送东市[37]；姚泓[38]之盛，面缚西都[39]。故知霜露所均[40]，不育异类[41]；姬汉旧邦[42]，无取杂种[43]。北虏僭[44]盗中原，多历年所[45]，恶积祸盈，理至燋烂[46]。况伪孽昏狡[47]，自相夷戮[48]，部落携离[49]，酋豪猜贰[50]。方当系颈蛮邸[51]，悬首藁街[52]，而将军鱼游于沸鼎之中[53]，燕巢於飞幕[54]之上，不亦惑乎？

暮春三月，江南草长，杂花生树，群莺乱飞。见故国之旗鼓[55]，感平生于畴日[56]，抚弦登陴[57]，岂不怆悢[58]！所以廉公之思赵将[59]，吴子之泣西河[60]，人之情也，将军独无情哉？想早励良规[61]，自求多福。

当今皇帝盛明，天下安乐。白环西献[62]，楛矢[63]东来；夜郎滇池[64]，解辫请职[65]；朝鲜昌海[66]，蹶角受化[67]。唯北狄野心，掘强沙塞之间[68]，欲延岁月之命耳！中军临川殿下[69]，明德茂亲[70]，揔兹戎重[71]，吊民洛汭[72]，伐罪秦中[73]，若遂[74]不改，方思仆言。聊布往怀[75]，君其详之。丘迟顿首。

【注释】

〔1〕 顿首：叩拜。这是古人书信开头和结尾常用的客气语。足下，书信中对对方的尊称。

〔2〕 无恙：古人常用的问候语。恙：病；忧。

〔3〕 “将军”句：语出李陵《答苏武书》：“陵先将军功略盖天地，义勇冠三军。”此喻陈英勇为三军之首。

〔4〕 才为世出：语出苏武《报李陵书》：“每念足下才为世生，器为时出。”此喻陈才能杰出于当世。

〔5〕 “弃燕”二句：语出《史记·陈涉世家》：“陈涉太息曰：嗟乎！燕雀安知鸿鹄之志哉！”此喻陈伯之有远大的志向。

〔6〕 “昔因”二句：指陈伯之弃齐归梁，受梁武帝赏爱器重。因：顺。机：时机。

〔7〕 “立功”二句，语出《梁书·陈伯之传》：“力战有功”，“进号征南将军，封丰城县公：邑二千户”。

〔8〕 开国：梁时封爵，皆冠以开国之号。孤：王侯自称。此指受封爵事。

〔9〕 毂(gǔ)：原指车轮中心的圆木，此处指代车舆。

〔10〕 旄(máo)：用牦牛尾装饰的旗子。此指旄节。拥旄：古代高级武将持节统制一方之谓。

〔11〕 鸣镝(dí)：响箭。股战：大腿颤抖。

〔12〕 穹庐：原指少数民族居住的毡帐。这里指代北魏政权。

〔13〕 去就：指陈伯之弃梁投降北魏事。去：离开。就：接近，靠近。

〔14〕 内审：内心反复考虑。诸：“之于”的合音。

〔15〕 赦罪责功：赦免罪过而求其建立功业。本段写梁朝对陈伯之的优待和他投魏的错误。

〔16〕 瑕：玉的斑点，此指过失。弃瑕：即不计较过失。

〔17〕 “推赤心”二句：《后汉书·光武帝纪》光武帝刘秀破铜马等军时不怀疑投降的人，“降者更相语曰：‘萧王推赤心置人腹中，安得不投死乎？’”又光武帝攻破邯郸城后，把吏人谤毁他、要求发兵攻击他的文书数千章烧掉，说：“令反侧子自安。”反侧子，指心怀鬼胎，疑惧不安的人。此谓梁朝以赤心待人，对一切都既往不咎。

〔18〕 不假：不借助，不需要。

〔19〕 “朱鲔”句。朱鲔(wěi 伟)是王莽末年绿林军将领，曾劝说刘玄杀死了光武帝的哥哥刘伯升。光武攻洛阳，朱鲔拒守，光武遣岑彭前去劝降，转达光武之意说，建大功业的人不计小恩怨，今若降，不仅不会被杀，还能保住官爵。朱鲔乃降。涉血：同“喋血”，谓杀人多流

血满地，脚履血而行。友于：即兄弟。《尚书·君陈》："惟孝友于兄弟。"此指刘伯升。

〔20〕"张绣"句。据《三国志·魏志·武帝纪》载："建安二年，公(曹操)到宛。张绣降，既而悔之，复反。公与战，军败，为流矢所中。长子昂、弟子安民遇害。"建安四年，"冬十一月，张绣率众降，封列侯"。剚(zì)刃，用刀刺入人体。

〔21〕往哲：以往的贤哲。与：赞同。

〔22〕不远而复：指迷途不远而返回。语出《易·复卦》："不远复，无祇悔，元吉。"

〔23〕先典：古代典籍，指《易经》。攸：所。高：以为高。攸高：嘉许。

〔24〕"主上"二句：语出《史记·酷吏列传》："汉兴，破觚(gū)而为圜(yuán)，斫(zhuó)雕而为朴，网漏于吞舟之鱼。"吞舟之鱼，很大的鱼，这里比喻法网很宽，可以宽容犯了重大罪行的人。

〔25〕松柏：古人常在坟墓边植以松柏，这里喻指陈伯之祖先的坟墓。翦：同"剪"。不剪：谓未曾受到毁坏。

〔26〕"高台"句：语出桓谭《新论》：雍门周说孟尝君曰："千秋万岁后，高台既已倾，曲池又已平。"此指陈伯之在梁的房舍住宅未被焚毁。

〔27〕雁行(háng)：大雁飞行的行列，比喻尊卑排列次序。

〔28〕紫：紫绶，系官印的丝带。黄：黄金印。

〔29〕赞：佐助。帷幄：军中的帐幕。语出《史记·留侯世家》："运筹策帷幄中，决胜千里外。"

〔30〕轺(yáo)：用两匹马拉的轻车，此指使节乘坐之车。建节：将皇帝赐予的符节插立车上。

〔31〕疆埸(yì)：边境。

〔32〕刑马：杀马。古代诸侯杀白马饮血以会盟。

〔33〕传之子孙：这是梁代的誓约，指功臣名将的爵位可传之子孙。

〔34〕靦(tiǎn)颜：面有羞愧状。借命：犹言苟活。

〔35〕驱驰：奔走效力。毡裘：以毛织制之衣，北方少数民族服装，这里指代北魏。长：头目。这里指拓跋族北魏君长。本段用梁朝的宽容，以及历史上成大事者不计小怨的事例打动对方。

〔36〕慕容超：南燕君主。晋末宋初曾骚扰淮北，刘裕北伐将他擒获，解至南京斩首。

〔37〕东市：汉代长安处决犯人的地方。后泛指刑场。

〔38〕姚泓：后秦君主。刘裕北伐破长安，姚泓出降。

〔39〕面缚：面朝前，双手反缚于后。西都，指长安。

〔40〕霜露所均：霜露所及之处，即天地之间。均：分布。

〔41〕 异类：古代汉族对少数民族带侮辱性的称呼。

〔42〕 姬汉：周汉，即汉族。姬：周天子的姓。旧邦：指中原周汉的故土。

〔43〕 杂种：古代汉族对少数民族带侮辱性的称呼。

〔44〕 北虏：指北魏。虏是古代汉族对少数民族带侮辱性的称呼。僭(jiàn)：越礼。

〔45〕 “多历”句：拓跋珪386年建立北魏，至505年已一百多年。年所：年代。

〔46〕 燋烂：溃败灭亡。燋：通“焦”。

〔47〕 伪孽(niè)：这里指北魏统治集团。昏狡：昏聩狡诈。

〔48〕 自相夷戮：指北魏内部的自相残杀。501年，宣武帝的叔父咸阳王元禧谋反被杀。504年，北海王元祥也因起兵作乱被囚禁而死。

〔49〕 携离：四分五裂。携：离。

〔50〕 酋豪：部落酋长。猜贰：猜忌别人有二心。

〔51〕 蛮邸：外族首领所居的馆舍。

〔52〕 藁(gǎo)街：汉代长安街名。是少数民族居住的地方。蛮邸即设于此。

〔53〕 “将军”二句：唐李善注引袁崧《后汉书》载：“朱穆上疏曰：‘养鱼沸鼎之中，栖鸟烈火之上，用之不时，必也焦烂。’”

〔54〕 飞幕：动荡的帐幕，此喻陈伯之处境之危险。本段以历史上的事实和北方内部的分裂变乱说明陈伯之地位的危险。

〔55〕 “见故国”四句：唐李善注引袁晔《后汉记·汉献帝春秋》臧洪报袁绍书载：“每登城勒兵，望主人之旗鼓，感故交之绸缪，抚弦搦矢，不觉涕流之复面也。”

〔56〕 畴日：昔日。

〔57〕 陴(pí)：城上女墙。

〔58〕 怆悢：悲伤。

〔59〕 “所以”句，事见《史记·廉颇蔺相如列传》：“廉颇居梁久之，魏不能信用。赵以数困于秦兵，赵王思复得廉颇，廉颇亦思复用于赵。”思赵将，即想复为赵将。

〔60〕 “吴子”句：事见《吕氏春秋·长见篇》：吴起为魏国守西河(今陕西省韩城县)。魏武侯听信谗言，使人召回吴起。吴起预料西河必为秦所夺取，故车至于岸门，望西河而泣。后西河果为秦所得。

〔61〕 励：勉励，引申为作出。良规：妥善的安排。本段以故国之情打动对方。

〔62〕 白环西献：李善注引《世本》载：“舜时，西王母献白环及佩。”

〔63〕 楛(hù)矢：用楛木做的箭。《孔子家语》载：武王克商，“于是肃慎氏贡楛矢石砮”。肃慎氏，东北的少数民族。

〔64〕 夜郎：今贵州桐梓县一带。滇池：今云南昆明市附近。均为汉代西南方国名。

〔65〕 解辫请职：解开盘结的发辫，请求封职。即表示愿意归顺。

〔66〕 昌海：西域国名。即今新疆罗布泊。

〔67〕 蹶角：以额角叩地。受化：接受教化。

〔68〕 “掘强”二句：《汉书·伍被传》记伍被说淮南王曰：“东保会稽，南通劲越，屈（通‘倔’）强江、淮间，可以延岁月之寿耳。”掘：通“倔”。掘强：即倔强，强硬不屈。

〔69〕 中军临川殿下：指萧宏。时临川王萧宏任中军将军。殿下：对王侯的尊称。

〔70〕 茂亲：至亲。指萧宏为武帝之弟。

〔71〕 揔：通“总”。戎重：军事重任。

〔72〕 吊民：慰问老百姓。汭（ruì）：水流隈曲处。洛汭：洛水汇入黄河的洛阳、巩县一带。

〔73〕 伐罪：讨伐有罪之人。秦中：指北魏。今陕西中部地区。

〔74〕 遂：因循。

〔75〕 聊布：聊且陈述。往怀：往日的友情。本段写梁朝的强盛，以未来的美好前景劝说陈伯之投降。

【鉴赏】

陈伯之，南齐济阴睢陵（今江苏省睢宁市）人，自小体力过人，因家中贫穷，而以盗劫为生。在战乱中入军，并一路迁升，位至将军，封鱼复县伯，食邑五百户。后在部下的蛊惑下叛梁，事败，投降北魏。天监四年（505年），梁武帝命临川王萧宏领兵北伐，陈伯之屯兵寿阳与梁军对抗，萧宏命记室丘迟以个人名义写信劝降陈伯之，就是《与陈伯之书》。

全文可分为五段，首先义正辞严地谴责了陈伯之叛国投敌的卑劣行径，然后申明了梁朝不咎既往、宽大为怀的政策，再指出北魏的分裂动乱，不可依靠；并动之以故国之恩、乡关之情，最后描绘梁朝的强盛，奉劝他只有归梁才是最好的出路。这五个段落结合陈伯之以往的经历、现实的处境、内心的疑虑，有的放矢地逐层申说，无论是赞赏陈的才能，惋惜陈的失足，还是担忧陈的处境，期望陈的归来，均发自肺腑，真挚感人，理智的分析与深情的感召相互交错，层层递进，写得情理兼备，委婉曲折，酣畅淋漓，娓娓动听，具有摇曳心灵的感染力和说服力。

因陈伯之少小贫困识字不多，文化不深，所以丘迟用典较少，而且力求摒弃晦涩冷僻之典，尽量写得明白晓畅，具体实在，内容充实，感情真挚。但依然保有骈文偶体双行的四六句式，注意参差变化，具有音乐美及和谐的节律感。特别是“暮春三月，江南草长，杂花生树，群莺乱飞”几句，将江南的春景描绘得生动绚丽而空灵流宕，今天读来，仍能给读者以美的艺术享受。

赋

王　　粲

王粲(177—217),字仲宣。东汉末年文学家,山阳郡高平县(今山东省济宁市微山县两城镇)人。历任丞相掾、军谋祭酒、侍中,赐爵关内侯。

王粲为"建安七子"之一,文才出众,其诗赋为建安七子之冠,与曹植并称"曹王",著《英雄记》。《三国志・王粲传》记王粲著诗、赋、论、议近六十篇,他的诗因前期寄人篱下,怀才不遇,多哀伤、沉郁之情,诗风苍凉悲慨。后期政治上深得重用,尽展才华,心情乐观开朗,诗风慷慨豪壮。王粲赋今存二十多篇,篇帙短小,大多为骚体。擅于抒情,能够做到情景交融,语句简洁明快。他的散文大多词章纵横,情采别具,《为刘荆州谏袁谭书》《为刘荆州与袁尚书》较为有名。刘勰《文心雕龙・才略》称赞道:"仲宣溢才,捷而能密,文多兼善,辞少瑕累,摘其诗赋,则七子之冠冕乎。"

《隋书・经籍志》著录有文集十一卷,明人张溥辑有《王侍中集》。

登　楼　赋

登兹[1]楼以四望兮,聊暇日以销忧[2]。览斯宇之所处[3]兮,实显敞而寡仇[4]。挟清漳之通浦[5]兮,倚曲沮之长洲[6]。背坟衍之广陆[7]兮,临皋隰之沃流[8]。北弥陶牧[9],西接昭丘[10]。华实蔽野[11],黍稷盈畴[12]。虽信美而非吾土[13]兮,曾何足以少留[14]!

遭纷浊而迁逝[15]兮，漫逾纪以迄今[16]。情眷眷[17]而怀归兮，孰忧思之可任[18]？凭轩槛[19]以遥望兮，向北风而开襟[20]。平原远而极目兮，蔽荆山之高岑[21]。路逶迤而修迥[22]兮，川既漾而济深[23]。悲旧乡之壅[24]隔兮，涕横坠而弗禁[25]。昔尼父之在陈兮，有归欤之叹音[26]。钟仪幽而楚奏兮[27]，庄舄显而越吟[28]。人情同于怀土[29]兮，岂穷达而异心[30]！

惟日月之逾迈[31]兮，俟河清其未极[32]。冀王道之一平[33]兮，假高衢[34]而骋力。惧匏瓜之徒悬兮[35]，畏井渫之莫食[36]。步栖迟以徙倚[37]兮，白日忽其将匿[38]。风萧瑟而并兴兮，天惨惨[39]而无色。兽狂顾[40]以求群兮，鸟相鸣而举翼。原野阒[41]其无人兮，征夫[42]行而未息。心凄怆以感发[43]兮，意忉怛而憯恻[44]。循阶除[45]而下降兮，气交愤于胸臆[46]。夜参半而不寐[47]兮，怅盘桓以反侧[48]。

【注释】

〔1〕 兹：此。麦城故城在今湖北省当阳市东南，漳、沮二水汇合处。这是王粲在荆州依附刘表时登麦城城楼所作。

〔2〕 聊：姑且，暂且。暇日：假借此日。暇：通“假(jiǎ)”，借。销忧：解除忧虑。

〔3〕 斯宇之所处：指这座楼所处的环境。

〔4〕 显敞：宽阔敞亮。寡：少。仇：匹敌。

〔5〕 挟清漳之通浦：漳水和沮水在这里会合。挟：带。清漳：指漳水，发源于湖北南漳，流经当阳，与沮水会合，经江陵注入长江。通浦：两条河流相通之处。

〔6〕 倚曲沮(jū)之长洲：弯曲的沮水中间是一块长形陆地。倚：靠。曲沮：弯曲的沮水。沮水是汉江支流，发源于今湖北省保康县，流经南漳、当阳，与漳水会合。长洲：水中长形陆地。

〔7〕 背坟衍之广陆：楼北是地势较高的广袤原野。背：背靠，指北面。坟：地势高起。衍：地势广平。广陆：广袤的原野。

〔8〕 临皋(gāo)隰(xí)之沃流：楼南是地势低洼的低湿之地。临：面临，指南面。皋隰：水边低洼之地。沃流：可以灌溉的水流。

〔9〕 北弥陶牧：北接陶朱公所在的江陵(今湖北省荆州市江陵县)。弥：接。陶牧：春

秋时越国的范蠡帮助越王勾践灭吴后弃官来到陶,自称陶朱公。牧:郊外。湖北江陵西有陶朱公墓,故称陶牧。

〔10〕 昭邱:楚昭王的坟墓,在麦城西面郊外沮水边上。

〔11〕 华实蔽野:(放眼望去)花和果实覆盖着原野。华:同"花"。

〔12〕 黍(shǔ)稷(jì)盈畴:农作物遍布田野。黍稷:泛指农作物。

〔13〕 信美:确实美。吾土:这里指作者的故乡。

〔14〕 曾何足以少留:竟不能暂居一段。曾:竟。一说"曾"为语助词。

〔15〕 遭纷浊而迁逝:生逢乱世到处迁徙流亡。纷浊:纷乱混浊,比喻乱世。

〔16〕 漫逾纪以迄今:这种流亡生活至今已超过了十二年。逾:超过。纪:十二年。迄今:至今。

〔17〕 眷眷(juàn):形容念念不忘。

〔18〕 孰忧思之可任:这种忧思谁能经受得住呢?孰:谁。任:承受。

〔19〕 凭:倚靠。轩槛(jiàn):栏板。

〔20〕 向:对着。开襟:敞开胸襟。

〔21〕 蔽荆山之高岑(cén):高耸的荆山挡住了视线。荆山:在今湖北省南漳县。高岑:小而高的山。

〔22〕 路逶迤(wēi yí)而修迥:道路曲折漫长。逶迤:长而曲折的样子。修:长。迥(jiǒng):远。

〔23〕 漾:长。济:深。

〔24〕 壅:阻塞。

〔25〕 涕:眼泪。弗禁:止不住。

〔26〕 "尼父"两句:尼父,指孔子。据《论语·公冶长》载,孔子周游列国,在陈、蔡绝粮时感叹:"归欤,归欤!"

〔27〕 "钟仪"句:据《左传·成公九年》载,楚国乐官钟仪被郑国作为俘虏献给晋国,晋侯让他弹琴,钟仪弹奏南方楚国音乐,晋侯称赞说:"乐操土风,不忘旧也。"

〔28〕 庄舄(xì)句:据《史记·张仪列传》载,庄舄原本是越国的穷人,在楚国做了大官。有次生病,病中思念故乡越国,用越语说着梦话。

〔29〕 人情同于怀土:人都有怀念故乡的心情。

〔30〕 岂穷达而异心:哪能因为不得志和显达就不同了呢?

〔31〕 惟:念。一说发语词,无实义。逾迈:过往。

〔32〕 俟(sì):等待。河:古文中一般指黄河。未极:未至。

〔33〕 冀:希望。王道:王政,国家治理之道。平:稳定。

〔34〕 假：凭借。高衢：大道。

〔35〕 匏(páo)瓜句：出自《论语·阳货》："吾岂匏瓜也哉？焉能系而不食？"比喻不为世所用。

〔36〕 井渫(xiè)句：渫，淘井，除去秽浊，使井水清澈。语出《周易·井卦》："井渫不食，为我心恻。"比喻洁身自持而不为世用。

〔37〕 栖(qī)迟：游息。徙倚：行止不定。栖迟、徙倚都有徘徊、漫步义。

〔38〕 匿(nì)：隐藏。

〔39〕 惨惨：天色阴沉。

〔40〕 狂顾：惊恐地回头望。

〔41〕 阒(qù)：寂静。

〔42〕 征夫：离家远行的人。

〔43〕 凄怆：悲伤。感发：为周围景物所感触而情动。

〔44〕 忉怛(dāo dá)：悲痛。憯(cǎn)恻：凄伤。

〔45〕 循：沿着。阶除：台阶。

〔46〕 气交愤于胸臆：胸中闷气郁结，愤懑难平。

〔47〕 夜参半：半夜。参：分。一说，及。寐：睡着。

〔48〕 盘桓：原义指徘徊不前，这里指思来想去，内心的不平静。反侧：身体转来转去不能安卧。

【鉴赏】

这篇赋见于《文选》卷十一，是王粲南依刘表时所作。汉献帝兴平元年(194年)，董卓部将李傕、郭汜战乱关中，王粲遂离开长安，南下投靠刘表。到荆州后，却不被刘表重用，以致流寓襄阳十余年，心情郁闷。建安九年(204年)，即来到荆州第十三年的秋天，王粲久客思归，登上麦城东南的城楼，纵目四望，万感交集，写下这篇历代传诵不衰的名作，抒发久留客地、才能不能施展而产生的思乡情绪，是建安时代抒情小赋的代表作。

作者生逢乱世，长期客居他乡，心中充溢怀才不遇之忧、思乡怀国之情、对动乱时局的忧虑、对国家和平统一的希望、建功立业的抱负。前段以铺叙手法，描写登楼极目四望所见之景致：地势开阔、山川秀美、物产富饶，以眼前乐景反衬心中哀情。末段写傍晚景色：日惨风萧，兽狂鸟倦，原野寂寥，烘托出作者内心的凄怆。前后景物描写，即景生情，寓情于景，一乐一悲，相互照应，真切地反映出作者愁绪步步加深、忧伤至极的过程。感情深挚,娓娓道来,感人至深。

全篇贯以“忧”字,风格沉郁悲凉,音韵流畅自然。层次清晰,结构严谨。语言清丽,用典贴切,注意与主观感情的抒发相契合。超越了一般的怀乡之作,揭示了深厚的政治内涵。

这篇赋体物图貌高度精练,情思深厚丰腴,使读者自然而然地感觉其意味深永,形象感人,因此成为建安时期抒情小赋的杰作。在古代文学中“登高”成为文人抒发家国之思的常用意象。

江　淹

江淹(444—505),字文通,宋州济阳考城(今河南省商丘市民权县)人。南朝著名政治家、文学家,历任尚书驾部郎、骠骑参军事、御史中丞、骠骑将军兼尚书左丞,历仕南朝宋、齐、梁三代。江淹少时孤贫好学,六岁能诗,文章华著。

梦笔生花、江郎才尽、文通残锦是史上流传有关他的典故。江淹突出的文学成就表现在他的辞赋方面,他是南朝辞赋大家,与鲍照并称。江淹的《恨赋》《别赋》与鲍照的《芜城赋》《舞鹤赋》可说是南朝辞赋的佳作。

江淹又是南朝骈文大家,是南朝骈文作家中最有成就者之一,与鲍照、刘峻、徐陵齐名。最为知名的当数他在狱中写给建平王刘景素的《诣建平王书》,文章辞气激扬,不卑不亢,真情实感流注于字里行间。江淹的《报袁叔明书》《与交友论隐书》等,均为当时名篇。江淹的诗作成就虽不及他的辞赋和骈文,但也不乏优秀之作,其特点是意趣深远,在齐梁诸家中尤为突出。善于拟古是江淹诗歌方面的突出特色,面貌酷似,几可乱真。

南朝钟嵘在《诗品》中就说江淹“善于摹拟”。江淹努力学习古人的作品,确使他摆脱了一些绮丽之风,写出了不少于流丽中带有峭拔苍劲之气的诗篇。在江淹诗歌中,有一部分为乐府歌辞。江淹的乐府歌辞在南朝中虽不能技压群雄,也算得是上乘之作。

江淹生前自编有《江淹集》和《江淹后集》。保存不全,现在流行的版本可靠的是《江淹集》,而《后集》多亡佚。

别 赋

黯然销魂[1]者,唯别而已矣!况秦吴兮绝国[2],复燕宋[3]兮千里。或春苔兮始生,乍秋风兮蹔[4]起。是以行子肠断,百感凄恻。风萧萧而异响,云漫漫而奇色。舟凝滞[5]于水滨,车逶迟[6]于山侧。棹容与而讵前[7],马寒鸣而不息。掩金觞而谁御[8],横玉柱而霑轼[9]。居人愁卧,怳若有亡[10]。日下壁而沈彩[11],月上轩而飞光。见红兰之受露,望青楸之离[12]霜。巡曾楹[13]而空掩,抚锦幕而虚凉[14]。知离梦之踯躅[15],意别魂之飞扬[16]。

故别虽一绪,事乃万族[17]:

至若龙马[18]银鞍,朱轩绣轴[19],帐饮东都[20],送客金谷[21]。琴羽张[22]兮箫鼓陈,燕赵[23]歌兮伤美人,珠与玉兮艳暮秋,罗与绮兮娇上春[24]。惊驷马之仰秣[25],耸渊鱼之赤鳞[26]。造分手而衔涕[27],感寂寞而伤神。

乃有剑客惭恩[28],少年报士[29],韩国赵厕[30],吴宫燕市[31]。割慈忍爱,离邦去里,沥泣[32]共诀,抆血[33]相视。驱征马而不顾,见行尘之时起。方衔感[34]于一剑,非买价于泉里[35]。金石震[36]而色变,骨肉悲而心死[37]。

或乃边郡未和,负羽[38]从军。辽水无极[39],雁山参云[40]。闺中风暖,陌上草薰[41]。日出天而曜景[42],露下地而腾文[43]。镜朱尘之照烂[44],袭青气之烟煴[45],攀桃李兮不忍别,送爱子兮沾罗裙[46]。

至如一赴绝国,讵[47]相见期?视乔木[48]兮故里,决北梁兮永辞[49],左右兮魂动,亲宾兮泪滋。可班荆[50]兮憎恨,惟罇[51]酒兮叙悲。值秋雁兮飞日,当白露兮下时,怨复怨兮远山曲,去复去兮长河湄[52]。

又若君居淄右[53],妾家河阳[54],同琼佩[55]之晨照,共金炉之夕香[56]。君结绶[57]兮千里,惜瑶草之徒芳[58]。惭幽闺之琴瑟,晦高台之流黄[59]。春宫閟[60]此青苔色,秋帐含此明月光,夏簟[61]清兮昼不暮,冬釭凝兮夜何长[62]!织锦曲兮泣已尽[63],回文诗兮影独伤。

傥有华阴上士[64],服食还山[65]。术既妙而犹学,道已寂而未传[66]。守丹灶而不顾[67],炼金鼎[68]而方坚。驾鹤上汉,骖鸾[69]腾天。暂游万里,少别[70]千年。惟世间兮重别,谢主人兮依然[71]。

下有芍药之诗[72],佳人之歌[73],桑中卫女[74],上宫陈娥[75]。春草碧色,春水渌[76]波,送君南浦[77],伤如之何!至乃秋露如珠,秋月如珪[78],明月白露,光阴往来,与子之别,思心徘徊。

是以别方[79]不定,别理千名[80],有别必怨,有怨必盈。使人意夺神骇,心折骨惊[81]。虽渊云[82]之墨妙,严乐[83]之笔精,金闺之诸彦[84],兰台[85]之群英,赋有凌云[86]之称,辩有雕龙之声[87],谁能摹暂离之状,写永诀之情者乎!

【注释】

〔1〕 黯然:心神沮丧,形容惨戚之状。销魂,即丧魂落魄。

〔2〕 秦吴:古国名。秦国在今陕西一带,吴国在今江苏、浙江一带。绝国:隔离绝远之域。

〔3〕 燕宋:古国名。燕国在今河北一带,宋国在今河南东部一带。

〔4〕 乍:忽然。一说“乍”与上文“或”互文见义。蹔:同“暂”。

〔5〕 凝滞:留止不前的样子。

〔6〕 逶迟:行走缓慢的样子。

〔7〕 棹(zhào):船桨,这里指代船。容与:缓慢不进的样子。讵(jù):岂。讵前:滞留不前。此处化用屈原《九章·涉江》中“船容与而不进兮,淹回水而疑滞”的句意。

〔8〕 掩:覆盖。觞(shāng):酒杯。御:进用。

〔9〕 横:横持,搁置。玉柱:用玉做的琴瑟上的弦柱,这里借代指琴。霑:泪水浸湿。轼:车前的横木。

〔10〕 怳(huǎng):丧神失意的样子。亡:失。

〔11〕 沈彩:日光西沉。沈,同“沉”。

〔12〕 楸(qiū)：落叶乔木。枝干端直，高达三十米，古人多植于道旁。离：即“罹”，遭受。

〔13〕 曾(zēng)楹(yíng)：高高的楼房。曾：高。楹：屋前的柱子，此指房屋。

〔14〕 锦幕：锦织的帐幕。二句写行子一去，居人徘徊旧屋的感受。

〔15〕 踯躅(zhí zhú)：徘徊不前的样子。

〔16〕 意：同“臆”，料想。飞扬：心神不安。以上总起，泛写别离双方的悲伤。

〔17〕 万族：不同的种类。

〔18〕 龙马：据《周礼·夏官·廋人》载，马八尺以上称“龙马”。

〔19〕 朱轩：贵者所乘之车。绣轴：绘有彩饰的车轴。此指车驾之华贵。

〔20〕 帐饮：古人设帷帐于郊外以饯行。东都：指东都门，长安城门名。《汉书·疏广传》记载西汉疏广告老还乡时，公卿大夫故人邑子数百人设供帐于东都门，为他践行。

〔21〕 金谷：晋代石崇在洛阳西北金谷所造金谷园。史载石崇拜太仆，出为征虏将军，送者倾都，曾帐饮于金谷园。

〔22〕 羽：五音之一，声最细切，宜于表现悲戚之情。琴羽：指琴中弹奏出羽声。张：开，犹言弹奏。

〔23〕 燕赵：《古诗》有“燕赵多佳人，美者颜如玉”句。后因以美人多出燕赵。

〔24〕 上春：即初春。

〔25〕 驷马：古时四匹马拉的车驾称驷，马称驷马。仰秣(mò)：抬起头吃草。语出《韩诗外传》：“昔伯牙鼓琴而渊鱼出听，瓠巴鼓瑟而六马仰秣。”原形容琴声美妙动听，此处反其意。

〔26〕 耸：因惊动而跃起。鳞：指渊中之鱼。

〔27〕 造：至，等到。衔涕：含泪。以上写富贵者之别。

〔28〕 惭恩：自惭于未报主人知遇之恩。

〔29〕 报士：心怀报恩之念的侠士。

〔30〕 韩国：指战国时侠士聂政为韩国严仲子报仇，刺杀韩相侠累一事。赵厕：指战国初期，豫让因自己的主人智伯为赵襄子所灭，乃变姓名为刑人，入宫涂厕，挟匕首欲刺死赵襄子一事。

〔31〕 吴宫：指春秋时专诸置匕首于鱼腹，在宴席间为吴国公子光刺杀吴王一事。燕市：指荆轲与朋友高渐离等饮于燕国街市，因感燕太子恩遇，藏匕首于地图中，至秦献图刺秦王未成，被杀。高渐离为了替荆轲报仇，又一次入秦谋杀秦王事。

〔32〕 沥泣：洒泪哭泣。

〔33〕 抆(wèn)：擦拭。抆血：言泣血为别。

〔34〕 衔感：怀恩感遇。衔：怀。

〔35〕 泉里：黄泉。这句意指不是为了追求声名于地下。

〔36〕 金石震：钟、磬等乐器齐鸣。原本出自《燕丹太子》："荆轲与舞阳入秦，秦王陛戟而见燕使，鼓钟并发，群臣皆呼万岁，舞阳大恐，面如死灰色。"

〔37〕 "骨肉"句：语出《史记·刺客列传》，聂政刺杀韩相侠累后，剖腹毁容自杀，以免牵连他人。韩国当政者将他暴尸于市，悬赏千金。他的姐姐聂嫈说："妾其奈何畏殁身之诛，终灭贤弟之名！"于是宣扬弟弟的义举，伏尸而哭，最后在尸身旁边自杀。骨肉，指死者亲人。以上写剑客游侠之别。

〔38〕 负羽：背负弓箭。

〔39〕 辽水：辽河。在今辽宁省西部，流经营口入海。无极：没有尽头。

〔40〕 雁山：雁门山。在今山西原平县西北。参云：高插入云。

〔41〕 薰：香。

〔42〕 曜景：闪射光芒。

〔43〕 腾文：指露水在阳光下反射出绚烂的色彩。

〔44〕 镜：照耀。朱尘：红色的尘霭。照：日光。烂：光彩明亮而绚丽。

〔45〕 袭：扑入。青气：春天草木上腾起的烟霭。烟煴(yīn yūn)：同"氤氲"，云气笼罩弥漫的样子。

〔46〕 爱子：爱人，指征夫。以上写从军之别。

〔47〕 讵：岂有。

〔48〕 乔木：高大的树木。王充《论衡·佚文》："睹乔木，知旧都。"

〔49〕 "决北"句：语出汉王褒的《九怀》："济江海兮蝉蜕，绝北梁兮永诀。"决：同诀。

〔50〕 班：铺设。荆：树枝条。据《左传·襄公二十六年》记载，楚国伍举与声子相善。伍举将奔晋国，在郑国郊外遇到声子，"班荆相与食，而言复故"。后来人们就以"班荆道故"来比喻亲旧惜别的悲痛。

〔51〕 罇：樽的异体字，酒杯。《文选》题苏子卿《诗四首》有"我有一樽酒，欲以赠远人。愿子留斟酌，叙此平生亲"之句。

〔52〕 湄：水边。以上写远赴绝国之别。

〔53〕 淄右：淄水西面。在今山东境内。

〔54〕 河阳：黄河北岸。

〔55〕 琼佩：琼玉之类的佩饰。

〔56〕 二句回忆昔日朝夕共处的爱情生活。

〔57〕 绶：系官印的丝带。结绶：指出仕做官。

〔58〕 瑶草：仙山中的芳草。这里比喻闺中少妇。徒芳：比喻虚度青春。

〔59〕 晦：昏暗不明。流黄：黄色丝绢，这里指黄绢做成的帷幕。这一句指为免伤情，不敢登上高台卷起帷幕远望。一说爱人走后无心纺织，故而流黄上面蒙上了一层晦暗的灰尘。

〔60〕 春宫：指闺房。閟(bì)：关闭。

〔61〕 簟(diàn)：竹席。

〔62〕 釭(gāng)：灯。以上四句写居人春、夏、秋、冬四季相思之苦。

〔63〕 "织锦"二句：据武则天《璇玑图序》载："前秦苻坚时，窦滔镇襄阳，携宠姬赴阳台之任，断妻苏蕙音问。蕙因织锦为回文，五彩相宣，纵横八寸，题诗二百余首，计八百余言，纵横反复，皆成章句，名曰《璇玑图》以寄滔。"一说窦滔身处沙漠，妻子苏蕙就织锦为回文诗寄赠给他(《晋书·列女传》)。以上写夫妇之别。

〔64〕 傥(tǎng)：同"倘"。华阴：即华山，在今陕西渭南县南。上士：道士；求仙的人。《列仙传》载魏人修芊于华山下石室中食黄精，后不知所往。

〔65〕 服食：道家以为服食丹药可以长生不老。还山：即成仙。一作"还仙"。

〔66〕 寂：进入微妙之境。传：至，最高境界。

〔67〕 丹竈：炼丹炉。竈：灶的异体字。不顾：指不过问尘俗之事。

〔68〕 炼金鼎：在金鼎里炼丹。

〔69〕 驂(cān)：三匹马驾车称"驂"。鸾：古代神话传说中凤凰一类的鸟。

〔70〕 少别：小别。

〔71〕 谢：告辞，告别。依然：依依不舍。以上写方外学道炼丹者与凡尘俗世、凡夫俗子之别。

〔72〕 下：下士。与"上士"相对。芍药之诗：语出《诗经·郑风·溱洧》："维士与女，伊其相谑，赠以芍药。"

〔73〕 佳人之歌：指李延年的歌："北方有佳人，绝世而独立。"

〔74〕 桑中：卫国地名。卫女：指恋爱中的少女。

〔75〕 上宫：卫国地名。陈娥：亦指恋爱中的少女。《诗经·鄘风·桑中》："云谁之思？美孟姜矣。期我乎桑中，要我乎上宫。"

〔76〕 渌(lù)波：清澈的水波。

〔77〕 南浦：语出《楚辞·九歌·河伯》："子交手兮东行，送美人兮南浦。"后以"南浦"泛指送别之地。

〔78〕 珪(guī)：一种洁白晶莹的圆形美玉。"思心徘徊"句以上是男女情人之别。

〔79〕 别方：别离的双方。

〔80〕 名：种类。

〔81〕 折、惊：均言创痛之深。

〔82〕 渊：即王褒，字子渊。云：即扬雄，字子云。二人都是汉代著名的辞赋家。

〔83〕 严：严安。乐：徐乐。二人为汉代著名文学家。

〔84〕 金闺：原指汉代长安金马门。后来为汉代官署名。是聚集才识之士以备汉武帝诏询的地方。彦：有学识才干的人。

〔85〕 兰台：汉代朝廷中藏书和讨论学术的地方。

〔86〕 凌云：据《史记·司马相如列传》载，司马相如作《大人赋》，汉武帝赞誉为"飘飘有凌云之气，似游天地之间"。

〔87〕 雕龙：据《史记·孟子荀卿列传》载，驺奭(shì)写文章，善于闳辩。裴骃《史记集解》引刘向《别录》："驺奭修衍之文，饰若雕镂龙文，故曰雕龙。"以上总写别离之苦之痛，非笔墨所能形容。

【鉴赏】

死别之外，生离大概是人生中最大也最常经历的情感苦痛。抒发因离别而生伤痛因此也就成为文学母题之一。江淹的《别赋》选取当时人们最常经历的七种离别类型摹写离愁别绪，也隐晦地反映出南北朝时战乱频繁、聚散不定的社会状况。其题材和主旨在六朝抒情小赋中堪称新颖别致，也开了文学史正面描写离愁的先河。

文章条理清晰，次序井然。其结构类似议论文，开宗明义，点出题目，列出论点："黯然销魂者，唯别而已矣。"首段总起，泛写人生离别之悲，"黯然销魂"四字为全文抒情定下基调。中间七段分别描摹富贵之别、侠客之别、从军之别、绝国之别、夫妻之别、方外之别、情侣之别，以"别虽一绪，事乃万族"铺陈各种别离的情状，写特定人物同中有异的别离之情。末段则以"别方不定，别理千名，有别必怨，有怨必盈"的打破时空的方法进行概括总结，在以悲为美的艺术境界中，概括出人类别离的共有感情。其总分总的结构，首尾呼应，以突出主旨。

《别赋》最突出的成就，在于借环境描写和气氛渲染以刻画人的心理感受。善于抓住特征，善于选择素材，还必须有相应的语言技巧，方可描写出色。作者对生活进行观察、概括、提炼，择取不同的场所、时序、景物来烘托、刻画人的情感活动，铺张而不厌其详，夸饰而不失其真，酣畅淋漓，信然能引发共鸣，进而领悟"悲"之所以为美。作者对各类特殊的离别情境，根据其各自特点，突出描写某一侧面，表现富有特征的离情。作者力求写出不同离怨的不同特征，不仅事不同，而且情不同，境不同，因而读来不雷同，不重复，各有一种滋味，也有不同启迪。

《别赋》的文辞骈俪整饬，但却未流入宫体赋之靡丽，亦不同于汉大赋的堆砌，清新流丽，充满诗情画意。尤其是“春草碧色，春水渌波，送君南浦，伤如之何”等名句，千古传诵。

小说

中国古代小说孕育于先秦时期的远古神话，经历了汉魏六朝杂史、志怪志人的成长，唐传奇的成熟，宋明话本、拟话本的发展壮大，最后在明清章回小说中展示出生命的辉煌。

从语体上说，中国古代小说又可分为文言小说和白话小说两大系统。

从艺术的渊源上说，中国小说的萌芽状态可以追溯到远古神话，《山海经》被称为“古今小说之祖”。先秦的史传文对小说的影响也很明显，《战国策》因其叙事的成熟完备及其中多篇显著的虚构色彩，更是被当作最初的小说体裁之一——杂史小说的开端。

汉代出现了第一篇初具规模的杂史小说《燕丹子》，它比《史记·刺客列传》中的“荆轲传”更富传奇色彩。

中国小说初具规模是在魏晋南北朝时期，这也是文言小说的第一个高峰。其标志就是小说由写事为主转向写人及其性格特征为主，从而确定了人在小说中的主体地位。按内容可分为志怪和志人两类，前者以写神灵鬼怪及其妖异怪诞之事为主，代表是晋代干宝的《搜神记》；后者以记载人物的琐闻逸事为主，代表是南朝刘义庆的《世说新语》。

志怪小说

魏晋南北朝时期，玄学盛行，本土的道教在创立中，而传自印度的佛教也开始在社会上层和士大夫之间流传，在宗教大盛的背景下，各种神异故事和传说也就甚为流行，出现了大量的志怪小说。六朝“志怪”远承上古时代的神话传说，近继先秦两汉史书及诸子百家著作中的神鬼妖异故事，下开唐代传奇和宋代评话中“烟粉灵怪”故事的先河，一直深远地影响到元、明、清三代的小说和戏剧文学，而明清的笔记小说则可以说是六朝志怪的嫡传。六朝“志怪”在我国文学史上，特别是在古代小说的发展史上有着承前启后的作用。《搜神记》则是现存志怪小说中价值最高，对后世影响最大的一种，是这个时期志怪小说的代表。通过它我们可以更清楚地认识到六朝志怪小说的思想艺术成就以及在小说发展史上的地位。

干　宝

干宝(？—351)，字令升，新蔡(今河南省新蔡县)人。初为著作郎，因平杜弢有功，封关内侯，是一个有神论者，他在《自序》中称，“及其著述，亦足以发明神道之不诬也”。《晋书·干宝传》说他有感于生死之事，“遂撰集古今神祇灵异人物变化，名为《搜神记》”。原本已散，今本系后人缀辑增益而成，二十卷，共有大小故事四百五十四个。主角有鬼，也有妖怪和神仙，杂糅佛道，所记多为神灵怪异之事，也有一部分属于民间传说。其中的大部分故事在一定程度上反映了古代人民的思想感情。它是集我国古代神话传说之大成的著作，其故事大多篇幅短小，情节简单，设想奇幻，极富浪漫主义色彩，对后世影响深远，开创了我国古代神怪小说的先河。

紫　玉

吴王夫差小女，名曰紫玉，年十八，才貌俱美。童子韩重，年十九，有道术，女悦之，私交信问〔1〕，许为之妻。重学于齐、鲁之间，临去，属其父母使求婚。王怒，不与〔2〕女，玉结气死〔3〕，葬阊门〔4〕之外。三年，重归，诘〔5〕其父母，父母曰：“王大怒，玉结气死，已葬矣。”

重哭泣哀恸，具牲币〔6〕往吊于墓前。玉魂从墓出，见重流涕，谓曰：

"昔尔行之后,令二亲[7]从王相求,度必克从大愿[8],不图别后遭命[9],奈何!"玉乃左顾,宛颈[10]而歌曰:"南山有乌[11],北山张罗;乌既高飞,罗将奈何! 意欲从君,谗言孔多[12]。悲结生疾,没命黄垆[13]。命之不造[14],冤如之何! 羽族之长,名为凤凰;一日失雄,三年感伤;虽有众鸟,不为匹双。故见鄙姿,逢君辉光。身远心近,何当[15]暂忘。"歌毕,歔欷[16]流涕,要[17]重还冢。重曰:"死生异路,惧有尤愆[18],不敢承命[19]。"玉曰:"死生异路,吾亦知之;然今一别,永无后期。子将畏我为鬼而祸子乎? 欲诚所奉[20],宁不相信。"重感其言,送之还冢。玉与之饮燕,留三日三夜,尽夫妇之礼。临出,取径寸明珠[21]以送重,曰:"既毁其名,又绝其愿,复何言哉! 时节自爱[22]。若至吾家,致敬大王。"

重既出,遂诣王自说其事。王大怒曰:"吾女既死,而重造讹言[23],以玷秽亡灵[24]。此不过发冢取物,托以鬼神。"趣收重[25]。重走脱,至玉墓所,诉之。玉曰:"无忧。今归白王。"

王妆梳,忽见玉,惊愕悲喜,问曰:"尔缘何生?"玉跪而言曰:"昔诸生[26]韩重来求玉,大王不许,玉名毁,义绝,自致身亡。重从远还,闻玉已死,故赍[27]牲币,诣冢吊唁[28]。感其笃[29],终辄[30]与相见,因以珠遗之,不为发冢。愿勿推治[31]。"

夫人[32]闻之,出而抱之。玉如烟然[33]。

【注释】

〔1〕 信:使者。问:信件。

〔2〕 与:答应。

〔3〕 结气:悲苦郁结。

〔4〕 阊门:吴国都城姑苏(今江苏省苏州市)的城门名。

〔5〕 诘:盘问。

〔6〕 牲币:祭祀用的牺牲和币帛。

〔7〕 令二亲:指韩重的父母。令:对对方亲属的尊称。

〔8〕 度:预计。克从大愿:能实现愿望。

〔9〕 不图：不料。这句说，不料别后遭遇到悲惨的命运，怎么办呢？

〔10〕 宛颈：宛伸其颈。宛：宛转伸动的意思。

〔11〕 “南山”四句的意思是，玉以乌自比，以网比韩重，说自己已经去世，你回来也无济于事。

〔12〕 孔多：甚多。

〔13〕 黄垆：黄泉，即地下。

〔14〕 命：命运。不造：不好。

〔15〕 何当：何时。

〔16〕 歔欷：哭泣时因气咽而抽噎。

〔17〕 要(yāo)：请。

〔18〕 尤愆(qiān)：罪过，这里有意外之祸的意思。

〔19〕 承命：奉命。

〔20〕 诚：这里作动词用。所奉：即所奉侍之人，指韩重。

〔21〕 径寸明珠：直径一寸的大明珠。

〔22〕 时节自爱：在每年节气变化时，要注意保重身体。

〔23〕 讹(é)言：谎话。

〔24〕 玷秽亡灵：玷污死者。

〔25〕 这句说，吴王催促左右把韩重抓起来。趣(cù)：催促。收：收系，抓捕。

〔26〕 诸生：青年人。

〔27〕 赍(jī)：拿着。

〔28〕 唁(yàn)：与“吊”同义。

〔29〕 笃：恩情深挚而始终不渝。

〔30〕 辄：就。

〔31〕 推治：追究办罪。

〔32〕 夫人：指吴王之妻，紫玉的母亲。

〔33〕 玉如烟然：紫玉像烟一样化去。

【鉴赏】

这是一个凄美的爱情故事。吴王夫差的小女儿紫玉爱上普通人家的男子韩重，并私下派人与韩重通信，许以终身，随即韩重游学齐鲁。奈何两人身份差距过大，夫差没有答应韩重父母的提亲，紫玉抑郁而死。三年后韩重归来，得知紫玉死讯，前去墓前吊唁。紫玉的魂魄从坟墓中出来，向韩重倾诉衷肠，并邀请韩重与她同入墓中相聚几日，待以夫妻之礼，临别赠送大明珠一颗。最后又因吴王夫差抓捕韩重而去找夫差为韩重申辩。在墓中，紫玉可以与韩重如生人般相处，可是当她母亲听说她来到，与她相见，相拥之下，在母亲怀中紫玉却化成轻烟。

这则故事描写哀婉动人，塑造了为爱可以死、死后魂魄也要完成生前夙愿的美丽少女紫玉的形象。从紫玉身上我们可以看到后世小说中那些为爱而生生死死、死死生生的众多女性形象，如汤显祖笔下的杜丽娘和蒲松龄笔下那些美丽的精灵鬼怪。同时，这则故事也让我们可以更多思考关于爱情、亲情的深刻内涵。

吴　均

吴均(469—521)，字叔庠，吴兴故鄣(今浙江省安吉市)人。南朝梁文学家、史学家，出身贫寒，性格耿直，好学有俊才。后官累升至奉朝请。

吴均精通史学，有《后汉书注》《齐春秋》等。为文清拔，工于写景，尤以小品书札见长，诗亦清新，多为反映社会现实之作，为时人仿效，号称“吴均体”。《与朱元思书》以简洁而传神的文笔，描写富春江两岸清朗秀丽的景色，读后如亲临其境，为六朝骈文名著。

吴均的志怪小说《续齐谐记》，继南朝宋东阳无疑《齐谐记》而作，现存传本只有十七条，所记故事多为怪异之事，但文辞优美，故事曲折生动，人物性格鲜明，书中不少故事曾广为流传，如七月七日织女渡河会牛郎故事，五月五日作粽祭屈原故事等等，常为人引作典故。

阳羡书生

东晋阳羡[1]许彦于绥安[2]山行，遇一书生，年十七八，卧路侧，云脚痛，求寄彦鹅笼中。彦以为戏言，书生便入笼。笼亦不更广，书生亦不更小。宛然与双鹅并坐，鹅亦不惊。彦负笼而去，都不觉重。

前行息树下，书生乃出笼。谓彦曰：“欲为君薄设[3]。”彦曰：“甚善。”乃于口中吐一铜奁子[4],奁子中具诸饰馔[5],珍羞方丈[6],其器皿皆铜物,气味香旨,世所罕见。酒数行,乃谓彦曰:“向将[7]一妇人自随,今欲暂要之。”彦曰:“甚善。”又于口中吐出一女子,年可十五六,衣服绮丽,容貌殊绝[8],共坐宴。

俄而书生醉卧。此女谓彦曰:“虽与书生结妻,而实怀怨,向亦窃得一男子同行,书生既眠,暂唤之,君幸勿言。”彦曰:“甚善。”女人于口中吐出一男子,年可二十三四,亦颖悟[9]可爱,乃与彦叙寒温[10]。书生卧欲觉,女子吐一锦行幛[11],书生乃留女子共卧。

男子谓彦曰:“此女子虽有心,情亦不甚向[12]。复窃得一女人同行,今欲暂见之,愿君勿泄。”彦曰:“善。”男子又于口中吐一妇人,年可二十许,共酌戏谈甚久。闻书生动声,男子曰:“二人眠已觉。”因取所吐女人,还纳口中。

须臾,书生处女乃出,谓彦曰:“书生欲起。”乃吞向男子,独对彦坐。然后书生起,谓彦曰:“暂眠遂久,君独坐,当悒悒[13]邪?日又晚,当与君别。”遂吞其女子,诸器皿悉纳口中。留大铜盘,可二尺广,与彦别曰:“无以藉君[14],与君相忆也[15]。”

彦大元中为兰台令史[16],以盘饷侍中[17]张散。散看其铭[18],题云是永平[19]三年作。

【注释】

〔1〕 阳羡:汉县名,在今江苏省宜兴市。

〔2〕 绥安:故城在今宜兴市西南。

〔3〕 这句话的意思是打算招待你吃一餐。薄:自谦语,简略。设:备酒菜之类食物。

〔4〕 奁(lián)子:盒子。

〔5〕 饰馔(zhuàn):整治清洁的饮食物品。

〔6〕 珍羞:珍贵精美的食物。羞:同“馐”。方丈:在席上占据方丈大的面积,形容多。

〔7〕 将:携带。

〔8〕 殊绝:超众。

〔9〕 颖悟：聪敏。

〔10〕 寒温：日常应酬话，与寒暄同。

〔11〕 行障：可以移动的屏风，古代富贵者出游时用之。

〔12〕 这句说，我的爱情也不是专一地向着她。

〔13〕 悒悒：闷闷不乐。

〔14〕 藉：报答。这句意思说，没有什么好东西报答你。

〔15〕 这句意思说，给你留念。

〔16〕 大元：即太元，晋孝武帝年号(373—396)。兰台令史：中央朝廷典校图籍、管理文书的官员。

〔17〕 饷：赠送。侍中：官名。在殿中侍帝左右，故名。

〔18〕 铭：刻在盘上的铭文。

〔19〕 永平：东汉明帝年号(58—75)。

【鉴赏】

这则故事又称《鹅笼书生》，出自佛经《旧杂譬喻经》中的《梵志吐壶》故事。梵志吐壶，壶中有女子，等梵志睡着，女子又吐一壶，壶中另有男子，梵志醒来，女子吞掉男子又被梵志所吞。在故事中“壶”象征人内在隐秘的情欲，而佛经的主旨是对人情欲的贬斥与否定。佛教传入中国后，自魏晋开始，历经唐宋元明清等各朝，志怪、传奇、平话或长短篇小说，不论在表现的思想方面、题材内容方面，或叙事结构、写作笔法方面，都呈现出受到佛教影响的痕迹。《西游记》中孙悟空进入妖怪腹中以降魔，铁扇公主口吐芭蕉扇等情节分明就受《梵志吐壶》影响。

《梵志吐壶》在当时有两则仿作，另一是晋代荀氏《灵鬼志》之《外国道人》。故事描述外国道人能进入只可受升余的小笼子，且在笼中自其口中吐物、吐人；且吐出之人复能继续自口中再吐人出来。“口中吐人”在《外国道人》的故事中，已非对情欲的强调与批判，而仅仅是在暗示外国道人的幻术高明。因此，故事的重点在后半部，外国道人凭其幻术，将吝啬富翁的宝马及父母，分别装入“罂”与“泽壶”中，迫使其出资济贫。在此，《外国道人》的重点是对为富不仁者施以道德教训，而非佛教对情欲的否定。

《阳羡书生》比《譬喻经》和《外国道人》多了一次变化，从第二个男子口中又吐出二十岁左右的女子，有更为细致的场景描写，有对人物内心的简洁表述，情节设置也更为曲折。被吐出者往往心怀怨恨，象征内在隐私情欲，但故事重点并不在此,而仅仅是传达鹅笼书生幻中出幻、变化莫测这样令人惊异的幻术。

轶事小说

轶事,世人不知道的史事,多指未经史书记载的事迹、正史所不记载的事、奇闻、别人闻所未闻的事、不可思议的事。魏晋轶事小说是流行于魏晋南北朝时期的一种小说形式,又称志人小说,主要记载魏晋时期的隽言轶事,反映了当时士人的处世态度、生活习俗和文化情趣,也揭露统治者的奢侈和凶残。这类小说篇幅短小,语言简朴,多见人物风貌,颇能传神。轶事小说在魏晋南北朝盛行,和当时社会品评人物的清谈风尚有密切关系,鲁迅说:“汉末士流,已重品目,声名成毁,决于片言。魏晋以来,乃弥以标格语言相尚,惟吐属则流于玄虚,举止则故为疏放。……世之所尚,因有撰集,或者掇拾旧闻,或者记述近事,虽不过丛残小语,而具为人间言动,遂脱志怪之牢笼也。”(《中国小说史略》)这一段话,扼要地说明了轶事小说产生和兴盛的原因。

魏晋的轶事小说,较早的有托名汉刘歆的《西京杂记》,据《唐书·经籍志》著录,实为晋葛洪所撰。这部书内容很庞杂,记述了西汉的宫室制度、风俗习惯、怪异传说等多方面内容,人物轶事只是其中的一部分,但确有一些“意绪秀异,文笔可观”的佳作。如《肃霜裘》描写司马相如和卓文君当垆卖酒捉弄卓王孙的故事就很生动。《王嫱》一则,反映了宫廷生活的腐败和奸臣的弄权纳贿,颠倒黑白,有强烈的批判意义。纯粹记录人物轶事的小说,最早的作品是东晋裴启的《语林》,后来有郭澄之的《郭子》,宋刘义庆的《世说新语》,梁沈约的《俗说》,殷芸的《小说》等。这些书大都已散佚,只在类书中还保有一些遗文。比较完整流传至今的只有《世说新语》,它是魏晋轶事小说的集大成之作,是这类小说的代表作品。

刘义庆

刘义庆(403—444),字季伯,彭城(今江苏省徐州市)人,世居京口(今江苏省镇江市)。宋武帝刘裕之侄,长沙景王刘道怜次子,其叔父临川王刘道规无子,即以刘义庆为嗣,袭封临川王。南朝宋文学家,自幼才华出众,爱好文学,广招四方文学之士,聚于门下。著有《世说新语》,志怪小说《幽明录》等,现只有《世说新语》传世。

《世说新语》又称《世说》《世说新书》,是一部主要记述魏晋人物言谈轶事的笔记小说。梁代刘峻(字孝标)作注。全书原八卷,刘峻注本分为十卷,今传本皆作三卷,分为德行、言语、政事、文学、方正、雅量等三十六门,全书共一千多则,每则文字长短不一,有的数行,有的三言两语,记述自汉末到刘宋时名士贵族的逸闻轶事,主要为有关人物评论、清谈玄言和机智应对的故事。书中所载均属历史上实有的人物,他们的言论或故事则有一部分出于传闻。轶事小说标榜真实,力求真实。因而这段时期的史书常常直接选取《世说新语》中的记载入史,成为这一时期重要的史料来源。它对人物的描写有的重在形貌,有的重在才学,有的重在心理,但都集中到一点,就是重在表现人物的特点,通过独特的言谈举止写出了独特人物的独特性格,使之气韵生动、活灵活现、跃然纸上。鲁迅曾称赞《世说新语》“记言则玄远冷隽,记行则高简瑰奇”。

《世说新语》的语言精炼含蓄,隽永传神。明胡应麟说:“读其语言,晋人面目气韵,恍然生动,而简约玄澹,真致不穷。”(《少室山房笔丛》)可谓确评。有许多广泛应用的成语便是出自此书,例如:难兄难弟、拾人牙慧、咄咄怪事、一往情深、卿卿我我,等等。此外,《世说新语》善用对照、比喻、夸张、描绘等文学技巧,不仅保留下许多脍炙人口的佳言名句,更为全书增添了无限光彩。如今,《世说新语》除了文学欣赏的价值外,人物事迹、文学典故等也多为后世作者所取材、引用,对后来的小说发展影响尤其大。《唐语林》《续世说》《何氏语林》《今世说》《明语林》等都是仿《世说新语》之作,称之“世说体”。

在中国文学史的人物典型长廊里,《世说》所刻画的一系列魏晋风流人物的典型形象,无疑是最具风采,最有魅力,最富于时代特色的。

华歆王朗

华歆、王朗[1]俱乘船避难,有一人欲依附,歆辄难之[2]。朗曰:“幸尚宽,何为不可?”后贼追至,王欲舍所携人。歆曰:“本所以疑[3],正为此耳[4]。既已纳其自托[5],宁可以急相弃邪?”遂携拯如初。世以此定华、王之优劣。

【注释】

〔1〕 华歆(157—231):字子鱼,高唐(今山东省禹城县)人,汉桓帝时为尚书令,入魏后官至太尉。王朗(? —228):字景兴,东海郯(tán,今山东省郯县)人,汉末为会稽太守,入魏后官至司徒。

〔2〕 辄:即。这句说,华歆随即迟疑为难。

〔3〕 疑:迟疑不决。这句意思说,当初所以犹豫。

〔4〕 这句意思说,正是因为考虑到会出现当前这样形势紧急难以照顾别人的情况。

〔5〕 纳其自托:接受他的请托。纳:接受。

【鉴赏】

汉魏两晋人物品藻之风盛行,人物品藻比伦,因为多是通过简短的评语而加以比较的,给人的印象往往显得抽象而模糊。《世说新语》刻画人物,通常通过对人物的比较来判定其特点和优劣,或美丑相比,或贫富相比,或通过对某一具体事件,不同人物所采取的不同态度和不同处理方式,突出人物的不同性格,给人以十分鲜明而深刻的印象。

这则故事出自《德行门》,描写华歆、王朗二人对于依附搭船之人前后不一的态度,刻画了两人不同的品格。起初,王朗显得十分慷慨,富于同情心,而华歆则显得近乎冷酷和自私。但是,后来贼人追至,情形危急,王朗为了自保,打算弃之,而华歆却说,开始不同意,正是考虑到这一点;但既然让人搭乘,决不可临危相弃。由此可以看出,华歆不但有识见,而且帮助他人始终如一,不像王朗那样滥用同情,为善不终。此即所谓“遭变则以义断事”(曹植《辅臣论》赞华歆语)。章太炎认为华歆所为系“矫伪干誉”(《葑汉昌言》),似欠公允。

王蓝田性急

王蓝田[1]性急。尝食鸡子,以箸[2]刺之,不得,便大怒,举以掷地。

鸡子于地圆转未止，仍下地以屐齿蹍[3]之，又不得，瞋[4]甚，复于地取内[5]口中，啮破即吐之。王右军[6]闻而大笑曰："使安期[7]有此性，犹当无一豪可论[8]，况蓝田邪？"

【注释】

〔1〕 王蓝田：即王述，字怀祖，官至散骑常侍，尚书令。

〔2〕 箸：筷子。

〔3〕 仍：因。蹍(niǎn)：踩，踏。

〔4〕 瞋(chēn)：怒。

〔5〕 内：通"纳"，放入。

〔6〕 王右军：即王羲之，曾做右军将军。

〔7〕 安期：王承的字。他是王述的父亲，曾官东海内史，从事中郎。

〔8〕 豪：通"毫"。无一毫可论：无一点可取之意。当时士族阶级人们在生活作风方面特别重视从容不迫，因此特别不满性急。

【鉴赏】

《世说新语》刻画人物注重细节：或言语，或行为。这则轶事，通过对蓝田侯王述吃鸡蛋的一连串动作的描写，用"刺""举""掷""蹍""纳""啮""吐"几个动词，和"大怒""瞋甚"的情态描写，于尺幅之中使人物心态毕显，将一个本该从容优雅的贵族急躁狼狈之状描摹得极为生动传神。笔墨简约，气韵生动。

王子猷居山阴

王子猷居山阴[1]，夜大雪，眠觉，开室，命酌酒。四望皎然[2]，因起仿偟，咏左思[3]招隐诗。忽忆戴安道[4]，时戴在剡[5]，即便夜乘小船就之。经宿方至[6]，造门不前而返[7]。人问其故，王曰："吾本乘兴而行，兴尽而返，何必见戴？"

【注释】

〔1〕 王子猷(yóu):王徽之的字,王羲之的儿子。山阴:今浙江省绍兴市。

〔2〕 皎然:洁白光明貌。

〔3〕 左思:西晋著名诗人。他的《招隐诗》是描写隐居田圃乐趣的诗。

〔4〕 戴安道:戴逵的字。逵:谯国(今安徽省亳州市)人,学问广博,善属文,音乐、书、画等方面也很有修养,隐居不仕。

〔5〕 剡(shàn):今浙江省嵊县。

〔6〕 这句意思说,经过一宿的功夫才到。

〔7〕 造:到,至。这句意思说,到了门口不进去就回头了。

【鉴赏】

王子猷"雪夜访戴"是魏晋风度的典型事例。他雪夜兴起,忽然想起朋友戴安道,便立即命舟前往。行了一夜,来到戴家门口,却并不进门造访而命舟返回,所谓"乘兴而行,兴尽而返"。这种举动不带有任何功利目的,全凭自己兴之所至。此中情韵,何等天真!何等通脱!何等超逸!

描写人物,状其形貌易,写其精神则难。此即所谓"传神写照"。《世说新语》塑造人物的最大特点是传神写意。通过人物的隽言逸行,三言两语便勾勒出人物的精神风貌。即便是一鳞半爪,吉光片羽,不是那么清晰,那么细微,却能显示出云龙神马的风姿神韵,此即所谓"面目气韵,恍然生动"。

许允妇

许允妇〔1〕是阮卫尉女,德如妹,奇丑。交礼〔2〕竟,允无复入理,家人深以为忧。会允有客至,妇令婢视之,还答曰:"是桓郎〔3〕。"桓郎者,桓范也。妇云:"无忧,桓必劝入。"桓果〔4〕语许云:"阮家既嫁丑女与卿,故当有意,卿宜察之。"许便回入内。既见妇,即欲出。妇料其此出,无复入理,便捉裾停〔5〕之。许因谓曰:"妇有四德〔6〕,卿有其几?"妇曰:"新妇所乏唯容尔。然士有百行〔7〕,君有几?"许云:"皆备〔8〕。"妇曰:"夫百行以德为首,君好色不好德,何谓皆备?"允有惭色,遂相敬重。

【注释】

〔1〕 许允妇：又称阮氏女，曹魏时卫尉阮共（字伯彦）的女儿，阮侃（字德如）的妹妹，许允之妻。许允（？—254）：字士宗，高阳（今河北省保定市高阳县）人。三国时期曹魏官员、名士，官至中领军。

〔2〕 交礼：婚礼上的交拜礼。

〔3〕 桓郎：桓范（？—249），字元则，沛国龙亢（今安徽省怀远县西龙亢镇北）人。三国时期曹魏大臣、文学家、画家。魏晋时对男子可称“郎君”或“郎”。

〔4〕 果：果然。

〔5〕 裾（jū）：衣服的前襟或衣袖，此处当是衣袖。停：作动词，使……停。

〔6〕 四德：最早见于《周礼·天官·冢宰·九嫔》，指后宫嫔妃要学会的“妇德、妇言、妇容、妇功”这四项妇学内容。后来成为约束女性思想行为的准则。

〔7〕 百行：泛指男子该恪守的各种品行、德行。

〔8〕 皆备：都具备。

【鉴赏】

这位许允妇，是历史上著名四大丑女之一，可是颖悟明达、见识过人。新婚时丈夫不入洞房，家人着急，她不慌张——沉稳大气；她知道丈夫好友桓范会规劝——识人之明；丈夫进了洞房立即要走，她马上拉住丈夫的衣袖留人——审时度势，有智有勇；丈夫讥笑她的长相，她机智应对，问夫德行有几——词锋犀利，又温和从容。在这个飘零乱世，她更是用自己的过人见识和胆略，历经艰辛坎坷，保全了两个儿子。

中国历史上的魏晋时代，是一个政权更迭、战乱频仍的乱世，可思想却是高度自由开放。一部《世说新语》写尽了魏晋士子的率性、狂放、怪诞，后人称作“魏晋风度”，那是一个时代的气质精神。而这种氛围下的魏晋女子，亦有不同于前辈后世女性的言语行止。她们清雅从容的风韵、特立独行的风范从历史书页的句读缝隙漫溢而出，始终烛照岁月，熠熠生辉。

第四编

隋唐五代部分

诗歌

王　绩

王绩(585—644),字无功,自号东皋子,绛州龙门(今山西省河津市)人。王绩自幼好学,博闻强记,隋朝开皇二十年(600年),十五岁的王绩游历京都长安(今陕西省西安市),拜见权倾朝野的大臣杨素,被在座公卿称为"神童仙子"。大业(605—618)中举孝廉,历任秘书省正字、六合县丞、太乐丞等职。后归隐,性简傲,嗜酒如命,能饮五斗,被尊为"斗酒学士"。王绩诗近而不浅,质而不俗,真率疏放,旷怀高志,直追魏晋之风。其诗多以山水田园为题材,在闲适情趣的抒写中,也往往寓有抑郁不平的感慨。自作《五斗先生传》,撰有《酒经》《酒谱》,有《东皋子集》。

野　望

东皋〔1〕薄暮〔2〕望,徙倚欲何依〔3〕。树树皆秋色〔4〕,山山唯落晖〔5〕。牧人驱犊〔6〕返,猎马带禽〔7〕归。相顾无相识,长歌怀采薇〔8〕。

【注释】

〔1〕 皋(gāo):指水边高地。东皋:指诗人隐居之处,在今山西省河津市。

〔2〕 薄暮:傍晚。薄:迫近。

〔3〕 徙倚(xǐ yǐ):徘徊低回。依:归依。欲何依:心情无所着落。

〔4〕 秋色:憔悴枯黄之色。一作"春色"。

〔5〕 落晖：落日、夕阳。此二句意为：满眼秋色，夕阳洒落山峰，给人以荒凉穷暮之感。

〔6〕 犊(dú)：小牛，这里指牛群。

〔7〕 禽：鸟兽，这里指猎物。

〔8〕 薇：一种植物。相传周武王灭商后，伯夷、叔齐不愿做周的臣子，在首阳山上采薇而食，最后饿死。古时"采薇"代指隐居生活。

【鉴赏】

王绩是由隋入唐的诗人，入唐之初，王绩以秘书省正字待诏门下省，不久便辞官；贞观时出为太乐丞，旋又辞归。归隐中的王绩在一个秋日的傍晚，遥望山野，看到一派秋意盎然的景色，看到放牧和打猎的人们各自归家，不禁怀念起古代采薇而食的隐士。这首诗写的是山野秋景，在闲逸的情感中，带有些许彷徨和苦闷，是王绩田园诗的代表作。全诗于萧瑟静谧的景物描写中流露出作者孤独抑郁的心情。因为现实中的王绩是孤独的，是寂寞的，只好在诗中追怀古代的隐士以安慰自己孤寂的内心。

《野望》被列为五律之首，它摒弃了南朝诗风的华靡艳丽，写得朴素清新。诗歌首尾两联抒情记事，中间两联一写自然界之秋景，一写农人劳作之景，经过情—景—情这一反复，诗的意境更加深化。读者在诵读诗歌时便觉朗朗上口，韵味十足。黄生《唐诗矩》言："前写野望之景，结处方露己意。三、四喻时值衰晚，此天地闭、贤人隐之象也。故末寄怀《采薇》，盖欲追踪夷、齐之意，然含蓄深深，不露线索，结法深厚。得此一结，便登唐人正果，非复陈、隋小乘禅矣。"

王　勃

王勃(650？—676?)，字子安，古绛州龙门(今山西省河津市)人，出身儒学世家，与杨炯、卢照邻、骆宾王并称为"初唐四杰"，王勃为四杰之首。王勃自幼聪敏好学，他六岁就能写文章，且文笔流畅，被时人赞为"神童"。应幽素科试及第后历任朝散郎、沛王府修撰、虢州参军等职。王勃在诗歌体裁上擅长五律和五绝，代表作品有《送杜少府之任蜀川》，主要文学成就是骈文，他的诗文均为上乘之作，代表作品有《滕王阁序》等。有《王子安集》二十卷。

滕　王　阁

滕王高阁[1]临江渚[2]，佩玉鸣鸾[3]罢歌舞。画栋朝飞南浦[4]云，珠帘暮卷西山[5]雨。闲云潭影日悠悠[6]，物换星移[7]几度秋。阁中帝子[8]今何在？槛[9]外长江空自流。

【注释】

〔1〕 滕王阁：滕王李元婴任洪州都督时所建之阁。位于江西省南昌市西北部沿江路赣江东岸，下临赣江，可以远望，可以俯视。江南三大名楼之一。其余二楼分别是黄鹤楼、岳阳楼。

〔2〕 江：指赣江。渚(zhǔ)：水中间小块陆地或言江中小洲。

〔3〕 佩玉鸣鸾：身上佩戴的玉饰、响铃。此句意为：宴会散罢歌舞结束，宾主相继离去，佩玉叮当，鸾铃和鸣。即佳节盛会后，人去楼空的场景。

〔4〕 南浦：地名，在南昌市西南。浦：水边或河流入海的地方(多用于地名)。

〔5〕 西山：南昌名胜，一名南昌山、厌原山、洪崖山。

〔6〕 悠悠：从容自然的样子。日悠悠：指每日无拘无束地游荡。

〔7〕 物换：景物变幻。星移：星辰移位。物换星移：形容时代的变迁、万物的更替。物：四季的景物。

〔8〕 帝子：指滕王李元婴。李元婴(630—684)：唐高祖李渊第二十二子、唐太宗李世民之弟、唐高宗李治之叔，母亲为柳宝林。滕王李元婴先后被派驻滕州(今山东滕州)、洪州(今江西南昌)、隆州(今四川阆中)，并在这三处均筑有滕王阁。贞观年间，李元婴曾被封于滕州，故称为滕王，且于滕州筑“滕王阁”(已被毁)，后滕王李元婴调任江南洪州(今江西南昌)，因思念故地滕州修筑了著名的“滕王阁”。唐张彦远《历代名画记》中言李元婴“亦善画”。唐张怀瓘《画断》称他“工于蛱蝶”。明代陈文烛在其撰写的《重修滕王阁记》中言李元婴：“工书画，妙音律，喜蝴蝶，选芳渚游，乘青雀舸，极亭榭歌舞之盛。”并传其所画蛱蝶，或飞或立，姿态翩翩，栩栩如生，世人莫不争之如宝。而李元婴创立的“滕派蝶画”，在中国绘画史上独创一门，它始创于宫廷，后由宫廷流入民间，并自守一格不失本色。

〔9〕 槛：栏杆。

【鉴赏】

《唐才子传·王勃》载："(王勃)父福畤坐是左迁交趾令。勃往省觐，途过南昌，时都督阎公新修滕王阁成，九月九日，大会宾客，将令其婿作记，以夸盛事。勃至，入谒，帅知其才，因请为之。勃欣然对客操觚，顷刻而就，文不加点，满座大惊。酒酣辞别，帅赠百缣，即举帆去，至炎方，舟入洋海，溺死，时年二十九。"又据《新唐书·文艺传》载滕王阁诗会："九月九日都督大宴滕王阁，宿命其婿作序以夸客，因出纸笔遍请客，莫敢当，至勃，泛然不辞。都督怒，起更衣，遣吏伺其文辄报。一再报，语益奇，乃矍然曰：'天才也！'请遂成文，极欢罢。"可见当时年轻气盛的王勃才华横溢却不谙世事，在江西南昌挥毫泼墨留下千古名篇《滕王阁序》和《滕王阁诗》。[关于此诗的创作缘由还有一说：唐末五代时人王定保《唐摭言》说："王勃著《滕王阁序》，时年十四。"那时，王勃的父亲可能任六合县(今属江苏)令，王勃赴六合经过洪州而作此诗。]

诗歌开篇即点出了滕王阁的形势，接着描写楼阁当年的盛景：滕王坐着香车宝马，挂着琳琅玉佩来到阁上举行盛大的宴会，那豪奢繁盛的场面随着滕王的消逝而一去不复返了。接着作者登高远眺：楼阁今夕的盛衰变化呈现在眼前，使读者自然产生盛衰无常的伤感。至此，诗人的创作意图已全部展现。自然而然地生出了风物更换，星座移转的感慨。全诗五十六个字，无论是属于空间的阁、江、栋、帘、云、雨、山、浦、潭影或是属于时间的日悠悠、物换、星移、几度秋、今何在，所有这些词融混在一起，毫无重复累赘之感。最主要的原因是它们都围绕着一个中心——滕王阁，而各自发挥其众星拱月的作用。

骆宾王

骆宾王(640? —684?)，字观光，婺州义乌(今浙江省义乌市)人。唐初诗人，与王勃、杨炯、卢照邻合称为"初唐四杰"。又与富嘉谟并称"富骆"。骆宾王天资聪颖，七岁便能作诗，所作的《咏鹅》诗使他博得了"神童"的美誉。在高宗(李治)龙朔元年(661年)被道王李元庆辟为府属。历任武功、长安主簿、侍御史等职。不久获罪入狱，次年遇赦，贬为临海县丞。徐敬业起兵讨伐武则天，骆宾王代作《讨武曌檄》，徐敬业兵败，骆宾王亡命不知所终，或云被杀，或云为僧。

著有《帝京篇》等名作，有《骆临海集》十卷。

在狱咏蝉

西陆[1]蝉声唱，南冠[2]客思侵[3]。那堪玄鬓[4]影，来对白头吟[5]。露重飞难进[6]，风多响易沉[7]。无人信高洁[8]，谁为表予心[9]？

【注释】

〔1〕 西陆：指秋天。《隋书·天文志》："日循黄道东行，一日一夜行一度，三百六十五日有奇而周天。行东陆谓之春，行南陆谓之夏，行西陆谓之秋，行北陆谓之冬。"

〔2〕 南冠：楚冠，这里是囚徒的意思。用《左传·成公九年》楚钟仪戴着南冠被囚于晋国军府事。

〔3〕 客思：家乡之思。侵：侵袭，一作"深"。

〔4〕 玄鬓：犹"蝉鬓"，原指妇女的鬓发梳成蝉翼的形状，此处指蝉的黑色翅膀。这里比喻自己正当盛年。那堪：一作"不堪"。

〔5〕 白头：作者自称。白头吟：语意双关，意为秋蝉正对着自己的白头哀吟。又《白头吟》为古乐府《楚调》曲名，曲调哀怨。此二句意为：自己正当玄鬓之年，却来吟诵《白头吟》那样哀怨的诗句。

〔6〕 露重：秋露浓重。飞难进：此指蝉难以高飞。

〔7〕 响：指蝉声。沉：沉没，掩盖。此二句意为：自己处境艰险。

〔8〕 高洁：清高洁白。古人认为蝉栖高饮露，是高洁之物。作者因以自喻。

〔9〕 表：表白。予心：我的心。此二句意为：我的心像秋蝉一样高洁，又有谁会为我表白呢？

【鉴赏】

这首诗作于唐高宗仪凤三年(678年)。骆宾王屈居下僚十多年，此时刚升为侍御史却又上疏论事触忤武后，被当权者以"贪赃"与"触忤武后"的罪名下狱。这首诗就是骆宾王身陷囹圄时所作。闻一多先生说骆宾王"天生一副侠骨，专喜欢管闲事，打抱不平、杀人报仇、革命，帮痴心女子打负心汉"(《宫体诗的自赎》)。这些话道出了骆宾王下狱的原因。

唐代以《蝉》为诗者自虞世南始，蝉的“饮露而不食”之品行极为世人所赞赏，并因此把它作为高洁的化身。骆宾王咏蝉，正是以蝉比兴，以蝉寓己，以蝉表明自己的清白。诗人的青春年华，在经历了仕途上的种种磨难后已消失殆尽。在狱中看到这高声吟唱的秋蝉，不禁自我感伤。诗人用比兴的手法，把这份哀婉凄恻的情感，委婉曲折地表达了出来。全诗深沉凝练，且感情充沛，用典自然，于咏物中寄情寓兴，达到了物我一体的境界。《唐宋诗举要》评价这首诗时说：“以蝉自喻，语意沉至。”施补华《岘佣说诗》言：“《三百篇》比兴为多，唐人犹得此意。同一《咏蝉》，虞世南‘居高声自远，非是藉秋风’，是清高人语；骆宾王‘露重飞难进，风多响易沉’，是患难人语；李商隐‘本以高难饱，徒劳恨费声’，是牢骚人语。比兴不同如此。”

陈　子　昂

陈子昂(661？—702)，字伯玉，梓州射洪(今四川省射洪县)人。初唐诗文革新人物，文明元年(684年)进士及第，历仕麟台正字、右拾遗(后世称其为“陈拾遗”)等职。后被奸人陷害，冤死狱中，年仅四十一岁。他论诗提倡汉魏风骨，主张作诗要有兴寄，强调文学的社会现实作用，反对齐梁以来的绮靡颓废的诗风。韩愈曾说：“国朝盛文章，子昂始高蹈。”(《荐士》)正指出了他在唐代诗歌革新运动中的重要作用。其存诗共一百多首，其中最有代表性的是《感遇》诗三十八首、《蓟丘览古赠卢居士藏用》七首和《登幽州台歌》，有《陈子昂集》。

感　遇

兰若[1]生春夏，芊蔚何青青[2]！幽独空林色[3]，朱蕤冒紫茎[4]。迟迟[5]白日晚，袅袅[6]秋风生。岁华尽摇落[7]，芳意竟何成[8]？

【注释】

〔1〕 兰若：兰：一种多年生的菊科芳香植物，高三四尺，和现在的兰花不同。又名“蕑”。若：杜若的简称。兰花和杜若是《楚辞》里屈原最赞美的两种花。

〔2〕 芊(qiān)蔚(yù)：花叶茂盛的样子。蔚：通“郁”。青青：即“菁菁”，枝叶繁盛。

〔3〕 幽独：幽雅清秀，独具风采。空：空绝。此句意为：兰草和杜若幽独地生长于林间，有着空绝群芳的秀色。

〔4〕 蕤(ruí)：花下垂的样子。朱蕤：红色的花。冒：长。此句意为：红花开在紫茎上。

〔5〕 迟迟：缓慢的意思。语出《诗经·七月》“春日迟迟，采蘩祁祁”。

〔6〕 袅(niǎo)袅：烟雾缭绕或微弱细长的样子。语出《楚辞·九歌·湘夫人》“袅袅兮秋风”。一作“嫋嫋”。

〔7〕 岁华：一年一度草木荣枯，故曰岁华。华：古“花”字。摇落：动摇、脱落。意指被秋风所摧残。语出《楚辞·九辩》“草木摇落而变衰”。

〔8〕 芳意：芳香美好的特性。此二句意为：所有的花朵都在瑟瑟秋风中凋零，兰若纵有芳香的特性又待如何？此处以兰若比喻自己仕途的失意以及内心的苦闷。

【鉴赏】

《感遇》是陈子昂所写的以感慨身世和抒写生活感受为主题的一组诗篇，共三十八首，此篇为其中的第二首。感遇，是有感于遭遇。诗中写兰、若空绝群芳却随秋风摇落，寄托了个人怀才不遇的身世之感。陈子昂的《感遇》组诗既效古又革新，继承了阮籍《咏怀》组诗的传统手法，托物感怀，寄意深远。与初唐诗坛上那些“采丽竞繁”“吟风弄月”之作相比，显得格外清新，正像芬芳的兰、若，散发出诱人的清香。

诗的前四句赞美兰、若的风采和它们秀丽的姿态，在姹紫嫣红的花丛中唯有香兰和杜若显得那么的清幽高傲、孤芳自赏。后四句转而感叹其芳华在风刀霜剑的摧残下枯萎凋谢。诗歌以兰、若芬芳自比诗人的品格，借兰、若的凋零，悲叹自己的年华流逝、理想破灭，风格凄婉，寄寓颇深。

燕　昭　王

南登碣石馆〔1〕，遥望黄金台〔2〕。丘陵尽〔3〕乔木，昭王安在哉〔4〕？霸图今已矣〔5〕，驱马复归来〔6〕。

【注释】

〔1〕 碣石馆：即碣石宫。燕昭王时，梁人邹衍入燕，昭王筑碣石宫亲事之。

〔2〕 黄金台：燕昭王所筑。位于碣石坂附近，昭王置金于台上，在此延请天下奇士。不久，召来了乐毅等贤豪之士，昭王亲为推毂，国势骤盛。以后，乐毅麾军伐齐，连克齐城七十余座，使齐几乎灭亡。

〔3〕 尽：全。

〔4〕 安在哉：宾语前置，"在安哉"的倒装，意指在哪里？

〔5〕 霸图：宏图霸业。已矣：结束了。已：停止，完结。矣：语气词，加强语势。今：一作"怅"。

〔6〕 驱：驱使。复：又，还。

【鉴赏】

万岁通天二年(697年)，武则天派亲信建安郡王武攸宜北征契丹，陈子昂为随军参谋。武攸宜出身显贵，全然不懂军事，陈子昂屡献奇计，不被采纳反遭贬斥，被贬为军曹。作者有感于燕昭王招贤纳才振兴燕国的故事，写下了这首怀古诗表达自己怀才不遇、报国无门的痛苦心情。燕昭王为战国时期燕国的贤明君主，善于纳士，使原来国势衰败的燕国逐渐强大起来，并且打败了当时的强国——齐国。

诗人在碣石山顶凭吊古代贤君燕昭王，由此引发抒怀之情，集中表现出燕昭王求贤若渴的心情，也写出了诗人对明君的渴望。作者借古讽今，写对古代圣王的怀念，正是对当今君王的抨击。诗歌最后用画龙点睛之笔，以婉转哀怨的情调，表面上是写昭王之不可见，霸图之不可求，国士的抱负之不得实现，只得挂冠归来，实际是诗人抒发自己报国无门的感叹。

韩愈赞："国朝盛文章，子昂始高蹈。"(《荐士诗》)胡应麟《诗薮》亦说："唐初承袭梁隋，陈子昂独开古雅之源。"陈子昂的这类诗歌确有"独开古雅"之功，有"始高蹈"的特殊地位。

王　维

王维(701？—761)，字摩诘，号摩诘居士。河东蒲州(今山西省运城市)人，祖籍山西祁县。王维精通佛学，受禅宗影响很大。开元十九年(731年)，王维状元及第，历任右拾遗、监察御史、河西节度使判官、吏部郎中、给事中、太子中允、尚书右丞(世称“王右丞”)等职。王维多才多艺,诗书画皆通,他是著名的山水田园派诗人,人称“诗佛”,与孟浩然合称“王孟”。李、杜而外,王维诗是盛唐诗歌的另一大宗。善于用自然精炼的语言,塑造完美鲜明的形象。诗歌往往着墨不多而意境高远。苏轼说:“味摩诘之诗,诗中有画;观摩诘之画,画中有诗。”(《题蓝田烟雨图》)王维的书画特臻其妙,后人推其为南宗山水画之祖,他的绘画作品成为后世文人画家的范本。有《王右丞集笺注》二十八卷。

渭川田家

斜光照墟落〔1〕,穷巷〔2〕牛羊归。野老念牧童〔3〕,倚杖候荆扉〔4〕。雉雊〔5〕麦苗秀,蚕眠〔6〕桑叶稀。田夫荷〔7〕锄立,相见语依依〔8〕。即此羡闲逸,怅然吟式微〔9〕。

【注释】

〔1〕 斜光:夕阳,一作“斜阳”。墟落:村庄。

〔2〕 穷巷:隐僻的深巷、里巷。

〔3〕 野老:村野老人,此处作者自指。牧童:一作“僮仆”。

〔4〕 倚杖:倚靠着拐杖。荆扉:柴门。

〔5〕 雉(zhì):俗称“野鸡”。雉雊(gòu):野鸡鸣叫。《诗经·小雅·小弁》:“雉之朝雊,尚求其雌。”

〔6〕 蚕眠:指蚕即将吐丝作茧。蚕蜕皮时,不食不动,像睡眠一样,蚕得经过四次蜕皮,才吐丝作茧。

〔7〕 荷(hè):肩负的意思。

〔8〕 依依:依恋不舍的样子。

〔9〕 式微:《诗经·邶风》篇名,其中有“式微,式微,胡不归”之句,此句意为:诗人有归隐田园之想。

【鉴赏】

渭川又作“渭水”,渭水源于甘肃鸟鼠山,经陕西,流入黄河。此诗未编年,不知作于何时,大概是作者隐居田园时游览周边景色有感而作。诗歌浓墨重彩地渲染了一幅图画，它是一幅散发着泥土芬芳，充满着温馨和谐气氛，暮色苍茫中农人的归家图。农人日暮归家的情景一下便感染了诗人，他在分享牧童归家乐趣的同时也引发了自己思归的情感。全诗突出一“归”字，农人“归”家，诗人“归”隐。诗歌所写皆为平常事物，却表现出诗人高超的写景技巧。全诗以朴素的白描手法，写出了人与物皆有所归的景象，映衬出诗人的思归情感，抒发了诗人渴望归隐，羡慕向往平静悠闲的田园生活的心情，流露出诗人在官场的孤苦、郁闷。“即此羡闲逸，怅然吟式微”句让读者恍然大悟：前面所写许多的“归”，实际都是为后文作铺垫，以物皆有所归，反衬自己独无所归；以人皆归得亲切、惬意，反衬自己归隐太迟。这最后一句才是全诗的灵魂。

积雨辋川庄作

积雨空林烟火迟〔1〕，蒸藜炊黍饷东菑〔2〕。漠漠〔3〕水田飞白鹭，阴阴夏木啭〔4〕黄鹂。山中习静观朝槿〔5〕，松下清斋折露葵〔6〕。野老与人争席罢〔7〕，海鸥何事更相疑〔8〕。

【注释】

〔1〕 空林：疏林。唐孟浩然《题大禹寺义公禅房》诗：“义公习禅处，结宇依空林。”烟火迟：因久雨，林野空气润湿，故烟火上升缓慢。

〔2〕 藜(lí)：一种可食的野菜。在此泛指蔬菜。黍(shǔ)：谷物名，古时为主食。饷：指送饭食到田头。菑(zī)：“田一岁曰菑”(《说文大字典》)，指初耕的田地。饷东菑：给在东边田里干活的人送饭。

〔3〕 漠漠：形容广阔无际。

〔4〕 阴阴：幽暗的样子。夏木：高大的树木，犹乔木。夏：大。啭(zhuàn)：鸟的宛转啼声。

〔5〕 槿(jǐn)：植物名。落叶灌木，其花朝开夕谢。古人常以此物悟人生枯荣无常之理。

〔6〕 清斋：这里是素食的意思。露葵：冬葵。葵为古代重要蔬菜，有“百菜之主”之称。元代农学家王祯在其《农书》给予葵菜最高评价：“葵为百菜之主，备四时之馔，本丰而耐旱，味甘而无毒。”至明代菜主易位，李时珍《本草纲目》已将葵列入草类。

〔7〕 野老：指作者自己。争席罢：化用《庄子·寓言》篇记载的阳子居学道归来后客人不再让座，却与之争座。说明诗人与村夫野老打成一片了。

〔8〕 “海鸥”句：《列子·皇帝篇》载，古时海上有好鸥者，每日到海上从鸥鸟游。其父曰：“吾闻鸥鸟皆从汝游，汝取来，吾玩之。”明日再往海上，鸥鸟飞舞而不下。说明心术不正，就破坏了他与鸥鸟的关系。这里借海鸥喻人事。

【鉴赏】

辋川在今蓝田县城西南约五公里的尧山间，青山逶迤、峰峦叠嶂，奇花野藤遍布幽谷，瀑布溪流随处可见，是秦岭北麓一条风光秀丽的川道。辋川庄在今陕西蓝田终南山中，是王维隐居之地。据传辋川别墅原为宋之问所有，后高价卖给王维。《旧唐书·王维传》记载：“维兄弟俱奉佛，居常蔬食，不茹荤血，晚年长斋，不衣文彩。”

王维自中年经历仕途波折之后便彻底放下了追逐名利之心，因此一直过着半官半隐的悠闲生活。而晚年自得到宋之问的别墅，归居辋川之后生活更为悠闲，彻底放弃尘世烦恼，悠悠然耽于山林之乐了。“与道友裴迪，浮舟往来，弹琴赋诗”，并吃斋念佛，“退朝之后，焚香独坐，以禅诵为事”(《旧唐书·王维传》)。这首诗就是作于王维隐居辋川蓝田时期。在这首七律中，诗人把自己清幽静谧的禅寂生活与辋川恬静优美的田园风光结合起来描写，创造了一个物我相惬、情景交融的意境。

诗歌颔联“漠漠水田飞白鹭，阴阴夏木啭黄鹂”两句为千古传颂的名句。唐代翰林学士李肇曾见李嘉祐集中有“水田飞白鹭，夏木啭黄鹂”的诗句，便暗笑王维“好取人文章嘉句”(《国史补》卷上)；然明代的胡应麟却极力为王维争辩：“摩诘盛唐，嘉祐中唐，安得前人预偷来者？此正嘉祐用摩诘诗。”(《诗薮·内编》卷五)嘉祐与摩诘同时而稍晚，谁袭用谁的诗句，这很难说；其实文学创作常常有或直接或间接的继承关系，或者就是“英雄所见略同”罢了。宋代词人叶梦得说：“此两句好处，正在添‘漠漠’‘阴阴’四字，此乃摩诘为嘉祐点化，以自见其妙。如李光弼将郭子仪军，一号令之，精采数倍。”(《石林诗话》卷上)“漠漠”意为广阔，“阴阴”意为幽深，“漠漠水田”“阴阴夏木”比之“水田”和“夏木”，画面就显得开阔而深邃，富有境界感，渲染了积雨天气空蒙迷茫的色调和气氛。这首诗情景交融，含义深远，表现了诗人隐居山林、脱离尘世的闲情逸致，其淡雅幽寂、深邃意境之特点不愧为王维田园诗中的代表作。

送　别

下马饮君酒[1],问君何所之[2]?君言不得意[3],归卧南山陲[4]。但[5]去君莫问,白云无尽时。

【注释】

〔1〕 饮君酒:劝君饮酒。饮:使……喝。

〔2〕 何所之:去哪里。之:往。

〔3〕 得意:一作“如意”。

〔4〕 归卧:隐居。南山:终南山,即秦岭,在今陕西省西安市西南。陲:边。

〔5〕 但:只。

【鉴赏】

这是一首送朋友归隐的诗。表面看来诗句平淡,却是词浅意深,颇耐人寻味。诗作在一问一答之间表达了作者和朋友深厚的感情,同时也将诗意由送别而过渡到归隐。云山之中白云无尽,实在暗示尘世间功名利禄的“有尽”。诗的后两句意蕴深刻而丰富,韵味骤增,诗意顿浓,羡慕有心,感慨无限。诗中有对友人的同情、安慰,也有自己对现实的愤懑;有对人世荣华富贵的否定,也有对隐居山林的向往。似乎是旷达超脱,又带着点无可奈何的情绪。王维笔下的这个隐士,有自己的影子,至于为什么不得意,诗中没有详写,却更见人物形象的飘逸性情,对俗世的厌弃以及对隐居生活的向往。全诗写失志归隐,借以贬斥功名,抒发陶醉白云,自寻其乐之情。

孟浩然

孟浩然(689—740),名浩,字浩然,襄州襄阳(今湖北省襄阳市)人,世称“孟襄阳”。因他未曾入仕,又被称为“孟山人”。《新唐书·孟浩然传》载:“孟浩然,字浩然，襄州襄阳人。少好节义，喜振人患难，隐鹿门山。年四十，乃游京师。尝于太学赋诗，一座嗟伏，无敢抗。张九龄、王维雅称道之。……张九龄为荆州，辟置于府，府罢。开元末，病疽背卒。"虽早年有志用世，然仕途困顿，在痛苦失望后，不媚俗世，隐居鹿门山，以隐士终身。著诗二百余首，其诗不事雕饰，平淡质朴，富有超妙自得之趣，而不流于寒俭枯瘠，是唐代著名的山水田园派诗人，和王维并称"王孟"，孟诗虽不及王诗境界广阔，但在艺术上亦有独特的造诣，有《孟浩然集》。

宿建德江

移舟泊烟渚〔1〕，日暮客愁新。野旷天低树〔2〕，江清月近〔3〕人。

【注释】

〔1〕 移舟：划动小船。泊：停船靠岸。将停船夜宿。烟渚：烟雾迷濛的沙洲。渚：水中高地。

〔2〕 旷：空阔远大。天低树：天幕低垂，似乎和树木相连。

〔3〕 近：亲近。

【鉴赏】

建德江在浙江省，新安江流经建德的一段。

孟浩然于唐玄宗开元十八年(730年)离开家乡奔赴洛阳，继而漫游吴越，借以排遣仕途失意带来的内心愁苦。《宿建德江》就是作者漫游吴越时所写的诗作。这是一首描写秋江暮色同时抒发羁旅情怀的诗作。先写羁旅夜泊，再叙日暮添愁；然后写到宇宙之广袤，陪伴自己的唯有一轮圆月。诗中情景虚实相间，两相映衬，构成了一种迷濛凄美的意境。诗中虽不见"愁"字，然野旷江清，"秋色"历历在目，则愁情自现。全诗淡而有味，含而不露；自然流出，风韵天成，颇有特色。

孟浩然诗的特点是淡，闻一多先生说："淡到看不见诗了，才是真正孟浩然的诗。"(《唐诗杂论》)"清淡"是孟诗的景，"悠远"是孟诗的意。"自然才是最好的归宿"，这也符合诗人一贯的隐居思想，值得我们仔细去体会、去感悟。清刘洪煦《唐诗真趣编》解释此诗:“低”字从“旷”字生出,“近”字从“清”字生出。野惟旷,故见天低于树;江惟清,故觉月近于人。清旷极矣。烟际泊宿,恍置身海角天涯、寂寥无人之境,凄然四顾,弥觉家乡之远,故云“客愁新”也。下二句不是写景,有“愁”字在内。

常　建

常建(生卒年不详),唐代诗人,大约是长安人。开元十五年(727年)进士。天宝中为盱眙尉,后隐居鄂渚的西山,一生沉沦失意,耿介自守,交游无显贵,与王昌龄有文字相酬。其诗意境清迥,语言洗炼自然,艺术上有独特造诣。殷璠《河岳英灵集》评论常建诗说:“建诗似初发通庄,却寻野径,百里之外,方归大道。所以其旨远,其兴僻;佳句辄来,惟论意表。”他的诗以田园、山水为主要题材,风格接近王、孟一派。他善于运用凝练简洁的笔触,表达出清寂幽邃的意境。这类诗中往往流露出“淡泊”情怀。今存《常建诗集》和《常建集》。

题破山寺后禅院

清晨入古寺[1],初日照高林[2]。曲径通幽[3]处,禅房[4]花木深。山光悦[5]鸟性,潭影空人心[6]。万籁此俱寂[7],唯闻[8]钟磬音[9]。

【注释】

〔1〕 清晨:早晨。入:进入。古寺:指破山寺。

〔2〕 初日:早上的太阳。照:照耀。高林:高树之林。

〔3〕 曲径:一作“竹径”,又作“一径”。通:一作“遇”。幽:幽静。

〔4〕 禅房:僧人居住修行的地方。

〔5〕 悦:此处为使动用法,使……高兴。

〔6〕 潭影:清澈潭水中的倒影。空:使……空。此句意为:潭水空明清澈,临潭照影,令人俗念全消。

〔7〕 万籁(lài):各种声音。籁:从孔穴里发出的声音,泛指声音。此:在此,即在后禅

院。俱:一作“都”。

〔8〕 唯闻:只留下。一作“惟余”,又作“但余”。

〔9〕 钟磬(qìng):佛寺中召集众僧的打击乐器。磬,古代用玉或金属制成的曲尺形的打击乐器。音:一作“声”。

【鉴赏】

破山寺即兴福寺,在今江苏常熟市西北虞山上。南朝齐邑人郴州刺史倪德光施舍宅园改建为寺,初名“大悲寺”。梁大同五年(539年)大修并扩建,改名“福寿寺”,因寺在破龙涧旁,故又称“破山寺”。唐咸通九年懿宗御赐“兴福禅寺”额,兴福寺成为江南名刹之一。

《题破山寺后禅院》是一首题壁诗,唐代题壁咏寺诗很多,且颇多佳作,然这首诗却别具特色。由于诗人仕途失意,故寄情山水,以游览名山古刹,云游四海,寻幽探胜为乐。这首诗构思独特,全诗紧紧围绕寺庙后禅房,描绘出了这特定境界中所独有的静趣。

诗歌通过姿态各异的景物描写来渲染佛门禅理涤荡人心、怡神悦志的作用,在给读者带来自然美享受的同时又把读者带进幽美绝世的佛门世界。水光山色使小鸟欢飞,潭影空明使心灵净化。最后那来自佛门圣地的世外之音——“钟磬音”,引领人们进入纯净怡悦世界,这也是回荡在人们心灵深处的天籁之音,悠扬而宏亮,深邃而超脱。当然,诗人欣赏禅院这空灵纯净的优美意境的同时也寄托了自己遁世无门的情怀,礼赞了佛门超拔脱俗的神秘境界。

祖 咏

祖咏(生卒年不详),唐代诗人,洛阳(今河南省洛阳市)人,少有文名,开元十二年(724年)进士及第,却长期未授官职。入仕后只任过短期的驾部员外郎,可谓仕途落拓,后移居汝水以北别业,渔樵终老。与王维友善,王维在济州赠诗云:“结交二十载,不得一日展。贫病子既深,契阔余不浅。”(《赠祖三咏》)可见祖咏生活困窘。其诗讲求对仗,亦带有诗中有画之色彩,内容多状景咏物,表现隐逸生活。代表作有《终南望余雪》《望蓟门》等,他的山水诗具有语言简洁、含蕴深厚的特点。

终南望余雪

终南阴岭〔1〕秀,积雪浮云端。林表明霁〔2〕色,城中增暮寒。

【注释】

〔1〕 阴岭:北面的山岭,背向太阳,故曰阴。

〔2〕 林表:林梢。霁:雨、雪后天气转晴。

【鉴赏】

据《唐诗纪事》卷二十记载,这首诗是祖咏在长安应试时所作,按规定应该写成一首六韵十二句的五言排律,但他只写了这四句即交卷。《全唐诗》此诗题下有小字注:"有司试此题,咏赋四句即纳,或诘之,曰'意尽'。"由此可见祖咏的性格。因为诗未按要求完成,最后祖咏未被录取也就自然。但这首诗一直流传至今,被清代诗人王渔称为咏雪最佳作。

开篇"终南阴岭秀,积雪浮云端"写出了终南山的位置在长安之南(在唐都城长安南约六十里处。)因此从长安望去看到的自然是山的北面即"阴岭",也正因其"阴"才现"余雪"。阴岭之秀是因为苍翠欲滴的树梢上覆盖着皑皑白雪,此可谓"秀";接着"林表明霁色",则为"秀"增添了一抹彩色。"霁色"指的是雨雪初晴时的阳光给"林表"涂上的靓丽色彩。最后诗人望见终南山余雪消融,寒光闪耀,倍觉寒冷,因此有"城中增暮寒"之感。全诗通过山与阳光的向背展现出终南山各处不同的景象,给读者描绘了一幅雪后初霁的山景图,颇为秀美!

裴　迪

裴迪(生卒年不详),字、号均不详,唐代诗人,关中(今陕西省,一说河东,即山西省)人。官蜀州刺史及尚书省郎。其一生以诗文见称,是盛唐著名的山水田园诗人。王维诗《辋川闲居赠裴秀才迪》云:“复值接舆醉,狂歌五柳前。”以佯狂遁世的接舆喻裴迪,可见裴迪长久地过着愤世嫉俗的隐逸生活。与“诗佛”王维过从甚密,晚年居辋川、终南山,两人来往更为频繁,故其诗多是与王维的唱和应酬之作。受王维的影响,裴迪的诗大多为五绝,描写的也常是幽寂的景色,大抵和王维山水诗相近。

华　子　岗

日落松风〔1〕起,还家草露晞〔2〕。云光侵履迹〔3〕,山翠〔4〕拂人衣。

【注释】

〔1〕 松风:松林之风。

〔2〕 晞:晒干。

〔3〕 云光:云雾和霞光,傍晚的夕阳余晖。侵:逐渐侵染,掩映。履迹:人的足迹。履:鞋。

〔4〕 山翠:苍翠的山气。

【鉴赏】

华子岗是王维隐居地辋川别墅中的风景点。裴迪是王维的挚友,早年与王维、崔兴宗等隐居终南山,互相唱和。后王维得到宋之问的辋川别墅,裴迪更成为座上常客,王维与他“浮舟往来,弹琴赋诗,啸咏终日”,两人各写了二十首小诗,咏辋川景致,汇成《辋川集》,此为其中第二首。诗歌以作者“还家”为线索,通过自己沿途所见所闻所感,把落日、松风、草露、云光、山翠等自然界的景物,有机地连缀成一幅极富神韵的艺术图画。写出了云光山色对诗人的眷恋不舍,更折射出诗人对华子岗的喜爱与留恋。其实也是诗人对山水田园隐逸生活的眷恋。

全诗寥寥二十个字,寓诗人独特的感受于寻常的山光景色之中,笔墨疏淡而意蕴深远。王士禛论王、裴辋川唱和诗“神与境会,境从语显,其命意造语,皆从沉思苦练后,却如不经意出之,而意味、神采、风韵色色都绝”(王士禛《唐人万首绝句选评》),诚然。

王 昌 龄

王昌龄(698—756),字少伯,河东晋阳(今山西省太原市)人。盛唐著名边塞诗人,被后人誉为“七绝圣手”。开元十五年(727 年)进士,历任秘书省校书郎、汜水尉、江宁丞等职。与李白、高适、王维、王之涣、岑参等交厚。安史乱起,为刺史闾丘晓所杀。其诗以七绝见长,句奇格俊,雄浑自然。尤以登第之前赴西北边塞所作边塞诗最为著名,有“诗家夫子王江宁”之誉(一说“诗家天子王江宁”)。殷璠《河岳英灵集》收二十四人诗作,其中王诗最多,并誉为“中兴高作”。今存诗一百八十余首,《全唐诗》编为四卷。

采 莲 曲

荷叶罗裙〔1〕一色裁〔2〕,芙蓉〔3〕向脸两边开。乱入池中看不见〔4〕,闻歌始觉有人来。

【注释】

〔1〕 罗裙:用细软而有疏孔的丝织品制成的裙子。

〔2〕 一色裁:像是用同一颜色的衣料剪裁的。

〔3〕 芙蓉:指荷花。

〔4〕 看不见:指分不清哪是芙蓉的绿叶红花,哪是少女的绿裙红颜。

【鉴赏】

《采莲曲》为乐府诗旧题,又称《采莲女》《湖边采莲妇》等,为《江南弄》七曲之一,内容多描写江南一带水国风光,采莲女娃劳动生活情态,以及她们对纯洁爱情的追求等。这首诗是王昌龄被贬龙标时所做,史载,天宝七年夏天,王昌龄任龙标尉时独自一人在城外游玩,在东溪的荷池,见当地酋长的公主——蛮女阿朵在荷池采莲唱歌的情景,深深地被其吸引,于是作了这首《采莲曲》。汉乐府相和歌辞中有一首

《江南》:"江南可采莲,莲叶何田田,鱼戏莲叶间。鱼戏莲叶东,鱼戏莲叶西,鱼戏莲叶南,鱼戏莲叶北。"后世的《采莲曲》《采莲赋》大都溯源于此。王昌龄的这首《采莲曲》既保持了民歌清新活泼、明朗健康的本色,同时又显示了文人构思新颖、描写细腻的特点。

诗歌展示给我们的是一幅江南水乡的"采莲图",图画中的主要人物是采莲的少女。但作者却始终没让她们在这幅活动的图画中露面,而是让她们融入碧绿的荷叶和粉色的荷花丛中,若隐若现,时有时无,使采莲少女与美丽的大自然融为一体,采莲少女成了大自然的一部分,抑或她们就是荷花的精灵。这就使全诗具有一种优美的意境,让读者感觉意犹未尽、回味无穷。这独特的艺术构思只有天才的诗人才能想象到。明瞿佑《归田诗话》载:"……王昌龄《采莲词》……意谓叶与裙同色,花与脸同色,故棹入花间不能辨,及闻歌声,方知有人来也。用意之妙,读者皆草草看过了。"

高　　适

高适(702? —765),字达夫、仲武,郡望渤海蓨(今河北省景县)人,后迁居宋州宋城(今河南省商丘市)。早年家贫,客游梁、宋间,落拓失意。后荐举有道科,中第,历任封丘尉、掌书记、侍御史、谏议大夫、淮南节度使、西川节度使、散骑常侍等职。世称"高常侍"。是唐代著名的边塞诗人,与岑参并称"高岑",后人又把高适、岑参、王昌龄、王之涣合称"边塞四诗人"。其诗音节浏亮,笔力雄健,气势奔放,洋溢着盛唐时期所特有的奋发进取、蓬勃向上的时代精神。殷璠评论高适:"诗多胸臆语,兼有气骨。"(《河岳英灵集》)有《高常侍集》。

燕　歌　行

开元二十六年,客有从御史大夫张公[1]出塞而还者;作《燕歌行》以示适,感征戍之事,因而和焉。

汉家烟尘[2]在东北,汉将辞家破残贼[3]。男儿本自重横行[4],天子非常赐颜色[5]。摐金伐鼓下榆关[6],旌旗逶迤碣石[7]间。校尉羽书飞瀚海[8],单于猎火照狼山[9]。山川萧条极[10]边土,胡骑凭陵[11]杂风雨。战士军前半死生[12],美人帐下[13]犹歌舞。大漠穷秋塞草腓[14],孤城落日斗兵稀。身当恩遇常轻敌[15],力尽关山未解围。铁衣[16]远戍辛勤久,玉箸[17]应啼别离后。少妇城南[18]欲断肠,征人蓟北[19]空回首。边庭飘飖[20]那可度,绝域苍茫更何有[21]。杀气三时[22]作阵云,寒声一夜传刁斗[23]。相看白刃血纷纷,死节[24]从来岂顾勋。君不见沙场征战苦,至今犹忆李将军[25]。

【注释】

〔1〕 御史大夫张公:此指幽州节度使张守珪(生卒不详,唐代陕州河北,今山西平陆人)。开元二十三年张因与契丹作战有功,拜辅国大将军兼御史大夫。遂居功自傲,不体恤士卒,将领傲奢,军心涣散,招致了边事日趋紧张的局面。开元二十六年(738年),其部将先胜后败于契丹,张却隐瞒败绩,虚报战功,并贿赂奉命前去调查的牛仙童。高适从"客"处得悉实情,乃作此诗以"感征戍之事"。

〔2〕 汉家:汉朝,实指唐朝,唐时文人在作品中往往以汉喻唐。烟尘:烽烟和尘土。

〔3〕 汉将:指张守珪将领。破:击溃。残贼:此处指凶残的敌军。开元十八年(730年)五月,契丹及奚族叛唐,此后唐与契丹、奚之间战事不断(参《资治通鉴》二百一十三卷)。

〔4〕 横行:冲锋陷阵,语出《史记·季布列传》"愿得十万众,横行匈奴中"。

〔5〕 非常赐颜色:破格赐予荣耀,指不按常理嘉奖。

〔6〕 摐(chuāng)金伐鼓:军中鸣金击鼓。榆关:山海关,今河北秦皇岛市。

〔7〕 逶迤:连绵不断。碣石:山名,在今河北昌黎县北。此借指东北滨海地区。

〔8〕 羽书:插有羽毛的紧急军事文书。瀚海:大沙漠。

〔9〕 单于:匈奴君主的称谓,此处指代北方部族首领。猎火:狩猎时燃起的火光。狼山:阴山山脉西段,在今内蒙古自治区中部。此处借瀚海、狼山泛指当时战场。

〔10〕 极:极尽。

〔11〕 凭陵:逼压,此处指侵扰、进犯。

〔12〕 军前:阵前。半死生:死伤过半。

〔13〕 帐下:指军帅的营帐。

〔14〕 穷秋:深秋。腓(féi):一作"衰",变黄枯萎。隋虞世基《陇头吟》"穷秋塞草腓,塞

外胡尘飞”。

〔15〕 常轻敌：写主帅受皇恩而轻敌。常：一作“恒”。

〔16〕 铁衣：铁甲战衣，此处借指将士。《木兰辞》：“寒光照铁衣。”

〔17〕 玉箸(zhù)：白色的筷子，比喻思妇的眼泪。

〔18〕 城南：长安城南，当时是百姓居住区；此指少妇居处。

〔19〕 蓟北：唐蓟州治所在渔阳(今天津蓟县)。此泛指东北战场，指将士戍边处。

〔20〕 边庭飘飖：一作边庭飘飘，形容边塞战场局势动荡危急。

〔21〕 绝域：更遥远的边陲。苍茫：形容旷远迷茫。更何有：更加荒凉不毛。一作“无所有”。

〔22〕 三时：早、午、晚三时，一解为春、夏、秋三季。阵云：战云。

〔23〕 刁斗：军中夜里巡更敲击报时用的铜器。刁斗：古时军中煮饭、巡更两用的铜器。

〔24〕 死节：为节义而死，此指为国捐躯。

〔25〕 李将军：指西汉名将李广，能征善战，在战场上常身先士卒，又体恤将士，被后世视为好将军的典范。事见《史记·李将军列传》。此处借回忆李广以讽刺戍边将领御敌无能和统治者用人不当。

【鉴赏】

燕歌行为乐府旧题，属《相和歌辞·平调曲》，前人曹丕、萧绎、庾信曾作，内容多叙述思妇征夫的离愁别绪。

唐开元十八年(730年)至二十二年(734年)，契丹多次侵犯唐边境。开元十五年(727年)，高适曾北上蓟门，开元二十年(732年)，信安王李祎征讨奚、契丹，他又北去幽燕，希望到信安王幕府效力，未能如愿：“岂无安边书，诸将已承恩。惆怅孙吴事，归来独闭门。”(《蓟中作》)可见他对东北边塞军事颇有研究。开元二十一年后，幽州节度使张守珪经略边事，初有战功。但二十四年(736年)，张让平卢讨击使安禄山讨奚、契丹，“禄山恃勇轻进，为虏所败”(《资治通鉴》卷二百十五)。开元二十六年，幽州将赵堪、白真陀罗矫张守珪之命，逼迫平卢军使乌知义出兵攻奚、契丹，先胜后败。“守珪隐其状，而妄奏克获之功。”(《旧唐书·张守珪传》)高适对开元二十四年以后的两次战败，感慨颇深，因写此篇。

《燕歌行》不仅被赵熙评为高适的“第一大篇”，也被后世人称为唐代边塞诗中的杰作。全诗以非常浓缩的笔墨，按时间的先后顺序写了一场战役的全过程。诗歌揭示了在最高统治者的鼓励之下将领恃勇而骄,荒淫失职而导致战败,使士兵伤亡惨重的历史事实。诗歌开篇便指明了战争的方位以及战争的残酷性,使战争的气氛顿觉紧张。接着用“战士军前半死生,美人帐下犹歌舞”的对比手法描写了如此危急的绝境,可谓生死之间,而将领们却任由士卒冲锋陷阵,自己歌舞升平极尽享乐,最后导致战争失利。由此把批评的矛头直接指向最高统治者:因为皇帝的偏爱、将领的骄纵导致了战争的失败、士兵的悲哀!诗歌最后为士卒呐喊呼吁:“君不见沙场征战苦,至今犹忆李将军!”汉代那威镇匈奴的飞将军李广,最值得人们追忆。这与诗歌中骄横轻敌、不恤士兵的将军形成多么鲜明的对比!李广爱兵如子,使士卒“咸乐为之死”。而诗歌中的将领们驱士兵如鸡犬,使士卒备尝艰辛而埋尸异域,诗中的讽刺显而易见。《唐诗评选》谓:“词浅意深,铺排中即为讽刺。此道自‘三百篇’来,至唐而微,至宋而绝。”

封丘作

我本渔樵孟诸〔1〕野,一生自是悠悠者〔2〕。乍可狂歌草泽〔3〕中,宁堪作吏风尘〔4〕下?只言小邑〔5〕无所为,公门百事皆有期〔6〕。拜迎长官心欲碎,鞭挞黎庶〔7〕令人悲。归来向家问妻子〔8〕,举家〔9〕尽笑今如此。生事应须南亩田〔10〕,世情〔11〕尽付东流水。梦想旧山〔12〕安在哉,为衔君命且迟回〔13〕。乃知梅福〔14〕徒为尔,转忆陶潜归去来〔15〕。

【注释】

〔1〕 渔樵:打鱼砍柴。孟诸:古大泽名,在今河南商丘县东北。《尔雅·释地》:“宋有孟诸。”高适出仕前曾在这里住过很长时期。

〔2〕 悠悠:闲适貌。悠悠者:无拘无束之人。

〔3〕 乍可:只可。草泽:草野,民间。

〔4〕 宁堪:哪堪。风尘:尘世扰攘。

〔5〕 小邑:小城。

〔6〕 公门:官衙。期:期限。

〔7〕 黎庶:黎民百姓。

〔8〕 妻子：妻子与儿女。

〔9〕 举家：全家。

〔10〕 生事：生计。南亩田：泛指田地。

〔11〕 世情：世态人情。谓自己之所以风尘作吏，是因为家里已无田亩可耕种。

〔12〕 旧山：家山，故乡。

〔13〕 衔：奉。迟回：徘徊，欲去而又未去。

〔14〕 梅福：字子真，西汉末隐者。曾任南昌县尉，数次上书言事。王莽时弃家隐遁，变姓名为吴氏门卒。传说后来修道成仙而去。

〔15〕 陶潜：即陶渊明，东晋诗人。归去来：指陶渊明赋《归去来兮辞》。陶潜为彭泽令，郡督邮将至，例应束带谒见。潜叹息曰："我岂能为五斗米，折腰向乡里小儿。"于是辞官归，作《归去来兮辞》以寄意。

【鉴赏】

高适出身寒门，年轻时抑郁不得志，过着贫困潦倒的生活，这使他对民间的疾苦有了深刻的了解，从而使他对下层民众产生一定的同情心。天宝八载(749年)，高适将近五十岁时，才因宋州刺史张九皋的推荐，中"有道科"。中第后，却只得了个封丘县尉的官职，这是一个对上级阿谀奉承，对百姓颐指气使的职位，诗人大失所望。这首诗就作于封丘尉上，诗歌揭示了诗人内心的矛盾和痛苦。

诗歌开篇高亢激越，这是压抑已久的情感的迸发，"乍可狂歌草泽中，宁堪作吏风尘下"突出地表现了诗人醒悟后追悔和愤激不平的心情。不需要过多的描绘，一个忧愤满怀的诗人形象便突兀地站立在读者面前了。接着经过一番痛苦的官场经历与激烈的思想斗争之后，万般无奈之下只有学陶渊明和梅福，远离官场、归隐田园。

殷璠评高适的诗："多胸臆语，兼有气骨。"(《河岳英灵集》)论高适诗的情意真挚，气势充沛，造语挺拔。《封丘作》就很能体现这个特点。全诗运用质朴自然、毫无矫饰的语言，围绕进入官场后理想与现实的矛盾，气愤之情喷薄而出，正是这诗感动读者的力量所在。此外，诗歌以"乃知梅福徒为尔，转忆陶潜归去来"结尾，既让人联想到梅福和陶渊明所处时代政治的腐败和社会的黑暗，又与作者所处时代的现实紧密联系，同时又突出了梅、陶人格的高洁；因此诗歌既有历史的广度，又有现实的深度，颇耐人寻味。

岑　参

岑参(715—770),河南棘阳(今河南省沁阳县)人。岑参早岁孤贫,从兄就读,遍览史籍。唐玄宗天宝三载(744 年)进士,历任率府兵曹参军、掌书记、幕府判官、嘉州刺史(世称“岑嘉州”)等职。大历五年(770 年)卒于成都。岑参是唐代著名的边塞诗人,对边塞风光,军旅生活,以及少数民族的文化风俗有切身的感受,故其边塞诗尤多佳作。长于七言歌行,诗歌艺术上富于幻想,往往表现得光怪陆离,给人以惊险新奇的感觉。殷璠说他的诗:“语奇体峻,意亦造奇。”(《河岳英灵集》)杜确在《岑嘉州诗集序》中说他的诗“每一篇绝笔,则人人传写,虽闾里士庶,戎夷蛮貊,莫不讽诵吟习焉”。可见岑参诗当时流传之广。其诗风格与高适相近,后人多并称“高岑”。有《岑嘉州集》。

走马川行奉送封大夫出师西征

君不见走马川行〔1〕雪海〔2〕边,平沙莽莽黄入天。轮台〔3〕九月风夜吼,一川碎石大如斗,随风满地石乱走。匈奴〔4〕草黄马正肥,金山〔5〕西见烟尘飞,汉家大将〔6〕西出师。将军金甲夜不脱,半夜军行戈相拨〔7〕,风头如刀面如割。马毛带雪汗气蒸,五花连钱〔8〕旋作冰,幕中草檄砚水凝〔9〕。虏骑〔10〕闻之应胆慑,料知短兵不敢接〔11〕,车师〔12〕西门伫献捷〔13〕。

【注释】

〔1〕 走马川:即车尔成河,又名左末河,在今新疆境内。行:诗歌的一种体裁,即歌行(又有学者认为此处“行”字当为衍文,即因缮写、刻版、排版等错误而多出来的字或句子)。

〔2〕 雪海:在天山主峰与伊塞克湖之间,泛指西北苦寒之地。

〔3〕 轮台:地名,在今新疆米泉县境内。封常清军府驻扎在这里。史书载,北庭都护府在此置有静塞军。

〔4〕 匈奴：借指达奚部族。《新唐书·封常清传》："达奚诸部族自黑山西趣(趋)碎叶，有诏还击。"

〔5〕 金山：指阿尔泰山。突厥语呼"金"为"阿尔泰"。

〔6〕 汉家：唐代诗人多以汉代唐。高适《燕歌行》"汉家烟尘在东北"句中的"汉"亦指代"唐"。汉家大将：指封常清，当时任安西节度使兼北庭都护，岑参在他的幕府任职。

〔7〕 戈相拨：兵器互相撞击。因为是夜半行军，故而戈、矛等兵器会发生碰撞。

〔8〕 五花：即五花马。连钱：一种名贵的宝马名。

〔9〕 草檄(xí)：起草讨伐敌军的文告。凝：结冰。

〔10〕 虏骑：敌军，此处指回纥部队，古时贬称北方的民族为虏。

〔11〕 短兵：指刀剑一类武器。接：交接、交锋。

〔12〕 车师：为唐北庭都护府治所庭州，今新疆乌鲁木齐东北。一作"军师"。

〔13〕 伫：久立，此处作等待解。献捷：献上贺捷诗章。

【鉴赏】

封大夫即封常清，唐朝将领，蒲州猗氏人，以军功擢安西副大都护、安西四镇节度副大使、知节度事，后又升任北庭都护，持节安西节度使。西征，一般认为是出征播仙，出击越过阿尔泰山入侵北庭都护辖区的回纥部队。岑参曾两度出塞，而且所到之处皆为当时人们不曾去的边荒之地，因此"雄奇瑰丽"是其诗歌突出特点。他留下七十多首边塞诗，在盛唐边塞诗人中成就很是突出。在他笔下，在大唐帝国的强大国力面前任何敌人都不能成为其真正的对手，所以他的诗呈现给读者的是横在战士们面前的另一种伟大的力量，那就是严酷的自然，战胜大自然就能取得战争的最后胜利。这首《走马川行奉送封大夫出师西征》就是其代表篇章。这首诗大约作于天宝十三载(754年)或天宝十四载(755年)，时岑参任安西北庭节度使判官。在此期间，代理北庭都护、伊西节度使的封常清曾几次出兵作战。有报国立功志向的岑参时任封常清手下判官，他对当时征战的艰苦、胜利的喜悦，都有比较深切的体会，这首诗是岑参为封常清出兵远征回纥而创作的送行诗。诗歌所描写的雪夜风吼、飞沙走石，这些边疆大漠中令人望而生畏的恶劣气候环境，在诗人笔下却成了衬托英雄气概的壮观景色，是一种值得欣赏的奇幻美景。风沙的猛烈、人物的豪迈，都给人以雄浑壮美之感。只有盛唐诗人，才能有如此开朗胸襟和这种崇高的艺术感受。

诗歌开篇几句便勾勒出了士兵出征时险恶的环境，当然也表现了边关将士高昂的爱国热情。接着写他们顶风冒雪、他们英姿飒爽、他们军纪严明；有这样不惧严寒傲霜斗雪的将士，敌军必将闻风丧胆，凯旋就势在必然。岑参以十分的激情和瑰丽的色彩表现塞外之景。在立功边塞的慷慨豪情支配下，将西北荒漠的奇异风光与风物人情，用慷慨豪迈的语调和奇特的艺术手法，生动地表现出来，具有一种独特奇伟壮丽之美。突破了以往边塞诗写边地苦寒和士卒劳苦的传统格局，极大地丰富和拓宽了边塞诗的描写题材和内容范围。“雄奇瑰丽”是岑参诗歌最突出的特点，慷慨激昂、奇峻壮阔、气势磅礴、想象丰富，更是其诗歌冠盖古今的主要风格。宋宗元于《网师园唐诗笺》评论此诗：“奇景以奇结状出（‘一川碎石’句下）。险绝怕绝，中夜读之，毛发竖起。逐句用韵，每三句一转，促节危弦，无诘屈赘牙之病，嘉州之所以颉颃李、杜，而超出于樊宗师、卢仝辈也。”

戏问花门酒家翁

老人七十仍沽〔1〕酒，千壶百瓮花门口〔2〕。道傍榆荚〔3〕巧似钱，摘来沽酒君肯否？

【注释】

〔1〕 沽：买或卖。首句的“沽”是老人卖酒的意思，末句的“沽”是诗人买酒的意思。

〔2〕 花门：即花门楼，凉州（今甘肃武威）馆舍名。花门口：指花门楼口。

〔3〕 榆荚：榆树的果实。初春时先于叶而生，色白连缀成串，形似铜钱，俗呼榆钱。

【鉴赏】

唐玄宗天宝十载（751年）旧历三月，岑参随赴任河西节度使的高仙芝一起来到春光明媚的凉州城。在经历了漫长的“平沙莽莽绝人烟”的边塞之旅后，诗人蓦然感受到道旁榆钱初绽的春色并亲见古稀老人安然沽酒待客的温馨场面，喜不自胜。古代文人皆好酒，酒似乎成了他们生命中不可或缺的物品，他们认为酒可以消除烦恼，可以令人诗兴大发、诗思泉涌。于是诗人即停留于酒店让醉人的酒香驱散旅途的疲劳，欣赏这撩人的春光，同时也留下这充满生活情趣的抒情小诗。

这首七言绝句用口语化的语言，写眼前景物，诗人与沽酒老人的音容笑貌栩栩如生地展现在读者面前,格调诙谐、幽默。诗人被凉州的早春景色所陶醉,春风像被柔化的情感温暖了诗人的内心,也让他把生活融化成了诗,展现了盛唐时代人们乐观、开朗的性格和开阔的胸襟。诗歌语言诙谐、亲切而又充满情趣,给全诗带来了既轻灵跳脱又幽默风趣的魅力。

李 白

李白(701—762),字太白,号青莲居士,又号“谪仙人”。据《新唐书》记载,李白为兴圣皇帝(凉武昭王李暠)九世孙。隋末时李白的先人流寓至西域碎叶(唐时属安西都护府,在今吉尔吉斯斯坦北部托克马克附近)。幼时随父李客迁居绵州昌隆(今四川省江油市)青莲乡,因号“青莲居士”。李白性格豪迈,向往建功立业,然唐玄宗后期权贵当道,政治腐败,李白亦不得重用。他博学多才,吟诗作赋,其诗多抨击当时黑暗政治,鄙夷世俗,蔑视权贵;同情下层百姓,热爱祖国河山。他的诗歌想象丰富、色彩瑰丽、雄奇飘逸、语言清新,常将想象、夸张、比喻、拟人等手法综合运用,从而形成神奇异彩、瑰丽动人的意境。是继屈原之后我国伟大的浪漫主义诗人。被后人誉为“诗仙”。李白的乐府、歌行及绝句成就为最高,并各具特色。文学史上与杜甫并称为“李杜”。李白存世诗文千余篇,有《李太白集》,存诗九百余首。

古 风

西岳〔1〕莲花山〔2〕,迢迢见明星〔3〕。素手把芙蓉〔4〕,虚步蹑太清〔5〕。霓裳曳〔6〕广带,飘拂升天行。邀我登云台〔7〕,高揖卫叔卿〔8〕。恍恍〔9〕与之去,驾鸿凌紫冥〔10〕。俯视洛阳川,茫茫走胡兵〔11〕。流血涂野草,豺狼尽冠缨〔12〕。

【注释】

〔1〕 西岳:即华山,五岳之一。《尚书·舜典》:“八月西巡守,至于西岳。”孔颖达疏:“西

岳,华山。”唐王维《华岳》诗:“西岳出浮云,积雪在太清。”一作“西上”。

〔2〕 莲花山:即莲花峰,西岳华山的最高峰。

〔3〕 迢迢:遥远的样子。明星:华山的仙女。

〔4〕 芙蓉:莲花的别名(古时莲花亦称芙蓉花)。《华山记》载“华山上有池,生千叶莲花,服之可以成仙”。

〔5〕 虚步:凌空而行,脚踩在空中不着地。太清:天空之意。

〔6〕 霓裳:以虹霓为衣裳。《楚辞·九歌·东君》:“青云衣兮白霓裳。”曳:拖曳。

〔7〕 云台:华山东北的高峰。

〔8〕 卫叔卿:传说中的仙人。汉武帝居殿上,忽见一人乘云车,驾白鹿,从天而下,来至殿廷。其人三十许,色如童子。衣羽衣星冠,自言:“中山卫叔卿。”武帝说:“若是中山人,乃朕臣也,可前共语。”叔卿不乐,忽焉不知所在(事见《神仙传》卷四)。又据《太平广记》卷四引《神仙传》云,卫叔卿原为中山人,以服云母而成仙。一次,他“乘云车,驾白鹿”去谒见汉武帝,本以为“帝好道,见之必加优礼”,没想到武帝只以臣下相待,遂“默然不应”,飘然而去。

〔9〕 恍恍:恍惚之意。

〔10〕 鸿:天鹅。紫冥:紫色的天空。

〔11〕 胡兵:安禄山的叛军,叛军多奚、契丹等少数民族,故称胡。

〔12〕 豺狼:指叛党和从逆之人。缨:系冠的带子。

【鉴赏】

李白自京师被唐玄宗“赐金放还”后,便开始了“一朝去京国,十载客梁园”(《书情赠蔡舍人雄》)的第二次漫游生涯。他想借漫游以得到精神上的解脱和慰藉;然而他的“使区宇大定,海县清一”(《代寿山答孟少府移文书》)的理想和抱负又不曾彻底放弃,于是在安史之乱爆发时,李白发出了“中夜四五叹,常为大国忧”“白骨成丘山,苍生竟何罪”(《经乱离后天恩流夜郎忆旧游书怀赠江夏韦太守良宰》)的悲叹!此诗就是在这种心境下创作的,表现了他强烈的忧患意识和鲜明的政治立场。

李白的《古风》组诗共五十九首,然并非一时一地之作,且题材广泛,内容丰富,形式多样,是表现李白社会思想、政治态度和人生观的重要作品,具有很高的认知意义和审美价值。这首用游仙体的方式写的古诗,就比较典型地反映了他身在山林而心系国家和耽于游仙而又不能忘怀现实的矛盾思想,诗中表达了诗人独善、兼济的矛盾思想以及忧国忧民的沉重心情。全诗可分为两幅图画:前面十句描绘的是一幅奇异瑰丽的仙女飞天图,描绘了美好的仙人仙境,是为游仙。后四句展现的是一幅豺狼喋血图,真实地描述了安史叛军给百姓带来的灾难,是为写实。天宝元年(742年),诗人怀着"济苍生""安社稷"(《赠韦秘书子春》)的理想抱负应诏入京,但长安三年,不仅没有得到玄宗的重用,反而遭到权臣宠宦的谗毁,最后被玄宗放还,永远地离开京师长安。这里诗人"高揖卫叔卿"是把卫叔卿引为同调,这也正表现了诗人那种"天子不得而臣"的傲岸性格。后面的四句诗正深刻地表现出诗人身在仙境而心系人间,始终关心国家前途命运的爱国情怀。虽然诗歌最终没有交代诗人是继续游仙还是回归现实,但诗人内心正视现实、关心百姓、忧国忧民的心情是显而易见的。这首游仙诗通过浪漫主义和现实主义相结合的手法,将美妙纯洁的仙境和血腥污秽的人间作对比描写,诗歌风格由飘逸转向沉郁,揭示了李白出世和入世的矛盾思想。

宣州谢脁楼饯别校书叔云〔1〕

弃我去者,昨日之日不可留;乱我心者,今日之日多烦忧。长风〔2〕万里送秋雁,对此可以酣高楼〔3〕。蓬莱文章〔4〕建安骨〔5〕,中间小谢〔6〕又清发〔7〕。俱怀逸兴〔8〕壮思〔9〕飞,欲上青天揽〔10〕明月。抽刀断水水更流,举杯消愁愁更愁。人生在世不称意〔11〕,明朝散发〔12〕弄扁舟〔13〕。

【注释】

〔1〕 宣州:今安徽宣城县一带。谢脁楼:南朝齐著名诗人谢脁任宣州太守时所建,又称北楼、谢公楼,在陵阳山上。李白于天宝十二载(753)由梁园(今开封)南行,秋至宣城。饯别:以酒食送行。校书:官名,即校书郎,掌管朝廷的图书整理工作。叔云:李白的族叔李云。是当时著名的散文家,曾任秘书省校书郎,天宝十一年任监察御史。一说为李姓而名叔云者。

〔2〕 长风:远风,大风。

〔3〕 酣(hān)高楼:畅饮于高楼。

〔4〕 蓬莱:本指海上仙山;此指东汉时藏书之东观。《后汉书》卷二三《窦章传》载:"是时学者称东观为老氏藏室,道家蓬莱山。"李贤注:"言东观经籍多也。蓬莱,海中神山,为仙府,幽经秘录并皆在焉。"此处蓬莱指唐代秘书省,而李云任秘书省校书郎,故称李云文章为"蓬莱文章"。

〔5〕 建安骨：汉末建安年间，“三曹”和“七子”等作家所作之诗风骨遒劲。“七子”分别是，孔融、陈琳、王粲、徐干、阮瑀、应玚、刘桢。建安：为汉献帝刘协(196—220)的年号。

〔6〕 小谢：指谢朓(464—499)，字玄晖，南朝齐杰出的山水诗人。后人将他和谢灵运并举，称为大谢、小谢。这里用以自喻。

〔7〕 清发：指清丽俊秀的诗风。发：秀发，诗文俊逸。

〔8〕 逸兴(xīng)：飘逸豪放的兴致，多指山水游兴。李白《送贺宾客归越》：“镜湖流水漾清波，狂客归舟逸兴多。”

〔9〕 壮思：雄心壮志。

〔10〕 揽：摘取的意思。

〔11〕 称(chèng)意：称心如意。

〔12〕 明朝(zhāo)：第二天早晨。散发：不束冠，抛弃冠缨，隐居不仕。这里是形容狂放不羁。古人束发戴冠，散发表示闲适自在。

〔13〕 弄扁(piān)舟：指隐逸于江湖之中。扁舟：小船。暗用范蠡(lǐ)辞别越王勾践，“乘扁舟浮于江湖”之事(《史记·货殖列传》)。

【鉴赏】

李白于天宝元年(742年)怀着安邦济世的远大理想来到长安，被玄宗诏入宫，供奉翰林。理想抱负未及实现即被权贵进谗而离开朝廷。在天宝十二年(753年)的秋天，李白来到安徽宣州，为饯别任校书郎的族叔李云而写就此诗。诗题为饯别，然全诗并不言离别，而是重笔抒发自己怀才不遇的牢骚和愤懑。

诗歌开篇写诗人对着叔叔李云倾诉自己虚度光阴、报国无门的痛苦。李白在天宝初供奉翰林，三年不到被玄宗“赐金还山”，过着飘零四方的游荡生活。十年间所遭遇的辛酸痛苦，十年间作客他乡的抑郁感伤，此时全都涌上心头，今天终于可以在亲人面前一吐为快了。诗中盛赞汉代文章、建安风骨及谢朓诗歌的豪情逸兴，其实也凸显主客双方的才华与抱负。诗人看到的是万里长空一排秋雁凌空飞去，如此壮美之景岂不可以酣饮高卧？此等豪情逸致只有胸襟如此豪迈阔大的李白才具有。虽然“上天揽月”只是一时兴起的想象，并非实事，但这充满浪漫的幻想却分明让我们感受到了诗人对高洁理想境界的向往和追求。诗歌最后以挥洒出世的幽愤作结。李白理想与现实的矛盾永远得不到解决，那排解烦恼的唯一出路就是泛一叶扁舟流连于江湖之上，过着惬意而放纵的隐居生活。逃避现实虽不是诗人的本意，但出于当时的历史条件和他不愿同流合污的清高狂妄的性格，这恐怕是唯一的出路了。全诗跌宕起伏，可谓一波三折，通篇在悲愤之中又交织着一种慷慨豪迈的激情，突显诗人雄奇狂放的气概。全诗感情色彩浓烈，情绪如狂涛漫卷，笔势如天马行空。

登金陵凤凰台

凤凰台上凤凰游，凤去台空江〔1〕自流。吴宫〔2〕花草埋幽径，晋代衣冠〔3〕成古丘〔4〕。三山〔5〕半落青天外，二水〔6〕中分白鹭洲。总为浮云〔7〕能蔽日〔8〕，长安〔9〕不见使人愁。

【注释】

〔1〕 江：长江。

〔2〕 吴宫：三国时孙吴曾于金陵建都筑宫。

〔3〕 晋代：指东晋，南渡后也建都于金陵。衣冠：士大夫的穿戴，借指士大夫、官绅。此处指的是东晋文学家郭璞的衣冠冢。现今仍在南京玄武湖公园内。一说指当时豪门世族。

〔4〕 古丘：丘壑。成古丘：晋明帝当年为郭璞修建的衣冠冢豪华一时，然而到了唐朝诗人来看的时候，已经成为一个丘壑了。现今这里被称为郭璞墩，位于南京玄武湖公园内。

〔5〕 三山：山名。据《景定建康志》载："其山积石森郁，滨于大江，三峰并列，南北相连，故号三山。"今三山街为其旧址。明初朱元璋筑城时，将城南的三座无名小山也围在了城中。这三座山正好挡住了从城北通向南门——聚宝门的去路。恰逢当时正在城东燕雀湖修筑宫城，于是将这三座山填进了燕雀湖。三山挖平后，在山基修了一条街道，取名为三山街。半落青天外：形容极远，看不大清楚。

〔6〕 二水：一作"一水"。指秦淮河流经南京后，西入长江，被横截其间的白鹭洲分为二支。白鹭洲：古代长江中的沙洲，洲上多集白鹭，故名。今已与陆地相连，位于今南京市江东门外。

〔7〕 浮云：比喻奸邪小人。陆贾《新语・慎微篇》："邪臣之蔽贤，犹浮云之障日月也。"

〔8〕 日：一语双关，因为古代把太阳看作是帝王的象征。浮云蔽日：比喻谗臣当道，障蔽贤良。

〔9〕 长安：这里用京城指代朝廷和皇帝。

【鉴赏】

凤凰台在金陵凤凰山上。据《江南通志》载:"凤凰台在江宁府城内之西南隅,犹有陂陀,尚可登览。宋元嘉十六年,有三鸟翔集山间,文彩五色,状如孔雀,音声谐和,众鸟群附,时人谓之凤凰。起台于山,谓之凤凰山,里曰凤凰里。"李白诗集中七言律诗很少,这首却是很有特色的七言律诗,此诗创作背景说法不一。一说是天宝(742—756)年间,作者被排挤离开长安,南游金陵时所作;一说是作者流放夜郎遇赦返回后所作;又说是李白游览黄鹤楼,并留下"眼前有景道不得,崔颢题诗在上头"后写的,是想与崔颢的《黄鹤楼》诗争胜之作。

诗歌开篇写凤凰台的传说,两句诗连用了三个"凤"字,却不觉繁复,音节颇为明快,极其优美。封建社会凤凰是祥瑞的象征。凤凰来游象征着王朝的兴盛;而"如今"却是凤去台空,比喻六朝的繁华一去不返,只有长江之水仍然不停地向东流去,大自然才是真正的永恒。诗人感慨万千:吴国盛世繁华的宫廷已然荒芜,东晋的风流人物也早已入土。那一时的辉煌,如今只现荒芜的丘陵。最后诗人由古及今回归现实,从六朝帝都金陵看到唐代都城长安。"总为浮云能蔽日,长安不见使人愁"这两句诗含义深刻。长安是朝廷的所在,"浮云"指朝中的奸佞之臣,日则象征着帝王。在此李白暗示皇帝被佞臣包围,使自己报国无门,心情极度苦闷。李白于诗中把历史的典故、眼前的景物和诗人登凤凰台时独特的情感,交织在一起,抒发了忧国伤时的怀抱,意旨尤为深远。瞿佑的《归田诗话》载:崔颢题黄鹤楼,太白过之不更作。时人有"眼前有景道不得,崔颢题诗在上头"之讥。及登凤凰台作诗,可谓十倍曹丕矣。盖颢结句云:"日暮乡关何处是,烟波江上使人愁。"而太白结句云:"总为浮云能蔽日,长安不见使人愁。"爱君忧国之意,远过乡关之念。善占地步矣!

附:崔颢《黄鹤楼》

昔人已乘黄鹤去,此地空余黄鹤楼。
黄鹤一去不复返,白云千载空悠悠。
晴川历历汉阳树,芳草萋萋鹦鹉洲。
日暮乡关何处是?烟波江上使人愁。

闻王昌龄左迁龙标遥有此寄〔1〕

杨花落尽子规〔2〕啼，闻道龙标〔3〕过五溪〔4〕。我寄愁心与〔5〕明月，随风直到夜郎〔6〕西。

【注释】

〔1〕 王昌龄：盛唐边塞诗人，天宝(742—756)年间被贬为龙标县尉。左迁：贬官，降职。古人右尊左卑，因此把降职称为左迁。龙标：古地名，唐巫州属县，今为湖南省黔阳县。

〔2〕 杨花：柳絮。子规：即杜鹃鸟，相传其啼声哀婉凄切。

〔3〕 龙标：诗中指王昌龄，古人常用官职或任官之地的州县名来称呼一个人。

〔4〕 五溪：是酉、沅、辰、武、巫五溪的总称，在今湘西、黔东一带。

〔5〕 与：给。

〔6〕 随风：一作“随君”。夜郎：唐代在今贵州桐梓和湖南沅陵等地设过夜郎县。这里指湖南的夜郎(在今湖南芷江县西南)，与龙标距离很近。《新唐书·地理志》载：龙标县于唐高祖武德七年置，贞观八年析置夜郎、郎溪、思微三县。因此诗中的“夜郎”是为避免重复即指“龙标”。李白当时在东南，所以说“随风直到夜郎西”。

【鉴赏】

这首诗大概作于唐玄宗天宝十二载(753年)。当时王昌龄从江宁丞贬为龙标(今湖南省黔阳县)县尉，李白在扬州听到好友被贬的消息写下了这首赠友诗。李白的赠友诗颇多，诸如《赠汪伦》《送孟浩然之广陵》《赠孟浩然》等。而这首诗却颇有特色，是遥寄给被贬官的王昌龄的。《新唐书·文艺传》载王昌龄左迁龙标是因为“不护细行”，即他的被贬是因为生活上的不够检点。李白堪为同调，因此在听到他的不幸遭遇后写了这首充满同情和关怀的诗篇。

诗歌开篇写景，选取了两种极富地方特征的事物：飘忽无定的杨花和哀啼着“不如归去”的子规，描绘出南国的暮春景象，烘托出一种哀伤愁恻的气氛，又含有飘零离别之情。时值南国的暮春三月，眼前是纷纷扬扬的柳絮，耳边是声声悲啼的杜鹃。此情此景，已够撩起文人的愁思，不料又传来了好友不幸远谪的消息。诗歌起首二句不着悲痛之语，而悲痛之意自见。接着李白通过丰富的想象，将原本冰冷无情的明月（"秋月颜色冰"，孟郊语），描写成了一个理解、同情诗人的知己，她能够将自己的同情和思念带到遥远的夜郎之西，交给那不幸的迁谪人，这友谊的光波正是对被贬者心灵最大的安慰。

沈德潜在《说诗晬语》中说："七言绝句，以语近情遥，含吐不露为主。只眼前景、口头语，而有弦外音、味外味，使人神远，太白有焉。"这首诗将奇妙的想象与自然含蕴的语言和谐统一，仿佛脱口而出，信手拈来，正是体现了沈德潜所言七言高品的典范。

杜　甫

杜甫(712—770)，字子美，自号少陵野老，世称"杜工部""杜少陵"等。河南府巩县(今河南省巩义市)人，杜甫一生历任河西尉、右卫率府兵曹参军、左拾遗、华州司功参军、检校工部员外郎等职。他的思想核心是儒家的仁政思想，他有着"致君尧舜上，再使风俗淳"的宏伟抱负，但是处在唐朝由盛而衰的转折时期，他遭遇坎坷又历经祸乱，仕途失意，最后病死于江湘途中。他是唐代伟大的现实主义诗人，与李白合称"李杜"。被世人尊为"诗圣"，其诗表达了崇高的儒家仁爱精神和强烈的忧患意识，抒写个人情怀又紧密结合时事，思想深厚，境界广阔，有强烈的现实意义，深刻地反映了他生活的时代，故被称为"诗史"。杜甫人格高尚，诗艺精湛，融合众长，诸体兼备，形成了独特的沉郁顿挫的风格。一生创作了很多流传千古的名篇，如"三吏"、"三别"、《羌村》、《秋兴》和《奉先咏怀》等经典之作。杜甫大约有一千四百余首诗被保留了下来，在中国古典诗歌中备受推崇。有《杜少陵集》。

兵　车　行

车辚辚[1]，马萧萧[2]，行人[3]弓箭各在腰。耶[4]娘妻子走[5]相送，尘埃不见咸阳桥[6]。牵衣顿足拦道哭，哭声直上干[7]云霄。道旁过者[8]问行人，行人但云点行频[9]。或[10]从十五北防河[11]，便至四十西营田[12]。去时里正[13]与裹头[14]，归来头白还戍边。边庭[15]流血成海水[16]，武皇[17]开边[18]意未已。君不闻汉家[19]山东[20]二百州，千村万落生荆杞[21]。纵有健妇把锄犁，禾生陇亩[22]无东西[23]。况复[24]秦兵耐苦战[25]，被驱不异犬与鸡。长者[26]虽有问，役夫[27]敢申恨[28]？且如[29]今年冬，未休关西卒[30]。县官[31]急索租，租税从何出？信知生男恶，反是生女好。生女犹得嫁比邻[32]，生男埋没随百草。君不见，青海头[33]，古来白骨无人收。新鬼烦冤[34]旧鬼哭，天阴雨湿声啾啾[35]。

【注释】

〔1〕 辚(lín)辚：象声词，形容车行的声音。《诗经·秦风·车鄰》："有车鄰鄰。""鄰"同"辚"。

〔2〕 萧萧：马鸣声。《诗经·小雅·车攻》："萧萧马鸣。"

〔3〕 行人：指被征出发的士兵。

〔4〕 耶：通假字，同"爷"，父亲。一作"爷"。

〔5〕 走：奔跑。

〔6〕 咸阳桥：即渭桥，由长安往西北经由的大桥。

〔7〕 干(gān)：冲。

〔8〕 过者：过路的人，这里是杜甫自称。

〔9〕 点行(xíng)频：多次点兵出征。

〔10〕 或：不定指代词，有的、有的人。

〔11〕 防河：玄宗时，经常征调大批兵力驻扎西河(今甘肃省及宁夏回族自治区一带)称为防河。因其地在长安以北，所以说"北防河"。

〔12〕 营田：古时实行屯田制，戍边士卒兼事垦荒，称为"营田"。"营田"也是防备吐蕃的。

〔13〕 里正：唐制，每百户设一里正，负责管理户口、检查民事、催促赋役等。

〔14〕 裹头：男子成丁，就裹头巾，犹古之加冠。古时以皂罗(黑绸)三尺裹头，曰头巾。新兵入伍时需装束整齐，而被征者年龄太小，不能自裹，故里正代为裹头。

〔15〕 边庭：边疆。

〔16〕 流血成海水：天宝八年(749年)，哥舒翰奉命进攻吐蕃，石堡城(在今西安北部)

一役，死数万人。十年(751年)，剑南节度使鲜于仲通率兵八万进攻南诏(辖境主要在今云南)，军大败，死六万人。大概指这两件事。

〔17〕 武皇：汉武帝刘彻。唐诗中常有以汉指唐的委婉避讳方式。这里借武皇代指唐玄宗。下文“汉家”也是指唐王朝。

〔18〕 开边：用武力开拓边疆。

〔19〕 汉家：汉朝。这里借指唐。

〔20〕 山东：泛指华山以东。古代秦居西方，秦地以外，统称山东。史料载，此地区有二百十一个州，此取整数。

〔21〕 荆杞(qǐ)：荆棘与杞柳，都是野生灌木。

〔22〕 陇(lǒng)亩：田地。陇，通“垄”，在耕地上培成一行的土埂，田埂，中间种植农作物。

〔23〕 无东西：不分东西，指庄稼不成行列。亦指收成低。

〔24〕 况复：更何况。

〔25〕 秦兵：指秦中的士兵，即这次应征的兵卒。耐苦战：能顽强苦战。这句说关中的士兵能顽强苦战，像鸡狗一样被赶上战场卖命。

〔26〕 长者：即上文的“道旁过者”，也指有名望的人，即杜甫。

〔27〕 役夫：行役之人自称。

〔28〕 敢申恨：征人自言不敢诉说心中的冤屈愤恨。这是反诘语气，表现士卒敢怒而不敢言的情态。

〔29〕 且如：就如。

〔30〕 关西：当时指函谷关以西的地方古为秦地。关西卒：即上文所说的“秦兵”。此二句意为：因为对吐蕃的战争还未结束，所以关西的士兵都未能罢遣还家。不敢说又忍不住怨苦而以眼前事举例说明。

〔31〕 县官：官府、国家。

〔32〕 比邻：近邻。

〔33〕 青海头：即青海边。这里是自汉代以来，汉族经常与西北少数民族发生战争的地方。唐初也曾在这一带与突厥、吐蕃发生大规模的战争。

〔34〕 烦冤：愁烦冤屈。

〔35〕 啾啾：象声词，猿猴等的凄厉鸣叫声，此处形容鬼哭声。

【鉴赏】

行，是乐府歌曲的一种体裁。在此没有沿用古题，而是缘事而发，即事名篇，自创新题，运用乐府民歌的形式，深刻地反映了人民的苦难生活。

这首诗大约作于天宝中后期。当时唐王朝对西南的少数民族不断用兵。《资治通鉴》卷二百一十六载："天宝十载(751年)四月，剑南节度使鲜于仲通讨南诏蛮(辖境主要在今云南)，时仲通将兵八万，……军大败，士卒死者六万人。仲通仅一身免。杨国忠掩其败状，仍叙其战功。……制大募两京及河南北兵以击南诏。人闻云南多瘴疠，未战，士卒死者什八九，莫肯应募。……杨国忠(时任宰相)遣御史分道捕人，连枷送诣军所……于是行者愁怨，父母妻子送之，所在哭声振野。"这首《兵车行》就是这段历史的真实记录。

诗歌开篇以浓墨重彩的笔法，描绘出一幅振聋发聩的巨幅送别图：兵车轰鸣，战马嘶叫，黄尘飞扬，哭声遍野！这样的描写，给读者以视觉和听觉上的强烈震撼，集中展现了成千上万家庭妻离子散的悲剧，令人唏嘘感慨！接着揭示兵役制度极不合理和造成兵士们常年抛家弃子驻守边关甚至牺牲性命的原因竟然是"边庭流血成海水，武皇开边意未已"。杜甫把批评的矛头直接指向了最高统治者，这是从心底迸发出来的强烈抗议，充分表达了诗人怒不可遏的悲愤之情。残酷的战争使华山以东的沃野原田变得人烟萧条，田园荒芜，荆棘丛生，满目凋零。所有的这一切都是征兵带来的恶果。从"长者虽有问"起，诗人又推进一层。诗句所写皆为眼前事，因为"未休关西卒"自然而来的"租税从何出"？这就与前面的"千村万落生荆杞"相呼应。诗歌前后照应，层层推进，对社会现实的揭示越来越深刻。这里连用五言句，不仅表达了戍卒们沉痛哀怨的心情，也表现出那种倾吐苦衷的急切情态，揭露了统治者穷兵黩武带给人民的灾难。因为战争竟使人们一反常态，改变了中国古人几千年的"不孝有三，无后为大"的传统观念，"信知生男恶，反是生女好"反映出人们心灵上所受到的摧残。最后，诗人用哀痛的笔调，描述了长期以来存在的悲惨事实：青海边的古战场上，茫茫荒原，白骨露野，阴风惨惨，鬼哭凄凄。阴森凄凉的情景，令人不寒而栗。诗歌表现的悲惨哀怨的鬼泣声和开篇所写的惊天动地的人哭声，形成一种前后呼应。至此，诗人那饱满酣畅的愤懑之情得到了充分的发泄，唐王朝穷兵黩武的罪恶也得了淋漓尽致的揭露。

月　夜

今夜鄜州[1]月，闺中只独看[2]。遥怜[3]小儿女，未解[4]忆长安。

香雾云鬟[5]湿，清辉[6]玉臂寒。何时倚虚幌[7]，双照[8]泪痕[9]干。

【注释】

〔1〕 鄜(fū)州：今陕西省富县。当时杜甫的家属在鄜州的羌村，杜甫在长安。

〔2〕 闺中：闺中人，内室，此指妻子。看(kān)：看着。

〔3〕 怜：想。

〔4〕 未解：尚不懂得。纪昀曰："言儿女未解义，正言闺人相忆耳。"

〔5〕 香雾：雾本来没有香气，因为香气从涂有膏沐的云鬟中散发出来，所以说"香雾"。云鬟(huán)：古代妇女的环形发饰。

〔6〕 清辉：阮籍诗《咏怀》其十四"明月耀清晖"。此指皎洁的月光。

〔7〕 虚幌：轻薄透明的窗帷。幌：帷幔。

〔8〕 双照：与上面的"独看"对应，表示对未来团聚的期望。

〔9〕 泪痕：眼泪留下的痕迹，隋宫诗《叹疆场》"泪痕犹尚在"。

【鉴赏】

天宝十四载(755年)十二月，安史叛乱爆发，杜甫把家由奉先迁至白水(今陕西省白水县)，不久又移家至鄜州羌村(陕西省富县)。七月，肃宗在灵武(今宁夏灵武县)即位，杜甫获悉即从羌村只身奔赴灵武，不料途中被叛军所俘，押至长安，从此在沦陷的都城住了一段时间。八月，作者望月思家写下这首千古流传的名诗。诗歌抒发的不是一般的夫妻别后思念之情，字里行间所表现的是离乱之痛和内心之忧。

诗开篇直写"今夜鄜州月，闺中只独看"。诗人不写长安月而言鄜州月，原来他是站在妻子的角度想到妻子一直揪心于自己的处境和现状，从对方角度描写则显示出夫妻感情的共鸣。一来显示杜甫夫妻感情的深厚；二来也可看出因为叛乱，多少像杜甫一样的家庭都经受着夫妻分离，家庭离散之痛。两地望月而各自落泪，这不免让作者期盼："何时倚虚幌，双照泪痕干？"何时才能夫妻团聚，享受儿女绕膝的天伦之乐。其实这"双照"的清辉中也寄寓了作者四海升平的理想。诗歌采用从对方入笔的方式，妙在从对方那里生发出自己的感情，这种方法尤被后人赞颂和引用。清代李调元《雨村诗话》载："诗有借叶衬花之法。如杜诗'今夜鄜州月，闺中只独看'自应说闺中之忆长安，却接'遥怜小儿女，未解忆长安'，此借叶衬花也。总之古人善用反笔，善用傍笔，故有伏笔，有起笔，有淡笔，有浓笔，今人曾梦见否？"

羌　　村

峥嵘[1]赤云[2]西，日脚[3]下平地。柴门鸟雀噪，归客千里至[4]。妻孥[5]怪我在，惊定还拭泪。世乱遭飘荡，生还偶然遂[6]。邻人满墙头，感叹亦歔欷[7]。夜阑更秉烛[8]，相对如梦寐[9]。

【注释】

〔1〕 峥嵘：山高峻貌，这里形容云层集聚成山峰的样子。

〔2〕 赤云：夕阳映照暮云成鲜红的颜色。太阳在云的西边故称赤云西。

〔3〕 日脚：透过云缝射下的日光。

〔4〕 “柴门”二句意为：因归客至家，所以宿鸟惊喧。杜甫是走回来的，所谓“白头拾遗徒步归”，他曾向一个官员借马，没借着，只得徒步回家。“千里至”三字，辛酸中包含着喜悦。

〔5〕 妻孥(nú)：妻子和儿女。

〔6〕 遂：如愿。

〔7〕 歔(xū)欷(xī)：悲泣之声。叹声。

〔8〕 夜阑：夜深。更(gèng)：复、再。秉烛：燃烛。

〔9〕 如梦寐：似在做梦。

【鉴赏】

唐玄宗天宝十四载(755年)爆发的“安史叛乱”，给天下百姓带来难以言喻的深重苦难。诗人杜甫被战争的狂潮所吞噬，开始了辗转流离的生活，亲身体验了战祸的危害。唐肃宗至德二载(757年)五月，刚任左拾遗不久的杜甫因上书援救被罢相的房琯，触怒肃宗被放还羌村。诗人此行从凤翔回鄜州羌村探望家小，乱离中的诗人历尽艰险，终于平安到家与妻儿团聚，此事令他感慨万千，于是写下了著名的组诗《羌村》三首。关于这组诗，清代王尧衢《古唐诗合解》这样评说：“三首哀思苦语，凄恻动人。总之，身虽到家，而心实忧国。实境实情，一语足抵人数语。”足见这组诗所蕴含的社会现实内容。此为三首之一。

诗歌写作者千里跋涉，终于在夕阳西下时分风尘仆仆地回到了羌村。安史叛乱期间，多少家庭流离失所、妻离子散，诗人多年来只身在外颠沛流离，又加上兵祸连连,战乱不休。家人早已抱着凶多吉少的心理,死亡是必然,生还是偶然。所以对于丈夫的平安归家杜妻觉得很奇怪,多么令人不可思议的现实。惊魂既定,方信是真,一时之间悲喜交集,不觉泪流满面。这一绝妙的镜头却令读者窥一斑而见全豹,不禁为之感叹唏嘘。当夜深人静,一家人终于可以甜甜蜜蜜地享受这团聚的喜悦时,高燃蜡烛却相对无语,因事太突然,故虽在灯前,面面相对,仍心疑是在梦中。诗人用这样简朴的语言将战争年代人们的独特感受真实地呈现在读者面前。作品所写的是诗人一家的酸甜苦辣,但诗中所描述的亲人战后相逢、邻人感叹唏嘘等场面,绝不只是诗人一家特有的生活经历,它具有普遍意义。这一组诗用一幅幅图画再现了唐代“安史之乱”以后百姓的真实生活:世乱飘荡,战火未熄,儿童东征,妻离子散,具有浓烈的“诗史”意味。

顾　况

顾况(727? —815?),字逋翁,海盐(今浙江省海盐县)人,一说苏州人。唐肃宗至德二年(757年)进士,历任校书郎、著作郎、饶州司户参军等职,晚年隐居茅山。他是一个关心人民疾苦的诗人。作诗能注意“声教”而不仅仅追求“文采之丽”(《悲歌序》)。他根据《诗经》的讽喻精神写了《上古之什补亡训传十三章》,是讽刺劝诫之作,其中也有直接反映现实的,如这首《囝》。有《华阳集》存世。

囝

哀闽也

囝〔1〕生闽方〔2〕,闽吏得之,乃绝其阳〔3〕。为臧为获〔4〕,致金满屋。为髡为钳〔5〕,如视草木。天道无知,我罹其毒〔6〕。神道无知,彼〔7〕受其福。郎罢〔8〕别囝,吾悔生汝。及汝〔9〕既生,人劝不举〔10〕。不从〔11〕人言,果获是苦〔12〕。囝别郎罢,心摧血〔13〕下。隔地绝天,及至黄泉〔14〕,不得在郎罢前。

【注释】

〔1〕 囝(jiǎn)：福建一带方言，指儿子。

〔2〕 闽方：闽中。闽：古代种族名，今福建省一带。

〔3〕 绝：割断，此处指阉割。阳：男性生殖器。

〔4〕 臧、获：《名依考》卷五引《风俗通》"藏，被罪没官为奴婢，获，逃亡获得为奴婢"，这里都是奴隶的别称。

〔5〕 髡、钳：古代刑罚的名称，也是奴隶身份的标志。髡：剃去头发。钳：用铁圈套在颈上。

〔6〕 罹：遭遇不幸的事情。毒：加害。

〔7〕 彼：指掠卖奴隶的人。

〔8〕 郎罢：方言。闽人用以称父亲。

〔9〕 汝：你。

〔10〕 不举：不养育。指一生下来就把他弄死。

〔11〕 从：听从。

〔12〕 是苦：这样的痛苦(指做奴隶)。

〔13〕 摧：伤。血：血泪。

〔14〕 黄泉：指人死后埋葬的地穴。及至黄泉：犹言一直到死。

【鉴赏】

唐代的闽地(今福建一带)，官吏、富商相勾结，经常掠卖儿童，摧残他们的身体之后把他们变为奴隶。这首《囝》，就是这种残酷行为的真实写照。唐代诗人多写五、七言格律诗或古体诗，极少以四言为诗，这首《囝》继承了《诗经》四言的创作风格，也颇具《诗经》"风"诗的讽刺意味。

诗人首先叙述闽童被掠为奴的经过，同时交代了这种野蛮风俗盛行的地区——闽地、戕害闽地儿童的凶手——闽吏以及戕害儿童的方式——绝其阳。然后阐述"囝"的痛苦人生：为主人"致金满屋"，自己却被视如草木，受到非人待遇。贵贱对比，揭示奴隶生活的凄惨。悲惨的身世，痛苦的生活，使他们的怨愤极深，以致诅咒神圣的"天道"和"神道"——都是上天和神灵无知，才造成如此不公平的世道！受这种野蛮风俗残害的，绝不是一家一户的个别现象，闽地人民受害极惨，受害极广，家家怀有恐惧心理。这种描写既是对苦难人民的深切同情，也是对残民害物者的愤怒控诉。

诗人继承《诗经》的讽喻精神，取首句的第一个字为诗题，采用四言体，并且大胆采用了闽地方言口语如“囝”“郎罢”入诗，使诗歌在古朴之中流露出强烈的地方色彩，同时也具有浓郁的生活气息。诗人对闽地人民的不幸遭遇表示同情，却通篇不发一句议论，而是用白描的手法，把血淋淋的事实展现在读者面前，让事实来说话，因而比简单的说教更具内涵。

孟　郊

孟郊(751—815)，字东野，湖州武康(今浙江省德清县)人，祖籍平昌(今山东省临邑县)，少年时期隐居嵩山。孟郊曾两试进士不第，四十六岁终于如愿中进士，历任溧阳县尉、河南水陆转运从事等职，卒于赴任兴元军参谋途中，葬洛阳东。张籍私谥为“贞曜先生”。孟郊清寒终身，为人耿介倔强，故诗也多写世态炎凉，民间苦难。有“诗囚”之称，与贾岛齐名，苏轼谓“郊寒岛瘦”(《祭柳子玉文》)。又与韩愈并称“韩孟”。孟郊现存诗歌五百七十多首，以短篇的五言古诗最多，有《孟东野集》。

秋　怀

秋月颜色冰〔1〕，老客〔2〕志气单〔3〕。冷露滴梦破〔4〕，峭风梳骨〔5〕寒。席上印病文〔6〕，肠中转愁盘〔7〕。疑怀无所凭〔8〕，虚听多无端。梧桐枯峥嵘〔9〕，声响如哀弹。

【注释】

〔1〕 冰(bìng)：去声，寒冷。

〔2〕 老客：年老仍然作客他乡，指诗人自己。

〔3〕 志气：志向、心气。单：孤弱之意。

〔4〕 冷露：清冷的露声。梦破：惊醒。

〔5〕 峭风：风如山峭，形容风的凄厉。梳骨：冷风刺骨。

〔6〕 席上印病文：是“病印席上文”的倒文。此句意为：久病卧床，肌肤嵌印着席子上的花纹。

〔7〕 转愁盘：谓愁思不断。此句意为由于愁思太深，肠已在腹中转成了一个盘。

〔8〕 疑怀：精神恍惚。无所凭：没有凭据。

〔9〕 峥嵘：突兀高耸貌。

【鉴赏】

孟郊晚年居住于洛阳，在河南尹幕中充当下属僚吏，官职低下以至于贫病交加，愁苦不堪。《秋怀》十五首就是在此期间写就的一组慨叹老病穷愁的诗歌，而以这首写得最好。诗中写出了他一生所经历的酸楚苦涩的生活，抒写了他晚境的凄凉悲惨，反映出封建社会不重视人才以及世态炎凉的悲慨。

古人客居异乡之时，明月往往就成了他们倾吐乡思的旅伴，而此时，孟郊却感觉本可以为伴的秋月竟是如此冷冰冰地冒着森森寒气，那月光映照下孤独的“老客”——诗人自己，更是一生壮志未酬，境况不堪。接着“冷露滴梦破，峭风梳骨寒”句是指诗人梦想的破灭，同时也是作者为自己而感慨：一生穷困潦倒、孤夜难眠！“席上印病文，肠中转愁盘”句使诗人的抑郁悲伤之情真实地展现在读者眼前。最后，诗人选取了一个诗化的意象，也是诗人的自况：取喻于枯桐。桐木是制琴的美材，在此显然寄托着诗人苦吟一生而穷困一生的失意和悲哀。苏轼言：“我憎孟郊诗，复作孟郊语。饥肠自鸣唤，空壁转饥鼠。诗从肺腑出，出辄愁肺腑。”（《读孟郊诗二首》）正是孟郊抒写穷愁境遇作品的特点。

王　建

王建（767？ — 835？），字仲初，颍川（今河南省许昌市）人。家贫，历任应县丞、太府寺丞、秘书郎、陕州司马、刺史等职，世称王司马。他写了大量的乐府诗，描写农民的日常生活，同情他们的喜怒哀乐，生活气息浓郁。与张籍齐名，有“张王乐府”之称。又写过宫词百首，在传统的宫怨之外，还广泛地描绘宫中风物，是研究唐代宫廷生活的重要材料。有《王司马集》。

宫 人 斜

未央[1]墙西青草路，宫人斜里红妆[2]墓。一边载出一边来，更衣[3]不减寻常数。

【注释】

〔1〕 未央：未央宫是西汉帝国的大朝正殿，建于汉高祖七年(前200年)，由刘邦重臣萧何监造，在秦章台的基础上修建而成，位于汉长安城地势最高的西南角龙首原上，因在长安城安门大街之西，又称西宫。

〔2〕 红妆：指女子的盛妆。因妇女妆饰多用红色，故称。或指美女，此处应指美女。

〔3〕 更衣：换衣服。此指更换新的宫女。

【鉴赏】

宫人斜，亦称“内人斜”。唐代宫人的集中埋葬区，大概在长安城西的龙首原。斜，墓地。《唐会要》卷三载：贞观二年(628年)，中书舍人李百药上奏说：“窃闻大安宫及掖庭内，无用宫人，动有数万。”唐中宗景龙四年上元夜，“放宫女数千人看灯，因此多有亡逸者”。可见唐朝宫廷宫女数量之多，而宫女们死后，由宫中统一埋葬于某处，称为“宫人斜”。(宋代宋敏求《春明退朝录》卷上：“唐内人墓谓之宫人斜，四仲遣使者祭之。”清代纳兰性德《渌水亭杂识》卷二：“古葬宫人之所谓之宫人斜。”)秦朝都城咸阳旧城墙内有埋葬宫女的地方，《类说》卷四引《秦京杂记》：“咸阳旧墙内谓之内人斜，宫人死者葬之，长二三里，风雨闻歌哭声。”

这是一首宫怨诗。宫怨诗是我国唐代诗苑中的一朵奇葩，盛唐“诗家天子”王昌龄的《长信秋词》、李白的《玉阶怨》、白居易的《上阳白发人》等都是脍炙人口的名作。唐代雍裕之、杜牧、窦巩、陆龟蒙等都写过《宫人斜》这类诗作，可见唐代宫女的生活为诗人们所关注。唐代诗人满怀情感，以现实主义的创作手法，从不同的角度写作宫怨诗，反映了宫女们的悲惨遭遇，同时也对她们给予深切的同情。

诗歌用简短的文字写出了唐代宫中女子们悲惨的生活：未央墙西一条铺满春草的小路，小路的尽头是一片寂静而又阴森的墓地，那里埋葬着豆蔻年华就入宫而最后寂寞一生，或病死或老死于宫中的女子们。因为宫女进入宫中基本没有亲人，加之墓地的荒凉阴森，所以平时几乎无人经过，那就是一条通往死亡的小路。宫女一个一个凄凉地死去，然而宫中风华正茂的少女们却从未减少。因为皇帝又会派人去民间寻访美女。而重新被选入宫的女子们也会是同样的命运。可悲、可叹！

张　籍

张籍(767？—830？)，字文昌，郡望苏州吴(今江苏省苏州市)，先世移居和州，遂为和州乌江(今安徽和县乌江镇)人。贞元十五年(799年)进士，历任太常寺太祝、国子监助教、秘书郎、水部员外郎、国子司业等职。世称"穷瞎张太祝""张水部""张司业"。张籍为韩门大弟子，其乐府诗与王建齐名，并称"张王乐府"。白居易曾说："张君何为者？业文三十春。尤工乐府诗，举代少其伦。……风雅比兴外，未尝著空文。"(《读张籍古乐府》)张、王诗歌多口语，精警凝练而又平易自然。王安石评价张籍诗歌的艺术特色："看似平常最奇崛，成如容易却艰辛。"(王安石《题张司业诗》)有《张司业集》。

野　老　歌

老翁[1]家贫在山住，耕种山田三四亩。苗疏税多不得食，输入官仓化为土[2]。

岁暮锄犁倚[3]空室，呼儿登山收橡实[4]。西江贾客珠百斛[5]，船中养犬长食肉。

【注释】

〔1〕 翁：一作"农"。

〔2〕 官仓：指各地官员税收，此指贪官。化为土：霉烂变质。

〔3〕 倚：一作"傍"。

〔4〕 橡实：橡树的果实，荒年可充饥。

〔5〕 西江：今江西九江市一带，是商业繁盛的地方。唐时属江南西道，故称西江。斛：

量器;容量单位。古代以十斗为一斛,南宋末年改为五斗。

【鉴赏】

中唐时期,政治黑暗,统治阶级对下层百姓的剥削极残酷,因此抒写农民疾苦的题材也就成为中唐新乐府诗人的一个重要主题。这首《野老歌》就是写一个老农在繁重的苛捐杂税之下,过着依靠拾橡实填饱肚子的生活。即使这样,他还不如当时被称为“贱类”富商(唐代坚持抑商政策,《旧唐书》卷四十八《食货志上》引武德七年令:“士农工商,四人各业。食禄之家不得与下人争利。”武周时,“张易之兄弟及武三思皆恃宠用权。……安石跪奏曰:‘蜀商等贱类,不合预登此筵。’”)的一条狗。张籍通过这样一个人狗对比的悲惨情形,突出表现了农民的痛苦和当时社会的不合理。

诗歌开篇描绘了一个居于深山耕种着三四亩贫瘠山田的老农形象,这不禁让我们联想到陶渊明的《桃花源记》,人们居于桃花源的目的是可以摆脱官府的苛捐杂税,过着躬耕自给、丰衣足食的生活。然而现实却不如人意,如晚唐的杜荀鹤诗所写“任是深山更深处,也应无计避征徭”(《山中寡妇》)。所以尽管老人居处深山,官家的征税也依然不能避免,那隔三岔五跑来征税的差役将老农家里一年的收成全部缴没。老农辛苦劳作,到头来一无所有,他收获的粮食被官府白白浪费“化为土”。统治者剥削和浪费的行为,与劳动人民的辛苦贫穷的生活形成了鲜明的对比。所以这两句诗实际上揭露了当时社会的黑暗和阶级的对立。无奈之下,年迈的老农只得呼唤儿子上山捡拾橡实,展现给读者的是劳动人民的悲惨生活。诗歌最后两句,作者描绘了一幅贫富对比的图画:西江船上载满百斛珠宝的商人,他喂养的犬可以天天吃肉,老农却是食不果腹而满脸菜色。作者在此没有任何议论,只让读者去深思,可谓悲凉之极,愤懑至极。唐汝询《唐诗解》评价道:“文昌乐府,就事直赋,意尽而止,绝不于题外立论。如《野老》之哀农,……各有一段微旨可想,语不奥古,实是汉魏乐府正裔。”

节 妇 吟

寄东平李司空师道[1]

君知妾[2]有夫,赠妾双明珠。感君缠绵[3]意,系在红罗襦[4]。

妾家高楼连苑起[5],良人[6]执戟明光[7]里。知君用心如日月[8],事夫誓拟[9]同生死。还君明珠双泪垂,恨不[10]相逢未嫁时。

【注释】

〔1〕 李司空师道: 李师道,时任平卢淄青节度使。

〔2〕 妾: 古代妇女对自己的谦称,这里是诗人的自喻。

〔3〕 缠绵: 宛曲深厚的情谊。

〔4〕 罗: 一类丝织品,质薄、手感滑爽而透气。襦: 短衣、短袄。

〔5〕 高楼连苑起: 耸立的高楼连接着园林。苑: 帝王及贵族游玩和打猎的风景园林。起: 矗立着。

〔6〕 良人: 旧时女人对丈夫的称呼。

〔7〕 执戟: 指守卫宫殿的门户。戟: 一种古代的兵器。明光: 本汉代宫殿名,这里指皇帝的宫殿。执戟明光: 供职朝廷,侍卫皇上。

〔8〕 用心: 动机目的。如日月: 光明磊落的意思。

〔9〕 事: 服侍、侍奉。拟: 打算。

〔10〕 恨不: 一作“何不”。

【鉴赏】

节妇指能守住节操的妇女,特别是对丈夫忠贞的妻子。吟,一种诗体的名称。

李师道(? —819),中唐时地方割据军阀,高句丽人。中唐时任平卢淄青节度使,又冠以检校司空、同中书门下平章事等头衔,可谓炙手可热,势力熏天。中唐以后,藩镇割据严重,李师道使用各种手段,拉帮结派,常常勾结、拉拢文人和中央官吏。韩愈曾作《送董邵南序》一文婉转地劝阻他们,张籍是韩门大弟子,立场一如其师,这首诗便是他婉拒李师道的收买而写的。此诗只看表面完全是一首抒发男女之爱的言情诗,仔细品味却是一首政治抒情诗,题为《节妇吟》即用以明志。诗似源于汉乐府《陌上桑》《羽林郎》,但较之更委婉含蓄。

诗歌开篇“君知妾有夫,赠妾双明珠。感君缠绵意,系在红罗襦”写男子明知我是有夫之妇却依然对我用情。语气中颇有微词,此“君”喻李师道,“妾”自喻。妾被君情意所感动,把所赠明珠系在红罗襦上。接着诗意一转,说自家也是富贵人家,丈夫是皇家卫士;即指自己是唐王朝的大夫,而且誓死为皇帝效命。因此感谢对方的深情付出，只有遗憾不能一女侍二夫。诗歌言词委婉，却意志坚决，表明自己的政治立场。因为诗歌写得含蓄而又坦荡，据说连李师道本人也颇受感动，不再勉强。此诗可谓词浅意深，意在言外。《唐诗选脉会通评林》中周珽曰："平衷婉辞，既坚已操，复不激人之怒，即云长事刘，有死不变，犹志在报效曹公之意。"

李 冶

李冶（？—784），字季兰（一作"秀兰"），浙江乌程（今浙江省湖州市吴兴区）人，容貌俊美，天赋极高，六岁能写诗，后为女道士，是中唐诗坛上极负盛名的女诗人，与薛涛、鱼玄机、刘采春并称"唐代四大女诗人"。她生性豪放，言论大胆，秉性洒脱，才情横溢，与陆羽、刘长卿、皎然等有交往。唐玄宗时曾被召入宫中，至公元784年，因曾上诗叛将朱泚，被唐德宗下令乱棒扑杀。李冶擅弹琴，尤工格律，她的诗以五言见长，多酬赠谴怀之作。诗句清丽，五言诗尤为人称道，被刘长卿誉为"女中诗豪"。高仲武评论说："士有百行，女唯四德。季兰则不然。形气既雄，诗意亦荡。自鲍照以下，罕有其伦。"（高仲武《中兴间气集》）宋人陈振孙《直斋书录解题》著录《李季兰集》一卷，今已失传，仅存诗十六首。

八 至

至近至远东西〔1〕，至深至浅清溪。至高至明日月，至亲至疏〔2〕夫妻。

【注释】

〔1〕 至：最。东西：指东、西两个方向。

〔2〕 疏：生疏，关系远，不亲近的意思。

【鉴赏】

这是一首颇具哲理意味的诗，也是一首大彻大悟的诗。由于"至"字在诗中反复出现八次，故题名“八至”，这在文人诗中很是别致。李季兰是个女冠，女冠有与男性交往的自由，所以李冶和当时众多名人如刘长卿、朱放、韩挨、阎伯钧、萧叔子、陆羽等相交甚厚。然而看似开放，内心实则清冷，因为女冠到底是一个被置于正常家庭宗族之外的阶层，男人们可以在这里等闲春风，风花雪月，作短暂的放情，但终究不会给她们一个最终的归属。元稹之于薛涛是如此，朱放之于李冶亦是如此。经历过的每一段感情于李冶不过是起起落落、聚散离合的匆匆过客罢了，因此深刻感悟之后终于成就此诗。诗歌由远近东西至深浅清溪，再至高明日月，又至亲疏夫妻，道尽了人生极快乐极颓靡之态。全诗二十四个字，却道破了人生的真谛。

诗歌前三句全指物象，东西、清溪、日月几个物象中都暗含深意，而归结到末句则专指人情，这正是全诗核心所在——“至亲至疏夫妻”。因为夫妻是没有血缘关系的亲人，同心同德则合为一个人，分开则形同陌路。从肉体和利益关系看，夫妻是世界上相互距离最近的，因此的确是“至亲”莫若夫妻。而一旦反目则“爱有多深，恨有多切”，无爱夫妻的心理距离又是最为遥远、最难以弥合的，因此为“至疏”。“至亲至疏夫妻”这话似有饱经沧桑的感觉，比一般的情诗情词要深刻得多，可算是情爱中的至理名言。夫妻间可以誓同生死，也可以不共戴天。这当中爱恨微妙，感慨良多，或许正是看透了这些，李冶才宁愿放纵情怀。因此，即使隔了千年，也依然能引起人们的共鸣。明人钟惺《名媛诗归》评说此诗：“字字至理，第四句尤是至情。”

薛　涛

薛涛(768？—832)，唐代女诗人，字洪度，长安(今陕西省西安市)人。唐代“四大女诗人”(薛涛、李冶、鱼玄机、刘采春)之一。或谓唐代“三大女冠诗人”(薛涛、李冶、鱼玄机)之一。又与卓文君、花蕊夫人、黄娥并称“蜀中四大才女”。因父亲薛郧做官而来到蜀地，父亲死后薛涛居于成都。十六岁堕入乐籍，貌秀容端，才华丰赡，为当时闻名遐迩的诗妓。韦皋任节度使时，拟奏请唐德宗授薛涛以秘书省校书郎官衔，但因囿于旧制，未能实现，却被时人称为“女校书”，还有“扫眉才子”之誉。曾居浣花溪上，薛涛自己制作桃红色小笺用于写诗，后人仿制，称“薛涛笺”。薛涛颇有才情，精诗文、通音律，她和同时代的著名诗人元稹、白居易、令狐楚、裴度、张籍、杜牧、刘禹锡等，竞相酬唱写了许多诗篇，其中有不少歌颂祖国美好河山、充满爱国热情和关心劳动人民疾苦的佳作。著有《洪度集》一卷，现存诗较多，《全唐诗》录其诗歌八十九首。

送友人

水国蒹葭〔1〕夜有霜，月寒山色共苍苍〔2〕。谁言千里自今夕〔3〕，离梦杳如关塞〔4〕长。

【注释】

〔1〕 水国：犹指水乡，即薛涛送友人之地。蒹：古书指芦苇一类的植物。葭：初生的芦苇。语出《诗经·秦风·蒹葭》："蒹葭苍苍，白露为霜。所谓伊人，在水一方。"在此表达友人远去，再见无期的不舍之情。

〔2〕 苍苍：深青色，形容茫茫无际，叠字的运用表达更加形象。

〔3〕 今夕：今晚。

〔4〕 离梦：离人之梦。杳：远得看不见踪影，遥远之意。关塞：边关、边塞。

【鉴赏】

这是一首送别诗，成就可以和唐代其他众多诗人的送别诗媲美。诗歌前两句写景：诗人写秋夜水边的晚景，正是"草木摇落露为霜"（曹丕《燕歌行》）的秋天，时值夜色迷茫、月寒山苍之际，适逢送别友人，这一情景不禁令人凛然生寒。诗句化用了《诗经·秦风·蒹葭》"蒹葭苍苍，白露为霜。所谓伊人，在水一方"的语意，那个"伊人"正是诗人所送别和思念的人。这就使送别的场景更显伤感和凄凉。接着"谁言千里自今夕，离梦杳如关塞长"，本来是离别从今夜开始，因为友人要去的是千里之外遥远的地方，诗歌加"谁言"二字，则将那痛苦的离情转化为慰勉之语，而对友人深深的眷恋之情跃然纸上。诗歌所展示的是千里相思，永不相忘的执着心意。

这首诗最大的特点是隐含了《蒹葭》的意境，以景开篇，以情点题，层层推进又处处曲折，具有回环往复之妙。

韩　愈

韩愈(768—824),字退之,河阳(今河南省孟州市)人,自称“郡望昌黎”,世称“韩昌黎”“昌黎先生”。唐代文学家、哲学家、思想家。贞元八年(792年)登进士第,历任节度推官、监察御史、阳山令、员外郎、史馆修撰、中书舍人、吏部侍郎等职,又称“韩吏部”,谥号“文”,又称韩文公。韩愈的文学成就是多方面的,他的散文各体见长,遒劲有力,条理畅达,语言精练,为文学史上杰出的散文家之一。与柳宗元同为唐代古文运动的领袖,被后人尊为“唐宋八大家”之首,与柳宗元并称“韩柳”,有“文章巨公”和“百代文宗”之名。宋代苏轼称他“文起八代之衰”。在诗歌方面,韩愈与孟郊一起求新求奇,又以古文入诗,开拓了一条新的诗歌创作道路,主张“不平则鸣”,苦吟以抒愤。他们互相切磋酬唱,并以瘁索枯槁为美,以五彩斑斓为美,表现出尚奇险怪异的创作倾向,诗歌形成一种奇崛硬险的风格,世人称为“韩孟诗派”。有《昌黎先生集》。

山　石

山石荦确行径微〔1〕,黄昏到寺蝙蝠飞。升堂坐阶新雨〔2〕足,芭蕉叶大栀子〔3〕肥。僧言古壁佛画〔4〕好,以火来照所见稀〔5〕。铺床拂席置羹〔6〕饭,疏粝亦足饱我饥〔7〕。夜深静卧百虫绝〔8〕,清月出岭光入扉〔9〕。天明独去无道路〔10〕,出入高下穷烟霏〔11〕。山红涧碧纷烂漫〔12〕,时见松枥皆十围〔13〕。当流赤足踏涧石〔14〕,水声激激风吹衣。人生如此自可乐,岂必局束为人鞿〔15〕?嗟哉吾党二三子〔16〕,安得至老不更归〔17〕。

【注释】

〔1〕 荦(luò)确:指山石险峻不平的样子。微:狭窄。

〔2〕 升堂：进入寺中厅堂。阶：厅堂前的台阶。新雨：刚下过的雨。

〔3〕 栀子：茜草科常绿灌水，夏季开白花，香气浓郁。

〔4〕 佛画：画的佛画像。

〔5〕 稀：依稀，模糊，看不清楚。一作"稀少"解，稀罕之意。所见稀：即少见的好画。

〔6〕 置：供。羹(gēng)：菜汤。这里是泛指菜蔬。

〔7〕 疏粝(lì)：糙米饭。这里是指简单的饭食。饱我饥：给我充饥。

〔8〕 百虫绝：一切虫鸣声都没有了，停歇了。

〔9〕 清月：清朗的月光。出岭：指清月从山岭那边升上来。夜深月出，说明这是下弦月。扉(fēi)：门。光入扉：指月光穿过门户，照进室内。

〔10〕 无道路：指因晨雾迷茫，不辨道路，随意步行的意思。

〔11〕 出入高下：指进进出出于高高低低的山谷小路的意思。霏：氛雾。穷烟霏：空尽云雾，即走遍了云遮雾绕的山径。

〔12〕 山红涧碧：即山花红艳、涧水清碧。纷：繁盛。烂漫：光彩夺目。

〔13〕 枥(lì)：同"栎"，即栎树，落叶乔木。十围：形容树干非常粗大，非确数。两手合抱一周称一围。

〔14〕 当流：对着流水。赤足踏涧石：此句意为对着流水就打起赤脚，踏着涧中石头蹚水而过。

〔15〕 局束：拘束，不自由的意思。鞿(jī)：缰绳在马口为鞿，马的缰绳。这里作动词用，即受牵制和约束的意思。

〔16〕 吾党二三子：指和自己志趣相合的几个朋友，此指一同游洛北惠林寺的侯喜、李景兴、尉迟汾。

〔17〕 安得：怎能。归：归隐。不更归：不再回去了。表示对官场的厌弃。

【鉴赏】

《山石》的写作时间历来有不同说法。一般认为写于唐德宗贞元十七年(801年)七月韩愈离徐州赴洛阳的途中。当时作者所游的是洛阳北面的惠林寺，同游者有李景兴、侯喜、尉迟汾。题为《山石》，但并非咏山石，而是一篇诗体的山水游记，只是用诗的开头二字作题罢了。诗人按时间顺序，记叙了游历山寺的所遇、所见、所闻、所思、所感。记叙时间由黄昏而深夜至天明，层次分明，环环相扣，前后照应，耐人寻味。

诗人历经险峻的山石、狭窄的山道，在蝙蝠翻飞的黄昏时节终于到达惠林寺，感受到了山野的勃勃生机，感受到了僧人的殷殷盛情。在“百虫绝”的深夜静卧古庙，深感虫鸣之盛，古寺之幽。最后在凌晨辞别，一路所见晨景：雨后青山，晨雾缭绕，曲径萦回，高低难行。在之后一片晴朗的天空下见到了秀丽的山景：峭崖红花、山涧碧水、雨后山峦、清风拂衣、泉水淙淙、山风阵阵、牵衣动裳，使人有赏不尽的山、水、风、石的乐趣。这里景色宜人，环境清幽，所以诗写到此，很自然地引出“人生如此自可乐，岂必局束为人鞿”。充满了作者对山中自然美、人情美的向往，这即是全诗的主旨。

全诗气势遒劲，风格壮美，历来为后人所称道。韩愈在官场生活中，陟黜升沉，身不由己，满腔的愤懑不平，郁积难抒。因此对眼前这种自由自在，不受人挟制的山水生活感到十分快乐和满足，从而希望和自己同道的“二三子”能一起来享受这种清心惬意的隐逸生活。明人冯时可评论：“此诗叙游如画如说，悠然澹然。在《古剑》篇诸作之上。余尝以雨夜入山寺，良久月出，深忆公诗之妙。”（《雨航杂录》）

白　居　易

白居易(772—846)，字乐天，号香山居士，又号醉吟先生，祖籍太原，于曾祖父时迁居下邽(今陕西省渭南市)。贞元十六年(800 年)进士，历任秘书省校书郎、江州司马、苏州刺史、翰林学士、左赞善大夫等职。白居易与李白、杜甫合称为“唐代三大诗人”；与刘禹锡并称“刘白”；与元稹并称为“元白”。且与元稹共同倡导新乐府运动，并提出“文章合为时而著，歌诗合为事而作”(《与元九书》)的口号，论诗强调继承《诗经》的优良传统和杜甫的创作精神，写了大量讽喻诗，代表作是《秦中吟》十首和《新乐府》五十首。白居易的诗歌题材广泛，形式多样，语言平易通俗，有“诗魔”和“诗王”之称。王若虚云：“乐天之诗，情致曲尽，入人肝脾，随物赋形，所在充满，殆与元气相侔。至长韵大篇，动数百千言，而顺适惬当，句句如一，无争张牵强之态，此岂捻断吟须、悲鸣口吻之所能至哉？而世或以浅易轻之，盖不足与言矣？”(《滹南诗话》卷一)有《白氏长庆集》，存诗近二千八百首。

轻　肥

意气骄满路[1],鞍马光照尘。借问何为者,人称是内臣[2]。朱绂[3]皆大夫,紫绶[4]或将军。夸赴军中[5]宴,走马去如云。樽罍溢九酝[6],水陆罗八珍[7]。果擘洞庭橘,脍切天池鳞[8]。食饱心自若[9],酒酣气益振[10]。是岁江南旱,衢州[11]人食人!

【注释】

〔1〕 意气:神情气度。骄满路:一路上盛气凌人,骄横跋扈。

〔2〕 内臣:宦官。因为宦官在宫内为皇帝服役,故称为"内臣"。

〔3〕 绂:朝服。

〔4〕 绶:系印的带子。朱、紫是标志官阶的颜色。唐制官分九品,四品、五品绯(朱红),二品、三品配紫绶(服色同)。

〔5〕 军中:掌握在宦官手上的禁军。

〔6〕 樽、罍:盛酒器。九酝:泛指最纯美的酒。

〔7〕 罗:罗列。八珍:精美罕见的食品。

〔8〕 脍:细切的鱼肉。天池:海的别名。鳞:鱼。

〔9〕 自若:坦然自得。

〔10〕 振:兴起、兴奋。此二句意为,酒足饭饱之后,志得意满,旁若无人。

〔11〕 衢州:唐代州名,其治所即今浙江西部的衢州市。

【鉴赏】

轻肥是"乘肥马,衣轻裘"的缩语,语出《论语·庸也》。

据《资治通鉴·唐纪五十三》载,元和四年(809年),"南方旱饥"。这首诗即写于这一年。《轻肥》正是从统治者的纵情享乐、挥霍无度与广大百姓饥寒交迫、民不聊生对比的两个方面记录当时社会。这首诗是《秦中吟》十首中的第七首。《秦中吟》自序说:"贞元、元和之际,予在长安,闻见'足悲者'。因直歌其事,命为《秦中吟》。"这组诗是作者"为时为事"而作诗文学主张的重要体现。

诗歌开篇叙写亲眼所见的事实:那坐在鞍马之上的达官贵族气焰嚣张、骄纵蛮横，那一份骄傲之情不光写在内臣的脸上，而且还洒落在路上，即鞍马之光竟照亮了尘土。这就不得不让人心生疑问，到底是何许人也，如此骄横？原来他们是宦官。可千万别小觑宦官，唐代政治腐败的根源之一，就是宦官专权，他们可以穿着朱绂配着紫绶，掌控着军政大权，如此荣耀怎能不骄不奢？如果说诗歌前八句写内臣们的"骄"，而后面六句则极写内臣们的"奢"。"樽罍溢九酝，水陆罗八珍。果擘洞庭橘，脍切天池鳞。食饱心自若，酒酣气益振。"宴席桌上摆放的是山珍海味，酒杯里斟满的是美酒佳酿。洞庭的橘，天池的鱼，都是老百姓不曾见过的美味，而这些内臣们却常常享用，他们吃饱喝足之后个个是大腹便便，脑满肠肥。诗歌至此给读者呈现的是一幅"内臣行乐图"。紧接着诗人笔锋骤然一转，"大夫""将军"们酒醉肴饱纵情享乐之时，江南正在发生严重的旱灾，"是岁江南旱，衢州人食人！"这就把诗歌的思想意义提升到一个高度，天下大旱之时，宦官恣意享乐而百姓遭遇死亡，这一乐一悲有着天壤之别。诗人在此用对比的手法揭露封建社会贫富的对立，与杜甫在《奉先咏怀》中的"朱门酒肉臭，路有冻死骨"有异曲同工之妙。

缭　绫

缭绫[1]缭绫何所似？不似罗绡与纨绮[2]。应似天台山[3]上明月前，四十五尺瀑布泉。中有文章[4]又奇绝，地铺白烟花簇雪。织者何人衣者谁？越溪寒女汉宫姬[5]。去年中使宣口敕[6]，天上取样人间[7]织。织为云外秋雁行[8]，染作江南春水色。广裁衫袖长制裙，金斗熨波刀剪纹[9]。异彩奇文相隐映，转侧看花[10]花不定。昭阳舞人[11]恩正深，春衣一对值千金。汗沾粉污不再着，曳[12]土踏泥无惜心。缭绫织成费功绩，莫比寻常缯与帛[13]。丝细缲[14]多女手疼，扎扎千声不盈[15]尺。昭阳殿[16]里歌舞人，若见织时应也惜。

【注释】

〔1〕缭绫：绫名，一种精致的丝织品。质地细致，文彩华丽，产于越地，唐代作为贡品。

〔2〕罗绡：精细的薄绸。纨绮：精细有花纹的丝织品。

〔3〕天台山：浙江的名山，主峰在今浙江天台县境内。因缭绫产于越地，故用天台山上

的瀑布来形容。

〔4〕 文章：错杂的色彩，这里指缭绫的花纹图案。

〔5〕 越溪：今浙江省绍兴县南，女工所在地。汉宫姬：以汉代唐，此处借指唐代宫中的妃嫔。

〔6〕 敕：帝王的诏书、命令。口敕：皇帝的口头命令。

〔7〕 天上：指皇宫。人间：指民间，指织缭绫的地方。

〔8〕 云外：指高空。行：行列。

〔9〕 金斗：早期的熨斗，内置红炭，不需预热，直接熨烫。所以熨斗也叫火斗，好听一点儿的叫金斗。刀剪纹：用剪刀裁剪衣料。

〔10〕 转侧看花：从不同的角度看花。

〔11〕 昭阳舞人：汉成帝时的赵飞燕，善于歌舞，曾居昭阳殿。

〔12〕 曳：拉，牵引。

〔13〕 缯(zēng)、帛：都是指丝织品。

〔14〕 缫(sāo)：同"缲"(sāo)，把蚕茧浸在滚水里抽丝。

〔15〕 盈：足，满。

〔16〕 昭阳殿：汉代宫殿名，这里指皇宫。

【鉴赏】

白居易继承并发展了《诗经》和汉乐府以来的现实主义创作传统，积极倡导了唐代的新乐府运动，并创作了《新乐府》诗五十首，《缭绫》为其中的第三十一首。主题为"念女工之劳"。诗歌通过细致而形象地描述精美的丝织品缭绫的生产过程，极力赞美缭绫高超的工艺成就，又通过对"越溪寒女"和"汉宫姬"的对比描写，表达了作者对纺织女工劳动艰辛的同情，同时也对豪华奢侈的宫廷生活提出了批判，深刻地反映了封建社会下层百姓和上层统治阶级尖锐的矛盾，具有深刻的社会意义。

诗歌一反传统的创作方法以问句开篇："缭绫缭绫何所似？"目的是为了引起读者的关注，读者当然也迫切地想知晓答案。接着文中通过几个比喻用以形容缭绫花纹之精美奇绝，缭绫工艺之巧夺天工，非其他丝织品所能比。而这精美的织物来自民间的织女，她们通过辛勤的劳作织就的缭绫却被享用的宫中嫔妃肆意践踏。"汗沾粉污不再着，曳土踏泥无惜心。"这一对比描写充分显示了封建社会贫富的对立，讽刺的笔锋，直指神圣不可侵犯的君王。同时诗歌还让读者了解到唐代丝织品工艺所达到的惊人高度，我们该引以为骄傲和自豪。《资治通鉴》"唐中宗景龙二年"记载，安乐公主"有织成裙，值钱一亿。花绘鸟兽，皆如粟粒。正视、旁视，日中、影中，各为一色"。可与此诗相互佐证。

母 别 子

母别子，子别母，白日无光哭声苦。关西[1]骠骑[2]大将军，去年破虏新策勋[3]。敕赐[4]金钱二百万，洛阳迎得如花人。新人迎来旧人弃，掌上莲花眼中刺。迎新弃旧未足悲，悲在君家留两儿。一始扶行一初坐，坐啼行哭牵人衣。

以汝夫妇新燕婉[5]，使我母子生别离。不如林中乌与鹊[6]，母不失雏[7]雄伴雌。应似园中桃李树，花落随风子在枝。新人新人听我语，洛阳无限红楼女。但愿将军重立功，更有新人胜于汝。

【注释】

〔1〕 关西：汉唐时某一区域的统称，"关"指的是函谷关（或潼关），关西就是指函谷关以西的地方。

〔2〕 骠（piào）骑：古代将军的名号。《史记・卫将军骠骑列传》："元狩二年春，以冠军侯去病为骠骑将军。"

〔3〕 策勋：意思是记功勋于策书之上。

〔4〕 敕赐：即皇帝的赏赐。

〔5〕 燕婉：指夫妇和爱。

〔6〕 乌与鹊：林中乌鹊。

〔7〕 雏：小鸟。

【鉴赏】

《母别子》是白居易《新乐府》五十首中的第三十三首。白居易的诗中颇多反映女性的作品，诸如《井底引银瓶》《上阳白发人》《陵园妾》等，深刻地揭示了封建社会女性的悲剧命运。这首《母别子》也是其中颇具代表性的一篇。诗中写了一位将军破虏立功得到皇帝封赏，于是将洛阳的如花女子带回家，狠心地将已为他生儿育女的糟糠之妻抛弃的事实。凄婉哀怨,声泪俱下,让读者看到了唐代女子不幸的命运。

诗歌开篇给读者展示的是一幅母子分离痛哭的画面,让观者为之唏嘘的同时带着疑问:"既然这么痛苦,那为什么母子要分离?"原来是将军丈夫破虏立功,皇帝封赏厚重,于是将军将年轻貌美的女子迎回家中,狠心将发妻抛弃。与儿女的分离对于母亲而言是痛彻心扉的,更何况是刚刚学走步和嗷嗷待哺的小儿。于是妻子哭诉并声讨丈夫的无情,哀叹人间的情感竟不如动物,她羡慕林中的乌鹊能相依相伴到老,自己却人未老珠未黄就被遗弃,还必须忍受与年幼孩子的永别。诗歌最后妻子发出诅咒:"新人新人听我语,洛阳无限红楼女。但愿将军重立功,更有新人胜于汝。"希望丈夫再次立功,那么新妇就具有和我同样的命运了。其实这是诗中女子的错误认知,更是古代女性共同的悲哀:她们把批判的矛头指向了和她一样不能主宰自己命运的弱女子而不是丈夫。当然也可以看出这个女子内心的极度愤懑和万分无奈!

元　稹

元稹(779—831),字微之,河南洛阳(今河南省洛阳市)人,早年家贫。唐德宗贞元九年(793年)举明经科,后又以第一名登才识兼茂明于体用科。历任同中书门下平章事、左拾遗、监察御史、中书舍人、工部侍郎等职。最后以暴疾卒于武昌军节度使任所,死后追赠尚书右仆射。与白居易友善,常相唱和,共同倡导新乐府运动,世称"元白",诗歌号为"元和体"。《旧唐书》本传说元、白为诗,"善壮咏风态物色。当时言诗者称元、白焉。自衣冠士子,至闾阎下俚,悉传诵之,号为元和体"。元稹的诗有时流于偏涩,不如白居易诗之平易畅达。但也有部分作品写得精警清峭。其乐府诗创作,多受张籍、王建的影响,而其"新题乐府"则直接缘于李绅。现存诗八百三十余首,收录诗赋、诏册、铭谏、论议等共一百卷,有《元氏长庆集》。

遣悲怀

昔日戏言身后意[1],今朝都到眼前来。衣裳已施行看尽[2],针线犹存未忍开。尚想旧情怜[3]婢仆，也曾因梦送钱财。诚知[4]此恨人人有，贫贱夫妻百事哀。

【注释】

〔1〕 戏言：开玩笑的话。身后意：关于死后的设想。

〔2〕 行看尽：眼看快要完了。

〔3〕 怜：怜爱，痛惜。

〔4〕 诚知：确实知道。

【鉴赏】

元稹的原配妻子韦丛是太子少保韦夏卿的小女儿，于唐德宗贞元十八年(802年)二十岁时与二十五岁的元稹结婚。婚后生活比较贫困，但韦丛温柔贤惠，毫无怨言，夫妻恩爱，感情甚笃。七年后，元稹任监察御史时，韦丛因病去世，年仅二十七岁。元稹万分悲痛，写了不少悼亡诗，其中最有名的是这三首《遣悲怀》。清人蘅塘退士评论《遣悲怀》三首时说："古今悼亡诗充栋，终无能出此三首范围者，勿以浅近忽之。"这样的赞誉，元稹诗可谓当之无愧。此为第二首。

诗歌写作者在妻子死后感觉"百事哀"，人已仙逝，而遗物犹在；为了避免睹物思人，便将妻子穿过的衣裳施舍出去；将妻子做过的针线封存起来。诗人想用这种消极的办法封存起对往事的记忆，而这种做法本身恰好说明他内心深处无法抹去对妻子深深的思念之情。而且，每当看到妻子身边的婢仆，又自然地引起他对妻子的忆念和哀思，因而对婢仆也平添一种哀怜的情感。白天沉浸在对妻子深切的思念中，夜晚梦见给妻子送钱，这看似荒唐的行为，却是一片感人的痴情。正所谓日有所思夜有所梦。夫妻死别，固然是人所难免的，但对于同贫贱共患难的夫妻而言，一旦永诀，则最为悲哀，因为未亡之人失去了灵魂伴侣。末句从上一句泛说推进一层，着力写出自身丧偶不同于一般的悲痛感情，更充分显示出与妻子感情至深。

李　贺

李贺(791? — 817?)，字长吉，河南福昌(今河南省宜阳县)人，家居福昌昌谷(在宜阳境内),后世称李昌谷,是唐宗室郑王后人。因避父晋肃讳,不得参加进士科考试。但却颇有才气,有“诗鬼”之称,是中唐的浪漫主义诗人,是与“诗圣”杜甫、“诗仙”李白、“诗佛”王维齐名的著名诗人。又与李白、李商隐并称为“唐代三李”。是中唐到晚唐诗风转变期的代表作家。他所写的诗大多是慨叹生不逢时的命运及内心的苦闷,抒发对理想、抱负的追求。有《昌谷集》。

金铜仙人辞汉歌

魏明帝青龙〔1〕元年八月,诏宫官牵车〔2〕西取汉孝武捧露盘仙人〔3〕,欲立致前殿。宫官既拆盘,仙人临载,乃潸然〔4〕泪下。唐诸王孙〔5〕李长吉遂作《金铜仙人辞汉歌》。

茂陵刘郎〔6〕秋风客〔7〕,夜闻马嘶晓无迹〔8〕。画栏〔9〕桂树悬秋香〔10〕,三十六宫土花〔11〕碧。魏官牵车指千里〔12〕,东关酸风射眸子〔13〕。空将汉月出宫门〔14〕,忆君清泪如铅水〔15〕。衰兰送客咸阳道〔16〕,天若有情天亦老〔17〕。携盘独出〔18〕月荒凉,渭城已远波声〔19〕小。

【注释】

〔1〕 魏明帝:名曹叡,曹操之孙。青龙:魏明帝曹叡的年号。元年与史不符,据《三国志·魏书·明帝纪》,公元237年(魏青龙五年)旧历三月改元为景初元年,徙长安铜人承露盘即在这一年。

〔2〕 宫官:指宦官。牵车:一作“辇车”。辇(xiá)同“辖”,车轴头。这里是驾驶的意思。

〔3〕 捧露盘仙人:王琦注引《三辅黄图》:“神明台,武帝造,上有承露盘,有铜仙人舒掌捧铜盘玉杯以承云表之露,以露和玉屑服之,以求仙道。”

〔4〕 潸然:流泪的样子。《三国志·魏书·明帝纪》裴注引《汉晋春秋》:“帝徙盘,盘拆,声闻数十里,金狄(铜人)或泣,因留于霸城。”

〔5〕 唐诸王孙:李贺是唐宗室郑王李亮(高祖李渊之叔)的后代,故称“唐诸王孙”。

〔6〕 茂陵:汉武帝刘彻的陵墓,在今陕西省兴平县东北。刘郎:指汉武帝刘彻。

〔7〕 秋风客:秋风中的过客,犹言悲秋之人。汉武帝曾作《秋风辞》,有句云:“欢乐极兮

哀情多,少壮几时兮奈老何?”

〔8〕 “夜闻”句:传说汉武帝的魂魄出入汉宫,有人曾在夜中听到他坐骑的嘶鸣。清早却不见踪迹。

〔9〕 画栏:绘有花纹图案的栏杆。

〔10〕 桂树悬秋香:八月景象。秋香:指桂花的芳香。

〔11〕 三十六宫:旧时长安有宫殿三十六所。张衡《西京赋》:“离宫别馆三十六所。”土花:苔藓。

〔12〕 牵:一作“馨”。千里:言长安汉宫到洛阳魏宫路途之远。此句指魏官引车向洛阳进发。

〔13〕 东关:长安东门,故云东关。酸风:令人心酸落泪之风,刺眼的冷风。眸子:眼中瞳仁。

〔14〕 将:与,伴随。汉月:汉朝时的明月。此句意为:铜人出宫门时,只有天上的明月陪伴它。

〔15〕 君:指汉家君主,特指汉武帝刘彻。铅水:比喻铜人所落的眼泪,含有心情沉重的意思。

〔16〕 衰兰送客:秋兰已老,故称衰兰。客:指铜人。咸阳:秦都城名,汉改为渭城县,离长安不远。咸阳道:此指长安城外的道路。此句意为,只有路旁衰败的兰花为铜人送行。

〔17〕 “天若”句:意为面对如此兴亡盛衰的变化,天若有情,也会因常常伤感而衰老。

〔18〕 独出:一说应作“独去”。

〔19〕 渭城:秦都咸阳,汉改为渭城县,此代指长安。波声:指渭水的波涛声。

【鉴赏】

据朱自清《李贺年谱》推测,这首诗大约作于唐元和八年(813年)。“元和八年癸巳(八一三)二十四岁……是年春,以病辞官,归昌谷。……《金铜仙人辞汉歌》疑亦此时作;盖辞京赴洛,百感交并,故作非非想,寄其悲于金铜仙人耳。”自安史之乱爆发,唐王朝一蹶不振,唐宪宗虽号称“中兴之主”,但其在位期间,藩镇叛乱此伏彼起,满目疮痍,生灵涂炭。李贺是“唐诸王孙”,因此急盼着建立功业,重振国威,却不料到处碰壁,且因避父讳不得参加科举而仕进无望,报国无门,最后不得不含愤离去。这首诗正是在这样的背景下创作的,诗中的金铜仙人临去时“潸然泪下”表达的正是亡国之恸。此诗所抒发的是一种交织着家国之痛和身世之悲的双重感情。

诗歌开篇记叙曾经威风凛凛、不可一世的汉武帝在漫漫的历史长河里成了一个匆匆过客，曾经富丽堂皇的汉宫如今荒凉萧条的面貌令人目不忍睹。接着通过拟人化手法叙写金铜仙人初离汉宫时凄惨酸楚的情态。金铜仙人那伤感的离别情怀，正是当日诗人仕进无望、被迫离开长安时的心境，亡国之痛和移徙之悲跃然纸上。诗中出现的"秋风""桂花""土花""酸风""衰兰"等意象都给读者带来一种凄楚悲凉的感觉。诗歌集中体现了李贺诗歌艺术的主要特点：想象奇特而又深沉感人；形象鲜明而又奇诡多姿；参差错落而又整饬绵密。《梁魏录》云：李贺《金铜仙人辞汉歌》造语奇特，首云"茂陵刘郎秋风客"，指汉武帝言也。又云"魏官牵车指千里"，此言魏明遣人迁金铜仙人予邺也。又云"空将汉月出宫门，忆君清泪如铅水"，此语尤警拔，非拨去笔墨畦径，安能及此！（何汶《竹庄诗话》卷十四）

南　园

男儿何不带吴钩[1]，收取关山五十州[2]。请君暂上凌烟阁[3]，若个[4]书生万户侯。

【注释】

〔1〕 吴钩：吴地出产的弯形的刀。这里泛指宝刀。沈括《梦溪笔谈》卷十九："吴钩，刀名也。刃弯。今南蛮用之，谓之葛党刀。"

〔2〕 五十州：指当时被藩镇所据之郡。《资治通鉴》卷二百三十八元和八年："李绛曰：'今法令所不能制者，河南北五十余州。'"

〔3〕 凌烟阁：唐太宗为表彰功臣所建的殿阁。

〔4〕 若个：疑问词，哪个？

【鉴赏】

《南园》组诗，共十三首，是作者辞官回到福昌昌谷后，在家乡的南园闲居时所作的一组杂诗，大约创作于唐宪宗元和八年(813 年)至十一年(816 年)之间。这首诗的结构颇有特色，由两个设问句组成，顿挫激越，而又直抒胸臆，把诗人愿意弃文从武、为国效力的理想抱负酣畅淋漓地表达出来。

开篇一个设问句式不仅强调了反诘的语气，而且也增强了诗句传情达意的力量。作者那身佩宝刀，奔赴疆场的气概多么豪迈！"收复关山"报效国家，舍身疆场的斗志多么昂扬。诗歌结尾又一个反问句，看似满腹牢骚，实是诗人从反面衬托投笔从戎的必要性，也进一步抒发了怀才不遇的愤懑之情。情感由昂扬激越转入沉郁哀怨，在此诗人把自己复杂的思想感情表现在诗歌的节奏里，使读者从节奏的感染中加深对主题的理解。

刘　禹　锡

刘禹锡(772—842)，字梦得，洛阳(今河南省洛阳市)人，自称中山(今河北省定县)人。文学家，哲学家，贞元七年(791年)进士，历任监察御史、朗州司马、主客郎中、礼部郎中、苏州刺史等职。武宗会昌时，加检校礼部尚书。卒年七十，赠户部尚书。唐代中晚期著名诗人，有"诗豪"之称。刘禹锡诗文俱佳，涉猎题材广泛，其诗沉着稳练，风调自然，而格律精切。与柳宗元并称"刘柳"，与韦应物、白居易合称"三杰"，又与白居易合称"刘白"。有《刘梦得文集》存世。

元和十年自朗州至京戏赠看花诸君子

紫陌〔1〕红尘拂面〔2〕来，无人不道看花回。玄都观〔3〕里桃千树〔4〕，尽是刘郎去后栽〔5〕。

【注释】

〔1〕 紫：指草木。陌：本是田间小路，这里借用为道路之意。紫陌：指京城长安的道路。

〔2〕 红尘：指灰土，尘埃，人马往来扬起的尘土。拂面：迎面、扑面。

〔3〕 玄都观：道教庙宇名，在长安城南崇业坊(今西安市南门外)。

〔4〕 桃千树：极言桃树之多。

〔5〕 刘郎：作者自指。去：一作"别"。

【鉴赏】

唐贞元二十一年(805年)，刘禹锡、柳宗元等人参加王叔文政治革新失败，被贬为朗州司马，至元和九年(814 年)十二月，他与柳宗元等人奉诏还京。这首诗，即是他从朗州回到长安的第二年所写，由于刺痛了当权者，他又被贬谪到更远的播州任刺史，幸有裴度、柳宗元诸人帮助，改为连州刺史。

借物言志古已有之，而借赏花讽刺当权者则不多见，这首诗颇为独特，表面写长安市民在玄都观赏花，实则含蓄讽刺了当时权贵。第一、二句写人们去玄都观看花盛况：草木葱茏，尘土飞扬，人欢马叫，川流不息，花景如何却不交代，而是呈现了赏花人心满意足的神态。第三、四句由物及人，关合到自己的境遇。作者以贬官十年回京后所见的艳丽春色讽刺当时权贵，那千万树桃花正是十年来投机取巧新起的贵族，而看花的人，则是那些趋炎附势、攀高结贵之徒。他这种轻蔑和讽刺是充满力量而颇具辛辣意味的，此篇一出，触怒当权者，作者因此又遭贬逐。

再游玄都观

百亩庭中半是苔〔1〕，桃花净尽〔2〕菜花开。种桃道士〔3〕归何处，前度刘郎今又来。

【注释】

〔1〕 百亩庭中：指玄都观百亩大的观园。苔：青苔。

〔2〕 净：空无所有。尽：完。

〔3〕 种桃道士：暗指当初打击王叔文、贬斥刘禹锡的权贵们。

【鉴赏】

该诗前有作者一篇小序。其文云："余贞元二十一年为屯田员外郎时，此观未有花。是岁出牧连州(今广东省连县)，寻贬朗州司马。居十年，召至京师。人人皆言，有道士手植仙桃满观，如红霞，遂有前篇，以志一时之事。旋又出牧。今十有四年，复为主客郎中，重游玄都观，荡然无复一树，惟兔葵、燕麦动摇于春风耳。因再题二十八字，以俟后游。时大和二年三月。"

这首诗作于唐文宗大和二年(828 年)，可以算是《元和十年自朗州至京戏赠看花诸君子》的续篇。十四年前，刘禹锡因赋玄都观诗开罪于权相武元衡，被贬官连州。十三年后,大和元年,刘禹锡任东都尚书,次年回朝廷任主客郎中,写了这首《再游玄都观》。刘禹锡重提旧事,再咏玄都观,对武元衡等显然是一种嘲笑和讽刺,同时也表现了自己屡遭打击而始终不屈的顽强意志。

诗人一生写讽喻作品着实不多,而这首《再游玄都观》堪称典范。诗中作者有意重提旧事,向打击他的权贵们挑战,表示自己决不因为屡遭报复就屈服妥协的坚强个性。诗歌仍用比体,表面上只简单写玄都观中桃花之盛衰存亡,实则讽刺诗人政治上的起落沉浮,寄寓了讽刺的深意。

柳 宗 元

柳宗元(773—819),字子厚,河东(今山西省永济县)人,因称柳河东,又因终于柳州刺史任上,又称柳柳州。贞元九年(793年)进士,历任校书郎、蓝田尉、监察御史里行、永州司马、柳州刺史等职。唐代杰出的诗人、哲学家、儒学家、政治家。柳宗元与韩愈同为中唐古文运动的领导人物,并称"韩柳"。与刘禹锡并称"刘柳"。与王维、孟浩然、韦应物并称"王孟韦柳"。其诗、文成就均突出,散文峭拔矫健,说理透彻,山水游记刻画入微,寄托深远,尤为后世所称颂,著有《永州八记》等六百多篇文章,为"唐宋八大家"之一。他的诗清峭幽远,自成一家。有《柳河东集》存世。

与浩初上人同看山寄京华亲故〔1〕

海畔尖山似剑铓〔2〕,秋来处处割愁肠〔3〕。若〔4〕为化得身〔5〕千亿〔6〕,散上峰头〔7〕望故乡〔8〕。

【注释】

〔1〕 浩初:作者的朋友,潭州(今湖南省长沙市)人,龙安海禅师的弟子。时从临贺到柳州会见柳宗元。上人:古人对和尚的尊称。山:指柳州附近山峰。京华:京城长安。亲故:亲戚、故人。

〔2〕 海畔：畔，边。柳州在南方，距海较近，故称海畔。剑铓(máng)：剑锋，剑的顶部尖锐部分。《玉篇》卷十八："铓，刃端。"

〔3〕 秋：秋季。割：断。愁肠：因思乡而忧愁，有如肝肠寸断。

〔4〕 若：假若。

〔5〕 化得身：柳宗元精通佛典，同行的浩初上人又是龙安海禅师的弟子，作者自然联想到佛经中"化身"的说法，以表明自己的思乡情切。

〔6〕 千亿：极言其多。《诗经·大雅·假乐》："千禄百福，子孙千亿。"

〔7〕 散上：飘向。一作"散作"。峰头：山峰的顶端。望：遥望。

〔8〕 故乡：这里指长安，而作者的家乡在河东。

【鉴赏】

此诗作于柳宗元在广西柳州任刺史期间，作者从永州司马改任柳州刺史后，心情一直郁闷。在一个秋日，恰逢朋友浩初上人拜访，于是为了排遣思乡情绪，携友一起登山望远，见群峰环绕皆如剑锋，触动愁怀，写下了这首七言绝句，寄给长安亲友，以表达对他们深深的思念之情。

广西的地理风貌是山高水长，山峰多拔地而起。伫立于峭拔山峰视野开阔，凝望远方不禁引发了作者的思乡情感，在诗人眼中，这每一座山峰都是他的化身，将自己一身化为千座山峰，山山皆可远望故乡，这一想象非常奇特，不但准确传达了诗人眷念故乡亲友的真挚感情，而且不落窠臼，具有强烈的艺术感染力。作者正是通过奇异的想象，独特的艺术构思，把埋藏在心底的抑郁之情，不可遏止地倾吐出来。诗题为"看山寄京华亲故"，然全诗尽在诉说自己愁苦的心情、恶劣的环境以及急切的归思之情，希望在京的故友们能助他早日回京，不至于葬身瘴疠之地。自永贞革新失败，"二王八司马事件"接踵而来，革新运动的主要人物均被贬于边远之地。十年后，柳宗元被召回京，却又被复黜为边远地区刺史，残酷的政治迫害，边地环境的荒远险恶，使他感慨无限，自身不能回京城，只有在心里想念故都和那里的亲友。蔡启《蔡宽夫诗话》云："子厚之贬，其忧悲憔悴之叹，发于诗者，特为酸楚。"

登柳州城楼寄漳、汀、封、连四州刺史

城上高楼接大荒[1]，海天愁思正茫茫。惊风乱飐[2]芙蓉[3]水，密

雨斜侵薜荔[4]墙。岭树重遮千里目[5],江流曲似九回肠[6]。共来百越文身[7]地,犹是音书滞一乡。

【注释】

〔1〕 接:连接,一说,目接,看到。大荒:旷远的广野,泛指荒僻的边远地区。

〔2〕 惊风:狂风,影射敌对势力。纪昀说"赋中之比,不露痕迹"。飐:吹动。

〔3〕 芙蓉:指荷花。

〔4〕 密雨:影射敌对势力。薜荔:一种蔓生植物,也称木莲。

〔5〕 目:一作"月"。

〔6〕 江:指柳江。柳江发源于今贵州省榕江县,东南经广西,入红江水。柳州城在柳江与龙江会合处。九回肠:指愁思的缠结。司马迁《报任安书》:"肠一日而九回。"

〔7〕 百越:即百粤,泛指南方的少数民族。文身:身上刺花纹。古代南方少数民族有在身上刺花纹的风俗。

【鉴赏】

公元805年,李诵(顺宗)即位,改元永贞,重用王叔文、柳宗元等人实行革新,然而仅仅五个月,"永贞革新"就失败了。王叔文、王伾被贬杀,革新派的主要成员柳宗元、刘禹锡等八人分别谪降为司马。这就是历史上著名的"二王八司马"事件。直到唐宪宗元和十年(815年)年初,柳宗元与韩泰、韩晔、陈谏、刘禹锡五人才奉诏进京。但当他们满怀希望赶到长安时,朝廷又改变主意,竟把他们分别贬到更荒远的柳州(今广西壮族自治区柳江县)、漳州(今福建省龙溪县)、汀州(今福建省长汀县)、封州(今广东省封开县东南)和连州(今广东省连县)为刺史(州的行政长官,相当于后世的知府)。这首七律,就是柳宗元初到柳州之时写的。诗歌写夏日登楼怀友,表现出的是一种与朋友间真挚的友谊,虽天各一方,而相思之情却无法自抑。面对满目异乡风物,不禁慨叹世路艰难,人事变迁,故诗中情感多悲凉哀怨。

诗歌开篇写登高望远,而所望之处竟是故友的贬所,一种难以言状的思念之情油然而生。登城楼而望景,从所见景物中刻意拈出芙蓉与薜荔,显然是它们在暴风雨中的情状使诗人心灵颤悸。芙蓉出水,无碍于风,而惊风仍要乱飐;薜荔覆墙,雨本难侵,而密雨偏要斜侵。这怎能不使诗人引发联想,愁思弥漫呢!在这里,景中之情,境中之意,赋中之比兴,不露痕迹却让人深深感悟。接着诗人将目光投向漳、汀、封、连四州;远望则重岭密林、遮断千里之目;近看则江流曲折,有似九曲回肠。景中寓情,情景交融。诗歌最后“音书滞一乡”戛然而止。一同被贬谪于蛮荒之地,已经够痛心了,还彼此连音书都无法送达!读诗至此,哀痛伤感,唏嘘不已。

贾　岛

贾岛(779—843),字阆仙,一作浪仙,河北道幽州范阳(今河北省涿州市)人。早年贫寒,落发为僧,法名无本。贾岛一生不喜与常人往来,《唐才子传》称他“所交悉尘外之士”。因推敲诗句被韩愈发现其才华,即受教于韩愈。还俗后屡举进士不第,历任长江(四川蓬溪县)主簿、普州司仓参军等小职位,故被称为“贾长江”,卒于任所。贾岛与孟郊并称“郊寒岛瘦”,孟郊人称“诗囚”,贾岛被称为“诗奴”。作诗苦吟,喜在字句上下工夫,被称为“苦吟诗人”。其诗精于雕琢,喜写荒凉、枯寂之境,多凄苦情味,自谓“两句三年得,一吟双泪流”(这“两句”指“独行潭底影,数息树边身”),可知其作诗用功至极。有《长江集》。

题李凝幽居

闲居少邻并〔1〕,草径入荒园〔2〕。鸟宿池边〔3〕树,僧敲月下门。过桥分野色〔4〕,移石动云根〔5〕。暂去〔6〕还来此,幽期不负言〔7〕。

【注释】

〔1〕 少(shǎo):不多。邻并:邻居。

〔2〕 荒园:荒芜的小园,此指李凝荒僻的居处。

〔3〕 池边:一作“池中”。

〔4〕 分野色:山野景色被桥分开。

〔5〕 云根:古人认为“云触石而生”,故称石为云根。这里指石根云气。

〔6〕 去:离开。

〔7〕 幽期:隐居的约定。幽:隐居。期:约定。负言:指食言,不履行诺言,失信的

意思。

【鉴赏】

这是一首描写诗人寻访朋友而未及相遇的小诗，具体创作时间不详。据诗意推知，某日，贾岛赴长安郊外，拜访朋友李凝（也是一个隐者，其生平事迹不详），然至其居所时，已夜幕降临，此时，夜深人静，月光皎洁，敲门声惊醒了树上的鸟儿，却未遇见友人。于是贾岛创作了这首诗。

诗歌开篇“闲居少邻并，草径入荒园”，很巧妙的手法，只十个字就概括地突出一个“幽”字，暗示出李凝的隐士身份。颔联“鸟宿池边树，僧敲月下门”，是历来广为传诵的名句。这两句诗，正见出诗人构思之精巧，用心之良苦。空中月光皎洁，万籁俱寂，以至于诗人那轻轻的敲门声，就惊动了树上的宿鸟，抑或是引起鸟儿一阵躁动。作者抓住了这一瞬即逝的景致，来表现环境之幽静，然却动静结合、以动衬静，收到意想不到的效果。接着诗人写回归路上所见：月光皎洁、原野斑斓、晚风轻拂、云脚飘移。这自然恬淡的景色，幽美迷人，仿佛置身于仙境之中。最后一句“暂去还来此，幽期不负言”点出诗人不负归隐之约定。如果说前三联都在叙事与写景，此联则点出诗人心中幽情，凸显诗的主旨。正是这种幽雅的处所，悠闲自得的情趣，引起作者对隐逸生活的向往。

诗人通过诗中所写的草径、荒园、宿鸟、池树、野色、云根等寻常景，闲居、敲门、过桥、暂去等寻常事中悟出了他人所未道之不寻常之境界，语言质朴而又韵味醇厚。

剑　客

十年磨一剑，霜刃[1]未曾试。今日把示君，谁有不平事。

【注释】

〔1〕 霜刃：像霜一样寒光闪闪的锋刃，锋利无比的刀刃。

【鉴赏】

据传贾岛在韩愈的劝说下，参加了科举考试，他以为凭着自己的博学和才华一考即能高中，于是一入考场，挥笔而就。结果却因在《病蝉》（病蝉飞不得，向我掌中行。折翼犹能薄，酸吟尚极清。露华凝在腹，尘点误侵睛。黄雀并鸢鸟，俱怀害尔情。）诗中痛斥黄雀、鸢鸟都有害蝉之意，而被认为是“无才之人，不得采用”，与平曾等人一起落了个“考场十恶”的坏名。贾岛心知是《病蝉》诗得罪了有权势的人，但又无可奈何。便创作了这首自喻诗。

贾岛诗偏爱写“蚁穴”“蛇洞”“萤火”“怪禽”等表现寂寞荒凉的意象，少有慷慨激昂之气，这首诗可谓特例，读来颇有森森剑气，凛凛侠风。诗歌刻画了一位“路见不平，拔刀相助”的剑客形象，表现了诗人慷慨豪爽的性格和除暴安良的愿望，显然，“剑”是才能的比喻，“剑客”指精于剑术的侠客，行侠仗义之人。此为诗人自喻，托物言志。诗人通过巧妙的艺术构思，把自己的理想愿望含蓄地融入“剑”和“剑客”的形象里，将政治抱负寓于鲜明的形象之中。诗的弦外之意：真才实学未及施展，理想抱负未能实现，但愿有朝一日，能够大展宏图。

杜　牧

杜牧（803—852?），字牧之，号樊川居士，京兆万年（今陕西省西安市）人，宰相杜佑之孙。唐文宗大和二年（828 年）进士，历任弘文馆校书郎、江西观察使幕、国史馆修撰、司勋员外郎、黄州、池州、睦州刺史等职。因晚年居长安南樊川别墅，故后世称“杜樊川”。杜牧是唐代杰出的诗人、散文家，人称“小杜”，以别于杜甫，与李商隐并称“小李杜”。杜牧的诗歌以七言绝句著称，内容以咏史抒怀为主，其诗英发俊爽，风格独特，在晚唐诗人中成就颇高。有《樊川文集》《外集》和《别集》存世。

赠别二首

娉娉袅袅十三余[1]，豆蔻[2]梢头二月初。春风十里扬州路，卷上珠帘总不如[3]。

多情却似总无情[4]，唯觉樽[5]前笑不成。蜡烛有心还惜别，替人垂泪到天明。

【注释】

〔1〕 娉娉袅袅：形容女子体态轻盈美好。十三余：言其年龄。

〔2〕 豆蔻：产于南方，其花成穗时，嫩叶卷之而生，穗头深红，叶渐展开，花渐放出，颜色稍淡。南方人摘其含苞待放者，美其名曰“含胎花”。据《本草》载，豆蔻花生于叶间，南人取其未大开者，谓之含胎花，常以比喻处女。

〔3〕 “春风”二句：意为繁华的扬州城中，十里长街上有多少歌楼舞榭，珠帘翠幕中有多少佳人姝丽，但都不如这位少女美丽动人。

〔4〕 “多情”一句：意为多情者满腔情绪，一时无法表达，只能无言相对，倒像彼此无情。

〔5〕 樽：古代盛酒的器具。

【鉴赏】

这两首诗是杜牧在大和九年(835年)，由淮南节度使掌书记升任监察御史，离扬州奔赴长安之时，赠别他在幕僚失意生活中结识的一位扬州歌妓而写的，从诗歌内容看彼此感情深挚。两首诗侧重点各有不同：第一首重在赞美歌姬的容貌之美，第二首则重在表达与歌姬的惜别之情。

第一首开篇“娉娉袅袅十三余，豆蔻梢头二月初”十四个字没有正面描写女子之美，却给读者展现了一幅美丽动人、如花似玉的少女图画。其效果不下于“翩若惊鸿，宛若游龙；荣耀秋菊，华茂春松”(曹植《洛神赋》)那样具体的描写。下句写十里长街，车水马龙，歌台舞榭，美女如云的扬州竟寻不出一个如这歌姬一般美丽的女子。整首诗都在赞美女子的美貌却没有出现“你”“女”“花”“美”字，可谓“不著一字”而“尽得风流”。

第二首是写诗人对妙龄歌女留恋惜别之情的。题为“赠别”，然而诗人不写自己与女子的惜别之情，却写告别宴上那燃烧的蜡烛，借物以抒情。诗人在叙写景物之时往往将自己的情感倾注在外界景物上，于是眼中的一切也就都带上了感情色彩。在诗人的眼里，那彻夜流溢的烛泪，就是在为男女主人的离别伤心而滴落的。“替人垂泪到天明”，“替人”二字，使意思更深一层。“到天明”又点出了告别宴饮时间之长，这也是诗人不忍分离的一种表现。诗人用精炼流畅、清爽俊逸的语言，表达了悱恻缠绵的情思，风流蕴藉而意境深远。

遣　怀

落魄江南[1]载酒行，楚腰肠断[2]掌中轻[3]。十年[4]一觉扬州梦，赢得青楼薄幸名[5]。

【注释】

〔1〕 落魄：仕宦潦倒不得意，漂泊江湖。魄：一作“拓”。江南：一作“江湖”。

〔2〕 楚腰：指细腰美女。《韩非子·二柄》：“楚灵王好细腰，而国中多饿人。”肠断：一作“纤细”。

〔3〕 掌中轻：汉成帝皇后赵飞燕“体轻，能为掌上舞”（《飞燕外传》）。

〔4〕 十年：一作“三年”。

〔5〕 青楼：旧指精美华丽的楼房，也指妓院。薄幸：薄情。

【鉴赏】

文宗大和七年至九年(833—835)，杜牧在淮南节度使牛僧孺幕府任推官、转掌书记，居于扬州。当时他三十一二岁，颇好宴游，且与扬州青楼女子多有来往，诗酒风流，放浪形骸。因此日后追忆，颇有如梦似幻、一事无成之叹。此诗是作者感慨人生自伤怀才不遇之作。《唐人绝句精华》云：“才人不得见重于时之意，发为此诗，读来但见其兀傲不平之态。世称杜牧诗情豪迈，又谓其不为龌龊小谨，即此等诗可见其概。”

诗歌开篇“落魄江南载酒行，楚腰肠断掌中轻”是对扬州往日放浪形骸生活的回忆。诗人对自己当时的生活状况极为不满，因为当时他寄人篱下、沉沦下僚，于是跅弛不羁，如今追忆是悔不当初。紧接着“十年一觉扬州梦，赢得青楼薄幸名”两句痛彻心扉的感慨：十年的扬州生活醉生梦死、沉湎酒色。最后竟落得连自己迷恋的青楼女子们也责怪自己薄情负心。“赢得”用字调侃却颇有辛酸、自嘲和悔恨之意。貌似轻松却饱含着诗人的抑郁之情。诗人的“十年扬州”如梦一般的生活，是与他政治上失意有关的。因此这首诗除忏悔之意外，大有前尘如梦，不堪回首之意。

李　商　隐

李商隐(812—858?),字义山,号玉溪(谿)生,又号樊南生,怀州河内(今河南省沁阳市)人,唐文宗开成二年(837年)登进士第,历任秘书省校书郎、弘农尉等职。因卷入"牛李党争"的政治旋涡而备受排挤,一生困顿不得志。唐宣宗大中末年(858年),李商隐在郑县病故。他擅长诗歌写作,骈文成就也很高,是晚唐最出色的诗人之一,和杜牧合称"小李杜",与温庭筠合称"温李",因诗文与同时期的段成式、温庭筠风格相近,且三人都在家族里排行第十六,故并称为"三十六体"。其诗构思新奇,风格秾丽,尤其是一些爱情诗和无题诗写得缠绵悱恻,优美动人,广为传诵。他诗歌特点在于:想象丰富,构思缜密,语言优美,韵调和谐。但部分诗歌过于隐晦迷离,以至有"诗家总爱西昆好,独恨无人作郑笺"之说。有《李义山诗集》存世。

马　嵬

海外徒闻更〔1〕九州〔2〕,他生未卜〔3〕此生休。空闻虎旅传宵柝〔4〕,无复鸡人报晓筹〔5〕。此日六军同驻马〔6〕,当时〔7〕七夕笑牵牛〔8〕。如何四纪〔9〕为天子,不及卢家有莫愁〔10〕。

【注释】

〔1〕 徒闻:空闻,没有根据的听说。更:再,还有。

〔2〕 九州:中国古代的行政区域,即中国的代称。战国时邹衍说:中国的九州是海内的小九州,海外还有大九州。中国名赤县神州,中国之外如赤县神州这样大的地方还有九个。此用白居易《长恨歌》"忽闻海外有仙山"句意,指杨贵妃死后居住在海外仙山上,虽然听到了唐王朝恢复九州的消息,但人神相隔,已经不能再与玄宗团聚了。

〔3〕 未卜:一作"未决"。

〔4〕 虎旅:指跟随玄宗入蜀的禁军。传:一作"鸣"。宵柝(tuò):又名金柝,夜间报更

的刁斗。

〔5〕 鸡人：皇宫中掌管时间的卫士。汉代制度：宫中不得畜鸡，有夜间不睡的卫士候于朱雀门外，到鸡鸣之时向宫中报晓。筹：计时的用具。

〔6〕 六军同驻马：指马嵬坡禁军哗变请诛杨贵妃事。此句意为马嵬坡事变仓促。白居易《长恨歌》："六军不发无奈何，宛转蛾眉马前死。"

〔7〕 当时：指天宝十载（751年）七月七日玄宗与贵妃在长生殿密约世世为夫妻的时候。

〔8〕 牵牛：牵牛星，即牛郎星。此指牛郎织女故事。笑牵牛：意为当时玄宗和贵妃以为可以长相厮守，因而对天上牛郎和织女只能每年相会一次加以嗤笑。

〔9〕 四纪：四十八年。岁星十二年行天一周称为一纪，玄宗在位四十五年（712—756），约为四纪。此举其约数。

〔10〕 莫愁：古洛阳女子，嫁为卢家妇，婚后生活幸福。萧衍《河中之水歌》："河中之水向东流，洛阳女儿名莫愁。莫愁十三能织绮，十四采桑南陌头。十五嫁作卢家妇，十六生儿字阿侯。卢家兰室桂为梁，中有郁金苏合香。"此句意为皇家姻缘不及民间夫妇，能够长久幸福地生活在一起。

【鉴赏】

马嵬，地名，杨贵妃缢死的地方。《通志》："马嵬坡，在西安府兴平县二十五里。"《旧唐书·杨贵妃传》："安禄山叛，潼关失守，从幸至马嵬。禁军大将陈玄礼密启太子诛国忠父子，既而四军不散，曰'贼本尚在'。指贵妃也。帝不获已，与贵妃诀，遂缢死于佛室，时年三十八。"

公元755年12月，安史之乱爆发。次年7月15日，唐玄宗逃至马嵬驿（今陕西兴平市西北二十三里）。随驾西行的禁军在龙武大将军陈玄礼的带领下发生哗变，处死宰相杨国忠，并强迫杨玉环自尽，史称"马嵬驿兵变"。这首诗就是咏叹马嵬事变的。李商隐生活的晚唐时期，牛李党争、国势颓危，这就不得不使他对历史更加关注，对晚唐的政治更多担心，对荒淫误国者有更多的痛恨，因此写下这组诗以表达讽喻之意。唐人咏马嵬诗很多，但多数将"安史叛乱"之责归罪于杨玉环，而李商隐这首七律无论思想和艺术上都别开生面，独树一帜。它是一首政治讽刺诗，将批评的锋芒直接指向了唐玄宗。

诗歌从唐玄宗心情设想，直说九州更变，四海翻腾，海外徒然悲叹，"此生"的夫妇关系，却已分明结束了，而"他生"之约，难以实现。李、杨二人的爱情随着安史叛乱、马嵬事变而幻灭成空。长生殿上两人曾经的爱情盟誓如今已成笑柄。接着诗人将六军愤慨之情与长生殿秘密之誓作对比描写，议论深刻，笔锋犀利。唐玄宗虚伪自私的面貌也就暴露无遗了，没有旧日的荒淫，哪有此时的离别？最后诗歌以反问语气作结：唐玄宗虽贵为天子，但杨玉环与他的婚姻尚不及普通百姓爱情甜蜜，生活幸福。诗人借“莫愁”以寄托感慨，以“如何”来反问，暗含指责。

贾　生

宣室〔1〕求贤访逐臣〔2〕，贾生才调〔3〕更无伦。可怜夜半虚前席〔4〕，不问苍生问鬼神〔5〕。

【注释】

〔1〕 宣室：汉代长安城中未央宫正殿，借指汉代朝廷。

〔2〕 逐臣：被放逐之臣，指贾谊曾被贬谪。《史记·屈原贾生列传》：“后岁余，贾生征见。孝文帝方受釐，坐宣室。上因感鬼神事，而问鬼神之本。贾生因具道所以然之状。至夜半，文帝前席。既罢，曰：‘吾久不见贾生，自以为过之，今不及也。’居顷之，拜贾生为梁怀王太傅。梁怀王，文帝之少子，爱，而好书，故令贾生傅之。”

〔3〕 才调：才华气质。

〔4〕 可怜：可惜，可叹。虚：徒然，空自。前席：在坐席上移膝靠近对方。

〔5〕 苍生：百姓。问鬼神：事见《史记·屈原贾生列传》汉文帝见贾谊，“问鬼神之本。贾生因具道所以然之状。至夜半，文帝前席”。

【鉴赏】

据冯浩《玉溪生诗集笺注》所言：“此盖至昭州修祀事，故以借慨。”大概说此诗是李商隐在大中二年(848年)正月受桂州刺史郑亚之命，赴昭州任郡守时所作。因李商隐当时为一郡之长，故须主奉祭祀大事，于是借题发挥，创作了此诗(据李商隐的生平经历看接近事实)。李商隐生活在日趋衰败的晚唐时期，他对皇帝昏庸、宦官当权与藩镇擅权深为不满，而且李商隐又被卷入了牛李党争，屡受排挤，怀才不遇。于是他借凭吊贾谊以抒发自己的感慨，通过讽刺汉文帝虽求贤却不用贤的荒谬行为，反映了晚唐的社会现实——唐末帝王也像汉文帝一般，看似开明，实则昏聩无能。

贾生，指贾谊(前200—前168)，西汉著名的政论家、文学家。汉文帝时为太中大夫，力主改革弊政，提出了许多重要的政治主张，但却遭谗被贬，一生抑郁不得志。

此诗咏叹贾生故事，其着眼点，不在于个人的穷通得失，而在于指出封建统治者不能真正重视人才，使其在政治上发挥作用。贾谊被贬长沙，历来成为诗人们抒写怀才不遇的熟滥题材。作者却独辟蹊径，特意选取贾谊自长沙召回，宣室夜对的情节作为诗材。《史记·屈贾列传》载："贾生征见。孝文帝方受釐(刚举行过祭祀，接受神的福佑)，坐宣室(未央宫前殿正室)。上因感鬼神事，而问鬼神之本。贾生因具道所以然之状。至夜半，文帝前席(在坐席上移膝靠近对方)。既罢，曰：'吾久不见贾生，自以为过之，今不及也。'"在一般封建文人心目中，这大概是值得大加渲染的君臣遇合盛事。但诗人却独具慧眼，抓住不为人们所注意的"问鬼神"之事，发出了一段经警透辟、发人深省的议论。诗歌中的贾谊，正有诗人自己的影子，概而言之，讽汉文实刺唐帝，怜贾生实亦自悯。

聂夷中

聂夷中(837—884?)，字坦之，河东(今山西省永济县)人。出身贫寒。咸通十二年(871年)进士。由于时局动乱，他在长安滞留很久，才补得华阴尉官职，政治无甚建树。聂夷中的诗作颇多，语言朴实，辞浅意哀，在晚唐靡丽的诗风中独树一帜。其不少诗作对封建统治阶级对人民的残酷剥削进行了深刻揭露，对广大田家农户的疾苦寄予深切同情。诗人喜欢采用短篇五言古诗和乐府的形式，以质朴的语言、白描的手法，寥寥几笔，将触目惊心的社会现象展露在人们面前，冷峭有力。《全唐诗》录存其诗一卷。

咏田家

二月卖新丝，五月粜新谷〔1〕。医得眼前疮〔2〕，剜却心头肉〔3〕。我愿君王心，化作光明烛。不照绮罗筵〔4〕，只照逃亡屋。

【注释】

〔1〕 粜(tiào)：出卖粮食。此二句意为：二月养蚕未开始，五月新谷未登场，而贫困的农民却无奈低价欲卖丝和谷以救眼前饥寒。

〔2〕 眼前疮：比喻眼前急难。

〔3〕 剜(wān)：用力挖去。心头肉：比喻丝谷等农家命根。

〔4〕 绮罗筵：富豪人家华美的筵席。

【鉴赏】

唐朝末年的农村是田园荒芜，一片凋零，农民遭受的剥削更加惨重，以至于颠沛流离，无法生存。那些关心百姓疾苦的诗人能够透过黑暗的社会现实，思味出百姓生活穷困的真正根源，于是出现了聂夷中《咏田家》这样的名篇，这也是晚唐诗歌创作中的佳品。此诗问世后，深受唐末统治者重视。据《资治通鉴》记载，宰相冯道向后唐皇帝李嗣源述说农民痛苦之时，就在朝堂上诵读了这首诗。

全诗描写的是在官府横征暴敛和高利贷的双重剥削下贫苦农民无法生存的场景：剜却心头肉以疗眼前毒疮，这是对当时广大农民濒临绝境生活的高度概括和生动写照。诗歌运用形象生动的比喻和鲜明对比的表现手法，愤怒地控诉了形形色色的高利贷给唐末农民所带来的深重苦难，表达了诗人对广大农民的深厚同情。这首诗为人们所传诵，除了它真实而带有高度概括性地再现了封建社会的黑暗现实，反映了农民的痛苦生活，具有高度的思想性之外，还在于它有高超的表现技巧：既有形象的比喻、高度的概括，又有鲜明的对比。胡震亨论唐诗，认为聂夷中等人“洗剥到极净极省，不觉自成一体”，而“夷中诗尤关教化”(《唐音癸签》)。

杜　荀　鹤

杜荀鹤(846？—906?)，字彦之，自号九华山人。池州石埭(今安徽省石台县)人。他出身寒微，大顺二年(891年)进士，却未授官，后朱温取唐建梁，历任翰林学士、制诰等职，天祐初卒。以诗名，自成一家，尤长于宫词。晚唐著名的现实主义诗人，他提倡诗歌要继承风雅传统，反对浮华，其诗作平易自然，质朴明畅，清新秀逸，后世称为“杜荀鹤体”。有《唐风集》存世。

山中寡妇

夫因兵死守蓬茅[1],麻苎衣衫鬓发焦[2]。桑柘[3]废来犹纳税,田园荒后尚征苗[4]。时挑野菜和[5]根煮,旋斫生柴[6]带叶烧。任是深山更深处,也应无计避征徭[7]。

【注释】

〔1〕 蓬茅:茅草盖的房子。

〔2〕 麻苎(zhù):即苎麻。鬓发焦:因吃不饱,身体缺乏营养而头发变成枯黄色。

〔3〕 柘:树木名,叶子可以喂蚕。

〔4〕 后:一作“尽”。征苗:征收农业税。

〔5〕 和:带着,连。

〔6〕 旋:同“现”。斫:砍。生柴:刚从树上砍下来的湿柴。

〔7〕 征徭:赋税和徭役。

【鉴赏】

唐末时期,朝廷党争不断,军阀混战连连,造成“四海十年人杀尽”(《哭贝韬》),“山中鸟雀共民愁”(《山中对雪》)的悲惨局面,给百姓带来了极大灾难。这首诗就是在这样的社会背景下创作出来的。

诗歌开篇从兵荒马乱的时代着笔,概括叙写这位农家妇女所遭遇的不幸:战乱夺走了她的丈夫,迫使她孤苦一人,鬓发枯黄,面容憔悴,逃入深山破茅屋中栖身。即使如此也难以逃脱赋税和徭役的罗网,依然必须“纳税”和“征苗”。残酷的赋税制度使这位孤苦贫穷的寡妇难以度日,诗人把寡妇的苦难写到了极致,造成一种浓厚的悲剧氛围,从而使人民的苦难,诗人的情感,交合在生活场面的描写中,产生了感人的艺术力量。诗歌让读者看到的不仅仅是一个山中寡妇的苦难,而是晚唐时期和寡妇同命运的下层民众的苦难。这就从更大的范围、更深的程度上揭露了封建统治阶级残酷的剥削,深化了主题,使诗的蕴意更加深厚。正如蔡正孙《诗林广记》所说:“此诗备言民生之憔悴,国政之烦苛,可谓曲尽拭情矣。采民风者,观之其能动心否乎?”

花蕊夫人

花蕊夫人(886？—926)，五代十国女诗人、后蜀后主孟昶妃子，姓徐(一说姓费)，青城(今四川省都江堰市)人。歌妓出身，得幸蜀主孟昶，赐号花蕊夫人。(意为“花不足以拟其色，蕊差堪状其容”。)孟昶降宋后，被掳入宋宫，为宋太祖所宠。幼能文，尤长于宫词。其宫词描写的生活场景极为丰富，用语以浓艳为主，但也偶有清新朴实之作。世传《花蕊夫人宫词》一百多篇，其中确实可靠者九十多首，诗一卷。

述亡国诗

君王〔1〕城〔2〕上竖降旗，妾〔3〕在深宫那得知？十四万人齐解甲〔4〕，宁无一个是男儿〔5〕。

【注释】

〔1〕君王：指五代后蜀孟昶。宋军压境时，毫无抵抗之力而投降。

〔2〕城：指后蜀都城成都。

〔3〕妾：即诗人花蕊夫人，为孟昶贵妃。

〔4〕解甲：放下武器。

〔5〕宁无：再没有。一作“更无”。男儿：指男子的丈夫气概。

【鉴赏】

宋太祖乾德二年，宋举一万兵马战后蜀，后蜀军十四万人不战而降，花蕊夫人随孟昶流亡北行，夜宿葭萌驿站时，感怀国破家亡的哀愁，在馆壁上题《采桑子》，因军骑催促，只得半阕。宋太祖赵匡胤久慕花蕊夫人的才名，特地召见她并命赋诗一首，花蕊夫人写了这首满怀亡国之恨和故国之思的《口占答宋太祖述亡国诗》。

史载后蜀君臣极为奢侈，荒淫误国，宋军压境时，孟昶一筹莫展，屈辱投降。诗句“妾在深宫那得知”，意蕴微妙，似有为自己开解之意。历代追咎国亡的诗文多持“女色祸水”论，如把商亡归咎于妲己，把吴亡归咎于西施等。而这句诗似是针对“女色祸水”而作的申辩。诗歌阐述史实：当时破蜀宋军仅数万人，而后蜀则有“十四万人”之众，竟然不战而溃以至于投降。这就是后蜀军队一向耽于享乐的结局，演绎出一幕众降于寡的丑剧。至此，作者的满腔羞愤之情已达到顶点，终于爆发出一声怒骂：“宁无一个是男儿！”表现出亡国的沉痛和对误国者的愤怒之情，更突显一个赤诚爱国的女性形象。

散文

柳　宗　元

钴鉧潭西小丘记

得西山后八日，寻[1]山口西北道[2]二百步[3]，又得钴鉧潭。潭西二十五步，当湍[4]而浚[5]者为鱼梁[6]。梁之上有丘焉，生竹树。其石之突怒[7]偃蹇[8]，负土而出，争为奇状者，殆[9]不可数。其嵚然[10]相累而下者，若牛马之饮于溪；其冲然[11]角列[12]而上者，若熊罴[13]之登于山。

丘之小不能[14]一亩，可以笼而有之。问其主，曰："唐氏之弃地，货[15]而不售[16]。"问其价，曰："止四百。"余怜[17]而售[18]之。李深源、元克己时同游，皆大喜，出自意外。即更[19]取器用[20]，铲刈[21]秽草[22]，伐去恶木[23]，烈火[24]而焚之。嘉木立，美竹露，奇石显。由其中[25]以望，则山之高，云之浮，溪之流，鸟兽之遨游[26]，举[27]熙熙然[28]回巧[29]献技[30]，以效[31]兹丘之下。枕席而卧[32]，则清泠[33]之状与目谋[34]，瀯瀯[35]之声与耳谋，悠然而虚者与神谋，渊然而静者与心谋。不匝旬[36]而得异地[37]者二，虽[38]古好事[39]之士，或[40]未能至焉。

噫！以兹丘之胜[41]，致之沣、镐、鄠、杜[42]，则贵游之士争买者，日增千金而愈不可得。今弃是州也，农夫渔父，过而陋[43]之，贾四百，连岁[44]不能售。而我与深源、克己独喜得之，是其[45]果有遭乎！书于石，所以[46]贺兹丘之遭[47]也。

【注释】

〔1〕 寻：通“循”，沿着。

〔2〕 道：行走。

〔3〕 步：指跨一步的距离。

〔4〕 湍(tuān)：急流。

〔5〕 浚(jùn)：深水。

〔6〕 鱼梁：用石砌成的拦截水流、中开缺口以便捕鱼的堰。

〔7〕 突怒：形容石头突出隆起。

〔8〕 偃蹇(yǎn jiǎn)：形容石头高耸的姿态。

〔9〕 殆：几乎，差不多。

〔10〕 嵚(qīn)然：山势高峻的样子。

〔11〕 冲(chòng)然：向上或向前的样子。

〔12〕 角列：像兽角那样斜列。

〔13〕 罴(pí)：棕熊。

〔14〕 不能：不足，不满，不到。

〔15〕 货：卖，出售。

〔16〕 不售：卖不出去。

〔17〕 怜：爱惜。

〔18〕 售：买。

〔19〕 更：轮番，一次又一次。

〔20〕 器用：器具，工具。

〔21〕 刈(yì)：割。

〔22〕 秽草：杂草。

〔23〕 恶木：不成材的杂树。

〔24〕 烈火：燃起烈火。烈：此作动词用。

〔25〕 其中：小丘的当中。

〔26〕 鸟兽之遨游：一本“鸟兽”下有“鱼鳖”二字。

〔27〕 举：全。

〔28〕 熙熙然：和悦的样子。

〔29〕 回巧：呈现巧妙的姿态。

〔30〕 技：指景物姿态各自的特点。

〔31〕 效：效力，呈现。

〔32〕 枕席而卧：就小丘枕石席地而卧。

〔33〕 清泠(líng)：形容天宇的清澈明净。

〔34〕 谋：合。

〔35〕 潆(yíng)潆：象声词，指泉水的声音。

〔36〕 匝(zā)旬：满十天。匝：周。旬：十天为一旬。

〔37〕 异地：胜地，指钴鉧潭和小丘。

〔38〕 虽：即使，纵使，就是。

〔39〕 好(hào)事：爱好山水。

〔40〕 或：或许，只怕，可能。

〔41〕 胜：指优美的景色。

〔42〕 沣(fēng)、镐(hào)、鄠(hù)、杜：沣借作丰，古地名，在今陕西省户县东，周文王所都；镐：亦古地名，在今陕西省西安市西南，周文王所都；鄠：汉县名，今陕西省户县，汉上林苑所在；杜：旧县名，在今西安市东南，亦称杜陵。四地都是唐代帝都近郊豪贵们居住的地方。

〔43〕 陋：鄙视，轻视。

〔44〕 连岁：多年，接连几年。

〔45〕 其：岂，难道。

〔46〕 所以：用来……的。

〔47〕 遭：遇合，运气。

【鉴赏】

公元805年，柳宗元在维持一百八十天的“永贞新政”失败后，遭到政敌的迫害，被贬到永州当司马。永州(今湖南省永州市零陵区)在唐时还是一个未经开发的蛮荒之地，僻远荒凉。州司马只是安置流放官员的一种名义上的职务。柳宗元作为一个有远大政治抱负的革新家，在这样的处境下，还要时刻警惕以免遭受更严重的迫害，其心情之苦闷可以想见。永州十年是柳宗元最抑郁、愤懑、痛苦的十年，加之几次无情的火灾，严重损害了他的健康，竟至到了“行则膝颤、坐则髀痹”的程度。

然而贬谪生涯所经受的种种磨难，并未动摇和改变柳宗元的政治理想。他在与朋友的通信中明确表示："虽万受摈弃，不更乎其内。"于是他借永州山水以慰藉孤寂落寞的心灵，在永州的山水中寻找精神上的安慰。正所谓祸兮福所倚，福兮祸所伏，这穷蹙的十年，柳宗元的仕途是困顿的，然而文学上却收获颇丰，可以说永州十年真正造就了一个古文大家的绝世风范。其间，柳宗元随遇感怀，发愤读书，寄情山水，创作了大量的诗歌散文。著名的《永州八记》就是这时写就的，《永州八记》运用"入乎其内"和"出乎其外"的手法使景物描写变得形象生动、富有生机，意蕴深厚、耐人寻味。《钴鉧潭西小丘记》是八记中的第三篇，属于山水游记。

湖南永州的山水，在柳宗元之前，并不为世人所知。但是这些不被世人看好的山水景致，在柳宗元的笔下，却表现出别具洞天的审美特征，极富艺术生命力。正如清人刘熙载在《艺概·文概》中所说："柳州记山水，状人物，论文章，无不形容尽致；其自命为'牢笼百态'，固宜。"柳宗元大笔挥洒，描摹永州山水的高旷之美，使寂寥冷落的永州山水给人以气势磅礴之感。

《钴鉧潭西小丘记》不仅仅是客观描摹自然风景，而是蕴藏着作者深厚的思想感情。他慨叹这样美好的风景被遗弃在僻远的荒野中无人赏识，不被重视，正是借以倾吐自己的才华被埋没、理想不得实现的愤懑。正如他在《愚溪诗序》中所说，他是以心与笔"漱涤万物，牢笼百态"。其实作者笔下的山水，都具有他所向往的高洁、幽静、清雅的情趣，也有他诗中孤寂、凄清、幽怨的格调。柳宗元与永州山水可谓同病相怜，只有他发掘和欣赏这美好的风景，当然能够慰藉柳宗元内心的也就是这些山水了。柳宗元曾经说："余虽不合于俗，亦颇以文墨自慰，漱涤万物，牢笼百态，而无所避之。"(《愚溪诗序》)即虽然因永贞革新遭挫，但他依然不改本色，于是借永州山水，抒发胸中郁闷之气，在用笔墨赞赏美丽山水的同时，也把自己和山水融在一起，借以寻求人生真谛，聊以自慰。因而，柳宗元在《永州八记》中刻画永州山水的形象美、色彩美和动态美，不是纯客观地描摹自然，而是以山水自喻，赋予永州山水以血肉灵魂，把永州山水人格化了。可以说，永州山水之美就是柳宗元人格美的艺术写照。

传奇

白　行　简

白行简(776？—826)，字知退。先世太原(今山西省太原市)人，徙居下邽(今陕西省渭南市)，白居易之弟，唐代文学家。元和二年(807年)进士，历任秘书省校书郎、司门员外郎、主客郎中、度支郎中、膳部郎中等职。白行简以传奇著称，他所撰传奇皆篇幅短小，文辞简质，而情节颇为离奇，代表作《李娃传》，又名《汧国夫人传》。著有文集十卷，文辞简易，有其兄风格。所作传奇，今传《李娃传》《三梦记》两篇。

李　娃　传

汧国夫人[1]李娃，长安之倡[2]女也。节行瑰奇[3]，有足称者。故监察御史[4]白行简为传述。

天宝中，有常州刺史荥阳公[5]者，略其名氏，不书，时望甚崇，家徒甚殷。知命之年[6]，有一子，始弱冠[7]矣，隽朗[8]有词藻，迥然不群，深为时辈推伏。其父爱而器之，曰："此吾家千里驹[9]也。"应乡赋秀才举[10]，将行，乃盛其服玩车马之饰，计其京师薪储之费[11]。谓之曰："吾观尔之才，当一战而霸。今备二载之用，且丰尔之给，将为其志也。"生亦自负，视上第[12]如指掌。自毗陵[13]发，月余抵长安，居于布政里[14]。尝游东市[15]还，自平康[16]东门入，将访友于西南。至鸣珂曲[17]，见一宅，门庭不甚广，而室宇严邃，阖一扉。有娃方凭一双鬟青衣[18]立，妖姿要妙，绝代未有。生忽见之，不觉停骖久之，徘徊不能去。乃诈坠鞭于地，候其从者，敕取之，累眄于娃，娃回眸凝睇，情甚相慕，竟不敢措辞而去。

生自尔意若有失，乃密徵其友游长安之熟者以讯之。友曰："此狭邪女[19]李氏宅也。"曰："娃可求乎？"对曰："李氏颇赡[20]，前与通之者，多贵戚豪族，所得甚广，非累百万，不能动其志也。"生曰："苟患其不谐，虽百万，何惜！"

他日，乃洁其衣服，盛宾从[21]而往。扣其门，俄有侍儿启扃。生曰："此谁之第耶？"侍儿不答，驰走大呼曰："前时遗策郎也。"娃大悦曰："尔姑止之，吾当整妆易服而出。"生闻之，私喜。乃引至萧墙[22]间，见一姥垂白上偻，即娃母也。生跪拜前致词曰："闻兹地有隙院，愿税以居，信乎？"姥曰："惧其浅陋湫隘，不足以辱长者所处，安敢言直耶？"延生于迟宾[23]之馆，馆宇甚丽。与生偶坐，因曰："某有女娇小，技艺薄劣，欣见宾客，愿将见之。"乃命娃出，明眸皓腕，举步艳冶。生遂惊起，莫敢仰视。与之拜毕，叙寒燠[24]，触类妍媚[25]，目所未睹。复坐，烹茶斟酒，器用甚洁。久之日暮，鼓声四动。姥访其居远近。生绐之曰："在延平门[26]外数里。"冀其远而见留也。姥曰："鼓已发矣，当速归，无犯禁。"生曰："幸接欢笑，不知日之云夕。道里辽阔，城内又无亲戚，将若之何？"娃曰："不见责僻陋，方将居之，宿何害焉。"生数目姥，姥曰："唯唯。"生乃召其家僮，持双缣[27]，请以备一宵之馔。娃笑而止之曰："宾主之仪，且不然也。今夕之费，愿以贫窭之家，随其粗粝以进之。其余以俟他辰。"固辞，终不许。俄徙坐西堂，帷幙帘榻，焕然夺目，妆奁衾枕，亦皆侈丽。乃张烛进馔，品味甚盛。彻馔，姥起。生娃谈话方切，诙谐调笑，无所不至。生曰："前偶过卿门，遇卿适在屏间。厥后心常勤念，虽寝与食，未尝或舍。"娃答曰："我心亦如之。"生曰："今之来，非直求居而已，愿偿平生之志。但未知命也若何。"言未终，姥至，询其故，具以告。姥笑曰："男女之际，大欲存焉。情苟相得，虽父母之命，不能制也。女子固陋，曷足以荐君子之枕席[28]！"生遂下阶，拜而谢之曰："愿以己为厮养[29]。"姥遂目之为郎，饮酣而散。

及旦，尽徙其囊橐，因家于李之第。自是生屏迹戢身[30]，不复与亲知相闻，日会倡优侪类，狎戏游宴。囊中尽空，乃鬻骏乘及其家童。岁余，资财仆马荡然。迩来姥意渐怠，娃情弥笃。他日，娃谓生曰："与郎相知一年，尚无孕嗣。常闻竹林神者，报应如响，将致荐酹[31]求之，可乎？"生不知其计，大喜。乃质衣于肆，以备牢[32]醴[33]，与娃同谒祠宇而祷祝焉，信宿[34]而返。策驴而后，至里北门，娃谓生曰："此东转小曲中，某之姨宅也，将憩而觐之，可乎？"生如其言，前行不逾百步，果见一车门。窥其际，甚弘敞。其青衣自车后止之曰："至矣。"生下，适有一人出访曰："谁？"曰："李娃也。"乃入告。俄有一妪至，年可四十余，与生相迎曰："吾甥来否？"娃下车，妪逆访之曰："何久疎绝？"相视而笑。娃引生拜之，既见，遂偕入西戟门[35]偏院。中有山亭，竹树葱蒨，池榭幽绝。生谓娃曰："此姨之私第耶？"笑而不答，以他语对。俄献茶果，甚珍奇。食顷，有一人控大宛[36]，汗流驰[37]至曰："姥遇暴疾颇甚，殆不识人，宜速归。"娃谓姨曰："方寸乱矣，某骑而前去，当令返乘，便与郎偕来。"生拟随之，其姨与侍儿偶语，以手挥之，令生止于户外，曰："姥且殁矣，当与某议丧事，以济其急，奈何遽相随而去？"乃止，共计其凶仪斋祭之用。日晚，乘不至。姨言曰："无复命何也？郎骤往觇之，某当继至。"生遂往，至旧宅，门扃钥甚密，以泥缄之。生大骇，诘其邻人。邻人曰："李本税此而居，约已周矣。第主自收，姥徙居而且再宿矣。"徵徙何处，曰："不详其所。"生将驰赴宣阳，以诘其姨，日已晚矣，计程不能达。乃弛其装服，质[38]馔而食，赁榻而寝，生恚怒方甚，自昏达旦，目不交睫。

质明[39]，乃策蹇[40]而去。既至，连扣其扉，食顷无人应。生大呼数四，有宦者徐出。生遽访之："姨氏在乎？"曰："无之。"生曰："昨暮在此，何故匿之？”访其谁氏之第，曰：“此崔尚书宅。昨者有一人税此院，云迟中表之远至者，未暮去矣。”生惶惑发狂，罔知所措，因返访布政旧邸。邸主哀而进膳。生怨懑，绝食三日，遘疾甚笃，旬余愈甚。邸主惧其不起，徙之于凶肆之中。绵缀[41]移时，合肆之人，共伤叹而互饲之。后稍愈，杖而能起。由是凶肆[42]日假之，令执穗帷[43]，获其直以自给。累月，渐复壮，每听其哀歌，自叹不及逝者，辄呜咽流涕，不能自止。归则效之。生，聪敏者也，无何，曲尽其妙，虽长安无有伦比。初，二肆之佣凶器者，互争胜负。其东肆车舆皆奇丽，殆不敌。唯哀挽劣焉。其东肆长知生妙绝，乃醵钱二万索顾焉。其党耆旧[44]，共较其所能者，阴教生新声，而相赞和。累旬，人莫知之。其二肆长相谓曰：“我欲各阅所佣之器于天门街，以较优劣。不胜者，罚直五万，以备酒馔之用，可乎？”二肆许诺，乃邀立符契，署以保证，然后阅之。士女大和会，聚至数万。于是里胥[45]告于贼曹[46]，贼曹闻于京尹[47]。四方之士，尽赴趋焉，巷无居人。自旦阅之，及亭午，历举辇舆威仪[48]之具，西肆皆不胜，师有惭色。乃置层榻[49]于南隅，有长髯者，拥铎[50]而进，翊卫数人，于是奋髯扬眉，扼腕顿颡[51]而登，乃歌《白马》之词[52]。恃其夙胜，顾眄左右，旁若无人。齐声赞扬之，自以为独步一时，不可得而屈也。有顷，东肆长于北隅上设连榻，有乌巾少年，左右五六人，秉翣[53]而至，即生也。整衣服，俯仰甚徐，申喉发调，容若不胜[54]。乃歌《薤露》[55]之章，举声清越，响振林木。曲度未终，闻者嘘唏掩泣。西肆长为众所诮，益惭耻，密置所输之直于前，乃潜遁焉。四座愕眙[56]，莫之测也。

先是天子方下诏，俾外方之牧[57]，岁一至阙下，谓之入计。时也，适遇生之父在京师，与同列者易服章，窃往观焉。有老竖[58]，即生乳母婿也，见生之举措辞气，将认之而未敢，乃泫然流涕。生父惊而诘之，因告曰：“歌者之貌，酷似郎之亡子。”父曰：“吾子以多财为盗所害，奚至是耶？”言讫，亦泣。及归，竖间驰往，访于同党曰：“向歌者谁，若斯之妙欤?”皆曰:“某氏之子。”徵其名,且易之矣,竖凛然大惊。徐往,迫而察之。生见竖,色动回翔,将匿于众中。竖遂持其袂曰:“岂非某乎?”相持而泣,遂载以归。

至其室,父责曰:“志行若此,污辱吾门,何施面目,复相见也?”乃徒行出,至曲江西杏园[59]东,去其衣服。以马鞭鞭之数百。生不胜其苦而毙,父弃之而去。其师命相狎昵者,阴随之,归告同党,共加伤叹。令二人赍苇席瘗[60]焉。至则心下微温,举之良久,气稍通。因共荷而归,以苇筒灌勺饮,经宿乃活。月余,手足不能自举,其楚挞之处皆溃烂,秽甚。同辈患之,一夕弃于道周。行路咸伤之,往往投其余食,得以充肠。十旬,方杖策而起。被布裘,裘有百结,褴褛如悬鹑。持一破瓯巡于闾里,以乞食为事。自秋徂冬,夜入于粪壤窟室,昼则周游廛肆。

一旦大雪,生为冻馁所驱。冒雪而出,乞食之声甚苦,闻见者莫不凄恻。时雪方甚,人家外户多不发。至安邑东门,循里垣,北转第七八,有一门独启左扉,即娃之第也。生不知之,遂连声疾呼:“饥冻之甚。”音响凄切,所不忍听。娃自合中闻之,谓侍儿曰:“此必生也,我辨其音矣。”连步而出。见生枯瘠疥疠[61],殆非人状。娃意感焉,乃谓曰:“岂非某郎也?”生愤懑绝倒,口不能言,颔颐而已。娃前抱其颈,以绣襦拥而归于西厢。失声长恸曰:“令子一朝及此,我之罪也。”绝而复苏。姥大骇奔至,曰:“何也?”娃曰:“某郎。”姥遽曰:“当逐之,奈何令至此。”娃敛容却睇[62]曰:“不然,此良家子也,当昔驱高车,持金装,至某之室,不逾期而荡尽。且互设诡计,舍而逐之,殆非人行。令其失志,不得齿于人伦。父子之道,天性也。使其情绝,杀而弃之,又困踬若此。天下之人,尽知为某也。生亲戚满朝,一旦当权者熟察其本末,祸将及矣。况欺天负人,鬼神不佑,无自贻其殃也。某为姥子,迨今有二十岁矣。计其赀,不啻[63]直千金。今姥年六十余,愿计二十年衣食之用以赎身,当与此子别卜所诣。所诣非遥,晨昏得以温清[64],某愿足矣。”姥度其志不可夺,因许之。给姥之余,有百金。北隅四五家,税一隙院。乃与生沐浴，易其衣服，为汤粥通其肠，次以酥乳润其脏。旬余，方荐水陆之馔[65]。头巾履袜，皆取珍异者衣之。未数月，肌肤稍腴。卒岁，平愈如初。

异时，娃谓生曰："体已康矣，志已壮矣。渊思寂虑[66]，默想曩昔之艺业[67]，可温习乎？"生思之曰："十得二三耳。"娃命车出游，生骑而从。至旗亭[68]南偏门鬻坟典之肆[69]，令生拣而市之，计费百金，尽载以归。因令生斥弃百虑以志学，俾夜作昼，孜孜矻矻[70]。娃常偶坐，宵分乃寐。伺其疲倦，即谕之缀诗赋。二岁而业大就，海内文籍，莫不该览。生谓娃曰："可策名试艺矣。"娃曰："未也，且令精熟，以俟百战。"更一年，曰："可行矣。"于是遂一上登甲科[71]，声振礼闱。虽前辈见其文，罔不敛衽[72]敬羡，愿友之而不可得。娃曰："未也。今秀士[73]苟获擢一科第，则自谓可以取中朝之显职，擅天下之美名。子行秽迹鄙，不侔于他士。当砻淬利器，以求再捷，方可以连衡多士，争霸群英。"生由是益自勤苦，声价弥甚。

其年遇大比[74]，诏征四方之隽。生应直言极谏策科，名第一，授成都府参军。三事[75]以降，皆其友也。将之官，娃谓生曰："今之复子本躯，某不相负也。愿以残年，归养小姥。君当结媛鼎族，以奉蒸尝[76]。中外婚媾，无自黩也。勉思自爱，某从此去矣。"生泣曰："子若弃我，当自刭以就死。"娃固辞不从，生勤请弥恳。娃曰："送子涉江，至于剑门，当令我回。"生许诺。月余，至剑门。

未及发而除书至，生父由常州诏入，拜成都尹，兼剑南采访使。浃辰[77]，父到。生因投刺[78]，谒于邮亭[79]。父不敢认，见其祖父官讳，方大惊，命登阶，抚背恸哭移时，曰："吾与尔父子如初。"因诘其由，具陈其本末。大奇之，诘娃安在。曰："送某至此，当令复还。"父曰："不可。"翌日，命驾与生先之成都，留娃于剑门，筑别馆以处之。明日，命媒氏通二姓之好，备六礼[80]以迎之，遂如秦晋之偶。娃既备礼，岁时伏腊[81]，妇道甚修，治家严整，极为亲所眷尚。

后数岁，生父母偕殁，持孝甚至。有灵芝产于倚庐，一穗三秀，本道上闻。又有白燕[82]数十，巢其层甍[83]。天子异之，宠锡加等。终制[84]，累迁清显之任[85]。十年间，至数郡。娃封汧国夫人，有四子，皆为大官，其卑者犹为太原尹。弟兄姻媾皆甲门[86]，内外隆盛，莫之与京。

嗟乎，倡荡之姬，节行如是，虽古先烈女，不能逾也。焉得不为之叹息哉！予伯祖尝牧晋州，转户部，为水陆运使[87]，三任皆与生为代，故谙详其事。贞元中，予与陇西公佐[88]，话妇人操烈之品格，因遂述汧国之事。公佐拊掌竦听，命予为传。乃握管濡翰[89]，疏而存之。时乙亥岁秋八月，太原白行简云。

【注释】

〔1〕 汧(qiān)国夫人：《新唐书·百官志一》："文武官一品、国公之母、妻，为国夫人。"汧：汧阳，古代郡名，治所在今陕西省陇县。

〔2〕 倡：通"娼"。

〔3〕 瑰奇：卓越，美好。

〔4〕 监察御史：隋唐官名，职掌纠察百官，巡按州县。

〔5〕 荥(xíng)阳公：犹言郑公。唐时，郑姓为荥阳(今河南省荥阳市)的望族，故称。

〔6〕 知命之年：五十岁。《论语·为政》："五十而知天命。"

〔7〕 弱冠：《礼记·曲礼上》："二十曰弱，冠。"孔颖达疏："二十成人初加冠，体犹未壮，故曰弱也。"后沿用以称二十岁左右的男子。

〔8〕 隽朗：俊秀、聪明。隽：同"俊"。

〔9〕 千里驹：骏马，用以比喻年少英俊。

〔10〕 应乡赋秀才举：意为由州县选拔至京师应试。贡士曰赋，乡赋即乡贡。唐朝科举制度，由州县选送者曰乡贡，应举者通称为秀才。

〔11〕 薪储之费：生活准备费。

〔12〕 上第：考试取得高名次。

〔13〕 毗陵：古代郡名，即常州。

〔14〕 布政里：布政坊，为长安皇城西第一街(即朱雀街西第三街)第四坊(见宋敏求《长安志》卷十)。

〔15〕 东市：唐时长安有东西二市，为商业荟萃之区。

〔16〕 平康：长安里(坊)名，亦称北里。

〔17〕 鸣珂曲：长安里(坊)名。

〔18〕 青衣：古时地位低下的人穿青衣，后世以称婢女。

〔19〕 狭邪女：妓女。

〔20〕 赡：富有。

〔21〕 盛宾从：随从很多。

〔22〕 萧墙：照壁，屏风。

〔23〕 迟宾：接待宾客。

〔24〕 叙寒燠(yù)：问候起居的应酬话。

〔25〕 触类妍媚：举止动静，无不美好。

〔26〕 延平门：长安西城有三门，北曰开远门，中曰金光门，南曰延平门(见《长安志》卷七)。

〔27〕 缣：带黄色的细绢。汉以后多作为货币或赠赏之用。

〔28〕 荐枕席：侍寝。宋玉《高唐赋》载巫山之女对楚襄王曰："闻君游高唐，愿荐枕席。"

〔29〕 厮养：奴仆。

〔30〕 屏迹戢身：谓深居简出。屏、戢都有隐藏之意。

〔31〕 致荐酹：以酒食祭祀。

〔32〕 牢：祭祀用的牛羊豕三牲。

〔33〕 醴：甜酒。

〔34〕 信宿：再宿。

〔35〕 戟门：唐制，三品以上官员得立戟于门，因称贵显之家为戟门。

〔36〕 控大宛：骑骏马。大宛：汉朝西域诸国之一。《汉书・西域传》："宛别邑七十余城，多善马。"故称良马为大宛。

〔37〕 驰：解除。

〔38〕 质：抵押。

〔39〕 质明：天色刚亮的时候。

〔40〕 策蹇：骑驴。蹇驴，跛脚驴子。一般用为驴的别称。

〔41〕 绵缀：当作"绵惙(chuò)"指病情危重，气息微弱。

〔42〕 凶肆：专售丧事用品并为丧家办理殡仪葬礼的店家。

〔43〕 穗(suì)帏：灵帐。

〔44〕 耆旧：此指老师傅。

〔45〕 里胥：古代乡里之职，等于地保之类。

〔46〕 贼曹：州郡掌管治安的佐吏。

〔47〕 京尹：京兆府尹，京师地区的行政长官。

〔48〕 辇舆威仪：谓丧车仪仗之类。

〔49〕 层榻：高椅子。

〔50〕 铎：此指唱挽歌时用的大铃。

〔51〕 顿颡(sǎng)：叩头。颡：前额，俗称脑门儿。

〔52〕《白马》之词：《后汉书·范式传》载张劭死，将葬，"(式)素车白马，号哭而来"。后人因以"素车白马"为送葬之词。

〔53〕 翣(shà)：形如掌扇的棺饰，出殡时所用。

〔54〕 不胜：不能自止，受不了。

〔55〕《薤露》之章：干宝《搜神记》卷十六："挽歌者，丧家之乐，执绋者相和之声。挽歌辞有《薤露》、《蒿里》二章，汉田横门人作。横自杀，门人伤之，悲歌，言人如薤上露，易稀灭；亦谓人死，精魂归于蒿里。故有二章。"

〔56〕 愕眙(chì)：吃惊得呆住了。

〔57〕 外方之牧：指州牧，即刺史。隋唐时刺史为一州的行政长官。

〔58〕 老竖：老仆人。

〔59〕 曲江西杏园：曲江池，在长安城南，以水流曲折得名。唐时为都中人士游览的胜地。

〔60〕 瘗(yì)：埋葬。

〔61〕 疥厉：生疥疮，毛发脱落。

〔62〕 却睇：回头斜视。

〔63〕 不啻：不止。

〔64〕 晨昏得以温凊(jìng)：早晚可以伺候问安。

〔65〕 荐：奉；馔(zhuàn)：食物。此句意为：把山珍海味给他吃。

〔66〕 渊思寂虑：深思熟虑。

〔67〕 艺业：指科举文章。

〔68〕 旗亭：酒楼。

〔69〕 鬻坟典之肆：书铺。坟典：指书。古代传说有《三坟》《五典》等古书，实不可考。至旗亭南偏门鬻坟典之肆，令生拣而市之。

〔70〕 孜孜矻矻(kū)：勤奋不怠。

〔71〕 甲科：甲等。唐初取士，明经有甲乙丙丁四科，进士有甲乙二科。

〔72〕 敛衽(rèn):整理衣襟,表示敬意。后称妇女下拜为敛衽。

〔73〕 秀士:应试者的通称。

〔74〕 大比:《周礼·地官·乡大夫》载周朝考查官吏:"三年则大比,考其德行、道艺,与兴贤者、能者。"此指唐朝特定的"制举"考试。

〔75〕 三事:即三公。此指品级最高的官吏。

〔76〕 蒸尝:古代秋冬祭祀的名称。《礼记·王制》:"天子诸侯宗庙之祭,春曰礿(yuè),夏曰禘,秋曰尝,冬曰烝。"烝:同"蒸"。

〔77〕 浃(jiā)辰:谓自子至亥十二辰为一周,即十二日。

〔78〕 投刺:具姓名履历请见。刺:名片。

〔79〕 邮亭:传送文书并供住宿的驿站。

〔80〕 六礼:古时结婚有六礼,纳彩、问名、纳吉、纳徽、请期、亲迎。

〔81〕 岁时伏腊:谓过年、过节。

〔82〕 白燕:古时认为祥瑞的鸟。

〔83〕 层甍(méng):高耸的屋脊。

〔84〕 终制:谓三年守制期满。制:指居丧的制度。

〔85〕 清显之任:高贵的官职。

〔86〕 甲门:高门。

〔87〕 水陆运使:唐时置水陆发运使,管理洛阳、长安间粮米运输事务。

〔88〕 陇西公佐:李公佐字颛蒙,陇西(今属甘肃省)人。举进士,曾任铜陵(郡治在今江西省南昌市)从事。所作传奇今存《南柯太守传》《谢小娥传》《庐江太守传》等篇。

〔89〕 握管濡翰:执笔、蘸墨。

【鉴赏】

关于李娃的故事,唐代坊间流传很盛,说书艺人称李娃"一枝花"。这个故事并非杜撰,而是确有其事,这从作者原文中即可看出:"予伯祖尝牧晋州,转户部,为水路运使,三任皆与生为代,故详谙其事。"原文中的李娃、郑生都不是真实姓名,可能是为避时人讳,或为传奇创作人物的方法。白行简这篇《李娃传》显然取材于流传于坊间的传说,并经过艺术加工,连缀成篇。作者白行简是上层文人,在传奇的创作中加入了许多文人气息和士大夫趣味,这就使《李娃传》由民间而入殿堂,由俚俗而登高雅,也正反映出唐代传奇的创作发展过程。《李娃传》曾收入唐人小说专集《异闻集》,后又被《太平广记》收入,因而流传至今。元人石君宝作《李亚仙花酒曲江池》，明人薛近兖作《绣襦记》，这两部剧本都脱胎于《李娃传》，只是有更多的艺术加工，大大扩充了原作的内容。

小说本身所具有的叙事性与史传散文有共同之处，因而最初的小说大部分言简意赅，无论叙事手法还是人物刻画都绝类史传。小说这一文学形式由先秦神话、史传文学构成小说的孕育期，由魏晋志怪、志人故事形成小说的雏形期，发展至唐代，文人们逐渐开始有意识地创作小说，中国小说进入成熟期。鲁迅在《中国小说史略》中言道："小说亦如诗，至唐代而一变，虽尚不离于搜奇记逸，然叙述宛转，文辞华艳，与六朝之粗陈梗概者相较，演进之迹甚明，而尤显者乃在是时则始有意为小说。"正因为唐传奇类同于史传的特点，它就不重视刻画人物心理，而是侧重叙写人物的行为与故事的结局，因而与现代小说有很大的不同。同大多数唐人小说一样，《李娃传》的故事保持了早期小说创作的史传传统。传奇中李娃的心理变化应该说是贯穿全文的主线，可传奇中却不着一字，只是从具体的事件发展过程中展现出来，这就留给读者充分的想象空间和发挥余地，因而韵味悠长，不同的人也会有不同的解读。正如莎士比亚所言："一千个读者眼中就会有一千个哈姆雷特。"因而一千个读者眼中就有一千个李娃！

《李娃传》之所以堪称唐传奇中的精品，还在于它故事情节的构建，通篇故事可谓情节曲折离奇，环环相扣；人物形象鲜明，个性突出，语言和细节的描写也极到位。例如郑生与李娃一见钟情的章节，郑生故意遗下马鞭这一细节，在小说的发展过程中起到了承前启后的作用。一方面，郑生以此来延长他观赏李娃的时间，显示出郑生的聪颖，又表现出郑生对李娃是一见钟情的；另一方面，又为后面情节的发展做了铺垫。郑生去拜访李娃时，侍儿一见郑生不及回答问题，便"疾走大呼曰：'前时遗策郎也！'"这又表现出李娃对郑生也留下了深刻的印象，为两人之间日后的情感发展提供了可能。这样高超的艺术手法不会只是妙手偶得，这正是唐人有意识创作小说的例证，也是小说这门艺术逐渐成熟的体现。

荥阳郑生出身显贵，才华横溢，是多情的乌衣郎；李娃绝代佳人，美丽善良，是聪慧的狭邪女。两人之间的爱情故事因为多情才子配狭邪佳人而充满了更多的戏剧性。因而《李娃传》故事情节波澜起伏，引人入胜。白行简对李娃、郑生人物形象的刻画可谓形神兼备，人物极富个性；对某些具体场景的描绘也颇为细致逼真，表现了唐代传奇创作中写实手法的高度成就。

词

李　白

菩萨蛮·平林漠漠

平林漠漠烟如织〔1〕,寒山一带伤心碧〔2〕。暝色〔3〕入高楼,有人〔4〕楼上愁。

玉阶空伫立〔5〕,宿鸟归飞急〔6〕。何处是归程?长亭更短亭〔7〕。

【注释】

〔1〕 平林:平原上的林木。《诗·小雅·车舝》:“依彼平林,有集维鷮。”毛传:“平林,林木之在平地者也。”漠漠:迷蒙貌,形容烟气。谢朓《游东田》诗:“远树暧阡阡,生烟粉漠漠。”烟如织:暮烟浓密。

〔2〕 伤心:极甚之辞。此处极言寒山之碧。此句意为:暮山之青,一片使人伤心的颜色。

〔3〕 暝色:夜色。

〔4〕 有人:指词中的主人公。

〔5〕 玉阶:玉砌的台阶。这里泛指华美洁净的台阶。一作“玉梯”。伫(zhù)立:长时间地站着等候。谢朓《秋夜》诗:“夜夜空伫立。”

〔6〕 归:一作“回”。以上两句是作者遥想家中爱人期待的失望心情,以及眼前所见鸟儿赶着回巢的景象。

〔7〕 长亭、短亭:古代设在路边供行人休歇的亭舍。庾信《哀江南赋》云:“十里五里,长亭短亭。”说明当时每隔十里设一长亭,五里设一短亭。亭:《释名》卷五:亭,停也,人所停集

也。“更”一作“连”。《词综偶评》：“玩末二句乃远客思归口气，或注作‘闺情’，恐误。”

【鉴赏】

菩萨蛮，唐玄宗时教坊曲名（见崔令钦《教坊记》）。后用为词牌，也用作曲牌。又名《重叠金》《子夜歌》等。唐苏鹗《杜阳杂编》卷下谓：“大中初，女蛮国入贡，危髻金冠，璎珞被体，故谓之‘菩萨蛮’。”后来，《菩萨蛮》便成了词人用以填词的词牌。《菩萨蛮》为双调，四十四字，属小令，以五七言组成。下片后二句与上片后二句字数格式相同。上下片各四句，均为两仄韵，两平韵。前后阕末句多用五言拗句“仄平平仄平”，亦可改用律句“平平仄仄平”。

这首词创作背景不详。据宋释文莹《湘山野录》卷上云：“此词不知何人写在鼎州（治所在今湖南省常德市）沧水驿楼，复不知何人所撰。魏道辅泰见而爱之。后至长沙，得古集于子宣（曾布）内翰家，乃知李白所作。”词之主旨，当为游子思家。词中反映了主人公穷途难归的苦闷。

词作上片偏于客观景物的渲染，下片着重于主观心理的描绘，然而又是情景交融，相得益彰。词所写的时间是一个暮色苍茫、烟云暖暧的黄昏，季节是秋冬之交。如烟的薄雾，碧绿的山色让人伤感不已。“有人楼上愁”句把整个上片惆怅空寂的情绪全部绾结在一起。在暮霭沉沉的夜色中，主人公久久地伫立在石阶前，内心一片空茫。接着“宿鸟归飞急”句巧妙地用急飞的宿鸟与久立之人形成强烈的对比，宿鸟急切归家而人却未能归，不觉感伤之至。结句不怨行人忘返，却愁路途遥遥，归程迢递，哀怨尽隐，语甚蕴藉。短短的一首词，撷取了众多意象：平林、烟霭、寒山、暝色、高楼、宿鸟、长亭、短亭，借意象以寓情、传情，展现出主人翁丰富而复杂的内心世界，反映了词人在客观现实中找不到人生归宿的无限落拓和惆怅。

唐圭璋评析《菩萨蛮》云：“此首望远怀人之词，寓情于境界之中。一起写平林寒山境界，苍茫悲壮。梁元帝赋云：‘登楼一望，唯见远树含烟。平原如此，不知道路几千。’此词境界似之。然其写日暮景色，更觉凄黯。此两句，自内而外。‘暝色’两句，自外而内。烟如织、伤心碧，皆暝色也。两句折到楼与人，逼出‘愁’字，唤醒全篇。所以觉寒山伤心者，以愁之故；所以愁者，则以人不归耳。下片，点明‘归’字。‘空’字，亦从‘愁’字来。鸟归飞急，写出空间动态，写出鸟之心情。鸟归人不归，故云‘空伫立’。‘何处’两句，自相呼应，仍以境界结束。但见归程，不见归人，语意含蓄不尽。”（《唐宋词简释》）

张 志 和

张志和(730？—810?),字子同,初名龟龄,号玄真子。婺州金华(今浙江省金华市)人,自号“烟波钓徒”,又号“玄真子”。十六岁明经及第,历任翰林待诏、左金吾卫录事参军、南浦县尉等职。后坐事贬官,有感于宦海风波和人生无常,弃官弃家,浪迹江湖。唐肃宗曾赐给他奴、婢各一,取名“渔童”“樵青”,张志和遂偕婢隐居于太湖流域的东西苕溪与霅溪一带,扁舟垂纶,浮三江,泛五湖,渔樵为乐。唐大历九年(774年),张志和应湖州刺史颜真卿的邀请,前往湖州拜会颜真卿,同年冬十二月,和颜真卿等东游平望驿时,不慎在平望莺脰湖落水身亡。著有《玄真子》。

渔歌子·西塞山前

西塞山〔1〕前白鹭飞,桃花流水〔2〕鳜鱼〔3〕肥。
青箬笠〔4〕,绿蓑衣〔5〕,斜风细雨不须〔6〕归。

【注释】

〔1〕 西塞山:浙江湖州。徐釚《词苑丛谈》卷一《体制》注引《西吴记》:“湖州磁湖镇道士矶,即张志和所谓‘西塞山前’也。”磁湖镇即慈湖镇,在今浙江省吴兴县西南。

〔2〕 桃花流水:桃花盛开的季节正是春水盛涨的时候,俗称桃花汛或桃花水。

〔3〕 鳜(guì)鱼:淡水鱼,江南又称桂鱼,色青黄,间以黑斑,肉质鲜美。为江南名产之一。

〔4〕 箬(ruò)笠:竹叶或竹篾做的斗笠。

〔5〕 蓑(suō)衣:用草或棕编制成的雨衣。

〔6〕 不须:不一定要。

【鉴赏】

《渔歌子》为词牌名。唐玄宗时教坊有此曲(见崔令钦《教坊记》)。后用为词调,又名《渔父》《渔父乐》。此调疑即出于民间的渔歌。“子”字，语尾，无意。分单调、双调二体。单调二十七字，平韵，以张氏此调最为著名。双调五十字，仄韵。据《词林纪事》转引的记载说，张志和曾谒见湖州刺史颜真卿，因为船破旧了，请颜真卿帮助更换，并作《渔歌子》。词牌《渔歌子》即始于张志和写的《渔歌子》而得名。

颜真卿于唐代宗大历八年(773年)到任湖州刺史，张志和驾舟往谒，时值暮春季节，桃花水涨，鳜鱼肥美，他们即兴唱和，张志和首唱，作词五首，这首词是其中之一。此词于宪宗时一度散失，长庆三年(823年)，李德裕访得之，著录于其《玄真子渔歌记》中，广为传颂。其后和凝、欧阳炯、李珣、李煜所作《渔父》，其内容大同小异，均受张志和《渔歌子》的影响。《渔歌子》问世七年后传到了日本，嵯峨天皇读后备加赞赏，亲自在贺茂神社开宴赋诗，将其与张继的《枫桥夜泊》一起列入日本的教科书。可见《渔歌子》词影响之大。

这首《渔歌子》描写水乡风光，借理想化的渔人生活自道其隐居江湖之乐，寄托了作者热爱自然、追慕自由的情趣。此词源于吴地吴歌中的渔歌，因此词的基调以民歌风格的清新质朴见长，再衬之以美好的自然山水，境高韵远。又因为张志和是以“烟波”为寄托的文人式的“钓徒”，所以词中除了具有民间文学的质朴、清新外，还融和着一种古代隐逸之士的淡泊、澄洁的高远情志。因此我们可以说《渔歌子》是渔父式的文人之歌，也是文人醉心山水而真正领略了浩渺烟波妙境的歌。

词作开头两句即勾勒出一幅色彩明丽清新的“江南春景图”：黛色的山峦前，白色的鹭鸶在翱翔，粉红的桃花在怒放，清澈的江水在潺湲，鲜美的鳜鱼在潜游。作者将五种动静相间的景物巧妙地组合在一起，山耸、禽飞、鱼游、水流、花摇，一派生机跃然纸上。就在这明丽清新的背景中，一位烟波钓徒头戴青色箬竹叶编就的大斗笠，身披绿色的蓑衣，在斜风细雨中，驾一叶扁舟，荡漾在万顷碧波之上，这是多么潇洒惬意的一幅图画啊！最后三字“不须归”揭示了人物的内心活动——由于陶醉在清新、怡静、安逸的大自然怀抱里，因而不避风雨，流连忘返。这个艺术形象是作者对渔民生活理想化的描写，也是作者自身生活的真实写照。相传张志和往来江湖，垂钓太湖时，常常“不设饵，志不在鱼”，而是寄情山水。作者在这里以深情托出一幅富有诗意的图画，也就是寄托了自己远离仕宦，一心遁迹江湖、怡情山水，享受隐居之乐的情趣。

这首《渔歌子》，声调和谐婉转，富有音乐感。语言清新流畅，色彩明丽而不妩媚，字精句炼而无斧凿之痕，正如南宋严羽《沧浪诗话》所说：“大家之作……其词脱口而出,无娇柔妆束之态。以其所见者真,所知者深也。”

张志和还是一位山水画家,据说他曾将《渔歌子》绘成图画。确实,这首词极富画意。苍岩、白鹭、桃林、流水、鳜鱼、斗笠、蓑衣,色彩鲜明,构思巧妙,意境优美,使人读词作时,仿佛是在观赏一幅清明艳丽的水乡春汛图。

温 庭 筠

温庭筠(812? —866),本名岐,字飞卿,太原祁(今山西省祁县)人。唐代诗人、词人,富有才气,文思敏捷。然恃才不羁,又好讥刺权贵,多犯忌讳,故屡举进士不第,终生不得志。“庭筠才思艳丽,工于小赋,每入试,押官韵作赋,凡八叉手而八韵成,时号‘温八叉’。”(《全唐诗话·温庭筠》)温庭筠精通音律,工诗,与李商隐齐名,时称“温李”。其诗辞藻华丽,浓艳精致,内容多写闺情。其词艺术成就在晚唐诸词人之上,为“花间派”首要词人,对词的发展影响较大。唐时曲子词本是民间俗唱与乐工俚曲,士大夫偶一为之,不过花间酒畔,信手消闲,不以正统文学待之。故谓词为“诗之余”。但词到了“能逐弦吹之音,为侧艳之词”(《旧唐书》)的温庭筠手中,词之体得以升格,加之后续词人们的大量创作使词作与诗歌分庭抗礼,争华并秀。在词史上,温庭筠与韦庄齐名,并称“温韦”。现存诗三百多首,词七十余首。近人刘毓盘编辑《金荃词》。

菩萨蛮·小山重叠

小山〔1〕重叠金明灭〔2〕,鬓云〔3〕欲度〔4〕香腮雪〔5〕。懒起画蛾眉〔6〕,弄妆〔7〕梳洗迟。

照花前后镜〔8〕,花面交相映。新贴绣罗襦〔9〕,双双金鹧鸪〔10〕。

【注释】

〔1〕 小山:指绘有山形图画的屏风。徐昂霄《词综偶评》:“小山,盖指屏山而言。”一说:小山指眉额,眉妆的名目,指小山眉,弯弯的眉毛。

〔2〕 金：指唐时妇女眉际妆饰之“额黄”；一说：画眉作金色亦可通。明灭：隐现明灭的样子。金明灭：形容阳光照在屏风上金光闪闪的样子。一说描写女子头上插戴的饰金小梳子重叠闪烁的情形，或指女子额上涂成梅花图案的额黄有所脱落而或明或暗。

〔3〕 鬓云：形容发髻蓬松如云。《词综偶评》：“犹言鬓丝缭乱也。”云：喻发。像云朵似的鬓发。

〔4〕 度：覆盖，过掩，形容鬓角延伸向脸颊，逐渐轻淡，像云影轻度。欲度：将掩未掩的样子。

〔5〕 香腮雪：香雪腮，雪白的面颊。香而白的面颊。

〔6〕 蛾眉：同“娥眉”。女子的眉毛细长弯曲像蚕蛾的触须，故称蛾眉。《诗经·卫风·硕人》：“螓首蛾眉。”一说指元和以后较浓阔的时新眉式“蛾翅眉”。

〔7〕 弄妆：梳妆打扮，修饰仪容。

〔8〕 花：指插在头上的花。前后镜：两面前后对照的镜子。

〔9〕 罗襦：绸制的短衣。

〔10〕 鹧鸪：贴绣上去的鹧鸪图，这说的是当时的衣饰，就是用金线绣好花样，再绣贴在衣服上，谓之“贴金”。

【鉴赏】

五代时孙光宪所撰《北梦琐言》卷四载：“宣宗爱唱《菩萨蛮》词。令狐相国（绹）假其（温庭筠）新撰密进之，戒令勿泄，而遽言于人，由是疏之。温亦有言曰：‘中书堂内坐将军。’讥相国无学也。”《乐府纪闻》记载此事云：“令狐绹假温庭筠手撰二十阕以进。”由此可知，《菩萨蛮》诸篇本为温庭筠所撰而由令狐绹进献唐宣宗。时间大约在大中后期（850—859），正值温庭筠屡试不第之时。今留存下来收在《花间集》的共十四首，这十四首《菩萨蛮》乃词史上的一座丰碑，词作华贵典雅、雍容绮绣，对后世的影响极为深远。这是第一首。词学专家周汝昌先生认为：“此篇通体一气。精整无只字杂言，所写只是一件事，若为之拟一题目增入，便是‘梳妆’二字。领会此二字，一切迎刃而解。而妆者，以眉为始；梳者，以鬓为主；故首句即写眉，次句即写鬓。”这首词为了适合宫廷歌伎说话的语音、语调，也为了点缀皇宫里的生活情趣，极写女子容貌之美丽，服饰之华贵，体态之娇柔，给我们展现的是一幅唐代仕女图。

词作写一独处闺中的女子，从起床而梳妆至穿衣等一系列的动作，从中体现她的处境和心情。词的前半部写少妇懒起梳妆的娇慵之态。梳洗即罢，对镜自赏自怜：

人美如花却盛年独处。写尽女子内心的孤独寂寞。词作的最后两句"新贴绣罗襦,双双金鹧鸪"写梳妆既毕,开始试衣,映入眼帘的偏偏是成双成对的鹧鸪图案。闺中独处之人,见此缠绵温馨画面情何以堪?词至此戛然而止,让读者陷入深深的沉思。

望江南·梳洗罢

梳洗〔1〕罢,独倚望江楼〔2〕。过尽千帆〔3〕皆〔4〕不是,斜晖〔5〕脉脉〔6〕水悠悠。肠断〔7〕白蘋洲〔8〕。

【注释】

〔1〕 梳洗:梳头、洗脸、化妆等妇女的生活内容。

〔2〕 独:独自,单一。望江楼:楼名,因临江而得名。

〔3〕 千帆:上千只帆船。帆:船上使用风力的布篷,又作船的代名词。

〔4〕 皆:副词,都。

〔5〕 斜晖:日落前的日光。晖:阳光。

〔6〕 脉脉:含情凝视,情意绵绵的样子。这里形容阳光微弱。《古诗十九首》有"盈盈一水间,脉脉不得语"。后多用以示含情欲吐之意。

〔7〕 肠断:形容极度悲伤愁苦。

〔8〕 白蘋(pín):水中浮草,色白。古时男女常采蘋花赠别。洲:水中的陆地。

【鉴赏】

《望江南》,又名《梦江南》《忆江南》,原唐教坊曲名,后用为词牌名。段安节《乐府杂录》:"《望江南》始自朱崖李太尉(德裕)镇浙日,为亡妓谢秋娘所撰,本名《谢秋娘》,后改此名。"《金奁集》入"南吕宫"。小令,单调二十七字,三平韵。

闺怨自古以来都是诗词创作的主要内容,大多写思妇独处、闺中寂寞、等待期盼远方的情人,并渐生怨恨情愫的过程。这首小令却不落俗套,可谓清丽自然,别具一格。词以江水、远帆、斜阳为背景,写一思妇盼夫归家、凝愁含恨、倚楼颙望的情景,词作表现了思妇从希望到失望以致最后绝望"肠断"的感情发展过程。语言精练含蓄而余意不尽,没有矫揉之态和违心之语。

词的开篇"梳洗罢"似在告诉读者:离别、相思、寂寞、孤独的日子即将过去,于是思妇临镜梳妆，顾影自怜，着意修饰。接着，出现了一幅广阔、多彩的艺术画面：碧绿江水，画栋雕楼和那独倚高楼憔悴的人。一个“独”字用得极传神，透过这无语独倚的画面，反映了人物的内心世界：孤独、寂寞、痛苦、难耐。眼前点点的船帆，悠悠的流水，远远的小洲，都惹人遐想和耐人寻味。“过尽千帆皆不是”，是全词感情上的大转折。这句和起句的欢快情绪形成鲜明的对照，船尽江空，希望落空，幻想破灭，人何以堪！这时映入眼帘的是没有生命的落日流水。至此，景物的描绘，感情的抒发，气氛的烘托，都已达到极致，最后奏出了全曲的最强音：“肠断白蘋洲。”千帆过尽，斜晖脉脉，江洲依旧，不见所思，能不肠断！

清陈廷焯《云韶集》云：绝不着力，而款款深深，低徊不尽，是亦谪仙才也。吾安得不服古人？

韦　　庄

韦庄(836—910)，字端己，长安杜陵(今陕西省西安市)人，五代前蜀诗人。唐时苏州刺史韦应物四世孙。少孤贫力学，才敏过人。乾宁元年(894年)五十九岁登进士第，历任校书郎、判官、左补阙等职。后入蜀，为王建掌书记。王氏建立前蜀，他做过宰相。七十五岁卒于成都花林坊，谥文靖。他的诗词都很著名，诗极富画意，词尤工，寓浓于淡，词风清丽，与温庭筠齐名，并称“温韦”。同为“花间派”重要词人，有《浣花集》。

菩萨蛮·人人尽说

人人尽说江南好，游人〔1〕只合〔2〕江南老。春水碧于天〔3〕，画船听雨眠。

垆边〔4〕人似月，皓腕凝霜雪〔5〕。未老莫还乡，还乡须断肠〔6〕。

【注释】

〔1〕 游人：这里指飘泊江南的人，即作者自谓。

〔2〕 只合：只应。

〔3〕 碧于天：一片碧绿，胜过天色。

〔4〕 垆边：指酒家。垆：旧时酒店用土砌成酒瓮卖酒的地方。《史记·司马相如列传》记载，司马相如妻卓文君长得很美，曾当垆卖酒："买一酒舍酤酒，而令文君当垆。"裴骃《集解》引韦昭曰："垆：酒肆也。"

〔5〕 皓腕：形容双臂洁白如雪。凝霜雪：像霜雪凝聚那样洁白。

〔6〕 未老莫还乡，还乡须断肠：年尚未老，且在江南行乐。如还乡离开江南，当使人悲痛不已。须：必定，肯定。

【鉴赏】

韦庄《菩萨蛮》共五首，是前后相呼应的组词。本词为第二篇，采用白描手法，抒写游子春日所见所思，宛如一幅春水图，突出主人公此时的矛盾心情。韦庄曾到江南，七八年间苦求功名，行程万里，却一无所获，心情极度抑郁。人人都说江南好，江南既有"碧于天"的美景，又有"画船听雨眠"的生活，还有肌肤洁白如雪的美女，组合成一幅"游人"只应该在江南终老的画卷。韦庄是在中原一片战乱中去江南的，当时的中原是战火纷飞，生灵涂炭，在这种情况下，江南人才敢这样直接地劝他留下来。可是他心里却惦着家乡，于是转入了"未老莫还乡"的深沉感叹之中。接着"还乡须断肠"一句，巧妙地刻划出特定历史环境下词人思乡怀人的心态，可谓语尽而意不尽。

这首词描写了江南水乡的风光美和人物美，表现了诗人对江南水乡的依恋之情，也抒发了诗人飘泊难归的愁苦心境。写得情真意切，具有较强的艺术感染力。唐圭璋《唐宋词简释》评析："此首写江南之佳丽，但有思归之意。起两句，自为呼应。人人既尽说江南之好，劝我久住，我亦可以老于此间也。"

冯　延　巳

冯延巳(903—960)，又名延嗣、冯延己，字正中，五代广陵(今江苏省扬州市)人。仕于南唐烈祖、中主二朝，历任翰林学士承旨、中书侍郎、左仆射同平章事(宰相)等职，官终太子太傅，卒谥忠肃。五代十国时南唐著名词人，他的词多娱宾遣兴、流连光景之作，反映士大夫们闲情逸致的生活，文人气息很浓，对北宋初期的词人有比较大的影响。宋初《钓矶立谈》评其“学问渊博，文章颖发，辩说纵横”。王国维《人间词话》卷上说：“冯正中词虽不失五代风格，而堂庑特大，开北宋一代风气。”有《阳春集》。

谒金门·风乍起

风乍〔1〕起，吹皱一池春水。闲引〔2〕鸳鸯香径里，手挼〔3〕红杏蕊。斗鸭阑干独〔4〕倚，碧玉搔头〔5〕斜坠。终日望君君不至，举头闻鹊喜〔6〕。

【注释】

〔1〕 乍：忽然。

〔2〕 闲引：无聊地逗引着玩。

〔3〕 挼(ruó)：揉搓。

〔4〕 斗鸭：以鸭相斗为欢乐。斗鸭阑和斗鸡台，都是官僚显贵取乐的场所。独：一作“遍”。古代有以鸭相斗为戏的。古代小说《赵飞燕外传》中说：“忆在江都时，阳华李姑畜斗鸭水池上，苦獭啮鸭。”晋代蔡洪、唐代李邕都作有《斗鸭赋》。此处的“斗鸭”有人认为就是看斗鸭，或是看水中的鸭子嬉戏。但从句式和意境看，理解为栏杆上的一种雕饰较为合适。

〔5〕 碧玉搔头：一种碧玉做的簪子。《西京杂记》载：“(汉)武帝过李夫人，就取玉簪搔头；自此后，宫人搔头皆用玉。”

〔6〕 举头闻鹊喜：《开元天宝遗事》记载：“时人之家，闻鹊声皆以为喜兆，故谓灵鹊报喜。”

【鉴赏】

《谒金门》，原为唐教坊曲，后用为词牌，又名《空相忆》《花自落》《垂杨碧》《杨花落》《不怕醉》《醉花春》《春早湖山》。敦煌曲词中有“得谒金门朝帝庭”句，疑即此本意。

冯延巳擅长以景托情，因物起兴的手法，蕴藏个人的哀怨。写得清丽、细密、委婉、含蓄。这首脍炙人口的怀春小词，在当时就很为人称道。尤其“风乍起，吹绉一池春水”，这两句是传诵古今的名句，据《南唐书》卷二十一载：当时中主李璟曾戏问冯延巳：“吹绉一池春水，干卿何事？”冯答道：“未如陛下‘小楼吹彻玉笙寒’。”中主悦。

这首词是写贵族少妇春日思念远方丈夫而百无聊赖的情景，反映了她的苦闷心情。词的上片,以写景为主,点明时令、环境及人物活动。下片以抒情为主,并点明烦愁的原因。由于封建社会女性地位低下,女子一般依附于男人,被禁锢于闺阁之中,精神上很郁闷。因此古典诗歌中写闺阁之怨的作品很多,这种闺怨诗或多或少从侧面反映了妇女的不幸遭遇。然仔细阅读体会发现本词着力表现的,似不在男女情事,而在雅致优美的意境。俞陛云《唐五代两宋词选释》:"风乍起"二句破空而来,在有意无意间,如柴浮水,似沾非著,宜后主盛加称赏。此在南唐全盛时作。"喜闻鹊报"句,殆有束带弹冠之庆及效忠尽瘁之思也。

李 璟

李璟(916—961),初名景通,字伯玉。徐州(今江苏省徐州市)人,南唐烈祖李昪长子,五代十国时期南唐第二位皇帝,943年嗣位。后因受到后周威胁,削去帝号,改称国主,史称南唐中主。即位后开始大规模对外用兵,消灭楚、闽二国。李璟在位时,南唐疆土最大;不过李璟极度奢侈,导致政治腐败,国力下降。李璟喜好读书,多才多艺。他的词,感情真挚,风格清新,语言不事雕琢,"小楼吹彻玉笙寒"是流芳千古的名句。961年去世,庙号元宗,谥号明道崇德文宣孝皇帝。其词被录入《南唐二主词》中。

摊破浣溪沙·菡萏香销

菡萏〔1〕香销翠叶残,西风愁起〔2〕绿波间。还与韶光〔3〕共憔悴,不堪看。

细雨梦回鸡塞〔4〕远,小楼吹彻〔5〕玉笙寒〔6〕。多少泪珠无限恨〔7〕,倚阑〔8〕干。

【注释】

〔1〕 菡萏:荷花的别称。

〔2〕 西风:指"秋风"。西风愁起:西风从绿波之间起来。以花叶凋零,故曰"愁起"。

〔3〕 韶光：美好的时光。韶：一作“容”。

〔4〕 鸡塞：《汉书·匈奴传》：“送单于出朔方鸡鹿塞。”颜师古注：“在朔方浑县西北。”今陕西省横山县西。《后汉书·和帝纪》：“窦宪出鸡鹿塞。”简称鸡塞。亦作鸡禄山。《花间集》卷八孙光宪《定西番》：“鸡禄山前游骑。”此处泛指边塞。

〔5〕 彻：大曲中的最后一遍。“吹彻”意为吹到最后一曲。笙以吹久而含润。元稹《连昌宫词》：“逡巡大遍凉州彻。”后主《玉楼春》：“重按霓裳歌遍彻”，可以参证。

〔6〕 玉笙寒：玉笙以铜质簧片发声，遇冷则音声不畅，需要加热，叫暖笙。

〔7〕 无限恨：一作“何限恨”。

〔8〕 倚：明吕远本作“寄”，《读词偶得》曾采用之。但“寄”字虽好，文意比较晦，今仍从《花庵词选》与通行本，作“倚”。阑：通“栏”。

【鉴赏】

《摊破浣溪沙》，词牌名。又名《添字浣溪沙》《山花子》《南唐浣溪沙》。双调四十八字，前阕三平韵，后阕两平韵，一韵到底。前后阕基本相同，只是前阕首句平脚押韵，后阕首句仄脚不押韵。后阕开始两句一般要求对仗。这是把四十二字的《浣溪沙》前后阕末句扩展成两句，所以叫《摊破浣溪沙》。

李璟流传下来的词作不多，所传几首词中，最脍炙人口的，就是这首《摊破浣溪沙》(亦作《浣溪沙》)。词的上片着重写景，写秋风、秋色、秋容。加一“愁”字，把秋风和秋水都拟人化了。在古诗词的描写中，外在的景物往往是诗人内心的写照。在此，外在的景物同作家感情融为一体，词作也因之笼罩了一层浓重的萧瑟气氛。于是由景生情，突出作者的主观感受。这秋色满天的时节，美好的春光连同荷花以及观荷人的情趣一起憔悴了，在浓重的萧瑟气氛中平添了一份悲凉和凄清。“不堪看”三字，质朴而有力，明白而深沉，直接抒发了诗人的伤感。词的下片着重抒情，托梦境诉哀情。风雨高楼，玉笙吹奏，笙因久吹而凝水，笙寒而声咽，映衬了作者的寂寞孤清。这两句亦远亦近，亦虚亦实，亦声亦情，是千古传唱的名句。最后词作写环境凄清，人事悲凉，怎不令人潸然泪下，怨恨满怀。结语“倚栏干”句，写物写人更写情，脉脉情长，语已尽而意无穷。

王国维《人间词话》评析：大有“众芳芜秽”“美人迟暮”之感。

陈廷焯《白雨斋词话》：南唐中宗《山花子》云：“还与韶光共憔悴，不堪看。”沉之至，郁之至，凄然欲绝。后主虽善言情，亦不能出其右之。

李　煜

李煜(937－978),南唐中主李璟第六子,初名从嘉,字重光,号钟隐、莲峰居士,徐州(今江苏省徐州市)人,南唐最后一位国君。北宋建隆二年(961年),李煜继位,至开宝四年(971年)十月,宋太祖灭南汉,李煜改称"江南国主";开宝八年(975年),宋军攻破金陵,李煜被迫降宋,被俘至汴京(今开封),封为右千牛卫上将军、违命侯。过了三年囚徒般的屈辱生活。太平兴国三年(978年)七月七日,相传李煜被宋太祖用牵机药毒死于汴京,世称南唐后主、李后主。李煜妙解音律、能书善画,诗文均有一定造诣,尤以词的成就最高。李煜的词,语言明快、形象生动、用情真挚,风格鲜明,其亡国后词作更是题材广阔,含意深沉,在晚唐五代词中别树一帜,对后世词坛影响深远。有《南唐二主词》传世。

乌夜啼·无言独上

无言独上西楼,月如钩。寂寞梧桐深院锁清秋〔1〕。

剪〔2〕不断,理还乱,是离愁〔3〕。别是一番〔4〕滋味在心头。

【注释】

〔1〕 锁清秋:深深被秋色所笼罩。清秋:一作"深秋"。

〔2〕 剪:一作"翦"。

〔3〕 离愁:此处指去国之愁。

〔4〕 别是一番:另有一种意味。别是:一作"别有"。

【鉴赏】

《乌夜啼》,唐教坊曲名,《太和正音谱》注"南吕宫",又"大石调"。宋欧阳修词名《圣无忧》。按郭茂倩《乐府诗集》有清商曲《乌夜啼》,乃六朝及唐人古今诗体,与此不同,此盖借旧曲名,另翻新声。

北宋开宝八年(975年),宋太祖赵匡胤灭南唐,李煜败国亡家,肉袒出降,被囚禁于汴京。赵匡胤因李煜曾守城相拒,封其为“违命侯”。李煜在忍屈受辱地过了三年的囚徒生活后,因《虞美人》和《浪淘沙》等怀念故国的词作被宋太宗赵光义赐牵机药毒死。结束了他短暂而跌宕起伏的一生。李煜不是一个励精图治的皇帝,但却是一位才华横溢的艺术家和词人。李煜的词以被俘为界,分为前后两期,前期词作多描写宫廷生活与男欢女爱,香艳精致,才情蕴藉,雍容典雅,温婉绮靡;后期词作多倾诉失国之痛和去国之思,哀怨伤婉,沉郁感伤,情真语挚,感人至深。写尽了自己亡国丧家之痛,扩大了词的写作内容,变伶工之词为士大夫之词,这是中国词史演化上的一大转折,李煜可算得上是个开一代词风的人物。《乌夜啼》便是后期词作中很有代表性的一篇。

词作开篇就揭示了作者内心深处隐藏的诸多不能倾诉的孤寂与凄婉。接着“月如钩,寂寞梧桐深院锁清秋”,寥寥十二个字,形象地描绘出了词人登楼所见之景。仰望天空,弦月如钩,不禁勾起了词人对家国故土的思念之情。“寂寞”的不只是梧桐,“锁”住的也不只是这满院秋色,还有那落魄的人,孤寂的心,思乡的情,亡国的恨。此景此情,怎一个愁字了得。残月、梧桐、深院、清秋,这种种意象无不渲染出一种凄凉的意境,反映出词人内心的孤寂之情,同时也为下片的抒情做好铺垫。“剪不断,理还乱,是离愁。”新颖而别致的以丝喻愁,阅历了人间冷暖、世态炎凉,经受了国破家亡、孤独寂寞,这诸多的愁苦悲恨哽咽于词人的心头难以排遣。李煜尝尽了愁苦的滋味,而这滋味,是难以言喻、难以穷尽的。最后句“别是一番滋味在心头”,紧承上句写出了李煜对愁的体验与感受。南唐灭亡使李煜从天堂跌入地狱,备受屈辱,遍历愁苦,心头淤积的是思、是苦、是悔、还是恨……词人自己也难以说清,常人更是体会不到。他只有将心头的哀愁、悲伤、痛苦、悔恨强压在心底。这种无言的哀伤远胜痛哭流涕之悲。

唐圭璋《唐宋词简释》中评析:“此词写别愁,凄惋已极。‘无言独上西楼’一句,叙事直起,画出后主愁容。其下两句,画出后主所处之愁境。举头见新月如钩,低头见桐阴深锁俯仰之间,万感萦怀矣。此片写景亦妙,惟其桐阴深黑,新月乃愈显明媚也。下片,因景抒情。换头三句,深刻无匹,使有千丝万缕之离愁,亦未必不可剪,不可理,此言‘剪不断,理还乱’,则离愁之纷繁可知。所谓‘别是一般滋味’,是无人尝过之滋味,唯有自家领略也。后主以南朝天子,而为北地幽囚;其所受之痛苦,所尝之滋味,自与常人不同,心头所交集者,不知是悔是恨,欲说则无从说起,且亦无人可说,故但云‘别是一般滋味’。”

浪淘沙·往事只堪哀

往事只堪哀,对景难排。秋风庭院藓侵阶[1]。一任[2]珠帘闲不卷,终日谁来[3]。

金锁[4]已[5]沉埋,壮气蒿莱[6]。晚凉天净[7]月华开。想得玉楼瑶殿[8]影,空照秦淮[9]。

【注释】

〔1〕 藓侵阶:苔藓上阶,表明很少有人来。

〔2〕 一任:任凭。一作:“一行”“一片”。《二主词》《历代诗余》《全唐诗》作“桁(héng)”。一桁:一列,一挂。

〔3〕 终日谁来:整天没有人来。

〔4〕 金锁:即铁锁,用三国时吴国用铁锁封江对抗晋军事。或以为“金锁”即“金琐”,指南唐旧日宫殿。也有人把“金锁”解为金线串制的铠甲,代表南唐对宋兵的抵抗。众说皆可通。锁:一作“琐”。金锁:一作“金剑”。

〔5〕 已:《草堂诗余续集》《古今词统》作“玉”。《古今词统》并注:玉,一作已。

〔6〕 蒿莱:蒿、莱,均草名,这里用作动词,此句意为:淹没于野草之中,以此象征意志消沉、衰落。

〔7〕 净:吴讷《百家词》旧抄本、吕本、侯本、萧本《南唐二主词》《花草粹编》《词综》《续集》《词综》《全唐诗》俱作“静”。

〔8〕 玉楼瑶殿:指南唐的宫殿。

〔9〕 秦淮:河名,即秦淮河。是长江下游流经今南京市区的一条支流。据说是秦始皇为疏通淮水而开凿的,故名秦淮。秦淮一直是南京的胜地,南唐时期两岸有舞馆歌楼,河中有画舫游船。

【鉴赏】

《浪淘沙》,唐教坊曲。刘禹锡、白居易并作七言绝句体,五代时始流行长短句。

双调小令,又名《卖花声》《曲入冥》《过龙门》。五十四字,前后片各四平韵,又名

《卖花声》。多作激越凄壮之音。《乐章集》名《浪淘沙令》。

这首词是李煜囚于汴京期间(976—978)所作。宋人王铚《默记》记载，李煜的居处有“老卒守门”，“不得与外人接”，所以李煜降宋后，实际上被监禁起来了。他曾传信给旧时宫人说，“此中日夕以泪洗面!”可见李煜被囚禁是事实。

词作开篇“往事只堪哀”，奠定了全词悲凉的基调，并凝结到一个“哀”字上。庭院秋风、空旷凄凉，景色寂寞，孤苦深重。秋天，是枯索萧瑟之季；身在庭院，有高墙围困，故“终日”都无人来，那就不卷珠帘，其实内心是无奈地放弃。上片就眼前景物而写孤苦的凄凉心境。下片则悲悼国破家亡、身为囚虏的悲惨遭遇。遥想当年，身为一国之君，群臣俯首，宫娥簇拥，如今徘徊庭院，往事堪哀，看秋月秋夜、听秋风秋雨只有无尽的感伤。故国宫苑只有通过一轮秋月去追忆，“空照”的感受中有无尽的心酸与悲哀。

唐圭璋《唐宋词简释》评析：此首念秣陵。上片，白昼凄清状况，哀思弥切。起两句，总括全篇。“秋风”一句，补实上句难排之景。秋风袅袅，苔藓满阶，想见荒凉无人之情，与当年“春殿嫔娥鱼贯列”之盛较之，真有天渊之别。“一桁”两句，极致孤独之哀。后主入汴以后之生活，于此可见。换头，自叹当年之意气都已销尽。“晚凉”一句，点月出。“想得”两句，因月生感，怅望无极。月影空照秦淮，画出失国后惨淡景象。

浪淘沙令·帘外雨潺潺

帘外雨潺潺[1]，春意阑珊[2]。罗衾不耐[3]五更寒。梦里不知身是客[4]，一晌贪欢[5]。

独自莫凭栏[6]，无限江山[7]，别时容易见时难。流水落花春去也[8]，天上人间[9]。

【注释】

〔1〕 潺潺：形容雨声。

〔2〕 阑珊：衰残，将尽。一作“将阑”。

〔3〕 罗衾(qīn)：绸被子。不耐：受不了。一作“不暖”。

〔4〕 身是客：指被拘汴京，形同囚徒。客：此处指外来的人，与“主”相对。

〔5〕 一晌(shǎng)：一会儿，片刻。一作“饷”(xiǎng)。贪欢：指贪恋梦境中的欢乐。

〔6〕 凭栏：靠着栏杆。

〔7〕 江山：指南唐河山。

〔8〕 流水落花春去也：意谓帝王的生活一去不返。

〔9〕 天上人间：谓如天上人间的乖隔。

【鉴赏】

这首词是李煜去世前不久所写。胡仔《苕溪渔隐丛话》前集卷二十九《西清诗话》载：“南唐李后主归朝后，每怀江国，且念嫔妾散落，郁郁不自聊，尝作长短句云‘帘外雨潺潺……’含思凄惋，未几下世。”这首词基调低沉悲怆，透露出李煜这个亡国之君悠长无尽的故国之思，可以说这是一首凄婉伤感的哀歌。

词作开篇写五更梦回，薄薄的罗衾挡不住晨寒的侵袭。帘外，是潺潺不断的春雨，是寂寞零落的残春；这种境地令李煜倍感凄苦。梦回故地却徒增“故国梦重归，觉来双泪垂”(《子夜歌》)之伤感。最后“流水”两句，慨叹春归何处。张泌《浣溪沙》有“天上人间何处去，旧欢新梦觉来时”之句，“天上人间”，是指天上人间的乖隔，相隔遥远，不知其处。这里指春，也兼指人。词人长叹水流花落，春去人逝，故国一去难返，故人无由相见。

这首词，情真意切、哀婉感伤，深刻地表现了词人的亡国之痛和囚徒之悲，真实地刻画了一个亡国之君的悲苦形象。有李煜后期词作的共同特点：反映了他亡国以后囚居生涯中的危苦心情，确实是“眼界始大，感慨遂深”。且能以白描手法诉说内心的极度痛苦，具有撼动读者心灵的惊人艺术魅力。

无　名　氏

菩萨蛮·枕前发尽

枕前发尽千般愿，要休[1]且待青山烂。水面上秤锤[2]浮，直待黄河彻底枯。白日参辰[3]现，北斗[4]回南面。休即[5]未能休，且待三更见日头[6]。

【注释】

〔1〕 休：罢休，双方断绝关系。

〔2〕 秤锤：一作“称堶”。

〔3〕 参辰：星宿名。参星在西方，辰星(即商星)在东方，晚间此出彼灭，不能并见；白天一同隐没，更难觅得。

〔4〕 北斗：星座名，以位置在北、形状如斗而得名。宋玉《大言赋》“北斗戾(曲)兮泰山夷”，李白《上雪乐》诗“北斗戾，南山摧”，与“北斗回南面”“青山烂”都是作为不可能的事件来说。

〔5〕 即：同“则”。

〔6〕 日头：一作“月头”。

【鉴赏】

民间词作没有文人词深婉曲折的风致和含蓄蕴藉的神韵，它往往写得朴实真挚。这首词就具有这一特点，它的主题与《汉乐府·上邪》一样，同为用誓词表现深挚的爱情，写作方法亦相似，铺排、衬字的运用，表意的泼辣直露更有曲折之致，激动人心，千古不衰。词意一贯到底，上下阕须连读。

词中作者想象手法新奇而又多样。主人公一连用了六种人们常见的景物“青山、秤锤、黄河、参辰、北斗、日头”排比，这些具有浪漫色彩的奇思妙想表达了主人公的愿望：真正的爱情一定是天长地久的。即使天涯海角甚至人间天上的分离，只要心里有爱就是美满幸福的。在主人公的眼中，爱情与山河同在，与日月共存。夸张地强调了爱情永固，读者只为主人公崇高的情感而激动而羡慕而向往。

耐人寻味的是词中的想象是超乎于常人的。由空间到时间、由大地到天空是其想象的空间，由宇宙中万物的变化更替是其想象的时间，由山河到星日是其想象的对象。以宇宙间最雄伟的景物来烘托爱情，敢于把爱的生命与永恒的宇宙相提并论，形成一种奇妙的类比推理：因为青山不会烂，海水不会枯，水面不会浮秤锤，参星和辰星不会在白天出现，北斗不会回到南面，半夜不会升起太阳；所以爱情就不会终止。这样的类推也可说是无理而妙。诗中提到的自然现象都遵循一个规律，存在于天地之间，而且是亘古不变，自然爱情也就不会改变。爱情永存的愿望被表现得生动有力。诗中的奇伟想象正是由深情所激发,而想象又使感情表达得更真挚、明朗、坚定、感人。读者无不为这真挚的爱情打动,读后会令人对爱情充满向往。

第五编

宋金部分

诗歌

林　逋

林逋(967—1028),字君复,人称和靖先生,北宋初著名隐逸诗人,钱塘(今浙江省杭州市)人(一说浙江奉化人)。通晓经史百家,《宋史 · 隐逸传》称其:"性恬淡好古,不趋荣利。""初放游江、淮间,久之,归杭州,结庐西湖之孤山,二十年足不及城市。"以布衣终身,每逢客至,叫门童子纵鹤放飞,林逋见鹤必棹舟归来。林逋终生不仕不娶,惟喜植梅养鹤,自谓"以梅为妻,以鹤为子",人称"梅妻鹤子"。天圣六年(1028 年)卒。宋仁宗赐谥"和靖先生"。与范仲淹、梅尧臣有诗唱和。其诗风格淡远,长于五七言律。有《林和靖先生诗集》。

山园小梅

众芳摇落独暄妍〔1〕,占尽风情向小园。疏影横斜〔2〕水清浅,暗香浮动〔3〕月黄昏。霜禽〔4〕欲下先偷眼,粉蝶如知合〔5〕断魂。幸有微吟可相狎〔6〕,不须檀板〔7〕共金尊〔8〕。

【注释】

〔1〕 众芳:百花。摇落:被风吹落。暄妍:明媚美丽。

〔2〕 疏影横斜:梅花疏疏落落,斜横枝干投在水中的影子。

〔3〕 暗香浮动:梅花散发的清幽香气在飘动。

〔4〕 霜禽:一指"白鹤";二指"冬天的禽鸟",与下句中夏天的"粉蝶"相对。

〔5〕 合：应该。

〔6〕 微吟：低声地吟唱。狎(xiá)：亲近而态度不庄重。

〔7〕 檀板：演唱时用的檀木柏板，此处指歌唱。

〔8〕 金尊：金杯，豪华的酒杯，此处指饮酒。

【鉴赏】

林逋一生种梅养鹤成癖，终身不娶，世称“梅妻鹤子”，所以他眼中的梅含波带情，笔下的梅风情万种。这首咏梅诗的创作年代已无从考证，但却不妨碍它成为千古流传的名篇。作者虽是咏梅，实则是他“淡泊名利”“趣向博远”思想性格的真实写照。苏轼曾在《书林逋诗后》说：“先生可是绝伦人，神清骨冷无尘俗。”而这首咏梅诗正是作者人格的化身。

诗歌颔联“疏影横斜水清浅，暗香浮动月黄昏”。这一千古传颂的咏梅诗句可以说把梅花的气韵风姿写绝了，赞颂梅的神清骨秀，高洁端庄，幽独超逸。尤其是“疏影”“暗香”二词用得极好，它既写出了梅花不同于牡丹、芍药的独特气质；又写出了它异于桃李的独有芬芳。朦胧月色，那静谧的意境、疏淡的梅影使诗人陶醉于梅花清幽雅致的缕缕清香中。这两句咏梅诗，在艺术上可说臻于完美。陈与义认为林逋的咏梅诗已压倒了唐代齐己《早梅》诗中的名句“前村深雪里，昨夜一枝开”(“自读西湖处士诗，年年临水看幽姿。晴窗画出横斜影，绝胜前村夜雪时。”《和张矩臣水墨梅》)。辛弃疾在《念奴娇》中也奉劝骚人墨客不要草草赋梅：“未须草草赋梅花，多少骚人词客。总被西湖林处士，不肯分留风月。”颇有李白游历黄鹤楼后“眼前有景道不得，崔颢题诗在上头”的感慨。可见林逋的咏梅诗对后世的影响之大。

诗歌颈联则从客观上着意渲染，白鹤和粉蝶之爱梅都是作者爱梅的化身，当然也更进一步衬托出作者对梅花的喜爱之情和幽居之乐。诗句中“霜”“粉”二字，着实是诗人精心择取用来表现其高洁情操和淡远趣味的。诗歌的尾联梅花已由主体转化为客体，成为被欣赏的对象。在赏梅中吟诗，使隐逸生活平添几分雅致，在恬静的山林里自得幽居之乐，可谓别有一番情趣。至此诗人的理想、情操、趣味得以全盘托出，使咏物与抒情达到水乳交融的地步。

梅　尧　臣

梅尧臣(1002—1060)，字圣俞，宣州宣城(今安徽省宣城市宣州区)人。宣城古名宛陵，世称“梅宛陵”（又称“梅直讲”“梅都官”）。皇佑（1049—1054）初赐进士出身，历任州县官属、授国子监直讲、尚书都官员外郎等职。曾预修《唐书》。梅尧臣诗风古淡，对宋代诗风的转变影响很大，与欧阳修同为北宋前期诗文革新运动领袖。梅尧臣与苏舜钦齐名，时号“苏梅”，又与欧阳修并称“欧梅”。其反映现实的诗作具有较深刻的社会意义，反对西昆体，所作力求平淡、含蓄，被誉为宋诗的“开山祖师”。曾参与编撰《新唐书》，并为《孙子兵法》作注。有《宛陵先生集》。

田　家　语

庚辰诏书〔1〕：凡民三丁籍〔2〕一，立校与长〔3〕，号“弓箭手”〔4〕，用备不虞。主司〔5〕欲以多媚上，急责郡吏。群吏畏不敢办，遂以属县令。互搜民口，虽老幼不得免。上下愁怨，天雨淫淫〔6〕，岂助圣上抚育之意耶！因录田家之言，次为文〔7〕，以俟采诗者〔8〕云。

谁道田家乐？春税秋未足。里胥〔9〕扣我门，日夕〔10〕苦煎促。盛夏流潦〔11〕多，白水〔12〕高于屋。水既害我菽〔13〕，蝗又食我粟。前月诏书来，生齿〔14〕复板录〔15〕；三丁籍一壮，恶使〔16〕操弓韣〔17〕。州符〔18〕今又严，老吏持鞭朴。搜索稚与艾〔19〕，唯存跛无目〔20〕。田园〔21〕敢怨嗟〔22〕，父子各悲哭。南亩〔23〕焉可事？买箭卖牛犊〔24〕。愁气变久雨，铛缶〔25〕空无粥。盲跛不能耕，死亡在迟速〔26〕。我闻诚所惭，徒尔叨〔27〕君禄〔28〕。却咏《归去来》〔29〕，刈薪〔30〕向深谷。

【注释】

〔1〕　庚辰诏书：《续资治通鉴》卷四十二载宋仁宗康定元年（1040年，岁次庚辰）六月甲辰诏：“陕西、河北、河东、京东四等路，量州县户口，籍民为乡弓手、强壮，以备贼盗。”襄城县，属京西路（梅尧臣曾任襄城知县）。

〔2〕　籍：征集。

〔3〕　校：宋时各路弓箭手分编为若干将，将设校为统辖官。长：队长。弓箭手兵骑各

以五十人为一队(见《宋史·兵志四》)。

〔4〕 弓箭手:简称弓手,宋时乡兵的名称之一。

〔5〕 主司:即各路所设置的提举弓箭手司,主管征集弓箭手的专署。

〔6〕 淫淫:久雨貌。

〔7〕 次为文:编写成诗。古人谓文,往往包括诗。

〔8〕 采诗者:采诗官。相传周朝有此设置,负责收集诗歌,以观民风。此处指关心民生疾苦的朝臣。

〔9〕 里胥(xū):乡里中担任公差的小吏。

〔10〕 日夕:朝夕,日夜。

〔11〕 流潦:"潦"同"涝",指积水。

〔12〕 白水:这里指发洪水。

〔13〕 菽(shū):豆的总称。

〔14〕 生齿:人口。

〔15〕 板录:同"版录"。在簿册上登记人口,称版录。版:籍册。

〔16〕 恶使:迫使。恶:凶恶貌。此处指迫使当兵。

〔17〕 弓韣(dú):弓和弓套。韣的本义指用双层皮张制作的带有透气孔眼的弓袋或器物套子。此处指弓套。

〔18〕 州符:州府衙门的公文。

〔19〕 稚与艾:小的和老的。艾:五十岁叫艾。《礼记·曲礼上》:"五十曰艾。"这里指超过兵役年龄的老人。

〔20〕 无目:瞎眼。

〔21〕 田园:田间,乡间。这里指乡里人。一作"田闾"。

〔22〕 敢:岂敢、不敢。怨嗟:怨恨叹息。

〔23〕 南亩:指农田。《诗经·豳风·七月》:"馌彼南亩。"南坡向阳,利于农作物生长,古人田土多向南开辟,故称。

〔24〕 "买箭"句:汉代龚遂为渤海太守,教民卖剑买牛,卖刀买犊(见《汉书·龚遂传》)。这里反用这个故事。

〔25〕 铛(chēng):锅。缶(fǒu):瓦罐。

〔26〕 迟速:慢和快;缓慢或迅速。意思是迟早的事。

〔27〕 徒尔:徒然。叨:不配享受的待遇而享受了叫"叨"。

〔28〕 君禄:指官俸。此句指白拿朝廷的俸禄。

〔29〕 归去来:辞赋篇名。晋陶潜所作的《归去来兮辞》。

〔30〕 刈(yì)薪：砍柴。刈：割。此句指诗人欲学陶渊明弃官回乡。

【鉴赏】

宋仁宗康定元年(1040年)六月，为了防御西夏，宋仁宗匆匆下诏征集乡兵，加强戒备。诏令百姓每户人家三丁抽一，编成队伍，称弓箭手，用以备战。于是各路官员，为迎合皇帝旨意，急切征兵，层层下压，胡作非为。男性公民中老人及未成年人也不能幸免，百姓怨声载道。此时种地为生的农民们又遭遇涝灾和蝗灾，生活困苦不堪。梅尧臣就此记录下田家之言编写成诗，反映民间疾苦，为民请命。期待有关心民众疾苦的朝臣来询问，以期改善百姓的生活。该诗是继杜甫、元结、白居易等诗人之后产生的深刻地反映民生疾苦的诗篇。

诗歌开篇写农民因为贫困到秋天还未能交租。于是地保、里长就没日没夜地敲门催租。这里极写租税的繁重，本指望秋收之后能有所收获将租税纳完，可在水灾、蝗灾的双重侵袭下，秋收难望。作者此时在河南襄城县做县令，这里靠近许昌，临近汝河。河水暴涨时，河岸里面即形成内涝；河水常常高过堤岸下的民居，一旦涨水，百姓则流离失所、无家可归。朝廷不但不体恤百姓疾苦减轻赋税，赈济灾民，反而加重徭役，而不合理的兵役制又一次给百姓带来灭顶之灾。就在1040年夏天，西夏攻宋，朝廷诏书下达，老人和儿童都在征兵之列。幸免于役的，只有跛子和瞎子。紧接着“田园敢怨嗟”以后八句，写在租税、水灾、蝗灾、兵役等多重灾难的煎逼下，田家苦不堪言却又欲诉无门，走投无路。诗歌至此全是田家自诉悲苦之语。作者本就是地方官，与百姓有近距离的接触，在听完田家悲酸的诉说后，内心无比愧疚。自己身为县令，徒享朝廷的俸禄，在其位却不能谋其政，不能救民众于水火，只有吟诵《归去来辞》，学陶渊明弃官归田，回到深山幽谷，砍伐薪柴，自食其力，方不泯灭良知。

全诗朴质无华，感情深厚。作者为诗，正是继承了白居易在《与元九书》中所提出的“文章合为时而著，诗歌合为事而作”的诗歌创作理论。

欧　阳　修

欧阳修(1007—1072)，字永叔，号醉翁，晚号六一居士，吉州永丰(今江西省吉安市永丰县)人,北宋政治家、文学家、史学家,且在政坛负有盛名。因吉州原属庐陵郡,遂以"庐陵欧阳修"自居。天圣八年(1030年)进士,历任校书郎、翰林学士、枢密副使、参知政事、兵部尚书等职,谥号文忠,世称欧阳文忠公。后人又将其与韩愈、柳宗元和苏轼合称"千古文章四大家"。与韩愈、柳宗元、苏轼、苏洵、苏辙、王安石、曾巩被世人称为"唐宋散文八大家"。欧阳修是在宋代文学史上最早开创一代文风的文坛领袖,领导了北宋诗文革新运动,继承并发展了韩愈的古文理论。他散文创作的高度成就与其正确的古文理论相辅相成,从而开创了一代文风。欧阳修在变革文风的同时,也对诗风词风进行了革新。诗风与其散文近似,语言流畅自然。其词婉丽,承袭南唐余风。欧阳修一生著述繁富,成绩斐然。他曾与宋祁合修《新唐书》,并独撰《新五代史》,又喜收集金石文字,编为《集古录》,对宋代金石学颇有影响。有《欧阳文忠集》。

戏答元珍

春风疑不到天涯〔1〕,二月山城〔2〕未见花。残雪压枝犹有桔,冻雷惊笋欲抽芽〔3〕。夜闻归雁生乡思〔4〕,病入新年感物华〔5〕。曾是洛阳花下客〔6〕,野芳虽晚不须嗟。

【注释】

〔1〕 天涯:极边远的地方。欧阳修被贬官夷陵(今湖北宜昌市),距京城已远,故云。

〔2〕 山城:亦指夷陵。

〔3〕 "残雪"二句:诗人在《夷陵县四喜堂记》中说,夷陵"又有橘柚茶笋四时之味"。残雪:初春雪还未完全融化。冻雷:初春时节的雷,因仍有雪,故称。犹言寒雷。

〔4〕 归雁:春季雁向北飞,故云。隋薛道衡《人日思归》:"人归落雁后,思发在花前。"乡思:思乡之情。

〔5〕 感物华:感叹事物的美好。物华:美好的景物。

〔6〕 "曾是"句:宋仁宗天圣八年(1030年)至景佑元年(1034年),欧阳修曾任西京(洛阳)留守推官。洛阳以花著称,作者《洛阳牡丹记·风俗记》:"洛阳之俗,大抵好花。春时,城中无贵贱皆插花,虽负担者亦然。花开时,士庶竞为游遨。"

【鉴赏】

宋仁宗景祐三年(1036年)五月,欧阳修降职为峡州夷陵(今湖北省宜昌市)县令,次年,朋友丁宝臣(字元珍),常州晋陵(今江苏省常州市)人,时为峡州军事判官)写了一首题为《花时久雨》的诗给他,欧阳修便写了这首诗作答。诗题冠以“戏”字,应该是诗人所写的游戏文字,颇有谐谑之意,这也正是他受贬后政治上失意的掩饰之辞。

诗歌开篇“春风疑不到天涯”抒发了自己山居的孤寂,又暗寓皇恩不到,表现了诗人被贬后的抑郁情绪。这一联颇有意趣,前句问,后句答。欧阳修自己也很欣赏,说:“若无下句,则上句何堪?既见下句,则上句颇工。”(《笔说》)正因为这两句破题巧妙,为后文的叙写做了很好的铺垫。元人方回说:“以后句句有味。”(《瀛奎律髓》)接着诗歌将竹笋拟人化的描绘,把一般人尚未觉察到的“早春”展现出来,正可谓妙笔生花。接着由写景转为感慨:“夜闻归雁生乡思,病入新年感物华。”诗人远谪山乡小城,心气郁结,辗转难寐,卧听北归春雁的声声鸣叫,勾起了自己无尽的“乡思”。眼见时光流逝,景物变换,不得不令人感慨万千。尾联“曾是洛阳花下客,野芳虽晚不须嗟”让我们看到了作者充满无奈和凄苦的心境。

这首戏谑诗妙就妙在它既以小孕大,又怨而不怒。它借花未沐春风来比喻自己未沐皇恩。“花”与“春风”以喻君臣关系,是屈原以“香草美人”来比喻君臣关系的进一步拓展。在欧阳修的心中,他一直坚信明君是不会抛弃臣子的。他曾说“须信春风无远近,维舟处处有花开”(《戏赠丁判官》),而此诗却反其意而用之,表达了他此时的犹疑和清醒。因为在封建社会,儒家遵循君君、臣臣的原则,国家的治乱,取决于等级秩序的稳定,所以他只能以“戏赠”“戏答”的方式表达一下他的怨刺而已,此诗所秉承的也是中国古典诗歌的“怨而不怒”的风雅传统。

王　安　石

王安石(1021—1086),字介甫,号半山,谥文,封荆国公。世人又称王荆公。抚州临川(今江西省抚州市临川区)人,北宋著名的政治家、思想家、文学家、改革家,唐宋八大家之一。庆历二年(1042年)进士,历任扬州签判、鄞县知县、舒州通判等职,政绩显著。熙宁二年(1069年),任参知政事,次年拜相,主持变法。

元祐元年(1086年),保守派得势,新法皆废,郁然病逝于钟山(今江苏省南京市),赠太傅。绍圣元年(1094年),获谥“文”,故世称“王文公”。王安石的散文逻辑严密,说理透彻,笔力雄健,语言简练。其诗长于说理,精于修辞,风格遒劲有力,恰如其文。词作不多,而能“一洗五代旧习。”(刘熙载《艺概》卷四)欧阳修称赞王安石:“翰林风月三千首,吏部文章二百年。老去自怜心尚在,后来谁与子争先。”他的著作大部分都已佚失,著有《临川集》《临川先生歌曲》。

明妃曲

明妃〔1〕初出汉宫时,泪湿春风鬓脚垂〔2〕。低徊顾影〔3〕无颜色,尚得君王不自持〔4〕。归来却怪丹青手〔5〕,入眼平生几曾有;意态〔6〕由来画不成,当时枉杀毛延寿。一去心知更不归,可怜着尽汉宫衣〔7〕;寄声欲问塞南〔8〕事,只有年年鸿雁飞。家人万里传消息,好在毡城〔9〕莫相忆;君不见咫尺长门闭阿娇〔10〕,人生失意无南北。

【注释】

〔1〕 明妃:即王昭君,汉元帝宫女,容貌美丽,品行正直。晋人避司马昭讳,改昭为明,后人沿用。《后汉书·匈奴传》:“昭君字嫱,南郡人也。初,元帝时,以良家子选入掖庭。时呼韩邪来朝,帝敕以宫女五人赐之。昭君入宫数岁,不得见御,积悲怨,乃请掖庭令求行。呼韩邪临辞大会,帝召五女以示之。昭君丰容靓饰,光明汉宫,顾景裴回,竦动左右,帝见大惊,意欲留之,而难于失信,遂与匈奴,生二子。”

〔2〕 春风:比喻面容之美。杜甫《咏怀古迹五首》中咏昭君一首有“画图省识春风面”之句。这里的春风即春风面的省称。此句意为:春风沾泪,鬓发低垂。比喻容颜愁惨。

〔3〕 低徊:徘徊不前。顾影:顾影自怜。

〔4〕 不自持:不能控制自己的感情。

〔5〕 归来:回过来。丹青手:画师,此指毛延寿。

〔6〕 意态:风神。《西京杂记》卷二:“元帝后宫既多,不得常见,乃使画工图形,案图召幸之。诸宫人皆赂画工,独王嫱不肯,遂不得见。后匈奴入朝,求美人为阏氏,上案图以昭君行。及去召见,貌为后宫第一。善应对,举止娴雅。帝悔之,而名籍已定。帝重信于外国,故不复更人。乃穷案其事,画工皆弃市,籍其家资皆巨万。画工有杜陵毛延寿,为人形,丑好老

少,必得其真;安陵陈敞,新丰刘白、龚宽,并工为牛马飞鸟,亦肖人形,好丑不逮延寿;下杜阳望亦善画,尤善布色,樊育亦善布色:同日弃市,京师画工于是差稀。”

〔7〕 着尽汉宫衣:指昭君仍全身穿着汉服。

〔8〕 塞南:指汉王朝。

〔9〕 毡城:此指匈奴王宫。游牧民族以毡为帐篷(现名蒙古包)。

〔10〕 咫尺:极言其近。长门闭阿娇:西汉武帝曾将陈皇后幽禁长门宫。长门:汉宫名。阿娇:陈皇后小名。

【鉴赏】

北宋时,辽国、西夏“交侵,岁币百万”(赵翼《廿二史札记》)。自景祐(1034—1038)以来,“西(夏)事尤棘”。据史书载:当时的施宜生、张元之流,因在宋不得志而投向辽、夏,为辽、夏出谋献策,造成宋的边患。王安石的《明妃曲》二首就是在这种社会背景下创作的。当时,梅尧臣、欧阳修、司马光、刘敞皆写了和诗。梅尧臣、欧阳修对《明妃曲》的和诗皆直斥“汉计拙”,诗人们常借汉言宋,其实是对宋王朝屈辱政策提出批评。

明妃是个悲剧人物,绝代佳人,离乡去国,她的悲剧命运引起人们的同情。从诗歌内容可以看出王安石与一般写明妃的作家不同,他结合宋时的社会背景,极力刻画明妃爱国思乡的情感,并有意把这种感情与个人恩怨区别开来,作者歌颂明妃的不以恩怨改变心志,颇具现实意义。作者想通过明妃的“不改汉服”以表现她爱乡爱国的真挚感情,这种感情既不因在汉“失意”而减弱,更不是出于对皇帝有什么希冀(已经“心知更不归”了),更不是“争宠取怜”,因此,这一情感更为纯洁,明妃的形象因此更为高大。诗人最后用“家人万里传消息”来结尾,以无可奈何之语强为宽解,愈解而愈悲,把悲剧气氛渲染得更加浓厚。其实宫女的失宠与志士的怀才不遇境遇是相通的,作者于此抒发出“士不遇”的愤慨。近代高步瀛评王安石的两首《明妃曲》:“持论乖戾。”(《唐宋诗举要》)可以看出对《明妃曲》诗意的理解后世读者会持有各自不同的观点。

陈　师　道

陈师道(1053—1102),字履常,一字无己,号后山居士,彭城(今江苏省徐州市)人。历仕太学博士、颍州教授,元符三年(1100年),赴任秘书省正字,未上任即卒。一生安贫乐道,闭门苦吟,学习杜甫,有"闭门觅句陈无已"之称。陈师道为苏门六君子之一,江西诗派重要作家。也能词,其词风格与诗相近,以拗峭惊警见长。他家境贫寒,但仍专力写作,欲以诗文传于后世。然而其作品皆存在着内容狭窄、词意艰涩之病。陈师道一生信受佛法,喜欢与僧人、居士相往来,他写了很多与佛有关的塔铭、墓表,作有《华严证明疏》《佛指记》等文章,有《后山先生集》。

示 三 子

时三子已归自外家〔1〕

去远〔2〕即相忘,归近不可忍〔3〕。儿女已在眼,眉目略不省〔4〕。喜极不得语,泪尽方一哂〔5〕。了知〔6〕不是梦,忽忽心未稳〔7〕。

【注释】

〔1〕 外家:泛指母亲或妻子的娘家。《晋书·魏舒传》:"(魏舒)少孤,为外家宁氏所养。宁氏起宅,相宅者云:'当出贵甥。'外祖母以魏氏甥小而慧,意谓应之。"此指外公家。

〔2〕 去远:离去很远。神宗元丰七年(1084年),陈师道因家贫而将妻子儿女送往在四川做官的岳丈处寄养。此时陈师道的岳父郭概提点成都府路刑狱。

〔3〕 归近:归期临近。不可忍:难以忍耐,形容与子女见面的急切心情。宋之问《渡汉江》:"近乡情更怯,不敢问来人。"同感。

〔4〕 略:全,都。省(xǐng):识,记得。

〔5〕 哂(shěn):微笑。《论语·先进》:"夫子何哂由也?"

〔6〕 了知:确实知道。

〔7〕 忽忽:恍惚不定貌。心未稳:心里不踏实。此二句意为:因为长久的思念又无数次地梦中团圆,所以虽然明知不是在梦中相见,但犹恐眼前的会面只是梦境,心中仍然恍恍惚惚,不能安定。

【鉴赏】

陈师道性格耿直,数次因孤傲而失去为官的机会,以至于家境贫寒无以养家。

元丰七年(1084年),陈师道的岳父郭概提点成都府路刑狱,陈师道只得让妻子与三子一女随郭概西行,诗人因母亲年老不得同去,于是忍受了与妻儿离别的悲痛。将近四年以后,即元祐二年(1087年),陈师道因苏轼、孙觉等人之荐,充任徐州州学教授,才将妻儿接回到徐州。这首《示三子》即是作于妻儿们刚回来之时,诗作情意诚笃、感人至深。描述的是诗人思亲、见亲的心灵感受,语言平易,却颇能打动人心。

当亲人离别相见无期时,往往不那么惦记,而当归期将近,会面有望时,则反而控制不住自己激动的情感。这首诗就是写作者与妻儿久别重逢,惊喜之余,相顾无言,泪洒千行的一种对亲人不可抑捺的情愫。最后"了知不是梦,忽忽心未稳"。诗人多少次梦见亲人,然而却是一场空欢喜,正因为失望太多,幻灭太多,所以当真的会面到来时,反而产生了怀疑,唯恐仍是梦中之事,深沉的思念之情便在此曲折地表现了出来。

陈师道论诗,提倡"宁拙无巧,宁朴无华"(《后山诗话》)。此诗就是朴拙无华的典范。全诗没有典故,没有藻饰,章法平直,句法简洁,并不追求文外曲致,而字里行间洋溢着至性至情,深挚敦厚,绝无造作虚饰。全诗用极简洁的诗句刻画出复杂深微的感情,颇耐人回味。

范 成 大

范成大(1126—1193),字致能,一字幼元,早年自号此山居士,晚年号石湖居士。平江吴郡(今江苏省苏州市)人,南宋名臣、文学家、诗人。绍兴二十四年(1154年),范成大登进士第,历任徽州司户参军、校书郎、处州知州、礼部员外郎、崇政殿说书等职。卒后加赠少师、崇国公,谥号文穆,后世遂称其为"范文穆"。从江西派入手,后学习中、晚唐诗,继承了白居易、王建、张籍等诗人新乐府创作的现实主义精神,终于自成一家。风格平易浅显、清新妩媚。诗歌题材广泛,以反映农村社会生活内容的作品成就最高。他与杨万里、陆游、尤袤合称南宋"中兴四大诗人"。其作品在南宋末年即产生了显著的影响,到清初影响更大,有"家剑南而户石湖"的说法。有《石湖居士诗集》《石湖词》。

催租行

输租得钞官更[1]催，踉跄里正[2]敲门来。手持文书[3]杂嗔喜[4]：“我亦来营醉归耳[5]！”床头悭囊[6]大如拳，扑破正有三百钱。“不堪[7]与君成一醉，聊复偿君草鞋费[8]。”

【注释】

〔1〕 输租：缴了租。钞：户钞。官府发给缴租户的收据。《宋史·食货上二》“四钞”注：“曰户钞，付民执凭。”更：再。

〔2〕 踉跄(liàng qiàng)：走路不稳的样子。里正：里为古代乡以下一级基层行政单位，一里之长称为里正，即里长，专管催督赋税。

〔3〕 文书：催租的文件。一说指上文的户钞。

〔4〕 杂嗔(chēn)喜：又是责怪又是嬉皮。嗔：怒，生气。

〔5〕 亦：只是，不过。营醉归：图谋一醉以归。意即勒索。营：谋求。此二句意为：一方面责怪，因为里正再也榨不出百姓的钱财；一方面嬉皮，因为百姓把租税交了，无任何剩余，只得嬉皮耍赖，所以最后只想勒索些喝酒的资费。

〔6〕 悭(qiān)囊：悭吝者的钱袋。此处指储蓄零钱的瓦罐，古时称“扑满”。能放不能取，用时敲碎，故下文说“扑破”。

〔7〕 不堪：不够。

〔8〕 聊：姑且。草鞋费：行脚僧人有所谓“草鞋钱”。此指“跑腿费”，是公差、地保等勒索小费的代名词。君：对里正的尊称。

【鉴赏】

这是一首关于农民缴租的诗，诗篇通过特定的情节和人物，展现了一个颇具戏剧性的场面：农民已向官府交完租税，本可以安心地过自己的日子。不曾想，里正竟然继续无赖地勒索，让农民苦不堪言，因为缴租已经家徒四壁，这时只得倾其所有将平时从牙缝里省出的零钱一并上交给里正，连一壶酒的资费都不够。诗歌刻画了身处社会底层的极端悲惨的农民形象，同时也将催租官吏的流氓丑恶形象栩栩如生地展现给读者。诗歌揭示了黑暗腐败的社会和农民所受的痛苦。全诗未发任何议论，作者只是紧紧抓住里正催租的特写镜头，通过里正催租的行为以及里正和农民的对话，形象逼真地描绘出了催租官吏的无赖滑头及农夫的无奈酸楚。诗人对官吏的憎恶和对农民的同情通过催租过程的客观描写自然而然地流露出来，这是范成大民生问题诗篇的特点。

陆　游

陆游(1125—1210)，字务观，号放翁。越州山阴(今浙江省绍兴市)人，南宋著名诗人。绍兴二十三年(1153年)赴临安应试，取为第一，被秦桧孙子秦埙取代;二十四年(1154年)高宗时应礼部试，又为秦桧所黜。孝宗时赐进士出身，历任枢密院编修官兼编类圣政所检讨官、通判、安抚使、参议官、知州等职。中年入蜀，投身军旅，官至宝章阁待制。晚年退居家乡。陆游工诗、词、文，长于史学。与尤袤、杨万里、范成大并称“南宋四大家”或谓“中兴四大诗人”。诗歌今存九千余首，题材广阔，涉及政治的诗作，具有强烈的现实意义，表达了广大人民恢复中原的愿望。风格清新圆润，格力恢宏，语言平易晓畅、章法整饬谨严，兼具李白的雄奇奔放与杜甫的沉郁悲凉，尤以饱含爱国热情对后世影响深远。姚鼐说:“放翁激发忠愤，横极才力，上法子美，下揽子瞻，裁制既富，变境亦多。”(《今体诗抄序目》)有《剑南诗稿》《渭南文集》。

沈　园

城上斜阳画角[1]哀，沈园非复旧池台。伤心桥下春波绿，曾是惊鸿[2]照影来。

梦断香消四十年[3]，沈园柳老不吹绵[4]。此身行作稽山土[5]，犹吊遗踪一泫然[6]。

【注释】

〔1〕 斜阳：偏西的太阳。画角：涂有色彩的军乐器，发声凄厉哀怨。

〔2〕 惊鸿：语出三国魏曹植《洛神赋》句“翩若惊鸿”，以喻美人体态之轻盈。这里指唐婉。

〔3〕 “梦断”句：作者在禹迹寺遇到唐婉是在高宗绍兴二十五年(1155年)，其后不久，唐婉郁郁而死。作此诗时距那次会面四十四年，这里的“四十”是举其成数。香消：指唐婉亡故。

〔4〕 不吹绵：柳絮不飞。

〔5〕 行：即将。稽(jī)山：即会稽山，在今浙江绍兴东南。此句意为：自己即将故去。

〔6〕 吊：凭吊。泫(xuàn)然：流泪貌。

【鉴赏】

陆游一生情感上最大的不幸就是与发妻唐婉的爱情悲剧。据《齐东野语》等书记载与近人考证：陆游于高宗绍兴十四年(1144年)二十岁时与表妹(舅家女儿)唐婉结琴瑟之好，婚后夫妻恩爱、感情甚笃，但陆母不喜欢儿媳，终于迫使他们于婚后三年左右离异。后唐婉改嫁南宋宗室赵士程，陆游亦另娶王氏。绍兴二十五年春，陆游三十一岁，偶然与唐赵夫妇相遇于禹迹寺南之沈氏园(即沈园，故址在今浙江省绍兴市禹迹寺南)。“唐以语赵，遣致酒肴。陆怅然久之，为赋《钗头凤》一词题壁间。”唐婉见后和《钗头凤》一首，不久便抱恨而终。陆游自此更加重了内心的痛苦，悲悼之情始终郁积于怀，此后的五十余年间，陆续写了多首怀念唐婉的诗，《沈园二首》即是其中最脍炙人口的两首。

这两首诗乃陆游触景生情之作，此时距沈园邂逅唐氏已四十余年。据《齐东野语》载：“翁居鉴湖之三山，晚岁每入城，必登寺眺望，不能胜情，又赋二绝云：……盖庆元己未也。”据此可知，这组诗创作于宋宁宗庆元五年己未(1199年)，是年陆游七十五岁。但缱绻之情丝毫未减，反而随岁月之增而加深。

第一首诗回忆沈园相逢之事，悲伤之情充溢笔墨之间。

“城上斜阳”，作为全诗的背景，渲染出一种悲凉气氛，斜阳惨淡，给沈园涂抹上一层凄婉的感情色彩，这是眼中所见；耳中所闻则是“画角哀”，更增悲伤之情。视觉和听觉所感受的是一种凄凉的悲境。接着写出沈园的故景：池台、小桥、春波依然(当然也非复旧观)，而惊鸿不复出现。这时的作者心中充满了物是人非的悲慨。内心的孤独寂寞，可以想见。然而只要此心不死，此“影”将永驻心间。

第二首诗写诗人对爱情的坚贞不渝。

首句感叹唐婉溘然长逝已四十余年了。用“梦断香消”形容唐婉之逝，充满了作者刻骨铭心的情感。次句又一次借沈园故景(柳树垂老,不复吹绵)来表现时光流逝,一切过往已不复存在,留下的只有追忆。自己已年逾古稀,无所作为,唯一牵挂的依然是心中的爱人。而“美人终作土”,自己亦将埋葬于会稽山下化为黄土。结句的“犹吊遗踪一泫然”,表达了诗人对唐婉至死不渝之真情。一“犹”字,使诗意得到升华:尽管自己将不久于人世,但对唐婉眷念之情永不泯灭且历久弥新。“泫然”二字,饱含无比复杂的感情:其中有爱,有恨,有悔,诗人不点破,让读者自己去体味。

陈衍《宋诗精华录》云:“无此绝等伤心之事,亦无此绝等伤心之诗。就百年论,谁愿有此事?就千年论,不可无此诗。”诗歌哀婉动人、缠绵悱恻。

文　天　祥

文天祥(1236—1283),初名云孙,字宋瑞,一字履善。自号文山、浮休道人,江西吉州庐陵(今江西省吉安市)人,南宋末年文学家,爱国诗人,民族英雄,与陆秀夫、张世杰并称为“宋末三杰”。宋理宗宝祐四年(1256年)状元及第。历任湖南提刑、赣州知府等职。为右丞相时出使元军被拘,后脱险回南,部署军事,恢复州县多处,然最终为元军所败,被俘至大都(今北京)。始终不屈,从容就义。文天祥颇具文才,其代表作《指南录》《指南后录》《正气歌》被后世广为流传。作品以诗为主,有《文山先生全集》。

金　陵　驿

草合离宫〔1〕转夕晖,孤云飘泊复何依!山河〔2〕风景元无异,城郭人民半已非〔3〕。满地芦花和我老,旧家燕子〔4〕傍谁飞?从今别却〔5〕江南路,化作啼鹃带血归〔6〕。

【注释】

〔1〕 草合:草已长满。离宫:即行宫,皇帝出巡时临时居住的地方。金陵是宋朝的陪都,所以有离宫。

〔2〕 山河：故国山河。《世说新语·言语》："过江诸人，每至美日，辄相邀新亭，藉卉(坐草地)宴饮。周侯中坐而叹曰：'风景不殊，正自有山河之异！'皆相视流泪。唯王丞相愀然变色曰：'当共戮力王室，克复神州，何至作楚囚相对！'"

〔3〕 城郭人民半已非：德祐元年三月，元军攻破金陵。故言。

〔4〕 旧家燕子：化用刘禹锡《乌衣巷》"旧时王谢堂前燕，飞入寻常百姓家"意。

〔5〕 别却：离开。

〔6〕 啼鹃带血：用蜀王死后化为杜鹃鸟啼鹃带血的典故，暗喻北行以死殉国，只有魂魄归来。

【鉴赏】

《金陵驿》共两首，是文天祥于抗元兵败被俘后第二年(元至元十六年，1279年)押赴元大都(今北京)途经金陵(今江苏省南京市)时所作。驿是古代官办的交通站，供传递公文的人和来往官吏休憩。时值深秋，南宋政权覆亡已半年有余，金陵已沦入元军之手。诗人战败被俘，在被押送途中经过旧地，抚今追夕，触景伤情，留下了两首沉郁苍凉、抒写亡国之哀、寄托亡国之恨的著名诗篇，此其一。

诗人途经金陵，在夕阳西下之时，看到当年金碧辉煌的皇帝行宫已被荒草遮掩，惨状不忍目睹。不仅城郭面目全非，百姓也已半数死亡，诗歌前四句揭露了战乱给人民带来的深重灾难，反映出诗人心系天下兴亡、情关百姓疾苦的赤子胸怀。紧接着诗人写眼前景：芦花飘零，燕子转巢。拟人化的传神描写，给人以身临其境的感觉：诗人感伤物是人非、世事变更，这就使悲凉凄惨的诗人自身形象真实地展现在读者眼前。最后两句"从今别却江南路，化作啼鹃带血归"旗帜鲜明地表达出诗人视死如归、以死报国的坚强决心。有如他《过零丁洋》中的诗句："人生自古谁无死，留取丹心照汗青。"

全诗巧妙化用前人诗句，描写婉曲，风格悲壮，用典贴切，语言精练，具有很强的艺术感染力。

宋词

林　　逋

相思令·吴山青

吴山[1]青，越山青[2]，两岸青山相送迎，争忍[3]有离情？

君泪盈，妾泪盈，罗带同心结未成[4]，江边潮已平[5]。

【注释】

〔1〕 吴山：指钱塘江北岸的山，此地古代属吴国。

〔2〕 越山：钱塘江南岸的山，此地古代属越国。

〔3〕 争忍：怎忍。

〔4〕 "罗带"句：古代结婚或定情时以香罗带打成菱形结子，以示同心相怜。南朝《苏小小歌》："何处结同心，西陵松柏下。"

〔5〕 "江边"句：通过潮涨暗示船将启航。

【鉴赏】

《相思令》为词牌名。亦称《长相思令》《相思令》《吴山青》。双调三十六字，前后阕格式相同，各三平韵，一叠韵，一韵到底。

词写两情相悦的男女双方难舍难分的送别以及别后的刻骨相思。体验真切、构思新颖，是一首明白如画而又含蓄蕴藉的佳作。词用复沓语，寓情于山水物态之中，流畅可歌而又含思婉转，具有浓郁的民歌风味。上阕写景，景中衬情。在景物的描写中用拟人手法,向亘古不变的青山发出嗔怨,借自然的无情反衬人间的真情,道出情人诀别之苦,使词作情感由轻盈转向深沉,巧妙地呈现出送别的主旨。下阕抒情,以情托景。因为外界的原因导致相爱之人不得不分离,临别之时,相对无言,唯有泪千行;最后以"江边潮已平"作结,表现一江恨水,延绵无尽,景中寄情,蕴藉深厚。作者用清新优美的语言,唱出了吴越青山绿水间的特有风情,创造出一个隽永空茫、余味无穷的艺术境界。

彭孙遹《金粟词话》云:"林处士妻梅子鹤可称千古高风。乃其《长相思》惜别词云云,何等风致。闲情一赋,讵必玉瑕珠颣耶。"

范仲淹

范仲淹(989—1052),字希文,江苏吴县(今江苏省吴县)人。北宋著名文学家、政治家、军事家、教育家。宋真宗大中祥符八年(1015年)进士,历任盐仓监官、秘阁校理、右司谏、开封知府、龙图阁直学士、青州知州等职。皇祐四年(1052年)赴任颍州知州途中病逝,封楚国公、魏国公;谥号"文正",世称"范文正公"。因他喜好弹履霜一曲,故时人又称之"范履霜"。他为政清廉,体恤民情,刚直不阿,力主改革。他领导的庆历革新运动,成为后来王安石"熙宁变法"的前奏;他的"先天下之忧而忧,后天下之乐而乐"(《岳阳楼记》)思想是中华文明史上闪烁着无限光芒的精神财富。朱熹称他为"有史以来天地间第一流人物"。他不仅是著名的政治家、军事家,还是著名的文学家,有《范文正公集》。

渔家傲·塞下秋来

塞下秋来风景异[1],衡阳雁去[2]无留意。四面边声[3]连角[4]起,千嶂[5]里,长烟落日孤城闭。

浊酒一杯家万里,燕然未勒[6]归无计。羌管[7]悠悠霜满地[8],人不寐[9],将军白发征夫泪。

【注释】

〔1〕 塞下：边界要塞之地，这里指西北边疆。此句指塞外景物与江南一带不同。

〔2〕 衡阳雁去：此为“雁去衡阳”的倒文。传说秋天北雁南飞，至湖南衡阳回雁峰而止，不再南飞。庾信《和侃法师三绝》诗：“近学衡阳雁，秋分俱渡河。”衡阳：今湖南省市名，旧城南有回雁峰。

〔3〕 边声：边地的悲凉之声，如大风、号角、羌笛、马啸的声音。李陵《答苏武书》：“侧耳远听，胡笳互动，牧马悲鸣，吟啸成群，边声四起。”

〔4〕 角：古代军中的一种乐器。

〔5〕 千嶂：绵延而峻峭的山峰，崇山峻岭。千嶂二句：极写边塞荒凉而又壮阔的景象。和王之涣“一片孤城万仞山”相似。

〔6〕 燕然未勒：指未建立破敌的大功。燕然：即燕然山，实体上，即今蒙古境内杭爱山；代指含义：在中国古典诗词里也代表征战对象，因为，汉武帝时期著名的燕然山之战及东汉时期打败北匈奴时有著名的燕然勒功，所以代表中国与外敌关系里的征战对象。据《后汉书·窦宪传》记载，东汉窦宪率兵追北单于，“登燕然山，去塞三千余里，刻石勒功”而还。勒：刻。

〔7〕 羌管：即羌笛，笛子出自羌中，故称羌笛。

〔8〕 悠悠：形容声音飘忽不定。此句谓：羌声悠扬，寒霜遍地，发人思乡之情。

〔9〕 寐：睡，不寐就是睡不着。

【鉴赏】

《渔家傲》，《乐府纪闻》：“张志和自称烟波钓徒，愿为浮家泛宅，往来苕霅间，作《渔歌子》。”按张志和所作“西塞山前白鹭飞”一词，亦名《渔父词》，其调之曲拍，不传于后世。而唐宋词人，又多有《渔家乐》之作，其为描写渔人生活之词则同。至范希文乃有本调之创，题义盖与《渔家乐》无二致也。《东轩笔录》云：“范文正守边日，作《渔家傲》乐歌数曲，皆以‘塞下秋来’为首句，颇述边镇之劳苦。欧阳公尝呼为‘穷塞王’之词。及王尚书素出守平凉。文忠亦作《渔家傲》一首以送之。”是此调之创自希文，已可证明，惟所咏则渐涉于泛耳。

宋康定元年（1040年）至庆历三年（1043年）间，范仲淹被朝廷派往西北前线，任陕西经略副使兼延州（今陕西省延安市）知州，担负着北宋西北边疆防卫重任。史载，在他镇守西北边疆期间，做到既号令严明又爱兵如子，很得将士爱戴；同时招徕诸羌推心接纳，深为西夏所惮服，称他“腹中有数万甲兵”。当时边上歌谣称：“军中有一范，西贼闻之惊破胆。”这首题为“秋思”的《渔家傲》就是他身处军中的感怀之作。这首词首先给人的感觉是凄清、悲凉、壮阔、深沉，还有些伤感。而就在这悲凉、伤感中，回荡着悲壮的英雄之气。

诗歌开篇“塞下秋来风景异，衡阳雁去无留意”。作者把我们带到了一个特殊的环境：秋天的边塞。古人相传，北雁南飞，到衡阳而止。这里表面写的是雁，实在写人；即连大雁都不愿在这儿待下去了，更何况人？但是，边塞军人毕竟不是候鸟，他们只能坚守在边塞，以履军职。接着，词作浓墨重彩地抒写驻守边关将士们的家国情怀。“浊酒一杯家万里，燕然未勒归无计。”这句是全词的核心，是其灵魂所在。古代诗人们最爱在夜幕降临时抒发对故土及亲人的思念之情，确实如此，愈是到了夜晚，远离故土的人们思家、思乡之情就愈加浓烈。驻守边关的将士们热爱家乡，但他们更热爱祖国，因为只有国土完整，边塞才能巩固，边防军人才能回到自己可爱的家乡。因此，接下来的“燕然未勒归无计”七个字就有着深刻的含义了。据《后汉书·窦宪传》记载，公元89年，东汉窦宪将军打垮匈奴进犯，乘胜追击，“登燕然山去塞三千余里，刻石勒功”而还。所以“勒石燕然”就成了胜利的代名词。“燕然未勒归无计”，意思就是抗敌的大功还没有完成，回家的事就只能从长计议了。可见将士们是把国家的利益放在第一位的，这也显示出他们高度的爱国情感。然而在北宋时期，朝廷冗兵、冗官、冗费，积弱积贫，这所有的一切都使将兵“夜不能寐，”无奈地流下“征夫泪”，在此抒发了作者壮志难酬的感慨和忧国忧民的情怀。

这首《渔家傲》基调悲壮，感情强烈，是一首对古代边防军人同情和赞美的颂歌，以其英雄气概叩动着历代千万读者的心扉。

晏　殊

晏殊(991—1055)，字同叔，江西抚州人。北宋著名文学家、政治家。十四岁以神童入试，赐同进士出身，历任秘书省正字、右谏议大夫、集贤殿学士、礼部刑部尚书、兵部尚书等职，1055年病逝于京中，封临淄公，谥号“元献”，世称“晏元献”。晏殊以词著于文坛，当时名臣范仲淹、欧阳修以及词人张先均出其门。晏殊词受冯延巳影响较深。刘攽《中山诗话》载：“晏元献尤喜江南冯延巳歌词，其所自作,亦不减延巳。”词作风格含蓄婉丽,音韵和谐,尤擅小令。与其第七子晏几道(1037—1110),在当时北宋词坛上,被称为“大晏”和“小晏”,又与欧阳修并称“晏欧”;亦工诗善文,有《珠玉集》。

浣溪沙・一曲新词

一曲新词酒一杯〔1〕,去年天气旧亭台〔2〕。夕阳西下几时回〔3〕?

无可奈何〔4〕花落去,似曾相识〔5〕燕归来〔6〕。小园香径〔7〕独徘徊〔8〕。

【注释】

〔1〕 一曲新词酒一杯:此句化用白居易《长安道》诗意:“花枝缺入青楼开,艳歌一曲酒一杯。”一曲:一首。因为词是配合音乐唱的,故称“曲”。新词:刚填好的词,意指新歌。

〔2〕 去年天气旧亭台:是说天气、亭台都和去年一样。此句化用五代郑谷《和知己秋日伤怀》诗:“流水歌声共不回,去年天气旧池台。”晏词“亭台”一本作“池台”。去年天气:跟去年此日相同的天气。旧亭台:曾经到过的或熟悉的亭台楼阁。旧:旧时。

〔3〕 夕阳:落日。西下:向西方地平线落下。几时回:什么时候回来。

〔4〕 无可奈何:不得已,没有办法。

〔5〕 似曾相识:好像曾经认识。形容见过的事物再度出现。后用作成语,即出自晏殊此句。

〔6〕 燕归来:燕子从南方飞回来。

〔7〕 小园香径:花园里的小路,花草芳香的小径,或指落花散香的小径。因落花满径,幽香四溢,故云香径。香径:带着幽香的园中小径。

〔8〕 独:副词,用于谓语前,表示“独自”的意思。徘徊:来回走。

【鉴赏】

《浣溪沙》为唐玄宗时教坊曲名,后用为词调。沙,一作“纱”。有杂言、齐言二体。唐、五代人词中,见于《敦煌曲子词》者,均为杂言;见于《花间》《尊前》两集者,多为齐言,亦有杂言。至北宋,杂言称为《摊破浣溪沙》(破七字为十字,称为七言、三言两句);齐言仍称《浣溪沙》(或称《减字浣溪沙》)。

晏殊的词,吸收了南唐“花间派”和冯延巳典雅清丽的风格,开创北宋婉约词风,被称为“北宋倚声家之初祖”。他的词语言婉丽,声韵和谐,如其闲雅之情调、旷达之怀抱。晏殊一生仕途通达,生活富足,但丰富的物质生活填补不了文人精神上的空虚。所以常常于词作中流露出淡淡的哀愁。这首《浣溪沙》表达的就是这样一种情感。

词的上片思昔怀旧。因为眼前景物的相似触发了作者对“去年”所历情景的追忆:曾经的暮春天气,曾经的楼台亭阁,曾经的清歌美酒。然而,相同的表象下又分明已经有了变化,这便是流逝的岁月以及随之逝去的人和事。此句正包蕴物在人非的怀旧之感。由眼前景而触发对美好事物的流连,对时光流逝的怅惘,以及对重现过往的希望。词的下篇惜春伤今。花的凋落,春的消逝,时光的流逝,都是“无可奈何”的自然规律,令人感伤不已。但那翩翩归来的燕子就像是去年安巢的旧时相识,似乎又象征着美好。词作在惋惜与欣慰的交织中,蕴含着某种生活哲理:春花的消逝亦象征着秋天的硕果累累。结句“小园香径独徘徊”,伤春的感情胜于惜春,含有淡淡的哀愁,情调低沉。虽未达到“以景结情最好”(沈义父《乐府指迷·结句》)的佳境,却也别有情致。

这是晏殊词中最为脍炙人口的篇章之一,广为传诵,其根本原因在于情中有思。全词抒发了悼惜残春之情,表达了时光易逝,难以追挽的伤感情怀。

破阵子·燕子来时

燕子来时新社〔1〕,梨花落后清明〔2〕。池上碧苔三四点〔3〕,叶底黄鹂〔4〕一两声,日长飞絮〔5〕轻。

巧笑〔6〕东邻女伴,采桑径里逢迎〔7〕。疑〔8〕怪昨宵春梦好,元是今朝斗草〔9〕赢,笑从双脸〔10〕生。

【注释】

〔1〕 新社:社日是古代祭土地神的日子,以祈丰收,有春秋两社。新社即春社,时间在立春后、清明前。

〔2〕 “梨花”句:梨花在清明前后开放。文同《北园梨花》诗:“寒食北园春已深,梨花满枝雪围遍。”寒食节:在清明前。

〔3〕 “池上”句：李世民《首春》诗：“绿沼翠新苔。”碧苔：碧绿色的苔草。

〔4〕 黄鹂：即黄莺，古名仓庚。《礼记·月令》载：“仲春之月……仓庚鸣。”

〔5〕 日长：春天昼长。飞絮：飘荡着的柳絮。

〔6〕 巧笑：美好的笑，此处形容少女美好的笑容。

〔7〕 逢迎：碰头，相逢。

〔8〕 疑怪：诧异、奇怪。

〔9〕 斗草：又称斗百草，是中国民间流行的一种游戏，属于端午民俗。其最初的源起已无处可寻，最早见于文献是在魏晋南北朝时期，唐朝后斗草愈渐成为妇女和孩童的玩意儿，也叫“斗百草”。其玩法大抵如下：比赛双方先各自采摘具有一定韧性的草，然后相互交叉成“十”字状并各自用劲拉扯，以不断者为胜。这种以人的拉力和草的受拉力的强弱来决定输赢的斗草，被称为“武斗”。王建《宫词》吟咏斗草游戏的情状：“水中芹叶土中花，拾得还将避众家，总待别人般数尽，袖中拈出郁金芽。”斗草除有“武斗”外，还有“文斗”。所谓“文斗”，就是对花草名，女孩们采来百草，以对仗的形式互报草名，谁采的草种多，对仗的水平高，坚持到最后，谁便赢。因此玩这种游戏没点植物知识和文学修养是不行的。

〔10〕 双脸：指脸颊。

【鉴赏】

《破阵子》为唐玄宗时教坊曲名，出自《破阵乐》，后用为词牌。《词谱》卷十四：“陈旸《乐书》云：‘唐《破阵乐》属龟兹部，秦王所制，舞用二千人，皆画衣甲，执旗旆。外藩镇春衣犒军设乐，亦舞此曲，兼马军引入场，尤壮观也。’按唐《破阵乐》乃七言绝句，此盖因旧曲名，另度新声。”双调六十二字，平韵。

这首词通过描写清明时节的一个生活片断，反映出少女身上所具有的青春活力，充满着欢乐的气氛，展示给读者的是一副情趣盎然的生活图画。全词纯用白描，笔调活泼，风格朴实，形象生动，展示了少女的纯洁心灵。

词的上阕写景，开篇写清明时节，燕子翻飞、梨花飘落。为全词打下了明朗、和谐、优美的基调。接下来的景物描写更是迷人：塘池、碧苔、黄鹂、飞絮。看似极其常见的自然景物，经词人稍加点染，宛如一轴初夏风光小幅，惹人喜爱。词的下阕写人，写在桑间小路上遇见的东邻女伴，她的巧笑、春梦、斗草游戏。那青春洋溢的脸上写满了幸福。作者用心理描写，表现了这位少女不仅聪明，而且心灵纯洁。所有的描述都在渲染春光绚烂，毫无“春意阑珊”的寂寞之感。全词语言清丽，意境优美，洋溢着诱人的青春魅力。

张　先

张先(990—1078),字子野,乌程(今浙江省湖州市)人,有“张三影”之称,又称“张安陆”。天圣八年(1030 年)进士。历任宿州掾、吴江知县、屯田员外郎、安陆知县、尚书都官郎中等职。此后常往来于杭州、吴兴之间,以登山临水和创作诗词自娱,并与赵抃、苏轼、蔡襄、郑獬、李常诸名士登山临水,吟唱往还。元丰元年(1078 年)卒,年八十八。张先“能诗及乐府,至老不衰”(《石林诗话》卷下)。其词内容大多反映士大夫的诗酒生活和男女之情,语言工巧。词与柳永齐名,擅长小令,亦作慢词。其词含蓄工巧,情韵浓郁,意韵恬淡,意象繁富,内在凝练,于两宋婉约词史上影响巨大,词由小令转向慢词,张先做出极大的贡献。存词一百八十多首,有《张子野词》(一名安陆词)。

木兰花·龙头舴艋

乙卯〔1〕吴兴〔2〕寒食〔3〕

龙头舴艋〔4〕吴儿〔5〕竞〔6〕,筝柱秋千游女并〔7〕。芳洲拾翠〔8〕暮忘归,秀野踏青〔9〕来不定〔10〕。

行云〔11〕去后遥山暝,已放〔12〕笙歌池院静。中庭〔13〕月色正清明,无数杨花〔14〕过无影。

【注释】

〔1〕 乙卯:指宋神宗熙宁八年(1075 年)。

〔2〕 吴兴:即今浙江省湖州市。

〔3〕 寒食:即寒食节,在清明节前二日(冬至后一百五日),古时这三天是扫墓、春游的日子。《东京梦华录》卷七《清明节》:自此三日,皆出城上坟,但一百五日最盛。

〔4〕 舴艋(zé měng):形状如蚱蜢似的小船(取其轻快)。宋时寒食、清明节有赛龙舟的习俗。

〔5〕 吴儿：吴地的青少年。

〔6〕 竞：指赛龙舟。龙舟竞渡。

〔7〕 笋柱秋千：竹子做的秋千架。并：并排。此谓游女成对儿打着秋千。

〔8〕 拾翠：古代春游。翠：指翠鸟的羽毛。妇女们常采集百草，也叫做拾翠。

〔9〕 秀野：景色秀丽的郊野。踏青：寒食、清明时出游郊野。

〔10〕 来不定：指往来不绝。谢灵运《入彭蠡湖口》诗有："春晚绿野秀"语。旧俗以春日郊游为踏青。

〔11〕 行云：指如云的游女。宋玉《高唐赋》述楚王游高唐，梦与神女欢会，神女临去曰："妾在巫山之阳，高丘之阻。旦为行云，暮为行雨。朝朝暮暮，阳台之下。"朝云：谓朝行云。行雨：谓暮行雨。

〔12〕 放：停止；搁置。

〔13〕 中庭：庭院中。

〔14〕 杨花：柳絮。

【鉴赏】

《木兰花》唐玄宗时教坊曲名，后用为词调。五代文人用此调写词，有两种情况：《花间集》所载，如韦庄、魏承班、毛溪震之作，都是三七言长短句的仄韵体；《尊前集》所载，如欧阳炯、庾传素、许岷、徐昌图之作，都是七言八句的仄韵体，与《玉楼春》的格律形式完全没有区别。至宋朝则《木兰花》已成为《玉楼春》的别称。

这首词作于宋神宗熙宁八年(1075年)，岁次乙卯，退居故乡吴兴的张先度过了他人生的第八十六个寒食节，写下了这首词。这是一首富有生活情趣的游春与赏月的词。此词题为"乙卯吴兴寒食"，既是一幅寒食节日的风俗画，又是一曲耄耋老人悠闲恬静的夕阳颂。

词的上片极写节日的欢乐；通过一组春游嬉戏的镜头，真实地反映出古代寒食节人们欢快热闹的场面：这里有吴地民众赛龙舟的场景；有春天青年男女踏青郊游荡秋千的画面；有游人们芳洲采花、尽兴忘归的剪影；有秀野踏青，来往不绝的景象。句句写景，景中寓人，人为景乐，景为人生。这种浓墨重彩、翠曳摇红的描写，平添了旖旎春光，洋溢着节日的欢乐气氛。词的下片写欢乐后的宁静。以工巧的画笔，描绘出春天月夜的幽雅、恬静的景色。游女散去，远山的靓丽渐渐被夜幕遮盖；夜深人静，花园显得异常幽静。词人年事已高，而生活情趣更高，既爱游春的热闹,又爱月夜的幽静。白昼与乡民同乐,是一种情趣;夜晚独赏月色,又是另一种情趣。由此反映出作者生命力的旺盛,生活情趣的高昂。

词作从热烈欢快到渐趋恬静宁谧的景物描写中,完美地展现出一个耄耋老人所独有的心理状态。全词寓情于景、情景交融。有人说词作结句"中庭月色正清明,无数杨花过无影"堪与作者闻名于世的"三影"(《古今诗话》中说:"有客谓子野曰:'人皆谓公张三中,即心中事、眼中泪、意中人也。'子野曰:'何不日之为张三影?'客不晓。公曰:'云破月来花弄影'、'娇柔懒起,帘幕卷花影'、'柳径无人,堕絮飞无影',此余生平所得意也。")合称"四影",可谓深得此词之妙。朱彝尊《静志居诗话》说:"张子野吴兴寒食词'中庭月色正清明,无数杨花过无影',余尝叹其工绝,世所传'三影'之上。"

柳　永

柳永(987? —1053?),福建崇安(今福建省武夷山)人,原名三变,字景庄,后改名永,字耆卿,排行第七,又称柳七。北宋著名词人。景祐元年(1034年)登进士第,历任睦州团练推官、余杭县令、晓峰盐碱、泗州判官、屯田员外郎(世称柳屯田)等职。他自称"奉旨填词柳三变"[史载,柳永作新乐府,为时人传诵;仁宗洞晓音律,早年亦颇好其词。但柳永好作艳词,仁宗即位后留意儒雅,对此颇为不满。及进士放榜时,仁宗就引用柳永词"忍把浮名,换了浅斟低唱"(《鹤冲天·黄金榜上》)说,"既然想要'浅斟低唱',何必在意虚名",遂刻意划去柳永之名]。同时又以"白衣卿相"自诩。柳永词多描绘城市风光和歌妓生活,尤长于抒写羁旅行役之情,他善于创作慢词,词作在当时流传极其广泛,人称"凡有井水饮处,皆能歌柳词"。婉约派最具代表性的人物之一,对宋词的发展有重大影响。其作品仅《乐章集》一卷流传至今。

八声甘州·对潇潇暮雨

对潇潇[1]暮雨洒江天,一番洗清秋[2]。渐霜风凄紧[3],关河冷落,残照当楼。是处红衰翠减[4],苒苒物华休[5]。唯有长江水,无语东流。

不忍登高临远,望故乡渺邈[6],归思难收。叹年来踪迹,何事苦淹留[7]? 想佳人,妆楼颙望[8],误几回,天际识归舟[9]。争[10]知我,倚栏杆处,正恁凝愁[11]!

【注释】

〔1〕 潇潇:风雨之声,雨势急骤貌。

〔2〕 一番洗清秋:一番风雨,洗出一个凄清的秋天。

〔3〕 霜风凄紧:秋风凄凉紧迫。霜风:秋风。凄紧:一作"凄惨"。

〔4〕 是处红衰翠减:到处花草凋零。是处:到处。红:翠,指代花草树木。语出李商隐《赠荷花》诗:"此荷此叶常相映,翠减红衰愁杀人。"

〔5〕 苒(rǎn)苒:渐渐,形容时光消逝。物华:美好的事物。此句意为:景物逐渐衰残。

〔6〕 渺邈:遥远;远貌。一作:渺渺。

〔7〕 淹留:久留。

〔8〕 颙(yóng)望:抬头远望;凝望、呆望。

〔9〕 误几回,天际识归舟:多少次错把远处驶来的船当作心上人回家的船。语出谢朓《之宣城郡出新林浦向板桥》:"天际识归舟,云中辩江树。"温庭筠《望江南》:"过尽千帆皆不是。"此反用谢意而比温语曲折,失望之感更为突出。

〔10〕 争:怎。

〔11〕 恁(nèn):如此。凝愁:忧愁凝结不解。

【鉴赏】

《八声甘州》又名《甘州》,《甘州》本唐玄宗时教坊大曲名,来自西域。王灼《碧鸡漫志》卷三引蔡絛《西清诗话》:"如《伊州》、《甘州》、《凉州》皆自龟兹致。"后用为词调。五代时有王衍的《甘州曲》、毛文锡的《甘州遍》、李珣的《倒排甘州》、顾夐的《甘州子》等,均与宋人制作的《八声甘州》不同。《词谱》卷二十五:"按此调前后段八韵,故名八声,乃慢词也。与《甘州遍》之曲破,《甘州子》之令词不同。"

柳永出身官宦家庭,从小接受传统的儒家"修身、齐家、治国、平天下"思想的教育,因而志向是登上仕途,治国平天下。但他天性浪漫,生活时期又是北宋最安定、最繁华的宋仁宗在位时期(著名史学家陈寅恪言:"华夏民族之文化,历数千载之演进,造极于赵宋之世。后渐衰微,终必复振。"《邓广铭〈宋史·职官志考正〉序》),歌楼妓馆林立,柳永乐与歌姬舞女为伍,又因谱写俗曲不得当朝赏识,于是浪迹天涯,用词抒写羁旅之志和怀才不遇的痛苦愤懑。这首词大约作于柳永游宦江浙之时,词表达了作者常年宦游在外,于清秋薄暮时分触发思家情感,慨叹羁旅失意的苦闷心情。这种他乡做客叹老悲秋的主题,是古代文人惯用的手法。但作者在具体描述上却独具特色。

词作上片以写景为主,写作者登高望远,见萧瑟秋景而生发的悲凉之感。即景中寓情,从高到低,由远及近,层层铺叙,把大自然的浓郁秋气与内心的悲哀感慨完全融合在一起,淋漓酣畅而又兴象超远。词的下片则由写景转入抒情,写对故乡亲人的思念之情。词作的结尾"争知我,倚栏杆处,正恁凝愁!"情感由对方回归自己,结尾与开头相呼应,让人领悟一切景象都是"倚阑"所见,一切归思都由"凝愁"引出,生动地表现了思乡之苦和怀人之情。全词层层加深,步步紧凑,以铺张扬厉的手法,曲折委婉地表现了登楼凭栏,望乡思亲的羁旅之情。通篇结构严密,迭宕开阖,呼应灵活,首尾照应,很能体现柳永词构思细密,布局完整,章法委婉,层次分明的艺术特色。

雨霖铃·寒蝉凄切

寒蝉〔1〕凄切〔2〕,对长亭〔3〕晚,骤雨〔4〕初歇。都门〔5〕帐饮〔6〕无绪〔7〕,留恋处〔8〕,兰舟〔9〕催发。执手相看泪眼,竟无语凝噎〔10〕。念去去〔11〕,千里烟波,暮霭沉沉楚天阔〔12〕。

多情自古伤离别,更那堪,冷落清秋节!今宵〔13〕酒醒何处?杨柳岸,晓风残月。此去经年〔14〕,应是良辰好景虚设。便纵〔15〕有千种风情〔16〕,更〔17〕与何人说?

【注释】

〔1〕 寒蝉:天冷时叫声低微的蝉。如寒蝉凄切、噤若寒蝉。寒蝉是一个很诗意的名词,是诗中的重要意象之一。与蝉在诗中所代表高洁不同,寒蝉通常表达悲戚之情,用于离别的

感伤。

〔2〕 凄切：凄凉急促。

〔3〕 长亭：古代在交通要道边每隔十里修建一座长亭供行人休息。靠近城市的长亭往往是古人送别的地方。庾信《哀江南赋》："十里五里，长亭短亭。"

〔4〕 骤雨：急猛的阵雨。

〔5〕 都门：京城；这里代指北宋的首都汴京（今河南开封）。

〔6〕 帐饮：在郊外设帐幕宴饮饯行。

〔7〕 无绪：没有情绪。

〔8〕 留恋处：一作"方留恋处"。

〔9〕 兰舟：古代传说鲁班曾刻木兰树为舟（见南朝梁任昉《述异记》卷下），这里用作对船的美称。

〔10〕 凝噎：喉咙哽塞，欲语不出的样子。一作"凝咽"。

〔11〕 去去：重复"去"字，表示行程遥远。

〔12〕 暮霭：傍晚的云雾。沉沉：深厚的样子。楚天：指南方楚地的天空。古时长江中下游一带地区属于楚国，故称南天为楚天。此句意为：傍晚的云雾笼罩着南天，深厚广阔，不知尽头。

〔13〕 今宵：今夜（以下各句皆为设想之词）。

〔14〕 经年：年复一年或之后若干年。

〔15〕 纵：即使。

〔16〕 风情：情意。男女相爱之情，深情蜜意。情：一作"流"。

〔17〕 更：一作"待"。

【鉴赏】

《雨霖铃》为唐玄宗时教坊大曲名，后用为词调。"霖"，一作"淋"。王灼《碧鸡漫志》卷五《雨淋铃》条："《明皇杂录》及《杨妃外传》云：'帝幸蜀，初入斜谷，霖雨弥旬。栈道中闻铃声，帝方悼念杨妃，采其声为《雨淋铃曲》以寄恨。'……今双调《雨淋铃慢》，颇极哀怨，真本曲遗声。"《词谱》卷三十一："宋词盖借旧曲名，另倚新声也。调见柳永《乐章集》，属双调。"

《雨霖铃》是柳永著名的代表作，是作者在仕途失意，不得不离开京都（汴京，今河南省开封市）时写的，是表现作者浪迹江湖很具代表意义的作品。词写别情，是以萧瑟凄清的秋景作为衬托来表达作者和情人难舍难分的离情。此时的作者是仕途失意又与恋人离别，两种痛苦情感交织在一起，让人倍感前途暗淡渺茫。通篇层层铺叙，上下阕通过衬托、点染，浑成一片。

《雨霖铃》全词围绕“伤离别”而构思，先写离别之前，重在叙写环境的凄清；次写离别时刻，重在描摹情态的悲凉；再写别后想象，重在刻画心理的感伤。但不论叙写环境，描摹情态或刻画心理，作者都注意了前后照应，做到层层深入，环环相扣，读来如行云流水，起伏跌宕中不见痕迹。这首词的情调因写离情别绪而显得太伤感、太低沉，但却将词人抑郁的心情和失去爱情的痛苦抒写得极为生动。古往今来经历离别之痛的人们在读到这首《雨霖铃》时，都会产生强烈的共鸣。在中国文学史上，“宋词”成为一种文学形式的专用名词，宋代不仅词家众多，且风格亦多样。词本以婉约风格为主，到北宋苏轼才开创豪放一派，而柳永是宋代婉约词派的代表词人，他继承并发展了男欢女爱、别恨离愁的婉约词风。情感具有低沉缠绵的阴柔之美，意境具有清婉萧瑟的凄清之美；景为“清秋节”，情为“伤离别”，且即景抒情，融情入景，达到物我交融。这成了柳词的主题，《雨霖铃》便是柳词中最能体现这一风格的杰作。

望海潮·东南形胜

东南形胜〔1〕，江吴〔2〕都会，钱塘〔3〕自古繁华，烟柳画桥〔4〕，风帘翠幕〔5〕，参差〔6〕十万人家〔7〕。云树绕堤〔8〕沙，怒涛卷霜雪〔9〕，天堑〔10〕无涯。市列珠玑〔11〕，户盈罗绮，竞豪奢。

重湖〔12〕叠巘〔13〕清嘉〔14〕。有三秋〔15〕桂子，十里荷花。羌管弄晴〔16〕，菱歌泛夜〔17〕，嬉嬉钓叟莲娃。千骑〔18〕拥高牙〔19〕。乘醉听箫鼓，吟赏烟霞〔20〕。异日图将好景〔21〕，归去凤池〔22〕夸。

【注释】

〔1〕 形胜：形胜是中国文化中特有的概念，泛言之，相当于所谓“风景胜地”。

〔2〕 江吴：钱塘位置在钱塘江北岸，旧属吴国，隋、唐时为杭州治所，五代吴越建都于此，故云江吴都会。一作：“三吴”。即吴兴(今浙江省湖州市)、吴郡(今江苏省苏州市)、会稽(今浙江省绍兴市)三郡，在这里泛指今江苏南部和浙江的部分地区。《水经注·浙江水》谓

吴兴郡、吴郡、会稽郡“世号三吴”。

〔3〕 钱塘：即今浙江杭州，古时候吴国的一个郡。

〔4〕 烟柳：雾气笼罩着的柳树。画桥：装饰华美的桥。

〔5〕 风帘：挡风用的帘子。翠幕：青绿色的帷幕。

〔6〕 参差(cēn cī)：形容楼阁高下不齐。

〔7〕 十万人家：吴自牧《梦粱录》卷十九“柳永《咏钱塘》词曰：‘参差十万人家。’此元丰前语也。自高庙(宋高宗)车架自建康幸杭驻跸，几近二百余年，户口蕃息，近百万余家。”

〔8〕 云树：树木如云，极言其多。堤：指钱塘江防汛潮的大堤。

〔9〕 怒涛卷霜雪：又高又急的潮头冲过来，浪花像霜雪在滚动。

〔10〕 天堑：天然壕沟。堑：坑。古代偏安南方的国家以长江为阻挡北方敌人的天堑。这里借指钱塘江。《南史·孔范传》：“隋师将济江，群官请为防备。……范奏曰：‘长江天堑，古来限隔，虏军岂能飞渡？’”

〔11〕 珠玑：珠是珍珠，玑是一种不圆的珠子。这里泛指珍贵的商品。

〔12〕 重湖：以白堤为界，西湖分为里湖和外湖，所以也叫重湖。

〔13〕 叠巘(yǎn)：层层叠叠的山峦。此指西湖周围的山。巘：小山峰。

〔14〕 清嘉：秀丽。

〔15〕 三秋：有三种不同解释：① 秋季，指秋季第三月，即农历九月。王勃《滕王阁序》有“时维九月，序属三秋”。② 三季，即九月。《诗经·王风·采葛》有“一日不见，如三秋兮！”孔颖达疏“年有四时，时皆三月。三秋谓九月也。设言三春、三夏其义亦同，作者取其韵耳”。③ 指三年。李白《江夏行》有“只言期一载，谁谓历三秋！”此处应指秋季。

〔16〕 羌(qiāng)管：即羌笛，羌族之簧管乐器。这里泛指乐器。弄：吹奏。此句意为：晴日吹奏羌管。

〔17〕 菱歌泛夜：采菱夜归的船上一片歌声。菱：菱角。泛：漂流。

〔18〕 千骑(jì)：汉乐府《陌上桑》：“东方千余骑，夫婿居上头。”宋朝州郡长官兼知州军事，故以千骑为言。

〔19〕 高牙：高矗之牙旗。牙旗：将军用的旗帜竿上以象牙饰之，故云牙旗。《文选》张衡《东京赋》“牙旗缤纷”薛综注：“兵书曰：‘牙旗者，将军之旌。’……竿上以象牙饰之，故云牙旗。”这里指高官孙何。

〔20〕 吟赏烟霞：歌咏和观赏湖光山色。烟霞：此指山水林泉等自然景色。

〔21〕 异日：他日，指日后。图：描绘。此句意为：有朝一日把这番景致描绘出来。

〔22〕 凤池：全称凤凰池，原指皇宫禁苑中的池沼。此处泛指朝廷。

【鉴赏】

《望海潮》词调始见于《乐章集》，为柳永所创的新声。词咏钱塘（今浙江省杭州市），词调名当是以钱塘作为观潮胜地取意。罗大经《鹤林玉露》卷一载："孙何帅钱塘，柳耆卿作《望海潮》词赠之。此词流播，金主亮闻歌，欣然有慕于'三秋桂子，十里荷花'，遂起投鞭渡江之志。"

柳永一生不得志，四处飘泊流浪，但他也一直在寻找晋升的机会，迫切希望得到他人的引荐而走上仕途。根据罗大经《鹤林玉露》所载：柳永到杭州后，得知老朋友孙何正任两浙转运使，便去拜会孙何。无奈孙何的门禁甚严，柳永是一介布衣，无法见到。于是柳永写了这首词，请当地一位著名的歌女，吩咐她说，如果孙何在宴会上请她唱歌，不要唱别的，就唱这首《望海潮·东南形胜》。后来，这位歌女在孙何的宴会上反复地唱这首词，孙何果然被词作吸引，就问这首词的作者，歌女说是你的老朋友柳三变所作（那时柳永还没有改名）。孙何请柳永吃了一顿饭，就把他打发走了，也没有怎么提拔他。由这个故事来看，这首词是一首干谒词，目的是请求对方举荐自己。

这首词写的是杭州的富庶与美丽，艺术构思上可谓匠心独运。上片写杭州，写杭州的山水名胜、风土人情，突出描写杭州的繁华富庶。下片写西湖，写西湖的秀丽，突出西湖十里荷花、烟柳画桥之景。以点带面，明暗交叉。其写景之壮伟、声调之激越，颇有东坡豪放词的风范。特别是由数字组成的词组："三吴都会""十万人家""三秋桂子""十里荷花""千骑拥高牙"，或实或虚，或隐或现，均带有夸张的语气，形成了柳永式的豪放词风。

欧阳修

踏莎行·候馆梅残

候馆[1]梅残，溪桥柳细，草薰风暖摇征辔[2]。离愁渐远渐无穷，迢迢[3]不断如春水。

寸寸柔肠[4]，盈盈粉泪[5]，楼高莫近危阑[6]倚。平芜[7]尽处是春山,行人更在春山外。

【注释】

〔1〕 候馆(hòu guǎn):迎宾候客之馆舍。《周礼·地官·遗人》:“五十里有市,市有候馆。”

〔2〕 草薰:小草散发的清香。薰:香气侵袭。征辔(pèi):行人坐骑的缰绳。辔:缰绳。此句化用南朝梁江淹《别赋》“闺中风暖,陌上草薰”而成。

〔3〕 迢迢:形容遥远的样子。

〔4〕 寸寸柔肠:柔肠寸断,形容愁苦到极点。

〔5〕 盈盈:泪水充溢眼眶之状。粉泪:泪水流到脸上,与粉妆和在一起。

〔6〕 危阑:也作“危栏”,高楼上的栏杆。

〔7〕 平芜:平远的草地。芜:草地。

【鉴赏】

踏莎行为词牌名。又名《柳长春》《喜朝天》,双调五十八字,仄韵。《踏莎行》词调,唐、五代词不载,始见于北宋寇准、晏殊词。杨慎《词品》卷一:“韩翃诗:‘踏莎行草过春溪。’辞名《踏莎行》,本此。”

据陈尚君先生考证,欧阳修这首词当作于宋仁宗明道元年(1033年)暮春,是作者早年行役江南时的作品。在婉约派词人抒写离情的小令中,这是一首具有情深意远、柔婉优美特点的代表作。词作主要抒写早春时节游子行旅江南的离愁。明媚的春光,既让人流连忘返,却又容易触动离愁。

上阕写游子途中所见所感:随着时空的转换,人在旅途,漂泊无际,词中以水喻愁,比喻自然贴切而又柔美含蓄,展示了游子剪不断的离愁。下阕写游子想象中的闺中少妇对他的思念,以春山喻远,愈望愈远,阐述了思妇的内心活动。游子不仅设想思妇相思落泪,而且感受到她登高怀远不见游子内心的落寞。如此写来,情深意长而又哀婉缠绵。词由陌上游子而及楼头思妇,由实景而及虚景,情感层层递进,以发散式结构将离愁别恨表达得荡气回肠、意味深长。这种透过自身从对面写来的手法,带来了强烈的美感效果,全词笔调细腻委婉,寓情于景,含蓄深沉,是为世人所称道的名篇。

蝶恋花·庭院深深

庭院深深深几许[1]，杨柳堆烟[2]，帘幕无重数。玉勒雕鞍[3]游冶处[4]，楼高不见章台路[5]。

雨横[6]风狂三月暮，门掩黄昏，无计留春住。泪眼问花花不语，乱红飞过秋千去[7]。

【注释】

〔1〕 几许：多少。许：数量之词。

〔2〕 堆烟：形容杨柳浓密。

〔3〕 玉勒雕鞍：极言车马的豪华。玉勒：玉制的马衔。雕鞍：精雕的马鞍。

〔4〕 游冶处：指歌楼妓院。

〔5〕 章台：汉长安街名。《汉书·张敞传》有“走马章台街”语。程大昌《演繁露》卷七：“汉章台即秦章台也，地在渭南(咸阳渭水之南)。”唐许尧佐《章台柳传》，记妓女柳氏事。后因以章台为歌妓聚居之地。此句意为：高楼上看不到情人走马章台的地方。

〔6〕 雨横：指急雨、骤雨。

〔7〕 乱红：这里形容各种花片纷纷飘落的样子。泪眼二句：张宗橚《词林纪事》卷四：“《南部新书》记严恽诗：‘尽日问花花不语，为谁零落为谁开？’”此关结二语，似本此。

【鉴赏】

《蝶恋花》原名《鹊踏枝》，《词谱》卷十二谓“宋晏殊词改今名”。毛先舒《填词名解》卷二谓“采梁简文帝乐府‘翻阶峡蝶恋花情’为名”。

这首词亦见于冯延巳的《阳春集》。清人刘熙载说：“冯延巳词，晏同叔得其俊，欧阳永叔得其深。”(《艺概·词曲概》)在词的发展史上，宋初词风承南唐，没有太大的变化，而欧阳修与冯延巳俱官至宰相，政治地位与文化素养基本相似，因此他们两人的词风大同小异，有些作品，往往混淆在一起。这首词据李清照《临江仙》词序云：“欧阳公作《蝶恋花》，有‘深深深几许’之句，予酷爱之，用其语作‘庭院深深’数阕。”李清照距欧阳修不远，所云当更真实。《古今词论》引毛先舒云：“永叔词云：‘泪眼问花花不语，乱红飞过秋千去。’此可谓层深而浑成。何也？因花而有泪，此一层意也；因泪而问花，此一层意也；花竟不语，此一层意也；不但不语，且又乱落，飞过秋千，此一层意也。人愈伤心，花愈恼人，语愈浅而意愈入，又绝无刻画费力之迹，谓非层深而浑成耶?”由此可见这首《蝶恋花》词当为欧阳修所作。

这是一首闺怨词。词风深稳婉曲，即含蓄蕴藉，婉曲幽深，耐人寻味。此词首句“深深深”三字，前人尝盛赞其用叠字之工，“深”字叠用是全词的特色之所在：不光是这首词的景写得深，情写得深，意境也写得深。词作上片写少妇深闺寂寞，虽物质生活优裕，然精神极度苦闷，想见意中人却阻隔重重；下片写美人迟暮，见眼前落花而感伤自身，盼意中人回归不得，幽恨怨愤之情自现。全词写景状物，疏俊委曲，虚实相融，用语自然，辞意深婉，尤对少妇心理刻画写意传神，堪称欧词之典范。

採桑子·群芳过后

群芳过后〔1〕西湖〔2〕好：狼籍残红〔3〕，飞絮濛濛〔4〕。垂柳阑干〔5〕尽日风。

笙歌散尽游人去〔6〕，始觉春空。垂下帘栊〔7〕，双燕归来细雨中。

【注释】

〔1〕 群芳过后：百花凋零之后。群芳：百花。

〔2〕 西湖：指颍州西湖，在今安徽阜阳县西北，颍水合诸水汇流处，风景佳胜。欧阳修《西湖念语》：“况西湖之胜概，擅东颍之佳名。虽美景良辰，固多于高会。”

〔3〕 狼籍：同“狼藉”，散乱的样子。残红：落花。此句意为：残花纵横散乱的样子。

〔4〕 濛濛：今写作“蒙蒙”。细雨迷濛的样子，以此形容空中飞扬的柳絮。

〔5〕 阑干：横斜，纵横交错。

〔6〕 笙歌：笙管伴奏的歌筵。散：消失，此指曲乐声停止。去：离开，离去。

〔7〕 帘栊：窗帘。栊：窗棂。

【鉴赏】

《採桑子》一作《采桑子》，又名《丑奴儿》《罗敷媚》《罗敷艳歌》等。采桑子格律为双调四十四字，上下片各四句三平韵。另有添字格，两结句各添二字，两平韵，一叠韵。《词谱》卷五：“唐教坊曲有《杨下采桑》，调名本此。”此调始见于五代人词。欧阳修晚年(1071—1072)退居颍州(今安徽省阜阳县),作《採桑子》十首(或曰十三首),歌咏西湖的春夏景色,皆以"西湖好"为首句,而词意不重复,为联章体(即组词)。本词为组词的第四首。

欧阳修晚年退居颍州时或结伴同游,或乘兴独往,经常徜徉于画船洲渚,写下了十首(或曰十三首)纪游写景的《采桑子》,并有一段《西湖念语》(《西湖念语》:"昔者王子猷之爱竹,造门不问于主人,陶渊明之卧舆,遇酒便留于道士。况西湖之胜概,擅东颍之佳名。虽美景良辰,固多于高会。而清风明月,幸属于闲人。并游或结于良朋,乘兴有时而独往。鸣蛙暂听,安问属官而属私。曲水临流,自可一觞而一咏。至欢然而会意,亦傍若于无人。乃知偶来常胜于特来,前言可信。所有虽非于己有,其得已多。因翻旧阕之辞,写以新声之调,敢阵薄伎,聊佐清欢。")作为组词的序言。抒写了作者寄情山、湖的情怀:组词或写西湖泛舟、饮酒赏曲;或写湖光山影、澄澈透明,仿佛别有天地。

本词则描写了暮春西湖迷离的美景,语言清丽,情思婉曲。虽写西湖的残春景色,却无伤春之感,而是以疏淡轻快的笔墨描绘了颍州西湖的暮春美景,创造出一种清幽静谧的艺术境界。而词人内心的那份安闲自适,也就在这种境界中自然而然地表现出来,全词充溢着悠然闲适之趣。西湖花时过后,群芳凋谢,狼藉残红,遇此情景,人们常有萧瑟落寞之感,而作者却面对这种"匆匆春又归去"的衰残景象,没有感伤,反而在孤寂清冷中体味出一种安宁静谧的意趣。这种别具一格的审美感受,正是此词有别于一般咏春词的独到之处。

晏 几 道

晏几道(1030? —1106?),字叔原,号小山,抚州临川县(今属江西省进贤县)人。晏殊第七子,性孤傲。历任颖昌府许田镇监、乾宁军通判、开封府判官等职。能文善词,与其父齐名,合称"二晏",由于社会地位和人生遭遇的不同(随着晏殊的离世,家道中落,晏几道由一个孤高自负的贵族,沦落为落魄潦倒的落难公子)。词作的思想内容比晏殊词深刻得多。其词受五代艳词影响而又兼"花间"之长,多抒写人生失意之苦与男女悲欢离合之情,通过个人遭遇的昨梦前尘,抒写人世的悲欢离合，笔调感伤，凄婉动人。以小令见长，工于言情，语言清新，多出之以婉曲之笔，在小令的技法上有所发展，日臻纯熟。晚年因家境中落，其词多感伤情调；词风哀感缠绵、清壮顿挫。冯煦在《宋六十一家词选例言》中说："淮海、小山，古之伤心人也。其淡语皆有味，浅语皆有致，求之两宋，实罕其匹。"有《小山词》。

黄庭坚在《小山词序》中说："叔原，固人英也。其痴亦自绝人……仕宦连蹇而不能一傍贵人之门，是一痴也；论文自有体而不肯一作新进士语，此又一痴也；费资千百万，家人寒饥而面有孺子之色，此又一痴也；人百负之而不恨，己信人终不疑其欺己，此又一痴也。"可见小山之性格。

临江仙·梦后楼台

梦后楼台高锁，酒醒帘幕低垂〔1〕。去年春恨却来时〔2〕，落花人独立，微雨燕双飞〔3〕。

记得小苹〔4〕初见，两重心字罗衣〔5〕。琵琶弦上说相思，当时明月在，曾照彩云归〔6〕。

【注释】

〔1〕 "梦后"两句：写梦后酒醒时的孤独愁困无法摆脱。六言对句，写梦回酒醒很是孤凄，不由怀念久别的小苹。"梦后""酒醒"互文，犹晏殊《踏莎行·小径红稀》所云"一场秋梦酒醒时"；"楼台高锁"，从外面看，"帘幕低垂"，就里面说，表示春意阑珊。许浑《客有卜居不遂薄游汧陇因题》："楼台深锁无人到，落尽春风第一花。"低垂：虚掩。庾信《荡子赋》："况复空床起怨，倡妇生离，纱窗独掩，罗帐长垂。"

〔2〕 春恨：春天离恨。"去年春恨"是较近的一层回忆，独立花前，闲看燕子，比今年的醉眠愁卧，静掩房栊意兴还稍好一些。郑谷《杏花》："小桃初谢后，双燕却来时。"此指去年的春天离恨此时涌上心头。

〔3〕 "落花"两句："人独"与"双燕"对立，人有情，燕无知，自己很难堪。这种含蓄的表现手法是一种强有力的暗示，比直说艺术效果更好。唐翁宏《春残》诗："又是春残也，如何出翠帏。落花人独立，微雨燕双飞。"（见《全唐诗》卷七六二）"燕双飞"用以反衬人的孤独。

〔4〕 小苹：作者友人家的歌女。汲古阁本《小山词》作者自跋："始时沈十二廉叔，陈十君宠家，有莲鸿苹云，品清讴娱客。每得一解，即以草授诸儿。"小莲、小苹等名，又见他的《玉

楼春》词中。

〔5〕 心字罗衣：未详。杨慎《词品》卷二："心字香"条："所谓心字香者，以香末萦篆成心字也。'心字罗衣'则谓心字香薰之尔，或谓女人衣曲领如心字，又与此别。"疑指衣上的花纹。"心"当是篆体，故可作为图案。"两重心字"，殆含"心心"义，似含有深情蜜意的双关之意。李白《宫中行乐词八首》之一："山花插鬓髻，石竹绣罗衣"，仅就两句字面，虽似与此句差远，但太白诗篇末云："只愁歌舞散，化作彩云飞"，显然为此词结句所本，则"罗衣"云云盖亦相绾合。前人记诵广博，于创作时，每以联想的关系，错杂融会，成为新篇。此等例子正多，殆有不胜枚举者。又说，两个篆书心字结成的连环图案，象征男女心心相印。有这种图案的衣服为当时歌女所穿的流行衣衫。

〔6〕 彩云：比喻美人。江淹《丽色赋》："其少进也，如彩云出崖。""其比喻美人之取义仍从《高唐赋》。""彩云"亦屡见李白集中，如《感遇四首》之四"巫山赋彩云"、《凤凰曲》"影灭彩云断"及前引《宫中行乐词》。白居易《简简吟》："彩云易散琉璃脆。"此篇"当时明月在，曾照彩云归"，与诸例均合，寓追怀追昔之意，即作者自跋所云。此处彩云似比喻小苹。此二句意为：当时映照小苹归去的明月如今还在。

【鉴赏】

《临江仙》为双调小令，唐教坊曲名，后用为词牌。黄升《唐宋诸贤绝妙词选》卷一李询《巫山一段云》词注："《临江仙》则言仙事。"五代词人用此调为题，多由仙事转入艳情。《乐章集》入"仙吕调"，《张子野词》入"高平调"。

晏几道《小山词跋》："始时沈十二廉叔、陈十君宠家有莲、鸿、苹、云，品清讴娱客。每得一解，即以草授诸儿，吾三人持酒听之，为一笑乐。已而君宠疾废卧家，廉叔下世，昔之狂篇醉语，遂与两家歌儿酒使俱流转人间。"张宗橚《词林纪事》卷六谓："此词当是追忆苹云而作。"

这首词抒发作者因故地重游引发的对歌女小苹深挚的怀念之情。晏几道每填一词就交给莲、鸿，苹、云几个歌女演唱，晏与陈、沈"持酒听之，为一笑乐"。晏几道写的词就是通过两家"歌儿酒使，俱流传人间"，可见晏几道跟这些歌女结下了不解之缘。他有一首《破阵子》："柳下笙歌庭院，花间姊妹秋千。记得青楼当日事，写向红窗夜月前，凭伊寄小莲。绛腊等闲陪泪，吴蚕到老缠绵，绿鬓能供多少恨，未肯无情比断弦，今年老去年。"抒发了词人对歌女小莲的怀念之情。可见，这首《临江仙·梦后楼台高锁》不过是他的许多怀念歌女词作中的一首。比较起来，这首《临江仙·梦后楼台高锁》更是独特。

词的上片写“春恨”，描绘梦后酒醒、落花微雨的情景。下片写相思，追忆“初见”及“当时”的情况，表现词人苦恋之情、孤寂之感。全词在怀人时，也抒发了人世无常、欢娱难再的淡淡哀愁。宋杨万里《诚斋诗话》评析，晏叔原云：“落花人独立，微雨燕双飞。”可谓好色而不淫矣。

晏几道以其“淡语皆有味，浅语皆有致”的典雅风格和“秀气胜韵，得之天然”的清丽词风冠盖一时。陈廷焯《白雨斋词话》卷一云：“北宋晏小山工于言情，出元献（晏殊），文忠（欧阳修）之右，然不免思涉于邪，有失风人之旨。而措辞婉妙，则一时独步。”虽然对小晏词内容颇有微词，但对他措辞婉妙的典雅风格则是赞叹有加。

鹧鸪天·彩袖殷勤

彩袖〔1〕殷勤捧玉钟〔2〕，当年拚却醉颜红〔3〕。舞低杨柳楼心月，歌尽桃花扇底风〔4〕。从别后，忆相逢，几回魂梦与君同〔5〕。今宵剩把〔6〕银釭〔7〕照，犹恐相逢是梦中。

【注释】

〔1〕 彩袖：代指穿彩衣的歌舞女。

〔2〕 玉钟：古时指珍贵的酒杯，是对酒杯的美称。

〔3〕 拚(pàn)却：甘愿，同“拼”，不顾惜。却：语气助词。以上两句追忆当年因为歌女殷勤劝酒，自已不惜沉醉的豪情。

〔4〕 桃花扇：歌舞时用作道具的扇子，绘有桃花。古代歌舞时多持扇。庾信《春赋》：“月入歌扇，花承节鼓。”歌扇风尽，形容不停地挥舞歌扇。扇底：扇里。底：一作“影”。这两句是《小山词》中的名句。此二句意为：歌女舞姿曼妙，直舞到挂在杨柳树梢照到楼心的一轮明月低沉下去；歌女清歌婉转，直唱到扇底儿风消歇（累了停下来），极言歌舞不倦，通宵不寐的狂欢。

〔5〕 同：欢聚在一起。

〔6〕 剩：通“尽(jǐn)”，只管。把：持，握。

〔7〕 银釭(gāng)：银质的灯台，代指灯。上文“相逢”指当年的聚会，此“相逢”为“重逢”。上文的“魂梦”是实指，此“梦中”是虚指。此处化用杜甫《羌村三首》“夜阑更秉烛，相对

如梦寐”诗意。

【鉴赏】

《鹧鸪天》，唐、五代词中无此调，首先见于北宋文人宋祁之作（见《唐宋诸贤绝妙词选》卷三），至晏几道填此词独多。调名取义不详。或说又名《思佳客》，五十五字。此词黄升《花庵词选》题作《佳会》。《词谱》卷十一谓：“宋人填此调者，字、句、韵悉同。”

宋神宗熙宁时期晏殊早已亡故，而朝廷政治风云变幻，晏几道失去了政治上的依靠，加之个性耿介、不愿攀附新贵，故仕途坎坷，渐沉下位，生活景况日趋恶化。如今的生活与先前富贵雍华的生活形成鲜明对比，在这段每况愈下的日子里，晏几道采用忆昔思今的对比手法写下了许多追溯当年的词作，《鹧鸪天·彩袖殷勤捧玉钟》便是这其中的佼佼者。

都说言为心声，至情之人，才能写出至情之文。这首《鹧鸪天》，写的是一对恋人的“爱情三部曲”：初盟，别离，重逢的情感历程。全词五十五个字，形成两种意境：相逢时的欢快恣意、梦境中的缠绵悱恻，或实或虚，互为补充。既有绚烂的色彩，又有婉转的旋律，可见作者词艺之高妙。词作无论写离别的悲伤，写相会的欢娱，都写得真挚深沉，撼人肺腑。虽然这首词的题材依然是伤离怨别，感悟怀旧，遣情遗恨之作，也并未超出晚唐五代词人的题材范围。然小晏写情之作的动人处，在于它的委婉细腻，情深意浓而又风流妩媚，清新俊逸。白居易说：“感人心者，莫先乎情。”（《与元九书》）古往今来，脍炙人口的诗词，大抵不仅有情，而且情真。所谓“真字是词骨。情真、景真，所作必佳，且易脱稿。”（清·况周颐《蕙风词话》卷一）王国维先生在《人间词话》中说：“大家之作，其言情也，必沁人心脾……”小晏的这首《鹧鸪天》可谓情深且情真。

王安石

桂枝香·登临送目

金陵怀古

登临送目[1]，正故国[2]晚秋，天气初肃。千里澄江似练[3]，翠峰如簇[4]。征帆去棹[5]残阳里，背西风，酒旗斜矗[6]。彩舟[7]云淡，星河鹭起[8]，画图难足[9]。

念往昔，繁华竞逐[10]，叹门外楼头[11]，悲恨相续[12]。千古凭高[13]，对此谩嗟荣辱[14]。六朝[15]旧事随流水，但寒烟衰草凝绿。至今商女[16]，时时犹唱，《后庭》遗曲[17]。

【注释】

〔1〕 登临送目：登山临水，举目望远。送目：远目，望远。

〔2〕 故国：旧时的都城，金陵为南朝旧都。此指金陵。

〔3〕 千里澄江似练：形容长江像一匹长长的白绢。语出谢朓《晚登三山还望京邑》："余霞散成绮，澄江静如练。"澄江：清澈的长江。练：白色的绢。

〔4〕 如簇：这里指群峰好像丛聚在一起。簇：攒聚。一指箭头，此形容山的峭拔。

〔5〕 征帆去棹(zhào)：往来的船只。棹：划船的一种工具，形似桨，也可引申为船。

〔6〕 酒旗斜矗：承"背西风"，谓酒旗随风飘扬。酒旗：指酒楼上悬挂的布招帘。

〔7〕 彩舟：锦帆、兰舟，船的美称。

〔8〕 星河鹭(lù)起：白鹭从水中沙洲上飞起。长江中有白鹭洲(在今南京水西门外)。星河：银河，这里指长江。此二句意为：长江仿佛天河，远在天际的船罩上一层薄雾，水洲上的白鹭纷纷起舞。

〔9〕 画图难足：用图画也难以完美地表现它。

〔10〕 繁华竞逐：是"竞逐繁华"的倒文，(六朝的达官贵人)争着过奢华的生活。竞逐：竞相仿效追逐。

〔11〕 门外楼头：指南朝陈亡国惨剧。语出杜牧《台城曲》："门外韩擒虎，楼头张丽华。"韩擒虎是隋朝开国大将，他已带兵来到金陵朱雀门(南门)外，陈后主尚与他的宠妃张丽华于结绮阁上寻欢作乐。门外：指朱雀门(建康城正南门)外。楼头：指结绮阁。苏轼《虢国夫人夜游图》："当时亦笑张丽华，不知门外韩擒虎。"诗意正同。

〔12〕 悲恨相续：指亡国悲剧连续发生。此指南朝各王朝覆亡相继。

〔13〕 凭高：登高。这是说作者登上高处远望。

〔14〕 谩嗟荣辱：空叹兴(荣)亡(辱)。这是作者的感叹。

〔15〕 六朝：指三国吴、东晋、南朝宋、齐、梁、陈六个朝代。它们都建都金陵。六朝二句化用《全唐诗》卷271窦巩《南游感兴》"伤心欲问前朝事，惟见江流去不回。日暮东风春草

绿，鹧鸪飞上越王台”诗意。

〔16〕 商女：歌女。

〔17〕《后庭》遗曲：指歌曲《玉树后庭花》，传为陈后主所作。杜牧《泊秦淮》：“商女不知亡国恨，隔江犹唱《后庭花》。”后人认为是亡国之音。

【鉴赏】

《桂枝香》又名《疏帘淡月》。《晋书》卷五十二《郄诜传》载：郄诜举贤良对策为天下第一，自称“犹桂林之一枝，昆山之片玉”。后世因此称登科为折桂。据毛先舒《填词名解》记载：《桂枝香》这个词牌名出自唐朝人裴思谦到长安参加殿试后，和同伴们到风月场所的平康里嫖宿时，有黄门来报喜说他高中状元。作诗有“夜来新惹桂枝香”句。五代王定保《唐摭言》卷三载唐裴思谦《及第后宿平昌里》诗：“夜来新惹桂枝香。”唐袁浩登第后亦作《寄岳阳严使君》：“桂枝香惹蕊枝香。”此调自王安石始作，北宋人开始大量创作。

这首词也题作《桂枝香·金陵怀古》，是王安石别创一格、非同凡响的杰作，大约写于作者再次罢相、出知江宁府之时。抒发金陵城头缅怀古人之情，词中流露出王安石失意无聊之时恣情自然风光的情怀。治平四年(1067年)王安石的变法因保守派的反对而受挫，皇帝将他外放为江宁知府(南京市长)。据《古今词话》记载：王安石与朋友们在深秋游赏金陵山水，面对浩浩汤汤的长江，用《桂枝香》的词牌名填了三十多首词，唯有他的词被称为绝唱。这首词传唱到苏东坡那里，苏大学士赞叹说：“此乃野狐精也！”

金陵为六朝古都，自三国时东吴建都于此，至宋时依然是万家灯火，一派繁荣昌盛的景象。王安石作为一个改革家、思想家、政治家，站在历史的高度，通过对金陵美景的赞颂以及对金陵历史盛衰的感慨，表现了作者对北宋社会现实的不满，更让我们感受到他有一种居安思危的政治家的长远眼光。词的上阕写登临金陵故都之所见：“澄江”“翠峰”“征帆”“斜阳”“酒旗”“西风”“云淡”“鹭起”，依次勾勒水、陆、空的雄浑场面，无一不展现金陵古都的壮观之景，境界苍凉。下阕写在金陵之所想：“蓬”字作转折，“门外楼头”“悲恨相续”“谩嗟荣辱”“流水”“寒烟”“衰草”“商女”“后庭曲”，通过今昔对比，时空交错，虚实相生，对历史和现实，表达出深沉的反思和沉重的哀叹。“六朝旧事如流水，但寒烟、衰草凝绿”为一篇之眼。全词情景交融，沉郁悲壮。宋张炎《词源》语：词以意趣为主，要不蹈袭前人语意。如东坡《中秋·水调歌头》、王荆公

《金陵怀古・桂枝香》，……此数词皆清空中有意趣，无笔力者未易到。

苏　　轼

苏轼(1037—1101)，字子瞻，又字和仲，号东坡居士。世称苏东坡、苏仙。眉州眉山(今属四川省眉山市)人。北宋著名文学家、书法家、画家、美食家。一生仕途坎坷，学识渊博，天资极高。嘉祐二年(1057年)进京应进士第，因欧阳修以为是其学生曾巩文，为避嫌而被取为第二。历任大理评事、密州知州、黄州团练副使、中书舍人、儋州知县、朝奉郎等职。苏轼可谓宋代文学最高成就的代表，所作视野广阔，风格豪迈，个性鲜明，意趣横生，在诗、词、散文、书、画等方面取得了很高的成就。其诗题材广阔，清新豪健，善用夸张比喻，独具风格，与黄庭坚并称“苏黄”；其词开豪放一派，与辛弃疾同是豪放派代表，并称“苏辛”；其文汪洋恣肆，豪放自如，与欧阳修并称“欧苏”，为“唐宋八大家”之一。苏轼亦善书，书法擅长行书、楷书，能自创新意，用笔丰腴跌宕，有天真烂漫之趣，与黄庭坚、米芾、蔡襄并称“宋四家”；论画主张神似，提倡“士人画”，尤擅墨竹、怪石、枯木等。有《苏东坡全集》《东坡乐府》。

浣溪沙・蔌蔌衣巾

徐门[1]石潭谢雨[2]，道上作五首。潭在城东二十里，常与泗水[3]增减清浊相应。

簌簌衣巾落枣花[4]，村南村北响缫车[5]，牛衣[6]古柳卖黄瓜。

酒困路长惟欲睡，日高人渴漫思茶[7]。敲门试问野人[8]家。

【注释】

〔1〕 徐门：即徐州。

〔2〕 谢雨：雨后谢神。

〔3〕 泗水：源出山东，流经徐州入淮河，后改道入运河。苏轼《起伏龙行》序：“徐州城东

二十里有石潭。父老云:'与泗水通,增损清浊,相应不差,时有河鱼出焉。'元丰元年春旱,或云:'置虎头潭中,可以致雷雨。'用其说,作《起伏龙行》。"诗写作时间当略迟。

〔4〕 簌簌(sù):花落的声音,一作"蔌蔌",音义皆同。此句意为:枣花纷纷落在衣巾上,句法倒装。

〔5〕 缫(sāo)车:缫丝车,抽丝工具。缫,一作"缲",把蚕茧浸在热水里,抽出蚕丝。

〔6〕 牛衣:蓑衣之类。这里泛指用粗麻织成的衣服。《汉书·王章传》"章疾病,无被,卧牛衣中"。宋程大昌《演繁露》卷二《牛衣》条:"案《食货志》,董仲舒曰:'贫民常衣牛马之衣,而食犬彘之食。'然则牛衣者,编草使暖,以被牛体,盖蓑衣之类也。"

〔7〕 漫思茶:很想去哪儿找点茶喝。漫:随意,一作"谩"。因为十分渴,想找茶喝,所以不管哪户人家,都想去敲门试问。苏轼《偶至野人汪氏之居》"酒渴思茶漫扣门"与此两句意同。皮日休《闲夜酒醒》"酒渴漫思茶"盖即此语所本。

〔8〕 野人:农夫。

【鉴赏】

这首词是苏轼在徐州(今江苏省徐州市)任太守时所作。当时徐州发生了严重的旱灾,按照当时的迷信风俗,一个关心农事的地方官,天大旱,要向"龙王爷"求雨;下了雨,又要向"龙王爷"谢雨。作为地方官的苏轼曾率众到城东二十里的石潭求雨。得雨后,他又与百姓同赴石潭谢雨。苏轼在赴徐门石潭谢雨途中写成组词《浣溪沙》,题为"徐门石潭谢雨道上作五首",皆写初夏农村景色,此为其中第四首,是苏轼途经乡村谢雨见闻之一。

词作描述苏轼在农村的所见、所闻、所感,词从农村习见的事物:"枣花""缫车""牛衣""古柳""黄瓜"等入笔,意趣盎然地表现出淳厚的乡村风味,散发着浓浓的田野气息。让读者感受到真实和亲切,并且嗅到当时农村生活的气息。写作者路途中的片断感受,其重点并不在于要反映农村的贫困面貌。因为灾后得雨,旱象解除,所以我们深深感受到的是作者发自于内心的喜悦之情。

全词既写景也写人,人与景融为一体,可谓有形有声有色,乡土气息浓郁。词中的"日高""路长""酒困""人渴",字面上似在表现旅途的劳顿,但传达出的仍是作者和农民一起在大旱获雨后的欢畅喜悦的心情,也传达出了主人公体恤民情关注民生的精神风貌。这首词像一幅初夏农村生活的图画,图画中既描绘了农村的风景同时也展示作者谢雨途中的经历和感受,为北宋词的内容注入了新鲜血液。

定风波·莫听穿林

三月七日，沙湖[1]道中遇雨。雨具先去，同行皆狼狈[2]，余独不觉，已而[3]遂晴，故作此词。

莫听穿林打叶声[4]，何妨吟啸[5]且徐行。竹杖芒鞋[6]轻胜马，谁怕？一蓑烟雨任平生[7]。

料峭[8]春风吹酒醒，微冷，山头斜照[9]却相迎。回首向来萧瑟处[10]，归去，也无风雨也无晴[11]。

【注释】

〔1〕 沙湖：在今湖北黄冈东南三十里，又名螺丝店。《东坡志林》卷一《游沙湖》："黄州东南三十里为沙湖，亦曰螺师店。"

〔2〕 狼狈：进退皆难的困顿窘迫之状。

〔3〕 已而：过了一会儿。

〔4〕 穿林打叶声：指大雨点透过树林打在树叶上的声音。

〔5〕 吟啸：吟诗、长啸。表示意态闲适。陶渊明《归去来兮辞》："登东皋以舒啸，临清流而赋诗。"

〔6〕 芒鞋：草鞋。

〔7〕 一蓑烟雨任平生：披着蓑衣在风雨里过一辈子也处之泰然。蓑(suō)：蓑衣，用棕制成的雨披，一作"莎"。

〔8〕 料峭：风寒的样子。

〔9〕 斜照：偏西的阳光。

〔10〕 向来：方才。萧瑟：风雨吹打树林的声音。

〔11〕 也无风雨也无晴：意谓既不怕雨，也不喜晴。以上三句意为：心境平淡、闲适。作者在其《独觉》诗中亦有"回首向来萧瑟处，也无风雨也无晴"句。

【鉴赏】

《定风波》，唐教坊曲名，后用作词牌，为双调小令。一作《定风波令》，又名《卷春空》《醉琼枝》。按《敦煌曲子词·定风波》中有"问儒士，谁人敢去定风波"语，可见此调取名的本意为平定变乱的意思。

在中国古代文人中，苏轼是一个颇具传奇色彩的人物，他具有旷世才华却历经磨难，几度沉浮，却不改初衷，他用一颗宁静的心去看待世间的一切，深得后人钦佩和赞颂。现代作家林语堂先生对他极其崇拜，撰写了《苏轼传》，说“他(苏轼)是一位有魅力、有创意、有正义感、旷达任性、独具卓见的人，是一个伟大的人道主义者，一个百姓的朋友，一个大文豪，大书法家，创新的画家，造酒的实验家，一个工程师，一个憎恨清教徒主义的人，一位佛教徒，巨儒政治家，一个皇帝的秘书，酒仙，厚道的法官，一位在政治上专唱反调的人，一个月夜徘徊者，一个诗人……”这首《定风波·莫听穿林打叶声》很能显示苏轼的个性特点。

这首记事抒怀之词作于公元宋神宗元丰五年(1082 年)春，当时是苏轼因“乌台诗案”被贬为黄州(今湖北黄冈)团练副使的第三个春天。作者与友人一起出游(一说：苏轼和友人一起去查看从官府要来的几十亩荒地，打算自己耕种以补贴自己贫困生活所需的家用)，风雨骤至，朋友深感狼狈，词人却毫不介意，泰然处之，缓步而行，吟咏诵之。它通过野外途中偶遇风雨这一生活中的小事，表现了苏轼虽处逆境而不畏惧不颓丧的倔强性格和旷达胸怀，寄寓着作者超凡脱俗的人生理想。可谓于简朴中见深意，于寻常处生奇警。全词即景生情，语言诙谐。首句“莫听穿林打叶声”，一方面渲染出雨骤风狂，另一方面又以“莫听”二字点明外物不足萦怀其中。首两句是全篇枢纽，以下词情都是由此生发。而苏轼旷达超逸的胸襟，清旷豪放之气魄，特立独行的人生感悟，读来使人耳目为之一新，心胸为之舒阔。结尾“回首向来萧瑟处，归去，也无风雨也无晴”，这饱含人生哲理的点睛之笔，道出了词人在大自然中所获得的顿悟和启示：自然界的晴雨变幻实属寻常，我们皆能泰然处之，社会人生中的政治风云、荣辱得失又何足挂齿？读罢全词，使读者对人生中的沉与浮、情感中的忧与喜，自会有一番全新的体悟。郑文焯评此词：“此足征是翁坦荡之怀，任天而动。琢句亦瘦逸，能道眼前景，以曲笔写胸臆，倚声能事尽之矣。”(《大鹤山人词话》)

卜算子·缺月挂疏桐

黄州[1]定惠院[2]寓居作

缺月挂疏桐，漏断[3]人初静。谁见幽人[4]独往来，缥缈[5]孤鸿影。

惊起却回头，有恨无人省[6]。拣尽寒枝不肯栖[7]，寂寞沙洲冷。

【注释】

〔1〕 黄州：今湖北黄冈，为苏轼因“乌台诗案”被贬之处。

〔2〕 定惠院：在湖北黄冈县东南。苏轼有《游定惠院记》。惠：一作“慧”。

〔3〕 漏断：漏壶水滴尽了，指时已深夜。漏：古代盛水滴漏计时之器。

〔4〕 幽人：幽居之人，作者自谓。

〔5〕 缥缈：隐约不清的样子。

〔6〕 省(xǐng)：了解，领悟。

〔7〕 “捡尽寒枝”句：鸿雁栖宿田野苇丛间，不宿树枝。

【鉴赏】

《卜算子》为词牌名，又名《百尺楼》《眉峰碧》《楚天遥》等。相传是借用唐代诗人骆宾王的绰号。骆宾王写诗好用数字取名，人称“卜算子”。北宋时盛行此曲。万树《词律》卷三《卜算子》：“毛氏云：‘骆义乌(骆宾王)诗用数名，人谓为‘卜算子’，故牌名取之。’按山谷词‘似扶著卖卜算’，盖取义以今卖卜算命之人也。”

据史料记载，苏轼有《游定惠院记》一文，由此可知这首《卜算子》词是苏轼初贬黄州寓居定慧院时所作，大约作于宋神宗元丰六年(1083年)初。被贬黄州后，苏轼的生活虽然陷入窘迫之境，因为黄州团练副使只是个八品小官，俸禄微薄，不足以养家。但苏轼是个乐观旷达的人，他率领全家通过自身的努力(开垦东坡荒地，自耕自食)渡过生活难关。然而精神上却是痛苦的，内心深处的幽独与寂寞是他人无法消解的。《卜算子·缺月挂疏桐》词吟咏孤鸿，实则以孤鸿寄托作者的情思，词人以孤鸿为喻，表示自己高洁自赏，不与世俗同流合污的生活态度，实际上也反映了作者政治失意后孤独寂寞的心情。

上阕写静夜所见之景：“缺月”“疏桐”“漏断”“幽人”“孤鸿”多种意象融合在同一时空，词人徘徊于月夜之下，如同天穹中的孤鸿，心事浩渺，无人知晓。下阕写孤鸿飘零失所，惊魂未定，却仍择地而栖，不肯同流合污，表达了作者景况凄惨却坚持操守的崇高气节。透过“孤鸿”的形象，可以看到词人诚惶诚恐的心境以及他充满自信、刚直不阿的个性，同时也表达了词人孤高自许、蔑视流俗的高洁品格。全词借物比兴，托物咏人，物我交融，含蕴深广。咏物而不限于物，主体与客体浑然一体，寄托遥深,为词中名篇。

黄庭坚说:"(此词)语意高妙,似非吃烟火食人语,非胸中有万卷书,笔下无一点尘俗气,孰能至此!"(《山谷题跋》)这种高旷洒脱、绝去尘俗的境界,得益于苏轼高超的艺术技巧。

唐圭璋先生在《唐宋词简释》中的解读最让人称赏:他认为此词上片写鸿见人,下片写人见鸿。词借物比兴。人似飞鸿,飞鸿似人,非鸿非人,亦鸿亦人,人不掩鸿,鸿不掩人,人与鸿凝为一体,托鸿以见人。

秦　观

秦观(1049—1100),字太虚,又字少游,别号邗沟居士,世称淮海先生。扬州高邮(今江苏省高邮县)人,宋神宗元丰八年(1085年)进士,历任定海主簿、蔡州教授、太学博士、秘书省正字、国史院编修官、杭州通判等职。与黄庭坚、张耒、晁补之合称"苏门四学士",颇得苏轼赏识。熙宁十一年(1078年)作《黄楼赋》,苏轼赞他"有屈宋之才"。其散文长于议论,《宋史》评其散文"文丽而思深"。其诗长于抒情,敖陶孙《诗评》说:"秦少游如时女游春,终伤婉弱。"他是北宋后期著名婉约派词人,被尊为婉约派一代词宗,其词大多描写男女情爱和抒发仕途失意的哀怨,文字工巧精细,音律谐美,情韵兼胜,历来词誉甚高。有《淮海集》。

鹊桥仙·纤云弄巧

纤云弄巧〔1〕,飞星传恨〔2〕,银汉迢迢暗度〔3〕。金风玉露〔4〕一相逢,便胜却人间无数。

柔情似水,佳期如梦,忍顾〔5〕鹊桥归路。两情若是久长时,又岂在朝朝暮暮〔6〕。

【注释】

〔1〕 纤云:轻盈的云彩。弄巧:指云彩在空中幻化成各种巧妙的花样。此句以喻织女

织造手艺的精巧,同时也暗示这是乞巧节,为织女渡河之夕。按旧俗,七夕为乞巧节,乞巧就是向织女乞求智慧之意。

〔2〕 飞星:流星。一说指牵牛、织女二星。此句意为:牛郎织女流露出终年不得见面的离恨。

〔3〕 银汉:银河。迢迢:遥远的样子。暗度:悄悄渡过。

〔4〕 金风玉露:指秋风白露。李商隐《辛未七夕》:"恐是仙家好别离,故教迢递作佳期。由来碧落银河畔,可要金风玉露时。"

〔5〕 忍顾:怎忍回视。意为"不忍分别"。

〔6〕 朝朝暮暮:朝夕相聚。语出宋玉《高唐赋》:"妾在巫山之阳,高丘之阻。旦为朝云。暮为行雨。朝朝暮暮,阳台之下。"

【鉴赏】

《鹊桥仙》为词牌名,又名《鹊桥仙令》《金风玉露相逢曲》《广寒秋》。又题作《七夕》。宗懔《荆楚岁时记》:"七月七日,为牵牛织女聚会之夜。"韩鄂《岁华纪丽·七夕》:"鹊桥已成。"注引《风俗通》曰:"织女七夕当渡河,使鹊为桥。"因取以为曲名,以咏牛郎织女相会事。《乐章集》入"歇指调",较一般所用多三十二字。

借牛郎织女的故事以表现人间的悲欢离合,古已有之,如《古诗十九首·迢迢牵牛星》,魏曹丕的《燕歌行》,唐孟郊的《古意》,五代杨璞的《七夕》等。宋代的欧阳修、张先、柳永、苏轼等人也曾吟咏这一题材,虽然遣辞造句各异,却都因袭了"欢娱苦短"的传统主题,格调哀婉、凄楚。相比之下,秦观的这首词借牛郎织女悲欢离合的故事,歌颂坚贞诚挚的爱情,堪称独出机杼,立意高远。

这是一曲纯真至美的爱情颂歌,上片写牛郎织女相会,用"纤云""飞星""银汉""金风玉露"等意象突显牛郎织女相会的美好意境。传统观念对牛郎织女一年一度的相会,都抱着同情、怜惜的态度,因为他们一年才得一见。而词中作者一反常人观点,认为经历漫长一年等待这美好的一刻相会,竟抵得上人间千万次的相会。词人热情歌颂了一种理想、圣洁而永恒的爱情。下片写他们的离别,欢娱过后离别到来,他们情意绵绵、难舍难分。结句"两情若是久长时,又岂在朝朝暮暮"最有境界,这两句既指牛郎、织女的爱情模式的特点,又表述了作者的爱情观,是高度凝练的名言佳句,千古传诵。全词哀乐交织,熔抒情与议论于一炉,融天上人间为一体,优美的形象与真挚的感情巧妙地结合,热情地讴歌了真挚、细腻、纯洁、坚贞的爱情。

以乐景写哀，以哀景写乐，倍增其哀乐，读来荡气回肠，感人肺腑。

明李攀龙评论此词："相逢胜人间，会心之语。两情不在朝暮，破格之谈。七夕歌以双星会少别多为恨，独少游此词谓'两情若是久长时'二句，最能醒人心目。"（《草堂诗余正集》）

踏莎行·雾失楼台

雾失楼台〔1〕，月迷津渡〔2〕。桃源望断无寻处〔3〕。可堪〔4〕孤馆闭春寒，杜鹃〔5〕声里斜阳暮。

驿寄梅花〔6〕，鱼传尺素〔7〕。砌成此恨无重数〔8〕。郴江〔9〕幸自〔10〕绕郴山，为谁流下潇湘去〔11〕。

【注释】

〔1〕 雾失楼台：暮霭沉沉，楼台消失在浓雾中。

〔2〕 月迷津渡：月色朦胧，迷失了渡口(寓找不着出路之意)。

〔3〕 桃源望断无寻处：拼命寻找也看不见理想的桃花源，比喻所向往的事物渺不可寻。桃源：语出晋陶渊明《桃花源记》，指生活安乐、合乎理想的地方。一说化用刘晨、阮肇入天台山事。汉明帝永平五年(《剡录》载为永平十五年)，剡县刘晨、阮肇共入天台山取谷皮，迷不得返。经十三日，粮食乏尽，饥馁殆死。遥望山上，有一桃树，大有子实；而绝岩邃涧，永无登路。攀援藤葛，乃得至上。各啖数枚，而饥止体充。复下山，持杯取水，欲盥漱。见芜菁叶从山腹流出，甚鲜新，复一杯流出，有胡麻饭掺，相谓曰："此知去人径不远。"便共没水，逆流二三里，得度山，出一大溪，溪边有二女子，姿质妙绝，见二人持杯出，便笑曰："刘阮二郎，捉向所失流杯来。"晨肇既不识之，缘二女便呼其姓，如似有旧，乃相见忻喜。问："来何晚邪？"因邀还家。其家铜瓦屋。南壁及东壁下各有一大床，皆施绛罗帐，帐角悬铃，金银交错，床头各有十侍婢，敕云："刘阮二郎，经涉山岨，向虽得琼实，犹尚虚弊，可速作食。"食胡麻饭、山羊脯、牛肉，甚甘美。食毕行酒，有一群女来，各持五三桃子，笑而言："贺汝婿来。"酒酣作乐，刘阮欣怖交并。至暮，令各就一帐宿，女往就之，言声清婉，令人忘忧。至十日后欲求还去，女云："君已来是，宿福所牵，何复欲还邪？"遂停半年。气候草木是春时，百鸟啼鸣，更怀悲思，求归甚苦。女曰："罪牵君，当可如何？"遂呼前来女子，有三四十人，集会奏乐，共送刘阮，指示还路。既出，亲旧零落，邑屋改异，无复相识。问讯得七世孙，传闻上世入山，迷不得归。

至晋太元八年,忽复去,不知何所(见《幽冥录》)。无寻处:找不到。

〔4〕 可堪:怎堪,哪堪,受不住。

〔5〕 杜鹃:鸟名,相传其鸣叫声像人言“不如归去”,容易勾起离人的乡愁,故云。

〔6〕 驿寄梅花:收到远方朋友寄赠的礼物,更引发了自己无限的愁思。陆凯在《赠范晔诗》:“折梅逢驿使,寄与陇头人。江南无所有,聊寄一枝春。”这里化用其意。作者自比远离江南故土的范晔。

〔7〕 鱼传尺素:此处表示接到朋友慰藉的书信。东汉蔡邕的《饮马长城窟行》中有“客从远方来,遗我双鲤鱼。呼儿烹鲤鱼,中有尺素书”。另外,古时舟车劳顿,信件很容易损坏,古人便将信件放入匣子中,再将信匣刻成鱼形,美观而又方便携带。“鱼传尺素”成了传递书信的一个代名词。

〔8〕 砌:堆积。无重数(shǔ):数不尽。

〔9〕 郴(chēn)江:清顾祖禹《读史方舆纪要·湖广》载:郴水在“州东一里,一名郴江,源发黄岑山,北流经此……下流会耒水及白豹水入湘江”。

〔10〕 幸自:本自,本来是。

〔11〕 为谁流下潇湘去:为什么要流到潇湘去呢?意思是连郴江都耐不住寂寞何况人呢?为谁:为什么。潇湘:潇水和湘水,是湖南境内的两条河流,合流后称湘江,又称潇湘。这两句诗意据张宗橚《词林纪事》卷六引释天隐云:“末二句从‘沅湘日夜东流去,不为愁人住少时。’变化来。”

【鉴赏】

这首词题为“郴州旅舍”,大约在绍圣四年(1097年)春三月,时秦观因坐党籍连遭贬谪于郴州,在郴州旅舍写下这首《踏莎行》。此前作者因受新旧党争之累先贬杭州通判,又因御史刘拯告他增损神宗实录,贬监处州酒税。绍圣三年,再以写佛书被罪,贬徙郴州(今湖南郴州市),削去所有官爵和俸禄。接二连三的贬谪,秦观内心备受打击,其心情之悲苦可想而知,形于笔端,词作也益趋凄怆。[一说,元祐六年(1091)七月,苏轼受到贾易的弹劾,秦观从苏轼处得知自己亦附带被劾,便立刻去找有关台谏官员疏通。秦观的失态使得苏轼兄弟的政治操行遭到政敌的攻讦,而苏轼与秦观的关系也因此发生了微妙的变化。有人认为,这首《踏莎行》的下阕,很可能是秦观在流放岁月中,通过同为苏门友人的黄庭坚,向苏轼所作的曲折表白。]

北宋词人中,秦观是以独具善感之“词心”著称的一位词人,清代学者冯煦在他的《宋六十一名家词例言》中曾云："他人之词，词才也；少游，词心也，得之于心，不可以传。"所以在秦观的词中，往往能写出一种极为纤细幽微的感受，这首《踏莎行》就最能体现秦观"词心"的特点。

词的上片写谪居中寂寞凄冷的环境：残阳如血、月色迷濛。作者用孤馆、春寒、人独、斜阳、落日、啼鹃等密集的景象揭示其凄苦的心态。词的下阕着重抒发其思亲怀旧之情。词人用两个典故表示远方的书信、亲朋的问候更触动了他内心深处的愁思，如块块砖石砌成了一座厚重的愁城。独有这郴江流水不解词人愁苦，独自不舍昼夜漂流而去。

此词成于作者晚年，正是其以累臣之身流窜万里，抛亲别友之际，心境如此，故接于物而发于诗，无不染上悲咽凄苦之色彩。据《苕溪渔隐丛话》引《冷斋夜话》云：东坡绝爱其尾两句。"自书于扇，曰'少游已矣，虽万人何赎？'"其感人之深，于此可见。

贺　铸

贺铸(1052—1125)，字方回，又名"贺三愁"，人称"贺梅子"，自号"庆湖遗老"，祖籍山阴(今浙江省绍兴市)，生长于卫州(今河南省汲县)。长身耸目，面色铁青，又被称为"贺鬼头"。宋太祖孝惠皇后族孙，十七岁时赴汴京，历任右班殿直、监军器库门、宝丰监钱官、右班殿直、太平州通判等职。重和元年(1118年)以太祖贺后族孙恩，迁朝奉郎，赐五品服。晚年退居苏州，家藏书万余卷，手自校雠，以此终老。贺铸能诗擅文，尤长于词。其词内容、风格丰富多彩，兼有豪放、婉约二派之长，长于锤炼语言并善融化前人诗句。他的一些描绘春花秋月之词，意境高旷，语言浓丽哀婉，几近秦观、晏几道。其爱国忧时之作，悲壮激昂，又近苏轼。南宋爱国词人辛弃疾等对其词均有续作，足见其影响之大。有《东山词》(一名《东山寓声乐府》)。

青玉案·凌波不过

凌波〔1〕不过横塘〔2〕路，但目送、芳尘去〔3〕。锦瑟华年〔4〕谁与度？

月桥花院[5]，琐窗[6]朱户[7]，只有春知处。

飞云冉冉[8]蘅皋[9]暮，彩笔[10]新题断肠句。试问闲情都几许[11]？一川[12]烟草，满城风絮，梅子黄时雨。

【注释】

〔1〕 凌波：形容女子步态轻盈。曹植《洛神赋》："凌波微步，罗袜生尘。"后人以凌波形容美人步履的轻盈。

〔2〕 横塘：大塘名，在今江苏省苏州市西南。龚明之《中吴纪闻》卷三载贺铸"有小筑在盘门之南十余里，地名横塘，方回往来其间"。

〔3〕 芳尘去：美人经过时扬起的尘土；指美人已去。

〔4〕 锦瑟华年：指美好的年华。锦瑟：饰有彩纹的瑟。语出李商隐《锦瑟》："锦瑟无端五十弦，一弦一柱思华年。"

〔5〕 月桥花院：一作"月台花谢"。月台：赏月的平台。花榭：花木环绕的房子。

〔6〕 琐窗：雕绘连琐形花纹的窗子。

〔7〕 朱户：朱红的大门。

〔8〕 冉冉：流动貌。

〔9〕 蘅皋(héng gāo)：长着香草的沼泽中的高地。蘅：杜衡，香草名。

〔10〕 彩笔：比喻有写作的才华。事见南朝江淹故事。《南史》卷五十九《江淹列传》："淹少以文章显，晚节才思微退。……夜梦一人自称张景阳，谓曰：'前以一匹锦相寄，今可见还。'淹探怀中得数尺与之。……又尝宿于冶亭，梦一丈夫自称郭璞，谓淹曰：'吾有笔在卿处多年，可以见还。'淹乃探怀中得五色笔一以授之。尔后为诗绝无美句，时人谓之才尽。"

〔11〕 都几许：有多少。试问：一说"若问"。闲情：一说"闲愁"。

〔12〕 一川：遍地。

【鉴赏】

《青玉案》为词牌名，取于东汉张衡《四愁诗》："美人赠我锦绣段，何以报之青玉案。"又名《横塘路》《西湖路》，双调六十七字，前后阕各五仄韵，上去通押。辛弃疾、贺铸、黄公绍、李清照等人都写过《青玉案》。

贺铸的美称"贺梅子"就是由这首词的末句得来的。据周紫芝《竹坡诗话》载："贺方回尝作《青玉案》词，有'梅子黄时雨'之句，人皆服其工，士大夫谓之贺梅子。"

可见这首词影响之大。

词作通过对暮春景色的描写，抒发作者所感到的“闲情”。上片写情意绵绵却相思难寄：通过“凌波”“芳尘”“锦瑟华年”“月桥花院”“琐窗”“朱户”等意象以点出盛年不偶、美人迟暮的伤感；当然也含蓄地流露自己沉沦下僚、怀才不遇的感慨。下片写因境生情，因情生愁。“一川烟草，满城风絮，梅子黄时雨。”借物以抒情表达了美人独处幽闺的怅惘情怀。全词虚写相思之情，实抒悒悒不得志的“闲情”。立意新奇，能引起读者无限的想象，为当时传诵的名篇。

贺铸虽贵为皇族之后，但却怀才不遇，一生沉抑下僚。只做过右班殿臣、监军器库门、临城酒税之类的小官，最后以承仪郎致仕。将仕途困顿隐曲地表达在诗词中，是古代文人的惯用手法。因此，结合贺铸的生平来看，这首词也应该有所寄托。“香草”“美人”历来是高洁之士的象征，作者以此自比，居住在香草泽畔的美人清冷孤寂，不正是作者怀才不遇的形象写照吗？以此而言，这首词之所以受到历代文人的盛赞，“同病相怜”恐怕也是一个重要原因（一说《青玉案》是一首情词，抒发对理想情感追求而不得的痛苦也未尝不可）。但无论从哪个角度来理解，这首词所表现的思想感情对于历代文人而言都是“与我心有戚戚焉”。这一点正是这首词具有强大生命力的关键所在。罗大经在《鹤林玉露》中评论：贺方回有“试问闲愁都几许？一川烟草，满城风絮，梅子黄时雨”。盖以三者比愁之多也，尤为新奇，兼兴中有比，意味更长。

鹧鸪天·重过阊门

半　死　桐

重过阊门[1]万事非[2]，同来何事不同归[3]？梧桐半死[4]清霜后，头白鸳鸯失伴飞[5]。

原上草，露初晞[6]。旧栖新垅两依依[7]。空床卧听南窗雨，谁复挑灯夜补衣？

【注释】

〔1〕 阊(chāng)门：苏州城的西门名阊门，此处借指苏州。

〔2〕 万事非：这里是人事全非的意思。

〔3〕 何事：为何。不同归：作者夫妇曾旅居苏州，后来妻子去世，他一人独自离去，所以说是不同归。

〔4〕 梧桐半死：枚乘《七发》说，“龙门之桐，高百尺而无枝”，“其根半死半生”，用这样的桐来制琴，其声最悲。贺铸以“梧桐半死”比喻自己遭丧偶之痛。

〔5〕 头白鸳鸯失伴飞：这句点明不能与妻子白头偕老。孟郊《烈女操》：“梧桐相待老，鸳鸯会双死。”此化用其意。

〔6〕 原上草，露初晞(xī)：汉代的挽歌《薤(xiè)露》说：“薤上露，何易晞！”把短促的人生比作薤叶上的露水，极其短暂。晞：干燥。

〔7〕 旧栖：指过去同居的寓所，新垅：指亡妻的新坟。此句意为：对旧居和新坟都留恋难舍，不忍离去。

【鉴赏】

自潘岳的悼亡诗(也有学者认为《诗经·邶风·绿衣》为悼亡诗之祖)问世以来，后世许多文人都有悼亡诗(词)传世，而流传最广、影响最大的当推元稹的《遣悲怀》、苏东坡的《江城子》(被称为“千古悼亡之首”)和贺铸的这首《鹧鸪天》。它们都表现了作者对亡妻真挚的情感和深深的思念之情，感人至深。

贺铸一生仕途困顿，屈居下僚，生活窘迫，而他的妻子赵氏夫人毫无怨言，勤俭持家又贤惠体贴，夫妻恩爱感情甚笃。因此当作者重游妻子去世的故地——苏州时，不禁悲从中来，感慨万分，写下了这首情深辞美的悼亡词。全词哀婉伤感，成为文学史上悼亡词的不朽名篇。

词的上片“重过阊门万事非，同来何事不同归 ”两句，引发作者重回阊门思念伴侣的无限感慨。而“梧桐半死、鸳鸯失伴”则形象而又艺术性地刻画出作者此时的孤独和凄凉。年近花甲(据史载，贺铸作此词时已五十七岁)的老人，仕途已矣，而又失却相亲相爱的伴侣，其孤独悲凉心境则可想而知。下片以“原上草，露初晞”比喻人生短促，而这短暂的人生却无人相伴。接着的“旧栖”“新垄”“空床”“听雨”等意象描绘出眼前凄凉气氛，也抒发了作者的寂寞、痛苦和深情。结句“挑灯夜补衣”通过典型的细节描写，突显了贺铸妻子的勤劳贤惠和对丈夫的温存体贴。这种既写今日寂寞痛苦，复忆过去温馨甜蜜的表现手法，让读者终见其夫妻感情深厚，同时亦慨叹妻亡之后作者的孤独凄凉。读来令人回肠荡气，撼人肺腑。

周 邦 彦

周邦彦(1056—1121),字美成,号清真居士,浙江钱塘(今浙江省杭州市)人。历任太学正、庐州教授、溧水知县、徽猷阁待制、提举大晟府等职。周邦彦被尊为婉约派的集大成者和格律派的创始人,开南宋姜夔、吴文英格律词派先河。旧时词论称他为"词家之冠"或"词中老杜",是公认"负一代词名"的词人。陈廷焯说:"词至美成,乃有大宗。前收苏、秦之终,后开姜、史之始,自有词人以来,不得不推为巨擘。"(《白雨斋词话》)其作品多写闺情、羁旅,也有咏物之作。词作典雅含蓄,且长于铺叙,善于熔铸古人诗句,辞藻华美,音律和谐,具有浑厚、典丽、缜密的特色。为后来格律词派词人所宗。周邦彦精通音律,能自度曲,创作不少新词调,词韵清蔚。有《片玉集》传世。

王国维先生认为:"(周)先生于诗文无所不工,然尚未尽脱古人蹊径。平生著述,自以乐府为第一。词人甲乙,宋人早有定论。惟张叔夏(张炎)病其意趣不高远。然宋人如欧、苏、秦、黄,高则高矣,至精工博大,殊不逮先生。故以宋词比唐诗,则东坡似太白,欧、秦似摩诘,耆卿似乐天,方回、叔原则大历十子之流。南宋唯一稼轩可比昌黎,而词中老杜,则非先生不可。昔人以耆卿比少陵,未为犹当也。"(《人间词话》附录)

六醜·正单衣试酒

蔷薇[1]谢后作

正单衣试酒[2],怅客里、光阴虚掷。愿春暂留,春归如过翼[3],一去无迹。为问花何在?夜来风雨,葬楚宫倾国[4]。钗钿堕处[5]遗香泽。乱点桃蹊,轻翻柳陌[6]。多情为谁追惜[7]?但蜂媒蝶使[8],时叩窗槅[9]。

东园岑寂,渐蒙笼暗碧[10]。静绕珍丛[11]底,成叹息。长条故惹[12]行客,似牵衣待话,别情无极[13]。残英小、强簪巾帻[14]。终不似,一朵钗头颤袅[15],向人欹侧[16]。漂流处、莫趁潮汐[17]。恐断红、尚有相思字[18],何由见得?

【注释】

〔1〕 蔷薇:是蔷薇属部分植物的通称。蔷薇花大多色泽鲜艳,气味芳香,是香色并具的观赏花。

〔2〕 试酒:宋代风俗,农历三月末或四月初尝新酒。周密《武林旧事》卷三:"户部点检所十三酒库,例于四月初开煮,九月初开清,先至提领所呈样品尝,然后迎引至诸所隶官府而散。"这里用以指时令。

〔3〕 过翼:飞过的鸟。杜甫诗《夜二首》有"村墟过翼稀"句。

〔4〕 楚宫倾国:楚王宫里的美女,此喻蔷薇花。韩偓《哭花》诗:"夜来风雨葬西施。"此用其意。《汉书·外戚传》载李延年歌曰:"北方有佳人,绝世而独立。一顾倾人城,再顾倾人国。宁不知倾城与倾国。佳人难再得。"称美人为倾国,本于此。

〔5〕 钗钿(diàn)堕处:花落处。以美人遗落之花钿比喻飘落的花瓣。白居易《长恨歌》:"花钿委地无人收,翠翘金雀玉搔头。"

〔6〕 桃蹊(xī):桃树下的路。柳陌:绿柳成荫的路。此二句形容落花飞散貌。

〔7〕 多情为谁追惜:即"为谁多情追惜",意即还有谁多情(似我)地痛惜花残春逝呢?

〔8〕 蜂媒蝶使:蜂、蝶飞游于花丛中,用以形容花的媒人和使者。裴说《牡丹诗》:"游蜂与蝴蝶,来往自多情。"下句所写蜂、蝶的寂寞之情,正好对应上句的无人追惜落花。

〔9〕 窗槅:窗子。古代话本中多称窗子为槅子窗。元曲称窗门为亮槅。

〔10〕 蒙笼暗碧:暮春绿叶茂密,景色显得幽暗。

〔11〕 珍丛:花丛。此指蔷薇花丛。

〔12〕 惹:挑逗。因蔷薇有刺,会勾住人的衣服,故曰惹。

〔13〕 似牵衣待话,别情无极:据《四部丛刊》本《草堂诗余·后集》卷下断句为:"似牵衣,待话别,情无极。"亦可。

〔14〕 强簪巾帻(zé):勉强插戴在头巾上。巾帻:头巾。

〔15〕 "终不似"句:总不如一朵鲜花插戴在美人钗头摇曳多姿。

〔16〕 向人欹侧:向人表示依恋媚态。有悦人、媚人之意。

〔17〕 "漂流"句:劝落花不要随流水而去。潮汐:早晚潮。

〔18〕 恐断红、尚有相思字:唐卢渥到长安应试,拾得御沟漂出的红叶,上有宫女题诗。

后娶遣放宫女为妻,恰好是题诗者。见范摅《云溪友议》:"卢渥舍人应举之岁,偶临御沟,见一红叶,命仆搴来。叶上乃有一绝句,置于巾箱,或呈于同志。及宣宗既省宫人,初下诏,许从百官司吏,独不许贡举人。后(卢渥)亦一任范阳,获其退宫,睹红叶而吁怨久之,曰:'当时偶题随流,不谓郎君收藏巾箧。'验其书,无不讶焉。诗曰:'流水何太急,深宫尽日闲。殷勤谢红叶,好去到人间。……'"本句用红叶比落花。此句意指红花飘零时,对人间充满了依恋之情。

【鉴赏】

《六醜》为周邦彦自创调。周密《浩然斋雅谈》卷下载:宋徽宗"问《六醜》之义,莫能对。急召周邦彦问之。对曰:'此犯六调,皆声之美者,然绝难歌。昔高阳氏有子六人,才而醜,故以比之。'"

这首词应该是惜花惜春之作,同时由惜花而引申为感慨迟暮,寄寓着词人的身世之感。笔触细腻,融情于景。全词以鲜花喻美人以抒发自己仕途困顿之感,把花之凋零、美人迟暮和自身不幸有机结合,词人惜花伤春的同时,也在自怜自伤。上阕写花谢,极尽想象:由于落花是无家的,所以虽有倾国之美姿,也得不到风雨的怜惜,只有在一夜风雨之后"遗香泽""点桃蹊""翻柳陌"。这里是人与花融合来写,以花之遭际喻羁人无家、随处飘零之身世。下阕写追惜,极尽缠绵;并突出了"行客"之无人怜惜、孤寂之境况,似那一朵迟开的蔷薇"残英小、强簪巾帻。终不似,一朵钗头颤袅,向人欹侧"。词人的惜花怜花之情正是自身境遇的写照。无情之物,而写成有情,虽无中生有,却动人心弦,感人至深。全词妙想联翩、委婉曲折。

黄蓼园在《蓼园词选》有恰当的评论:"自叹年老远宦,意境落寞,借花起兴。以下是花,是自己,己比兴无端,指与物化,奇情四溢,不可方物,人巧极而天生工矣!结处意致尤缠绵无已,耐人寻绎。"这一评论,对于理解欣赏此词是大有裨益的。

李　清　照

李清照(1084—1155),号易安居士,齐州章丘(今山东省济南市章丘区)人。宋代(北、南宋之交)女词人,婉约词派代表作家,有"千古第一才女"之称。其父李格非藏书甚富,她小时候就在良好的家庭环境中打下文学基础。出嫁后,与丈夫赵明诚共同致力于金石书画的搜集整理,共同从事学术研究,志趣相投,生活美满。所作词，前期多写其闺情相思之类的悠闲生活，韵调优美；后期多悲叹身世并怀有深沉的故国之思，情调感伤。她工于造语，创意出奇，善用白描手法，语言清丽。论词强调协律，崇尚典雅，提出词"别是一家"之说，反对以作诗文之法作词。她杰出的艺术成就赢得了后世文人的高度赞扬。后人认为她的词"不徒俯视巾帼，直欲压倒须眉"，她被称为"宋代最伟大的一位女词人，也是中国文学史上最伟大的一位女词人"，能诗，留存不多，情辞慷慨，与其词风不同。有《李清照集》。

如梦令・昨夜雨疏风骤

昨夜雨疏风骤〔1〕，浓睡不消残酒〔2〕。试问卷帘人〔3〕，却道海棠依旧。知否，知否？应是绿肥红瘦〔4〕。

【注释】

〔1〕 雨疏风骤：雨点稀疏，晚风急猛。疏：指稀疏。

〔2〕 浓睡不消残酒：虽然睡了一夜，仍有余醉未消。浓睡：酣睡。残酒：尚未消散的醉意。

〔3〕 卷帘人：此指正在卷帘的侍女。

〔4〕 绿肥红瘦：绿叶繁茂，花朵凋零。

【鉴赏】

《如梦令》为词牌名，又名《忆仙姿》。五代时后唐庄宗（李存勖）创作。苏轼《东坡乐府》卷下《如梦令》词序："此曲本唐庄宗（李存勖）制，名《忆仙姿》，嫌其名不雅，故改为《如梦令》。庄宗作此词，卒章云：'如梦，如梦，和泪出门相送。'因取以为名云。"

这首《如梦令・昨夜雨疏风骤》是李清照早期的作品。据陈祖美所编《李清照简明年表》载，此词大约作于宋哲宗元符三年（1100年）前后。李清照是个才女，却不是一位高产的作家，其词流传下来的只不过四五十首，但却"无一首不工"，"为词家一大宗矣"。这首《如梦令》，便是"天下称之"的不朽名篇。这首小令，有人物，有场景，还有对白，充分显示了宋词的语言表现力和词人的才华。

全词从“昨夜”开始到“卷帘”，写出了女词人所经历的由黑夜至清晨的时间变化和由“浓睡”到“残酒”的心理演变。词写日曙天明，问卷帘之人，然却一字不提所问何事，只于答话中透露出谜底。揭示了女词人对大自然变化的敏感和对生活中美好事物的关注。真的是绝妙工巧，不着痕迹。“绿肥红瘦”四字以喻花事用得极妙，语言清新，色泽艳丽，形象逼真。表现了词人对春光一瞬、好花不常的无限惋惜的心情。全词似在写作者为花而喜、为花而悲、为花而醉、为花而嗔，实则是伤春惜春，以花自喻，慨叹自己的青春易逝。

醉花阴·薄雾浓云

薄雾浓云愁永昼〔1〕，瑞脑消金兽〔2〕。佳节又重阳〔3〕，玉枕〔4〕纱橱〔5〕，半夜凉初透。

东篱〔6〕把酒黄昏后，有暗香〔7〕盈袖。莫道不销魂〔8〕，帘卷西风〔9〕，人比黄花〔10〕瘦。

【注释】

〔1〕 云：一作“氛”。永昼：漫长的白天。

〔2〕 瑞脑：一种薰香名。又称龙脑，即龙涎香。消：一本作“销”。金兽：兽形的铜香炉。

〔3〕 重阳：农历九月九日为重阳节。《周易》以“九”为阳数，日月皆值阳数，并且相重，故名。这是个古老的节日。南梁庾肩吾《九日侍宴乐游苑应令诗》：“朔气绕相风，献寿重阳节。”

〔4〕 玉枕：瓷枕的美称。

〔5〕 纱橱：即防蚊蝇的纱帐。宋周邦彦《浣溪沙》：“薄薄纱橱望似空，簟纹如水浸芙蓉。”橱：一作“窗”。

〔6〕 东篱：菊圃的代称；泛指采菊之地。陶渊明《饮酒诗》：“采菊东篱下，悠悠见南山。”为古今名句，故“东篱”亦成为诗人惯用之咏菊典故。唐无可《菊》：“东篱摇落后，密艳被寒吹。夹雨惊新拆，经霜忽尽开。”

〔7〕 暗香：这里指菊花的幽香。《古诗十九首·庭中有奇树》：“攀条折其荣，将以遗所思。馨香盈怀袖，路远莫致之。”这里用其意。

〔8〕 销魂：形容极度忧愁、悲伤。销：一作“消”。

〔9〕 帘卷西风:“西风卷帘”之倒文。西风:秋风。

〔10〕 比:一作“似”。黄花:指菊花。《礼记·月令》:“鞠有黄华。”鞠:本用菊。唐王绩《九月九日》:“忽见黄花吐,方知素节回。”

【鉴赏】

《醉花阴》为词牌名,首见于北宋毛滂词。此词一题《重阳》或《九日》。据元伊世珍《琅嬛记》:“易安以重阳《醉花阴》词函至赵明诚,明诚叹赏,自愧不逮,务欲胜之。一切谢客,忌食忘寝三日夜,得五十阕,杂易安作以示友人陆德夫。德夫玩之再三,曰:‘只三句绝佳。’明诚诘之。答曰:‘莫道不消魂,帘卷西风,人比黄花瘦。’正易安作也。”

这首词是李清照前期的怀人之作。宋徽宗建中靖国元年(1101年),十八岁的李清照嫁给太学生赵明诚,婚后不久,丈夫便“负笈远游”,留下了新婚不久的清照独处闺房,深闺寂寞,她深深思念着远行的丈夫。崇宁二年(1103年),时届重九,人逢佳节倍思亲,便写了这首词寄给赵明诚以表达自己的相思之情。

词的上片描摹了一个闺中少妇心事重重的愁态。这里虽然没有直抒离愁,但仍可透过“薄雾浓云”、透过“金兽”中“瑞脑”燃起的袅袅香雾,窥见女词人内心的苦闷。适逢重阳佳节之际,玉枕孤眠,纱帐内独寝,难免有孤寂之感。于是倍觉“半夜凉初透”,此时不只是时令转凉,而是内心的凄凉。下片写重阳节东篱赏菊、借酒浇愁的情景。重阳是菊花节,菊花开得极盛极艳,她一边饮酒,一边赏菊,染得满身花香。然而,她又不禁触景伤情,菊花的香和艳正如自己的花样年华。再美再艳的她此时也难以让远在他乡的丈夫欣赏。最后句“莫道不消魂,帘卷西风,人比黄花瘦”,成为全篇最精彩之笔。创造出一个凄清寂寥、深秋怀人的意境。以菊花之“瘦”,比人之瘦,菊花的花瓣本就清瘦颀长,而将之比人,更显人之弱柳扶风之态,其相思情感之深就不言而喻了。此句化用宋无名氏《如梦令》“依旧,依旧,人与绿杨俱瘦”句,但语意更妙。方为千古传诵之佳句。

永遇乐·落日熔金

落日镕金〔1〕,暮云合璧〔2〕,人在何处〔3〕。染柳烟浓,吹梅笛怨〔4〕,春意知几许。元宵佳节,融和天气,次第〔5〕岂无风雨。来相召、香车宝马[6],谢他酒朋诗侣。

中州[7]盛日,闺门多暇,记得偏重[8]三五[9]。铺翠冠儿[10],捻金[11]雪柳[12],簇带争济楚[13]。如今憔悴,风鬟霜鬓[14],怕见[15]夜间出去。不如向、帘儿底下,听人笑语。

【注释】

〔1〕 镕金:形容落日灿烂的颜色。廖世美《好事近》词:“落日水镕金。”

〔2〕 暮云合璧:指暮云弥漫,如珠联璧合。

〔3〕 人在何处:意为:景色虽好,而人事已非。即感伤自己漂泊无依。一说:人指亲人,即赵明诚。

〔4〕 吹梅笛怨:梅指乐曲《梅花落》,用笛子吹奏此曲,其声哀怨。

〔5〕 次第:此为转眼之意。冯延巳《忆江南》词:“东风次第有花开,恁时须约却重来。”

〔6〕 香车宝马:这里指贵族妇女所乘坐的、雕镂工致装饰华美的车驾。

〔7〕 中州:即中土、中原。这里指北宋的都城汴京(又称汴梁、东京),今河南开封。今河南省为古豫州地,居九州之中,故称中州。宋朝东京(开封)、西京(洛阳)、南京(商丘)都在中州。

〔8〕 偏重:特别看重,宋朝元宵是盛大的节日,故云偏重。

〔9〕 三五:正月十五日。此处指元宵节。

〔10〕 铺翠冠儿:镶翡翠珠子的帽子。

〔11〕 捻(niǎn)金:金饰的一种。

〔12〕 雪柳:以素绢和银纸做成的头饰(详见《岁时广记》卷十一)。雪柳、雪梅都是古代妇女们元宵节插戴的装饰品。

〔13〕 簇(cù)带:簇,聚集之意。带即戴,加在头上谓之戴。夸自己打扮漂亮。济楚:整齐、漂亮。簇带、济楚均为宋时方言,意谓头上所插戴的各种饰物。

〔14〕 风鬟霜鬓:头发散乱,不加修饰貌。李朝威《柳毅传》:“见大王爱女牧羊于野,风鬟雨鬓,所不忍睹。”

〔15〕 怕见:怕得,懒得。

【鉴赏】

《永遇乐》为词牌名,始创于柳永,分上下两阕,共一百零四字。毛氏《填词名解》云:"永遇乐歇拍调也。唐杜秘书工小词,邻家有小女名酥香,凡才人歌曲悉能吟讽,尤喜杜词,遂成逾墙之好。后为仆所诉,杜竟流河朔。临行,述《永遇乐》词决别,女持纸三唱而死。第未知此调,创自杜与否。"所引故事不可考。大抵创自唐之中叶。

建炎元年(1127年)"靖康之变"突发,金兵入主中原,李清照与赵明诚被迫南迁。建炎三年(1129年),赵明诚出任湖州太守,却不幸在赴任途中病逝。失去了故国家园的李清照生活由天堂而跌入地狱。"沉醉不知归路"的好日子一去不复返,陪伴她的只有无尽的愁苦。这首《永遇乐》就是李清照晚年伤今追昔的词作,写作地点在临安,写作时间大约在绍兴二十年(1150年),词用对比的手法描述了北宋京城汴京和南宋京城临安元宵节的情景,借以抒发自己的故国之思,并含蓄地表达了对南宋统治者苟且偷安的不满。

词的上片写元宵佳节寓居异乡的悲凉心情,着重对比客观现实的欢快和她主观情感的凄凉。初春时节,"染柳烟浓",景色迷人,然家国的变故,身世的坎坷,如今自己飘泊异乡,无家可归,"人在何处?"同吉日良辰形成鲜明对照。乐景衬悲情,使悲伤情绪更浓烈更凄恻。词的下片作者回忆南渡前在汴京过元宵佳节时的欢乐心情,与眼前的凄凉景象形成鲜明的对比。当时宋王朝为了点缀太平,过元宵节极尽铺张。据《大宋宣和遗事》记载,"从腊月初一直点灯到正月十六日",真是"家家灯火,处处管弦"。其中提到宣和六年正月十四日夜的景象:"京师民有似云浪,尽头上带着玉梅、雪柳、闹蛾儿,直到鳌山看灯。"孟元老《东京梦华录》"正月十六日"条也有类似的记载。可是,好景不长,金兵入侵,国破家亡,女词人飘流异乡。如今人老憔悴,虽值佳节,却"不如向,帘儿底下,听人笑语",更反衬出词人伤感孤凄的心境。

词作运用今昔对比与盛衰相映的手法,以极富表现力的语言写出了浓厚的今昔荣枯之感和个人身世之悲。这首词的艺术感染力如此之强,以至于南宋著名词人刘辰翁会每诵此词必"为之涕下"。(刘辰翁《须溪词》:余自辛亥上元诵李易安《永遇乐》,为之涕下。今三年矣,每闻此词,辄不自堪,遂依其声,又托易安自喻,虽辞情不及,而悲苦过之。)

朱敦儒

朱敦儒(1081—1159),字希真,号"岩壑",河南洛阳(今河南省洛阳市)人。

历任兵部郎中、临安府通判、秘书郎、都官员外郎、两浙东路提点刑狱等职。朱敦儒曾获“词俊”之名，与“诗俊”陈与义等并称为“洛中八俊”。因为长期隐居江湖，生活悠闲，其作品远离现实，但也有一部分忧时念乱之作，唱出了时代的悲凉之音。语言清新晓畅，一扫“花间”绮靡之习。朱敦儒著有《岩壑老人诗文》，已佚。有词集《樵歌》，也称《太平樵歌》。

相见欢·金陵城上

金陵〔1〕城上西楼〔2〕，倚清秋〔3〕。万里夕阳垂地，大江流。

中原乱〔4〕，簪缨〔5〕散，几时收〔6〕？试倩〔7〕悲风吹泪，过扬州〔8〕。

【注释】

〔1〕 金陵：南京。

〔2〕 城上西楼：西门上的城楼。

〔3〕 倚清秋：倚楼观赏清秋时节的景色。

〔4〕 中原乱：指公元1127年（宋钦宗靖康二年）徽、钦二宗被废，金人侵占中原的大乱。中原沦陷。

〔5〕 簪缨：当时官僚贵族的冠饰，这里作为贵人的代名词。

〔6〕 收：收复国土。

〔7〕 倩(qìng)：请托。

〔8〕 扬州：地名，今属江苏，是当时南宋的前方，屡遭金兵破坏，被金兵占领。

【鉴赏】

相见欢为《乌夜啼》的异名。又名《秋夜月》《上西楼》。本为六朝乐府旧题。该调仿于唐，正名《相见欢》，南唐后主李煜作此调时已归宋。古人云“亡国之音哀以思”，诗人身为亡国之君，哀之痛与思之切都深沉而含蓄地体现在这首词中。故宫禾黍，感事怀人，诚有不堪回首之悲，因此又名《忆真妃》。又因为此调中有“上西楼”“秋月”之句，故又名《上西楼》《西楼子》《秋夜月》。宋人则又名之为《乌夜啼》。唐玄宗时教坊有此曲，后用为词调。

公元1127年，靖康之难，汴京沦陷，徽、钦二帝被俘，帝王受辱，百姓遭殃。朱敦儒也在国破之际仓猝南逃至金陵，总算暂时安顿下来。这首词就是他客居金陵，登上金陵城西门城楼时感怀所作。

古人登楼、登高，每每赋诗感慨，虽然诗人遭际不同，所感各异，然而登楼抒感则是一致的。杜甫的《登高》、崔颢的《黄鹤楼》和李白的《登金陵凤凰台》皆各抒己意。这首《相见欢》亦然，由登楼入题，从写景到抒情，表现了词人强烈的亡国之痛和深厚的爱国情感。词的上片写作者登楼所见所感：寓居金陵的词人于秋日黄昏独自登上金陵城楼，纵目远眺，看到这一片萧条零落的秋景，悲秋之感油然而生。王国维先生说："以我观物，故物皆著我之色彩。"（《人间词话》）古代文人皆如此，诗中情、词中景皆带有作者的主观色彩。朱敦儒就是带着浓厚的国破家亡的伤感情绪来看景的。观眼前暮景，伤国家衰亡，心情极度沉重。下片则触景生情：由眼前凄凉之景转言国破家亡之事。二帝被废，中原沦陷，山河破碎，民不聊生。这种"中原乱，簪缨散"的局面何时才能结束？于此既表现了作者渴望早日恢复中原的强烈愿望，同时也是对朝廷不作为的无奈和愤慨。结句"试倩悲风吹泪，过扬州"，风悲、景悲、人亦悲，读后不禁令人潸然泪下。这不只是悲秋之泪，最重要的是忧国之泪。此时的作者关注到抗金的前线重镇——扬州，充分表现了词人对国家命运的关心和担忧。沈义父《乐府指迷》说："结句需要放开，含有余不尽之意。"就是对朱敦儒这首《相见欢》最好的注解。

蒋兴祖女

蒋氏女，生卒年不详，江苏宜兴（今江苏宜兴市）人，一作浙西人。父兴祖，宋钦宗靖康年间任阳武（今河南省原阳县）县令，靖康初，金兵围城，抗金而死，妻儿亦死难。宋代诗人韦居安谓："其女为贼掳去，题字于雄州驿中，叙其本末，乃作《减字木兰花》词云……蒋令，浙西人，其女方笄，美颜色，能诗词，乡人皆能称之。"（《梅磵诗话》）

减字木兰花·朝云横度

题雄州[1]驿[2]

朝云[3]横度。辘辘[4]车声如水去。白草黄沙[5]。月照孤村三两家。

飞鸿过也。百结愁肠无昼夜[6]。渐近燕山。回首乡关归路难。

【注释】

〔1〕 雄州：今河北雄县。

〔2〕 驿：古代专供递送公文的人或往来官员暂住、换马的处所。

〔3〕 朝云：早晨的云彩。

〔4〕 辘辘：车行声。

〔5〕 白草黄沙：象征北方凄凉的景色；风沙迷漫、白草飞卷的景象。

〔6〕 无昼夜：不分昼夜。

【鉴赏】

《减字木兰花》为词牌名。简称《减兰》。又名《木兰香》《天下乐令》《玉楼春》《偷声木兰花》《木兰花慢》，唐教坊曲，《金奁集》入“林钟商调”。《张子野词》将其归入“林钟商”。《花间集》所录三首各不相同，一般以韦庄词为准。该词牌为双调，上下阕各四句，共四十四字。

这首词是蒋兴祖的女儿在北宋灭亡之际被金人掳掠途中，道经雄州驿站时所写，描述自己被掳途中的所见、所闻、所感，抒发国破家亡之巨痛，表现了她对故土家园的深切眷念之情。作者之父蒋兴祖本是阳武县令，在金兵南侵围城时，奋勇抵抗，壮烈殉国，妻、子一同遇难。作者年方十七八，姿容甚美，被金人掳掠北上。由此可以想见她写作此词时揪心泣血的心情。

词的上片以纪实手法描述自己被掳北去。选择早晨、白天、夜晚三个时间段的景物，写出一天的艰难行程，朝行暮宿，百般困苦。所看到的是：荒凉破败，满目疮痍，行人更是难得歇息之地。句句蕴藏着凄恻悲苦、眷念故国的情感。下片则借景抒情：眼见大雁南飞，而自己却被掳北上不得自由，回望乡关归路杳渺，故而“百结愁肠无昼夜”。发出了绝望之人无可奈何的嗟叹。进一步抒发了欲归不得的愁苦。

全词虽然写的是个人的思乡之愁，实际上反映出当时广大人民的普遍遭遇。犹如蔡琰的五言《悲愤诗》，借自身的痛苦经历述说同时代千万民众共同的悲剧命运。况周颐《蕙风词话》说这首词：“寥寥数十字，写出步步留恋，步步凄恻。”

岳　飞

岳飞(1103—1142),字鹏举,相州汤阴县(今河南省安阳市汤阴县)人,南宋抗金名将。中国历史上著名的军事家、战略家、民族英雄,位列南宋“中兴四将”(岳飞、韩世忠、张俊、刘光世)之首。

岳飞二十岁应募“敢战士”,身经百战,屡建奇功,“位至将相”。绍兴十年(1140年),完颜兀术毁盟攻宋,岳飞挥师北伐,进军朱仙镇,准备渡河收复中原失地。然宋高宗、秦桧却一意求和,以十二道“金字牌”下令退兵,岳飞在孤立无援之下被迫班师。在宋金议和过程中,岳飞遭受秦桧、张俊等人的诬陷,被捕入狱。公元1142年1月,岳飞以“莫须有”的“谋反”罪名,与长子岳云和部将张宪同被杀害。宋孝宗时岳飞冤狱被平反,改葬于西湖畔栖霞岭。追谥武穆,后又追谥忠武,封鄂王。岳飞的文学才华也是将帅中少有的,他的不朽词作《满江红》,是千古传诵的爱国名篇。他流传下的作品不多,但都是充满爱国激情的佳作。有《岳武穆集》。

小重山·昨夜寒蛩

昨夜寒蛩〔1〕不住鸣。惊回千里梦〔2〕,已三更〔3〕。起来独自绕阶行。人悄悄,帘外月胧明〔4〕。

白首为功名〔5〕。旧山〔6〕松竹老,阻归程。欲将心事付〔7〕瑶琴〔8〕。知音〔9〕少,弦断有谁听。

【注释】

〔1〕 寒蛩(qióng):秋天的蟋蟀。

〔2〕 千里梦:指赴千里外杀敌报国之梦。

〔3〕 三更:指半夜十一时至翌晨一时。古代把晚上戌时作为一更,亥时作为二更,子时作为三更,丑时为四更,寅时为五更。

〔4〕 月胧明：月光不明。胧：朦胧。

〔5〕 功名：此指为驱逐金兵的入侵，收复失地而建功立业。

〔6〕 旧山：家乡的山。

〔7〕 付：付与。

〔8〕 瑶(yáo)琴：饰以美玉的琴。南朝宋人鲍照《拟古》诗之七："明镜尘匣中，瑶琴生网罗。"唐王昌龄《和振上人秋夜怀士会》诗："瑶琴多远思，更为客中弹。"

〔9〕 知音：《列子·汤问》载：伯牙善鼓琴，钟子期善听琴。伯牙琴音志在高山，子期说"峩峩兮若泰山"；琴音意在流水，子期说"洋洋兮若江河"。伯牙所念，钟子期必得之。后世遂以"知音"比喻知己、同志。三国曹丕《与吴质书》："徐、陈、应、刘，一时俱逝，痛可言邪……伯牙绝弦于钟期，仲尼覆醢于子路，痛知音之难遇，伤门人之莫逮。"唐杜甫《哭李常侍峄》诗："斯人不重见，将老失知音。"在此用知音称知己，指能赏识自己的人。

【鉴赏】

《小重山》为词牌名。一名《小冲山》《柳色新》《小重山令》。唐人常用此调写宫女幽怨，故其调悲。《金奁集》入"双调"，五十八字，前后片各四平韵。《词谱》以薛昭蕴词为正体。五十八字。另有五十七字、六十字两体，是变格。

绍兴八年(1138年)，秦桧被宋高宗赵构拜右仆射、同中书门下平章事兼枢密使，自此大权独揽，极力推行投降卖国政策。当宋金双方遣使谈判义和条件时，岳飞曾公开指责秦桧说："金人不可信，和好不可恃，相臣谋国不臧，恐贻后世讥。"(《宋史·岳飞传》)可见自秦桧当权，岳飞和其他许多爱国志士一样，受到投降派的压制和阻挠。深感自己杀敌报国的理想难以实现，内心充满忧愤。这首词应该作于此时。虽然这首《小重山》没有《满江红》词家喻户晓，但却以不同的风格特点和艺术手法表达了作者隐忧时事的爱国情怀。这是岳飞在夜深人静时诉说自己内心苦闷所写的词。他已经取得许多重大战役的胜利，反对妥协投降并相信抗金事业能成功，然而这时宋高宗和秦桧却力主与金国议和。使他无法实现收复失地的愿望，内心极度苦闷。于是他将对投降派猖獗的极度愤慨，身为朝臣又极无可奈何的种种复杂心情写于词中。

词的上片寓情于景，写作者思念中原、忧虑国事的心情。山河飘摇，国家残破，作者夙夜忧患，日夜牵挂的都是国家的战事和兴衰。因梦见战场战事而忧国忧民再无睡意，独自在台阶前徘徊，唯有天上的明月散发出淡淡的冷光。表达了作者

“众人皆醉我独醒，举世皆浊我独清”的孤独与凄凉心境。上阕用简洁的语言和平淡的叙述质朴地展现出作者所面临的困境。词的下片重在抒情。抒写收复失地受阻，心事无人理解的苦闷。词人终其一生渴望为国建功立业，痴心不改。如今头发斑白，几十年的求索，欲匡扶宋室，收复河山，成千古功名。而朝野上下却一片议和声，使作者陷入孤掌难鸣的境地，不禁担忧起国家的未来和命运，心情沉重。全词所展现的是作者沉郁悲怆的情怀，词虽短小，但却含蓄隽永，明丽婉转，深切地表达了作者壮志难酬和忧国忧民的悲苦心境。

韩　元　吉

韩元吉(1118—1187)，字无咎，号南涧，河南许昌(今河南省许昌市)人，一作开封雍邱(今河南省开封市)人。南宋词人，宋室南渡后，寓居信州上饶(今江西省上饶市)。袭门荫入仕，历任建安县令、吏部尚书、礼部尚书等职。他力主抗金，与张孝祥、范成大、陆游、辛弃疾等当代名流友善，常以词相唱和。《花庵词选》称：“南涧名家，文献、政事、文学，为一代冠冕。”韩元吉词多抒发山林情趣，存词八十余首，有《南涧诗余》。

好事近·凝碧旧池头

汴京赐宴，闻教坊乐，有感。

凝碧旧池[1]头，一听管弦凄切。多少梨园[2]声在，总不堪华发。杏花无处避春愁，也傍野烟发。惟有御沟[3]声断，似知人呜咽。

【注释】

〔1〕 凝碧池：唐代洛阳禁苑中池名。据计有功《唐诗纪事》载：安禄山叛逆唐王朝之后，曾大会凝碧池，逼使梨园弟子为他奏乐，众乐人思念玄宗欷歔泣下，其中有雷海青者，掷弃乐器、面向西方失声大恸，安禄山当即下令，残酷无比地将雷海青肢解于试马殿上。诗人王维当时正被安禄山拘禁于菩提寺，闻之，作诗云“万户伤心生野烟，百僚何日更朝天？秋槐

落叶深宫里,凝碧池头奏管弦”。抒发自己被迫任伪官的痛苦。

〔2〕 梨园:《新唐书·礼乐志》载:“玄宗既知音律,又酷爱法曲,选坐部伎子弟三百,教于梨园。声有误者,帝必觉而正之,号皇帝梨园弟子。”可知“梨园”为玄宗时宫廷所设。梨园的主要职责是训练乐器演奏人员,与专司礼乐的太常寺和充任串演歌舞散乐的内外教坊鼎足而三。后世遂将戏曲界习称为梨园界或梨园行,戏曲演员称为梨园弟子。后泛指演剧的地方为梨园。

〔3〕 御沟:流经皇宫的河道。晋崔豹《古今注·都邑》:“长安御沟谓之杨沟,谓植高杨于其上也。一曰羊沟,谓羊喜抵触垣墙,故为沟以隔之,故曰羊沟也。”

【鉴赏】

《好事近》为词牌名。又名《钓船笛》《张子野词》,入“仙吕宫”双调四十五字,前后片各两仄韵,以入声韵为宜。“近”与“令”“引”“慢”等均属词的一种调式。

宋孝宗乾道九年(1173年)三月,宋朝派遣礼部尚书韩元吉,利州观察使郑兴裔为正、副使。至金朝祝贺三月初一的万春节(金主完颜雍生辰)。行至汴京(北宋时称为东京开封府),金人设宴招待。席间词人触景生情,百感交集,赋下这首小词。

词的上阕写人,写作者在招待宴会上欣赏音乐。宴会所奏本该是春意融融的曲调,然而进入词人耳中却化为凄惨悲切之音。联想到唐“安史叛乱”之际王维的《凝碧池》诗,有感于徽、钦二宗被金人俘虏这一国耻,不忍听故国音乐,听之则华发陡生。表明了作者因中原长久不能恢复的深沉哀痛。

下阕则写景,写词人所见北方之景。作者以淡淡的哀愁写植根于北方的杏花,无处逃避战乱只得逢春开花,这就让作者联想到被金人统治的北方民众无可奈何的生活。而御沟成为诗人心中历史的见证和悲哀的象征。物是人非,人去楼空,使人睹物伤情。唐圭璋先生认为此词:“起言地,继言人;地是旧地,人是旧人,故一听管弦,即怀想当年,凄动于中。下片,不言人之悲哀,但以杏花生愁,御沟呜咽,反衬人之悲哀。用笔空灵,意亦沉痛。”(《唐宋词简释》)

朱 淑 真

朱淑真(1135? —1180?),号幽栖居士,南宋著名女词人,亦为唐宋以来留存作品最丰盛的女作家之一。南宋初年时在世，祖籍安徽歙州(今安徽省歙县)，《四库全书》中定其为“浙中海宁人”，一说浙江钱塘(今浙江省杭州市)人。生于仕宦之家，幼颖慧，博通经史，能文善画，精晓音律，尤工诗词，素有才女之称。但一生爱无所爱，郁郁不得志。相传因父母作主，嫁与一文法小吏，因志趣不合，夫妻不睦，终致其抑郁早逝。又传淑真过世后，父母将其生前文稿付之一炬。有《断肠诗集》《断肠词》，为劫后余篇。

减字木兰花·独行独坐

独行〔1〕独坐〔2〕，独唱〔3〕独酬〔4〕还独卧〔5〕。伫立伤神〔6〕，无奈轻寒〔7〕著摸人。

此情谁见，泪洗残妆无一半〔8〕。愁病相仍〔9〕，剔尽寒灯〔10〕梦不成〔11〕。

【注释】

〔1〕 独行：一人行路，独自行走。

〔2〕 独坐：一个人坐着。

〔3〕 独唱：独自吟咏、吟唱。

〔4〕 酬：本意是“劝酒”，指主人再次给客人敬酒，引申为酬谢；又引申为应付和赠答。独酬：自言自语的意思。

〔5〕 独卧：泛指一人独眠。

〔6〕 伫立：久立。伤神：伤心。

〔7〕 无奈：谓无可奈何。轻寒：微寒。一作“春寒”。

〔8〕 残妆：指女子残褪的化妆。一半：二分之一。亦以表示约得其半。

〔9〕 相仍：依然，仍旧。

〔10〕 寒灯：寒夜里的孤灯。多以形容孤寂、凄凉的环境。

〔11〕 不成：不行，不可以。

【鉴赏】

朱淑真是南宋时期一位既有倾国倾城之貌，又富琴棋书画之才的女子，她善绘画、通音律、工诗词。与李清照"差堪比肩"，并称"词坛双璧"。她虽然出生于显赫的家庭，但婚姻却十分不幸，因此诗词中"多忧愁怨恨之语"。这首《减字木兰花》就是由于自己的婚姻不幸，所嫁非偶，日夜思念自己的意中人而写。就词作的内容看，朱淑真书写时心中充满矛盾，但字里行间却透露着对知音的渴望，对自我才华的肯定，对实现理想的期待。

词作开篇十一个字连用五个"独"字，可谓愁绪无边，充分表现出朱淑真内心的孤独与寂寞，"独"字贯穿在她的一切活动中：行、坐、唱、酬、卧，那种孤独到了极致，同时又好像憋闷着一团烈火在胸中，似有肝肠欲断、五脏俱裂之势。然而却必须克制着、压抑着，只有独自神伤。下片则进一步抒写女词人的愁怨。"此情谁见"四字，承上启下，一语双兼，"此情"，既指上片的孤独伤情，又兼指下文的"泪洗残妆无一半"，写出了女词人以泪洗面的愁苦。结句"愁病相仍，剔尽寒灯梦不成"阐述自己因愁而病，因病添愁，愁病相因，以至夜不能寐的痛苦。

这首词构思精巧缜密，语言婉转流丽，篇幅虽短，波澜颇多，情长词短。其感触之深，含蕴之厚，非男性作家拟闺情之词所能及也。

范　成　大

南柯子·怅望梅花驿

怅望梅花驿[1]，凝情杜若洲[2]。香云低处有高楼，可惜高楼不近木兰舟[3]。缄素双鱼[4]远，题红片叶秋。欲凭江水寄离愁，江已东流，那肯更西流。

【注释】

〔1〕 驿：驿站、传舍，古传递文书、官员来往及运输途中暂息住宿之所。古驿站有亭，故又称驿亭。清末置邮局后始废。梅花驿句：借陆凯赠范晔诗"折梅逢驿使，寄与陇头人"的典故，说欲得伊人所寄之梅(代指信息)而久盼不至，因而满怀惆怅。

〔2〕 杜若：香草名。别称：地藕、竹叶莲、山竹壳菜。《本草图经》：杜若"叶似姜，花赤

色，根似高良姜而小辛，子如豆蔻”。杜若象征优雅，品格高洁。凝情杜若洲：取《楚辞·九歌·湘君》“采芳洲兮杜若，将以遗兮下女”之意，欲采杜若(香草，也指信息)以寄伊人，却也无从寄去，徒然凝情而望。

〔3〕 木兰舟：用木兰树造的船。南朝梁任昉《述异记》卷下：“木兰洲在浔阳江中，多木兰树。昔吴王阖闾植木兰于此，用构宫殿也。七里洲中，有鲁般刻木兰为舟，舟至今在洲中。诗家云木兰舟，出于此。”后常用为船的美称，并非实指木兰木所制。

〔4〕 双鱼：古乐府《饮马长城窟行》有“客从远方来，遗我双鲤鱼。呼儿烹鲤鱼，中有尺素书。长跪读素书，书中竟何如。上言加餐食，下言长相忆。”又《汉书·苏武传》有“教使者谓单于，言天子射上林中，得雁，足有系帛书”，因合称书信为鱼雁，亦有以鳞代鱼，以鸿作雁者。另亦指传书信者。

【鉴赏】

《南柯子》为唐教坊曲名。又名《春宵曲》《十爱词》《南歌子》《水晶帘》《风蝶令》《宴齐山》《梧南柯》《望秦川》《碧窗梦》等。后用为词牌。此词有单调、双调，单调者始于温庭筠词，因词有“恨春宵”句，名《春宵曲》。张泌词本此添字，因词有“高卷水晶帘额”句，名《水晶帘》，又有“惊破碧窗残梦”句，名《碧窗梦》。郑子聃有“我爱沂阳好词”十首，更名《十爱词》。

据杨长儒《石湖词跋》载，此词作于范成大任四川制置使期间(1174—1176)，且是“先生(成大)之最得意者”。刘克庄《后村诗话·续集》卷四也录了这首词，把它看成是石湖词的代表作之一。

这是一首抒发离情别绪的词作。上阕从男主人公起笔，写远方游子盼望情人的消息，并且陷入对情人的深切思念之中。此处的“梅花驿”不仅是游子的栖息之所，更是书信往来的交接地。游子在驿站凝情怅望，期盼情人有书信传递，然却失望落寞。下阕则从女主人公落笔，写闺中女子怀念远方游子的愁绪。如果说男主人公的愁绪是悠长而缠绵的话，那么，女主人公的思念则显得炽热急切，字里行间，流露出思妇坐卧不宁万般无奈的复杂心理。两阕遥相呼应，如倾如诉。词中典故的运用，言简意赅而又含义深远。全词遣词造句简古质朴，而意蕴深厚。

刘熙载《艺概·词曲概》认为：“词之妙莫妙于以不言言之，非不言也，寄言也。”这首词没有一处用“思”字，但字字句句都充满了思念之情，这表明作者遣词造句的艺术功底十分深厚，既恰如其分地表现了主旨，又保持了词的特点——清远空灵。

杨 万 里

杨万里(1127—1206),字廷秀,号诚斋。吉州吉水(今江西省吉水县)人。南宋名臣,著名文学家、爱国诗人,与陆游、尤袤、范成大合称南宋“中兴四大诗人”“南宋四大家”。因宋光宗曾为其亲书“诚斋”二字,故称为“诚斋先生”。绍兴二十四年(1154年)进士,历仕宋高宗、孝宗、光宗、宁宗四朝,曾任奉新知县、国子博士、广东提点刑狱、太子侍读、秘书监等职,官至宝谟阁直学士,封庐陵郡开国侯。开禧二年(1206年),杨万里病逝,年八十。获赠光禄大夫,谥号“文节”。杨万里能诗能文,一生作诗两万多首,传世作品有四千二百余首,被誉为一代诗宗。他初学江西派,后师法王安石及晚唐诸家,自成一家,创造了语言浅近明白、清新自然,富有幽默情趣的“诚斋体”,杨万里的诗歌以描写自然景物见长,但也有不少反映民间疾苦、抒发爱国感情的篇章。有《诚斋集》。

好事近·月未到诚斋

月未到诚斋〔1〕,先到万花川谷〔2〕。不是诚斋无月,隔一庭修竹〔3〕。如今才是十三夜,月色已如玉。未是秋光奇绝〔4〕,看十五十六〔5〕。

【注释】

〔1〕 诚斋:作者字号“诚斋”,此处为杨万里书房的名字。

〔2〕 万花川谷:是离“诚斋”不远的一个花圃的名字。在吉水之东。

〔3〕 庭:庭院。修竹:长长的竹子。修长且直,青翠整齐,叫修竹。

〔4〕 未是:还不是。奇绝:奇妙非常。

〔5〕 十五十六:指十五十六的月亮。

【鉴赏】

《疆村丛书·诚斋乐府》原题为《七月十三日夜登万花川谷望月作》。这是一首清新俊爽的即兴词，作于杨万里辞官归乡之后，词中点明创作时间是“七月十三日夜”，地点是作者书房旁的“万花川谷”，全词的中心是“望月”。古往今来，月亮与文学结下不解之缘。皓月当空，清辉照耀，最能触发文人的思绪。而杨万里的这首词可谓别具一格，写出了一种全新的感受：作者以平中出奇之笔，层层晕染，把人们常见的月亮写得晶莹剔透、勾魂摄魄，使笔下之景恍如图画，美不胜收。

词作开篇“月未到诚斋，先到万花川谷”明白如话，又巧设悬念，既写月为何又不见月？原来，在他的书房前面有一片茂密的竹林，遮蔽了月光，只得到万川花谷去赏月。据《宋史》载，杨万里在任永州零陵县丞时，曾三次去拜访谪居永州的张浚不得见面，后来“……以书谈始相见，浚勉以正心诚意之学，万里服其教终身，乃名读书之室曰‘诚斋’”。这样，就可以想见杨万里名为“诚斋”的书房是何等雅致和幽静。下片则紧接上片抒写“万花川谷”的月色。形象生动地描绘出“万花川谷”碧空澄明、冰清玉洁的月夜景色。“才”“已”二字的应用极富特色，“十三”月色已经像玉一般晶莹光洁，令人陶醉，那十五、十六日的圆月将是一个美妙如玉、剔透晶莹、“秋光奇绝”的新天地。笔墨看似平淡，却表现出一个不同凡响的意境，说明作者对未来、对美有着强烈的憧憬和追求。词作写了月、花、竹等意象，信手拈来，却又极富情趣，创设了一个情、境、意、趣极佳的空灵意境。通篇无一丝凿痕，毫无矫揉造作之嫌。这正符合清人所谓的“轻而不浮，浅而不露，美而不艳，流而不动，字外盘旋，句中含吐，小词之能事毕矣”（《词洁》）。

张　孝　祥

张孝祥(1132—1170)，字安国，别号于湖居士，本蜀之简州(今四川省简阳市)人，后卜居历阳乌江(今安徽省和县)。南宋著名词人、书法家。绍兴二十四年(1154年)进士第一，曾任中书舍人、显谟阁直学士，又任建康(今南京)留守、荆南知府等职，后归芜湖，卒葬建康。张孝祥才思敏捷，词作既有深厚的爱国思想内容，又有写景抒情、挥洒自如的作品。风格与苏轼相近，豪放爽朗，气势豪迈，境界阔大。张孝祥“尝慕东坡，每作为诗文，必问门人曰：‘比东坡如何？’”有《于湖集》《于湖词》。

六州歌头·长淮望断

长淮望断〔1〕,关塞莽然平〔2〕。征尘暗,霜风劲,悄边声〔3〕。黯销凝〔4〕。追想当年事〔5〕,殆〔6〕天数,非人力。洙泗上,弦歌地,亦膻腥〔7〕。隔水毡乡〔8〕,落日牛羊下〔9〕,区脱纵横〔10〕。看名王宵猎,骑火一川明,笳鼓悲鸣,遣人惊〔11〕。

念腰间箭,匣中剑,空埃蠹〔12〕,竟何成!时易失,心徒壮,岁将零〔13〕。渺神京〔14〕。干羽方怀远〔15〕,静烽燧〔16〕,且休兵。冠盖使〔17〕,纷驰骛〔18〕,若为情〔19〕。闻道中原遗老,常南望、翠葆霓旌〔20〕。使行人到此,忠愤气填膺〔21〕,有泪如倾。

【注释】

〔1〕 长淮:指淮河。宋高宗绍兴十一年(1141年)与金和议,以淮河为宋金的分界线。此句即远望边界之意。

〔2〕 关塞莽然平:草木茂盛,齐及关塞。谓边备松驰。这里针对南宋撤废两淮守备而言。莽然:草木茂盛貌。

〔3〕 “征尘暗”三句意为:飞尘阴暗,寒风猛烈,边声悄然。此处暗示对敌人放弃抵抗。征尘:路上的尘土。悄边声:边声悄然。边声:指边地的悲凉之声。

〔4〕 黯销凝:感伤出神之状。黯:精神颓丧貌。

〔5〕 当年事:指靖康二年(1127年)中原沦陷的靖康之变。

〔6〕 殆:大概、也许、似乎是。

〔7〕 “洙泗上”三句意为:连孔子故乡礼乐之邦亦陷于敌手。洙、泗:鲁国二水名,流经曲阜(春秋时鲁国国都),孔子曾在此讲学。弦歌地:指礼乐文化之邦。《论语·阳货》:“子之武城,闻弦歌之声。”邢昺疏:“时子游为武城宰,意欲以礼乐化导于民,故弦歌。”膻(shān)腥:牛羊的腥臊气。

〔8〕 隔水:淮河北岸即金国所属,故云。毡乡:指金国。北方少数民族住在毡帐里,故称为毡乡。

〔9〕 落日牛羊下:远望中所见金人生活区的晚景。《诗经·王风·君子于役》:“日之夕矣,羊牛下来。”

〔10〕 区(ōu)脱纵横：土堡很多。区脱：土室。匈奴语称边境屯戍或守望之处。

〔11〕 “看名王”四句意为：敌军来势凶猛。名王：此指敌方将帅。一说：名王为古代少数民族对贵族头领的称呼。宵猎：夜间打猎。骑火：举着火把的马队。

〔12〕 埃蠹(dù)：尘掩虫蛀。以上三句意为：武器废置不用，徒然被尘埃淹没、蠹虫侵蚀。

〔13〕 零：尽。

〔14〕 渺神京：收复京城更为渺茫。神京：指北宋都城汴京。

〔15〕 干羽：干盾和翟羽，都是舞蹈乐具。《礼记·乐记》：“干戚羽旄谓之乐。”郑玄注：“干，盾也，戚，斧也，皆武舞所执。羽，翟羽也，旄，旄牛尾也，皆文舞所执。”此句意为：用文德以怀柔远人；谓朝廷正在向敌人求和。

〔16〕 静烽燧(suì)：边境上平静无战争。烽燧：烽烟。

〔17〕 冠盖：冠服和车盖。使：求和的使者。

〔18〕 驰骛(wù)：奔走忙碌，往来不绝。

〔19〕 若为情：何以为情，犹今之“怎么好意思”。

〔20〕 翠葆霓旌：指皇帝的仪仗。翠葆：以翠鸟羽毛为饰的车盖。《文选》张衡《东京赋》：“树翠羽之高盖。”霓旌：像虹霓似的彩色旌旗。

〔21〕 填膺：塞满胸怀。江淹《恨赋》：“置酒欲饮，悲来填膺。”

【鉴赏】

《六州歌头》为词牌名。程大昌《演繁露》卷十六：“《六州歌头》，本鼓吹曲也。近世好事者倚其声为吊古词，如‘秦亡草昧，刘项起吞并’者是也。音调悲壮，又以古兴亡事实之。闻其歌，使人慷慨，良不与艳词同科，诚可喜也。”杨慎《词品》卷一：“六州得名，盖唐人西边之州：伊州、梁州、甘州、十州、渭舟、氏舟也。此词宋人大祀大衅，皆用此调。”

这首词作于宋孝宗隆兴二年(1164年)(一说作于隆兴元年)，作者任建康留守。隆兴元年(1163年)，张浚领导的南宋北伐军在符离(今安徽宿县北)溃败，朝野震惊，主和派得势，将淮河前线边防撤尽，向金国遣使乞和。张孝祥对此义愤填膺，既痛边备空虚，敌势猖獗，更恨南宋王朝投降媚敌求和的可耻行径，在一次宴会上，即席挥毫，写下了这首著名的《六州歌头》。

词写作者临淮观感，通过国土形势的纵览，谴责批评了朝廷的苟安政策，抒发了强烈的忠义报国之情。上片着重写沦陷区的凄凉景象和敌人的骄纵横行。北望中原,山河破碎,一片荒凉肃杀的秋日图景;金人入侵,声势嚣张。下片抒发自己壮志未酬的忠愤义气。南宋朝廷苟且偷安,一味地妥协求和,自己的报国理想化为泡影。面对眼前凄凉之景,作者为之痛心疾首。词作真实记录了当时局势,深刻揭示了广大人民渴望收复失地的强烈愿望,具有一种悲壮之美。全词格局阔大,声情激壮,笔饱墨酣,淋漓痛快,为南宋初期爱国词中的名篇。刘熙载评论说:"张(孝祥)安国于建康留守席上赋《六州歌头》,致感重臣罢席。然则词之兴观群怨,岂下于诗哉。"(刘熙载《艺概》)足见这首声情激壮的词作现实意义是多么强烈。

陆　游

钗头凤·红酥手

红酥手〔1〕,黄縢〔2〕酒,满城春色宫墙柳〔3〕。东风〔4〕恶,欢情薄。一怀愁绪,几年离索〔5〕。错错错。

春如旧,人空瘦,泪痕红浥〔6〕鲛绡〔7〕透。桃花落,闲池阁〔8〕。山盟〔9〕虽在,锦书〔10〕难托。莫莫莫〔11〕!

【注释】

〔1〕 红酥手:红润白嫩的手。

〔2〕 黄縢(téng):酒名。即黄封酒,当时的官酒。陈鹄《耆旧续闻》卷十载陆游至沈氏园,"去妇闻之,遣遗黄封酒果馔,通殷勤"。

〔3〕 宫墙:南宋以绍兴为陪都,因此有宫墙。宫墙柳:暗喻唐婉如宫墙柳的可望而不可及。

〔4〕 东风:暗指陆游之母。

〔5〕 离索:离散。一说:离群索居之意。

〔6〕 浥(yì):湿润。

〔7〕 鲛绡(jiāo xiāo):神话传说鲛人所织的绡,极薄,后用以泛指薄纱,这里指手帕。绡:生丝,生丝织物。任昉《述异记》:"南海出鲛绡纱。"

〔8〕 池阁:池上的楼阁。

〔9〕 山盟：旧时常用山盟海誓，指对山立盟，指海起誓。不可易移。

〔10〕 锦书：写在锦上的书信。此句意为：唐婉已另嫁他人，按封建礼法，不得再与之通书信。

〔11〕 莫莫莫：表示无可奈何、只得作罢的意思。

【鉴赏】

钗头凤为词牌名，又名《摘红英》，原名《撷芳词》，相传取自北宋政和间官苑撷芳园之名。《词谱》卷十："《古今词话》云：'政和间，京师妓之姥，曾嫁伶官。常入内教舞，传禁中《撷芳词》以教其妓。人皆爱其声，又爱其词，类唐人所作。'……陆游因词中有'可怜孤似钗头凤'句，改名《钗头凤》。"

据宋周密《齐东野语》卷一载："陆务观初娶唐氏，闳之女也，于其母（唐闳氏）夫人为姑侄。伉俪相得而弗获于其姑，既出而未忍绝之，则为别馆，时时往焉。姑知而掩之，虽先知挈去，然事不得隐，竟绝之，亦人伦之变也。唐后改适同郡宗子士程。尝以春日出游，相遇于禹迹寺南之沈氏园。唐以语赵，遣致酒肴。翁怅然久之，为赋《钗头凤》一词，题园壁间。实绍兴乙亥岁（1155年）也。"即陆游初娶表妹唐婉，伉俪情深、琴瑟和谐。然不得陆母意，逼迫陆游休弃唐氏。后陆游另娶，唐婉亦改嫁"同郡宗子"赵士程。几年之后的一个春日，陆游、唐婉在沈园邂逅。唐婉遣人送来酒肴，聊表对陆游的抚慰之情。陆游满怀伤感，遂乘醉吟赋《钗头凤》词，信笔题于园壁之上。唐婉见后曾和词（附后）一首，不久便抑郁而亡。这首词写的就是陆游自己的爱情悲剧和陆唐沈园相会时的感伤情怀。

词的上片通过追忆往昔甜蜜的爱情生活，感叹被迫离异的痛苦。"红酥手，黄縢酒，满城春色宫墙柳"三句写出这对恩爱夫妻之间的柔情蜜意以及他们婚后生活的美满与幸福。而用"东风恶"一转，美满姻缘被迫拆散，恩爱夫妻被迫分离，使他们在感情上遭受巨大的折磨和痛苦并满怀愁怨。接着一连三个"错"字，从心底里迸发而出，这是对封建社会"父母之命、媒妁之言"婚姻制度的强烈呐喊和控诉！

词的下片，由感慨往事回到现实，进一步抒写与爱妻被迫离异的巨大哀痛。"春如旧，人空瘦，泪痕红浥鲛绡透"三句写沈园重逢时唐氏的憔悴容颜和悲伤情感，一"瘦"一"空"字把陆游对唐婉的爱怜、疼惜、痛伤之感，全都表现出来。他对唐婉有无尽的爱，但此时却无可奈何，因为"山盟虽在，锦书难托"。虽只寥寥八字，却很能表现出词人内心的伤痛之情。所有的怜惜之情、抚慰之意，积攒在一起如万箭簇心,从心里发出呐喊:“莫莫莫!”意犹未了,情犹未终,却不得不了。上下片都用三叠字结尾可谓悲竹哀丝,凄恻销魂,读来如泣如诉,如歌如怨。总而言之,这首词达到了内容和形式的完美统一,是一首缠绵哀怨、催人泪下的作品。

附:唐婉《钗头凤》

世情薄,人情恶,雨送黄昏花易落。晓风干,泪痕残。欲笺心事,独语斜阑。难难难!

人成各,今非昨,病魂常似秋千索。角声寒,夜阑珊。怕人寻问,咽泪装欢。瞒瞒瞒!

诉衷情·当年万里

当年万里觅封侯[1],匹马戍梁州[2]。关河梦断何处[3]?尘暗旧貂裘[4]。胡[5]未灭,鬓先秋[6],泪空流。此生谁料,心在天山[7],身老沧洲[8]。

【注释】

〔1〕 万里觅封侯:奔赴万里外的疆场,寻找建功立业的机会。《后汉书·班超传》载:班超少有大志,尝曰,大丈夫应当“立功异域,以取封侯,安能久事笔砚间乎?”

〔2〕 戍(shù):守边。梁州:《宋史·地理志》:“兴元府,梁州汉中郡。”治所在今陕西省汉中县。指陆游四十八岁时在汉中担任川陕宣抚使署干办公事。

〔3〕 关:关塞。河:河防。此处泛指汉中前线险要的地方。梦断:梦也不到。何处:谓关河不知何处。此句意为:梦寐不忘国事。

〔4〕 尘暗旧貂裘:貂皮裘上落满灰尘,颜色为之暗淡。这里借用苏秦典故,说自己不受重用,未能施展抱负。又据《战国策·秦策》载:“(苏秦)说秦王,书十上而不行,黑貂之裘敝,黄金百斤尽,资用乏绝,去秦而归。”此句意为:作者长期闲散而无所作为。

〔5〕 胡:古代称北边的或西域的民族。南宋词中多指金人。此处指金入侵者。

〔6〕 鬓:鬓发。秋:秋霜,比喻鬓发早白。

〔7〕 天山：在新疆维吾尔自治区境内，是汉唐时的边疆。这里代指南宋与金国相持的西北前线。

〔8〕 沧洲：水边，古时隐士居住之地。谢朓《之宣城郡出新林浦向板桥》诗有“既欢怀禄情，复协沧州趣”句。陆游晚年住在绍兴镜湖边的三山。

【鉴赏】

《诉衷情》为唐教坊曲名，后用为词调。又名《一丝风》《步花间》《桃花水》《偶相逢》《画楼空》《渔父家风》。五代词人多用以写相思之情，即《诉衷情令》。

这首词是作者晚年归隐山阴以后所写，具体创作年份不详。陆游青少年时期一心向往北伐中原，收复失地。四十八岁那年应四川宣抚使王炎之邀，任职于西北前线重镇南郑军中，度过了八个多月的戎马生涯。那是他一生中最值得怀念的岁月。淳熙十六年(1189年)陆游被弹劾罢官后，退居山阴，有志难申。这期间常常在风雪之夜，孤灯之下，回首往事，梦游梁州，写下了一系列爱国诗词。这首《诉衷情》就是其中的一篇。

此词是年近七旬的作者身处故地，未忘国忧，烈士暮年，雄心不已的写照。通过今昔对比，反映了这位爱国志士的坎坷经历和不幸遭遇，表达了作者壮志未酬、报国无门的悲愤不平之情。上片追忆往昔：戎马疆场、意气风发，欲立功封侯，如今当年的宏愿化为梦幻，现今的自己犹如春秋时的苏秦功业无成、落魄潦倒。下片感慨当今：敌人尚未消灭而英雄却已迟暮。本应壮岁从戎，气吞胡虏，现在敌势依旧，自己却年老衰残、无力回天，只得在痛苦的回忆中虚度余生。这一切都是朝廷屈辱投降政策带来的恶果，词中虽未直说，却更能发人深思。全词格调苍凉悲壮，语言明白晓畅，用典自然，不着痕迹，有极强的艺术感染力。

严　　蕊

严蕊(生卒年不详)，原姓周，字幼芳，南宋人。出身低微，自小习乐礼诗书，后沦为天台(今属浙江省)营妓(军营中的妓女)，改艺名严蕊。洪迈《夷坚志》庚卷第十：“台州官奴严蕊，尤有才思，而通书究达今古。”周密《齐东野语》称她：“善琴弈歌舞，丝竹书画，色艺冠一时。间作诗词，有新语，颇通古今。善逢迎，四方闻其名,有不远千里而登门者。”严蕊词作多佚,仅存《如梦令》《鹊桥仙》《卜算子》三首。

卜算子·不是爱风尘

不是爱风尘〔1〕,似被前缘〔2〕误。花落花开自有时,总赖东君〔3〕主。

去也终须〔4〕去,住也如何住!若得山花插满头,莫问奴归处〔5〕。

【注释】

〔1〕 风尘:风月场。指以色相谋生的场所。前蜀·王衍《甘州曲》:“柳眉桃脸不胜春,薄媚足精神,可惜沦落在风尘。”

〔2〕 前缘:前世的因缘。

〔3〕 东君:司春之神,此指主管妓女的地方官吏。

〔4〕 终须:终究。

〔5〕 “若得”两句:若能头插山花,过着山野农夫的自由生活,那时也就不需问我归向何处。奴:古代妇女对自己的卑称。

【鉴赏】

南宋淳熙九年(1182年),台州知府唐仲友为严蕊、王惠等四人落籍,严蕊即回黄岩与母居住。同年,浙东常平使朱熹巡行台州,因唐仲友的永康学派反对朱熹的理学,同时在台州接到了不少有关唐仲友的举报信,于是朱熹连上六疏弹劾唐仲友,其中第三、第四状论及唐仲友与严蕊风化之罪,下令黄岩通判抓捕严蕊,关押在台州和绍兴,施以鞭笞,逼其招供,“两月之间,一再受杖,委顿几死”。严蕊宁死不从,并道:“身为贱妓,纵合与太守有滥,料亦不至死;然是非真伪,岂可妄言以污士大夫,虽死不可诬也。”此事朝野议论,震动孝宗,认为是“秀才争闲气”。后朱熹改官,岳霖任提点刑狱,同情严蕊,趁贺节之际,命她作诗自陈,严蕊“略不构思”,当场吟出这首《卜算子》。岳霖“即日判令从良”。

这是一首饱含血泪的歌词。一个处在社会底层任人摆布的弱女子,无法掌控自己的命运,却又被他人构陷。当有人给她机会让她诉说和辩解的时候,她便把自己满腹的委屈和愤怒“略不构思”,脱口而出。诉说自己如花朵一般,虽有才华,却只能俯仰随人、令人摆布。希望有朝一日能如村妇渔父般过着惬意自在的悠闲生活。词中有自辩，有自伤，更有不平和怨愤。可以说这是一个风尘女子的自白词，既委婉含蓄却又充满正气傲骨。当然也恰到好处地表现出一个年轻女性的才情和个性。

辛　弃　疾

辛弃疾(1140—1207)，原字坦夫，后改字幼安，号稼轩，山东东路济南府历城县(今山东省济南市历城区)人。少年抗金归宋，历任江西安抚使、福建安抚使、绍兴知府、镇江知府、枢密都承旨等职。著有《美芹十论》《九议》，备陈战守之策。由于与当政的主和派政见不合，被弹劾落职，退隐闲居信州上饶(今江西省上饶市)几近二十年(期间一度兼福建安抚使)。开禧三年(1207 年)，辛弃疾病逝，年六十八。后赠少师，谥号"忠敏"。辛弃疾一生以恢复中原为己任，把满腔激情和对国家兴亡、民族命运的关切、忧虑，全部寄寓于词作之中。词作反映了当时尖锐的民族矛盾和上层社会的内部矛盾，表现了他奋力向前、坚持抗金到底的决心。其词艺术风格多样，以豪放为主，但不拘一格，沉郁、明快、激厉、柔媚兼而有之。是南宋豪放派词人的杰出代表，有"词中之龙"称谓；与苏轼合称"苏辛"，与李清照并称"济南二安"。存词六百余首，有词集《稼轩长短句》。

摸鱼儿·更能消

淳熙己亥〔1〕，自湖北漕移湖南〔2〕，同官王正之〔3〕置酒小山亭〔4〕，为赋。

更能消、几番风雨〔5〕，匆匆春又归去。惜春长怕花开早〔6〕，何况落红〔7〕无数。春且住，见说道〔8〕、天涯芳草无归路。怨春不语。算只有殷勤，画檐蛛网，尽日惹飞絮〔9〕。

长门〔10〕事，准拟佳期又误。蛾眉〔11〕曾有人妒。千金纵买相如赋，脉脉[12]此情谁诉？君[13]莫舞，君不见、玉环飞燕[14]皆尘土！闲愁最苦！休去倚危栏[15]，斜阳正在，烟柳断肠处[16]。

【注释】

〔1〕 淳熙：淳熙（1174—1189年）是南宋孝宗赵昚的第三个也是最后一个年号，共计十六年。

〔2〕 漕：漕司的简称，指转运使。此句意为：由湖北（荆湖北路）转运副使调任湖南（荆湖南路）转运副使。宋朝称转运使为漕司，掌管一路的财赋。

〔3〕 王正之：名正己，是作者旧交。作者调离湖北转运副使后，由王正之接任原来职务，故称“同官”。

〔4〕 小山亭：在湖北转运副使官署内。府属在鄂州（今武汉市）。

〔5〕 消：经受。此句意为：再也经受不起几番风雨。

〔6〕 长怕花开早：花早开便会早落。怕：一作“恨”。

〔7〕 落红：落花。

〔8〕 见说道：听说。

〔9〕 “惹飞絮”三句意为：想来只有檐下蛛网还殷勤地沾惹飞絮，留住春色。

〔10〕 长门：汉代宫殿名，武帝皇后失宠后被幽闭于此，司马相如《长门赋序》：“孝武陈皇后，时得幸，颇妒。别在长门宫，愁闷悲思，闻蜀郡成都司马相如，天下工为文，奉黄金百万，为相如、文君取酒，因以解悲愁之辞，而相如为文以悟主上，陈皇后复得幸。”据史传所载：陈皇后贬居长门宫后，未再得宠幸。

〔11〕 蛾眉：指美人。《楚辞·离骚》：“众女妒余之蛾眉兮，谣诼谓余以善淫。”

〔12〕 脉脉：含情貌。

〔13〕 君：指善妒之人。

〔14〕 玉环飞燕：杨玉环，唐玄宗宠幸之妃子，安史叛乱之际，玄宗幸蜀途中，赐死于马嵬坡。赵飞燕，汉成帝宠幸之皇后，后废为庶人，自杀。皆貌美善妒。

〔15〕 危栏：高楼上的栏杆。

〔16〕 斜阳正在，烟柳断肠处：此二句意为：国势衰微。

【鉴赏】

《摸鱼儿》为唐教坊曲，后用为词牌。一名《摸鱼子》，又名《买陂塘》《迈陂塘》《双蕖怨》等。本意当为捕鱼，出自民歌。宋词以晁补之《琴趣外篇》所收为最早。

此词作于淳熙六年(1179年)春。时辛弃疾四十岁,正是年富力强之际,南归至此已有十七年之久。期间,作者以为扶危救亡的壮志将得施展,收复失地的策略将被采纳。然而,事与愿违。不仅如此,作者反而因此遭致排挤打击,不得重用,连续四年,改官六次。此时,他由湖北转运副使调官湖南。这一调转,依然去担任主管钱粮的小官。现实与他恢复失地的志愿相去甚远。行前,同僚王正之在山亭设宴为他饯行,作者触景生情,感慨万千,写下此词,同时也借词作抒发了他长期积郁于胸的苦闷之情。

这首词表面上是在抒发失宠女子的苦闷,实际上却表达了作者对国事的担忧以及屡遭排挤打击的不悦心情。词中对南宋小朝廷的昏庸腐朽,对投降派的得意猖獗表示强烈不满。作者于词中借春意阑珊和美人遭妒来暗喻自己政治上的失意。他曾在《论盗贼札子》里说:"生平刚拙自信,年来不为众人所容,恐言未脱口而祸不旋踵。"这与"蛾眉曾有人妒"语意正同。《鹤林玉露》云此词:"词意殊怨。斜阳烟柳之句,其'未须愁日暮,天际乍轻阴'者异矣。便在汉唐时,宁不贾种豆种桃之祸哉。愚闻寿皇见此词颇不悦。"据说当年宋孝宗读到这首词心中非常不快,大概他是读懂了词作的真意。

香草美人以喻爱国忠臣,自屈原始,这首词的写作手法颇似《离骚》,以香草美人为比兴抒写自己的政治情怀。风格上,辛词以豪放见长,此偏向柔美,委婉含蓄,当然与一般写儿女柔情和风月闲愁的婉约词大有不同。表面看,这首词写得"婉约",实际上却极哀怨,极沉痛,写得沉郁悲壮,曲折尽致。正如今人夏承焘评此词:"肝肠似火,色貌如花。"

菩萨蛮·郁孤台下

书江西造口〔1〕壁

郁孤台〔2〕下清江〔3〕水,中间多少行人泪〔4〕。西北望长安〔5〕,可怜无数山〔6〕。

青山遮不住,毕竟东流去〔7〕。江晚正愁余〔8〕,山深闻鹧鸪〔9〕。

【注释】

〔1〕 造口:一名皂口,在江西万安县西南六十里(《万安县志》)。

〔2〕 郁孤台：今江西省赣州市城区西北部贺兰山顶，又称望阙台，赣州城西北角(《嘉靖赣州府志图》)。因“隆阜郁然，孤起平地数丈”得名。

〔3〕 清江：赣江与袁江合流处旧称清江，此指赣江。

〔4〕 行人：指流离失所的人们。此句意为：追述当年金兵侵扰赣西地区人们受害的惨状。

〔5〕 长安：今陕西省西安市，为汉唐故都。此处代指宋都汴京。

〔6〕 无数山：很多座山。此二句意为：被群山所遮蔽，望不见京城。即中原尚未恢复。

〔7〕 东流：一作“江流”。此二句意为：江水毕竟冲破重峦叠嶂，向东奔流而去。

〔8〕 愁余：使我发愁。

〔9〕 鹧鸪：鸟名。传说其叫声如云“行不得也哥哥”，啼声凄苦。

【鉴赏】

据《宋史·孟后传》和乾隆《赣县志》卷三十四记载，宋高宗建炎三年(1129年)十月，金兵南侵，直入江西，隆裕太后(高宗的婶母)从洪州(今南昌市)沿赣江南奔，先乘船逃到造口，再由陆路流亡到赣州。当时金兵追太后御舟至造口，这一带曾遭到金兵的残酷蹂躏，民众被劫掠屠杀，惨不忍睹。四十余年后，淳熙二、三年(1175—1176年)间，辛弃疾任江西提点刑狱公事(主管司法兼理军政)，途经造口，想起从前金兵肆虐、人民受难的情景，不禁忧伤满怀。俯瞰不舍昼夜流逝而去的赣江水，词人的思绪也似这江水般波澜起伏，绵延不绝，于是写下了这首词。

词作追怀建炎年间家国之不幸，对靖康以来国土缺失表达了深情萦念，作者用一擅长之小令，竟为南宋爱国精神深沉凝聚之绝唱。词运用比兴手法，以眼前景道心中事，借景抒怀。眼前所见为清江水、无数山，心中所念则为家国悲、复国志，而一并托诸眼前景写出。结句以鹧鸪鸟“其志怀南”(汉代杨孚《异物志》记载：“鹧鸪其志怀南，不思北，其鸣呼飞，但南部北。”)的形象比喻自己，深刻地表现了作者决不向金人屈服，南归报国的崇高志向。

姜　夔

姜夔(1154—1221)，字尧章，别号白石道人。饶州鄱阳(今江西省鄱阳县)人。南宋词人、音乐家。他少年孤贫，屡试不第，终生未仕，曾北游淮楚，南历潇湘，客居合肥、湖州和杭州。是个浪迹江湖、寄食诸侯的游士。其人品秀拔，体态清莹，气貌若不胜衣，望之似神仙中人。他一生清贫自守，耿介清高。早有文名，颇受杨万里、范成大、辛弃疾等人推赏，以清客身份与张镃等名公臣卿往来。工诗词、精音律、善书法。词的造诣尤深。有诗词、诗论、乐书、字书、杂录等多种著作。其词格律严密，字句雕琢，且能自度曲。是继苏轼之后又一难得的艺术全才。上承周邦彦，下开吴文英、张炎一派。词作题材广泛，有感时、抒怀、咏物、恋情、写景、记游、节序、交游、酬赠等。他于词中描写了自己漂泊的羁旅生活，抒发自己不得用世及情场失意的苦闷心情，以及超凡脱俗、飘然不群，有如孤云野鹤般的个性。作品素以空灵含蓄著称。王国维《人间词话》卷上说："古今词人格调之高，无如白石，惜不于意境上用力，故觉无言外之味，弦外之响。"有《白石道人歌曲》。

扬州慢·淮左名都

淳熙丙申〔1〕至日〔2〕，予过维扬〔3〕。夜雪初霁，荠麦〔4〕弥望〔5〕。入其城，则四顾萧条，寒水自碧，暮色渐起，戍角〔6〕悲吟。予怀怆然，感慨今昔，因自度此曲。千岩老人〔7〕以为有"黍离"〔8〕之悲也。

淮左名都〔9〕，竹西佳处〔10〕，解鞍少驻初程〔11〕。过春风十里〔12〕。尽荠麦青青。自胡马窥江〔13〕去后，废池乔木，犹厌言兵〔14〕。渐〔15〕黄昏，清角吹寒〔16〕。都在空城。

杜郎〔17〕俊赏，算而今、重到须惊。纵豆蔻词工〔18〕，青楼梦好〔19〕，难赋深情。二十四桥〔20〕仍在，波心荡、冷月无声。念桥边红药〔21〕，年年知为谁生。

【注释】

〔1〕 淳熙丙申：淳熙三年(1176年)。

〔2〕 至日：冬至。

〔3〕 维扬：即扬州(今属江苏)。

〔4〕 荠麦：荠菜和麦子。麦：一说野生的麦子。

〔5〕 弥望：满眼。此句意为：满眼望去都是荠菜和麦子。

〔6〕 戍角：军营中吹响的号角声。

〔7〕 千岩老人：南宋诗人萧德藻，字东夫，自号千岩老人。姜夔曾跟他学诗，又是他的侄女婿。

〔8〕 黍离：《诗经·王风》篇名。据说周平王东迁后，周大夫经过西周故都，看见宗庙毁坏，尽为禾黍，彷徨不忍离去，就作了此诗。后以“黍离”表示故国之思。

〔9〕 淮左名都：指扬州。宋朝的行政区设淮南路，后分为淮南东路和淮南西路，扬州是淮南东路的首府，故称淮左名都。左：古人方位名，面朝南时，东为左，西为右。名都：著名的都会。

〔10〕 竹西佳处：扬州城东禅智寺侧有竹西亭，环境清幽。杜牧诗《题扬州禅智寺》有：“谁知竹西路，歌吹是扬州。”

〔11〕 少驻：稍作停留。初程：初次旅程。

〔12〕 春风十里：指扬州道上。杜牧《赠别》诗：“春风十里扬州路，卷上珠帘总不如。”这里用以借指扬州。与杜牧歌咏当年扬州的繁华相反，此极写今日扬州之荒芜。

〔13〕 胡马窥江：指金兵侵略长江流域地区，洗劫扬州。这里应指第二次洗劫扬州。

〔14〕 废池：废毁的池台。乔木：残存的古树。二者都是乱后余物，表明城中荒芜，人烟萧条。此二句意为：人们对金兵的侵扰，至今尚留余恨。

〔15〕 渐：向，到。

〔16〕 清角：凄清的号角声。

〔17〕 杜郎：即杜牧。唐文宗大和七年到九年，杜牧在扬州任淮南节度使掌书记。俊赏：风流蕴藉；一说杜牧是个喜爱游赏的诗人。钟嵘《诗品序》：“近彭城刘士章，俊赏才士。”

〔18〕 豆蔻：形容少女美艳。豆蔻词工：杜牧《赠别》：“娉娉袅袅十三余，豆蔻梢头二月初。”

〔19〕 青楼：妓院。青楼梦好：杜牧《遣怀》诗：“十年一觉扬州梦，赢得青楼薄幸名。”此三句意为：纵有杜牧之诗才，也难以表达我此时的悲怆之情。

〔20〕 二十四桥：扬州城内古桥，即吴家砖桥，也叫红药桥。杜牧诗《寄扬州韩绰判官》：“青山隐隐水迢迢，秋尽江南草未凋。二十四桥明月夜，玉人何处教吹箫。”

〔21〕 红药：红芍药花，是扬州繁华时期的名花。

【鉴赏】

《扬州慢》为词牌名，又名《郎州慢》，上下阕，九十八字，平韵。此调为姜夔自度曲，后人多用以抒发怀古之思。

姜夔有十七首自度曲，这是写得最早的一首。词作于宋孝宗淳熙三年(1176年)，时作者二十余岁。扬州自隋唐以来，借其地理位置的优越，成为南北往来的枢纽，是当时漕粮大规模转运的中心，亦是当时对外贸易的中心。商业发达，市肆繁华。晚唐诗人杜牧曾为淮南节度府掌书记(淮南道的治所设在扬州)，他对扬州感情颇深，且留下很多关于扬州的诗篇。如《扬州》("街垂千步柳，霞映两重城。天璧台阁丽，风凉歌管清。")、《题扬州禅智寺》《赠别》("娉娉袅袅十三余，豆蔻梢头二月初。春风十里扬州路，卷上珠帘总不如。")、《遣怀》等。所有篇章无一不在盛赞扬州的繁华。南宋建炎三年(1129年)，金兵大举南侵，攻破扬州、建康、临安等城，烧杀掳掠。隆兴二年(1164年)，金兵又大举进犯淮南地区，战火波及扬州。在淳熙三年(1176年)冬至这一天，一场大雪过后，姜夔路过扬州，目睹了战争洗劫后扬州的萧条景象，抚今追昔，悲叹今日的荒凉，追忆往昔的繁华，发为吟咏，以寄托对扬州昔日繁华的怀念和对今日山河破碎的哀思。这首震古烁今的名篇一出，就被他的叔岳萧德藻(即千岩老人，因爱姜夔之才，将自己的侄女儿许配与他)称有"黍离之悲"。

词从眼前扬州的破败萧条现状联想到杜牧诗中扬州的富庶繁华之景象，并以杜牧诗作为历史背景，以昔日扬州的繁盛同眼前战后的衰败相比，以抒今昔之感，同时借以自述心情。姜夔这年二十余岁，正可以风流年少的杜牧自况，但面对屡经兵火的扬州，纵有万般风情也被感伤离乱之情所淹没。这里以艳语写哀情，可以说是此词的一个特点。作者并非追慕杜牧的冶游，其实是以杜牧诗中的游冶之乐以寄托当前的衰败之悲。这是一幅哀情、乐景对比的图画，从这个画境中，似乎可以看到词人低首沉吟的身影。全词通过对比手法描写扬州今昔的变化，语意颇含蓄蕴藉，言有尽而意无穷。既控诉了金朝统治者发动的掠夺战争所带来的灾难，同时也对南宋朝廷的不作为有所谴责，具有一定的现实意义。

史达祖

史达祖(1163—1220?)，字邦卿，号梅溪，汴(今河南省开封市)人。中年时期曾在扬州、荆州及汉水一带任过幕职，颇具政治才干，但却屡试不中，生活清贫。他力主抗金，很受太师韩侂胄赏识，韩侂胄当国时，他是最亲信的堂吏，负责撰拟文书。开禧北伐失败，投降派政变，杀韩侂胄，牵连史达祖受黥刑遭流放,死于困顿。他是南宋婉约派重要词人,风格工巧,推动宋词走向基本定型。他的词以咏物见长,其描摹物态能尽态极妍,词句声韵圆转,字琢句炼,具有较高的艺术价值。词作中亦不乏家国之恨和身世之感的作品,充满了沉痛的家国之情,颇为后世称道。有《梅溪词》。

双双燕·过春社了

过春社〔1〕了,度帘幕中间〔2〕,去年尘冷〔3〕。差池〔4〕欲住,试入旧巢〔5〕相并。还相雕梁藻井〔6〕,又软语〔7〕商量不定。飘然快拂花梢〔8〕,翠尾分开红影〔9〕。

芳径〔10〕,芹泥〔11〕雨润,爱贴地争飞,竞夸轻俊〔12〕。红楼〔13〕归晚,看足柳暗花暝〔14〕。应自栖香〔15〕正稳,便忘了、天涯芳信〔16〕。愁损〔17〕翠黛双蛾〔18〕,日日画栏独凭。

【注释】

〔1〕 春社:古俗,农村于立春后、清明前祭神祈福,称"春社"。

〔2〕 帘幕中间:古时富贵人家,院宇深邃,多张设帘幕。蒋防《霍小玉传》:"闲庭邃宇,帘幕甚华。"

〔3〕 "去年"句意为:隔了一年,旧居布满灰尘,冷冷清清。

〔4〕 差(cī)池:燕子飞行时,有先有后,尾翼舒张貌。《诗经·风·燕燕》:"燕燕于飞,差池其羽。"

〔5〕 巢:燕子的窝。旧巢:此指燕子去年搭的窝。

〔6〕 相(xiàng):端看、仔细看。雕梁:雕有或绘有图案的屋梁。藻井:用彩色图案装饰的天花板,形状似井栏,故称藻井。

〔7〕 软语:燕子的呢喃声。

〔8〕 飘然:一作翩然。此句意为:轻快地飞掠花梢而过。

〔9〕 翠尾:燕尾。红影:花影。

〔10〕 芳径:有花草的小径。

〔11〕 芹泥:水边长芹草的泥土。杜甫诗《徐步》:"芹泥随燕觜,花蕊上蜂须。"

〔12〕 轻俊:轻盈、俊俏。

〔13〕 红楼：富贵人家所居处。此指燕子巢居之处。

〔14〕 柳暗花暝：春天黄昏的景色。

〔15〕 栖香：睡得很香甜。

〔16〕 “便忘了”句意为：忘记传递从远方带来的书信。

〔17〕 愁损：愁眉不展。

〔18〕 翠黛双蛾：古时女子画眉用翠黛(青丝)色。蛾：指美眉。此指闺中少妇。

【鉴赏】

《双双燕》为词牌名，始见史达祖《梅溪集》，即以咏双燕。双阕九十八字。王国维在《人间词话》里称赞史达祖的《双双燕》，道：“咏物之词，自以东坡《水龙吟》咏杨花为最工，邦卿《双双燕》次之。白石《暗香》《疏影》格调虽高，然无一语道着。视古人‘江边一树垂垂发’等作何如耶。”把他的这首词排名在苏东坡的《水龙吟》之后，可见其非同一般。

燕子是中国古典诗词中常见的意象，但全篇咏燕的妙词，则要首推史达祖的这首《双双燕》了。它以白描的手法，描绘春社过后，春燕归来，双双对对戏弄春光的可爱神态。其实是由燕的欢乐反衬春闺女子的孤独寂寞。全词对燕子的描写极为精彩：通篇不出“燕”字，然句句写燕，极妍尽态，神形毕肖却又不觉繁复。词作成功地描绘了燕子双宿双飞恩爱羡人的优美形象，把燕子拟人化又处处符合燕子的特征，达到了形神俱似的境界，如“又软语、商量不定”句把燕子拟人化到极致，表现它们用燕类的语言商量着彼此对旧巢环境变化的看法。真的把燕子写活了，可谓神来之笔！明人王世贞称赞它：“可谓极形容之妙。”(《弇州山人词评》)

作者对燕子那种自由、愉快、美满生活的描写，其实是隐含着某种人生的感慨与寄托的。这种写法，打破了宋词题材以写人为主体的常规，而以写燕为主，写人为宾；写双燕的美满生活，只是为了反衬红楼思妇的愁苦，给人以耳目一新之感。词作结尾不以燕而以人“日日画栏独凭”来收束，这就使所咏之物与所咏之人融为一体，增强了抒情效果。燕子成双成对，相亲相爱，正反衬了闺中女子的孤寂。词作风格工巧绮丽，声韵圆转，情调柔美，清新闲婉。

作为一首咏物词，《双双燕》获得了前人最高的评价。王士祯说：“仆每读史邦卿咏燕词，……以为咏物至此人，巧极天工矣！”(《花草蒙拾》)

吴 文 英

吴文英(1200？—1260)，字君特，号梦窗，晚年又号觉翁，四明(今浙江省宁波市)人。本姓翁氏，后入继吴氏。《宋史》无传，一生未第，游幕终身，于苏州、杭州、越州三地居留最久。交游如吴潜、史宅之等都是朝中显贵。晚年一度客居越州，先后为浙东安抚使吴潜及嗣荣王赵与芮门下客。清全祖望答万经《宁波府志》杂问，谓吴文英"晚年困踬以死"。吴文英被称为"词中李商隐"，在南宋词坛，吴文英属于作品数量较多的词人，其词作数量丰沃，风格雅致，语言冶炼，组织缜密，多酬答、伤时与忆悼之作。对于那些运意曲折幽深的隐晦之作，后世品评甚有争论。清人周济对他的评价甚高，在《宋四家词选》中将吴文英与辛弃疾、周邦彦、王沂孙并列为两宋词坛四大家。有《梦窗词》。

唐多令·何处合成愁

何处〔1〕合成愁。离人心上秋〔2〕。纵芭蕉、不雨也飕飕〔3〕。都道晚凉天气好，有明月、怕登楼。

年事〔4〕梦中休。花空烟水流。燕辞归、客尚淹留〔5〕。垂柳不萦〔6〕裙带〔7〕住。漫长是、系行舟。

【注释】

〔1〕 何处：怎样、哪里。

〔2〕 心上秋："心"上加"秋"字，即合成"愁"字。

〔3〕 飕(sōu)飕：形容风雨的声音。这里指风吹蕉叶之声。

〔4〕 年事：指岁月。

〔5〕 客：作者自指。淹留：停留。曹丕《燕歌行》："群燕辞归雁南翔，念君客游思断肠。慊慊思归恋故乡，君何淹留寄他方。"此句意为：大雁尚知春暖北回，而思念的人儿却滞留他乡未归。

〔6〕 萦：旋绕，系住。

〔7〕 裙带：指燕，此指离去的女子。

【鉴赏】

《唐多令》为词牌名，《太和正音谱》注“越调”，亦入高平调。也写作《糖多令》，又名《南楼令》《箜篌曲》等。

这是一首悲秋伤离的惜别词。吴文英在苏州时曾有一位深深爱恋的女子，后离去。本词就是作者客居异乡、感触秋景而追怀这位姬人所写的。情感真挚、缠绵缱绻、一往情深。词作也反映了作者飘泊生涯中的失意情怀。全词以明畅清新的文字抒写游子悲秋和伤别之情。

词的上片就眼前之秋景抒发离别之愁；“心上秋”“芭蕉雨”等词句把秋天的萧瑟和作者内心的悲凉紧密结合起来，让人感到秋天的深深寒意，心情更趋悲凉，平添了几分愁苦和凄凉。词的下片写离愁，揭示了作者内心的凄苦：一方面不愿情人归而归，另一方面愿自己归而不得归。把与情人的惜别赋予了较深层的内涵，表现了作者创作时的复杂心情和离别之际的纷纷意绪。

梦窗词本以丽密深曲为其主要风格，属于质实一派，而这首词却有着清空疏快的特点，因而主张“词要清空”的张炎在《词源》中对其大加赞赏，并说：“此词疏快，却不质实。如是者，集中尚有，惜不多耳。”当然梦窗词集中这类词亦不在少数，这正显示出有才华的文人其风格的多样化。

张　炎

张炎(1248—1320)，字叔夏，号玉田，晚号“乐笑翁”。祖籍陕西凤翔(今甘肃省天水市)，寓居临安(今浙江省杭州市)。六世祖张俊，宋朝著名将领。父张枢，“西湖吟社”重要成员，妙解音律。张炎是勋贵之后，前半生居于临安，过着湖山清赏、诗酒啸傲的生活，是西子湖畔一名“雅词”词客。宋亡以后则家道中落，贫难自给，漂流江湖、四方觅食，曾北游燕赵谋官，失意南归，落拓潦倒，以布衣终生。曾从事词学研究，著有《词源》一书，总结整理了宋末雅词一派的主要艺术思想与成就，其中以“清空”“骚雅”为主要主张。张炎又是南宋著名的格律派词人。文学史上把他和姜夔并称为“姜张”。他与宋末著名词人蒋捷、王沂孙、周密并称“宋末四大家”。张炎词风承接周邦彦和姜夔而来,尤以咏物词名重当时。入元后词风有所转变,所作“往往苍凉激楚”,“倍写其身世盛衰之感”(《四库提要》)。有词集《山中白云》及词学专著《词源》。

清平乐·采芳人杳

采芳人〔1〕杳〔2〕,顿觉游情〔3〕少。客里看春多草草〔4〕,总被诗愁分了。

去年燕子〔5〕天涯〔6〕,今年燕子谁家〔7〕?三月休听夜雨,如今不是催花。

【注释】

〔1〕 采芳人:指游春采花的女子。

〔2〕 杳(yǎo):没有踪迹。

〔3〕 顿觉:顿时觉得。游情:游玩的心情。

〔4〕 草草:草率。

〔5〕 燕子:燕属候鸟,随季节变化而迁徙,喜欢成双成对,出入在人家屋内或屋檐下。因此为古人所青睐。在此是词人自喻。

〔6〕 天涯:形容很远的地方。王勃《杜少府之任蜀州》:“海内存知己,天涯若比邻。”

〔7〕 谁家:何处。

【鉴赏】

《清平乐》原为唐教坊曲名,取用汉乐府“清乐”“平乐”这两个乐调而命名,后用作词牌。《宋史·乐志》入“大石调”,《金奁集》《乐章集》并入“越调”。通常以李煜词为准。双调四十六字,八句。

南宋德佑二年(1276年),元兵占领临安之后,世居临安的张炎家园被抄没,亲人被掳杀,他成了逃亡在外的宋臣。多年之后的一个春天,他回到了临安。目睹临安萧条荒芜的现状,自己已无家可归,曾经身为主人的作者如今却成了旧日都城的过客，于是感慨万千，付之笔端，吟就此词。

古典诗词中“伤春悲秋”历来是最常见的主题，张炎亦不例外，其词以“悲秋”见长，离愁别绪，万感情怀皆可由秋景而发。如他的《清平乐》（候蛩凄断）即是一首“悲秋”名作。而他的这首《清平乐》（采芳人杳）则是“伤春”的名篇，与前首词如同姊妹篇，一“秋”一“春”，虽景物不同，然其抒发的感伤情怀却是同出一源，即伤亡国之情，感破家之痛。

词的上阕写临安的今夕变化：往日的临安是“西湖天下景，朝昏晴雨，四序总宜。杭人亦无时而不游，而春游特盛焉”（周密《武林旧事》）。每当春天踏青季节可谓游客如织，尤其是那西湖胜景，更是“两堤骈集，几于无置足地静”（周密《武林旧事》）。现如今却是满目疮痍、景况凄凉，面目全非。作者的痛楚、惊愕、惘然感油然而生。词人要表达的不仅仅是对春色消逝的遗憾，而是自己国破家亡的感慨。下阕借以比兴，以燕子比喻自己：去年飘泊“天涯”的燕子如今回归故里，却满目萧索，不知该归于何处？听着三月夜雨，不是“催花”而是“摧花”，怎不令人无限感伤？前人评论此词：“羁泊之怀，托诸燕子；易代之悲，托诸夜雨。深人无浅语也。”（俞陛云《宋词选释》）不言而喻，这种情感的深沉和深挚就是在强烈的“今昔对比”中显示出来的。

散文

欧 阳 修

秋 声 赋

欧阳子[1]方[2]夜读书,闻有声自西南来者,悚然[3]而听之,曰:“异哉!”初淅沥以萧飒[4],忽奔腾而砰湃[5],如波涛夜惊,风雨骤至。其触于物也,鏦鏦铮铮[6],金铁皆鸣;又如赴敌之兵,衔枚[7]疾走,不闻号令,但闻人马之行声。予谓童子:“此何声也?汝出视之。”童子曰:“星月皎洁,明河[8]在天,四无人声,声在树间。”

余曰:“噫嘻悲哉!此秋声也,胡为而来哉?盖夫秋之为状[9]也:其色惨淡[10],烟霏云敛[11];其容清明,天高日晶[12];其气慄冽[13],砭[14]人肌骨;其意萧条,山川寂寥。故其为声也,凄凄切切,呼号愤发。丰草绿缛[15]而争茂,佳木葱茏而可悦;草拂之而色变,木遭之而叶脱。其所以摧败零落者,乃其一气[16]之余烈[17]。夫秋,刑官[18]也,于时为阴[19];又兵象[20]也,于行用金[21],是谓天地之义气,常以肃杀而为心。天之于物,春生秋实,故其在乐也,商声主西方之音[22],夷则为七月之律[23]。商,伤也,物既老而悲伤;夷,戮也,物过盛而当杀。”

“嗟乎!草木无情,有时飘零。人为动物,惟物之灵[24];百忧感其心,万事劳其形;有动于中,必摇其精[25]。而况思其力之所不及,忧其智之所不能;宜其渥然丹[26]者为槁木,黟然黑者为星星[27]。奈何[28]以非金石之质[29],欲与草木而争荣?念谁为之戕贼[30],亦何恨乎秋声!"

童子莫对,垂头而睡。但闻四壁虫声唧唧,如助余之叹息。

【注释】

〔1〕 欧阳子:作者自称。

〔2〕 方:正在。

〔3〕 悚(sǒng)然:惊惧的样子。

〔4〕 淅沥:形容轻微的声音如风声、雨声、落叶声等。以:表并列,而。萧飒:形容风吹树木的声音。此句意为:淅淅沥沥的细雨带着萧飒的风声。

〔5〕 砰(péng)湃(pài):同"澎湃",波涛汹涌声。

〔6〕 鏦鏦(cōng)铮铮:金属相击的声音。

〔7〕 衔枚:古时行军或袭击敌军时,让士兵衔枚以防出声,借以保密。枚:形似竹筷,衔于口中,两端有带,系于脖上。

〔8〕 明河:天河。

〔9〕 秋之为状:秋天所表现出来的意气容貌。状:情状,指下文所说的"其色""其容""其气""其意"。

〔10〕 惨淡:黯然无色。

〔11〕 烟霏:烟气浓重。霏:散扬。云敛:云雾密聚。敛:收,聚。此句意为:烟云密集,指隐晦的天气。

〔12〕 日晶:日光明亮。晶:亮。

〔13〕 慄冽:寒冷。一作:栗烈。

〔14〕 砭(biān):古代用来治病的石针,这里引用为针刺的意思。

〔15〕 绿缛:碧绿繁茂。

〔16〕 一气:指构成天地万物的混然之气。天地万物的变化都是"一气"运行的结果。此指秋气。

〔17〕 余烈:余威。

〔18〕 刑官:执掌刑狱的官。《周礼》把官职与天、地、春、夏、秋、冬相配,称为六官。秋天肃杀万物,审决死罪人犯也在秋天,所以司寇为秋官,执掌刑法,称刑官。

〔19〕 于时为阴:以阴阳配合四时,春夏属阳,秋冬属阴。《汉书律历志上》:"春为阳中,

万物以生;秋为阴中,万物以成。”

〔20〕 兵象:古代征伐,多在秋天,故云。《汉书·刑法志》:“秋治兵以狝。”颜师古注:“狝,应杀气也。”

〔21〕 于行用金:以五行分配四时,旧说谓秋天属金。《汉书·五行志上》:“金,西方,万物既成,杀气之始也。”

〔22〕 商声主西方之音:旧说以五声(宫、商、角、徵、羽)分配四时。《礼记·月令》载孟秋、仲秋、季秋之月,“其音商”。西方:是秋天的方位。

〔23〕 夷则为七月之律:以十二律(黄钟、大吕、太簇、夹钟、姑洗、中吕、蕤宾、林钟、夷则、南吕、无射、应钟)分配十二月,七月为夷则。

〔24〕 人为动物,惟物之灵:人在万物中特别具有灵性。

〔25〕 百忧感其心,万事劳其形;有动于中,必摇其精:《庄子·在宥》:“必静必清,无劳女形,无摇女静,乃可以长生。”此用其意从反面说。

〔26〕 渥:红润的脸色。丹:浓郁润泽的朱红色。

〔27〕 黟(yī)然:形容黑的样子。星星:鬓发花白的样子。此句意为:黑发变白。

〔28〕 奈何:为何。

〔29〕 非金石之质:指人体不能像金石那样长久。

〔30〕 戕(qiāng)贼:残害。

【鉴赏】

“伤春悲秋”是中国古代文人一种带有颓废色彩的情结。这种情节,基本上影响了中国古代所有的文人。特别是刘禹锡的诗句:“自古逢秋悲寂寥。”更是将“悲秋”写入了中国的诗坛。古代诗人大多为怀才不遇的文人士大夫,他们的政治抱负无法实现,不免要寓于他物以求自慰。他们借对秋的悲慨,抒发对现实不满而产生的郁闷心情;感叹自己怀才不遇,仕途困顿,人生艰难的不幸遭遇。本文作者欧阳修即是如此。作者此时已五十三岁且身居高位,但回首往事,屡次遭贬内心依然愤懑不平,面对朝廷的污浊黑暗,眼见国家积贫积弱,改革无望,不免产生忧伤之情。作者此时正处于孤独彷徨的苦闷时期,所以他对秋天这个季节特别敏感,《秋声赋》就是在这种背景下产生的。

秋在古代是肃杀的象征,一切生命都在秋天终止。作者的心情如秋天般萧瑟,感慨自然而叹人生,百感交集,黯然神伤。但他在文中却借秋声告诫世人:不必悲秋、恨秋,怨天尤人,而应自我反省。因为对于人而言,人事忧劳的伤害,比秋气对植物的摧残更为严重。

这篇赋把写景、抒情、记事、议论熔为一炉，浑然天成。作者叙事简括有法，议论迂徐有致；情感节制内敛；语气轻重和谐；节奏有张有弛；语言清丽而富于韵律。当我们在秋天吟诵《秋声赋》时，可以欣赏作者优美的文字所带给我们的艺术美感，同时也可细细品味秋之色、之容、之气、之意，体验自然与人生。

第六编

元代部分

诗歌

刘　　因

刘因(1249—1293),字梦吉,号静修。雄州容城(今属河北)人。元代著名理学家、诗人。三岁识字,六岁能诗,十岁能文,落笔惊人,才华出众,性格孤傲。因爱诸葛亮"静以修身"之语,题所居为"静修"。元世祖至元十九年(1282年)应召入朝,为承德郎、右赞善大夫。不久以母病为由辞官。母死后居丧在家。至元二十八年(1291年),忽必烈再度遣使召刘因为官,他又以疾辞。至元三十年(1293年),刘因病逝,死后朝廷追赠翰林学士、资政大夫、上护军,追封"容城郡公",谥"文靖"。有《静修集》。

观梅有感

东风吹落战尘沙,梦想西湖处士〔1〕家。只恐江南春意减,此心元〔2〕不为梅花。

【注释】

〔1〕 西湖处士:指北宋诗人林逋。林逋,字君复,钱塘(今浙江杭州)人。终身不仕,亦终生未婚。隐居于杭州西湖孤山,二十年足迹不涉城市。因喜植梅养鹤,故有"梅妻鹤子"之称。古人称像林逋这样的有德才而隐居的不仕者为处士。

〔2〕 元:同"原"。

【鉴赏】

梅是一种落叶乔木,因为它的傲雪凌霜,高洁伟岸,成为中华民族感物喻志的象征。在古诗词中,梅也成了文人骚客们抒发国家兴亡、民族荣辱、百姓悲欢等情感的寄托物。宋代诗人陆游的"无意苦争春,一任群芳妒。零落成泥碾作尘,只有香如故"(《卜算子》)以梅喻坚贞自守的傲骨;元代著名诗人、画家王冕的"不要人夸颜色好,只留清气满乾坤"(《墨梅》),是以梅喻高尚的人格;北宋林逋的"幸有微吟可相狎,不须檀板共金尊"(《山园小梅》),是以梅寄闲情。而这首《观梅有感》则是以梅为载体,抒发自己对江南的思念和对故国的悼亡之情。

诗写北方初定,春风送暖,经冬的梅花现又绽放,看见这冲寒盛放的梅花不由得联想到以"梅妻鹤子"著称的林逋。或许这梅花在经历一番战争烽烟后,也梦想着能够植根于林逋那具有优雅韵致、高标独绝的孤山梅园吧?诗的后两句笔锋一转,不是担心江南春色暗淡,西湖梅花凋零,而是出人意料借助梅花以发感慨,其实梅花的盛衰并不是作者真正关心的,诗人所要表达的是对江南大好河山沦入元蒙统治者铁蹄之下的悲慨。

杨　维　桢

杨维桢(1296—1370),浙江诸暨(今浙江省诸暨市)人。字廉夫,号铁崖、铁笛道人,晚年自号老铁、抱遗老人。元末明初著名诗人、文学家、书画家和戏曲家。与陆居仁、钱惟善合称为"元末三高士"。泰定四年(1327年)登进士第,历任天台县尹、钱清盐场司令、建德路总管府推官等职。杨维桢曾以冒犯丞相达识帖睦迩而徙居松江(今属上海市),筑园圃蓬台。门上写着榜文:"客至不下楼,恕老懒;见客不答礼,恕老病;客问事不对,恕老默;发言无所避,恕老迂;饮酒不辍车,恕老狂。"可见他高傲而狂妄的个性。其诗歌创作,最富特色的是他的古乐府诗,既婉丽动人,又雄迈自然。反映了民生疾苦和世态炎凉,史称"铁崖体",为后代文人所推崇。亦被称为"一代诗宗"。他著述等身,行于世的著作有《春秋合题者说》《史义拾遗》《东维子文集》《铁崖古乐府》《丽则遗音》《复古诗集》等近二十种。

题苏武牧羊图

未入麒麟阁〔1〕，时时望帝乡〔2〕。寄书元有雁〔3〕，食雪〔4〕不离羊。旄尽〔5〕风霜节〔6〕，心悬日月光。李陵〔7〕何以别，涕泪满河梁〔8〕。

【注释】

〔1〕 麒麟阁：汉宣帝甘露三年(公元前51年)，画功臣十一人像于麒麟阁，第十一人为苏武。

〔2〕 帝乡：京城。这里指西汉首都长安。此二句意为：苏武在返归汉朝前，时刻都怀念祖国长安。

〔3〕 "寄书"句：《汉书·苏武传》载："昭帝即位，数年，匈奴与汉和亲，汉求武等，匈奴诡言武死。后，汉使复至匈奴，常惠请其守者与俱，得夜见汉使，具自陈道。教使者谓单于，言：'天子射上林中，得雁，足有系帛书，言武等在某泽中。'使者大喜，如惠语以让单于。单于视左右而惊，谢汉使曰：'武等实在。'"元：通"原"。

〔4〕 食雪：《汉书·苏武传》："(卫)律知武终不可胁，白单于，单于愈益欲降之。乃幽武，置大窖中，绝不饮食。天雨雪，武卧啮雪与旃毛并咽之，数日不死。匈奴以为神。乃徙武北海上无人处，使牧羝，羝乳乃得归。"

〔5〕 旄(máo)尽：《汉书·苏武传》："武既至海上，廪食不至，掘野鼠去草实而食之。杖汉节牧羊。卧起操持，节旄尽落。"旄：指节旄。节以竹为之，柄长八尺，节上缀牦牛尾为饰物，称节旄。

〔6〕 风霜节：比喻节操高洁。刘峻《辩命论》："故季路学于仲尼，历风霜之节。"

〔7〕 李陵：汉陇西成纪人，名将李广之孙。苏武使匈奴被留的第二年，即公元前99年(汉武帝天汉二年)，李陵率兵五千出居延北千余里击匈奴，遇匈奴军主力，矢尽无援，投降匈奴。汉昭帝时，匈奴与汉和亲，武得归汉，临行，李陵置酒送别。有诗云："携手上河梁，游子暮何之。"

〔8〕 河梁：桥梁。此两句意为：李陵被俘后因故投降匈奴，今见苏武守节不移，不辱使命，仍旧秉持汉节回归故国，难以为情。

【鉴赏】

苏武是西汉杜陵人，字子卿。武帝时，以中郎将出使匈奴，单于胁降，不屈被幽,徙至北海,使牧公羊,俟羊产子乃释。武持汉节牧羊十九年。昭帝即位,与匈奴和亲,武得归,拜为典属国。宣帝时,赐爵关内侯,图形于麒麟阁(见《汉书·苏武传》)。

这是一首题画的诗,题画诗是一种艺术形式,在中国画的空白处,由画家本人或他人题上一首诗。诗的内容或抒发作者的情感,或谈论艺术的见地,或咏叹画面的意境。诚如清方薰所言:"高情逸思,画之不足,题以发之。"(《山静居画论》)这种题在画上的诗就叫题画诗。中国画和诗一样非常讲究"意境",往往画中题诗,诗画互补,使意境更加深远。如在画面加盖红印章,使中国画集诗、书画、印于一身,形成了独特的艺术形式,使人在读诗、看画、赏诗过程中,充分享受艺术美。杨维桢的这首题画诗则歌颂了苏武坚贞不渝、威武不屈、贫贱不移的崇高民族气节,更饱含了作者对苏武崇高气节的敬佩之情。苏武被拘匈奴十九载,受尽磨难而终得归汉,他是一位在千难万苦中仍不放弃信仰和忠诚的大汉赤子,他是一位在酷寒之地坚守信仰、不折不挠的民族英雄。他的传奇经历,激励着历史上无数中华民族的热血男儿坚守民族气节。这首诗就是因苏武牧羊图而生发,开篇点题,由图像于麒麟阁而追述苏武生平事,表现苏武在处境凄苦的环境中依然坚贞不移、高风亮节。接着选取极富代表性的细节:食雪、旄尽体现了苏武不畏艰难而始终心向汉室的高贵品格。最后则以李陵羞愧泣别作为反衬,更显出苏武人格的高尚。

散曲

关　汉　卿

关汉卿(1220？—1300)，号已斋、已斋叟。大都(今北京市)人。是我国古代伟大的戏剧家，中国古代戏曲创作的代表人物，被称为元代杂剧奠基人，“元曲四大家”(马致远、郑光祖、白朴)之首。在元蒙贵族的暴力统治下，关汉卿不乐仕进，长期接触社会底层，对下层民众的疾苦有非常深刻的了解并给予深切的同情。因此他的杂剧颇多反映民族矛盾与阶级矛盾，揭露当时社会的黑暗，表现了人民的苦难和反抗，尤其对下层妇女命运极度关心。贾仲明吊词中称关汉卿为：“驱梨园领袖，总编修帅头，捻杂剧班头。”以杂剧的成就最大，一生写了六十多种，今存十八种。关汉卿除杂剧之外，兼写散曲，他的散曲，内容丰富多彩，格调清新刚劲，艺术上带有浓厚的民间文学气息，具有很高的艺术价值。散曲今存小令四十多首、套数十多首，关汉卿塑造的“我是个蒸不烂、煮不熟、捶不匾、炒不爆、响当当一粒铜豌豆”(《不伏老》)的形象也广为流传，被誉为“曲家圣人”。

南吕一枝花·不伏老(节选)

不伏老(节录)

【尾】　我是个蒸不烂、煮不熟、槌不匾〔1〕、炒不爆、响当当一粒铜豌豆〔2〕；恁〔3〕子弟每，谁教你钻入他锄不断、斫〔4〕不下、解不开、顿不脱、慢腾腾千层锦套头〔5〕。我玩的是梁园〔6〕月，饮的是东京〔7〕酒，赏的是洛阳花[8],攀的是章台柳[9]。我也会围棋、会蹴踘[10]、会打围[11]、会插科[12]、会歌舞、会吹弹、会嚥作[13]、会吟诗、会双陆[14]。你便是落了我牙,歪了我嘴,瘸了我腿,折了我手,天赐与我这几般儿歹症候[15],尚兀自[16]不肯休。则除是[17]阎王亲自唤,神鬼自来勾,三魂归地府,七魄丧冥幽,天哪,那其间才不向烟花路[18]儿上走。

【注释】

〔1〕 匾:同“扁”。

〔2〕 铜豌豆:原是青楼勾栏中对老狎客的昵称,此处用以比喻作者的性格无比坚强。

〔3〕 恁(nèn):那些。

〔4〕 斫(zhuó):砍。

〔5〕 锦套头:锦缎制的套头,喻圈套、陷阱。

〔6〕 梁园:汉时梁孝王所造的花园,也称兔园,后世称梁苑,故址在今河南开封(亦说商丘)。梁孝王好宾客,司马相如、枚乘等辞赋家皆曾延居园中,因而有名。

〔7〕 东京:汉时以洛阳为东京,五代至北宋都以汴州(今河南开封市)为东京。此指开封。

〔8〕 洛阳花:指牡丹,古时洛阳以产牡丹花著名。宋欧阳修撰《洛阳牡丹记》载:“牡丹出丹州、延州,东出青州,南亦出越州。而出洛阳者,今为天下第一。洛阳所谓丹州花、延州红、青州红者,皆彼土之尤杰者。然来洛阳,才得备众花之一种,列第不出三,已下不能独立与洛花敌。”(《花品叙第一》)

〔9〕 章台柳:指妓女。唐代许尧佐传奇《柳氏传》载,韩翃与妓女柳氏有婚姻之约,后因离别阻隔三年,韩翃作《寄柳氏》词说:“章台柳,章台柳,昔日青青今在否?纵使长条似旧垂,也应攀折他人手。”后柳氏为番降沙叱利所夺,淄青诸将中有虞侯许俊,颇具侠肠,乘间劫柳氏以归韩。章台:原为汉时长安章台下街名,旧时用以作妓院的代称。

〔10〕 蹴踘(cù jū):古代一种踢球游戏。《汉书・枚乘传》颜师古注云:“蹴,足蹴之也;踘,以革为之,中实以物;蹴蹋为戏乐也。”蹴踘始见于汉初,盛于唐宋。《宋史・太宗纪》:“会亲王宰相,淮海国王及近臣蹴踘大明殿。”

〔11〕 打围:古代指打猎时合围,后泛称打猎。

〔12〕 插科:戏曲演员在表演中穿插的滑稽动作或幽默的语言。常同“打诨”合用,称“插科打诨”。

〔13〕 嚥作：指唱歌。朱有燉《桃园景》楔子〔仙吕·赏花时〕曲："你道我嚥作的吞子忒献斗，你道我撇末的场中无敌手。"吞子：嗓子。献斗：出色。

〔14〕 双陆：古代博戏用具，同时也是一种棋盘游戏。棋子的移动以掷骰子的点数决定，首位把所有棋子移离棋盘的玩者可获得胜利。民间用双陆棋来赌博，乾隆下令封杀双陆棋，如今已失传。

〔15〕 歹症候：恶习、坏毛病。

〔16〕 兀自：犹、还。

〔17〕 则除是：除非是。则：同"只"。

〔18〕 烟花路：指妓女聚居地。

【鉴赏】

《南吕》为古代戏曲音乐名词，宫调之一。《一枝花》和《梁州》等均属这一宫调的曲牌。把同一宫调的若干曲子连缀起来表达同一主题，就是所谓"套数"。属于南吕宫的词牌主要有"干荷叶""江南柳"等；属于南吕宫的曲牌主要有"一枝花""金字经""四块玉""落梅风"等。古人认为每个宫调都有各自的风格，如"仙吕宫清新绵邈、南吕宫感叹伤悲、中吕宫高下闪赚、黄钟宫富贵缠绵、正宫惆怅雄壮、道宫飘逸清幽……"（周德清《中原音韵》）

伟大的戏剧家关汉卿同时也是著名的散曲作家，这首《南吕一枝花·不伏老》是他的代表作，也是整个元散曲中的名篇。文中以生动活泼的比喻，写书会才人的品行才华，具有民间曲词那种辛辣恣肆和诙谐滑稽的风格。当然这也是作者自述心志的作品，在清澈见底的情感波流中极能显出诗人独特的个性。

在关汉卿生活的元朝，元蒙贵族对汉族士人极度歧视，读书人的地位极其低下，落到了"八娼九儒十丐"的地步，元朝初期科举制度的废除无疑又堵塞了文人的仕途，因而元代知识分子大都怀才不遇，愤世嫉俗。而关汉卿就选择了一种独特的生活方式，他能够突破传统文人"求仕""归隐"这两种生活模式，体现了一种新的人生观。历经沧桑岁月的磨炼，勾栏生活的体验，使他能把杂剧、散曲等通俗文艺作为自己心灵的寄托，在勾栏中证明自身存在的价值。臧懋循就指出关汉卿是个"躬践排场，面傅粉墨，以为我家之生活，偶倡优而不辞"（臧懋循《元曲选·序》）的人。曲中有"我是……一粒铜豌豆"，这正是关汉卿坚韧、顽强性格的自画像。接着诗人以浓烈的色彩渲染了一个"折柳攀花""眠花卧柳"的风流浪子的浪漫生活。诗人有意识地将妓女及烟花柳巷毫无遮掩地呈现给读者,恰恰是体现了他对封建传统观念的蔑视和对现实生活的玩世不恭,喷射出一种与传统规范相撞击的愤怒与不满!既然他有了坚定的人生信念,就敢于藐视一切;最后为了完成自己的人生理想:坚定地"向烟花路儿上走"。这种不畏惧死亡及对自我人生价值的追求,正是诗中诙谐乐观的精神力量所在。

这首散曲艺术上最大的特点就是口语和衬字的运用,使散曲的语言平易质朴而自然贴切,造成一种气韵镗鞳的艺术感染力。作者在首句中加了十六个衬字,读来朗朗上口,情味无穷,充分体现了曲之为曲生动活泼的特点,赋予全篇无穷的韵味和生气,更表现了关汉卿惊人的驾驭语言的能力。

马 致 远

马致远(1250? —1321?),字千里,号东篱,大都(今北京市)人,被誉为"马神仙"。曾做过江浙省务提举等官,但元朝统治者推行的民族歧视政策,使他对现实表达强烈的不满,接受道家思想,晚年遁世归隐。他的年辈晚于关汉卿、白朴等人,但却是一位"姓名香贯满梨园"的著名作家,又是"元贞书会"的重要人物,与关汉卿、郑光祖、白朴并称为"元曲四大家",元代戏剧家、散曲家。被尊称为"曲状元",在元代的文学史上具有极高的声誉。马致远著有杂剧十五种,存世的有《破幽梦孤雁汉宫秋》等七种。马致远的散曲作品亦负盛名,虽然颇多抒发怀才不遇的悲哀,但那些描写景物的散曲,语言凝练、意境优美,流畅自然,具有很高的艺术价值。元末明初贾仲明在诗中说他:"万花丛中马神仙,百世集中说致远。"有《东篱乐府》传世。

般涉调·耍孩儿·借马

借 马

近来时买得匹蒲梢骑[1],气命儿般[2]看承爱惜。逐宵[3]上草料数十番,喂饲得膘息胖肥。但有些污秽却早忙刷洗,微有些辛勤便下骑。有那等无知辈,出言要借,对面难推。

〔七煞〕懒设设[4]牵下槽，意迟迟背后随，气忿忿懒把鞍来备。我沉吟了半晌语不语，不晓事颓人[5]知不知。他又不是不精细，道不得“他人弓莫挽，他人马休骑”。

〔六煞〕不骑啊，西棚下凉处拴。骑时节拣地皮平处骑。将青青嫩草频频的喂。歇时节肚带松松放，怕坐的困尻包儿[6]款款[7]移，勤觑着鞍和辔，牢踏着宝镫，前口儿休提。

〔五煞〕饥时节喂些草，渴时节饮些水，着皮肤休使粗毡屈[8]。三山骨[9]休使鞭来打，砖瓦上休教稳着蹄。有口话你明明记：饱时休走，饮时休驰。

〔四煞〕抛粪时教乾处抛，尿绰时教净处尿，栓时节拣个牢固桩橛上系。路途上休要踏砖块，过水处不要践起泥。这马知人义，似云长赤兔，如益德乌骓[10]。

〔三煞〕有汗时休去檐下拴，渲时节休教浸着颓[11]，软煮料草铡底细。上坡时款把身来耸，下坡时休教走得疾。休道人忒寒碎[12]，休教鞭飑[13]着马眼，休教鞭擦损毛衣。

〔二煞〕不借时恶了弟兄，不借时反了面皮。马儿行嘱咐叮咛记：鞍心马户[14]将伊打，刷子去刀莫作疑。则叹的一声长吁气。哀哀怨怨，切切悲悲。

〔一煞〕早晨间借与他，日平西盼望你，倚门专等来家内，柔肠寸寸因他断，侧耳频频听你嘶。道一声好去[15]，早两泪双垂。

〔尾〕没道理，没道理；忒下的[16]，忒下的。恰才说来的话君专记：一口气不违借与了你。

【注释】

〔1〕 蒲梢骑：古代的良马名。《史记·乐书》：“后伐大宛，得千里马，马名蒲梢。”

〔2〕 气命儿般：性命儿似的。

〔3〕 逐宵：每夜，夜夜。

〔4〕 设设：形容懒洋洋的样子。

〔5〕 颓人：骂人语，犹言“鸟人”“鸟汉”“脓包”。明贾仲名《对玉梳》第二折：“不晓事的颓人认些回和，没见识的杓倈知甚死活。”

〔6〕 尻(kāo)包儿：指骑马人的屁股。

〔7〕 款款：慢慢地。

〔8〕 休使粗毡屈：不要让粗毡儿折迭起来。

〔9〕 三山骨：指马后股上的骨骼。

〔10〕 似云长赤兔，如益德乌骓：三国时，关羽(字云长)所乘之马叫赤兔追风马。张飞(字益德，应为翼德)的坐骑叫乌骓。皆良马。

〔11〕 渲：洗刷，此处指替马洗刷。颓：雄性生殖器。此句意为：替马洗刷时不要让冷水浸着它的生殖器。

〔12〕 忒(tuī)：方言，太，过于。寒碎：寒酸琐碎。

〔13〕 彫(diāo)：挥打，此指戳击。

〔14〕 马户：“驴”的拆字。刷子去刀：“屌”字。“驴屌”是骂人的话。

〔15〕 好去：犹今言“好走”；此句意为：说一声好走你去吧！

〔16〕 忒下的：下手太狠之意。此处刻划马主人吝啬的心态。

【鉴赏】

《般涉调》为元曲中常用的十二宫调之一。词曲音乐的十二宫调之一。属于《般涉调》的词牌主要有《木兰花》《玉树后庭花》《苏幕遮》等；属于般涉调的曲牌主要有《耍孩儿》《哨遍》等。除了少数用例之外，般涉调套曲的具体套式只有一种：固定结构十煞组合。

这首套曲为读者塑造了一个惜财如命的悭吝者形象，通过“借马”这一生活细节，运用夸张的手法，把一个吝啬鬼在别人向他借马前后的心理活动，作了淋漓尽致、惟妙惟肖的刻画。作品的语言诙谐风趣，心理描写细致入微，是一部颇具特色的讽刺作品。

一个吝啬鬼买得一匹好马，把它当命一般的爱护，可偏遇上一个“不晓事”的人来向他借马，本想通过长时间沉默以打消对方的借马念头，不想这人太不知趣，继续要求借马。这便让他左右为难：如果把马借给他，就如同割他的肉掏他的心般难受；不借给他，又怕伤了朋友颜面。万般无奈之下只得下狠心将马借出，此时内心却是钻心的刺痛。于是他千般不舍万般叮咛告诉对方关于养马、骑马的诸多注意事项：马儿休闲时、马儿被骑时、马儿饥饿时、马儿出汗时、马儿抛粪时该怎么做。马儿才被借走他即倚门翘望马的归来,以至于“柔肠寸断”,“两泪双垂”,这个细节虽然夸张,却很具幽默效果,把悭吝者内心的痛苦和等待马儿归来的焦虑心态展示得淋漓尽致。这首套曲在塑造人物形象时用的是漫画笔法,但同时又精雕细刻,因此套曲中对这一爱马如命、既悭吝又憨厚的喜剧形象的刻画达到了预期的效果。这首套曲也是马致远散曲中的杰作。郑振铎在《中国俗文学史》中评论这首套曲说:“这是马致远的真正的崇高的成就。诙谐之极的局面,而出之以严肃不拘的笔墨,这乃是最高的喜剧;正和最伟大的哲人以诙谐的口吻在讲写似的;他的态度足够严肃的,但听的人怡然地笑了。”

张 养 浩

张养浩(1270—1329),字希孟,号云庄,又称“齐东野人”,济南(今山东省济南市)人,元代著名政治家、散曲家。十九岁被荐为东平学正,之后历任堂邑县尹、监察御史、翰林学士、右司都事、礼部尚书、中书省参知政事等官职。张居官清正,敢于犯颜直谏,时有性命之虞,便借故辞官归隐,“远是非,绝名利”(《普天乐·辞参议还家》),回到自己的故乡济南,朝廷七聘不出。天历二年(1329年),关中大旱,他临危受命出任陕西行台中丞。是年,积劳成疾,逝于任上。元文宗至顺二年(1331年),追赠张养浩摅诚宣惠功臣、荣禄大夫,追封滨国公,尊称为“张文忠公”。张养浩是元代重要的政治、文化人物,其个人品行、政事文章皆为当代及后世称扬,是元代名臣之一。与清河元明善、汶上曹元用并称为“三俊”。诗、文兼擅,而以散曲著称。《太和正音谱》评张养浩的散曲如“玉树临风”,即指他的作品格调高远。其散曲文笔流畅,感情醇厚,无论抒情或写景,真情流露少雕镂。那些关心现实之作,对当时社会的黑暗颇有揭露。代表作有《山坡羊·潼关怀古》等。《全元散曲》辑录其套数二篇,小令一百六十一首。

山坡羊·潼关怀古

潼关[1]怀古

峰峦如聚,波涛如怒,山河表里[2]潼关路。望西都[3],意踌躇[4]。

伤心[5]秦汉经行处[6],宫阙[7]万间都做了土。兴,百姓苦;亡,百姓苦。

【注释】

〔1〕 潼关:古关口名,现属陕西省潼关县,关城建在华山山腰,下临黄河,非常险要。

〔2〕 山河表里:外面是山,里面是河。此句意为:潼关一带地势险要。其外有黄河,内有华山。

〔3〕 西都:指长安(今陕西省西安市),这是泛指秦汉以来在长安附近所建的都城。古称长安为西都,洛阳为东都。

〔4〕 踌躇:犹豫,徘徊不定,心事重重,此处形容思潮起伏,陷入沉思,表示心里不平静。

〔5〕 伤心:令人伤心,形容词作动词。

〔6〕 秦汉经行处:秦朝(前221—前206)都城咸阳和西汉(前206—前25)的都城长安都在陕西省境内潼关的西面。经行处,经过的地方。指秦汉故都遗址。

〔7〕 宫阙:宫殿。阙:皇门前面两边的楼观,也称望楼。

【鉴赏】

《山坡羊》为曲牌名,北曲中吕宫、南曲商调,都有同名曲牌。南曲较常用。北曲较简单,常用作小令,或用在套曲中。曲牌名决定这首散曲的形式。"潼关怀古"才是标题。

张养浩为官清廉,爱民如子。隐居之后,决意不再涉仕途。《元史·张养浩传》载:"天历二年(1329年),关中大旱,饥民相食,特拜张养浩为陕西行台中丞。登车就道,遇饥者则赈之,死者则葬之。"即张养浩受命于国家危难之际,前往陕西赈济饥民,在此期间写下了九首怀古曲。这是最有名的一首,堪称元散曲中的珍品,历来广为传颂。潼关,是历史上著名的边塞,故址在今陕西潼关县东南,雄踞山腰,扼陕西、山西、河南三省之要冲,历来为兵家必争之地,见证了无数朝代的兴亡。作者身临其境,不禁感慨万千,文中表达了对广大人民的深切同情。"兴,百姓苦;亡,百姓苦"一句道出了全文的主旨,揭示了统治者对下层民众的压迫。

起句"峰峦如聚,波涛如怒",作者纵笔酣写祖国河山的壮美,形象地表现出群山万壑拱卫潼关的峥嵘气势,赋予黄河以感情和脾性,同时也表现出作者内心情感的激烈动荡。接着作者遥望西都,一时心潮起伏,惆怅万端;见满目疮痍之景而百感交集、伤心无限,顿感脚步沉重,前路多艰。作者此时的"伤心"是悲痛于历代百姓所经历的深重灾难，更有自己所肩负的赈济灾民的千钧重担。最后“兴，百姓苦；亡，百姓苦”八个字，鞭辟入里，精警异常，恰如黄钟大吕，振聋发聩，揭示出国家兴亡的历史真谛，使全曲闪烁着耀眼的思想光辉。

这首散曲将苍茫的景色、深沉的情感和精辟的议论三者完美结合，气势雄浑、感情真挚，字里行间中充满着历史的沧桑感和时代感，既有怀古诗的特色，又有与众不同的沉郁风格，同时具有惊心动魄的感人力量，被誉为元曲中的压卷之作。

乔　吉

乔吉(1280？—1345?)，一作乔吉甫，字梦符，号笙鹤翁、惺惺道人。太原(今山西省太原市)人，寓居杭州。是南方戏剧圈中重要的作家和散曲名家。是元代曲坛后期的代表人物，与张可久齐名。著杂剧十一种，现存《扬州梦》《两世姻缘》《金钱记》三种，都以才子佳人爱情故事为题材，创作风格与郑光祖相近，但语言更为清丽，与所叙写的爱情故事相得益彰。乔吉因一生潦倒，散曲内容多表现消极厌世的思想，也流露出对现实的不满情绪。风格清丽，朴质通俗，兼有典雅。其杂剧、散曲在元曲作家中皆居前列。钟嗣成在《录鬼簿》中说他：“美姿容，善词章，以威严自饬，人敬畏之。居杭州太乙宫前。有题西湖《梧叶儿》百篇，名公为之序。江湖间四十年，欲刊所作，竟无成事者。至正五年，病卒于家。”又作吊词云：“平生湖海少知音，几曲宫商大用心。百年光景还争甚？空赢得，雪鬓侵，跨仙禽，路绕云深。”从中大致可见乔吉的个性与境遇。散曲有李开先辑《乔梦符小令》一卷。

折桂令·荆溪即事

荆溪[1]即事

问荆溪溪上人家，为甚人家[2]，不种梅花？老树支门[3]，荒蒲绕岸，苦竹圈笆[4]。寺无僧狐狸样瓦[5]，官无事乌鼠当衙[6]。白水黄沙，倚遍栏干，数尽啼鸦。

【注释】

〔1〕 荆溪：水名，在江苏省宜兴县，因靠近荆南山而得名。

〔2〕 为甚人家：是什么样的人家。

〔3〕 老树支门：用枯树支撑门，化用陆游诗："空房终夜无灯下，断木支门睡到明。"

〔4〕 圈笆：圈起的篱笆。

〔5〕 样：一作"漾"，抛、弄之意。样瓦：戏耍瓦块。

〔6〕 乌：乌鸦。鼠：老鼠。此句意为：乌鸦和老鼠坐了衙门。

【鉴赏】

《折桂令》为曲牌名，属北曲双调。字数定格据《九宫大成谱》正格是六、四、四、四、四、四、七、七、四、四（十句），但是第五句以后可酌增四字句。或单用作小令，或用在双调套曲内。

《荆溪即事》这首小令是乔吉由杭州西湖到宜兴荆溪游玩途中有感而作。作者通过描写荆溪岸边荒芜的景象以抨击元代社会黑暗，讽刺了元代官吏腐朽，社会风气颓落，致使人民困苦，正义不得伸张的社会现实。感叹家家不种梅花，实则隐射无人拥有梅花般的高洁品性。

散曲开篇"问荆溪溪上人家：为甚人家，不种梅花？"这一问看似突兀，却是有原因的。据周密《癸辛杂识》载："宜兴西地名石庭，十余里皆古梅，苔藓苍翠，宛如虬龙，皆数百年物也。"石庭就属荆溪地区。杨万里《雪夜寻梅》也有诗句："今年看梅荆溪西，玉为风骨雪为衣。"这就证明荆溪在南宋时曾是一处探梅胜地，溪上的人家应当有栽种梅花的传统。荆溪地处太湖西南，山清水秀，这才使诗人有寻访梅花的雅念。可是当作者来到此地时却看不到一片梅花，视野所及，到处是破败不堪、荒凉贫穷的景象：枯树支撑着院门，野草环绕着溪岸，生计尚无法解决，何谈去种梅花。这支曲子托物言志，把描写荆溪两岸的荒凉同揭露当时的黑暗吏治交织在一起，"官无事乌鼠当衙"即是有力的一笔，表现了作者对统治者的强烈愤慨和对贫苦百姓的深切同情。

既看不见梅花，那接着诗人将视线转向了荆溪人们的活动场所，所看到的景象同样令人慨然：寺庙空冷、狐狸奔窜、官衙无人、鸦鼠成群。眼前的惨象是统治阶级一手造成的。最后诗人倚遍一处处栏杆，只听得乱鸦的喧噪。面对死气沉沉的世界，诗人再也无话可说，这无言的沉默，却不啻于悲愤的呐喊。

水仙子·冬前冬后

寻　　梅[1]

冬前冬后几村庄，溪北溪南两履霜[2]，树头树底孤山[3]上。冷风袭来何处香？忽相逢缟袂[4]绡裳[5]。酒醒寒惊梦[6]，笛凄春断肠[7]，淡月昏黄[8]。

【注释】

〔1〕 寻梅：曲题。

〔2〕 两履霜：一双鞋沾满了白霜。履：鞋。

〔3〕 孤山：此指杭州西湖之孤山。孤山位于西湖西北角，四面环水，一山独特，山虽不高，却是观赏西湖景色最佳之地。它因位于西湖的里湖与外湖之间，故名孤山，又因多梅花，一名梅屿。是号称“梅妻鹤子”的北宋诗人林逋的隐居处。

〔4〕 缟袂(gǎo mèi)：白绢做的衣袖。缟：白色的绢。

〔5〕 绡(xiāo)裳：生丝薄绸做的下衣。绡：生丝织成的薄绸。此处意为：梅花如缟衣素裙的美女，圣洁而飘逸。

〔6〕 “酒醒”句：醉卧梅下，因寒气侵袭而惊醒。旧题柳宗元《龙城录》载，隋代赵师雄在罗浮，天寒日暮，醉憩酒店旁，梦遇一淡妆素服的女子与之共饮为乐。酒醒后发觉自己宿于梅花树下，始悟所梦乃梅花仙子。

〔7〕 “笛凄”句：意为笛声引起惆怅感伤。笛曲中有《梅花落》，故云。《梅花落》属乐府横吹曲调，传为西汉李延年所作。别名《落梅》《落梅花》《大梅花》《小梅花》等。在古乐府中，诗词与音乐在意义上不可分割。是什么曲牌，就配以与内容相关的诗词。因此《梅花落》也是乐府诗题。一般的《梅花落》的乐曲和诗词都是以傲雪凌霜的梅花为主题。

〔8〕 淡月昏黄：月色朦胧(空气中浮动着梅花的幽香)。这里化用宋代诗人林逋《山园小梅》诗句“疏影横斜水清浅，暗香浮动月黄昏”。

【鉴赏】

水仙子为元曲北曲曲牌名。又称为《湘妃怨》《冯夷曲》《凌波曲》《凌波仙》等。入“双调”，亦入“中吕”“南吕”。

自古以来,踏雪寻梅便是一桩雅事,雪、梅相映的景色是清丽冷峻的,由此显出雪之洁白晶莹和梅之冷傲艳丽。宋代卢梅坡的《雪梅》诗中的“梅须逊雪三分白,雪却输梅一段香”句,写尽了梅、雪争艳的俏丽风姿。乔吉的这首《寻梅》小令就是讲述作者雪天寻梅的雅兴和终于遇梅的感叹。其实寻梅也是作者对理想执着追求的过程。

开篇记叙作者从冬前到冬后、从溪北到溪南、从树头到树底最后到孤山上,终于闻得梅香,寻香而去看到了素雅圣洁的梅花。苦苦寻梅,终得见梅,本该兴奋不已,不想作者的情绪却陡然倒转,因为冷风彻骨,骤然酒醒,凄婉的笛声令人断肠;而朦胧的月色,正把梅花消溶。这现实的一切终于让作者从梦中惊醒:作者意识到志同道合、品行高洁的故人已不复存在,只留下自己孤身寻梅的落寞。结尾连用三个典故,进一步描写梅花的神韵,自然带出诗人因理想难于实现的感叹和忧伤。小令以“寻梅”为线索,描写“寻梅”的过程。在“寻梅”的过程中又贯穿了从失望到惊喜再到凄凉的情感波动,显得真实生动。同时作者将典故与意境相融,不见斧凿痕迹反添意趣和丰富的感情色彩,为后人所称道。

第七编

明代部分

诗歌

高　启

高启(1336—1373),字季迪,号槎轩,元末隐居吴淞青邱,自号青邱子。江苏长洲(今江苏省苏州市)人,元末明初著名诗人、文学家。与杨基、张羽、徐贲被誉为"吴中四杰",当时论者亦把他们称作"明初四杰"("明初四杰"是指元末明初时期的高启、杨基、张羽、徐贲四人),又与王行等号"北郭十友"。与刘基、宋濂并称"明初诗文三大家"。洪武初,以荐参修《元史》,授翰林院国史编修,擢户部右侍郎,力辞不受。因曾经赋诗有所讽刺,太祖不满于他。因与苏州知府魏观交好,魏观因改修府治获罪被诛。高启曾为之作《上梁文》,高祖大怒,把他腰斩于市。高启才华高逸,学问渊博,诗文皆工,自具性灵,清新俊逸,尤精于诗,有《高太史大全集》。

牧　牛　词

尔〔1〕牛角弯环〔2〕,我牛尾秃速〔3〕。共拈短笛与长鞭,南亩东冈去相逐。日斜草远牛行迟,牛劳牛饥唯我知;牛上唱歌牛下坐,夜归还向牛边卧。长年牧牛百不忧,但恐输租〔4〕卖我牛。

【注释】

〔1〕 尔:你。"尔"与下一句的"我":牧童间彼此相称。

〔2〕 弯环:弯曲成环状。

〔3〕 秃速：尾毛稀疏而毛少。一作“秃簌”。

〔4〕 但恐：只怕。输租：交租。

【鉴赏】

高启的这首《牧牛词》是一首浑厚淳朴的乐府诗，也是一幅清新活泼的牧牛图。图画展示的是牧童们共同放牧时的欢快和喜悦。全诗共十句，细致生动地描写了牧童之间、人牛之间的相得之乐以及牧童对牛的深厚感情。最后点题，“但恐输租卖我牛”揭露了租税苛重、剥削残酷，农家不得不卖牛输租的社会现实。

诗的前八句着重写牧童与牛的相得之乐。从开篇“我牛”与“尔牛”、“尾秃速”与“角弯环”，一直到“牛下坐”“牛边卧”，既显示了牧童之童心，以及牧童爱己牛之情，也写出了牧童们追逐、嬉戏，丰富多彩的田园生活。当然也真实地再现了农村的生活场景。诗句“长年牧牛百不忧”小结上文，交代牧童们热爱他们简单朴实的农村生活，并且乐在其中，可这种对生活最低要求的快乐也未必能长久维持，因为结句“但恐输租卖我牛”就表现了牧童之忧：怕交不起租税只得卖牛抵债，集中反映了当时社会的赋税之重。显然，这首诗大部分内容在着力营造乐景，浓墨渲染牧童之乐，所有这一切都是为了反衬结句的牧童之忧。清王夫之《姜斋诗话》卷一云：“以乐景写哀，以哀景写乐，一倍增其哀乐。”这首《牧牛词》正是用以乐景写哀情，则哀情倍之。全诗写牧童嬉戏之乐景，牧童与牛相得之乐趣，加倍衬托出牧童担心卖牛之忧，进而含蓄而又曲折地揭露了当时社会的黑暗，也使此诗的立意不限于纯粹反映童心童趣。

于　谦

于谦(1398—1457)，字廷益，号节庵，杭州府钱塘(今浙江省杭州市)人。明朝名臣、民族英雄、诗人。永乐十九年(1421 年)进士，历任御史、江西巡按、兵部右侍郎、兵部尚书等职。因参与平定汉王朱高煦谋反有功，得到明宣宗器重，担任山西河南巡抚。明英宗时期，因得罪明朝第一代专权太监王振下狱，后释放，起为兵部侍郎。瓦剌(蒙古一部落)入侵，英宗被俘，他拥立景帝，反对南迁，并亲自督战，击败瓦剌军，使当时局势转危为安，天顺元年(1457 年)英宗复辟，石亨等诬其谋立襄王之子,被杀。《明史》载于谦"死之日,阴霾四合,天下冤之",籍没时家无余资。弘治二年(1489年),赠特进光禄大夫、柱国、太傅,谥"肃愍",明神宗改谥号"忠肃"。于谦与岳飞、张煌言并称"西湖三杰"。《明史》称赞其"忠心义烈,与日月争光"。后世尊于谦为民族英雄。其诗作多忧国忧民之作,咏物抒怀,极富教育意义。在明初歌功颂德、粉饰太平的"台阁体"文风盛行之时,这类诗作的出现很是难能可贵。有《于忠肃集》。

咏　煤　炭

凿开混沌〔1〕得乌金〔2〕,蓄藏阳和〔3〕意最深〔4〕。爝火燃回春浩浩〔5〕,洪炉照破夜沉沉〔6〕。鼎彝〔7〕元赖生成力〔8〕,铁石犹存死后心〔9〕。但愿苍生〔10〕俱饱暖,不辞辛苦出山林。

【注释】

〔1〕 混沌:我国民间传说中指盘古开天辟地之前天地模糊一团的状态,古人认为天地未开时"混沌如鸡子"。《三五历记》:"未有天地之时,混沌如鸡子,盘古生其中,万八千岁,天地开辟,阳清为天,阴浊为地。"此指自然界。

〔2〕 乌金:因黑而有光泽,此指煤炭。

〔3〕 阳和:原指暖和的阳光,《史记·秦始皇本纪》:"时在中春,阳和方起。"这里借指煤炭所蓄藏的热能。

〔4〕 意最深:有深层的情意。

〔5〕 爝火:小火把。《庄子·逍遥游》:"日月出矣,而爝火不熄。其于光也,不亦难乎?"浩浩:本意是形容水势大,这里引申为广大。此句意为:煤炭燃烧如火炬给人们带来温暖,就像春回大地一般。

〔6〕 洪炉:大火炉。此句意为:炉火能够冲破沉沉的黑夜。

〔7〕 鼎:古代的食具;一说炊具。彝:古代的饮具;一说酒器。鼎彝:原是古代饮食器的名称,后专指帝王宗庙的祭器。两种解释皆通。一说:人们的生活要靠煤火的力量。二说:寓意作者以天下为己任。

〔8〕 生成力:煤炭燃烧生成的力量。

〔9〕 "铁石"句:古人误认为煤炭是铁石久埋地下变成的。此句意为:铁石虽然变成了

煤炭,但它依然造福于人类。一说:朝廷必须依靠臣民的忠心,并表示自己至死也要为国家出力。

〔10〕 苍生:老百姓。

【鉴赏】

于谦这首《咏煤炭》与他的《石灰吟》堪称咏物诗的姊妹篇,都是于谦以物自喻,托物明志的诗篇,表现其不怕艰难、勇于牺牲的大无畏精神和为国为民的志向。现代有学者认为此诗是作者踏上仕途之始创作的。

诗歌开篇"凿开混沌得乌金,蓄藏阳和意最深"。用"乌金"喻煤炭以显示其价值,而"蓄藏阳和"形容煤炭蕴含着太阳般的热能,它将会给人类带来温暖也给予万物以生成的能力。接着诗人写自己如同煤炭具有倾情奉献的精神,也借"铁石"表示自己坚贞不变的决心,显示出自己高尚的人格。尾联将煤炭彻底人格化并赋予它"鞠躬尽瘁,死而后已"的精神,绾结到自己出山济世,心忧苍生、情寄社稷、公而忘私、无怨无悔、奉献牺牲的伟大一生,即托物言志。

《咏煤炭》是一首赞美煤炭的咏物诗,它通过歌颂煤炭的巨大功用和崇高品格,表达了作者为民族和人民的利益不怕艰险、勇于牺牲、赴汤蹈火、在所不惜的自我牺牲精神。徐中玉、金启华在《中国古代文学作品选》中评论:"这是一首咏物诗,处处以煤炭自喻,咏煤炭实即咏人,也可看作'述怀'诗。作者忧国爱民,他的一生确实也体现了煤炭的这些美德。"

何 景 明

何景明(1483—1521),字仲默,号白坡,又号大复山人,信阳(今河南省信阳市)人。明弘治十五年(1502年)进士,授中书舍人。性耿直,淡名利,对当时的黑暗政治不满,敢于直谏。正德初,宦官刘瑾擅权,何景明谢病归。刘瑾诛,复原职,官至陕西提学副使。何景明与李梦阳同倡复古之说,谓:"文靡于隋,韩力振之。然古文之法亡于韩;诗溺于陶,谢力振之,然古诗之法亦亡于谢。"(《与李空同论诗书》)自谓不读唐以后书,其歌行近体,取法李杜及初盛唐诸人,而古体必取法汉魏。"就仲默言,古诗全法汉魏,歌行短篇法杜,长篇法王杨四子,五七言律法杜之宏丽,而兼取王、岑、高、李之神秀,卒于自成一家,冠冕当代。”(胡应麟《诗薮》)当时言诗者称为“李何”,为“前七子”之一。与李梦阳并称文坛领袖。一些诗作颇有现实内容。有《大复集》。

鲥 鱼

五月鲥鱼〔1〕已至燕,荔枝卢桔未应先。赐鲜遍及中珰〔2〕第,荐熟谁开寝庙〔3〕筵。白日风尘驰驿骑〔4〕,炎天冰雪护江船。银鳞细骨堪怜〔5〕汝,玉箸金盘〔6〕敢望传。

【注释】

〔1〕 鲥鱼:鲥鱼为溯河产卵的洄游性鱼类,因每年定时于初夏时候入江,其他时间不出现,因此得名。素誉为江南水中珍品,古为纳贡之物。卢桔:《文选》注为枇杷,《本草纲目》注为金桔。从诗句与荔枝并举应为枇杷。先:驾乎其上。此句意为:江南鲥鱼上市后,五月已经运到北京,帝王之需求与地方官吏之趋奉已然呈现。

〔2〕 鲜:时鲜。中珰:宦官。宦官执事宫中,故称中人、中官。珰:冠饰。

〔3〕 荐:无牲而祭曰荐。寝庙:宗庙。《礼记·月令》注:“凡庙,前曰庙,后曰寝。”疏:“庙是接神之处,其处尊,故在前。寝,衣冠所藏之处,对庙为卑,故在后。但庙制有东西厢,有序墙,寝制唯室而已。”序墙:东西墙。

〔4〕 驿骑:本指乘马传送公文的人,自杨贵妃置骑传送荔枝后,诗文中的“驿骑”指那些乘马传送时鲜果物的人。与“炎天冰雪护江船”句意为:鲥鱼味鲜但极易变质,所以必须以冰块保持温度并极速以驿骑传递以保持其鲜美之口味。

〔5〕 怜:怜爱。

〔6〕 玉箸:华丽的筷子。金盘:金质的托盘。玉箸金盘:皇帝用以赐予臣下。

【鉴赏】

何景明生活于弘治、正德年间。明武宗在位的正德时期,国家政权掌握在大宦官刘瑾等人之手,武宗皇帝不理朝政,以奢侈淫乐为生活目标,常常四出巡游,所到之处劫掠财物,诱夺妇女,以致“市肆萧条,白昼闭户”。而刘瑾则只手遮天,“冤号遍道路”。对此,性格耿直的何景明曾表示极大的不满,最后以至于“谢病归”。《鲥鱼》诗是他揭露黑暗现实的诗篇,流露出他对现实极度不满的情绪。

诗歌开篇“五月鲥鱼已至燕,荔枝卢桔未应先。赐鲜遍及中珰第,荐熟谁开寝庙筵”,写五月季候鲥鱼刚刚出现在南方河流,北方贵族的宴席上就已经摆上餐桌。这水中珍品是地方官吏动用大批人力、物力,耗费物力财力而及时运送至京的,皇帝将他们赏赐给了像刘瑾一类的近臣。就此表现了诗人对皇帝宠幸佞臣强烈的不满。接着诗歌用言辞激烈的语言揭示了统治阶级为了一己之欲劳民伤财,同时也对自己英雄无用武之地的现状表达了哀怨和愤慨。

纵观全诗,我们可以看到,诗歌主观上表达了自己对朝廷宠信宦官的强烈不满,客观上也暴露了封建统治阶级之间争相趋奉、劳民伤财的黑暗现实,诗歌具有一定的积极意义。

王 世 贞

王世贞(1526—1590),字元美,号凤洲,又号弇州山人,太仓(今江苏省太仓市)人,明代文学家、史学家。嘉靖二十六年(1547年)进士,历任大理寺左寺、湖广按察使、应天府尹、兵部侍郎、刑部尚书等职,卒赠太子少保。好为古诗文,与李攀龙、徐中行、梁有誉、宗臣、谢榛、吴国伦合称“后七子”,并与李攀龙合为“后七子”领袖,李攀龙故后,王世贞独领文坛二十年。其论诗必大历以上,论文必秦汉。王世贞颇有才学,非同时代诗人所能及者。著有《弇州山人四部稿》《弇山堂别集》等。

登太白楼

昔闻李供奉〔1〕,长啸〔2〕独登楼。此地一垂顾〔3〕,高名百代留。白云海色曙,明月天门秋〔4〕。欲觅重来者,潺湲济水流〔5〕。

【注释】

〔1〕 李供奉:即李白。《新唐书·李白传》:“知章见其文,叹曰:‘子谪仙人也!’言于玄

宗,召见金銮殿,论当世事,奏颂一篇。帝赐食,亲为调羹。有诏供奉翰林。”后因此称李白为供奉。

〔2〕 啸:撮口发出悠长清越的声音。这里指吟咏。

〔3〕 垂顾:光顾,屈尊光临。与“高名百代留”句意为:此楼自经李白一登之后,遂扬名千古。

〔4〕 天门:星名。属室女座。此指天空;曙,黎明色。此二句以天高海阔、白云明月,喻李白心胸博大、高朗。

〔5〕 潺湲(chān yuán):水缓缓流动貌。济水:古水名,源出河南王屋山,东北流经曹卫齐鲁之地入海,下游后为黄河所占,今不存。此二句意为:但见济水日夜潺湲,再不见一个像李白这样的人来登楼了。

【鉴赏】

太白楼在今山东济宁。济宁,唐为任城。李白曾客居其地,有《任城县厅壁记》、《赠任城卢主簿》诗。相传李白曾饮于楼上。唐咸通中,沈光作《李白酒楼记》,遂名于世。后世增修,历代名流过此,多有题咏。《嘉庆一统志》:“李白酒楼在济宁州南城上,唐李白客任县城,县令贺知章殇之于此。今楼与当时碑刻俱存。”

这首诗大约作于明嘉靖三十二年(1553年),此时王世贞在北京任刑部员外郎,借公干机会回太仓探亲,这年秋天,从运河乘船北上,途经济宁州(今山东济宁),登太白楼,因作此诗(一说此诗是王世贞三十余岁时官山东副使时所作)。

唐宋之后,叙写李白酒楼的诗作颇多,就以五律为例有元朝赵孟𫖯《太白酒楼》,明初刘基《太白酒楼》等。但王世贞的这首《登太白楼》有后来居上之势,它从空中落笔,写出了李白的胸襟和气魄,同时也暗寓自己与李白同调。诗题为“登太白楼”,但诗歌内容却未写登楼,有如李白《宣州谢脁楼饯别校书叔云》诗的风格,诗题为登楼饯别,文中却不写楼,不叙别,而是抒发胸中不平之气。此诗也不直写自己登楼,而是从楼的得名落笔,写太白登楼,写出了李白当时的豪气和名气。诗中用“李供奉”说明是李白任翰林供奉之后,可以看出他虽然被“赐金放还”,却颇不在意,照样地纵情诗酒,放浪山水之间。“此地一垂顾,高名百代留。”这里流露了王世贞对李白的仰慕之情,当然也隐含着作者追踪比附之意。此时王世贞与李攀龙主盟文坛,名重天下。登太白楼,追寻前朝天才诗人的足迹,心中感触则可以想见。表面上是颂扬前贤,实际上寄寓着作者的理想抱负。结句说明作者心潮澎湃,望着奔流不息的济水出神：那滔滔江水啊，洪波涌起，后浪逐前浪。大有“江山代有才人出，各领风骚几百年”之感慨。

此诗特色在于明写太白，暗寓自己，与太白精神相接。写得极有才情，极富个性，表现了王世贞敢于与先贤李白攀比的雄心和气魄。这首诗颇得李白诗歌之神韵又很能突出王世贞的个性。沈德潜评此诗说：“天空海阔，有此眼界笔力，才许作登太白诗。”（《明诗别裁集》卷八）李贽称王世贞“少年跌宕，……气笼百代，愈不可一世”（《藏书》卷二十六）。然也！

戚 继 光

戚继光(1528—1588)，字元敬，号南塘，晚号孟诸，卒谥武毅。山东登州(今山东省蓬莱市)人。明朝抗倭名将，出身将门(其祖辈皆为明代将领，登州卫指挥佥事为世袭之职)。杰出的兵器专家、军事工程家、书法家、诗人、民族英雄。历任登州卫指挥佥事、都指挥佥事、浙江都司佥事并担任参将等职，后在东南沿海抗击倭寇十余年，扫平了多年沿海为虐的倭患，确保了沿海人民的生命财产安全。继之又在北方抗击蒙古部族内犯十余年，保卫了北部疆域的安全，促进了蒙汉民族的和平发展，写下了十八卷本《纪效新书》和十四卷本《练兵实纪》等著名兵书。他的诗慷慨高昂，著有《止止堂集》。

登舍身台

向来曾作舍身歌，今日登临意若何？指点封疆〔1〕余独感，萧疏〔2〕鬓发为谁皤〔3〕？剑分胡饼从人后〔4〕，手掬流泉已自多。回首朱门歌舞地，尊前列鼎问调和〔5〕。

【注释】

〔1〕 封疆：诗中指边界。

〔2〕 萧疏：稀疏。

〔3〕 皤(pó):形容白色,此指头发白。

〔4〕 胡饼:即烧饼,指干粮。此句意为:当军中分胡饼时,我应当让人先吃,自己在后。

〔5〕 尊:酒器。列鼎:列鼎而食。《汉书·主父偃传》颜师古注引张晏曰:“五鼎食,牛羊豕鱼麋也;诸侯五,卿大夫三。”调和:菜肴的味道。此句意指权贵们生活奢侈豪华。

【鉴赏】

舍身台在河北遵化,这首诗是作者借写登临舍身台之事,表达自己舍身为国的壮志。同时对那些只顾个人享乐、不关心国家前途命运的权贵们进行了严厉斥责。

诗歌开篇点明作者登台后心绪如潮:因为自己登台赋诗、明舍身之志已非此一次(《登盘山绝顶》:“霜角一声草木哀,云头对起石门开。朔风边酒不成醉,落叶归鸦无数来。但使雕龙销杀气,未妨白发老边才。勒名峰上吾谁与,故李将军舞剑台。”),足显其一生未改爱国之志且历久弥坚。接着写自己在镇守边关的军旅生涯中,与西汉名将李广一样爱兵如子,不辞劳苦,巡视防务,整顿营伍,修建边墙、台堡(他自创一套以城墙、敌台严密防守,以步、骑、车分合作战的独特战法有效地抗击敌军)。于今头发斑白,却仍愿身先士卒,与将士们同甘共苦,并肩作战。诗中展示给我们的是一个为国为民尽心竭力,从不顾及个人享受高大的将军形象。最后,作者揭露了达官贵族们听歌看舞、吃喝玩乐、醉生梦死的行为,用对比的手法衬托了作者对国事的关心、对国家命运的担忧以及不被理解的痛苦。

陈 子 龙

陈子龙(1608—1647),字卧子,华亭(今上海市松江区)人。崇祯十年(1637年)进士,曾任绍兴推官和兵科给事中之职。福王时,见朝廷腐败,告归终养。清兵陷南京,陈子龙在松江起兵,兵败隐匿,后又和太湖民众武装组织联络,开展抗清活动,事败被捕,投水自尽,以身殉国。他是明末重要的诗人、词人、散文家、骈文家、编辑。崇祯间,太仓张溥创立“复社”,陈子龙与同里夏允彝创立“几社”,与“复社”相呼应,皆为东林党后劲。其文学主张继承七子传统,写诗宗法汉魏六朝盛唐,诗歌成就较高。诗风悲壮苍凉,充满民族气节。擅长七律,绝句写得也出色。被公认为明代最后一个大诗人、“明诗殿军”。陈子龙亦工词,为婉约词名家、云间词派盟主,被后代众多著名词评家誉为"明代第一词人"、清词中兴的开创者。陈子龙的骈文也有佳作,《明史》称其"骈体尤精妙"。其小品文自成一格,《三慨》等作品真切感人又寄托自己缠绵忠厚之情。陈子龙也是明末著名的编辑,曾主编巨著《皇明经世文编》,删改徐光启《农政全书》并定稿,这两部巨著具有很重要的史学价值。其诗文词后人辑为《陈忠裕公全集》。

小车行

小车班班〔1〕黄尘晚,夫为推,妇为挽〔2〕。出门茫然何所之〔3〕?青青者榆疗我饥〔4〕,愿得乐土共哺糜〔5〕。风吹黄篙,望见垣堵,中有主人当饲汝〔6〕。扣门无人室无釜〔7〕,踯躅〔8〕空巷泪如雨。

【注释】

〔1〕 小车:即独轮车。班班:车行之声。

〔2〕 挽:牵拉的意思。《左转》襄公十四年:"或挽之,或推之。"注:"前牵曰挽。"

〔3〕 之:去、往的意思。

〔4〕 疗我饥:也就是充饥。此句意为:荒年无食,只好以树叶充饥。

〔5〕 乐土:安乐之地。共哺糜(bǔ mí):一起喝粥。《汉乐府·东门行》有"他家但愿富贵,贱妾与君共哺糜"句。此句意为:希望找到一个好地方,大家有一口稀粥喝。

〔6〕 垣堵:即屋墙。汝:饥民自指。饲汝:给你吃。此三句意为:远望黄蒿中露出墙垣,这里有住家,一定会有人施舍东西给你吃。

〔7〕 釜(fǔ):铁锅。此句意为:房屋主人已经逃荒去了。

〔8〕 踯躅(zhí zhú):徘徊不前。

【鉴赏】

明朝从万历到崇祯的七十多年间,由于统治者的腐败和政治机构的瘫痪,黄淮长年失修,水患常常发生。广大农民因为无力抵御自然灾害,从而出现了严重的饥荒现象,生活日益贫困。崇祯十年(1638年)六月,两畿大旱,山东蝗虫成灾,草木枯焦,灾民争相采食山间的蓬草、榆树皮和石粉充饥,哀鸿遍野。人祸天灾,迫使广大人民离家逃难,农业生产力遭到严重破坏。这首诗就是作者出京赴任途中,目睹饥民流离之状而写的。

本诗用《诗经》和汉乐府民歌现实主义的创作手法，描绘了百姓在灾荒之年流离失所的惨景，诗歌把作者那种忧国伤时、英雄失路的心情表现得淋漓尽致。诗歌开篇“小车班班黄尘晚，夫为推，妇为挽”用写实的手法记叙了一对面有菜色的夫妻，推着独轮车逃荒路上艰难行进的场景。逃荒将去何方？他们一无所知，因为普天之下都是像他们一样逃难的人，所以他们连最低的讨碗粥喝的愿望都难以实现。可见崇祯年间的天灾带给百姓的痛苦有多深。诗歌也暗含对上层统治阶级的讽刺，官府的不作为更加深了百姓的苦难。全诗在叙述的过程中结合细腻的心理描写，同时用抒情的手笔，展现了作者陈子龙悲天悯人的仁慈胸怀。同时也可以看到作者对《诗经》和汉乐府这类民间诗歌的流传和发展所作的贡献。

词

夏　完　淳

夏完淳(1631—1647),乳名端哥,别名复,字存古,号小隐,又号灵首。松江府华亭县(今上海市松江区)人,祖籍浙江会稽,为夏允彝之子。民族英雄,明末(南明)诗人,师从陈子龙。夏完淳自幼聪明,有神童之誉,“五岁知五经,七岁能诗文”,十四岁随父抗清。其父殉难后,他和陈子龙继续抗清活动。顺治四年(1647年)夏,因上表谢鲁王遥授中书舍人,为人告发,被捕。解送南京后,不屈而死,年仅十七岁。身后留有妻子钱秦篆、女儿以及遗腹子,出世后夭折。以殉国前怒斥洪承畴一事,称名于世。有《狱中上母书》等。著有《夏内史集》和《玉樊堂词》。

卜算子·断肠

断　肠

秋色到空闺,夜扫梧桐叶。谁料同心结〔1〕不成,翻就〔2〕相思结。

十二玉阑干,风动灯明灭。立尽黄昏泪几行,一片鸦啼月。

【注释】

〔1〕 同心结:旧时用锦带编成的连环回文样式的结子,用以象征坚贞的爱情。

〔2〕 翻就:反被。

【鉴赏】

从来忧国之士，皆为千古伤心之人。而最伤心的，又莫过于英年早逝。夏完淳就是一个典型的英年早逝的爱国英雄。外族入主中原，已是无国可忧，惟有借“闺阁”之怨以寄亡国之恨。从文字内容看，这是一首“闺怨”词，描写的是闺中女子思念意中人的情怀。然从夏完淳抗清的人生经历看，词中所写的闺中人，其实是诗人自己的化身，而所思念的意中人，则是故国，或者是理想的寄托。

开篇所出现的“秋色”“空闺”“夜”“梧桐叶”等意象，将寂寞、伤感的情怀表现得淋漓尽致。接着“谁料同心结不成，翻就相思结”句以爱情失意，空留相思，暗寓明王朝的灭亡，使自己的抗清计划暂时搁浅。词的下片“风动灯明灭”句形容明王朝如油枯之灯，被一阵清风吹灭，以现实的明朝灭亡寓抗清前途渺茫。最后两句，为我们描绘了一幅美人断肠图：苍茫暮色、瑟瑟秋风中，闺中少妇孑然独立，泣涕涟涟；忽闻一阵鸦声，惊醒迷茫中的少妇，内心倍觉凄凉。实在暗寓作者从复国梦中惊醒而回归残酷的现实，悲哀之至。

全词格调凄婉，哀怨伤感，作者以美人自喻，以闺怨之凄清幽悲喻亡国之痛苦深沉。拳拳爱国之情，绵绵不绝于世。

散曲

王　磐

王磐(1470？—1530),字鸿渐,江苏高邮(今江苏省高邮市)人。世人称之为“南曲之冠”。明代散曲作家、画家,亦通医学。王磐潇洒落拓,鄙视仕途,终身不仕,雅好词曲,精通音乐,一生尽情放纵于山水诗画之间,筑楼于城西,终日与文人雅士歌吹吟咏,因自号“西楼”。所作散曲多表现他个人闲情逸致,风格清丽典雅。有些篇章反映了明代不合理的社会现象和悲惨的现实生活。王磐散曲存小令六十五首,套曲九首,全属南曲。有散曲集《西楼乐府》。

朝天子·咏喇叭

咏　喇　叭

喇叭〔1〕,唢呐〔2〕,曲儿小腔儿大〔3〕。官船来往乱如麻〔4〕,全仗你抬声价〔5〕。军听了军愁〔6〕,民听了民怕。那里去辨甚么真共〔7〕假?

眼见的〔8〕吹翻了这家〔9〕,吹伤了那家〔10〕,只吹的水尽鹅飞罢〔11〕!

【注释】

〔1〕 喇叭:铜制管乐器,上细下粗,最下端的口部向四周扩张,可以扩大声音。

〔2〕 唢呐:一作“锁呐”,管乐器,管身正面有七孔,背面一孔。前接一个喇叭形扩声器。民乐中常用。

〔3〕 曲儿小:(吹的)曲子很短。腔儿大:(吹出的)声音很响。曲儿小腔儿大是喇叭、

唢呐的特征。本事很小、官腔十足是宦官的特征。此句意为：宦官原属宫廷中供使唤的奴才，地位本来低下，却依仗帝王的宠信大摆威风。

〔4〕 官船：官府衙门的船只。乱如麻：形容来往频繁。

〔5〕 仗：倚仗，凭借。你：指喇叭、唢呐。抬：抬高。声价：指名誉地位。宦官装腔作势，声价全靠喇叭来抬。而喇叭其所以能抬声价，又因为它传出的是皇帝的旨意。矛头所指，更深一层。也暗示其狐假虎威的嘴脸。

〔6〕 军：军队。愁：发愁。因受搅扰而怨忿。旧时皇帝为了加强对军队统帅的控制，常派宦官监军，以牵制军队长官的行动。

〔7〕 那里：同"哪里"。辨：分辨、分别。甚么：同"什么"，疑问代词。共：和。

〔8〕 眼见的：眼看着。

〔9〕 吹翻了这家：意思是使有的人家倾家荡产。

〔10〕 吹伤了那家：使有的人家元气大伤。

〔11〕 水尽：水干了。鹅飞罢：鹅也飞光了。此句意为：民穷财尽，家破人亡。这是宦官害民的严重后果。水尽鹅飞，"官船"就不能长久来往，这也是对最高统治者的警告。

【鉴赏】

《朝天子》为曲牌名，唐教坊曲名用作词调名。《阳春集》名为《思越人》。

明代武宗正德年间(1506—1521)，宦官当权，欺压百姓，每到一处则耀武扬威，辄吹喇叭，骚扰民间，鱼肉百姓。据蒋一葵《尧山堂外记》载："正德间阉寺当权，往来河下无虚日，每到辄吹号头，齐丁夫，民不堪命，西楼乃作《咏喇叭》以嘲之。"作者王磐家住运河边的高邮县，目睹了在交通要道运河上往来频繁的宦官们的种种恶行，写了这支《朝天子·咏喇叭》散曲，描摹宦官作威作福和装腔作势的丑态，揭露了他们给人民带来的深重灾难。

散曲的第一句"喇叭，唢呐。曲儿小，腔儿大"比喻宦官出行的气势，因为宦官们行船时常吹起号头来壮大声势，这里讽刺针对性极强。宦官本是奴才，地位低下，但却倚仗帝王的宠信大摆威风。他们一出皇宫，先前的唯唯诺诺，奴颜婢膝烟消云散，而是狐假虎威，装腔作势，气焰嚣张。这里作者对当权者进行了有力的批判，对宦官剥削人民欺压百姓的行为进行了无情的揭露，进一步说明社会风气的腐败。宦官们肆意侵害军民的利益，让军队官兵和老百姓一听到喇叭、唢呐之声就不寒而栗，胆战心惊。作者在此猛烈地抨击了宦官专权的罪恶，他们把整个社会搞得乌烟瘴气，使得人人自危。散曲的最后"吹翻了这家，吹伤了那家，只吹的水尽鹅飞罢"句揭示官吏们终于把老百姓搜刮得倾家荡产。作者从广和深两方面分析了宦官给人民带来的灾难，讽刺了他们在运河沿岸装腔作势，鱼肉百姓的罪恶行径，传达了人民对宦官的痛恨之情。

这首《朝天子·咏喇叭》托物言志，运用夸张和讽刺的手法将喇叭与宦官相联系，把所咏的物与所讽的人巧妙关合。散曲取材典型，比拟恰当。此曲因其讥讽时政、鞭笞宦官作恶而名噪天下。

陈　铎

陈铎(1488—1521)，字大声，号秋碧，又号七一居士。江苏下邳(今江苏省邳州市)人，家居金陵(现江苏省南京市)，世袭指挥。陈铎所任虽为武职，但为人风流倜傥、耽于吟咏，也喜欢谐谑，经史子传、百家九流，无不淹贯。他能诗会画，精通音律，擅长制曲，有"乐王"之称。其散曲题材广泛，描写了当时社会上各行各业以及各种不同生活方式的人，对那些过着寄生生活的人们，进行了尖锐的讽刺。著有散曲集《滑稽余韵》《月香亭稿》《可雪斋稿》《秋碧轩稿》和《梨云寄傲》等及戏曲多种。

醉太平·挑担

挑　担

麻绳是知己，扁担[1]是相识，一年三百六十回，不曾闲一日。担头上讨了些儿利[2]，酒房[3]中买了一场醉，肩头上去了几层皮，常少柴没米。

【注释】

〔1〕 扁担：扁圆长条形挑、抬物品的竹木用具，扁担有用木制的，也有用竹做的。

〔2〕 些儿：少许，一点儿。利：劳动报酬。

〔3〕 酒房：酒坊。

【鉴赏】

《醉太平》为词牌名，一名《凌波曲》。孙惟信词名《醉思凡》，周密词名《四字令》。

陈铎世袭父辈指挥之职，属于贵族出身，但他能站在底层百姓的角度看社会，并对社会下层民众寄予深切的同情。这支散曲就是他的代表作。作者以朴素的语言提出了一个深刻的社会问题：下层百姓一年三百六十五日辛勤地劳作，却仍然无法维持温饱。从这里可看出作者对劳动人民的关心和同情。

全曲用口语化的语言，可谓谐趣横生。文中描写了挑夫们一年辛勤的劳动，因为挑着沉重的担子以至于肩头破了几层皮，而最后得到的只是一点点微薄的报酬，仅仅够在酒坊里换点酒买醉，因为醉后可以忘却所有的烦恼，辛苦挑担一年家里竟然还是没有柴米油盐。

散曲以通俗的语言，轻松的笔调，反映了深刻的社会现象，带给读者的是沉重的思考，具有很强的艺术感染力。

薛　论　道

薛论道(1531—1600)，字谈德，号莲溪居士。定兴(今河北省易县)人。明代散曲家。八岁能文，喜读兵书，后家贫辍学，从军三十余载，官至指挥佥事。曾遭忌免职，不久复起用，以神枢参将加副将终老。他是一个具有浓厚传统思想的人，既有真挚的报国情怀和壮志难酬的悲慨忧愤，又有退而归隐的消极情绪，对很多世间之事产生愤怒之气，几分无奈，几分看透，虽然壮志未酬，虽然借酒浇愁，但是人生的信念始终未磨灭。其作品现存小令约一千首，宣扬“忠孝节义”“甘贫安命”等思想，也有一些不满时政作品。最富于特色的是描写边塞军旅生活的作品。这些作品的内容大多描写辽阔苍茫的边庭，久戍思乡但又决心捍卫祖国的忠勇将士，他们爱国报国的斗志。有散曲集《林石逸兴》。

黄莺儿·塞上重阳

塞上重阳

荏苒[1]又重阳,拥旌旄倚太行[2],登临疑是青霄上[3]。天长地长,云茫水茫,胡尘[4]静扫山河壮。望遐荒,王庭[5]何处?万里尽秋霜。

【注释】

〔1〕 荏苒(rěn rǎn):时间在不知不觉中渐渐过去。潘岳《悼亡诗》:"荏苒冬春谢,寒暑忽流易。"

〔2〕 旌旄(jīng máo):军中用以指挥的旗子。太行:山名,又名五行山、王母山、女娲山,位于山西省与华北平原之间,明朝时为边防重地。

〔3〕 青霄上:天上,极言其高。

〔4〕 胡尘:胡地的尘沙。北周庾信《王昭君》诗:"朝辞汉阕去,夕见胡尘飞。"此指少数民族入侵时的征尘与战火。

〔5〕 王庭:泛指少数民族首领居住地。此指敌人的中央机构。

【鉴赏】

《黄莺儿》是词牌名。《乐章集》入"正宫",因柳永所作"园林晴画谁为主"一首为咏黄莺而得名,以柳永此词为正体。

重阳佳节本是古人携亲会友、登高赏景的日子,古代多少诗词名家都有颂扬重阳节的佳作,如王勃《蜀中九日/九日登高》:"九月九日望乡台,他席他乡送客杯。"张可久《满庭芳·客中九日》:"九日明朝酒香,一年好景橙黄。"而薛论道的这首《塞上重阳》另辟蹊径,并未写将士们于重阳节遥望故乡,思念亲友,而是着力刻画他们报效国家的博大胸怀。

小令开篇的"又重阳",说明将士们在边关已是几度寒暑、几度重阳。"拥旌旄倚太行",让读者看到将士们高大的身躯与巍巍高山并肩而立,形成坚不可摧的屏障。他们骁勇善战,在遥远的边关杀敌报国,保卫祖国的万里河山一派祥和安宁。在此作者热情歌颂了戍边将士忠诚、豪迈、豁达的情怀。小令通篇洋溢着卫国将士的英雄豪气。

第八编

清代部分

诗歌

顾　炎　武

顾炎武(1613—1682),初名绛,后改名炎武,字宁人,亦自署蒋山佣,学者尊为亭林先生。苏州府昆山(今江苏省昆山市)人。著名思想家、经学家、史学家和音韵学家,与黄宗羲、王夫之并称为明末清初“三大儒”。早年入“复社”,清兵南下,曾参加昆山、嘉定一带的抗清起义。失败后,遍游华北各省,考察边塞山川形势,访求各地风俗民情,一生志在复明。他学识渊博,于国家典制、郡邑掌故、天文仪象、河漕、兵农及经史百家、音韵训诂之学都有研究。晚年治经重考证,开清代朴学风气。反对宋明理学空谈“心、理、性、命”,提倡“经世致用”的实际学问。对文学则强调社会教育作用,认为“诗主性情,不贵奇巧”。诗歌风格苍凉沉郁、悲壮激昂。散文亦不事藻饰,淳朴感人。他是清初继往开来的一代宗师,被誉为清学“开山始祖”。其主要作品有《日知录》《天下郡国利病书》《肇域志》《音学五书》《韵补正》《古音表》《诗本音》《唐韵正》《音论》《金石文字记》《亭林诗文集》等。

精　卫

万事有不平,尔[1]何空自苦;长将一寸身,衔木到终古[2]? 我愿平东海,身沉[3]心不改;大海无平期,我心无绝时。呜呼! 君不见,西山衔木众鸟多,鹊来燕去自成窠[4]。

【注释】

〔1〕 尔：指精卫。

〔2〕 终古：永远。此二句意为：作者借精卫衔木填海之事隐喻自己区区一介之士，抱着复明的志愿，至死不变。

〔3〕 沉：一作"沈"。

〔4〕 鹊燕：比喻无远见、大志，只关心个人利害的人。窠(kē)：鸟巢。此三句意为：以燕雀各自成窠讽刺当时托名遗民，而实为自己利禄打算的贪图富贵、甘心事清之人。

【鉴赏】

精卫是古代神话中所记载的一种鸟。相传是炎帝的少女，由于在东海中溺水而亡，死后化身为鸟，名叫精卫，常常到西山衔木石以填东海。《山海经·北山经》载："炎帝之少女名曰女娃。女娃游于东海，溺(淹死)而不返，故为精卫。常衔西山之木(树枝)石(石片)，以堙(填塞)于东海。"

顾炎武是个爱国文人，在青年时发愤为经世致用之学，并参加昆山抗清义军，虽然弘光及闽浙沿海的隆武等南明政权先后瓦解，顾炎武亲身参与的抗清活动也一再受挫，但是他并未因此颓丧。明亡后，顾炎武立志复国；这首诗是顾炎武在清世祖顺治四年(1647年)，他三十六岁时根据《山海经》中精卫鸟的故事写成的。诗以精卫自喻，写他的抗清复明不向清王朝屈服的决心。诗中既表露了作者决意复明的决心，同时也渗透了区区一人的身单势孤，当然也有对那些只为一己私利的鹊和燕的不满和无奈。顾炎武从二十七岁起开始编纂两部巨著，《天下郡国利病书》和《肇域志》。在历经三十年后，巨著终于完成。顾炎武为了探索经国济民之道，跋山涉水，调查研究，作了大量笔录，孜孜以求，直到"死而后已"。《史记·陈涉世家》记载秦末农民起义的领袖陈胜慨叹："燕雀安知鸿鹄之志哉！"于此我们也可以感慨："燕鹊安知精卫之志哉！"

从诗歌艺术上看，此诗主旨的达成，在于巧妙地利用了《山海经》原典中"西山""衔木"等一些关键词。"衔木"竟可填海，更加立体地突显了当代"精卫"，亦即顾炎武们不恤"小家"，心系"大家"(国家、民族)，以"匹夫"之微躯而勇于担当"天下兴亡"之重任的高大形象。

王　士　祯

王士祯(1634—1711),初名王士禛,字子真,一字贻上,号阮亭,别号渔洋山人,世称王渔洋,谥文简。山东新城(今山东省桓台县)人,常自称济南人。出生于世代簪缨之家,受家学熏陶,幼即能诗。顺治十五年(1658年)戊戌科进士,历任推官、户部郎中、翰林院侍讲、刑部尚书等职,颇有政声。清初杰出诗人、文学家。王士祯与宋荦、施润章等人同称"康熙年间十大才子"。康熙皇帝曾征其诗,录上三百篇,名《御览集》。王士祯继钱谦益之后主盟诗坛,与朱彝尊并称"南朱北王"。其论诗推崇盛唐,创"神韵"说,以神情韵味为诗的最高境界。标举"不着一字,尽得风流"和"羚羊挂角,无迹可求"的意境,即要求诗歌必须境界清远、语言含蓄。这一诗歌创作理论对后世影响颇深。早年诗作清丽澄淡,中年转为苍劲。擅长各体,尤工七绝,其七言绝句,最能表现"神韵"之特色。好为笔记,有《池北偶谈》《古夫于亭杂录》《香祖笔记》等。康熙朝书画家宋荦称王士祯"书法高秀似晋人"。近人称其书法为"诗人之书"。博学好古,又能鉴别书画、鼎彝之属,精金石篆刻。著有《带经堂全集》。

秦淮杂诗

年来肠断秣陵〔1〕舟,梦绕〔2〕秦淮水上楼。十日雨丝风片〔3〕里,浓春烟景似残秋〔4〕。

【注释】

〔1〕 秣陵:南京古名。秦改金陵为秣陵,晋复以建业为秣陵,地皆在今江苏省南京市。

〔2〕 梦绕:往事萦怀。

〔3〕 雨丝风片:细雨微风,多指春景。汤显祖《牡丹亭·惊梦》:"良辰美景奈何天,赏心乐事谁家院,朝飞暮卷,云霞翠轩,雨丝风片,烟波画船,锦屏人忒看的这韶光贱!"

〔4〕 浓春:浓艳的春光。烟景:水雾萦绕的景象。此句意为:春光浓艳的季节也安慰

不了内心如残秋般的无奈。

【鉴赏】

秦淮为河名，在南京城南。流经南京，是南京市名胜之一。相传秦始皇南巡至龙藏浦，发现有王气，于是凿方山，断长垄为渎入于江，以泄王气，故名秦淮。唐杜牧《泊秦淮》诗："烟笼寒水月笼沙，夜泊秦淮近酒家。"

这首诗作于顺治十八年(1661年)，作者当时以扬州推官身份至南京，馆于秦淮布衣丁继之家中。丁少时曾习声伎，经常出入南曲(即旧院，明末南京歌妓聚居之所)中，得见马湘兰、沙宛在、脱十娘等青楼名流，故能娓娓道及当时曲中遗事。明亡以后，秦淮无复昔日繁华，王士祯据丁氏所述及亲眼目睹金陵胜地的凄惨景象，不由感慨万端，借咏叹秦淮旧事而抒盛衰兴亡之感，写下了一组吊古伤今的七绝，题为《秦淮杂诗》，共十四首，本诗列为第一。

作者用极其简省的笔墨，为我们描绘出一幅似水若梦的秦淮烟雨图：秦淮盛世，画船游舫，雕梁画栋，雨丝风片，浓春烟景。然而昔日那阳光明媚、姹紫妍红的春景，却被今日的残秋所代。"肠断"两字显出了作者的悲伤凄凉的心境，虽是"雨丝风片"的春日，作者只感到了对秦淮河今昔对比的无限悲凉，浓艳的春光也安慰不了他如残秋般凄凉的内心。诗以乐景抒哀情，全诗表达了作者对秦淮河凄凉萧条的哀伤感怀之情，也由时令的交替想到王朝的兴替，顿起故国之思、黍离之悲。

郑　燮

郑燮(1693—1765)，字克柔，号板桥，板桥道人，江苏兴化(今江苏省兴化市)人。颖悟过人，家贫好学，赋性旷达，不拘小节，喜臧否人物，负有狂名。乾隆元年(1736年)进士及第，先后任范县、潍县知县十余年。因办理赈济等事得罪豪绅遭罢官。后客居扬州，以书画营生。郑燮能诗善画，尤工书法。相传，郑板桥因书法无法脱去古人的神、形，常揣摩自己的特色，连睡前也在身上用手指比划。有一次他的手指划到妻子身上，其妻很不高兴，说了一句"你有你体，我有我体"。郑板桥很受启发，遂创造出自己的书法风格——隶、楷、行三体相参，别开生面，圆润古秀，自称“六分半体”（隶书俗称“八分书”）。可见，郑板桥是个不落前人窠臼之人，具有反抗传统的浪漫精神。其诗也不为当时风气所囿，能自成一格，散文亦颇具特色。是清时著名的文学家、书法家、画家。“扬州八怪”之一。其诗、书、画均旷世独立，世称“三绝”，擅画兰、竹、石、松、菊等植物，其中画竹五十余年，成就最为突出。著有《板桥集》。

渔　家

卖得鲜鱼百二钱〔1〕，籴〔2〕粮炊饭放归船〔3〕。拔来湿苇烧难着，晒在垂杨古岸〔4〕边。

【注释】

〔1〕 百二钱：一百多文钱，意为很少，并非确数。

〔2〕 籴（dí）：买进粮食。

〔3〕 放归船：驶船归来。

〔4〕 垂杨古岸：长着垂杨的古老堤岸。

【鉴赏】

《渔家》是郑板桥创作的一首饶有情趣的小诗。诗中写的是渔民平日一系列清贫而又简朴的日常生活。因为作者是一位画家，因而这首诗颇具画面感。短短的四句诗就像给读者描绘了四幅画：卖鱼、买粮、晒草、炊饭。展现的是一系列颇为艰难又颇为悠闲的生活场景，充满着浓郁的渔家生活气息。

袁　枚

袁枚（1716—1798），字子才，号简斋，晚年自号仓山居士、随园主人、随园老人。钱塘（今浙江省杭州市）人，祖籍浙江慈溪。清代诗人、散文家、文学评论家和美食家。乾隆四年（1739 年）进士，历任溧水、江宁等县知县。乾隆十四年

(1749年)辞官隐居于南京小仓山随园,吟咏其中,世称"随园先生"。广收诗弟子,女弟子尤众。袁枚论诗主张抒写性情,倡导"性灵说",与赵翼、张问陶并称"性灵派三大家"。是乾嘉时期代表诗人之一,与赵翼、蒋士铨合称"乾隆三大家"(或江右三大家)。文笔与大学士直隶纪昀齐名,时称"南袁北纪"。为"清代骈文八大家"之一。主要传世的著作有《小仓山房文集》《随园诗话》及《补遗》《随园食单》《子不语》《续子不语》等。

马　嵬

莫唱当年长恨歌[1],人间亦自有银河[2]。石壕村[3]里夫妻别,泪比长生殿[4]上多。

【注释】

〔1〕 长恨歌:唐代诗人白居易所作之诗,写的是唐玄宗宠幸杨贵妃而造成的政治悲剧与爱情悲剧。

〔2〕 银河:天河。神话传说中,牛郎织女被银河隔开,不得聚会。此句意为:人间也有不少离别的夫妻,正如天上的银河阻隔着牛郎、织女两星不得相会一样。

〔3〕 石壕村:唐代诗人杜甫《石壕吏》诗,写在安史之乱中,官吏征兵征役,造成石壕村中一对老年夫妻惨别的情形。

〔4〕 长生殿:殿名,华清宫,即集灵台。《旧唐书·玄宗纪下》:"新成长生殿,名集灵台,以祀天神。"唐白居易《长恨歌》:"七月七日长生殿,夜半无人私语时。"宋乐史《杨太真外传》:"(天宝)十四载六月一日,上幸华清宫,乃贵妃生日,上命小部音声于长生殿奏新曲。"旧址在陕西骊山华清宫内。

【鉴赏】

马嵬是杨贵妃缢死的地方。《通志》:"马嵬坡,在西安府兴平县二十五里。"《旧唐书·杨贵妃传》载:"安禄山叛,潼关失守,从幸至马嵬。禁军大将陈玄礼密启太子诛国忠父子,既而四军不散,曰'贼本尚在'。指贵妃也。帝不获已,与贵妃诀,遂缢死于佛室,时年三十八。"

《马嵬》是乾隆十七年(1752年)袁枚赴陕西候补官缺,路过马嵬驿所作,共四首，此其一。唐玄宗李隆基与贵妃杨玉环之间悲欢离合的爱情故事，不知引发了多少文人墨客的诗情文思，传于后世的有陈鸿的《长恨歌传》传奇、白居易的《长恨歌》诗、李商隐的《马嵬》诗和洪升的《长生殿》剧本等。尤其是白居易的《长恨歌》在批评唐玄宗宠幸杨贵妃而造成“安史叛乱”的同时，也表达了对李杨二人爱情悲剧的同情。洪升的《长生殿》更是升华了李杨的悲剧爱情。袁枚此诗另辟蹊径，将李杨爱情悲剧放在民间百姓悲惨遭遇的背景下加以审视，强调广大民众的苦难远非帝妃爱情悲剧可比。

袁枚是一个视民如家、爱民如子的文人，他在为官期间一直为民众办实事，很受百姓的爱戴。史载，乾隆五十三年(1788 年)，七十三岁的袁枚，受沭阳知名人士吕峄亭邀请，到沭阳作客，沭阳各界，一部分人曾趋前三十里迎接。袁枚面对如此拥戴他的民众，写下了情意真挚的《重到沭阳图记》。袁枚在这篇短文中深有感触地说：“视民如家，官居而不能忘其地者，则其地之人，亦不能忘之也。”由此可见袁枚不失为一方父母官的范例。诗歌虽为抒情之作实际是议论之诗，全诗借吟咏马嵬抒情，反映的是下层人民的苦难生活，表现了作者进步的文学创作观点。前两句借马嵬为题提出论点，后面两句借用历史上杜甫的《石壕吏》和白居易的《长恨歌》论证观点。作者可谓化腐朽为神奇，将老套的论点和论据的材料赋予新的意义，颇有点铁成金之妙。全诗正如作者所云：“借古人往事，抒自己之怀抱。”(《随园诗话》)

汪　中

汪中(1745—1794)，字容甫，江都(今江苏省扬州市)人，祖籍安徽歙县。少孤，家贫，无力就学，由其母教读。因助书商贩书，得以遍读经史百家之书，在哲学、史学、文学等方面都有成就。乾隆四十二年(1777 年)为拔贡生，后绝意仕进。一生过着幕僚和卖文的清苦生活，为人性格刚直，恃才傲物。是清朝著名的哲学家、文学家、史学家，与阮元、焦循同为“扬州学派”的杰出代表。所作骈文在清代骈文中被誉为格调最高。刘台拱《遗诗题辞》评为：“钩贯经史，熔铸汉唐，宏丽渊雅，卓然自成一家。”精于史学，曾博考先秦图书，研究古代学制兴废。著有《述学》内外篇、《广陵通典》《汪容甫遗诗》等。

梅 花

孤馆寒梅[1]发,春风款款[2]来。故园花落尽,江上[3]一枝开。

【注释】

〔1〕 寒梅:梅花,通常在冬春季节开放,梅花有耐寒的特性,常被称为“寒梅”。

〔2〕 款款:慢慢地。

〔3〕 江上:一作“江树”。

【鉴赏】

自古以来,梅花因其凌霜斗雪、风骨俊傲,象征着高洁、坚强、谦虚有德行的人。历来是文人题咏的对象,如陆游的《卜算子·咏梅》、李清照的《临江仙·梅》、林和靖的《山园小梅》等诗,可谓写尽了梅之风采,但人们往往盛赞梅花之风姿傲骨。汪中的这首《梅花》诗却别开生面,通过心物感应,抒写多层心境,在极有限的字眼中,融进了无限的诗意。李审言在《汪容甫先生赞序》中说汪中平日所作皆“旨高喻深,貌闲心戚”,可谓中肯。

诗人通过江上孤馆与故园梅花两相对比,“故园花落尽,江上一枝开”可见其所处之地山高水远、地僻人稀,给人一种荒凉的感觉,无意中引发了自己的故乡之思。当然梅开百花之先,独天下而春,素有“花中君子”之美誉,因此诗中的“梅”也表达了作者高标逸韵的情怀。史载,汪中生性孤僻,桀骜不群,潜心经学,恃才傲物。从某种意义上讲,故园盛开的江上寒梅正是汪中自身品格的写照,或者说是他自我情怀的寄托。

词

朱彝尊

朱彝尊(1629—1709),字锡鬯,号竹垞,晚号小长芦钓鱼师,又号金风亭长,浙江秀水(今浙江省嘉兴市)人。清代词人、学者、藏书家。生有异秉,读书过目成诵,不遗一字。康熙十八年(1679年)举博学鸿词科,这年,由布衣入翰林者三人,朱彝尊是其中之一。除检讨,二十二年(1683年)入直南书房,出典江南省试。罢归后,专心著述,博通经史,曾参加纂修《明史》。他的诗清新浑朴,风格清丽,与王士祯称南北两大宗("南朱北王");他的词学姜夔和张炎,多在字句声律上下功夫,为"浙西词派"的创始人,与陈维崧并称"朱陈";精于金石文史,购藏古籍图书不遗余力,为清初著名藏书家之一。著有《曝书亭集》八十卷,《日下旧闻》四十二卷,《经义考》三百卷;选《明诗综》一百卷,《词综》三十六卷(汪森增补)。所辑成的《词综》是中国词学方面的重要选本。

桂殿秋·思往事

思往事,渡江干〔1〕,青蛾低映越山〔2〕看。共眠一舸〔3〕听秋雨,小簟轻衾〔4〕各自寒。

【注释】

〔1〕 干:岸,江边。

〔2〕 青娥:形容女子眉黛。越山:嘉兴地处吴越之交,故云。

〔3〕 舸：小船。

〔4〕 簟：竹席。衾：被子，轻衾即薄被。

【鉴赏】

《桂殿秋》为词牌名，取自唐李德裕送神迎神曲的"桂殿夜凉吹玉笙"句。单调，二十七字，平韵。

朱彝尊出生时，家道中落，遇有灾荒就难以继餐，家境贫困之至。1645年春，朱彝尊十七岁时与归安县儒学教谕冯镇鼎之女冯福贞结婚。福贞十五岁，因朱家穷困，无力聘娶，所以朱彝尊入赘冯家。此时其妻妹冯寿常只有十岁，九年后寿常出嫁，到了二十四岁她又回到娘家来住，期间她和朱彝尊有了一段缠绵悱恻的爱情。但她在三十三岁就去世了，因此朱彝尊倍加珍惜这段恋情，编诗集时独不删《风怀》二百韵，表示宁可死后没资格入祀孔庙两庑，也要保留之。《静志居琴趣》中相当一部分作品与《风怀》诗一样，是那铭心刻骨情事的记录。这首词就是作者忆念顺治六年(1649年)随岳父从练浦迁居王店途中与妻妹相恋的往事。

《桂殿秋》词是作者忆念与妻妹冯寿常恋情的。仅仅二十七字的小令中，写尽了作者与妻妹心心相印却又不得同床共眠的微妙心理活动，而且从白天到夜晚，从夜晚到天明。词共分两个层次，一是视听感受，二是心理感受。因为是忆念往昔，所以词作开篇"思往事"，回忆过去在一次渡河的小船中，作者与妻妹相对凝视，"青蛾低映越山看"句颇为有趣，词人明明是注视着妻妹那弯弯的秀眉，但当与情人目光相遇时，他又越过眉眼遥望远方的山黛，并挑逗她说："我没看你，我在看山。"写出了作者与情人之间感情的纯真、可爱。接着"共眠一舸听秋雨，小簟轻衾各自寒"句将欢乐的情感转变为凄恻：夜幕降临，只得各自回归自己的床位，卧听秋雨滴打船篷，彻夜难眠，不得同床而眠，那内心的寒意和伤感唯有相思的人自己知晓。心相默契却不能有肌肤之亲，其相思愁苦之情则可想而知。词学家况周颐："或问国朝词人，当以谁氏为冠？再三审度，举金风亭长对。问佳构奚若？举《捣练子》(即《桂殿秋》)云云。"(《蕙风词话》卷五)

纳兰性德

纳兰性德(1655—1685)，满洲正黄旗人，叶赫那拉氏，字容若，号饮水、楞伽山人。室名通志堂、渌水亭、珊瑚阁、鸳鸯馆、绣佛斋。原名纳兰成德，为避当时太子“保成”的名讳，改名纳兰性德。清朝政治人物、词人、学者，权臣明珠之子。自幼饱读诗书，文武兼修，康熙十五年(1676年)进士，曾任侍卫。他主张作诗须有才学，填词须有比兴，反对模拟。纳兰作词长于小令，其词以“真”取胜，写景逼真传神，词风“清丽婉约，哀感顽艳，格高韵远，独具特色”。内容多叙离情别绪及个人的闲愁哀怨，向有“满洲词人第一”之誉，为清词大家之一。他于两年中主持编纂了一部儒学汇编——《通志堂经解》，深受康熙皇帝赏识。著有《通志堂集》《纳兰词》等。

长相思·山一程

山一程，水一程〔1〕，身向榆关那畔〔2〕行，夜深千帐灯〔3〕。
风一更，雪一更〔4〕，聒〔5〕碎乡心梦不成，故园无此声〔6〕。

【注释】

〔1〕 程：道路、路程，山一程、水一程，即山长水远。

〔2〕 榆关：即山海关(在今河北秦皇岛市东北)。那畔：即山海关的另一边，指身处关外。

〔3〕 千帐灯：皇帝出巡临时住宿的行帐的灯火。千帐言军营之多。

〔4〕 更(gēng)：旧时一夜分五更，每更大约两小时。一说：一阵。此句意为：整夜风雪交加。

〔5〕 聒(guō)：喧扰，吵闹声，这里指风雪声。

〔6〕 故园：故乡，这里指北京。此声：指风雪交加的声音。

【鉴赏】

《长相思》是唐教坊曲。《古诗十九首·孟冬寒气至》中有“客从远方来，遗我一书札。上言长相思，下言久离别”，得此名。又名《双红豆》《忆多娇》。后主李煜有词名《长相思令》。

清康熙二十一年(1682年)二月，皇帝因为平定三藩之乱，出关诣永陵、福陵、昭陵告祭，纳兰为大内侍卫随从圣祖告祭，二十三日出山海关。塞外风雪凄迷，严寒的气候引发了纳兰对家乡京都的无限思念，写下了这首词。

这是一首倦旅思乡的小令，写得温柔缱绻，有些许疲惫又有些许无奈。天涯羁旅、漂泊异乡所见的“山一程，水一程”的意境是最容易引起游子思乡之情的。词写旅程艰难曲折，遥远漫长，在翻山越岭、登舟涉水的途中作者频频回首，遥望家园。接着“夜深千帐灯”，似是壮伟景观，实乃情心深苦之作。严迪昌《清词史》：“‘夜深千帐灯’是壮丽的，但千帐灯下照着无眠的万颗乡心，又是怎样情味？一暖一寒，两相对照，写尽了自己厌于扈从的情怀。”这里作者借描述周围的环境而写心情，实际上表达了纳兰对故乡的深深依恋和怀念之情。下片“一更”又“一更”的重叠复沓，是作者乡心聒碎梦难成，情苦不寐意难平，情思深苦的绵长心境的体现。最后从“夜深千帐灯”壮美意境到“故园无此声”的委婉心地，是词人亲身生活经历的生动再现。同时也写出了天涯羁旅所引发的身泊异乡、梦回家园的意境。

这首词以白描的手法、朴素自然的语言表现出真切的情感。词人在写景中寄寓了思乡的情怀。格调清淡朴素，自然雅致，直抒胸臆，毫无雕琢痕迹。王国维曾评：“容若词自然真切。”甚是中肯。

木兰花令·人生若只如初见

拟古决绝词〔1〕

人生若只如初见，何事秋风悲画扇〔2〕。等闲变却故人心，却道故人心〔3〕易变。骊山语罢清宵半，泪雨霖铃终不怨〔4〕。何如薄幸锦衣郎，比翼连枝当日愿〔5〕。

【注释】

〔1〕 拟古决绝词：拟古是诗人常见的写法，一般是模拟古乐府来写的新诗。这首拟古所拟的“决绝词”，便可见于《宋书·乐志》所引的《白头吟》：“晴如山上云，皎若云间月。闻君有两意，故来相决绝。”以及唐元稹《古决绝词三首》等。

〔2〕 秋风悲画扇：用汉朝班婕妤被弃的典故。班婕妤为汉成帝妃，被赵飞燕谗害，退居冷宫，凄凉境下以团扇自喻。有诗《怨歌行》“新裂齐纨素，鲜洁如霜雪。裁为合欢扇，团团似

明月。出入君怀袖,动摇微风发。常恐秋节至,凉飚夺炎热。弃捐箧笥中,恩情中道绝”。以秋扇闲置为喻,抒发被弃之怨情。南北朝梁刘孝绰《班婕妤怨》诗又点明“妾身似秋扇”,后遂以秋扇见捐喻女子被弃。此句意为:本应当相亲相爱,但却成了相离相弃。

〔3〕 故人:指情人。故人心:一作“故心人”。语出谢朓《同王主簿怨情》:“掖庭聘绝国,长门失欢宴。相逢咏蘼芜,辞宠悲团扇。花丛乱数蝶,风帘入双燕。徒使春带赊,坐惜红颜变。平生一顾重,夙昔千金贱。故人心尚永,故心人不见。”

〔4〕 “骊山”二句:用唐明皇与杨玉环的爱情故事。《太真外传》载,唐明皇与杨玉环曾于七月七日夜,在骊山华清宫长生殿里盟誓,愿世世为夫妻。白居易有《长恨歌》:“在天愿作比翼鸟,在地愿作连理枝。”对此作了生动的描写。后安史乱起,明皇入蜀,于马嵬坡赐死杨玉环。杨死前云:“妾诚负国恩,死无恨矣。”又,明皇此后于途中闻雨声、铃声而悲伤,遂作《雨霖铃》曲以寄托哀思。

〔5〕 “何如”二句:化用唐李商隐《马嵬》诗中“如何四纪为天子,不及卢家有莫愁”之句意。薄幸:薄情。锦衣郎:指唐明皇。

【鉴赏】

《木兰花令》,原唐教坊曲名,后用为词牌,《太和正音谱》注“高平调”。柳永《乐章集》入“仙吕调”,双调小令。全词共五十六字,七言八句,上、下片各四句三仄韵。

这是一首拟古之作,其所拟的《决绝词》本就是古诗中的一种,一般是以女子的口吻控诉薄情男子的负心背约,从而表示与对方的决绝之心。如汉代有传为卓文君所写的古辞《白头吟》、唐元稹所写的《古决绝词三首》等。纳兰性德的这首拟作是借用汉唐典故而抒发“闺怨”之情。词作描写的是一个失恋女和负心男坚决分手的故事,借用班婕妤遭弃和唐玄宗与杨贵妃爱情悲剧的典故,通过“秋扇”“骊山语”“雨霖铃”“比翼连枝”这些意象,营造了一种幽怨、凄楚、悲苦的意境,抒写了女子被男子抛弃的哀怨之情。

“决绝”是种永别的情绪,两人相交、相知、相爱,最后却走到决绝的地步,从此你我恩断义绝,永不相见。这是一种怎样的痛彻心扉的情伤?纳兰站在女性的角度,从女性细致入微的视角痛斥负心郎的薄情,言语颇多哀怨、颇多惆怅。“人生若只如初见”是整首词里最平淡又是感情最强烈的一句,这是初恋的美好记忆。然而两个人相处久了就会厌了、倦了。渐渐的相爱变成相怨、团圆变成离别。唐代元稹《决绝词》中有“分不两相守,恨不两相思。……握手苦相问,竟不言后期。君情既决绝，妾意已参差。借如死生别，安得长苦悲”。人生如果只停留在起点，那该有多美好，但现实却是残酷的，爱情也好、人生也罢，都会留下太多的伤感和遗憾。

全词以一个女子的口吻，抒写了被丈夫抛弃的感伤情怀。词情哀怨凄婉，屈曲缠绵。当然这“闺怨”的背后，似乎有着更深层的痛楚，“闺怨”只是一种假托。其中的隐情只有读者自己去体会去感悟了。于在春《清词百首》中评论此词“题目写明：模仿古代的《决绝词》，那是女方恨男方薄情，断绝关系的坚决表态。这里用汉成帝女官班婕妤和唐玄宗妃子杨玉环的典故来拟写古词。虽说意在‘决绝’，还是一腔怨情，这就更加深婉动人。”

图书在版编目(CIP)数据

历代经典诗文吟诵鉴赏读本/陈晓芸,马宾编著.—上海:复旦大学出版社,2019.9
弘教系列教材
ISBN 978-7-309-14468-0

Ⅰ.①历… Ⅱ.①陈…②马… Ⅲ.①中国文学-古典文学-文学欣赏-高等学校-教材
Ⅳ.①I206

中国版本图书馆 CIP 数据核字(2019)第 145634 号

历代经典诗文吟诵鉴赏读本
陈晓芸 马 宾 编著
责任编辑/郑越文

复旦大学出版社有限公司出版发行
上海市国权路 579 号 邮编:200433
网址:fupnet@fudanpress.com http://www.fudanpress.com
门市零售:86-21-65642857 团体订购:86-21-65118853
外埠邮购:86-21-65109143 出版部电话:86-21-65642845
上海春秋印刷厂

开本 787×960 1/16 印张 28.25 字数 411 千
2019 年 9 月第 1 版第 1 次印刷

ISBN 978-7-309-14468-0/I·1169
定价:56.00 元
